AF278187

Toda la verdad de mis mentiras

querida lectora...
querido lector...
Gracias por soñar
y reir juinto a mí
entre estas páginas.

Con todo mi
amor

E. Benavent

Elísabet Benavent (Valencia, 1984). La publicación de la Saga Valeria fue su debut y el principio de su trayectoria como novelista. Desde entonces ha escrito más de veinticuatro libros y se ha convertido en un fenómeno editorial con más de 5.000.000 de ejemplares vendidos. Algunas de sus novelas han sido traducidas a varios idiomas y publicadas en diversos países. En 2020 Netflix estrenó la serie *Valeria*; en 2021 la película *Fuimos canciones* y en 2023 la miniserie *Un cuento perfecto*, con la que se ha situado en el número 1 global de la plataforma durante varias semanas. Este éxito se une a la conquista del mercado anglosajón con la traducción al inglés de su novela homónima y su publicación en Estados Unidos e Inglaterra. *Esnob* es su último libro.

Para más información, puedes consultar la página web de la autora y seguirla en su cuenta de Instagram:
www.betacoqueta.com
🅞 BetaCoqueta

ELÍSABET BENAVENT

Toda la verdad de mis mentiras

DEBOLS!LLO

Papel certificado por el Forest Stewardship Council®

Marzo de 2026

© 2019, Elísabet Benavent Ferri
© 2019, 2026, Penguin Random House Grupo Editorial, S. A. U.
Travessera de Gràcia, 47-49. 08021 Barcelona
Diseño de la cubierta: Penguin Random House Grupo Editorial
Imagen de la cubierta: © Ana Hard basada en la ilustración
del diseño original de © Montse Galbany

Printed in Spain – Impreso en España

ISBN: 978-84-663-9039-2
Depósito legal: B-21.636-2025

Impreso en Liberdúplex
Sant Llorenç d'Hortons (Barcelona)

P390392

Por dar piel a mis personajes, por permitir
que rieran en vuestra boca.
Por la noche en aquella playa.
Por la vida.
A Jose, Rocío, Chu, Esther y María.
Este libro es vuestro.

1

Soy una mentirosa

El primer problema de mi lista de «cosas que me persiguen y no me dejan dormir» es que soy una puta mentirosa. Esto es empezar fuerte, ya lo sé, pero de alguna manera hay que hacerlo. Sin paños calientes, querida Coco, eres una embustera.

Coco, en este caso, soy yo. Tengo uno de esos nombres comunes en mi generación que obligó en el colegio a todas sus portadoras a diferenciarnos por el apellido. Como el mío también era muy común, me quedé con el apodo con el que me llamaban mis hermanos. Y... a mis veintiocho años, cuando me presentan a alguien nuevo, lo siguen haciendo como «Coco».

Sobre lo de mis mentiras, juro que no es una cuestión patológica y que las trolas que han salido de mi boca en los últimos dos años no han tenido otra intención que la de sobrevivir en la jungla que supone tener veintiocho años, estar enamorada y ser rematadamente idiota. Y escoger mal. Eso también se me da muy bien. Pero vayamos por partes.

Toda historia puede contarse de tres modos: el rápido, el medio y el largo. Como en la vida misma, el formato que escojas dice mucho de todo aquello que prefieres callar. Y no hay mentira más grande que aquella que te ocultas a ti mismo.

Podría coger el camino sencillo y contarlo sin florituras: estoy enamorada hasta las trancas de mi mejor amigo, con el que comparto piso y que es el ex de otra de mis mejores amigas. Mi apellido podría ser «Complicaciones» en lugar de Martínez porque, total, me define más. Para ilustrar un poco la versión corta de la historia, podría confesar que a veces le digo a mi amiga Aroa cosas como: «Ay, Aroa, con lo raro que es…, ¿en serio que volverías con él?». Y mejor no cuento la cantidad de veces que me invento delante de ella lo exasperante que es vivir con él. Solo son pequeños pecadillos, ¿verdad que sí?

El amor nos vuelve crueles y yo vivo en una constante lucha con Coco, el monstruo de las galletas de amor no correspondido.

Si escogiera el modo intermedio para explicar lo que me ha traído hasta aquí, debería añadir que la vida es complicada y que cada decisión suele venir respaldada por nuestra propia verdad, que no tiene por qué ser la de los demás, aunque eso me suena a justificación hasta a mí. A ver…, me enamoré de Marín sin querer y aunque eso debería liberarme de la culpa…, olvídate. Me enamoré del novio de mi amiga (cuando aún eran novios), estropeé mi tranquila convivencia con un tío diez y me he convertido en una especie de cajita de Pandora versión mentirosa compulsiva. Pero… ¿qué espera el cosmos que haga? Solo miento en un intento de no precipitar el Apocalipsis dentro de un grupo de amigos que no sé si soportaría lo que vendría después de mi confesión.

Sin embargo, aunque esta versión está más cerca de lo puñetera que es la vida, el camino más sincero, completo y real para contar esta historia empezaría con un sencillo: conocí a Marín en un bar.

Enamorarse de él no fue el inicio sino solo la consecuencia de aquel encuentro porque, no es por quitarme mérito en esta cagada majestuosa, es que Marín es uno de ESOS chicos, hombres o como quiera Dios que se tenga que llamar a un tío de treinta años. Es uno de ESOS, un rara avis, de los que no te puedes creer que sean de verdad. ¿Crees que estoy exagerando? Bien, juzga por ti misma: Marín es tenaz. Es sincero. Es educado rozando lo *british*. Es caótico pero brillante. Es un melómano que tiene la canción adecuada para cada momento. Tiene ese estilo inimitable de las personas que han nacido con el don de la elegancia. Cuando sonríe, se hace de noche en algún punto del mundo. Es divertido, buen hermano, buen compañero de piso. Triple tirabuzón: es guapo…, tan guapo que sus amigos suelen bromear diciendo que si le pones un poco de maquillaje, es guapa.

Es buen amante (a juzgar por los «Dios, Marín, no pares, ahí, justo ahí, sigue haciendo eso…, ¡la puta! ¡¡Qué gusto!!» que salían de su dormitorio cuando Aroa aún era su novia), buen amigo, buen conversador. Un reto de la naturaleza por superarse a sí misma. Un chico que podría haberse lamentado toda la vida por la mala suerte de haber tenido una madre con alcoholismo que nunca se ocupó de él ni de su hermana (a la que crio su tía… Él no tuvo tanta suerte) y por pertenecer a una familia con recursos económicos muy limitados. Pero no. Porque es Marín, claro, y él se puso sus vaqueritos rotos, su camiseta blanca y le demostró a todo el mundo que a lo mejor no siempre que uno quiere puede, pero la actitud y el trabajo duro ayudan y mucho.

Así que, bueno, lo conocí en un bar y una semana después estaba llevando todas mis pertenencias a su casa, porque a mí se me acababa el contrato en mi cuchitril, estaba harta de vivir sola, él tenía alquilado un piso precioso en mi calle preferida de Malasaña (lo suficientemente céntrica pero tranquila) y a un estudiante de Erasmus belga vaciando su habitación. Desde el día que me invitó a una cerveza en su cocina, sentí que aquella era mi casa. Mi refugio en el mundo. El motivo por el que mi madre se pasó un año temiendo que Marín fuera el atractivo líder de una secta (que se inventó que se llamaría «los Marinianos») y que yo terminara creyendo que él era el nuevo Mesías. Mi madre es un personaje aparte…

Sus amigos se convirtieron en mis amigos. Mis amigos, en los suyos. Pasaron los años. El piso se llenó de cactus, plantas que sobrevivían mágicamente a nuestras pésimas atenciones, láminas con ilustraciones enmarcadas y una pared del pasillo bautizada como *«the wall of fame»* donde colgábamos las caricaturas que todos nuestros amigos, conocidos y personas *random* que pasaban por casa dibujaban de los dos. Fuimos creciendo. Eso fue lo más bonito de todo. Crecer como persona junto a él y también como profesionales bajo el apoyo, abrazo y confianza incondicional del otro. Cuando llegué a su piso, yo no ganaba un mal sueldo, pero estaba un pelín asqueada de la casa de subastas donde trabajaba y echaba más horas que el sol; él estaba terminando sus estudios y trabajaba de camarero…, así que nuestra nevera solía mostrar un paisaje desolador compuesto por unas cervezas baratujas para mí, medio limón y como mucho cuatro yogures por los que nos pegábamos al volver de «dar una vuelta»…, o lo que es lo mismo, cuando olvidábamos que éramos mileuristas y regresábamos de gastarnos los cuartos en alcohol (yo) y en trozos de pizza (él). Ahora que lo pienso, echo de menos cuando Marín comía pizza recalentada a las cinco de la mañana. Pero ahora que él ha conseguido su trabajo soñado (bueno…, ha conseguido meter la cabeza en una gran discográfica como responsable de «producto» de un par de grupos y artistas emergentes) y yo puedo permitirme el lujo de vender cuadros por cantidades de muchos ceros, el piso, además de seguir precioso, cuenta con una nevera llena de botellines de Alhambra especial, mascarillas para la piel fatigada (duermo poco) y comida de la que hace feliz. Porque desde hace un par de años Marín trata a su cuerpo como un templo: además de no fumar y no beber, no come mierda procesada y…, adivina, por su último cumpleaños me pidió una panificadora. No es que sea un hacha en la cocina, pero lo intenta con todas sus fuerzas…, como todo en la vida porque, querida, Marín no sabe hacer nada a medias. Y desde entonces yo desayuno pan casero de centeno y avena.

¿Te has enamorado ya un poco de él? Espera, te falta información, tienes que entenderme: en la cocina de casa hay una pizarra donde nos dejamos mensajes cuando no nos vemos mucho por cuestiones de trabajo. Una vez escribió que se había dado cuenta de que la felicidad era el recuento de cada rato en casa, viendo ondear la cortina del salón con la brisa de la calle. «Esa es la imagen que me viene a la cabeza si pienso en ser feliz. Nuestra casa».

No. No está enamorado de mí. Después de esa preciosa declaración, añadió: «Vivir con tu mejor amiga: acierto». Qué suerte la mía…

Cuando se enfada, frunce el ceño y no te mira a la cara, pero está guapísimo. Tiene unas manos preciosas. Es cariñoso como un gato: solo con quien le nace, porque no sabe fingir. Tiene los pies bonitos, manda cojones. Plancha las camisas que te mueres (a veces en calzoncillos, por el amor bendito). Dicen de él que calza bien gordo. Y me quiere tanto, tantísimo, que los días que no me encuentro, solo tengo que mirar su cara para recordar que puedo, que valgo, que sirvo, que merezco. No por él, sino por mí. Pero hay días que solo lo veo en sus ojos. Pero me quiere como amiga, ojo. Como mejor amiga.

Bienvenida a la *friend zone*, una franja del infierno reservada para tías como yo: idiotas. He pasado más de un año desde que me di cuenta de que estaba enamorada de él, preguntándome por qué no nos enrollamos nunca en ninguna noche de soledad, por qué le presenté a Aroa con intención de que se liaran, por qué tardé tanto tiempo en darme cuenta de que Marín es mi ÉL. No dejo de pensar que podría haber cambiado nuestro destino solo con no tomar un par de tontas decisiones.

Un lío de cojones, ¿eh? Pues espera a que ahondemos en el hecho de que, por miedo a que me descubran, llevo un año

13

fingiendo (por puta mentirosa, ya lo he dicho) estar locamente enamorada de mi ex, otro integrante de la pandilla, por cierto, de los de «No eres tú, soy yo, que me gustan demasiado las tías como para quedarme con una sola de por vida» y…, agárrate, que la vida puede ser peor…, porque mi ex es, además, poeta.

Déjame darte un consejo: toda mujer debe hacer una lista de hombres que no le convienen y, a pesar de las tentaciones, grabarse a fuego que si conoce a alguien con esas características, tiene que correr en dirección contraria. El primer puesto de la lista, al contrario de la creencia popular, no es el cantante ni el guitarrista ni el motero…, es el poeta. El poeta como figura, como símbolo, como leyenda. Como el tío que te susurrará, escribirá, recitará…, siempre a sabiendas de que está enamorado de la musa y que nunca te podrá ser fiel. No digo que todos los poetas sean infieles, ojo. Lo que quiero decir es que tienen palabras para el amor metidas en el cerebro y las lloran por los dedos al escribir…, eso es complicado para mantener una «ella» que no sufra, que no haga sufrir, que no aburra. Porque, querida, el poeta necesita sentir a toda costa, porque de su sentir depende lo que crea. De modo que la relación con un poeta es una montaña rusa, a ciegas, en la que nunca te acostumbras a subir y bajar porque el cambio de dirección puede ser cuestión de segundos. Hay personas a las que esto las enamora, pero yo no soy una de ellas. A mí la pasión desmedida de los besos que eran casi más dientes que lengua, las discusiones tan absurdas como apasionadas bajo el luminoso de una farmacia en Chueca, las noches de polvos y poesía y las mañanas de ausencia total… no me hacían feliz. Ni a él yo tampoco. A ratos, me daba la sensación de estar intentando domesticar un rinoceronte y meterlo en casa.

Además, en este caso en concreto, a Gus, la estrella de Instagram, el niño bonito de la nueva poesía, el chico con éxito, mi ex, mi amigo…, le resultaba muy difícil decir que no cuando la tentación llamaba a su puerta. Nunca me engañó, ojo, porque soy de las que no consideraría machacársela con una conversación guarra por privado de Instagram como una infidelidad. Pero, vamos…, intuir la posibilidad de que lo hiciera no era agradable; tenía a muchas, muchísimas, dispuestas a ejercer de musa. Y él se dejaba querer. Y yo me consumía en unos celos casi mecánicos, resultado del ego, no del amor.

A pesar de todo, nos quisimos mucho…, aunque ahora vea claro que no era precisamente amor. Yo lo quise mucho y viví a su lado el año más apasionado de mi vida. Gus supo llenar de colores cada día, despejado o nublado, y convirtió Madrid en una yincana donde el único objetivo era ser feliz de manera inmediata. En realidad…, fue hasta romántico. Nunca me arrepentiré de aquel año y volvería a repetirlo si me dieran la oportunidad de escoger, porque es de esas personas con un alma vibrante, eléctrica; en ocasiones me pregunté por qué demonios lo quería tanto…, porque nunca se abrió, nunca confesó, nunca dijo mucho sobre sí mismo ni se interesó demasiado por mis sentimientos, pero irradiaba una luz muy potente y los demás solo éramos polillas.

Fue un fogonazo de vete tú a saber qué, porque yo no lo entiendo; Aroa me invitó a un recital en el que él participaba. Lo había conocido a través de Instagram y llevaba un par de meses obsesionada con todo lo que escribía. «Es la voz de lo que siente nuestra generación», nos dijo a Blanca y a mí una noche cuando le pedimos que dejara de mandarnos por WhatsApp pantallazos de sus poemas. Pero solo tuve que cruzármelo en un garito lleno de gente para saber que brillaba…, joder, cómo brillaba. Le escuchamos recitar sin saber muy bien si nos gustaba lo que oíamos, y después Aroa lo abordó junto a la barra, mientras pedía una copa de vino blanco. Pensé que solo tendría ojos para mi amiga, tan rubia, tan guapa, tan perfecta y enamorada de mi compañero de piso y, por lo tanto, inalcanzable, pero no. Yo bebía mi botellín de cerveza cuando clavó su mirada en mi boca. Le miré a los ojos y me dio la sensación de caerme en un pozo muy hondo. Dijo algo, no sé qué, pero me hizo reír y arqueó las cejas antes de acercarse y decirme al oído: «Me gustas cuando ríes». Aquella noche me fui a su casa, pero no nos acostamos. Nos besamos, nos corrimos, pero no follamos. Me dijo que quería ir despacio, mientras deslizaba las yemas de los dedos por la piel de mi estómago, jugando. A Gus siempre se le dio muy bien jugar y yo me sumé a su partida. Dijimos que éramos novios dos semanas más tarde cuando, después de pasar toda la noche jodiendo, escribió un poema en la primera página del libro que tenía en mi mesita de noche y, desnudo, me prometió que nunca se cansaría de mí. Lo ha cumplido, que conste: sigue a mi lado a pesar de que una mañana, hace ya un año largo, me confesó con cariño: «Pequeñita, no soy bueno para ti». Y a mí… no me dieron ganas de rebatirle porque yo tampoco lo era para él. Cuando estaba conmigo, su poesía era una mierda. Yo no le hacía vibrar y se apagaba; él no me hacía todo lo feliz que podía ser con alguien y eso empezaba a amargarme.

Como soy una mentirosa, el pobre Gus, no obstante, cree que aún estoy enamorada de él y no puedo sacarle de su error, porque tiene la boca como un buzón, le follan el cerebro a diario unas doscientas emociones por minuto, y fijo que si se lo confieso, aunque estoy segura de que intentaría ayudarme, mi historia de mentiras terminaría colgada en su cuenta de Instagram, que siguen, además de todos mis amigos, unas doscientas cincuenta mil personas. Ya lo veo…, un poema con todos los caracteres que permite la red social con el título: «Coco no me quiere a mí, quiere a Marín». Y, claro, con el interés que suscitan sus publicaciones en nuestra pandilla (todos queremos apoyarlo en esto de asentarse en el mundo editorial como buenos amigos que somos) y lo mucho que celebramos sus éxitos…, habría alguna mentirosilla que terminaría con el culo al aire.

Así que aquí estoy, fingiendo sentirme altamente atormentada por sus poemas y sus *stories*, aprovechando a veces para llorar la frustración de querer a Marín a partir del poemita de marras que, si te soy sincera, no tengo ni la más remota idea de a quién le escribe ahora. Porque a alguien se los escribe, te lo digo yo, porque lo conozco y anda enamorado. Cosas de la vida, desde que le escribe a ella, está que lo peta.

Sé que esto no está bien, que soy una mentirosa y que este viaje que tenemos entre manos, marcharme una semana a convivir veinticuatro horas diarias con tres de mis mejores amigos, no pinta mejor, pero a lo hecho pecho, Coco.

Es la despedida de Blanca y eso es lo único que debería importarme.

2
Así somos

Marín llega a la fiesta cuando a mí ya me apetece irme, pero cierro la boca y me quedo. Es lo que haces cuando ves al chico que te gusta por el rabillo del ojo: fingir que te comportas normal mientras intentas parecer una parisina a la que no le importa ni siquiera su propia elegancia. Harto difícil si París te pilla lejos, por cierto.

Sabría que ha llegado incluso sin haber visto su cara entre la gente, porque siempre trae consigo un pequeño revuelo. Es de esas personas que ejerce una extraña atracción en los demás. Es… magnético.

Estaba mirando hacia la tarima donde Aroa está pinchando cuando he notado que la masa de gente que se congrega en este jardín se agitaba, y no por causa de la música. Al girarme…, aquí está. Acaba de llegar y alguien ya está alcanzándole un mojito mientras saluda con un alzamiento de cejas a todos con los que se va cruzando. Cae sobre su frente, como siempre, ese mechón de pelo rebelde que suele apartar con la mano izquierda constantemente. Hasta el año pasado solía llevarlo mucho más largo, pero un sábado se levantó de la cama con ganas de cambio y él mismo se lo cortó…, cuando toda Malasaña ponía de moda el moño. Lo descubrí en el cuarto de baño armado con las tijeras y un vídeo de Youtube con un tutorial de cómo hacerlo. Solo necesitó mi ayuda para retocar la parte de detrás. Así es Marín…, renacentista: sabe hacer de todo.

Loren, mi ácido y brillante mejor amigo desde el colegio, lanza una mirada en su dirección:

—Ya está aquí y, como siempre, nada más llegar ya es el centro de atención, el muy cabrón.

—Te jode que lo sea sin pretenderlo. —Le sonrío.

—Me jode que sepa peinarse tan bien.

—Loren, cielo, Marín no se peina.

No. Marín no se peina. No lo necesita, igual que no necesita ropa extravagante ni de marca. Nació con estilo. Maldito hijo del demonio.

—Hazte así. —Loren señala mi boca y agita los dedos como queriendo que me sacuda algo—. Te chorrea un borbotón de amor.

Bufo y pongo los ojos en blanco mientras devuelvo la atención al escenario, donde Aroa está mezclando una canción petarda con un temazo que nos encanta: «Shame», de Hearts & Colours. Creo que esa va para Marín. Ella también lo ha localizado entre la gente.

Miro la hora en mi reloj de muñeca y bufo. Ni siquiera es lo suficientemente tarde como para retirarme con honor. Si no eres de los aventureros que cierran bares, hay una hora para los cobardes y otra para los elegantes. Yo siempre quiero ser elegante, pero camino peligrosamente sobre la línea que lo separa de la cobardía. No es que no sea una fiestera es que… estas fiestas tan de «postín», tan «cool», tan «instagrameables»… no van conmigo. Vamos…, que me dan pereza; esto está lleno de gente que te mira por encima del hombro aunque te haya vestido una estilista especializada en eventos tipo Coachella. Parece que les molesta más que a mí que no haya podido escoger una ropa más cómoda y que haya tenido que venir directamente del trabajo sin ni siquiera cambiarme. Un par de modernas me han mirado de arriba abajo al llegar, supongo que por llevar este vestido tan formal y salones de tacón, pero a mí me da igual... Si quiero vender cosas caras a gente con dinero (casi siempre señoras con dinero), tengo que parecerme a la imagen que tienen de la hija modelo.

Un par de gotas de sudor me recorren la espalda por debajo del vestido y estoy segura de que en menos de nada van a inundarme los zapatos. Sí. En lugar de unas sandalias de plataforma o unos botines deshechos y dados de sí como el resto de las «parroquianas», llevo unos zapatos de Salvatore Ferragamo, heredados de mi señora madre, que suelo ponerme con vestido para ir a trabajar. Ahora mismo escribiría una oda a mis zapatillas Converse mugrientas, porque tengo los pies como dos botijos, pero poco hay que pueda hacer. Si hubiera sabido, al salir de casa, que Aroa iba a invitarnos a un fiestón, quizá me habría puesto algo más parecido al top de lentejuelas (tan holgado que en una de estas se le escapa un pecho) que lleva ella. O no. No. Lo más probable es que no me atreviera, por miedo a hacer un *free nipple* en público. Pero a ella esa posibilidad no le agobia; cuando la conocimos, Loren, Blanca y yo nos sentimos atrapados por ese no sé qué que la hace tan única, siempre tan guapa, tan sonriente, tan optimista..., tan perfecta. Es una de esas personas de las que, inmediatamente, quieres ser amigo. Creo que por eso me he tomado la molestia de venir esta noche a una fiesta a la que no me apetecía venir..., quiero recuperar la relación que teníamos antes de que empezara a salir con Marín; no soy la única que siente que durante lo suyo solo tuvo ojos para él y que terminó por distanciarse un poco de nosotros.

Me vuelvo y le pregunto a Loren si quiere algo de beber. Si no voy a poder irme aún, lo mejor será pedir otra copa con la que refrescarme. Niega con la cabeza y levanta la mano para que vea la suya aún llena, mientras canturrea lo que él piensa que es la letra de la canción, pero que no coincide ni en las vocales.

Me acerco a la abarrotada barra y me cuelo por un hueco entre mucho grupo de cháchara; aun así tengo que esperar un rato escuchando cómo un tío con el pelo muy largo y barba dice que el último disco de Vetusta es demasiado comercial y que se han vendido. Si lo escuchase Marín, le daría un puñetazo. Casi tengo ganas de dárselo yo.

Con la copa en la mano me aparto a un lado, buscando una corriente de aire que me alivie y saco el móvil de la riñonera. Lo sé, es un complemento muy controvertido, pero me encanta. Me parece lo más útil del mundo y lástima me da que no esté bien visto aparecer con una en una boda, porque… la de copias de llaves que me habría ahorrado. Si mi madre me viera, lanzaría un gritito de horror… para después partirse de risa. Mi tendencia al «mix» siempre le ha hecho mucha gracia, seguramente porque a la madre de mi padre le horroriza casi todo cuanto hago, sobre todo mi poco interés por pelearme con todas mis primas por heredar sus bolsos de marca. Los quiero, claro que sí, pero paso de enfrentarme a tres tías que muy finas y muy pijas, pero que son capaces de sacarme los ojos con sus uñas perfectamente pintadas con tal de tener un Dior vintage en su armario. Igual las tiro a todas por las escaleras en la comida de Navidad…, aún lo estoy pensando.

Entre dos paquetes de chicles vacíos, el monedero, mi llavero de la «Coñoneta» (me flipa Tarantino y me flipa aún más *Kill Bill*), doy con el móvil y me encuentro con un mensaje de Blanca; me ha escrito para avisarme de que ha salido tarde de trabajar, que es el último día antes de las vacaciones y ha tenido que dejarlo todo cerrado (vaya, qué sorpresa, pequeña adicta al trabajo), y que pasa de venir. La imagino poniéndome su cara de mártir mientras leo:

Sé que será un fiestón de esos que Aroa dirá que soy lo peor por perderme, pero lo único que me seduce ahora mismo es desnudarme y tenderme en el suelo del pasillo, que está fresquito, con el culo en los baldosines, fingiendo dramáticamente mi propia muerte.

Le contesto con toda la sinceridad del mundo que tampoco se pierde nada. Quizá a otra persona le mentiría un poco, no por esnobismo («Uy…, pues esto está siendo supercool»), sino por encumbrar a mi amiga Aroa que es la dj del cotarro, pero es Blanca y… Blanca es la niña de mis ojos.

Se conecta enseguida.

¿Nada interesante? ¿Ha ido toda la pandilla?

Le contesto:

Nada interesante. De Gus no sé nada hoy. Acaba de hacer acto de presencia Marín, y Loren y yo parecemos la madre de la Pantoja, aquí, orgullosos de nuestra amiga. Aroa lo está petando otra vez. La gente anda enloquecida y medio pedo. Y yo me quiero ir ya. Lo de siempre.

Mándame una foto.

Abro la aplicación de la cámara y disparo, flash incluido, hacia donde Aroa levanta los brazos a lo «dj enloquecida». Se lo mando sin filtros ni historias.

Blanca me responde una vez más con esa agilidad suya para escribir en décimas de segundo sobre la pantalla táctil del móvil.

Dios. Qué guapa está la muy zorra. Dale besos y la enhorabuena por haber conseguido hacer bien una cosa más.

Y es que cuando Aroa nos dijo que quería aprender a pinchar, todos supimos que terminaría dominándolo, como todo. Aroa es de esas, me temo. De las que molan mucho, lo hacen todo bien y son guapísimas. El equivalente femenino de Marín. Lo suyo, supongo, fue cosa del destino. Y mía. Cosa mía también fue, que soy imbécil.

—Deja el móvil, mujer, estás en una fiesta —susurra alguien a mi lado.

Doy un salto y ahogo un grito. Está más cerca de lo que pensaba.

—Me cago en todo, Marín, qué susto. —Me agarro el pecho y cojo aire antes de volverme y darle un solo beso en la mejilla—. Iba a ir a buscarte ahora.

—¿Fiestón?

—Como siempre que pincha Aroa. Es como el rey Midas. Convierte en oro todo lo que toca. Me pregunto…, ¿lo conseguiría con tu chorra?

—¿Quieres verlo? —me ofrece con una mirada burlona.

—Bah. No me gusta ver miserias.

Lanza una de sus carcajadas y me da un puñetazo suave en un costado, como a un amigote más. Qué cruz…

—¿Qué bebes? —pregunta oteando el contenido de mi vaso.

—Un mojito virgen.

—Mira, como tú.

Esta vez me toca lanzar una carcajada a mí.

—Llegas tardísimo… para la broma y para la fiesta.

—Nunca hay que llegar el primero a una fiesta.

—Ni el último. Yo ya tenía ganas de irme.

Hace una mueca y mira la hora disimuladamente en su móvil.

—He terminado tardísimo. ¿Qué narices llevas puesto? —pregunta en tono burlón—. ¿El vestido de tu madre para ir a entierros de gente importante?

—No. El de boda de tu abuela.

Marín lanza una risotada, aunque sé que pretendía fingir seriedad.

—Hoy estrenábamos exposición —le explico—. Era día de fingir que tengo clase.

—Tienes clase. Tu propio estilo de clase, eso también.

Eso dice mi madre, que me quiere como solo se puede querer a su hija pequeña: que hay que tener mucha personalidad para no terminar siendo una calcomonía de mis tías, primas, compañeras de colegio privado y… de ella misma. A pesar de que me adora, es de las que dicen que contar cuántos pares de zapatos tiene una mujer es de lo más vulgar. Por si te lo preguntas, yo tengo diez. Diez en total, contando invierno, verano, primavera y otoño. Vivo en una casa muy pequeña y creo en la versatilidad de las prendas.

Vuelvo la mirada a Aroa, que brilla no a causa del sudor como todos los demás, sino por unas pinceladas estratégicas y sutiles de iluminador en polvo que se habrá echado, con total seguridad, sin mirarse al espejo. Tan rubia, tan dorada por el sol, con esos ojos tan azules y la nariz tan respingona…

—Qué guapa es la jodida —murmuro.

—Sep.

Cazo la mirada de Marín sobre Aroa y siento una punzada de celos. Celos como los que Gus describió hace unos días en uno de sus poemas de Instagram: «Celos que son como alquitrán caliente y humeante, haciendo charco en mi pecho». Pero me los trago: los celos, el alquitrán, la idea de que estoy aplicando los versos de mi ex a otra persona, sin importarme lo más mínimo para quién los escribió en realidad. Y me lo trago todo junto a un poco de mi combinado.

Cuando vuelvo a echarle un vistazo a Marín, lo veo distinto.

—¿Estás bien? —pregunto.

—Sí. —Marín desvía los ojos de Aroa y vuelve a mirarme—. Pero estoy cansado.

Hay algo oscuro en su mirada, normalmente tan clara…, ¿sexo?, ¿deseo?, ¿añoranza?, ¿avaricia? Esa chica tan guapa, la que bota y sonríe detrás de los «platos», ya no es nada suyo. Ni siquiera un poco. Y nadie sabe el motivo.

Me roba el mojito sin alcohol de la mano y le da un trago.

—Creí que te habían servido ya —le comento de soslayo.

—Iba cargadito.

No hacen falta más explicaciones. Marín no bebe. Solo un par de cervezas si la ocasión lo merece…, pero tiene que merecerlo mucho. Sobre esto sí sé el motivo y no puedo entender más lo poco que le gustan las borracheras y los excesos. Marín es, más que el resultado de sus experiencias, el resumen de las equivocaciones de otros. Pero la gente que solo conoce de él lo que deja ver, sigue invitándolo a rondas y chupitos sin darse cuenta de que él las rechaza una y otra vez.

Mientras me contoneo por inercia al ritmo de la música, localizo entre la gente a uno de los amigos de Marín, acercándose.

—Angelito… —anuncio su llegada, dándole un codazo a Marín.

—Qué bien. No hay evento que se precie en el que no esté metido —responde con cierta amargura.

Arqueo una ceja, pero es demasiado tarde para preguntarle. Ángel ya está frente a nosotros.

—¡Hombre!, Anchoa y Sardina. ¿Qué tal?

—Aquí, muy salados —respondo con descaro.

Hace al menos dos años que nos ganamos el apodo de «Anchoa y Sardina»…, los ingredientes de una tapa que, al menos en Madrid, llaman «matrimonio». Y como nosotros vamos juntos a todas partes…

—Tío, nos quedamos esperándote ayer en el entrenamiento —le dice a Marín.

—Ya. Es que tenía mogollón de curro. Tengo que acompañar a Noa en parte de la gira de verano y hay mil cosas por cerrar... —se disculpa mientras se aparta el pelo de la frente.

No me pasa inadvertido el hecho de que no ha habido contacto visual entre ellos, pero estoy demasiado preocupada por anotar mentalmente el nombre de la cantante de turno para buscarla después en internet y decidir si puedo o no estar celosa. Como si no fuera suficiente saber cuánto quiso a Aroa, la chica más preciosa del mundo.

—Voy a por algo de beber..., ¿os traigo algo, chicos? —nos pregunta a los dos Marín, pero mirándome solo a mí.

—Estoy servida.

—Una cerveza, tío.

Marín se aleja con una sonrisa y saluda, de camino a la barra, al menos a cinco personas de las que no me suena ni la cara. En dos metros cuadrados.

—¿Qué te cuentas, Coco?

—Poca cosa —le respondo encogiéndome de hombros.

—¿Sigues trabajando en esa galería de arte para viejos rancios con pasta?

Es una de las cosas que más me molesta de Ángel; de unos años para acá, siente que su nivel de «molabilidad» ha descendido y su manera de intentar recuperarlo es siendo cínico y poniendo en entredicho lo que hacen los demás. Sé que mi trabajo no es muy popular entre la gente joven..., bueno, si solo digo que trabajo en una galería de arte y mi interlocutor imagina uno de esos locales modernos de Malasaña, donde se venden piezas de artistas emergentes..., supongo que mi trabajo es guay. Pero es que ahí estoy mintiendo por omisión. No es uno de esos sitios.

La semana pasada vendí un Miró. Un Miró. Me pasé meses detrás de la pieza, que formaba parte de la colección privada de un particular, pero finalmente las dos partes llegaron a un acuerdo y la galería y yo nos llevamos nuestro porcentaje. Hoy en día, después de la crisis, es complicado que una galería viva solamente de vender lo que expone; también ejercemos de marchantes. ¿Cómo he conseguido este trabajo a mis veintiocho años? Bueno…, nací en una familia bien posicionada. Y no tengo culpa, oiga. Mis padres están bien «relacionados» y mis hermanos se peinan la raya al lado hasta que se les intuyen las ideas, pero yo llevo currando desde los diecisiete.

Así que decido contraatacar a su comentario con acidez:

—¿Y tú sigues bebiéndote todas las mañanas el Cola Cao que tu madre te lleva a la cama?

—No te enfades, hombre. Con lo que yo te quiero. —Ángel me rodea con el hombro e intenta besarme la sien, pero me zafo como puedo.

—Quita…, lo que te gusta tocar, leñe.

Angelito y yo, como es palpable, tenemos una relación «cordial» siempre y cuando no compartamos mucho tiempo juntos. Me molesta su forma de querer molar y que invada el espacio vital de los demás continuamente, sobre todo cuando eres tía.

—Me han dicho que la despedida de Blanca va a ser la polla. —Cambia de tema y me vuelvo hacia él de nuevo.

—La hemos planeado Loren y yo…, ¿esperabas menos?

—¿Qué le tenéis preparado?

—La clave para que un secreto no se descubra, Angelito, es no contarlo.

Un mensaje me vibra en la riñonera y echo mano del móvil de nuevo. Me sorprende ver que es de Marín:

Despídete con disimulo. He pedido un Cabify.

La sonrisa se me ensancha. Ya tengo excusa para irme a la hora de los cobardes… y para irme con quien quiero.

—Ángel, perdona un segundo, que le tengo que decir una cosa a Loren.

Le doy un par de palmaditas en el brazo a modo de despedida y me abro paso entre la gente hasta llegar a Loren. Lo localizo por su tupé. Es inconfundible.

—Me voy —le digo al oído.

—¿Yaaaaa? —grita indignado.

—Marín ha pedido un Cabify.

—Putos muermos —se queja—. Bueno, a ver si hoy por lo menos le tocas la pilila.

—Loren, por el amor de Dios, que en una de estas te escucha alguien.

—Coco, lo raro es que, mirándolo como lo miras, no esté todo el mundo al tanto de que pierdes el culo por «tu mejor amigo».

Las comillas que dibujan sus dedos en el aire me ponen mala y le doy un manotazo.

—Nos espera una semana intensa. No lo des todo hoy, petardo.

Hace un mohín, pero se inclina para que le bese la frente, como siempre. Después, repite la maniobra conmigo. Una vez «bendecida» con el besito de despedida, me vuelvo hacia el escenario, agito los brazos como una loca y cuando Aroa levanta la mirada, le lanzo un beso.

Marín está apoyado en el murete que acota el jardín de esta enorme casa. No tengo ni idea de quién es el propietario, pero así son las cosas cuando Aroa te dice: «Ey, me han invitado a una fiesta, ¿por qué no me acompañas?». Nunca se sabe quién es el anfitrión, pero no falta una piscina y una barra de combinados. Y, claro, esto se ha agravado desde que se dedica a pinchar en saraos, además de hacer algún trabajo de modelo de vez en cuando, cuidar a unos niños dos tardes a la semana y una amalgama de trabajos confusos que combina sin dificultad entre sí con los castings en su carrera para ser actriz.

La luz de la pantalla del móvil se refleja en la cara de Marín, que luce un gesto indescifrable. Trabajo, seguro. Marín se concentra mucho cuando se trata de trabajo. Aprovecho que está tan absorto para observarlo con calma. Qué guapo es, Dios. Sus ojos claros, vivos y siempre tan despiertos; sus pestañas espesas; su nariz perfecta, algo larga; sus labios de muñeca que, paradójicamente, no resaltan en exceso en su cara. La línea de su mandíbula…, la línea de su mandíbula me vuelve loca. Quiero casarme por la iglesia con su barbilla. ¿Hablamos de sus hoyuelos?

Lleva puesto su uniforme. Aclaro que en su trabajo en la discográfica no lleva uniforme. Es solo que… desde que conozco a Marín, no lo he visto llevando algo que no fueran: vaqueros con camiseta blanca, vaqueros negros con camiseta negra o pantalones de traje pesqueros (de los que dejan el tobillo al aire) con camiseta blanca o camisa blanca, si la ocasión lo obliga. En invierno lleva un equivalente más abrigado, pero siempre en la misma línea. Es un hípster llevado al extremo. Es tan hípster que ni siquiera lo es. No hay excesos ni en los estampados de sus camisas; su exceso es llenar el guardarropa con las mismas prendas constantemente. Cualquiera que no lo conozca pensará que nunca se cambia de ropa, pero una vez conté en su armario seis pares de vaqueros negros.

Cojo aire y camino hacia él con cierta resignación. No sé cuándo me enamoré de Marín. O puede que sí. Creo que fue aquella tarde, cuando abrió dos Coca Colas de botellín, me pasó una, se apartó el pelo de la frente y brindó, apoyado en el quicio de la ventana del salón de nuestro piso compartido. El sol brillaba, anaranjado ya, sobre su pelo y supe que el cosquilleo en la boca de mi estómago tenía que ser amor. Venía sintiendo cosas que no encajaban desde hacía unos meses, pero siempre me dije que no podía ser. Solía burlarme de mí misma pensando: «¿Es que te has vuelto loca? ¿Estás tonta? ¿Qué narices te pasa?». Marín. Eso me pasa. La putada más grande de mi vida. El problema. La cagada. El secreto. Me he enamorado de alguien a quien quise antes como amigo y a quien no puedo querer como nada más. Bueno, poder puedo…, pero no debo.

De niños aprendemos lo que es el amor, además de por lo que tenemos a nuestro alrededor, a través de los cuentos y de las películas; a juzgar por lo que aprendí de ello, esto no pinta bien porque ningún cuento tiene final feliz cuando te has enamorado del novio de una de tus mejores amigas. De esa perfecta. De la que todos los hombres quieren conseguir. De esa que…, además, tú le presentaste.

Por si alguien se lo pregunta, su ruptura, tan repentina como inexplicable, no me alivió. Con el ex que tu amiga quiere recuperar tampoco se liga.

—Marín —le llamo.

Levanta la cara de su móvil y sonríe. El estómago me da un vuelco, como siempre que lo hace. ¿Sabrá que es la única persona que me hace sentir así? ¿Sospechará lo más mínimo cuánto lo quiero, cuánto deseo dormir apretada a su costado y escucharle decir que nos haremos viejitos juntos?

—¿Quedarse en las fiestas solo cinco minutos es una nueva técnica para parecer más guay? —le suelto.

—Solo si la fiesta es terrible. —Guarda el móvil en el bolsillo de su pantalón—. No tendría ni que haber venido.

—Mañana es sábado. ¿Tienes que currar?

—No. —Niega enérgicamente con la cabeza mientras echa un vistazo al camino de acceso, por si acierta a ver los faros del coche que viene a recogernos—. Pero mi tía me trae a Gema temprano.

—¿Viene Gema a pasar el fin de semana? —pregunto ilusionada.

—Sí. Y mañana nos iremos de compras. Dice que quiere encontrar su estilo, que no quiere ir vestida como todas las de su clase. ¿Es o no la mejor adolescente del mundo?

—Lo es. —Le palmeo el brazo—. Tiene buen ejemplo.

Hace una mueca, supongo que pensando en su madre…

—Tiene un hermano de la hostia —aclaro.

—La verdad es que sí. —Finge enorgullecerse, ufano.

Los faros del Cabify aparecen serpenteando entre los arbustos del camino y los dos nos enderezamos para acercarnos a la pista de guijarros donde suponemos que parará, antes del acceso de césped del chalet. Pero en ese preciso instante… unas notas musicales nos hacen parar en seco.

—¡No! —gritamos los dos, mirándonos.

Nuestra canción. Una que Marín trajo emocionado de la discográfica en un single antes incluso de que se estrenase en las radios. Una que se ha convertido casi en un himno en casa, donde estuvimos a punto de instalar poleas en el salón para poder reproducir hasta su videoclip, donde los cantantes alzan el vuelo con una naturalidad hipnótica. «Lost in your light», de Dua Lipa con Miguel.

—Siempre suena cuando nos vamos —me quejo.

—Aquí hay más sitio que en la pista de baile. —Me guiña un ojo y se acerca con paso decidido a la ventanilla del conductor, donde da un par de golpecitos—. Disculpe…

Escucho cómo el chófer pregunta por su nombre completo y él asiente.

—Soy yo, pero… ¿me hace un favor? Está sonando nuestra canción. Y no sabe lo bien que la baila esta señorita. ¿Puede esperar hasta que termine con los faros encendidos?

El conductor sonríe y Marín me tiende la mano. Siempre hace magia. Siempre.

—Venga.

—¡Ni de coña! —Me río.

—¿Cómo que ni de coña? ¡¡Haz el favor!! ¡Este señor tiene ganas de irse a casa, Coco, no le hagas perder el tiempo!

—¡Qué cara más dura! ¡Eres tú quien le está haciendo perder tiempo!

—Por mí no lo haga… —dice el aludido, sacando la cabeza por la ventanilla.

—Nos vamos a perder la mejor parte del playback… cuando dices lo de «honey» —se queja Marín, que tiende la mano hacia mí con insistencia.

Cedo sin posibilidad de no hacerlo. Cojo su mano y él tira de mí hasta colocarme frente al coche. Llegamos justo a tiempo de ese «honey» que tanta gracia le hace y me da un par de dramáticas vueltas sobre mí misma.

Bailamos. Claro. Si Marín te dice que bailes con él, ¿cómo vas a decirle que no? Es impensable. Ese encanto suyo…

Como siempre, nos olvidamos de que tenemos público. Solo bailamos, como lo hacemos en casa cuando todo va regular. Bailamos y yo me enamoro de él un poco más si cabe en cada paso. Giramos, nos reímos, me contoneo, me voltea, le canto, me canta, nos burlamos de nosotros mismos danzando como idiotas, pero poco, porque Marín no sabe bailar mal. Tiene el ritmo en ese puto cuerpo del demonio que tiene y por mucho que quiera hacer el tonto, lo marca de una manera tan sexi. Y esta noche, en este jardín, despliega todas sus armas contra mí porque parece no darse cuenta de que hace mucho tiempo que me he rendido.

Cuando nos subimos en la parte de atrás del Cabify, jadeamos y hasta el conductor sonríe.

—Las tradiciones no deben romperse, ¿verdad que no? —le dice Marín a este.

—Por supuesto.

Se deja caer en el asiento, se pone el cinturón y saca el móvil de su bolsillo.

—Deja ya el curro —le pido, dándole un manotazo al aparato.

—No es curro. Es… —Frunce el ceño.

—¿Qué pasa?

Me mira, estudiando mi expresión, como si estuviera calibrando las posibilidades de que contarme esto sea una cagada.

—Aroa —musita.

—¿Te ha escrito?

—Sí. Que me ha visto entre la gente y que se ha quedado con ganas de un beso.

Levanto las cejas al tiempo que los celos me dan un mordisco en el costado.

—No sabía que estabais en esa fase. —Miro hacia la ventanilla—. Pensé que la cosa estaba mucho más… fría.

—Y lo está. Me da la sensación de que a veces se olvida de que ya no estamos juntos.

Arqueo la ceja. Siempre usa esa expresión: «Ya no estamos juntos». Nunca «Rompí con ella» o «Ella rompió conmigo». Sin motivos, sin culpables. Parecen haber decidido que así es mejor.

—Bueno, está claro que ella sí quiere que lo estéis.

—Contra el vicio de pedir está la buena virtud de no dar —rezonga.

No seré yo quien ahonde en el asunto.

Marín se gira hacia mí mientras vuelve a meter el móvil en el bolsillo de su pantalón.

—¿Y qué me dices de la despedida de Blanca? ¿Os vais sin soltar prenda?

—Dijiste que no podías venir y no estoy autorizada a dar información a «terceros». Si te lo cuento, terminará sabiéndolo todo el mundo. Hemos guardado el secreto ya muchos meses como para cagarla a unos días del… «evento».

—¿Crees que no sé guardar secretos? —Se señala el pecho—. Además, os vais en tres días. Ya no me da tiempo a meter la pata.

Pongo los ojos en blanco y él me pincha con el dedo en el costado, haciendo que dé un salto.

—Para. No cederé a torturas.

—Si me lo dices, te dejo dormir en mi habitación.

—Hemos alquilado una autocaravana y nos la llevamos de tour por los campings más delirantes que hemos encontrado.

Sí, soy una blanda y cedo a la mínima, pero es que mi habitación es un horno.

—Joder… —Se ríe entre dientes—. No tenéis medida.

—Ninguna.

—Sois los putos mejores. —Me echa una mirada de medio lado y coloca la mano sobre la mía, que descansa en el pedazo de asiento vacío que queda entre los dos—. Eres la mejor.

La oscuridad del coche, que recorre a toda prisa una autopista prácticamente vacía, me permite sonrojarme sin ser descubierta. El millón de mariposas, preciosas todas ellas, que han levantado el vuelo en mi estómago quedan para mí.

No añado nada. Marín no aparta su mano hasta que, unos minutos después, chasquea la lengua contra el paladar, alcanza su maldito teléfono de nuevo y responde a una llamada:

—Dime, Aroa.

No sé si son las tres cervezas que casi me bebí de un trago al llegar a la fiesta o la decepción de ver que entre Marín y yo siempre hay algo enorme y deforme llamado amistad, que ni siquiera me permite soñar lo suficiente, pero se me llena el estómago de augurios…, y ninguno es especialmente bueno.

Porque la verdad es que hace tiempo que tengo la puntual certeza de que este no ha terminado con Aroa, que ella se calla muchas cosas dentro de esa obsesión suya por Marín y…, seamos realistas…, que la enorme mentira de que sigo enamorada

34

de Gus me va a traer problemas, por no mencionar el hecho de que Loren está cansado de ser el único al que le voy con todas mis mierdas. Solo me queda confiar en Blanca. Blanca siempre es de fiar. Es tranquila. No guarda secretos. No sufre altibajos. Si está rara últimamente es solo por los nervios de la boda. Al fin y al cabo, todos estamos nerviosos por esa boda…, ¿verdad?

3
La previa

Me encanta la habitación de Marín. Por eso, cuando me despierto, me quedo en la cama disfrutando de ella; no tengo muchas ocasiones para hacerlo sola. No me gusta invadir su intimidad y cuando estoy con él aquí dentro no puedo respirar profundo en busca de su olor, sonreír como una tonta repasando cada una de sus estanterías y contando mentalmente cuántos de los vinilos, cedés, libros y cachivaches que contienen le regalé yo. Me gusta formar parte de su «guarida». Me gusta que esté siempre tan limpia y ordenada dentro del caos de música en todos sus formatos y aparatos en los que escucharla. A veces me da por pensar que incluso el parqué es más bonito en este dormitorio, que la luz de Madrid se disfraza de magia al colarse por la ventana a través del estor blanco o que un día este dormitorio, que es más grande, será nuestro en lugar de suyo.

Escucho ruido en la cocina. Trajín de tazas y alguien caminando descalzo. Es Marín. Me he habituado ya a que mis días empiecen con sus sonidos. Con el carraspeo de su garganta cuando apaga el despertador y se queda un segundo diciéndose a sí mismo: «No tengo sueño», con el café, la taza, el grifo al enjuagarla, sus pasos descalzos, sea invierno o verano, y el agua corriendo en la ducha. Muchas mañanas, aunque él se levante una hora antes que yo, le acompaño desde la cama en cada paso, despierta y mirando al techo, mientras fantaseo con que me trae el desayuno, me da un beso con sabor a pasta de dientes y me dice: «Te quiero, ten un buen día». En otras ocasiones soy menos naif, es cierto, y en lo que pienso es en entrar en la ducha y hundir mi nariz en su espalda a la vez que busco por delante hasta agarrarle fuerte la polla y escucharle gemir. Verlo empañar la mampara de la ducha con sus jadeos como se empañan los cristales en esa escena de *Titanic*. Ya sabes a qué escena me refiero, que a mí también me pilló en edad impresionable. Pero... si lo hiciera en la vida real, Marín moriría de un paro cardiaco y sus últimas palabras serían: «Pero ¿qué cojones haces, Coco?». Pues agarrarte la chorra, Marín, cielo, que parece que hay que explicarlo todo.

Me estoy poniendo cerda, voy a parar. Estoy en la cama de Marín y no puedo masturbarme aquí, como un mono en celo, revolcándome entre sus sábanas y el olor que su perfume ha ido imprimiendo en ellas. ¿No puedo? ¿Segura? Voy a meditarlo un segundo. No, no puedo.

Coco, escúchame bien..., anoche te dejó dormir en su habitación a cambio de información sobre la despedida porque la tuya es un horno y a él no le cuesta coger el sueño en el sofá, hasta ahí muy bien. Pero escúchame..., escúchame bien..., no vas a hacer eso que estás pensando hacer.

La mano derecha se mueve sola y sin permiso hacia abajo, pero la izquierda es más rápida y alcanzo el móvil de la mesita de noche.

Dicen los entendidos que ese gesto tan sencillo y automático, nos condena el resto del día: si nuestro primer contacto con la realidad es a través de nuestro móvil, tenemos todas las papeletas para sufrir un día de mierda. Estrés, ansiedad, mal humor, hipersensibilidad..., me suena.

Paso de todo y abro Instagram. Lo primero que me sale es la última publicación de Gus, que miro por inercia. Todos mis amigos, excepto Loren, creen que estoy obsesionada y que busco en cada una de sus frases un guiño para mí, pero en realidad, ya sabes, me da igual. Lo que pasa es que se ha convertido en un acto mecánico, como otros tantos y casi en un símbolo. De alguna manera, los poemas, frases o fotos de Gus le dan nombre al día con una justicia poética que me asombra. A veces escribe cosas que me aturden porque es como si hubiera tenido acceso a todo lo que siento por Marín. Igual debería contárselo…, él me entendería. Es la persona más intensa que conozco, de esto de querer sabe mucho. No. A Gus no, que tiene la boca como un buzón de correos. Pero… ¿por qué mierdas no se lo he contado a Blanca también? Porque me siento ridícula. Por eso.

Devuelvo mi atención al poema de Gus:

A veces me masturbo con la esperanza de que,
al correrme,
desaparezcas.
Quizá tenga la creencia de que saldrás como entraste,
a través de mi sexo,
nadando en mis ganas,
gimiendo en mi boca.
Y se me olvidarán, así,
todas las cosas que desaprendí
contigo.

La leche. Esto es a lo que me refiero. Ya no voy a poder pensar, en todo el día, en nada que no sea Marín montándome como un semental. ¿A quién quiero engañar? Con Marín solo quiero hacer el misionero…, así de enamorada estoy.

Es hora de salir de la cama. De su cama. Pero antes de que me haga a la idea, la puerta se abre con suavidad. Estoy tentada a hacerme la dormida, pero le sonrío al verlo entrar.

—¿Te he despertado?

Su gesto es el de siempre. Todos los días espero, sin querer admitirlo, que algo en él cambie cuando me mira: que sus ojos brillen más, que se muerda los labios, que se revuelva nervioso los mechones desordenados del pelo…, cualquiera de esos gestos a los que recurría cuando estaba con Aroa me valdría. Pero nunca llegan.

—¿Qué hora es?

Marín se sienta en la cama y me quita el móvil de la mano antes de contestar.

—Son las nueve y media, pronto para un sábado, ya lo sé, pero Gema está a punto de llegar y si te ve en mi dormitorio empezará otra vez con el cuento de que estamos enrollados y no se lo queremos decir.

Asiento y hago ademán de levantarme, pero empuja suavemente mi hombro para que vuelva a caer sobre la almohada. Una nube invisible de su olor se dispersa a mi alrededor.

—Deja de hacer eso —me dice serio.

—¿Cómo?

—Deja de ir corriendo a ver qué ha publicado en cuanto te levantas. No es sano. Te haces daño.

Me doy cuenta de que la pantalla de mi teléfono móvil aún no se ha bloqueado y el poema de Gus sigue allí, acusador. Bufo y cierro los ojos.

—Si de verdad lo das por terminado, deja de hacerlo. Si, por el contrario, lo quieres, ve a por todas. El punto intermedio no tiene sentido. Ha pasado más de un año.

Si él supiera…, si siguiera su consejo, tendría que irme de esta casa, buscarme otro piso y alejarme de su vida. Y quiero demasiado a Marín como para hacerlo.

Suena el timbre y se levanta; lleva el pelo desordenado y un pantalón corto de algodón. Nada más. Debería estar acostumbrada; vivo con él desde hace años, pero de unos meses hacia aquí, las sensaciones que me provoca se han ido agravando. Si

Blanca supiera lo que siento, me diría que es el «acumulado de la Bonoloto», que está ahí cociéndose en su propia salsa. Tengo miedo de estallar un día y meterle la lengua en la boca mientras duerme.

—Será mi hermana. Salta de mi cama.

—¿Has dormido bien en el sofá? —le pregunto mientras me levanto.

—Convencer al casero para que comprara ese sofá fue un acierto. Me he puesto el ventilador y he dormido como en un videoclip de Paulina Rubio.

Me saca una sonrisa unos segundos después de empezar a hablar. Tengo que controlarme para que esta no se expanda y me parta la cara por la mitad.

Hago la cama de Marín en lo que Gema tarda en subir por el ascensor y escapo en dirección a mi dormitorio para hacer el paripé justo a tiempo de que no me vea al entrar. Salgo a su encuentro con mi pijama y un moño.

—¡Madre mía, qué tetazas! —exclamo sin poder controlarme.

Ella se las toca ufana y asiente.

—Llevo relleno.

—Quítate ahora mismo los calcetines del sujetador —rezonga su hermano pasando de largo.

—Quítate tú el que llevas en la entrepierna, que no engañas a nadie.

Me río por lo bajini y le choco la mano con disimulo.

—Bajo un segundo a hablar con la tía —le dice a su hermana.

Me extraña que su tía no suba con Gema y que esa conversación no tenga lugar en la cocina, con una taza de café, como siempre, pero no digo nada por no preocupar a la niña.

Me quedo mirándola con los brazos en jarras y le sonrío.

—Menudo madrugón, maja. ¿Os vais de compras?

—¿No vienes? —Me mira suplicante.

Claro que quiero ir. Gema me hace mucha gracia, soy la pequeña de cinco hermanos y siempre he querido aconsejar a alguien al ir de compras para que no cometa los mismos errores que yo…, por no comentar nada sobre lo mucho que me gusta pasar tiempo con su hermano. Pero es su día.

—Qué va, Pamela —le digo señalando su pecho—, tengo muchas cosas que preparar. La semana que viene es la despedida de Blanca.

—Ojalá me llevarais con vosotros.

—Hay cosas que prefiero que no sepas de la vida, al menos aún —me burlo—. No tengas prisa por saber hasta dónde puede llegar el ser humano en su degradación. Las despedidas de soltera son el apocalipsis.

—¿Habrá hombres desnudos?

—¿Loren cuenta?

Gema se parte de risa y por su expresión yo diría que… no. Loren no cuenta como hombre desnudo según su baremo; ha ejercido de niñera demasiadas veces.

Marín está tardando un poco en subir, así que me llevo a Gema a mi dormitorio para que escoja un libro. Mientras su hermano esté de gira con la tal Noa (nota mental, aún tengo que buscarla en internet, por si es una diosa y yo todavía no estoy muriendo de celos), sus tíos la llevan al pueblo con los abuelos y allí no hay mucha gente de su edad; así estará ocupada en algo. Cuando el diablo no tiene nada que hacer, caza moscas con el rabo, dicen.

Estoy ordenando un par de cosas cuando me pregunta si se puede llevar «este». Al volverme, veo que sostiene el primer poemario de Gus, el que publicó en aquella editorial pequeñita justo cuando lo conocí. Sonrío al recordar la dedicatoria que escribió en la primera página: «Quédate a mi lado para siempre, morena. Y que para siempre sea el tiempo que tú decidas».

—¿Quieres leer a Gus? Creía que no te caía muy bien.

—No, si me cae bien, pero… es un poco pesado —dice con la boquita pequeña.

—¿No te gustará un poquito? —le pregunto.

No sería la primera niña que cae rendida frente a sus aires despechados hacia la vida, sus ojitos vivos y sus poemas sucios de amor y sexo. Yo misma lo hice. No podría culparla, pero… ella me mira asustada.

—¿Qué? ¡No! Pero ¡si es muy viejo! —Benditos quince años…—. Además, es tu exnovio. Una chica no se enamora del exnovio de su amiga.

Apúntatelo, Coco, hasta las adolescentes lo tienen claro.

Suspiro y cojo el ejemplar que sostiene entre sus manos. Es un buen libro; él dice que no se siente especialmente orgulloso de los poemas que llenan estas páginas, pero yo creo que están plagadas de cosas de verdad. Son como escopetazos de vida…, ahora dispara más fino. En dos años, sé que escribirá una novela intimista, sensible y desgarradora, que nos dejará a todos alucinados, pero en lo esencial, no diferirá de la verdad que defendió aquí dentro.

—Este libro es muy bonito —le digo—. Está escrito con muchas palabrotas y expresiones que tu tía no estaría de acuerdo con que repitieras, no sé si me entiendes, pero dice cosas de verdad.

—¿Sobre el amor?

—Sobre el amor. —Me siento en la cama y la miro desde allí abajo—. Sobre el sexo. Sobre uno mismo. Sobre el miedo. Sobre el ego. Sobre la vida a los veintipocos, supongo.

—¿Y tú crees que el amor existe y que es para siempre?

Uy. La pitufa se nos ha enamorado. No sé si de algún compañero de clase, del cantante de ese grupo adolescente medio grunge o del hermano mayor de alguna amiga, pero está claro que Gema está viviendo su primer amor. Adolescente impresionable preguntándote si el amor existe… Coco, ándate con cuidado.

—Yo creo que sí que existe y que es para siempre, porque si queremos mucho a alguien, por más que se acabe, siempre seguiremos queriéndolo un poco, ¿no? Por lo que fuimos —carraspeo al ver que pone cara de no entenderme—. El amor existe, pitufa, y, ¿sabes una cosa?, es bonito y eso, pero… sobre todo es libre.

Un crujido me advierte de que Marín está apoyado en el marco de la puerta, escuchándonos. Cuando nuestras miradas se cruzan, sonríe orgulloso. Pero no. Ni sus ojos brillan más ni se muerde los labios ni desordena los mechones más largos de su pelo con los dedos, nervioso.

—Mira, ya está aquí tu hermano. Ale, fuera de mi propiedad. Tengo una vida que atender.

—Vamos, Pamela —bromea él, señalándole la delantera.

—Pasáis demasiado tiempo juntos. Ya hacéis las mismas bromas —le contesta ella, divertida.

Marín me guiña un ojo y susurra un «gracias», supongo que por haberla entretenido mientras él hablaba con su tía. La verdad es que me encanta estar con Gema; mantiene vivos los recuerdos de cuando la vida era todo intensidad y un «dramita» apasionante continuo.

Antes de que salgan de la habitación, no me pasa inadvertida la mirada que Marín echa al libro que su hermana se lleva con ella. Frunce el ceño antes de marcharse detrás y, cuando lo hace, no tarda en deshacer sus pasos y volver a entrar en mi dormitorio.

—¿Tienes planes hoy? ¿No quieres venir con nosotros?

—Voy a ir a ver a Blanca.

—¿A ponerla sobre aviso por la despedida? —Sonríe.

—Está nerviosa. Le vendrá bien que alguien aparezca en su puerta con vino frío y un poco de sushi.

—Suena a «tarde de chicas» —bromea en tono repipi.

—Después veremos un par de tutoriales sobre cómo hacernos la manicura francesa y saber hacer un buen francés.

—Idiota. —Pone los ojos en blanco—. Oye, noto vibraciones en tu campo de fuerza. ¿Va todo bien?

¿Bien? Bien estás tú con vaqueros azul oscuro. Bien está esa sonrisa de medio lado cuando sabes que tienes razón. Bien está la casa siempre y cuando tú pises con los pies descalzos su parqué, que sí, necesita un acuchillado. Si ponemos mis ganas de besarte como un diez en «estar bien» y lo imposible que es que algún día realmente lo haga como el cero en la misma escala, no, Marín, nada va bien.

Pestañeo lento. Después sonrío enseñándole los dientes que, gracias a años de dentista, están rectos y alineados.

—Todo va de lujo. No podría ser más feliz.

Vale, ya tenemos claro para quién es el primer puesto en este concurso de mentiras. Ahora solo cabe averiguar quién completará el podio de honor.

4
Mi secreto

Cuando llego a casa de Blanca, me duele el brazo izquierdo de sostener el móvil con la oreja. He aprovechado el trayecto desde mi piso para llamar a mi madre y despedirme antes de la escapada en autocaravana y ese gesto le ha brindado la oportunidad perfecta para advertirme del peligro de doscientos mil objetos cotidianos, relatarme una lista de alimentos que pueden ayudar a que nos bronceemos y recordarme la necesidad de que sea responsable con mi sexualidad, aunque la expresión que usa para ello es «cuidarse».

—Mamá. —Me quejo con cariño—. Tengo que colgarte. Ya he llegado a casa de Blanca.

—Acuérdate de enviarme un mensajito cuando llegues. Comed zanahorias crudas. Ojo con dejar los espráis antimosquitos al sol y, por favor…, cuídate. Cuídate con los chicos, que hay mucha enfermedad fea por ahí.

—Que sí, mamá…

—¡Y pasa por casa a la vuelta! Te pongo un cóctel y me lo cuentas todo.

Mi madre… Ese personaje.

Blanca parece algo agitada cuando me abre la puerta. Está vestida, maquillada, la casa parece impoluta y sostiene también el móvil en una de sus manos. Sus bonitos ojos castaños brillan mucho, no sé si de emoción al verme (aprende, Marín) o porque está a punto de llorar. Me asusto un poco, pero su boca, tirando a grande, sonríe y le ilumina la expresión.

—¡Ey! ¡¡Coco!!

—¿A quién esperabas tú, reina? —le pregunto con el ceño fruncido, viendo cómo se peina con los dedos su media melena castaña.

Su expresión cambia y me mira con pánico.

—¡Dime que esto no es la antesala de mi despedida! Por Dios santo, júrame que no será una de esas despedidas en las que las amigas se ríen cruelmente de la novia, la visten de pollo y la obligan a pedir céntimos a cambio de canciones en el metro.

—Eres de lo más retorcida. Si alguna vez me caso, solo espero que no seas tú quien organice la mía.

Le paso la botella de vino blanco que he comprado de camino y una bolsa con el nombre de una cadena de comida rápida japonesa que sé que le encanta. Me mira con desconfianza.

—Si estás pensando que he drogado la comida a lo *Resacón en Las Vegas*, estoy empezando a pensar que vamos a decepcionarte muy mucho con lo que te tenemos preparado en realidad.

—Ay, calla, calla.

Coge lo que le tiendo y, por fin, me deja pasar. Tal y como parecía desde la puerta, el piso está limpio y ordenado. De Rubén, su novio, no hay rastro.

—¿Y tu futuro marido?

—Tenía plan.

—¿Y qué hacías tú?

—Pues… nada. Aquí. Como no me fío de vosotras, me he despertado al alba y me he pintado como una *drag queen* por si veníais a recogerme hoy, para pillarme desprevenida.

—Somos personas de honor, querida. Si Loren dijo «lunes», será «lunes». El pequeño emperador lo tiene todo programado al milímetro. O eso nos hace creer.

Parece nerviosa y una punzada de duda por si nos hemos pasado con esto de la despedida me atraviesa el estómago, justo cuando su móvil empieza a emitir un repetitivo tono de llamada.

—Joder —gruñe al ver la pantalla—. Voy a por un par de copas y el abridor. Llévate la botella al salón —me ordena.

La conversación que mantiene es tan silenciosa como agitada, a juzgar por cómo mueve la vajilla estrepitosamente en la cocina. Estoy a punto de ir a ver si está bien cuando escucho el nombre de Loren y me relajo. Solo es Loren…, que es capaz de poner nervioso al sol de mediodía.

—¿Qué quiere? —voceo.

—¡Darme por culo! —contesta Blanca sin ningún tipo de tacto.

—Dile que si se da prisa llega a comer sushi con nosotras.

—Ahora no necesito que me eches la bronca. —Trae las copas en una mano, bocabajo y sigue hablando con Loren, aunque noto que estudia mi expresión—. Necesito una copa de vino del tamaño de la Copa del Rey. ¡Claro que sé lo que es la Copa de Rey, imbécil! Y necesito un copazo de ese tamaño.

Pone los ojos en blanco y asiente un par de veces antes de despedirse y tirar de mala manera el móvil sobre el sofá.

—¿Qué le pasa?

—Nada. —Se aclara la garganta—. Solo estaba satisfaciendo su necesidad de agobiarme hasta la ansiedad.

—¿Con qué?

—Con…, con que…, ya sabes. Que si no voy a desconectar del trabajo y os voy a dar la despedida.

Arqueo una ceja. Tiene el portátil abierto encima de la mesa, pero la intuición me dice que hay algo más. Quiero decirle que soy la reina de las mentiras y que eso me convierte en una máquina infalible de localizarlas, pero eso me dejaría con el culo al aire. Blanca es muy espabilada. Más lista que el hambre, dice siempre mi madre, que no puede evitar ponérmela de ejemplo de cualquier cosa buena de este mundo. No le he cogido tirria porque la quiero y porque compensa su ejemplar currículo vital con todas esas barrabasadas que sé que es capaz de hacer y que mi madre desconoce. Como robar un carro de supermercado y obligar a que la lleváramos dentro durante toda la noche el día que celebró su cumpleaños. Así que si le digo que sé que es mentira, me contestará algo que tendrá como resultado a Coco confesando que ama a Marín con todo su papo.

—Coco… —Blanca dibuja una de sus sonrisas de niña buena y se hace sitio junto a mí en el sofá, apartando algunos cojines—. Coquito…

—Ay, Dios…, ¿qué quieres?

—Una liposucción —me dice con ojos tiernos—. En realidad, una lipoescultura que haga que, mágicamente, quepa en una talla cuarenta. No pido tanto, solo una talla menos.

—¿Qué?

—Es broma. Bueno, no es broma, quiero una lipoescultura, pero tú ahí no puedes ayudarme. Mejor, dame una pista de la despedida…

—¡Ni de coña! —Me río.

—¡¡Algo!! —suplica—. ¡¡Cualquier detalle!! ¿Qué tengo que llevar? ¿Quién viene? ¿Adónde vamos?

Busco el abridor en la mesa de centro, pero no está. Se le ha debido olvidar. Me levanto, rebusco en el cajón de la cocina y vuelvo. Es como encontrarse un perrito abandonado sentado en el sofá. Ella, su expresión, las ojeras que el maquillaje no ha podido disimular del todo y que son resultado de las más de cincuenta horas semanales que dedica a su trabajo en el despacho de abogados, donde estoy segura de que terminará siendo la socia más joven de la historia. No lo puedo evitar: me reblandezco.

—Joder…, eres lo peor. —Chasqueo la lengua contra el paladar—. No te voy a decir dónde vamos, pero necesitas ropa cómoda, como de vacaciones, algo para salir, pero poca cosa, bikinis, toalla, chanclas y…, bueno, lo básico de maquillaje.

—¿Ya está? ¿No va a peligrar mi vida si no llevo botas de montaña o algo parecido?

—Lo hemos organizado Loren y yo… —Me burlo—. Como nos gusta tanto el ejercicio físico…

—¡Yo qué sé! ¿Y si Aroa hubiera metido mano en la planificación?

—Eso nos llevaría a hacer yoga al amanecer, no a escalar la pared vertical de un precipicio. Relájate —le pido mientras alcanzo la botella y me dispongo a abrirla—. Será divertido.

—¿Quién va? —No tengo intención de volver a ceder, pero al mirarla, hay algo suplicante en sus ojos. Necesidad. Blanca está muy nerviosa. Mucho—. Necesito saber al menos quién estará en mi despedida, Coco. Te juro que no se lo diré a nadie.

—Nosotros. —Claudico—. Solo nosotros.

—Nosotros, ¿quiénes?

—Loren, Aroa, tú y yo.

Sus hombros parecen relajarse y resopla mientras se frota la cara. No sé si es alivio o desilusión. Intentamos que sus amigas del despacho y algunas de las de la universidad con las que todavía tiene contacto vinieran, pero son malas fechas. ¿Quién reserva una semana de agosto para la despedida de soltera de una amiga? Tus íntimos. Y…, ¿y quién se gasta el dineral que hemos invertido nosotros? Pues eso, nosotros.

—Los demás no pudieron —aclaro.

—Lo sé, lo sé. Lo entiendo.

—Queríamos que fuera mixta —y si sigo hablando es porque algo me dice que está decepcionada por tener una despedida tan poco multitudinaria y yo me siento en la obligación de disculpar a los demás—, pero Marín no puede por curro…, ya sabes que le toca ir de gira con la niña esta…, Noa. Y Gus no tenía pasta; le propusimos que pusiera lo que pudiera para el presupuesto, pero no quiso. Dijo que se sentiría mal.

Blanca coge la copa de vino que le ofrezco y brinda con la mía.

—Es una pena que no venga Marín. No por Aroa, que conste —se explica rápido—. Es que… es el niño de mis ojos. No se lo digas a Loren.

—Nada que no esté preparado para oír. Marín es el niño de los ojos de todo el mundo —suspiro.

—Oye, y… el hecho de que Gus no venga ¿tiene que ver con… vosotros?

—¿Nosotros? No, no. Supongo que se debe más bien a que además de no tener nunca un chavo en el bolsillo, no se imagina pasando una semana con Loren, veinticuatro horas al día, sin la presencia tranquilizadora y zen de Marín. Eso iba a terminar en las noticias.

—Mejor, ¿no? —Me mira dubitativa—. Porque… ¿tú… y él…? Quiero decir…, tú sigues pasándolo mal, ¿no?

Y ahí está, mi mejor amiga, Blanca, la persona más fiable que conozco. La única mujer capaz de decirme: «Coco, eso te queda fatal, no te lo compres». La única a la que no arrancaría la cabeza después de decirlo. ¿Se merece la mentira? ¿Se merece la pantomima? ¿Cómo es posible que no se haya dado cuenta? Ve cómo miro a Marín. Loren siempre dice que solo hay que verlo para saber que lo estoy desnudando con la mirada, pero de camino al altar. Ya sabes, me quiero casar con su barbilla por la iglesia y todo. Y que nos canten el Ave María. Y que toque un cuarteto de cuerda mientras yo se la lamo. La barbilla, recuerda.

—Blanca… —suspiro.

Contengo el aliento. Ella, también. ¿Se lo digo? Se lo digo. Voy a pasar una semana metida en una autocaravana con ella, se me va a notar, aunque no esté él. Tendré que escuchar cómo hablan por teléfono Aroa y él, cómo ella le dice que le echa de menos, cómo hacen planes para «hablar» a la vuelta...

Allá voy. A la mierda el secreto. A la mierda la creencia de que en realidad estoy liberando a Blanca de una situación incómoda al no contárselo.

—Yo...

—Coco... —Me coge la mano y sonríe—. Coco, da igual. No te agobies, ¿vale? El amor es así. Ya se irá. Date tiempo. ¿Quién dice cuánto debemos tardar en olvidar a alguien?

—Ya... —Hago una mueca.

—Lo importante es..., ¿quieres olvidarlo? ¿Quieres empezar de nuevo o quieres intentarlo?

Es la imagen de Marín la que viene a mi cabeza tras esa pregunta, pero la empujo hacia fuera en forma de mentira, porque a Marín no quiero olvidarlo y a Gus ya lo tengo más que superado.

—Estoy en el camino —aseguro—. En dos días..., superado.

Blanca sonríe. Yo sonrío. El sushi me va a sentar mal, estoy segura.

5
Ojalá pudiera meterte en la maleta

El vino blanco da resaca; mucha. Y me aventuraría a decir que más que la ginebra o el ron. Noto que las cejas me pesan más de lo que deberían y cuando Gema me ha descubierto dormida en el salón, solo ha sido capaz de decir: «Dios mío». Me tiré encima del sofá tal y como llegué; al parecer, no me quité los zapatos y seguía teniendo la riñonera puesta y las llaves de casa en la mano.

—Ya sé por qué mi hermano no bebe.

Eso lo ha dicho cuando he conseguido arrastrarme hasta la cafetera y ponerla en funcionamiento. Normalmente soy una persona comedida en cuanto al alcohol. Hace miles de años que no cojo una cogorza de las de vomitar en el portal y dormir con una mano en la pared para que todo deje de dar vueltas, pero ayer me puse fina a vino. Quizá son los nervios, quizá la emoción de saber que mañana, lunes, nos pondremos por fin en marcha. Hemos pasado meses organizando la despedida de Blanca con la intención de que fuera apoteósica, memorable, la mejor. Ahora estoy emocionada y bastante histérica porque por fin está aquí y porque me da miedo que algo salga mal o que a Blanca no le guste. La conozco bien y siempre he pensado que no querría una despedida tipo: manipedi, salir de copas, cena en un sitio pijo y copas por Madrid. Esa sería la despedida que le organizarían sus compañeras de despacho, pero las disuadió en su día diciendo que mejor dejarlo para verano, cuando tuviera vacaciones. No es lista ni «na» la tía...

Marín me mira hacer la maleta de pie junto al marco de la puerta. Me ha traído un café granizado que hace él mismo con canela y limón y al que no echa azúcar y que, por tanto, sabe como si lamieras al mismísimo diablo. Pero aun así lo quiero, aunque no piense bebérmelo, por supuesto. Está hablándome de la gira de la tal Noa. Con la borrachera tonta de ayer en casa de Blanca, se me olvidó buscarla en internet, pero esta mañana, antes de que se fuera de vuelta a casa, Gema y yo hemos estado «stalkeando» sus redes sociales. No hay riesgo. Tiene dieciséis años. Viaja con su madre. Con su madre y con Marín.

—¿Y tú ya tienes la maleta? —le pregunto.

—Sí. Me falta meter cuatro cosas. Dios... —Se frota la cara— ... no me puedo creer que vaya a perder una semana de vacaciones por llevar a esa niña de concierto en concierto.

—Oye, entre col y col, lechuga. Igual te da tiempo a ir a la playa.

—Sí, a comprarle polos de lima limón —se queja—. ¿Y qué planes tenéis vosotros?

—Pues la idea es... —Me siento sobre mis talones y lo miro—. Recoger a Blanca en su casa con la autocaravana llena de banderolas y esas cosas. Después vamos rumbo a Torrevieja, pero antes pararemos en un par de sitios así como poco apetecibles, para confundirla. En Torrevieja estaremos tres noches, en un camping muy loco que tiene toboganes y esas cosas.

—Suena de la leche.

—Después vamos una noche por libre, en plan hippy y ya la última parada es Mojácar, pero no hemos reservado el camping por si Blanca prefiere quedarse en plan salvaje.

—¡¡Oye!! —Me vuelvo asustada y veo a Marín sonreír—. ¿Hasta cuándo estaréis en Torrevieja? ¡Noa tiene un concierto allí, uno de esos de «Los 40 verano Pop»… — Echa mano al móvil, que lleva en el bolsillo del pantalón y trastea con él—. El miércoles!

Parpadeo. No-pue-de-ser.

Señor. No voy a misa desde que tomé la comunión, pero por favor, por favor… Por favor, que esto sea una señal.

—¿¡Y esto cómo no me lo dices antes, melón!? —Intento fingir un tono de voz despreocupado y divertido.

—Cuando os dije que iba a estar de gira, me expulsasteis hasta del grupo de WhatsApp de la despedida «para que no filtrara información al bando contrario», palabras textuales. —Se ríe—. Lo habéis llevado con más secretismo que los planes de invasión del Tercer Reich.

—Ya…, pues… según el programa, estaremos en Torrevieja hasta el jueves por la mañana.

—Bueno, tenemos la noche del miércoles para hacer despedida mixta. Menos da una piedra, oye.

¿Menos da una piedra? En mi estómago tengo una puñetera fiesta pagana, con su hoguera y todo. Alrededor de esta están bailando todas mis ilusas esperanzas, elevando su voz por encima de la estela de humo que deja el fuego en el cielo, con cánticos sobre lo bonita que será la historia de amor que por fin protagonizaremos en este viaje. Y para más inri en la despedida de Blanca, a la que los dos amamos profundamente. Nos nombrará en el discurso de su boda y nosotros a ella en la nuestra. Qué bonito va a ser. Y qué guapa voy a estar sin dientes cuando la realidad me dé un guantazo, dice la débil vocecita de lo que me queda de cordura.

—Será guay —respondo volviendo a mi maleta.

—Y una buena oportunidad.

Perdona. ¿Una qué? Me quedo paralizada y ni siquiera me vuelvo hacia él para preguntar, no vaya a ser que diga «de besarte por fin» o algo así sin ningún sentido, porque vivimos juntos y tiene doscientas oportunidades al día para hacerlo, y que a mí me dé por vomitar o llorar o algo así.

—¿Una oportunidad? ¿De qué?

—De animarte a conocer a alguien, Coco. Lo de Gus fue bonito, pero se terminó. Siento ser tan duro, pero tienes que volver a hacer tu vida al margen de él. Le aprecio mucho, es un buen tío pero como tu novio… admítelo, dejó bastante que desear. Además, mírate…, no terminas de arrancar a acercarte a él de nuevo.

—Sí me acerco. —Me justifico—. Siempre estamos juntos.

—Juntos, pero nunca solos. Parecéis dos colegas más. No tiene sentido que «le esperes». Él…, bueno, no eres tonta y debes saberlo de sobra, pero está haciendo su vida.

Que Gus está tirándose a medio Madrid es algo que tengo más que asumido desde el día uno de nuestra ruptura. Y no me molestó ni entonces, pero tengo que fingir que me afecta; con moderación claro, por no desanimarlo si Marín está secretamente enamorado de mí.

—Eso ya lo sé —añado con un tono tontamente enfurruñado.

Marín se sienta en mi cama, delante de mí y llama mi atención con un gesto. Levanto los ojos hasta los suyos y trago saliva. Sus pupilas están dilatadas por la luz tenue del atardecer en mi habitación en los últimos días de julio y parece que es capaz de atravesarme entera y leer cada uno de mis miedos y mentiras. Dios…, no es que me guste, es que estoy hasta las trancas.

—Coco…, eres una chica increíble. Eres divertida, inteligente, nunca te quedas quieta, eres muy bonita, tienes una personalidad que enamora —«Mamá, manda ayuda»— y eres detallista, encantadora…, mil cosas más. Si quieres estar sola, me parece bien, no me malinterpretes, pero si en realidad deseas compartir tu vida y enamorarte, no te agarres a algo que está muerto. O te empeñas en revivirlo con todas tus fuerzas o... a otra cosa. Vive, Coco.

Asiento antes de volver la atención a mi maleta, que estoy llenando con una minuciosidad inusual en mí, alargando el proceso. Evito su mirada hasta que anuncia que va a preparar la cena y se marcha. No quiero que me mire y sepa el miedo que me da empezar, vivir de nuevo y plantearme que si Marín no ha dado muestras de quererme hasta ahora, no lo hará, por más que lo alargue. Y eso solo significa una cosa: que tengo que tomar una decisión. O se lo digo y que sea lo que Dios quiera o me voy del piso con cualquier excusa que le haga el menor daño posible y... comienzo de nuevo. De verdad. Y sin mentiras.

6

A lomos del «alcohol milenario»

Loren y yo miramos el monstruo que tenemos enfrente un poco asustados. Yo no me molesto en esconderlo; él, sí. Ponemos los brazos en jarras para fingir una postura más decidida y lo hacemos a la vez. Frente a nosotros, ese mamotreto brilla con el reluciente sol que despierta en una mañana de verano como esta. La poca brisa que se mueve a nuestro alrededor parece húmeda, pero solo es el efecto de la condensación de sudor en la superficie de nuestra piel. Se avecina un día infernal. Espero que a esto le funcione el aire acondicionado a toda leche. En lo que llevamos de verano he descubierto que me sudan algunas partes del cuerpo que no sé ni cómo se llaman. El más caluroso de mi vida.

—Y creo que esto es todo —nos dice el responsable de explicarnos el funcionamiento de la autocaravana en Caravaning K2—. ¿Tenéis alguna duda?

Todas, pero no lo digo por si se lo piensa mejor y no nos da las llaves de la bestia esta de metal. Me he quedado en coma profundo después de que nos explicara el funcionamiento del baño y cómo se tiene que vaciar. Loren me mira parapetado tras sus gafas de sol mientras le dice que está todo bien y entendido. Esbozo una sonrisa justo cuando él empieza a reírse escandalosamente. Y ojo con la risa de Loren, porque es más contagiosa que la gripe.

No, no nos hace gracia, es un conato de ataque de histeria. Esto va a ser más complicado de lo que pensábamos.

—¿Estáis dándole vueltas a lo del baño? —nos pregunta con una sonrisa.

—Un poco —confieso.

—No es nada. De verdad. Es muchísimo más fácil de lo que parece. Os prometo que es coser y cantar. Bien, ¿quién va a conducir?

—Los dos —se apura a decir Loren.

—Él —contesto yo. No me veo preparada para mover algo tan grande sin llevarme por delante todo lo que se cruce en mi camino, como en las persecuciones de las películas de acción.

Le da las llaves a él.

—Pues ya está todo. Ya os la podéis llevar. Estoy seguro de que va a ser una experiencia extraordinaria; ya veréis. Vais a volver enamorados.

Ayer estaba emocionada y asustada a partes iguales; ahora mismo gana la emoción.

Ambos nos subimos a la caravana y la estudiamos en silencio. Es muy bonita y está increíblemente bien equipada. Nunca pensé que una caravana pudiera tener tantas comodidades. Cocina, salón, una litera, una cama de matrimonio… Todo perfectamente encajado y en el tamaño perfecto para ser funcional y aprovechar el espacio. Abro la nevera, los armarios de la «cocina». Me siento en las mesitas y sonrío emocionada; si algún día me caso, quiero que mi despedida sea exactamente igual que esta.

—Imagínanos aquí sentaditos, comiendo —le digo e inmediatamente me da la sensación de sonar como una niña que juega a las casitas.

—Será más *cool*. Comeremos en la terraza, debajo del toldo de la caravana.

—No tenemos mesa ni sillas para la terraza, pero suena bien.

—Unos flequitos por solucionar, nada más.

—Tenemos que bautizarla.

—La estrella de la muerte —dice Loren, con cara de sádico.

—¿No puede ser algo así como más suave? Que no mente a la muerte, a poder ser. El…, el halcón milenario, si quieres.

—El alcohol milenario, decidido.

Loren se coloca en el asiento del conductor con una sonrisa y se concentra en conectar el sistema de radio a su móvil gracias al *bluetooth*; ha preparado varias listas temáticas de Spotify para el viaje y no puedo más que sorprenderme gratamente cuando les echo un vistazo. Creía que de esto se encargaría Aroa, pero ha tenido mucho trabajo y no la hemos querido atosigar. A decir verdad, aunque siempre la tratamos bastante entre algodones, desde que Marín y ella anunciaron su ruptura ni siquiera estornudamos cerca de ella y creo que se está acostumbrando. No quiero quejarme en voz alta, pero no ha movido un dedo para ayudarnos a organizar todo esto. Sin embargo, como no la hemos visto derramar ni una lágrima, la malcriamos intentando evitar el día que reviente todo ese autocontrol.

—¿Vas a saber llevar este trasto? —le pregunto cuando empieza a sonar el último tema de Karol G.

—Claro —dice escueto, lo que significa que tan claro no lo tiene.

—Tiene un volante como de autobús de la EMT. Mide dieciocho metros. ¿Cómo ves para maniobrar? ¿Cuál es la velocidad máxima que puedes alcanzar? ¿Esto sabrás aparcarlo? ¿Te acuerdas de cómo va lo de la luz y el agua? No podemos dejar que Blanca conduzca; va a querer hacerlo. Nunca nos devolverán la fianza. No quiero morir.

Loren suspira y se vuelve a mirarme. Sonríe, yo también.

—Como no te calles ya, te meto en la nevera hasta que mueras asfixiada y te tiro en el primer descampado que pille.

Aroa nos espera ya junto al bar de los padres de Loren cuando llegamos pegando voces y metiendo pitidos. Nos mira toda la calle y la gente que está sentada en la terraza, pero nosotros bajamos la ventanilla y hacemos una demostración de lo que una persona discreta y mayor de catorce años no haría. Cuando subimos el volumen de la canción de Ana Guerra y nos ponemos a berrear: «Holaaaa, mira qué bien me va sola», el padre de Loren sale del bar armado con un paño de cocina con el que sé por experiencia que puede callarnos. Bajamos la música al instante.

—¡¡Tarados!! —Se descojona Aroa—. ¡¡¿No la había más grande?!!

—¡¡Caballo grande, ande o no ande!!

Muy chulita estoy de copiloto..., a ver qué opino de la envergadura del trasto si me toca conducir.

—¡¡¡Papá!!! —grita Loren mientras baja—. ¡Dame sillas de plástico!

—¿Tú eres gilipollas? ¿Y de dónde las saco?

—¿De la puta terraza? ¡Y una mesa! La de las comuniones, que es plegable.

—¡¡Claro!! Y la gente que venga a beberse una cerveza que se me siente en las rodillas, ¿no? Tú no eres más imbécil porque no te entrenas.

Aroa y yo nos miramos con una sonrisa. Ya estamos acostumbradas al tono en el que Loren y su padre se comunican.

—¿Lo llevas todo ahí? —Señalo la mochila que descansa a sus pies.

—Sí. Menos el saco. —Se da media vuelta y me enseña el bulto que cuelga de su espalda.

La acompaño hasta el maletero y abro para que pueda dejar sus cosas. Está tan bonita…, lleva su melena rubia recogida en una trenza deshecha que cae sobre uno de sus hombros, una camiseta negra desbocada y unos *shorts* vaqueros que dejan a la vista sus bronceadas piernas. A los pies, unas de esas botas envejecidas con las que no sé cómo no se cuece.

Miro mi mono negro de algodón con escote en pico y mis Converse que siguen tan roñosas como las encontré bajo la cama.

No hay color…

—Estoy súper emocionada con la despedida —confieso.

—Mujer, que tampoco nos vamos a Tomorrowland.

—Pero es la despedida de Blanca.

—Uhm… ya. Sí.

Pero no suena muy convencida. No sé por qué, eso no me sienta muy bien, aunque callo y disimulo.

—Oye, Coco…, ¿Marín ya se ha marchado?

—Sí —finjo despreocupación mientras busco las banderolas con las que vamos a adornar la caravana—. Cuando me levanté ya no estaba. Me dejó una nota en la cocina diciendo que ya no pasaba por casa.

¿Debería decirle que el miércoles vendrá al camping en Torrevieja? ¿O eso le dará la oportunidad de arreglarse, ponerse divina y enamorarlo para siempre?

—Creo que podremos verlo en Torrevieja. Actúa allí…

Aroa no me deja terminar. Me coge de la cintura, me da un par de vueltas y me levanta, ilusionada.

—¡¡Ah!! ¡Es el destino! Esto es una señal, Coco. Esto es el cosmos, que nos junta en Torrevieja. ¡¡En Torrevieja!! En la playa. La playa es nuestro lugar. Donde sea. La playa, en general. En nuestra primera escapada juntos hicimos el amor en la playa, ¿sabes? ¡¡Y me corrí tres veces!!

Me muerdo la lengua justo antes de decir lo que estoy pensando: «Pues ya ves, qué cómodo…, con toda la arena». No es que no haya tenido tiempo de asumir que Aroa y Marín se acostaban. Cuando empezaron a hacerlo, no me molestaba en absoluto. En realidad, ni siquiera dedicaba un pensamiento al hecho de que, como pareja que eran, tenían vida sexual. Aún nos recuerdo a Loren y a mí riéndonos con sordina mientras les escuchábamos darlo todo un domingo (dominguete) en su dormitorio. Acepté que estaba hasta las trancas de Marín cuando la mínima mención a su sexualidad me daba reflujo.

Marín y Aroa follando... como dos estrellas en el cosmos chocando y creando una supernova. No sé cómo no destruyeron el mundo. Son demasiado guapos. La fricción de dos cuerpos como los suyos debe desprender mucha energía atómica o algo así.

—¡Coco! —exclama Aroa encantada—. ¡Que te quedas como boba!

—Será el amor, que está en el aire —rezongo. El hecho de que esta despedida solo la entusiasme cuando surge el nombre de Marín me toca un poquito la moral, la verdad. ¿No se supone que éramos amigas? No sé si es ella o yo, que últimamente estoy muy sensible, pero me da por pensar que un día, sin darme cuenta, debí convertirme para ella en la compañera de piso de Marín sin más implicación personal que esa.

—Venga... —Me da un codazo suave y sonríe dulce—. Lo de Gus...

Desconecto en cuanto escucho su nombre. Qué pesadilla. Si no lo quisiera tanto, lo habría aborrecido. Todo el mundo empeñado en nombrármelo cada quince minutos. Pero claro, ¿de quién es la culpa?

—¿Has visto su poema de hoy? —se interrumpe ella misma—. Superfuerte. A ver..., Blanca, se enfadará si me escucha decirte estas cosas, pero... yo creo que sigue colgadísimo de ti.

Arrugo el ceño. Demasiada información en una sola frase.

—Mira...

Aroa saca del bolsillo trasero de sus *shorts* el móvil y trastea en Instagram hasta encontrar la publicación del día en el perfil de Gus y me tiende el aparato. Con todo el lío de ir a recoger la autocaravana ni me había acordado de mirar.

Lo primero que me encuentro es su cara…, y es raro. No suele publicar sus poemas con fotos suyas, pero ahí está. Con su barba controlada, sus ojos redondos, la sombra del vello de su pecho asomando por el cuello de su camiseta. Gus. No siento nada al verlo, aunque sé que sale favorecido; seguramente los trescientos veinte comentarios que ya acumula la publicación son de gente que opina lo mismo.

—El poema… —señala Aroa, que debe de creer que me he quedado embobada mirándolo.

Ya se me pasa, lo prometo.
Solo necesito un minuto.
Respirar.
Cerrar los ojos.
Darme tregua.
No añorar.
Dejar de olerte hasta cuando no estás.
Prohibirme tu nombre en todas sus versiones.
Arrancarme de la cabeza tu risa
y de la piel un invierno.

No te preocupes, tú anda.
Dame un segundo para sentirme desgraciado.
Para llorarte,
para tenerme pena,
para echar de menos lo que antes echaba de más.
Solo tengo que masticar la rabia,
la vergüenza,
el recuerdo,

la mentira,

lo que quisimos hacernos creer,

lo que fuimos,

o no.

Ya se me pasa, de verdad.

Te lo prometo.

Miro a Aroa con expresión de sorpresa y ella asiente ufana.

—Coladito lo tienes aún.

A ver, a ver, a ver. Calma. Vuelvo a leerlo. No añorar, olerte, tu nombre, tu risa, un invierno, tenerme pena, el recuerdo, lo que fuimos. Gus…, ¿Gus?

—No puede ser —digo nerviosa.

—Coco, ¿por qué no le escribes y le dices que intente venir el miércoles? ¡¡El miércoles del amor!!

—¿El miércoles de qué?

Loren nos mira cargado con dos sillas de plástico que tienen pinta de salir del almacén del bar.

—Espera, que te ayudo.

—No, no. —Las deja en el suelo—. Contadme eso del miércoles del amor.

—Marín viene a vernos a Torrevieja el miércoles. —Aplaude Aroa emocionada, encaramándose al pecho de Loren—. Y Gus sigue enamorado de Coco. Mira.

Recupera el móvil de entre mis manos y se lo da a Loren para que lea el poema.

—Odio la poesía —se queja tras un suspiro, pero atiende, alternando los ojos entre la pantalla y mi cara, conforme lee—. Esto…, ya. Bueno. Ninguna novedad. Gus es un moñas.

—¡¡No es un moñas!! —exclama Aroa—. ¡¡Está enamorado!!

—Es poeta —añado, robando el móvil otra vez para echarle un vistazo de nuevo.

—Pero, Coco…, tú no lo has olvidado y… mira. ¡¡Mira!! Él tampoco. Loren, prepárate para pasar las noches bajo la luna de Valencia porque esta —le da un par de palmadas al pobre «alcohol milenario»— se va a convertir en la caravana del amor.

Aroa se va dando saltitos hacia el interior del bar como el ser de luz que es.

—¿Tú sabes algo de esto? —inquiero a Loren con el móvil de Aroa aún en la mano.

—No.

Le mantengo la mirada. Su boca dice no, sus ojos: «No preguntes más».

—¿Me va a traer problemas?

—Te va a traer problemas seguir con todas esas mentiras. Deberías, al menos, contárselo a Blanca —susurra serio—. Llevo meses diciéndotelo. Fingir que estás enamorada de Gus para que nadie sospeche que mueres por Marín NO-ES-BUE-NA-I-DE-A.

—¿Gus está enamorado?

—¿Y a ti qué más te da eso ahora?

—A ver si va a…

—¿Ahora te vas a montar esa película? Coco, por favor, que vamos a estar una semana encerrados en esa caravana los cuatro.

No entiendo muy bien a qué viene su último comentario, pero antes de que pueda preguntarle, su padre aparece seguido de Aroa, que sostiene contenta dos botellas de vino.

—Ale, sentaos que os he puesto una ración de morro —dice Jose.

—¡¡Papá, que nos tenemos que ir a hacer la compra!!

—La compra, la compra, la compra…, pues ¡os lleváis vino de aquí y andando! Como si os preocupara comprar algo más que alcohol…

7

Precipitados

Noa está sentada en una de las sillas de la sala de reuniones con expresión aburrida y el teléfono móvil en la mano. Si pudiera, se lo hacía comer, pero no debo, claro.

Es la única persona capaz de sacarme de mis casillas, pero porque es la adolescente más impertinente sobre la faz de la tierra. Todo lo quiere, todo lo exige…, para después no valorar nada. No digo que todos los artistas sean así. Ni pensarlo. Mi jefe decidió que yo podría «llevar por el buen camino» a esta niña. Que no grite, llore, dé patadas a las puertas ni lance cosas por los aires, como algunos de mis compañeros, no quiere decir que no tenga un límite. Aunque a decir verdad, esta niña lo traspasó hace ya meses. Y ahora tengo que acompañarla de gira.

—¿Y no habrá maquilladora? —pregunta con desgana, levantando por primera vez la mirada de la pantalla de su móvil última generación.

—No —digo mientras repaso la carpeta que me ha facilitado el pobre becario al que le tocó sacar toda la documentación y ordenarla: billetes, la reserva del coche de alquiler, las de las noches de hotel…

—Pues vaya mierda. ¿Y no podemos exigirla?

Miro a su madre de soslayo, que la mira con cierto temor a una pataleta y que tarda dos milésimas en suplicarme con los ojos que me haga cargo.

—No. No podemos exigirla, Noa. Es la discográfica la que se tiene que hacer cargo de todos los costes de estos bolos. Son promoción. ¿Te acuerdas de lo que te explicamos sobre la promoción?

—Bueno, pues haceros cargo de la maquilladora también, ¿no? Yo necesito estar guapa en los bolos.

Me lanza una miradita pseudoseductora y me muerdo el labio superior al mirar a su madre.

—Pilar, por favor… —le dice—. Si Martín te dice que no puede ser…

Un año trabajando con ellas y sigue sin memorizar que me llamo Marín, no Martín. Suspiro y me meso el pelo entre los dedos.

—Pilar… —digo en tono suplicante.

—Que mi madre me llame Pilar, bueno, pero tú me llamas Noa, ¿vale?

Tengo un microorgasmo mental al imaginarme a mí mismo rodeándole el cuello con las dos manos y apretando hasta que Pilarica se ponga morada. Sonrío.

—No hay maquilladora —zanjo—. Ni peluquera. El vestuario te lo hemos gestionado con una marca a la que debes mencionar en redes sociales.

—¿Y quién me hace las fotos? ¿Me las haces tú?

Trago saliva. Me he sentido tentado a hablarle a Coco cientos de veces de esta niña y de la mala vida que me da, pero si nunca lo he hecho es porque creo que me animaría a matarla. O lo haría ella misma. No quiero pasar el resto de mi vida en la cárcel ni tener que llevarle tuppers de tortilla a ella a la de mujeres.

Cuando salgo de la sala de reunión, el becario me mira con expresión de piedad y le pongo los ojos en blanco aprovechando que las llevo detrás: una tirana de dieciséis años y una madre que no sabe imponerse. El sueño de cualquier *project manager* junior discográfico.

—Nos vemos a las cuatro —le digo a su madre—. Directamente en la estación. Intentad ir ligeras de equipaje. Yo llevo el vestuario. En cuanto lleguemos, recogeremos el coche de alquiler en la estación de destino.

Las acompaño a la salida y a la vuelta me dejo caer en mi silla. Encima de mi mesa, además del portátil que me facilitó la compañía y el móvil de trabajo, me recibe una taza con un poso de café y la cara de Coco sonriéndome desde la loza. Es la peor foto del mundo, está bizca, tiene un pegote de chocolate en un diente y el pelo parece un nido de aves, pero esa es la gracia. Ella tiene una con mi cara, más o menos con la misma expresión, en su trabajo. Fue un regalo de Loren para el «amigo invisible» del año pasado. En la mía pone «Sardina», y en la suya, «Anchoa». En este grupo no terminamos de ser lo que se conoce como normales.

Veo a mi jefe salir de su despacho y me levanto como un resorte para interceptarlo.

—¿No te vas ya? —me dice.

—Hasta las cuatro y media no sale el tren.

—Anda... —Se para y me sonríe—. Vete ya. Descansa un rato si tienes tiempo. Vas a necesitar hacer acopio de paciencia.

—Canta como quiere pero... —Suspiro.

—Pero es un cojonazo.

Frunzo el ceño.

—¿Un... cojonazo?

—Ah, sí. Un cojonazo. Mi hija dice que tengo que dar ejemplo eliminando micromachismos de mi lenguaje. En casa estamos en guerra con el lenguaje patriarcal y «coñazo» tiene connotaciones negativas para las mujeres. Ahora me obliga a decir «cojonazo».

—Pues no creas, que tiene su lógica.

—Esta vez la tiene, no como cuando me dijo que me quedaría bien la perilla.

—No sé si quiero tener hijos. —Le sonrío.

—Con Gema te ha salido bien.

No puedo hacer otra cosa que reírme. Desde que le dije que Gema y yo nos llevamos dieciséis años, está convencido de que en

68

realidad es mi hija y que se la encalomé a mi familia para que la criara después de que la madre apareciera en la puerta de mi casa diciéndome que me dejaba a la criatura. Si no le gustase tanto la música, le hubiera ido bien como guionista de culebrones.

Recojo en un segundo. Cuando cruzo las puertas del imponente edificio de la discográfica, el cambio de temperatura con el exterior me produce un escalofrío. O quizá es un «picor de nuca», una intuición. No volveré hasta dentro de un mes, cuando terminen mis vacaciones. ¿Seré la misma persona...?

Cojo el móvil y le doy al primer contacto que me aparece en la lista de llamadas. Contesta al tercer tono.

—¿Te estás arrepintiendo horriblemente de perderte la despedida de soltera que hará historia y acabas de dejar tu trabajo para poder unirte a la compañía de la caravana?

—No me gusta lo de la compañía de la caravana —escucho decir a Loren de fondo.

—Coco... —le pido atención, porque se está partiendo de risa—. ¿Dónde estáis?

—En la terraza del bar de los padres de Loren.

—¿Vais borrachos?

—Aroa y yo un poco. Loren no, que conduce.

—Bien... —Miro la hora haciendo caso omiso a la voz de Aroa que intenta decirme algo entre risitas, también de fondo—. Son las doce en punto de un lunes. Empezáis bien.

—A tope. ¿Qué se te ofrece?

—Me han dado la mañana libre. Voy a daros un beso antes de que os vayáis. ¿Llego a tiempo?

—Ve a casa de Blanca y hazle compañía. Algo me dice que vamos a llegar tarde a recogerla.

—¿A qué hora habíais quedado con ella?

—A las once y media.

—La madre que os parió...

Blanca lleva un vestido negro de tirantes y una camisa vaquera arremangada y anudada a la altura de la cintura; está preparada para la aventura y me sonríe al verme tras la puerta.

—Pero ¿tú no...?

—Solo vengo a despedirme —le aclaro antes de darle un abrazo—. ¿Y Rubén?

—Tenía cosas que hacer —contesta resuelta—. ¿Quieres tomar algo?

—No. Pero igual tú tendrías que tomarte un chupito o algo para calentar.

—¿Tú sabes algo...?

—A regañadientes le sonsaqué a Coco ayer. —Me encojo de hombros—. Estate tranquila. Te gustará.

Mira la puerta cerrada, como si esperase que alguien la abriera en este momento.

—¿Vienes solo?

—Sí. Me he dejado al ejército de los hunos haciendo acopio de alcohol.

Blanca lanza una carcajada y me da un abrazo cariñoso.

—Dime que has impuesto un poco de cordura en esta despedida.

—Me encantaría, Blanca, pero no me han dejado meter mano, en serio. Me enteré ayer. Lo de encadenarte al *stripper* no me parece buena idea, pero...

Me lanza un manotazo y dejo que mi risa la tranquilice.

—Ven, voy a ponerte una limonada mientras me bebo a morro la botella de licor de crema catalana que guardo para los desastres.

Aparecen por la estrecha calle donde vive Blanca como si condujeran una Vespino en lugar de un jodido tanque. Un tanque lleno de banderolas, eso sí. Temo que las dejen enganchadas a la farola cuando se lleven por delante la fila de coches aparcados. Van pitando, sacando los brazos por las ventanillas y con la música a todo trapo. Suena «Calypso», de Luis Fonsi. Esta imagen parece recién sacada de un videoclip infernal dirigido por un mono loco. Blanca se lleva las dos manos a la boca mientras coge aire exageradamente.

—¡¡Un, dos, tres, calypso!! —gritan Loren, Coco y una voz que reconozco como Aroa.

Miro a Blanca y la veo del mismo color que hace gala en su nombre. Deja caer sus manos de la boca, pero sigue teniéndola abierta de par en par.

—¡¡¡NO TENÉIS MEDIDA, PEDAZO CABRONES!!! —grita, no sé si horrorizada o encantada.

—¡¡EOEOEOEOEOEO!! —gritan enloquecidos desde la caravana.

—¡¡Me cago encima!! ¡¡Os quierooooo!!

Vale. Sinceramente, me muero de envidia. ¿Por qué cojones voy a perderme esto? Por una niña que se llama Pilar, pero que se hace llamar Noa. Y por conservar un trabajo que me encanta, eso también.

Me da la sensación de que se olvidan de mi presencia en cuanto bajan para abrazar a la futura novia, pero Aroa no tarda en aparecer delante de mí. Pestañea lento y me parece percibir la brisa que ese movimiento genera.

—Gracias por venir —me dice antes de morderse el labio.

Sé que no lo hace como un gesto lascivo, pero la verdad es que... es sexi. Ella entera lo es. Casi puedo sentir el breve peso de su cuerpo encima de mí cuando me lo hacía de esa manera que...

—No es nada. —Aparto la mirada—. Quería darle un beso a Blanca.

—Pero te vemos el miércoles, ¿no?

—Sí —asiento—. Pero ella no lo sabe.

—Qué bien que vengas... —Sus dedos acarician el algodón de mi camiseta en un gesto que quiere parecer distraído, pero doy un paso atrás.

Me mira. La miro. Joder...

—¡Sardina! —grito en dirección a Coco.

—Dime, Anchoa.

No viene. La llamo con un gesto y parece que se resiste a acercarse.

—¿Puedes venir, pesada? —me burlo.

Arrastra los pies hasta nosotros en una clara expresión de inconformidad: debe de creer que estamos pelando la pava.

—¿Qué quieres?

—¿No vas a darme un beso antes de irte en la discoteca móvil esa que tenéis montada?

Pestañea algo nerviosa y la beso en la frente.

—Rancia. Eres como mi hermana cuando se va de excursión…

—Tengo quince años mentales, todo encaja —se burla.

—Está nerviosa porque acaba de descubrir que Gus aún la quiere —añade Aroa.

Arqueo una ceja y ella mira al suelo automáticamente.

—¿Y eso?

—Paranoias de Aroa. Venga, despedíos, que tenemos aún muchos kilómetros.

Le doy un beso en la sien a Aroa y voy inmediatamente en busca de los otros dos, sin darle posibilidad de réplica. Un minuto más y se pondrá de puntillas frente a mí, mirándome a los ojos, mordiéndose el labio inferior, antes de pedirme un beso. Y no.

—¿Qué es eso de que Gus sigue enamorado de Coco? —pregunto al llegar junto a Loren, que está encajando la maleta de Blanca entre las demás en una especie de Tetris.

Los dos se incorporan rápido y sin mirar y se dan en la cabeza con la carrocería blanca y reluciente de la caravana.

—¿Cómo? —preguntan a la vez dándose friegas acompasadas sobre el cogote, como en una coreografía.

—No sé. Me lo acaba de decir Aroa.

—Bah… —Loren le quita importancia con un gesto, como dando a entender que ya conozco a mi…, a…, a Aroa. Siempre ha sido un poco romántica, es verdad—. De todas formas, ¿a ti qué? —me pregunta levantando las cejas.

—Hombre, a mí me huele a drama. Me preocupo por Coco.

—Preocúpate más por ti, anda, cielo.

No puedo evitar fruncir el ceño, aunque no añada más. No sabría qué añadir aunque quisiera.

Estoy bien. Me lo repito cada mañana al despertarme. Estoy bien. Me duele, claro que me duele, pero es verdad eso que dicen sobre el tiempo y las rupturas... Cada día duele un poco menos. Aunque siga sin saber cómo cojones llegamos a aquel punto de no retorno, cómo cojones pudimos pasar tanto tiempo juntos y empezar a conocernos de verdad tan tarde, cómo no frenamos a tiempo para atajar lo que terminó pasando. No lo sé. No sé nada. No sé siquiera si aún la quiero.

Casi se marchan sin despedirse, entre risas, vítores y cánticos de los que soy un mero observador. Me siento mal. Quisiera estar subiendo a la autocaravana en lugar de parado como un pasmarote aquí, viéndoles irse con la música a otro lado. Además de mi evidente predilección por Coco, con la que me iría al fin del mundo, Blanca siempre ha sido especial para mí. Tan resuelta, tan ácida e inteligente. Blanca tiene magia..., y me pierdo su despedida.

—Id con cuidado. —Doy un par de golpecitos a la carrocería brillante, como se los daría al morro de un animal grande pero dócil que fuera a llevarlos lejos.

—Diviértete —suelta Coco con un guiño, asomada a la ventanilla.

—Si no fueras mi mejor amiga, te sacaba de los pelos —bromeo.

—Envidioso.

—Y tú que lo sabes.

Loren me guiña un ojo justo antes de poner el motor en marcha. Dejan una estela de velocidad dibujada en la calle y meto las manos en los bolsillos. ¿Qué es esto que tengo estrangulándome el estómago? ¿Estoy preocupado por ellos? ¿Estoy celoso de que vayan a disfrutar de estos días y yo no? ¿Ha sido la mirada de Aroa? ¿Lo rara

que, en realidad, llevo viendo a Blanca desde hace unos meses? O...
¿Coco? Me ha costado mucho esconderle todo lo que pasó y algo me
dice que este viaje va a precipitar las cosas. Todas. Aroa no va a poder
esconder durante mucho tiempo que no hay tanta luz en ella como
parece. Ni yo. Mis mentiras empiezan a asediarme.

Miro la hora, suspiro y echo a andar hacia la parada de metro.

8

On road

Tenemos por delante más de seis horas de viaje, pero Blanca no lo sabe. Vuelvo la cabeza y la veo inspeccionándolo todo desde su asiento, maravillada. Hace cosa de un año, poniéndonos tibias a cerveza en El viajero, ambas nos quejábamos de ser las típicas adultas (si es que dos tías como nosotras pueden considerarse adultas) que de niñas nunca habían ido al campamento.

—¿Cómo quiere la gente que no sea «Maripuri» si no sé ni cómo es una tienda de campaña por dentro? —dijo antes de terminar su copa.

Blanca es hija de una madre hiperprotectora que temía que su hija se marchara de colonias y no sobreviviera a la experiencia. Se le suma el hecho de que considera que los festivales son círculos del infierno dantiano, en los que no hay donde sentarse y hay que compartir ducha y lavabo.

Por eso está tan contenta. Parece que le van a salir de los ojos unicornios flotando sobre nubes de algodón de azúcar cada vez que parpadea. De vez en cuando aplaude brevemente, sin añadir nada más. Está tan ilusionada que casi me da pena hacerle creer que nuestro destino es un camping cutre perdido en medio de la Mancha.

—Loren, ¿y si paramos a comer en un área de servicio y después vamos directos? —susurro.

—Y una polla. —Se ríe—. Por ver la cara que va a poner cuando crea que vamos a dormir en medio de la nada, pagaría dinero.

—Dinero has pagado, que la despedida ha salido por un ojo de la cara.

Hace un gesto, quitándole importancia. Ninguno está montado en el dólar, pero hay cosas que, sinceramente, no se pueden pagar con dinero.

—Oye… —llama mi atención Loren—. Eso de Gus…, no te lo habrás creído, ¿verdad?

—¿El qué? ¿Que está enamorado de mí? No, no, qué va. —Finjo una risotada.

Tengo el culo tan apretado que estoy básicamente sentada sobre una nalga. Un poco sí que me lo he creído.

Seamos sinceros…, Gus es raro, pero lleva unos meses mucho más raro de lo habitual. No he podido evitar ir uniendo cabos conforme avanzábamos kilómetros y me alejaba de Marín.

Gus está escribiendo una poesía bastante intensa últimamente… de la que es imposible escribir si uno no está enamorado. Cuando estaba conmigo no daba pie con bola, pero porque siempre creí que nuestra relación fue bastante superficial: vino y sexo, de recital en recital y poca intimidad. Ahora que lo pienso…, cualquiera que nos viera pensaría que yo era una grupi más.

Pero ahora… aparece con cualquier excusa allá donde estemos. Me llama con bastante más frecuencia de lo habitual (la semana pasada fue para contarme que se había comido un yogur caducado, por el amor de Dios…, ¡¿cómo no me extrañó?!) y cuando se deja ver en nuestras quedadas, a veces viene sonriente como un niño de seis años al que le han prometido comprarle un huevo Kinder, y otras, con el ceño tan fruncido que se podrían colgar cortinas en él. Intento hacer memoria… Esas veces en las que está tan agrio…, ¿ha coincidido con Marín?

Dios…, creo que sí.

Miro de reojo a Loren, que me devuelve una mirada fugaz.

El otro día Gus me dijo que estaba muy guapa.

Le pillé mirándome el canalillo cuando me agaché a coger una moneda.

¿No me guiñó el ojo cuando se despidió?

¿Será que está celoso porque ha descubierto que me gusta Marín?

—Coco… —susurra a modo de advertencia Loren, que debe estar viéndome la cara de hacer cálculos matemáticos complicados.

—¿Qué?

—No está enamorado de ti. Solo nos falta que ahora te obsesiones con eso. Suficiente tenemos.

—¿Con qué?

Loren mira por el retrovisor hacia el interior de la caravana para asegurarse de que Blanca y Aroa están entretenidas en algo y no pendientes de la conversación.

—Marín. Marín y Aroa el miércoles. Y tú. Fiesta mayor.

—No voy a montar ningún numerito.

— Eso espero —suspira.

Se pasa los dedos por el pelo. Parece agobiado. Supongo que la perspectiva de pasar las veinticuatro horas del día encerrado en una caravana con tres mujeres que a la mínima oportunidad andan en tetas no le parece demasiado halagüeña, pero no es por eso. No es la primera escapada que hacemos juntos. A Loren hay algo que le preocupa.

El paisaje se va volviendo más árido conforme salimos de la Comunidad de Madrid. El sol no tiene piedad y calienta los hierbajos amarillentos que crecen en los márgenes de la carretera. La música suena a un volumen mucho más bajo ahora, pero parece que ninguno de nosotros le presta mucha atención a pesar de que sigue siendo festiva. El entusiasmo inicial ha sido sustituido por una especie de calma que, supongo, en cada uno de nosotros tiene un matiz.

A Aroa no le gusta el silencio porque dice que le parece muy árido, por lo que llevo diez minutos esperando a que lo rompa con alguna pregunta. Sonrío cuando oigo su voz dirigirse a Blanca:

—¿Cuándo te dan el vestido?

—Aún queda. Me tienen que llamar, pero... me imagino que lo podré recoger la semana antes de la boda. —Blanca se mira las uñas, pintadas de un potente color rojo—. Una cosa menos.

—¿Y ya tienes todo lo demás? Zapatos, pendientes, ropa interior... —Levanta las cejas sugerente.

—¿Ropa interior? Pienso ponerme mis bragas de toda la vida.

—Las color visón sin costuras —bromeo.

—Justo esas.

—¡¡No!! —Pero a pesar de que para Aroa esto es inadmisible, termina muerta de risa—. ¡¡No puedes hacer eso!! ¿Color visón?

—¿Qué quieres que lleve? ¿Un tanga de color rojo? ¡Tía, el vestido es blanco nuclear, se me trasparentan hasta las venas!

—Pero, mujer..., unas brasileñas bonitas, de encaje blanco y el sujetador a juego. No sé. Algo especial. Es... vuestra noche de bodas.

Blanca resopla, dejando claro que aquello le parece una chorrada, pero Aroa vuelve a la carga.

—Nosotros te lo regalaremos.

—Creo que Blanca va a preferir que le demos dinero con el que pagar la bacanal romana de la cena —apunta Loren.

—Claro, pero aparte. Te compraremos el conjunto más sexi y poderoso que encontremos.

—Pero ¡¿para qué?! ¡Nadie folla ya en su noche de bodas! Lo único que tendré ganas de hacer cuando lleguemos a casa será darme una ducha y dormir hasta que me crezca el pelo de las piernas.

—¡Sí, hombre! —La rubia lanza una carcajada—. Esa noche os pilláis un hotel y lo dais todo, como buenos recién casados.

—Aroa, tengo que confesarte algo…, Rubén y yo somos unos pecadores y… ya lo hemos hecho. Ya sabes…, hemos hecho cositas. Desnudos. Haciéndonos «cosquillitas».

Loren y yo nos echamos a reír.

—¡Idiota! Ya sé que tenéis una vida sexual de la leche, pero esa noche es especial.

—¿Qué pareja con más de un año de relación sigue teniendo un sexo de la leche? —se pregunta Blanca mientras echa la cabeza hacia atrás—. La vida sexual de las parejas tiene mucho mito, no os dejéis engañar. Te pica la pepitilla y vas en busca de alivio. Ni pétalos de rosa ni fuegos artificiales.

—Pues Marín y yo siempre tuvimos un sexo increíble y estuvimos juntos…

«Tres años. Estuvisteis juntos TRES AÑOS», pienso con amargura.

—Unos tres años —termina diciendo—, Y a día de hoy —«Espera…, espera…, espera…, ¿a día de hoy? ¿Cuándo fue la última vez que estos dos…?»—, Marín me acaricia y… me derrito. Solo con mirarle la boca se me nubla la razón y solo quiero que me toque, que me bese —«Socorrito»—, que me lama, que me folle contra una pared —«En serio, mátame»— y que se corra con la cabeza hacia atrás y gruñendo…

Loren desvía los ojos de la carretera un segundo y me mira. Probablemente hay pacientes en pleno tacto rectal con mejor cara que yo, pero trago saliva, me vuelvo hacia ellas de nuevo y sonrío.

—¿No te pasaba a ti con Gus? —me interroga Aroa.

—Es que lo único que sabíamos hacer bien Gus y yo era chuscar. Y aun así… había flecos.

—¿Flecos? —Blanca arquea las cejas—. Nunca dijiste que hubiera flecos. Solo que…, que era todo muy explosivo.

—Lo era. —Miro otra vez hacia la carretera mientras asiento—. Follábamos en escopetazo, a veces durante horas, pero…

—¿Pero? ¿Te vas a quejar de un tío que te lo hacía durante horas? —se burla Loren—. Durante horas, chica…, ¿qué te crees? Yo si llego a los quince minutos quiero la medalla de la Spartan Race.

—A ver… duraba horas porque… —Miro a Loren que parece entusiasmado con el cotilleo a pesar de estar concentrado en la carretera, y luego a las chicas que esperan con las cejas levantadas a que siga con la frase—. Es que a veces… no se corría.

Aroa baja la barbilla y dibuja un gesto de extrañeza.

—¿Él?

Observo cómo salimos de la autopista y nos adentramos en una carretera secundaria que, a los pocos metros, se convierte en una especie de camino. Supongo que Loren ha decidido que el lugar es lo suficientemente inhóspito como para gastarle la bromita a Blanca y hacerle creer que es nuestra primera parada en el viaje. La idea es que piense que tampoco lo hemos organizado tan bien… Un sustito antes de seguir hacia Torrevieja, donde tenemos reservada una parcela en un camping que pinta genial. Miro a Loren, que me hace un guiño divertido.

—¡¡Eh!! ¿Él no se corría? —reclama Aroa con voz aguda.

—Él. Ya os lo he dicho siempre…, yo hasta cuatro veces en un polvo. Había días que me iba a trabajar y me dolían las pestañas. —Sonrío para mí, recordando a Gus metiéndome de un empujón en un almacén de mi trabajo y bajándome las bragas mientras me susurraba que era una cerda.

—¿Y no se corría? —insiste Blanca esta vez.

—No. Ni gota. Otras veces de un manguerazo me pegaba al cabezal de la cama, también es verdad.

—Ale, mi niña, qué fina y qué elegante es. De día vende cuadros de seis ceros a la alta aristocracia madrileña y de noche hace monólogos sobre el semen —comenta Loren de soslayo.

Lanzo una carcajada y sin pensar añado:

—Eran buenos tiempos.

Todos nos callamos y repito para mí esa frase. Eran buenos tiempos. Sí, lo eran. Marín y yo éramos los mejores amigos. Gus me llevaba de la mano a garitos geniales a beber vino y comernos la boca. Nos cenábamos en los portales. Me hacía reír a carcajadas. Los dos me hacían reír. Ahora siempre estoy midiendo mis palabras, delante de uno y delante del otro…

—Volveréis, estoy segura.

A veces el optimismo de Aroa me pone de mal humor, debo admitirlo. Sé que es una especie de ser nacido de la luz y que su magia personal radica justamente en su expresión, siempre sonriente, siempre tal dulce… o también en que tiende a decir lo que quieres escuchar, cosa que me da un poco de repelús. Pero no, Gus y yo no vamos a volver y me preocupa que alguien, aunque ese alguien sea Aroa, lo tenga tan claro.

—¿Estáis pasando una crisis sexual preboda? —le pregunto a Blanca para cambiar de tema.

—No. No creo que sea eso. Es que… tenemos mucho trabajo. Coincidimos poco.

—Trabajáis en el mismo despacho. —Sonrío.

—Quizá sea eso y nos veamos demasiado sin vernos en realidad.

Loren se mueve incómodo en su asiento y yo caigo en la cuenta de que hace por lo menos dos semanas que no veo a Rubén. Miro a Blanca, que tiene la mirada perdida en la carretera que nos va tragando.

—¿Estáis bien? —suelto a bocajarro, aunque quizá debería esperar a preguntárselo cuando estemos solas porque sé que Blanca, en el fondo, es de las que resulta más fácil de atosigar en *petit* comité.

Ella también me mira y sé que duda, aunque sea un segundo, aunque sea para sus adentros, pero contesta:

—Estamos nerviosos por la boda y el trabajo no ayuda, pero esta despedida me va a venir genial. No sabéis las ganas que tenía de esto. Los cuatro solos, divirtiéndonos… Una semana de vacaciones con mis mejores amigos en una autocaravana. ¿Qué más podría pedir?

No sabría definir el estruendo que explota en el exterior, colándose dentro del habitáculo del vehículo al instante. Es un estallido, al que le sigue un chirrido procedente, creo, de los frenos. No nos da tiempo a pensar en ello porque Loren parece perder el control de la caravana, que hace eses en la carretera durante unos segundos que se hacen eternos. Las ruedas se deslizan por el asfalto echando un humo infernal.

Aroa emite un gritito agudo, como de angustia.

Siento que se me sale el corazón por un orificio nasal.

Blanca no emite ningún sonido. Creo que ha muerto del susto.

Cuando la autocaravana frena por fin a un lado del camino, me doy cuenta de que Loren debía estar conteniendo la respiración, porque coge una gran bocanada de aire antes de mirarnos a las tres.

—¿Estáis bien?

—Joder…, ¡qué susto! ¿Qué ha sido eso? —vocea Aroa.

—¡¡Dime que no hemos atropellado nada!! ¡¡Por favor!! ¡¡Dime que no hemos atropellado nada!! —reza Blanca en un alarido.

—Me cago en mi guía espiritual —susurro yo.

Un guirigay de voces contamina el ambiente y Loren se quita el cinturón y baja sin decir nada. Por un momento, lo único que escuchamos es el crujir de las piedras que llenan esta carretera comarcal bajo sus zapatillas.

Cuando se vuelve a asomar, no parece tener buenas noticias.

—Primera parada —anuncia.

—¿Estáis de coña? —se queja Blanca—. Si es una coñita para que crea que no tenéis nada preparado y que vamos a dormir al raso, no hacía falta el volantazo. Casi me da una angina de pecho, idiota.

—¿Coña? —Se ríe él sin ganas—. Todas abajo. Hemos pinchado.

9

Donde nos lleve el viento

No tendríamos que haber salido tan tarde de Madrid. Eso lo saben hasta en la China popular. Son las cinco de la tarde, hace una hora larga que pinchamos la rueda y los del servicio técnico del seguro del «alcohol milenario» no saben localizarnos. Y no es culpa suya, que conste. Esta comarcal es casi un camino de cabras y…, adivina…, hay cobertura para llamar, pero no de datos, por lo que no podemos mandarles la ubicación. Nuestras indicaciones no parecen suficientes y ya hemos sofocado tres conatos de ataque de ira del pequeño emperador…, es decir, de Loren.

Lo ha arreglado un poco el a veces odioso optimismo de Aroa.

—Chicos, tenemos sillas, mesa, cervezas frías y un par de tuppers del bar de los padres de Loren…, ¿qué más queremos? No tenemos prisa.

Lo de que no tenemos prisa es relativo. No sabemos cuánto tiempo nos tomará instalarnos en la parcela del camping para tener luz y agua, pero es que para eso… hay que llegar. Nos quedan así, a ojo, cuatro horas de viaje, pero nosotros estamos tirados en una carretera secundaria en medio de la nada, probablemente en la provincia de Cuenca, muy lejos del destino, pero eso sería mucho decir, porque la cruda realidad es que no sabemos dónde nos encontramos. Así de atentos estábamos todos a los carteles de la carretera.

—Vamos a morir aquí —se aventura a decir Loren, llevándose una Coca Cola fría a los labios.

—Tómate una cerveza, hombre —lo anima Aroa—. Por una no pasa nada y te ayudará a verlo todo menos negro.

—¿No pasa nada? Con la suerte que tengo, vienen por fin los de asistencia en carretera, nos arreglan la rueda y a los doscientos metros me para la Guardia Civil y me hace soplar.

—Es una cerveza, hombre, no un chute de crack —le digo riéndome, porque me hace gracia lo exagerado que es.

Niega con la cabeza y nos acerca el tupper de ensaladilla que ha preparado su madre. Pesa el equivalente a un recién nacido de esos que salen en las noticias por venir al mundo ya criados. Y está buenísima.

A Marín le encanta la ensaladilla rusa. Muchos domingos comemos ensaladilla y tortilla de patatas, con las sillas en el salón y los pies colocados en la barandilla del balcón casi inexistente. Yo preparo una cosa, él la otra.

Suspiro.

—¿Por qué suspiras? —me pregunta Blanca poniéndome la mano sobre la rodilla—. No te preocupes, Coco.

—No estoy preocupada —miento.

—Lo estás, te conozco como si te hubiera parido, pero no pasa nada. Esto es solo un imprevisto. Una historia más que sumar a la despedida y que hará grande su leyenda.

La veo sonreír y levantar las cejas varias veces mientras bebe cerveza, y yo también sonrío.

—¿Habrá llegado ya Marín... adonde fuera que iba? —musita Aroa soñadora.

«Qué pesada con Marín, por Dios. Últimamente no tiene otro tema de conversación. O puede que nunca lo haya tenido.

Para, Coco, eso es malicioso por tu parte; le tienes manía porque crees que van a volver».

Se ha quitado los botines y los calcetines y tiene los pies descalzos apoyados en la silla de Loren para su total horror. No le gusta que le toquemos con los pies. Ni que le acerquemos demasiado los pechos. Ni que meemos en la calle. Es un pequeño marqués en el cuerpo de un fornido morenazo de veintiocho años.

—¿Os acordáis cuando estábamos planeando la despedida y alguien mencionó la posibilidad de que esto pasara y nos partimos de risa? —recuerda.

Se escuchan las cigarras dándole bien a su cantinela en unos árboles cercanos, pero nada más. Ni un coche ha pasado por aquí desde que hemos pinchado.

—Es como la típica película americana en la que al final mueren todos —se queja Loren—. Y seguro que mi personaje es el primero en morir. A Hollywood nunca le han gustado los homosexuales.

—La primera en morir sería Aroa, Loren. Las rubias preciosas con tetazas siempre son las primeras, casi siempre cuando el asesino las descubre dándose una ducha o manteniendo sexo desenfrenado.

—Lenguaje patriarcal —apunta la rubia con una sonrisa—. Es la manera que tiene la industria del cine de adoctrinarnos: las que se lo pasan bien, mueren antes.

—Y los gais. Los gais también mueren antes.

—La virgen siempre sobrevive…, aún tengo posibilidades —bromeo.

—¿Ah, sí? Porque creo recordar que hace nada estabas alardeando de sesiones sexuales de cuatro horas con Gus —me contesta Aroa.

—Con el tiempo que ha pasado desde la última vez que tuve sexo, creo que me he revirginizado.

—Exagerada —se ríe Loren.

—¿Exagerada? Claro…

—¿Cuánto hace? —pregunta malignamente Blanca, con una sonrisita socarrona.

—Tendría que hacer memoria.

—Pues hale, hazla. Que yo sepa no tenemos mucho más entretenimiento que hablar y es mi despedida… Esperaba un montón de conversaciones truculentas sobre penes enormes y esas cosas.

—También hemos traído una baraja de cartas —indico eficiente a mis interlocutores.

Los tres se echan a reír, pero lo he dicho en serio. No me apetece nada hacer memoria, y… que los demás la hagan. No quiero descubrir que Aroa y Marín se acostaron ayer por la mañana o algo así.

—En octubre del año pasado —digo, cediendo a sus miradas.

Hacen cálculos mentales, casi les puedo escuchar pensando noviembre, diciembre, enero, febrero, marzo… hasta agosto.

—¿Diez meses? ¡La virgen…, nunca mejor dicho! ¿Con quién?

La pregunta, cómo no, es de Loren, que siempre quiere estar al día de todo, incluyendo con quién echamos un casquete, sobre todo si es el típico que te obliga al paseo de la vergüenza por la mañana. Dice que así amenizamos su superestable vida (relación de seis años mediante) y le damos vidilla, pero yo sé que es porque le encanta burlarse de nosotras y nuestras historias para no dormir. Deberían llevarnos a los institutos a hablar sobre algunas de nuestras experiencias…, seríamos un efectivo método anticonceptivo; se les iban a quitar las ganas de probar.

—Con Gus.

El silencio se sienta en la mesa con nosotros y se sirve una tapita de ensaladilla. Me muevo incómoda.

—No os lo conté porque me dio vergüenza —añado—. Demasiado típico tópico hasta para mi aburrida existencia…

Blanca sonríe.

—¿Y cómo…? Quiero decir… —aclara Aroa—, no es que quiera los detalles escabrosos, que también. Me refiero a cómo se dio la oportunidad. Y, sobre todo, con lo enamorada que sigues de él, ¿cómo…?

—Pues mira… —Me acomodo en la silla mientras la interrumpo—: Fue tan romántico y tan etéreo que no quise contároslo por no terminar con la magia.

A Loren se le escapa un borbotón de Coca Cola por la nariz de la risa. Creo que se ha notado demasiado que estoy de coña.

—Me escribió un mensaje y me puso: «Estoy releyendo esa mierda de poema que te escribí sobre comerte el coño y me he puesto muy burro. ¿Hacemos un *remember*?».

—Dime que no fue así… —Aroa se tapa los ojos—. Ay, Dios, con lo sexi y romántico que es Marín…

—Fue así, cielo. —«Cállate ya con Marín, hostias»—. Quizá no usó la palabra coño…

—Seguramente no la usó; es que a ti te encanta añadirla siempre que puedes —apunta Loren, que se suele quejar de lo malhabladas que somos.

—Pero fue así.

—¿Y estuvo bien? —insiste Aroa.

—¿Que si estuvo bien? Bueno…, fue… práctico.

Veo en las miradas de Blanca y de Aroa que no terminan de entender mi tono. Supongo que no es lo que se espera de alguien que está enamoradísima de su ex y quiere volver con él. Lo normal…, ¿no sería ensalzar aquel encuentro y obsesionarse un poco con la posibilidad de que significara algo?

—A ver… —finjo cara de perrito abandonado—, estuvo genial y fue muy como siempre fuimos nosotros en la cama…

—Escopetazo —apunta Loren malignamente.

—… pero han pasado ya más de ¿cuánto hacía?, ¿nueve meses?

—… y no ha habido bebé.

—¿Te callas ya, graciosito? —le pido—. Ha pasado mucho tiempo y es evidente que las esperanzas que pudiera tener de que significara algo se han ido a la mierda.

—¿Y tú por qué no preguntas y sonríes tanto? —Aroa le lanza a Blanca un colín integral, que la madre de Loren ha clavado diligentemente en la ensaladilla antes de cerrar el tupper.

—Porque ya lo sabía.

Todos cogemos aire con la boca abierta.

—¡¿De qué vas…?! —Le tiro otro colín, este medio mordisqueado—. ¿Y tú cómo estás tan al día de mi lamentable vida sexual?

—Porque al día siguiente nos emborrachamos y me dijiste que te lo habías tirado.

—Imposible… —La miro con desconfianza.

—Es verdad…, ¿Coco cogiéndose un pedo? —se burla Aroa.

—Lo dices como si estuviera todos los fines de semana tirada por el suelo de los garitos. —Hago una mueca.

—No, mujer. Pero es normal beberse tres vinos y terminar echando pestes de tu ex…, al que aún quieres. —Y las últimas dos palabras las remarca dibujando con los dedos lo que supongo que será en su cabeza un arcoíris de purpurina.

—Cerda —me limito a contestarle antes de volverme hacia Blanca—. Pero en serio…, no me acuerdo de eso.

Blanca se encoge de hombros.

—Lo hicisteis sobre el escritorio de tu habitación y se dio en el muslo con la esquina. Tuvo un gatillazo momentáneo por el dolor y después os corristeis juntos.

La miro con sospecha. No recuerdo habérselo contado; se lo escondí incluso a Loren para que no me riñera por acostarme con mi ex pensando en Marín. Además, fue un desastre. Tal y como lo acaba de describir, pero más burdo y soez, porque no teníamos condones y tomé la malísima decisión de hacerlo a pelo. Tuvo que parar dos veces para no correrse y al final terminó en mi muslo. A las dos semanas me hice un predictor porque tenía miedo de que mi vida se volviera tres puntos más bizarra con un embarazo no deseado.

—¿Y tú cuánto hace que no echas un polvo? —le pregunto a Loren.

Hay un intercambio silencioso de miradas entre nosotros: la mía es de pánico porque me acabo de dar cuenta de que, queriendo cambiar de tema, he empezado con una rueda que va a terminar con Aroa confesando cuándo fue la última vez que se acostó con Marín y no me apetece. La de Loren es de que me va a reprender en cuanto pueda. Debe de estar pensando que soy tonta del culo.

—Me lo preguntas en un buen momento…, llevábamos una temporadita de secano, pero ayer Damián vino valiente y caliente del trabajo.

—Y te dio lo tuyo —apunto con una expresión malvada.

—Y hasta lo tuyo, que al parecer estás necesitada.

Me echo a reír y Blanca le pregunta a Aroa.

—¿Y tú? ¿Secano o monzón?

—Pues supongo que el punto intermedio. —Se encoge de hombros y parece algo mortificada—. Me acosté con un compi de rodaje hace unas semanas. Fue un error total…

—Marín y tú no…, ya sabes…, ¿ninguna recaída?

Noto la zapatilla de Loren hincarse en mi espinilla, pero finjo que soy de adamantio y que no me duele nada.

—Pues… al principio unas cuantas, pero ya hace meses que no. Dice que si decidimos no seguir juntos, no tiene sentido seguir acostándonos.

Dios Bendito. GRACIAS. Voy a empezar a ir a misa con mi madre los domingos. Bueno, no, pero igual paso por una iglesia y meto algunos euros en un cepillo al santo patrón de las mentirosas.

—Tiene lógica…, si supiéramos por qué rompisteis.

—Blanca hace una mueca—. Igual esta despedida es buen momento para desempolvar secretos y aclararlos.

—Déjate… —murmura Loren con gesto mortificado—. Los secretos, secretos son.

—Es que… —Aroa se acerca a la mesa, coge un tenedor y juguetea con la ensaladilla—. Entendednos…, es una cuestión de pareja que no queremos que manche al grupo. Al ser todos amigos es más complicado compartir estas cosas. Nosotros decidimos en su momento que había «diferencias irreconciliables» porque, bueno, una pareja no siempre está de acuerdo en el rumbo que debe tomar para seguir creciendo y…

—Vale, vale. —Blanca asiente mirándola—. No seremos nosotros quienes te presionemos. Si te hace sentir incómoda, a otra cosa.

—¿Y tú? —le pregunta a su vez Aroa.

—¿Yo qué?

—Que cuándo fue la última vez que echaste un caliqueño.

—Un caliqueño…, ¿he escuchado bien? Aroa, ¿cuántos años tienes, setenta y siete? —se burla Loren echándose hacia atrás en la silla.

—Pues… hace…, uhm…, mes y medio.

—¿¡¡¡Mes y medio!!!? —gritamos Aroa y yo al unísono.

—Ya os he dicho que la cosa anda floja. —Se aparta el pelo de la frente y dibuja una mueca simpática.

—Bueno, más pasión para la luna de miel —apunta Loren con una sonrisa.

—Eso —repetimos todas.

Blanca se levanta de la silla como un resorte y mira a la lejanía, como en busca de la apasionada vida sexual que las series sobre chicas de nuestra edad nos han prometido, pero en su lugar se adivina cierto polvorín en la carretera.

—¿Qué es eso?

—¡¡¡¡Un coche!!!!

—¡¡No vamos a morir!!

—Ale, señoritas, recojamos el chiringuito. Nos quedan muchos kilómetros por delante.

10
El infierno

Me imaginaba que en la cabeza de esta chica de dieciséis años, un idilio con su *project manager* musical, catorce años mayor, era viable, pero no me hacía a la idea de que desplegaría todas sus «armas de seducción» en cuanto estuviéramos de gira. No con su santa madre delante y menos con tanto descaro.

Que es una niña mimada, una diosa de barro adolescente, está claro; que yo jamás entraría en este juego, también. Soy un tío de treinta años que nunca se ha sentido atraído por las lolitas..., al menos tan jóvenes. Una cosa es que tu novia se disfrace de colegiala y que juguéis a los roles (y tú seas un profesor muy, muy malo..., ya se sabe) y otra es mirar con ojos lujuriosos a Noa/Pilar. Pero es que, además, para su absoluta frustración, soy un tío bastante profesional. No me metería en este follón ni siquiera con la mujer de mi vida porque nunca me acercaría lo suficiente como para averiguar que lo es.

La niña, Pilarica, me ha tocado la pierna en el tren mientras yo repasaba algunas cosas en el iPad. Su madre iba desnucada, roncando con sordina, enfrente de nosotros, en una de esas mesas de cuatro que tienen los AVES.

«Quita la mano o te la arranco». Eso es lo que me hubiera gustado decirle, pero me he limitado a apartársela con educación e intentar hablar con ella sobre los límites de las relaciones profesionales. Y digo intentar, porque me ha cortado para decirme que...

—Los hombres y las mujeres a veces pueden dejarse llevar por sus instintos y no pasa nada.

—¿Instintos? —le he preguntado—. Pero, Pilar…, aún eres casi una niña.

Pensaba que ese corte la haría replantearse lo que quiera que estuviera pensando, pero solo ha servido para alentarla. Se ha acercado más a mí y susurrando ha añadido:

—Noa. Para ti soy Noa. Y, ¿sabes, Marín? Hueles tan bien que no hago más que preguntarme a qué sabrás.

Bienvenido al infierno, Marín.

Desde el momento de la proposición indecente, he contado veintisiete miradas a mi entrepierna, pero de las evidentes, de las que te hace una tía cuando quiere que sepas que está pensando en tu… aparato. Me cuesta decir polla cuando está implicada Pilarica en el asunto. Además, me ha preguntado si le puedo hacer fotos con sus modelitos (después de morderse el labio en lo que me da que ella cree que es un gesto de seducción) y me ha aclarado que con algunos no se puede poner sujetador. Quería mirar a su madre para suplicarle ayuda, pero la muy rapaz la había mandado a buscarle un agua con gas. Un agua con gas, claro, porque la niña no puede beberse un refresco como cualquier hijo de vecino… No, ella tiene que beber agua con gas y fingir que es un gin-tonic.

Así que… desde que hemos emprendido el viaje, lo siento, soy mal tío, he deseado unas treinta veces que se caiga del escenario. Nada grave. Una torcedura de tobillo, un codo roto…, algo que le impida seguir con la gira y me deje el alma en paz. Pero nada. El patrón de la gente que se dedica a lo mío, que vete tú a saber cómo se llama sin tener que usar terminología anglosajona, debe estar muy ocupado ayudando al asistente de Lady Gaga o algo así. Soy una mota de polvo en el universo.

He pensado llamar a Coco y contarle todo esto, pero estoy seguro de que me recomendaría clavarle una chincheta en el zapato con la esperanza de que Noa, la artista anteriormente conocida como Pilar, se electrocute. No quiero llamarla solo para lloriquear. No cuando ella, además, no suelta prenda delante de mí de todo ese lío con Gus. ¿A quién se le ocurre decirle a Coco que su ex sigue enamorado de ella? Gus es mi colega, pero no es el tipo del que me gustaría que andase enamorada mi mejor amiga, la verdad. No es mal tío, pero está disperso, tiene demasiados estímulos a su alrededor y, por si no fuera suficientemente raro (introvertido en lo emocional a pesar de ser poeta —quizá porque lo deja para sus letras—, algo orgulloso, pendenciero y en el fondo creo que falto de cariño...), lleva unos meses...

No quiero decirle a Coco que lo he visto comerse la boca con tías en casi todos los garitos de Madrid desde que lo dejaron, que incluso me ha pedido abiertamente que nadie se enterara de alguno de sus escarceos, imagino que porque no quiere hacerle daño. Además, sospecho que anda supercolgado de alguien. Siendo sincero, no me gustaría averiguar que ese alguien es Coco, aunque tampoco me extrañaría demasiado. Gus es de esos chicos que cuanto más en serio les gusta alguien, con más tías se acuestan.

Salgo de la habitación y me encuentro con Pilar/Noa en el pasillo, parece estar esperándome.

—Hola —dice con esa desgana que supongo que cree que es sexi.

Me muerdo la lengua y me callo todas las cosas que le diría sobre lo que es en realidad ser sexi, como lo es una mujer segura de sí misma. Una tía de bandera que se ría a pleno pulmón. Esa chica que sabe que no la mereces y aun así te regala un pellizco de esperanza. Un liguero asomando por el bajo del vestido porque quiere que veas que lo lleva. El contoneo de las caderas al andar. Tu chica vestida con tu camisa blanca, tirada en la cama, diciéndote que va a hacer el desayuno y que luego va a desayunarte a ti. O tú entre sus piernas, diciéndole lo mismo.

Pero respiro hondo y contesto:

—Hola, Pilar.

Noto cómo le fastidia que no la llame por su nombre artístico, pero se repone enseguida porque es posible que lo interprete como un juego. Maldita.

—¿Me ayudas con un vestido?

—¿No está tu madre?

—Ella no sabe.

—Déjame dudar que no sepa subir una cremallera —bufo—. Tienes que estar lista en veinte minutos.

—Media hora.

—Quince. —Me está haciendo perder la paciencia a una velocidad asombrosa—. Y si ahora me dices treinta y cinco, te puedo decir un par de cosas más.

—Treinta y cinco —dice despacio.

—Estupendo.

Doy dos zancadas y llamo a la puerta de su habitación. Abre su madre, que como siempre tiene esa mirada medio pánfila que me da un poco de lástima. Su hija la lleva loca y la comprendo, pero es su responsabilidad.

—Disculpe…, Pilar tiene que estar lista en diez minutos —respiro, venga…, es el momento— y si digo diez, tienen que ser diez. Una gira no es para aficionados y le aseguro que la discográfica no tiene tiempo que perder con gente que se toma su carrera con tan poca seriedad. Estamos invirtiendo en su hija unos recursos que podríamos estar dedicando a alguien con más compromiso y seriedad. Por favor, no me hagan perder el tiempo.

Miro a Pilar con cierto cinismo y una sonrisa pérfida al dirigirme hacia mi habitación. Tiene los ojos abiertos de par en par.

—Diez —le digo despacio.

Mi jefe me va a despedir.

Cuando cierro la puerta de mi dormitorio, tengo ganas de abrir la ventana y gritar que soy el rey del mundo o de romperme en dos la camiseta negra mientras aúllo a lo espartano, pero en lugar de eso, cojo el teléfono de la mesita de noche y marco a Sardina.

—No te lo vas a creer —decimos a la vez.

—Tú primero —me dice.

—Acabo de ponerme en plan dominatrix con Pilar. Hubieras flipado. Tú, que siempre me dices que tengo la mano blanda. ¡Se te hubieran caído las bragas esas de franela que usas al suelo!

—Lo primero, no son de franela.

—Da igual, son feas —le respondo para fastidiarla, como siempre que hago la colada y me encuentro con alguna.

—Lo segundo, déjame dudar que te hayas puesto todo lo duro que crees. A lo mejor es que te la has puesto dura a ti mismo en plan orgullo machito.

Me apoyo en la cómoda pasada de moda de la habitación de este hotel tan... rural y sonrío.

—Me he gustado hasta yo. Esta noche me follo.

—Argh, por Dios. Este episodio de onanismo telefónico es muy raro. A todo esto..., ¿quién es Pilar?

—La artista anteriormente conocida como Noa. Pilar es su verdadero nombre.

—No deberías llamarla Pilar si no dejas que ella te llame por tu nombre de pila. Igualdad de condiciones, ¿no?

—Nadie me llama por mi nombre, querida, e... igualdad de condiciones mis cojones.

—Se te está subiendo a la cabeza tanto poder acumulado —se burla. —Pero... ¿qué pasa? ¿La cría es insoportable?

—Insoportable es un adjetivo que se le queda cortísimo. Venga, ¿qué te ha pasado a ti?

—Se nos pinchó una rueda de la caravana.

Me entra la risa, pero me aguanto y espero a que siga hablando.

—En plena carretera comarcal. No había 4G ni 3G ni creo que nadie fuera capaz de encontrarnos el punto G a ninguno, del acojone que teníamos. Hemos pasado como dos horas ahí tirados, al sol, esperando que los de asistencia en carretera nos encontraran.

—¿Y os han encontrado o esta noche os comerán los coyotes?

—Para coyote tú, ceporro. —La oigo reírse—. Ha pasado un coche, ha llevado a Blanca, que todos sabemos que es la única diligente del grupo, al pueblo más cercano y desde allí ha podido indicarles por teléfono, con ayuda del señor que la ha recogido, el sitio exacto donde estábamos. Y han venido a salvarnos.

—¿Eran fornidos bomberos de catálogo?

—Eran dos señores de la edad y complexión de mi padre.

Me imagino sus caras mientras dos señores con la raja del culo al aire les cambiaban una rueda…, qué pena no haber estado allí, joder. Maldita Noa/Pilar.

—¿Habéis llegado a Torrevieja?

—Qué va. Hemos perdido demasiado tiempo y luego… —susurra— Loren se ha perdido. —Se le oye a él refunfuñar—. Sí, sí te has perdido, Loren.

Se enzarzan en una discusión de unos segundos y pronto la escucho suspirar:

—Se ha perdido, fíate de mí.

—Me fío. ¿Cuánto os queda?

—Nos queda tanto que estamos planteándonos parar en algún sitio viable, rollo área de servicio y pasar aquí la noche. Estamos cansados y no queremos más sustos.

—Me parece bien.

—Gracias, papá.

—De nada, hija.

—Argh. Qué asco. —La escucho quejarse—. Bueno, ¿y ahora qué vas a hacer con ese don de mando recién encontrado?

—Pues voy a coger mis cosas y a llevar a esa niña a la prueba de sonido, como si fuera un pitbull.

—¿Cómo si fueras Pitbull, el cantante?

Lanzo una carcajada y ella se contagia.

—No sabes la rabia que me da perderme el viaje. Yo habría sabido cambiar una rueda —apunto, entre triste y ufano.

—No te lo crees ni tú, chaval, estas ruedas parecen los cojones de Optimus Prime. Pero, bueno, acepto que te mueres de ganas de estar aquí conmigo. Con nosotros, quiero decir.

—Con vosotros y contigo —recalco—. Te dejo, Sardina.

—Mantente salado, Anchoa. Corto y cambio.

En la prueba de sonido ha estado un poco desganada, pero haciendo memoria, creo que es la mejor que ha hecho hasta la fecha. Es una lástima que sea tan tocapelotas, porque canta como quiere. Alguien debió de aconsejarla mal y le dijo que para que te traten como una estrella, para que te respeten como a alguien que tiene el mundo a sus pies, hay que ser tirano, caprichoso y egoísta. Una pena.

Lleva un vestido casi inexistente, pero muy vistoso que, además, debo admitir que le queda muy bien. No es que la vea atractiva, es que con él parece más una artista a la que quizá en un año querremos lanzar a nivel internacional y menos una caprichosa adolescente. He mostrado mis reservas hacia sus zapatos, pero su madre dice que está acostumbrada a andar con zancos más altos incluso, que no se le cansan los pies. Me he cruzado de brazos y me he frotado los labios para contener las palabras que querían salir de mi boca: «Que se canse me trae sin cuidado, lo que no quiero es que se le cansen los dientes de estar pegados a su encía».

Cenamos en un bar cercano todo el equipo que forma parte, de un modo u otro, de esta gira de conciertos de verano. Técnicos de sonido, otros *project managers*, *road managers*, artistas, djs, un par de personas de la radio que hay detrás de este sarao…, mucha gente.

A mi lado derecho se sienta un chico joven muy bien vestido, estiloso y simpático, que pertenece a otra discográfica y tiene un par de artistas en el concierto de esta noche. A la izquierda, un bellezón espectacular que se dedica a pinchar música. Morena, labios gruesos, ojos brillantes y oscuros. Nos presentamos con un par de besos y una sonrisa y enseguida entablamos conversación. Los tres.

Frente a mí, Noa/Pilar me vigila. No le está gustando que le preste atención a esta chica, pero no me preocupa. Estoy soltero, tengo ganas y no puedo quedarme paralizado en la historia con Aroa, por más que ella crea que esa puerta sigue estando abierta para ambos. Lo que nos hizo romper sigue ahí y no cambiará; perdonarlo, pasarlo por alto, me haría sentir un traidor. Así que... ¿por qué no seguir el consejo de Gus, ligar con alguien, airearme, pasar una noche placentera y ya está? Seguro que Coco estaría de acuerdo.

Se llama Gracia y hay química. Hasta el chico de la otra compañía lo ha debido notar porque de pronto ya no parece tan interesado en nuestra conversación.

—¿Es tu primera gira? —me pregunta apartándose el pelo del cuello y dejándomelo a la vista.

—Con esta artista sí.

—Pareces horriblemente joven. Dime que tienes al menos treinta.

Sonrío.

—Tengo treinta. ¿Y tú?

—Menuda indiscreción... —coquetea.

—¿Indiscreción? Bah. Eso implicaría que la edad importa, pero es solo un número.

—Se me ocurre que podrías darme otro número y nos tomamos algo cuando acuestes al bebé.

Le sonrío y me devuelve el gesto. Estoy un poco oxidado con esto del coqueteo, pero puedo intentar ponerme al día. Creo recordar que a las chicas les gusta que se lo pongan un poco difícil...

—Pues no sé si voy a poder. Aún no me has dicho tu edad y tengo miedo de que seas menor..., no puedo llevar a una menor a beber una copa a un bar.

—Eres idiota. —Me da un codazo amistoso y se ríe.

—¡¡Marín!!

Desvío la mirada de la boca de Gracia hacia la estridente voz que me reclama.

—Dime, Pilar.

—Noa —vocaliza—. No me gusta lo que he pedido de cena.

Arqueo una ceja.

—¿Y qué quieres que haga?

—Que me cambies el plato.

Contengo la respiración y cambio los platos. No entraba en mis planes cenar una pechuga de pollo a la plancha, pero bueno...; ella mira el que era mi plato y arruga un poco el labio superior.

—¿Esto qué es?

—Tartar de atún. —Lo señalo con el tenedor.

—¿Esto está crudo?

—Sí. —Y no le doy más explicaciones sobre si está o no macerado con soja.

—No lo quiero. Paso de cenar.

Respiro hondo y estiro el cuello y los hombros.

—¿Qué le pasa a tu pollo? —insisto.

—Que tiene ternillas.

—El pollo no tiene ternillas.

—Está salado y le han puesto patatas. No puedo comer hidratos de noche.

—Pues no te comas las patatas.

Gracia a mi lado suspira con desdén.

—Marín, no quiero cenar. —Pilar hace un mohín de verdad y durante un segundo creo que se va a echar a llorar.

Diosito. ¿Por qué no me tocó encargarme de los artistas consolidados? Ah, sí, porque acabo de llegar y tengo aún que demostrarlo todo.

Esa idea hace que me levante y deje la servilleta sobre la mesa.

—Venga, levántate. Vamos a tomar el aire.

Por primera vez hoy (y creo que desde que trabajo con ella), dibuja una expresión de total felicidad. El maquillaje no impide que esa sonrisa desvele su verdadera edad. Me da ternura. Cuando se dirige a la salida, miro a Gracia y hago un gesto mortificado.

—Estoy de servicio, pero cuando la deje en el hotel al terminar su actuación, pretendo cobrarme esa copa, si aún te apetece.

Pediré con total seguridad una cerveza que no me beberé, pero da igual. En este momento no me apetece entrar en explicaciones de por qué no bebo. Me apetece coquetear, echar un polvo... Para contarle mi vida, ya tengo en quién confiar. Seguro que Coco estaría de acuerdo con esto también.

—¿Voy? —pregunta la madre de Noa.

—No. No se preocupe. Esto es cosa mía.

Pilar está sentada en un banco en el paseo que está frente al restaurante. La brisa cargada de salitre le mueve el pelo, que lleva largo y ondulado. Parece entre triste, nerviosa y feliz. Recuerdo esa sensación adolescente de sentirlo todo a la vez y lo enfadado que estaba con todo el mundo, incluso conmigo mismo. Toca hacer un ejercicio de empatía, así que relajo el ceño, que sé que tengo fruncido. No tengo paciencia más que para mi hermana. La gasté toda de pequeño, esperando que mi madre quisiera curarse.

—Hola, Noa. —Me siento a su lado y le sonrío—. ¿Qué pasa?

—Nada. No quiero cenar.

—¿No tienes hambre?

—Siempre ceno un yogur.

—Tu madre no me dijo nada de eso cuando le pregunté por tus rutinas.

—Es que mi madre no se entera de nada.

—De algo se enterará. A ver..., ¿qué pasa? ¿Estás nerviosa por el concierto?

—No. —Y no me pasa inadvertido el hecho de que me mira la boca fijamente.

—¿Entonces?

Remolonea. Veo cómo patea un par de piedrecitas con la punta de sus zapatos de tacón.

—Venga... —la animo. Dios..., Sardina estaría muy orgullosa de mí.

—¿Soy guapa?

La pregunta me pilla de sorpresa, pero asiento rápidamente mientras busco una respuesta que la haga sentir bien, que sea profesional y que no le dé alas.

—Claro. Y un ejemplo para un montón de chicas de tu edad, pero no por eso. Sé que ahora ser guapa te parece lo más importante, pero no lo es.

—¿Cómo es tu novia?

—No tengo novia.

—¿Y tu exnovia?

Me siento tentado a decirle que mi expareja es un chico muy guapo, pero no quiero. Tiene que entender la verdad y yo soy el adulto que debe hacérsela entender.

—No me parece relevante.

—Eso es que es más guapa que yo.

Bufo y me froto la cara.

—Noa..., la vida es mucho más que eso. Ser guapo no tiene mérito alguno. Naces con ello. El verdadero valor está en otras cosas. En ser amable, profesional, en hacer sentir a los demás bien y ser feliz bajo nuestra piel.

—¿Te gusta esa tía?

Es imposible. Me van a despedir. O la mato o coge una pelotera y se queja de mí a la discográfica. Lo veo venir.

—¿Qué tía?

—Con la que estás hablando.

—Me parece agradable.

—Te quieres acostar con ella.

¿Puedo contestarle que sí, que llevo sin echar un polvo meses y que las erecciones matutinas están empezando a ser dolorosas?

No. No puedo. Cambio radical de tema.

—¿Sabes que tengo una hermana?

—¿Eso qué tiene que...?

—Tengo una hermana casi de tu edad. Me llevo muchos años con ella, pero es la persona más importante de mi vida. De alguna manera..., me recuerdas a ella.

Levanta las cejas. Estoy mintiendo, pero Coco siempre dice que a veces las mentiras, cuando son pequeñitas, pueden reconfortar a las personas, así que... ¿por qué no hacerle creer que siento un gran afecto y un instinto de protección hacia ella?

—Te voy a decir lo mismo que le digo a ella: si te gusta un chico, pero te hace sentir mal contigo misma aunque no sea su intención, aunque no se dé cuenta, no es para ti. Y lo maravilloso a tu edad es que puedes cambiar de opinión tantas veces como quieras. No tomes decisiones con consecuencias que no puedas deshacer. Vive tus dieciséis años porque los veinticinco ya llegarán. ¿Vale?

Le rodeo los hombros de manera amistosa y la miro directamente a los ojos. Hay un brillo de ilusión, como si entendiera lo que estoy queriendo transmitirle en realidad y aceptara la amabilidad de no decirlo claramente: «Eres una niña para mí, no me gustas, estoy a otras cosas, es delito, no me apeteces, no es profesional». Un montón de cosas que no quiere escuchar.

Estoy cantando victoria cuando Noa abre la boca:

—Querido..., ¿esto es una charlita moral sobre lo importante que es que preserve mi virginidad para alguien a quien ame? Por el amor de Dios. Estamos en 2018, no en 1932. No me cuentes cuentos porque ya no tengo edad.

Se levanta y con un golpe de melena se marcha hacia el interior del restaurante. Tengo que aprender a diferenciar los ojitos de ilusión de los furibundos, por una cuestión de supervivencia, más que nada.

Justo cuando voy a levantarme para seguirla hasta el interior del restaurante, me vibra el móvil. Al sacarlo del bolsillo veo que es Gus:

Al final no nos vimos para esa cerveza que me iba a tomar mientras tú te bebías un agua con gas, pringado. Supongo que ya estás de gira. Tío…, hazme caso. Follar y olvidar.

A veces me gustaría ser como Gus. A veces…
Ya le contestaré luego.

Estoy entre bambalinas viendo la actuación de Noa, vigilando con el rabillo del ojo que todo vaya como tiene que ir. Lo hemos ensayado un par de veces, pero nunca está de más estar aquí pendiente. La base suena cuando tiene que sonar, ella canta como tiene que cantar y baila como siempre lo hace, a pesar de los tacones de infarto que lleva. Unos cuantos pasos por detrás de mí, Gracia habla con unos chicos de la organización; de vez en cuando cruzamos alguna mirada que deja claro que hoy no duermo solo. Me preocupa un poco este asunto en concreto. Me apetece echar un polvo, me seduce ser un tío de treinta años que se divierte y que se corre sin pensar más allá, pero no quiero una historia de amor ahora mismo y no quiero dormir con nadie. Pienso en Aroa y en la sensación de rodear su cintura por las mañanas; no sé si aún la quiero o solo echo de menos tener a alguien con quien hacerlo, pero tengo otras prioridades. No puedo enamorarme ahora; mi vida ya está muy llena.

Me fijo en la mirada del público de las primeras filas; admiran a esta chica, quieren ser como ella, creen que su vida es todo lo que siempre han querido: fama, dinero, juventud y belleza. No saben los esfuerzos y las renuncias que va a conllevar la carrera de Noa si todo sale bien; creo que ni siquiera ella lo sabe.

Tengo que dejar de pensar en esos términos. Es el primer día y ya estoy agotado.

Unos vítores y aplausos me avisan de que la actuación ya ha terminado. El presentador del evento se acerca micro en mano a Noa y le hace unas cuantas preguntas, cortas, que siempre implican hablar de lo mucho que queda por descubrir en su disco, las fechas restantes de la gira y sobre todo, la cantidad mastodóntica de *views* que lleva su último sencillo en YouTube. Contesta, es simpática, se ríe, hasta despierta ternura… Puede que en el fondo mis charlas estén surtiendo efecto y se convierta en persona un día de estos.

Cuando lanza un beso al público, entiendo que está lista para volver entre bambalinas y me acerco instintivamente hacia ella. Quiero bajarla sana y salva de este escenario para llevarla al hotel con su madre. Después…

Percibo un leve tambaleo y doy otro paso al frente. Ha pisado un cable, pero tras un pequeño traspiés parece recuperar la estabilidad. Respiro hondo. Me he pasado el día fantaseando con que se cayera del escenario, pero no tengo muy claro qué ocurriría conmigo si esta fantasía se hiciese realidad. La insto a que vaya con cuidado, señalando los zapatos de tacón alto con gesto severo, pero más me valdría cerrar la bocaza, porque sigue enfadada conmigo por mi intento de charla motivacional. Da uno de sus golpes de melena y se aparta el pelo de la cara, pero se le queda pegado un mechón en los labios pringosos y brillantes y para más inri, sus pestañas postizas no ayudan. Todo va sucediendo en cámara lenta: pisa otro cable, tuerce un tobillo, pierde la estabilidad, el pelo dibuja una parábola en el aire, cruzado de haces de luz de colores. Antes de que el presentador pueda cogerla del brazo y yo llegue corriendo, desaparece en el foso que separa el escenario del público.

Vale…, ¿y ahora qué?

11
La llamada

Gema suele hablar mucho conmigo. Le gusta tumbarse en mi cama a mi lado y contarme cosas que nada tienen que ver con las típicas preocupaciones adolescentes. Siempre me ha dado la sensación de ser una niña que camina un par de años por delante de lo que le toca. Eso suele preocupar a Marín. Ya ha manifestado en un par de ocasiones que le agobia que su hermana siga sus pasos y se quede sin adolescencia.

—No quiero que lo único que recuerde de sus dieciséis años sea la preocupación por el dinero y la rabia mal disimulada.

Pero Gema no es así. Sueña mucho y, aunque no pierde de vista la realidad, eso le ayuda a sobrellevar cualquier cosa porque sabe que ahí fuera hay mucho por descubrir aún. Una de nuestras conversaciones preferidas es sobre el viaje de nuestros sueños. Yo siempre lo exagero todo y monto una historia digna de Hollywood, como que quiero recorrer Indonesia con una moto y un tío que se parezca al chef del restaurante El Mar…, tan joven y tan sexi. En realidad, su cara me recuerda a Marín, pero ese parecido suele pasar desapercibido para la gente, así que me sirve para quedarme a gusto.

Gema, sin embargo, es más concreta. Su sueño es recorrer España en una furgoneta. No como nosotros, claro. Ella quiere que sea una de esas Volkswagen de morro chato, acondicionada por dentro con un colchón y una minicocina. No necesita nada más.

—Quiero hacerlo en el verano de mi primer curso de la universidad. Para eso tengo que sacarme el carnet de conducir nada más cumplir los dieciocho, pero ya estoy ahorrando.

No quiero decirle que para alquilar un coche necesita haber cumplido los veintitrés o que es poco probable que encuentre a alguien que le preste una furgoneta de esas características, porque está soñando y quizá el año que viene prefiera, no sé, imaginarse surfeando en Hawái. Yo la ayudo a planear algo que quizá nunca cumpla porque sé lo importante que es soñar para seguir teniendo ganas. Yo sueño con que Marín me quiera como más que su mejor amiga, aunque eso me convierta en mala persona, en mala amiga.

Lo importante de esta cuestión es que, gracias a ella, conocí una especie de foro donde todos los campistas a los que les gusta viajar de ese modo anotan en un mapa los puntos donde se puede acampar libremente con caravana, furgoneta…, y gracias a ella, estamos aquí ahora.

Es noche cerrada, nos hemos perdido y desviado de la ruta que queríamos seguir, pero estamos instalados en nuestra terraza de sillas y mesa de plástico; se escucha el rumor del mar y la charla intrascendente de unos chicos y chicas que acamparon a unos cien metros de distancia. No me di cuenta de lo bonito que iba a ser hacer esto con mis amigos hasta que no paramos aquí. Esta es la verdad.

Llamo a mi madre cuando «acampamos». Me dice que se está tomando un cóctel cuyo nombre parece muy exótico y que ha pintado un cuadro precioso que ya estoy imaginando…, tan «precioso» como todos los que pinta. Me dice que me divierta; me pregunta si echo de menos a Marín; después que cree que quiere adoptar un perro. Casi no da tiempo para que conteste a una cosa y a otra. Mi madre es así…, dispersa. No es la típica madre al uso, maternal y siempre preocupada. Se preocupa, claro que sí, pero suele darle un matiz divertido y daliniano a sus comeduras de cabeza: si me dice que vaya con cuidado, que no me fíe de nadie por la calle y esas cosas que dicen las madres, siempre añade algo surrealista con lo que decorarlo, del tipo: «¿crees en los reptilianos, Coco? Yo no, pero hay una señora del barrio que a veces me hace dudar». De mayor quiero ser como ella. Es… simplemente agradable. Yo quiero ser agradable para mis hijos si alguna vez los tengo. Cuando nos despedimos, me dice que me divierta y que viva un poco a lo loco para poder contarle cosas interesantes a la vuelta…, así es ella.

Blanca está preparando una ensalada griega en la cocina de la caravana con la ayuda de Loren, pero aquello, aunque muy práctico, es un espacio reducido y me han dicho que estorbaba allí en medio, parada como un pasmarote sin saber en qué ayudar, así que me han echado. Bueno, me han pedido que ponga la mesa y me relaje con una cerveza en la mano. Y eso estoy haciendo.

A mi lado, Aroa juguetea con su móvil. No quiero preguntarle qué hace por si está wasapeando con Marín. Mi teléfono descansa sobre las servilletas de papel, impidiendo que el viento se las lleve volando. Escribí a Gema para decirle que esto le encantaría y después de hablar con mi madre ya no tengo nada más que hacer con él en la mano.

Los ojos se me están acostumbrando a la oscuridad virgen y el mar está precioso, salpicado por las esquirlas metálicas del reflejo de la luna. Calma. Hacía tiempo que no sentía que todo estaba tan tranquilo.

—Poema.

Aroa no añade nada más. Al mirarla, la luz de su móvil descubre una expresión traviesa.

—¿Qué?

—Gus ha publicado otro poema. ¿No quieres leerlo?

No. No quiero, pero asiento y tiendo la mano para que me preste su teléfono.

Si me echas de menos,
dilo.
Di que te gotea en el pecho,
que hay días que hace charco
y noches que termino en el desagüe de otra boca.
Di que formo parte de la sinfonía de tu silencio,
di que no vale la pena,
pero que ahí estamos.

Mierda. Es la primera vez en más de un año que me preocupa pensar quién es la musa de todo esto.

—Joder, Coco, qué bonito.

—Supongo. —Le devuelvo el móvil y miro de reojo el mío.

—¿Por qué no le escribes algo?

—¿Para qué? Seguro que esto es para otra.

—¿Y si no lo es? Yo creo que no lo es.

—¿Queréis seguir con cerveza o abrimos una botellita de vino?

Blanca nos mira, con su silueta recortada por la luz que sale de dentro de la caravana.

—Cerve mejor —dice la rubia.

—¿De qué hablabais?

—Gus ha publicado otro poema.

—¿Otro? —se sorprende.

—Sí. Otro sobre echar de menos. ¿Quieres leerlo? Es superbonito.

—Espero que te nombre presidenta de su club de fans. —Suspira y se sienta en una silla libre—. A ver.

Estudio su expresión mientras lo lee pero a Blanca nunca le gustó demasiado la poesía, así que tampoco parece impresionarle demasiado este despliegue de palabras.

—Bonito, supongo.

—Le estoy diciendo a Coco que debería escribirle.

—Deja de meterle pajaritos en la cabeza. —Suspira—. Coco, haz lo que te nazca, pero si quieres olvidarlo, es mejor que impongas espacio entre él, estas cosas y tú. Piénsalo…, podría ser para cualquiera. Para veinte chicas al mismo tiempo. Conoces a Gus…

Sí, lo conozco y por eso mismo sé que esto no es un poema escrito al azar o para intentar camelarse a las chicas con las que esté coqueteando o viéndose ahora mismo. No. Esto es para alguien concreto, para alguien de carne y hueso, con unos ojos, una boca, unos dedos que han acariciado su pelo y le han hecho sentir en casa. Si conoces bien a Gus, sabes que el sexo se le queda corto, aunque no lo acepte.

Antes de que pueda añadir algo más, mi móvil empieza a emitir una vibración sorda, amortiguada por las servilletas que sostiene. Lo cambio por la cerveza que sostengo en la mano y no puedo evitar cierta turbación al ver que es él. Es Gus. ¿Llamándome ahora? ¿Qué quiere?

—¡Es él! —Aplaude Aroa entusiasmada—. ¡Ay, Dios, que esta semana va a triunfar el amor!

Blanca pone expresión mortificada y yo me levanto y me alejo un par de pasos para contestar.

—¿Qué pasa, fiera? —Intento sonar como siempre, como antes de que Aroa me metiese en la cabeza a la fuerza el germen de esta idea. ¿Gus quiere volver?

—Morena…

Su voz suena más joven de lo que a él le gustaría; dice que le resta credibilidad cuando recita, pero a mí me parece que es un arma certera para su público objetivo: chicas predestinadas a enamorarse de él platónicamente a través de sus palabras. Personas enamoradas del amor. No tiene nada que ver con si su tono es agudo o grave, sino con que recite bonito.

—¿Qué te cuentas?

—¿Qué tal? —me responde con otra pregunta—. ¿Habéis llegado ya a destino?

—Una serie de catastróficas desdichas nos ha desviado del camino. Hemos perdido una noche en el camping, pero estamos en una playa en la que se puede acampar, y… es muy guay.

¿Es muy guay? ¿Desde cuándo tengo quince años otra vez?

—Me alegro. Hay que fluir, morena.

—¿Llamas para interesarte por nuestra integridad física o necesitas algo?

—¿No puedo llamar a mi amiga para charlar?

—No suele ser lo habitual.

—Bah… —Trata de quitarle importancia.

—¿Qué haces?

—Estoy en casa.

—¿Solo?

—No, tengo a cinco conejitas de Playboy cubiertas de semen y sudor en mi cama.

—Dios, eres idiota. —Me río y me froto los ojos—. ¿Estás bien?

—¿Por qué no iba a estarlo?

—No sé. Suenas melancólico.

—Soy poeta.

—Perdona, me olvidaba. Gustavo Adolfo Bécquer.

—Qué bien, desempolvando apodos de los que me gustan —añade mohíno.

—¿Qué te pasa?

—Tendría que haber ido con vosotros.

—Era mucha pasta; no te preocupes, lo entendemos.

—Ya, bueno, pues tendría que haber ahorrado en botellas de vino en Malasaña.

Arqueo las cejas. Gus no es de los que se abre y menos tan fácilmente. Lo de admitir que podría haber hecho una cosa mejor…, es raro. Muy raro. Suele dejarlo para broncas y rupturas.

Es el rey de admitir los errores cuando ya es demasiado tarde, pero lo tengo calado…, lo hace de este modo porque no quiere remendar la situación.

—¿Estás bien?

—Me siento solo.

—¿Estás borracho? —me sale de sopetón.

—Sí. Creo que sí.

—¿Te has emborrachado solo?

—He quedado con una chica. Una morenita preciosa, pequeña, de esas que puedo mover en la cama con una mano. Ella quería. Yo también.

Uso una respiración profunda para tomarme un segundo y preguntarme si eso, el hecho de que acabe de volver de una cita con otra chica, me molesta. Pero no. Nada. No siento nada. Solo…, solo estoy preocupada por mi amigo.

—¿Estás triste porque has tenido un gatillazo?

—Un gatillazo implicaría que me he bajado los pantalones y eso no ha pasado. La he dejado en la boca del metro y me he ido andando hasta Atocha solo.

—¿Ni siquiera te has morreado con ella?

—He dicho que no me he bajado los pantalones, no que de pronto haya encontrado la vocación religiosa.

Me hace sonreír.

—Que te cuente esto…, ¿te hace daño? —me pregunta.

Hostias…, sí que va borracho. Está muy raro.

—No —le confieso—. No me hace daño. Me gusta saber que eres humano —me burlo.

—Lo digo de verdad…, no quiero hacerte daño.

—No me lo haces, somos amigos.

Hay una pausa rara. Dios…, tendría que haberle aclarado hace meses que estoy enamorada de Marín.

—¿Qué tal todo por ahí? —me vuelve a preguntar—. ¿Lo pasáis bien?

—Sí. Estamos a punto de cenar. Es tarde, ya lo sé, pero hemos decidido coger la semana con calma. A Blanca no le irá mal bajarse un poco del ritmo de vida que lleva. Será la socia más joven del despacho, pero también la primera a la que le dará un infarto en un juicio.

—Cuidadla, anda. Ella no se cuida nada. Se gasta doscientos pavos en un bote de crema, pero luego...

—Esa es Blanca. —Me río.

Otro silencio.

—Si tuviera la oportunidad de ir, iría —me dice de sopetón—. Si Marín estuviera libre, iríamos los dos. Nos pillaríamos un hostal allí donde fuerais. Podríamos estar todos juntos. Al final, esta despedida es un poco una excusa, ¿no? Una oportunidad de estar todos juntos, de hacer algo este verano. Siempre estamos diciendo que iremos a tal o cual sitio, pero nunca vamos.

—Sí. Supongo. —«¿Debería decirle que Marín viene el miércoles?». No me da tiempo ni siquiera a comentárselo; él sigue hablando—. Y ahora Blanca se casa y bueno..., ya no será lo mismo.

—Será lo mismo —le aseguro. ¿Es una crisis de identidad lo que le está pasando? ¿La crisis de los treinta?—. Oye, Gus..., ¿ese poema que has publicado hace un rato...?

—Sí, ¿qué pasa? ¿Te gusta? Breve pero intenso, ¿no?

—Sí, sí, mucho. Pero, oye..., ¿para quién es?

Por un segundo creo que me lo dirá y tengo miedo. Si dice: «Morena, es para ti», se me viene el mundo encima. La culpa de que pasara eso sería mía porque no le he aclarado que esos rumores que apuntan a que estoy aún pillada por él son mentira. Si me dice que es para otra... casi será reconfortante, ¿no? Pero nada de eso...

—La poesía no es de nadie, morena. Está ahí y tú pillas una frase y construyes un poema, pero no tiene por qué ser nada tuyo. Puede que lo fuera en un momento o puede que lo escribas porque dentro de unos meses necesites leerlo. Esto no es una ciencia exacta. Esto no es tan preciso como ponerle precio a un cuadro y venderlo.

No hay reproche en su voz, pero noto que miente.

Me vibra el móvil en la oreja. Es un wasap; al separarme el aparato de la oreja veo que es de Marín, así que me apresuro a terminar con la conversación.

—Vete a la cama, duerme la mona y déjate de melancolías, Gus. Ser poeta no tiene que implicar sentirte como uno de esos que se tiraba al mar en plena tormenta porque Fulanita no lo quería.

—Estoy aburrido, coño —se queja—. Os habéis ido todos.

—Y la pinga no te funciona.

—¡Sí me funciona! ¿Quieres que te mande un vídeo de lo bien que me funciona en la mano?

—No, *grassiass*... —Exagero el sonido de las consonantes—. Llámame mañana y pásame el parte de tu estado de ánimo. Me dejas intranquila.

—Bah, no seas tan madre. A mí me molas más en plan salvaje.

—Lástima que tú y yo ya no nos vayamos a ver en esa situación nunca más —recalco.

—Para estar loca por mí, eres una estrecha.

Me yergo en un acto reflejo y abro la boca para contestarle a ese comentario, pero me deja sin palabras. No es que me haya ofendido; no es más que una broma entre amigos, pero conozco a Gus y lo conozco mejor que muchos de sus amigos. Nunca haría esa burla si pensase o sospechase que estoy enamorada de él. Aún no me he repuesto cuando dice:

—Pasadlo bien, pero no exageréis. Ya sé que sin mí no será lo mismo.

—Claro —atino a decir.

—Buenas noches, morena. Cuídalos. Ya sabes.

Me quedo con el teléfono pegado a la oreja unos segundos de más, aún con expresión sorprendida. Me ha dejado fuera de juego y no sé muy bien qué está pasando con Gus, pero algo está pasando. Iba a decirle que coincidimos con Marín el miércoles, pero me ha descentrado. Lo pondré en consenso antes de decirle nada. Además, ¿va a cruzarse España para pasar una sola noche con nosotros?

De pronto, recuerdo el mensaje de Marín y rescato el teléfono.

> Se ha caído del escenario. Coco..., se ha caído del escenario. Llevaba todo el día deseando que se rompiera un tobillo y se ha caído del escenario. Cinco puntos en la barbilla, un hombro fuera del sitio y un esguince en la pierna. Encima la hija de puta cae como una torcuata.
>
> Acabo de salir de urgencias empujando una sillita de ruedas con mi «jefa», el producto que tengo que cuidar y lustrar, completamente grogui de calmantes para el dolor. La llamada de mi jefe ha sido surrealista. Los gritos del jefe de mi jefe, desconcertantes, porque ni siquiera me gritaba a mí.
>
> Pues nada..., este es mi sino. No sé muy bien si esto no terminará conmigo como el chico de los cafés, pero bueno.
>
> Por cierto, estoy de vacaciones y tengo el coche de empresa. ¿Qué hacemos?

Tengo que leer el mensaje tres veces para entenderlo del todo. Cuando lo hago, la sonrisa más grande y estúpida del mundo coloniza mi cara.

Eso..., ¿qué hacemos?

12

No intentes escapar de tu destino

Debo confesar que la parte más serena de mí misma se reconfortó al saber que Marín no podía «enrolarse» en esta despedida. Al final, incluso alguien tan colgado de amor como yo agradece un tiempo en barbecho, un espacio sin el otro en el que se pueda pensar bien. Nadie piensa con claridad cuando siente mucho. El sentimiento te coloniza. Todo se convierte en un dato que analizar, en algo ostensible de ser desmenuzado en busca de la menor esperanza que aliente tu desasosiego porque, por más inquieta que te notes, cualquier detalle se convertirá en fuente de ánimo: hará que sientas que vale la pena, que no estás loca, que no tienes por qué abandonar.

Así que estos días iban a ser un remanso de paz; el equivalente campista de irse al Tíbet a meditar con un montón de monjes budistas y que a la pregunta: «¿Qué hago con esto que siento por Marín?», solo iban a contestar «Ommmm».

Pero no. Claro que no. Porque Noa se ha partido la crisma y Marín está de vacaciones. Y Gus está más raro que un perro verde.

Al mensaje de Marín, contesto con un:

> ¡¡Alegría, Anchoa, que estás de vacaciones!! Ahora solo tienes que preocuparte por… ¿qué quieres hacer con el tiempo que se te ha otorgado? Esa frase es de Gandalf, no es mía.

No ha contestado, pero puedo escuchar los engranajes del universo moviéndose detrás de mí. Hasta el cielo brilla raro. O soy yo que, entre angustias, nervios y escalofríos, siento que algo ha cambiado.

Las olas llegan hasta la orilla regulares, con ritmo y rompen en la arena con cierta musicalidad. Corre una brisa húmeda pero agradable para una de esas noches de verano que en Madrid seguro que será asfixiante. Mientras los demás se ponen una chaquetita por encima, ordenan el desastre de sus maletas destripadas por cualquier superficie de la caravana y planean qué beber, yo estoy sentada en la arena. Y pienso. Pienso en Gus. Pienso en Marín. Y en última instancia, me doy cuenta de que no estoy pensando en mí. Lo que siento por mi mejor amigo se ha comido mi vida y ha vomitado algo que se parece a mí.

Alguien se sienta a mi lado y no me sorprende descubrir que es Loren. Lleva un pitillo prendido en los labios y levanta las cejas con una expresión expectante. Sabe que algo ocurre, a pesar de que no he dicho nada, porque no quiero que Aroa mueva ficha y necesito tiempo para convertir la sonrisa boba de la enamorada que soy en algo que quepa en la amistad.

—¿Qué pasa? —me pregunta—. ¿Es por Gus?

—No. Es por Marín —susurro de vuelta—. Me ha escrito un mensaje. La niña a la que acompañaba se ha pegado una galleta y se ha debido partir todos los piños.

—¿Cómo? —Se ríe.

—Se ha caído del escenario. Marín está de vacaciones.

—¿Y te ha dicho que viene? —Loren no esconde que la posibilidad le inquieta—. Dime que no.

—No lo ha dicho, pero creo que está esperando a que le llamemos entusiasmados diciéndole que tiene que venir.

—Se va a armar. —Loren se frota los ojos—. Aroa está muy arriba con el tema. ¿Sabes que vas a tener que ver cómo…?

—Sí —le corto—. Por eso me he puesto muy contenta cuando me lo ha dicho, pero ahora...

—¿Ahora qué? —La voz de Blanca nos sorprende a ambos. No la hemos escuchado andando por la arena hasta nosotros. Viene descalza y sonriente.

—La niña de Marín se ha escoñado —le cuenta Loren.

Si alguien me diera esa información, no tendría ni idea de cómo reconstruirla, pero Blanca sonríe dándolo todo por entendido.

—No se lo digáis a Aroa —dice con una sonrisa enigmática.

Por un momento tengo la certeza de que lo sabe, sabe mi secreto. Quizá Loren se ha hartado de ser el único en saberlo y lo ha compartido con ella; total, es mi otra mejor amiga..., pero pronto me doy cuenta de que lo que pasa es que, con su pragmatismo, el entusiasmo de Aroa hacia esa reconciliación le parece algo cargante. En realidad, creo que desde que notamos que a nuestra amiga solo le importaba su relación con Marín, Blanca le ha cogido un poco de manía, pero no dice nada por no malmeter.

Por otro lado, me extraña que no corra a por su móvil para llamar a Marín y exigirle que venga tan rápido que los pies le den en el culo al correr, pero es ella. Blanca es muy de masticar las cosas sola y ser muy crítica con las situaciones; me imagino que no entiende de dónde sale tanta esperanza de que volverán. Aroa está prácticamente segura de que es cuestión de tiempo y no deja de decirlo. Yo la escucho y... me lo creo. Así que supongo que llevo cosa de dos meses evitando pensar en qué haré con mi puta vida cuando estos dos vuelvan juntos. Me tendré que buscar otro piso y... asumirlo, ¿no? No puede ser tan difícil. Quizá ha llegado el momento de mandar currículos a la parte septentrional de Canadá, por si algo cuadra. Cuanto más lejos, mejor. En Facetime no se me notará tanto la amargura.

Cuando Aroa llega hasta nosotros, lo hace con ese pasito alegre con el que parece que baila. Contonea las caderas, pero no parece una poliomielítica, como yo cuando hundo los pies en las dunas. Ella es grácil, elegante…, digna de Marín. Me froto la cara. Esto debe ser el vino de la cena, que lo carga el diablo.

—¿Estamos bajoneras? —pregunta con una sonrisa.

—Vamos a emborracharnos —propongo yo.

—Y a contarnos cosas que nos avergüencen —apunta Loren levantando el vaso de plástico en el que el vino tinto parece un agujero negro.

—¿Sí? Pues dejadme que empiece yo. —Blanca se frota las manos—. ¿Os he contado cuando se me escapó un pedo en el despacho mientras estornudaba?

El móvil de Blanca se ilumina un par de veces durante la noche, cuando ya estamos acostados. Me doy cuenta porque duerme a mi lado, en la cama que hay situada en la capuchina de la caravana, justo arriba de la cabina del conductor y copiloto. Estoy más dormida que despierta y me da por mezclar ese hecho con el vino y los chupitos que hemos tomado entre risas por cada historia de pedos, y con todo este cóctel estoy soñando. Al final, creo que es Rubén, que debe estar deseándole buenas noches. Solo sé que contesta concisa, bien despejada, porque Blanca duerme siempre poco y mal, y que vuelve a dejarlo en la parte alta de los armarios del espacio que hace las veces de salón… bocabajo.

Loren ronca con sordina.

Aroa parece una ninfa flotando en el agua, en la litera de abajo. Algunos mechones de su pelo han resbalado por el borde y caen en cascada, casi blancos, suaves…, le faltan a la muy puta unos cuantos lotos a su alrededor. Siempre hay una hora, en plena noche, en la que una puede permitirse ser mala hacia dentro. Eso no hace daño a nadie…, ¿no?

Soy la segunda en despertarme; dejamos todas las ventanas abatibles de la caravana abiertas, con las mosquiteras echadas, pero no corre suficiente aire esta mañana como para no tener calor, a pesar de estar tumbadas sobre los sacos de dormir, destapadas. No queda ni pizca de la brisa un poco húmeda y agradable, casi fría, de la noche anterior. Blanca no está a mi lado y ni siquiera me he enterado de que ha bajado por la escalerita, ha abierto la puerta y ha salido. La busco con la mirada, pero aquí no hay nadie.

La encuentro fuera. Ha recogido las cosas que dejamos ayer por la noche sobre la mesa, demasiado borrachos y cansados como para preocuparnos por unos pocos trastos. Está sentada en un trocito de sombra y se fuma un pitillo con calma; la sonrisa que me regala cuando me ve aparecer por el vano de la puerta es un regalo.

—Coquito… —susurra—. Dime que quieres un café.

—¿Uno? Quiero un camión cisterna lleno de café. ¿Los despertamos?

—¿Los? Dirás «lo». Aroa está en la playa, haciendo yoga.

Miro hacia lo lejos y atisbo su figura en posiciones imposibles. Si se me ocurriera imitarla, terminaría teniendo que ser transportada a un hospital, inmovilizada, con helicóptero.

Ponemos la cafetera en marcha y lo colocamos todo para despejar el espacio, antes de que Loren se despierte; sigue inconsciente…, no puedo asegurar que esté dormido. Creo que está en coma reversible.

—¿Tostaditas con tomate? —dice Aroa cuando llega, apenas despeinada y con la piel un poco roja por el ejercicio. Está increíblemente guapa—. Me doy una duchita y os ayudo. ¡Venga, Loren, sal de tu hibernación! Sé que el sueño es importante para estar guapa pero ya lo compensarás bebiendo agua.

—Agua para las sirenas —responde este más allá que acá.

Me siento en el saloncito mientras sube el café. Blanca está en el asiento de enfrente y las dos cogemos el móvil, como si necesitáramos ponernos al día. Seguro que ella está revisando los *mails* mientras yo entro en Instagram...

Poema. Cómo no. La fotografía que lo sostiene es la de una mesa llena de manuscritos. Las únicas palabras que pueden leerse en uno de los papeles, mucho más grandes y con una caligrafía más impetuosa, son «Caí yo el primero».

¿Pensarás en mí?
¿Me echarás de menos?
¿Te preguntarás también si todo se estropeó de tanto tirar de ello?
Quizá pienses,
como yo,
en cuál fue el momento en el que se torció.

Pienso en ti,
en ocasiones más de lo que querría.
Me gustaría desterrarte,
pero te ungiste la frente con mi humedad
y ahora eres dueña y señora de este páramo vacío
que es pensarte tanto.

Te echo de menos también.
Añoro las migajas de tiempo que rascamos,
con excusas y con miedo.
Añoro los cambios de humor,
los nervios (tus nervios),
el rastro de tu perfume en mi ropa,
resultado del abrazo de despedida,
a veces con beso,
la mayoría con las ganas de darlo.

Me consulto a mí mismo a menudo por mis errores,
aunque no lo creas.
Pongo en tela de juicio mis certezas,
me hago hueco en los recuerdos
hasta encontrar ese rincón,
ese,
y acurrucarme.
En el timbre de tu voz,
unas notas más ronco,
cuando me hablabas muy denso.
En la sorpresa de tu boca,
al tenerme tan niño
retozando en la cama.
En el aroma de la saliva,
el sexo
y el drama.
Al final siempre termino creyendo
que empezó a estropearse en mi cabeza.
Caí yo el primero.

Miro de reojo a Blanca, que no se ha percatado de mi turbación. Sigue ensimismada en su pantalla, hasta que el móvil
empieza a vibrarle en la mano y da un respingo.

—Coño, qué susto. —Se ríe—. Es Marín.

—¿Por qué la gente tiene que llamar al alba? ¿Por qué tenéis que estar despiertas? ¿Es que sois menonitas? ¿Por qué a mí?
—Lloriquea Loren desde la litera, antes de cerrar dramáticamente la cortinita en busca de intimidad para seguir durmiendo.

¿Qué narices es un menonita?

—Dime que se rompió algún diente.

Blanca parece estar más al día de la vida laboral de Marín
que yo y, lo confieso, me mosquea. Soy su mejor amiga (de am-

bos), vivo con él…, ¿no debería haber estado yo al tanto de todo esto de Noa? Si la niña es insoportable, ¿por qué no me lo contó a mí? Por Dios…, pero si ni siquiera me dijo que la canción que estuve tarareando durante semanas (porque es malditamente pegajosa, no porque me gustase) era su primer single. Me estoy poniendo paranoica.

Blanca sonríe y lanza una carcajada.

¿Va a venir? Claro que va a venir. Por eso está llamando. Ahora mismo, lo imagino preguntándole en tono de broma que si no lo quiere por aquí, que está esperando invitación formal o algo así. Sé que si la ha llamado a ella y no a mí es por su sentido protocolario de la educación: es la despedida de Blanca, por lo que tiene que ser ella la que le dé permiso para venir. No lo conoceré yo… Lo imagino con sus ojos claros, su pelo revuelto pero estratégicamente colocado de manera natural donde debe, mordiéndose el labio inferior mientras sonríe. Seguro que la mano que no sostiene el móvil está jugueteando con su pelo agradecido y que está recostado sobre una mesa, en una cafetería cualquiera, mientras se le enfría un poco el café.

—¿Eh? —El tono de Blanca llama mi atención. Parece un poco alerta, incómoda—. ¿Tú crees? Bueno… —Me mira con disimulo mientras se levanta—. Tú lo sabrás mejor que yo, pero… ¿no opinas que puede ser un poco…?

Adivino que la palabra que cierra esa frase es «violento», pero Blanca ya está lo suficientemente lejos como para que el sonido me llegue amortiguado. ¿Por qué…?

—¡¿Es Marín?!

A mi lado, empapada y medio desnuda, está Aroa. Joder. Qué cuerpazo. Ella aún no sabe lo que son las estrías, la celulitis, la flacidez y… a ver, que no me quejo, que heredé la constitución espigada de mi padre, que mide casi dos metros, y la tendencia a mantenerse más o menos en forma de manera natural de mi madre, pero soy humana y tengo hoyuelos de celulitis en las nalgas (incluso diría que en alguno de ellos se puede servir sopa) y flacidez en el vientre y en los brazos… Ya no son lo que eran. Pero Aroa no, claro. Porque Aroa, además de ser una criatura mágica del bosque, se cuida. No como yo, que llevo apuntada a pilates tres años y he ido tres veces.

—Si sigues mirándome así, voy a pensarme lo de tener una aventura contigo —bromea mientras se seca el pelo con una toalla aún más pequeña que la que lleva puesta encima…, vamos, prácticamente un pañuelo.

—Perdona. Es que estás muy buena y te odio visceralmente.

Chasquea la lengua con una sonrisa y se me sienta enfrente.

—¿Es Marín?

—Es Marín —confirmo.

—Este viene antes, te lo digo yo.

Lo dice ilusionada, pizpireta y a mí me entran ganas de morirme, porque me acuerdo de pronto del poema de Gus. Me levanto a tiempo de disimular mi cara de tortura interna, gracias al burbujeo de la cafetera en el fogón.

—¡Qué bien huele el café!

—Callaos de una vez, por favor, pedazo de furcias.

Loren siempre intercala las fórmulas de cortesía con los insultos.

—Llama a tu novio y dile que estás vivo, sieso —le exijo—. El pobre Damián se queda sin pareja cada vez que sales con nosotras; va a terminar por cogernos manía.

—¿Ahora? —se queja infantil.

—Ahora. Venga.

Farfulla algo, pero le oigo rebuscar entre los pliegues del saco de dormir y pronto susurra:

—Memels… —Que en su idioma amoroso quiere decir «bebé».

Aprovecho que está entretenido para llamar la atención de la rubia.

—Oye, Aroa… —susurro, pero no porque no quiera molestar a Loren.

—Dime.

—¿Has visto el poema de Gus?

—¡No! —exclama—. ¿Lo tienes por ahí? ¡Enséñamelo!

Señalo el móvil con un movimiento de barbilla y saco de la nevera, pequeña pero diligente, un paquete de fiambre de pavo y un tarrito de tomate rallado.

—Ay, por Dios, Coco. —Apoya la barbilla en el codo con aire soñador—. Tienes que estar ahora mismo en las nubes.

—Eso no es para mí —aseguro.

—¿¡Cómo no va a serlo!? ¡No puede ser para otra!

—Puede ser para otrasss —señalo el plural, pero siempre con un tono de voz bajo.

—Esto es para ti. Echar de menos, recapacitar sobre sus errores, pena por lo que terminó… A mí me parece clarísimo que quiere reconciliarse contigo.

—A mí me suena más bien a que la ha cagado con alguien y que en lugar de ponerse frente a frente con ella y decirle «te quiero», va dando pena por las redes con esa melancolía y…, y…, y…

Me pongo nerviosa y me aparto el pelo de la frente.

—Estás enfadada —anuncia con su rostro de muñeca—. Y es normal. Las rupturas acumulan rabia entre dos personas. Hasta el detalle más microscópico puede convertirse en un drama entre dos personas que no consiguieron hacerlo funcionar, pero no hay que tirar la toalla a la primera. Las diferencias se solucionan; las peleas se perdonan.

La miro fijamente y sé que… se está hablando a sí misma. Este consejo no tiene nada que ver conmigo. Habla de ella y de Marín.

—Escríbele. Dile que es un poema precioso. Pregúntale si está menos poeta melancólico que anoche. No sé…, entabla conversación. No dejes que él lleve todo el peso.

Juro que hasta me lo estoy planteando cuando Blanca entra en la caravana, y con ella, el aire se tensa.

—Aroa, ¿puedes abrir las persianitas que siguen bajadas?

—Claro.

Se levanta semidesnuda y Blanca vuelve los ojos hacia el techo con un suspiro.

—Dios mío, qué buena estás. A veces dudo de que tú y yo seamos del mismo planeta.

—Eres tonta. —Se ríe halagada Aroa—. ¿Qué contaba Marín? ¿Está bien?

—Sí. Oye… —Corre la cortina de la litera en la que Loren está agarrado al teléfono y en posición fetal. Se ha quedado traspuesto hablando con su novio. Este chico sería capaz de dormirse en el generador de partículas. Dentro. En el flujo de neutrones y protones—. ¡Eh! ¿Puedes volver de entre los muertos un minuto? Gracias.

—Que sí, cari, que sí. Pero es que eres muy pesado… —le dice al teléfono—. Te dejo. Blanca se cree Julie Andrews en *Sonrisas y lágrimas…*

Aroa y yo contenemos la risa…

—¿Desayunamos dentro o fuera? —pregunto.

—Fuera, ¿no? Aún no hace mucho calor y así nos da un poco el sol. Estamos faltos de vitamina D, queridos —apunta Aroa.

—Chicas… y chico. Ehm…, me ha llamado Marín —dice Blanca.

—Viene, ¿no? —apunto.

—Sí. Está de camino…

El corazón me retumba en el pecho. Bom, bom, bom, bom…, como un tambor de guerra vikingo. Me da la sensación de que todo el mundo puede oírlo y que la vena de mi sien está palpitando como si fuese un neón en el puto Strip de Las Vegas. Contengo la respiración.

—… está de camino hacia la estación para recoger a Gus. Como no sé los planes que tenéis preparados, le he dicho que os pida a vosotros ubicación del camping al que vamos. Lo de que vamos a un camping lo sé porque se le ha escapado, pero no le echéis la bronca, pobre.

Escucho el bufido de Loren que aunque intenta ser discreto, no puede. Y le entiendo. Marín aquí. Con Gus. Bien que Marín es el único capaz de hacer que Gus no se ponga todo lo intenso que es capaz de ponerse, pero… los dos. Aquí.

Los poemas.

La melancolía.

Quiero a Marín.

¿Quiere Gus volver conmigo?

Las ideas románticas.

La posibilidad de haber estado equivocada, confusa, mirando hacia Marín por no querer enfrentarme al verdadero sentimiento.

¿Aún quiero a Gus?

¿Lo quise, como quiero a Marín, alguna vez?

Los dos aquí. Juntos.

Con todos.

Unos aplausos cortan mi línea de pensamiento, toda confusa y caótica. Son las manos de Aroa, que dan palmitas eufóricas sin parar; las acompaña con unos saltitos que, como resultado, hacen que resbale la microtoalla al suelo y ella quede completamente desnuda delante de nosotros. En todo su esplendor. Parece una foto del calendario Pirelli…, de los años que lo hacen con estilo, quiero decir.

Bien. Gus y Marín aquí…

Con Aroa.

¿Por qué eso me molesta tanto… por ambas partes?

13
Cambio de planes

Debo admitir que Gus, sobre el papel, nunca fue una de mis personas preferidas en el mundo. Era todo lo que nos venden que tiene que ser un tío de éxito, pero nada a lo que yo aspirara a convertirme. Que no se me malinterprete…, lo admiro. Cogió su pasión y la convirtió en algo que pudiera llegar a todo el mundo, que emocionase a gente que no había podido sentir las cosas dentro de su piel, como si lo hubieran hecho. Pero… seamos sinceros: es pendenciero, el clásico follador que no quiere compromiso, el que siempre tiene la frase perfecta para que la chica no se lo quite de la cabeza en toda la noche (o toda la vida, como me temo que es el caso de Coco), tiene un rabo digno de actor porno y, en multitud de ocasiones, se comporta como uno. Escribe versos sobre el amor, pero no lo quiere, lo evita y a veces, en mi opinión, hasta lo ultraja. Es un personaje de libro, pero andando en sus cuatro dimensiones por la calle. Dandi, sinvergüenza, bebedor y, aunque no es que crea que sea alcohólico (conozco muy de cerca el problema y podría afirmar que no lo es), está a un paso de desarrollar una dependencia al sexo brutal. Y un bloqueo sistemático en lo emocional. Un día se le va a caer la cola.

Pero eso es en el papel, en la descripción plana que haríamos de él para que alguien (con quien tenemos confianza, claro) pudiera saber cómo es sin conocerlo. Pero conocerlo…, conocerlo de verdad lo dota de otros matices, porque la verdad es que es divertido, encantador, está como una regadera y es un buen compañero de reflexiones. A los tíos se nos cae la cara de vergüenza de ponernos intensos con otros tíos y hablar sobre la levedad del ser, pero con Gus puedes hacerlo. Además, da buenos consejos…, que nunca se aplica. Y siente. Siente las cosas con la fuerza de un puñetazo en el estómago.

Por eso, cuando esta mañana he solventado todos los flecos que quedaron después del «accidente» de Noa y me he quedado solo en la habitación del hotel, tumbado, vestido y mirando al techo, he pensado en él. Ayer, después de escribirle a Coco, le mandé un wasap también a él para contarle todo el rollo del accidente de Noa; a los dos segundos me estaba llamando para proponerme que nos uniéramos a la despedida. Le dije que le diría algo por la mañana, que tenía que pensarlo porque… no sé, me daba miedo aparecer allí y romperles el plan. Me sentía inseguro. Creo que aún me siento así. No sé. No sé nada. Creía que Coco me invitaría a voz en grito, entusiasmada, a que me uniera a la despedida de Blanca ahora que estoy libre de trabajo, pero no lo hizo. Apuntó que era un buen momento para pensar en qué me apetecía hacer. Y eso tiene trampa, porque seamos sinceros, debería marcharme al pueblo de mis abuelos, recoger a mi hermana y llevármela a algún lado, a acampar los dos o a hacer algo divertido. Y me apetece, pero… también quiero ser un tío de treinta años, sin preocupaciones familiares ni económicas, al menos por cuatro días.

Pero primero he llamado a Gema.

—Estoy libre. La niñata se fue ayer a espagarrar y se quedó hecha un Cristo.

—¿¡Se ha muerto!? —ha exclamado horrorizada.

—No, joder.

—Si se te muere una artista te despiden, tate.

—Tú siempre tan preocupada por mis emociones. Oye…, ¿qué hacemos?

—¿Qué hacemos de qué?

—Estoy libre, moñaca. Estoy de vacaciones. ¿Planeamos algo?

—¿No vas a la despedida de Blanca?

—¿Crees que debería ir?

Gema se ha partido de risa.

—La adolescente soy yo, pichilla.

—¿Debo o no debo ir? Tendría que ejercer de hermano mayor supermolón.

—¿Supermolón? Dios mío, estás superpesado..., ¿me vas a decir ahora que has inventado la rueda?

—En realidad..., tenemos más días para nosotros ahora que ya no voy a tener que estar con Noa en la gira. Podría..., podría hacer las dos cosas, ¿sabes? Irme a la despedida de Blanca unos días y luego recogerte y...

—También puedes recogerme y llevarme a la despedida contigo.

—Te ibas a aburrir —le he mentido.

—De eso nada. Ayer me escribió un mensaje Coco y me dijo que está siendo genial y que me encantaría. Llévame.

—No, y es mi última palabra. Por ahí no llegamos a ninguna conclusión, Gema.

—Vale. Pues no me lleves —ha refunfuñado—. Pero ve tú y mójate el culo en la playa. Y haz algo divertido..., pareces un monje de esos que cantan rollo que da miedo.

Bueno. Mi hermana tiene conversaciones que son arte moderno, pero además de las risas al menos me he llevado un consejo.

Así que he llamado a Gus y le he dicho que sí. Si vamos los dos, estaríamos el grupo al completo, que es como tendría que haber sido desde el principio. Todos juntos, al margen de cualquier mierda, como la de mi ruptura con Aroa o ese extraño tira y afloja entre Gus y Coco. El grupo, sin más. Una declaración de intenciones: no importan nuestro rollos personales, solo importamos todos como conjunto. Últimamente me persigue y tortura la idea de que nos estamos yendo a la mierda y... me siento responsable. Es lo que tiene salir durante años con alguien de la pandilla, que si todo se acaba..., afecta a alguien más que a nosotros dos.

Gus parecía haber estado esperando mi llamada. Ni siquiera ha preguntado mucho. Solo dónde nos veíamos, si le esperaría en la estación y si necesitaba algo de Madrid. He estado a punto de pedir que me trajera un par de cojones de repuesto, para cuando la insistencia de Aroa me los rompa.

Ha sido la primera en mandarme un mensaje al enterarse de que vamos.

> Dear Marín:
>
> 👰💃💃 ¡Ahora sí que empieza lo bueno! Qué ganas de que lleguéis… 💃👰💃

Veo a Gus bajar del tren con una bolsa de mano sobre el hombro. Él no podía llevar una maleta con ruedas como todo hijo de vecino. No. Él tiene que meter sus cosas en esa bolsa tan…, tan… de escritor neoyorquino al día de todo. Lleva puesta una camiseta gris oscura algo desgastada y un pantalón vaquero negro, pitillo pero algo caído de cintura. Creo que a Coco le gustará. Mierda, Coco…, volverás a caer con quien una noche me confesaste que es el número uno en la lista de tíos que no te convienen y de algún modo voy a sentir que lo he propiciado yo.

Nos acercamos el uno al otro a la vez y cuando está frente a mí, tira la bolsa al suelo y me abraza, dándome palmadas en la espalda.

—Coño, Gus, tus abrazos son como la maniobra Heimlich. Un día escupo el bazo.

—Qué sieso eres, rancio —se burla—. Los hombres también deben abrazarse.

—Curiosa reflexión viniendo de un tío que no ha dicho te quiero jamás.

—A mi madre. A mi madre se lo digo todos los días —miente con soltura.

Coge las gafas de sol que lleva colgando del cuello de la camiseta y se las pone antes de agacharse para recoger con brío su bolsa.

—Bueno, ¿qué? ¿Vamos?

—Sí, vamos. Por el camino me vas contando qué tal el panorama poético en Williamsburg, hípster de palo.

—Esto es estilo, no moda.

Y se señala de arriba abajo. Un par de chicas se lo comen con los ojos a nuestro paso. Nunca será un tío objetivamente guapo, pero nunca lo necesitará.

Me cuenta cosas sobre sus poemarios. Mientras conduzco hacia la dirección que me ha pasado Loren, Gus me pone al día de sus proyectos y me cuenta cosas sobre sus rutinas de trabajo. Borra eso de que este tío representa un ideal al que yo no aspiro…, quiero ser este tío. Escribe de noche cuando no sale o no se pega una juerga, duerme de día y lee todas las tardes. Lee una media de tres libros a la semana.

—Tienes que leer a Kerouac, Marín. Sencillamente tienes que leerlo.

—Si estuviera aquí Lorenzo, te callaba de un puñetazo.

—Lo sé. —Me enseña sus dientes imperfectos en una sonrisa lobuna—. Recuérdame que hable sobre estas cosas cuando lo vea. Me encanta hacerle rabiar.

—Y provocar a Coco… —dejo caer.

Me arrepiento al segundo porque me mira arqueando una ceja, con cierta duda, y juraría que un poco molesto por mi afirmación.

—¿Y eso?

—No sé. Los poemas…

En realidad no he leído esos poemas; no sé por qué, no me apetece hacerlo. Pero si Aroa está tan segura de que escribe para Coco…

—¿Esto va a ser la típica charla entre el hermano mayor de la chica y el quinqui del barrio que crees que quiere seducirla? Es por prepararme la respuesta más corta a tu primera pregunta y terminar con esto.

—¿Son para Coco?

—No.

Lo dice contundente, pero si algo he aprendido de Gus en este par de años, es que ahora te dice NO creyéndolo a pies juntillas y dentro de cinco minutos su luna se sitúa en Saturno y te jura un sí con el corazón en el pecho. Es una veleta. Vive en una rotonda continua y se equivoca constantemente de salida.

—Perdona, tío. Coco es mi mejor amiga y me da miedo verla sufrir.

Una risa un poco seca sale de entre sus labios y lo miro de reojo. Tiene el pie, enfundado en una Converse negra algo mugrienta, apoyado en el asiento del coche alquilado (sería una tontería devolverlo antes de tiempo estando ya pagado por la compañía) y mira por la ventanilla.

—¿Y esa risita? —le pregunto.

—¿Tú también te has creído eso de que Coco está loca por mí aún?

—¿Cómo que...?

—Venga, hombre, Marín. Que la conoces bien. ¿Crees que Coco se comporta conmigo como una tía enamorada? Piénsalo un poco.

—No sé cómo se comporta Coco cuando está enamorada.

—Yo tampoco. Nunca lo estuvo de mí y sigue sin estarlo.

Se levanta las gafas de sol lo suficiente como para que le vea los ojos y arquea las cejas significativamente.

—¿Por qué iba a mentir sobre esto?

—No sabía que ella confirmaba de viva voz los rumores...

—Bueno... —temo haberme ido de la boca, así que me apresuro a arreglarlo —, no es que lo confirme. Es que no lo desmiente, supongo.

—Maniobra de distracción. Hazme caso. Coco se acostaría conmigo hoy, mañana y pasado, pero está colgada de otro... o de otra.

¿De... otra?

Paramos a comer a medio camino. Gus siempre tiene hambre y siempre quiere patatas fritas y una cerveza. Si sigue así, se va a convertir en una leyenda…, poeta joven muerto por insuficiencia coronaria. Eso vende muchos libros.

Hablamos sobre música, conciertos, artistas, recopilatorios… Gus no es un melómano, pero le gusta saber de qué habla y disfruta con muchos grupos españoles, con lo que ha estado en más conciertos que yo, que me dedico a ello.

Alargamos la sobremesa y nos tomamos con calma el camino que nos queda; queremos dar tiempo a los demás para que lleguen al camping y se instalen con la autocaravana. Tendríamos que ir llamando a algún hostal, pero eso también nos lo tomamos con tranquilidad.

Escuchamos su lista de canciones cuando retomamos la marcha. Suena «Te echo de menos», de Beret; le sigue «Sueños lentos, aviones veloces», de Izal. Después, «Cómo hacer que vuelvas», de Marwan. Si eso de que las canciones que escuchamos pueden reconstruir la historia de amor que vivimos fuera cierto, podría asegurar que Gus está enamorado hasta los tobillos de alguien. Alguien especial. ¿Coco?

Son las seis de la tarde cuando aparcamos el coche y enfilamos hacia la entrada del camping La Marina. Pasamos por la garita de información y explicamos que algunos de nuestros amigos están en una parcela, que han debido llegar hace poco, pero no sueltan prenda. Nos mencionan un par de veces la ley de protección de datos y nos sugieren que los llamemos.

—Si os dicen en qué parcela están, a qué nombre está y cuántos días se quedan, nosotros os dejamos pasar.

—Parcela 297. A nombre de Lorenzo Hernández. Se quedan dos noches —digo leyendo el wasap de Loren.

Esto es como una ciudad. Organizada en calles numeradas, acumula muchas tiendas de campaña y caravanas y no todas tienen pinta de ser un sitio donde pasar las vacaciones; aquí hay gente que, a juzgar por lo en serio que se lo ha tomado, debe haber hecho de este lugar su casa.

Encontramos fácilmente la parcela y la caravana aparcada. Han desplegado el toldo lateral y ya han instalado la mesa y sus sillas justo debajo. Sin embargo, aquí no están. Pensaba, sinceramente, que los encontraríamos sentados, con unas cartas en la mano, jugándose unos euros al tute o hasta jugando al strip poker mientras comían altramuces y bebían vino, pero no. Ni un alma.

Gus intenta asomarse a la caravana, pero no se ve nada: tienen los estores opacos echados.

—¿Y estos dónde cojones estarán?

—Vamos a ver si están en la piscina.

La piscina está coronada por tres tipos de toboganes acuáticos a una altura considerable; como en el tercer piso de un edificio. En cuanto los veo, y me doy cuenta de que no son únicamente para niños pequeños, sé que estos deben estar ahí, muy probablemente, cargaditos de vino. Una de esas ideas que termina con Coco mellada.

—¿Son esos?

Gus señala a cuatro energúmenos que berrean, se ríen y fingen empujarse unos a otros. Están haciendo cola para tirarse por el tobogán azul, que no es el más empinado, pero tiene cuatro carriles. Quieren tirarse a la vez y, conociéndolos, seguramente cogidos de la mano o haciendo algún tipo de coreografía; mañana lo contarán muriéndose de vergüenza ajena, pero ahora les parece superdivertido. Se comportan como en un anuncio veraniego de cerveza.

—Joder con Aroa —escucho que murmura Gus.

—Tengamos la fiesta en paz —le contesto.

—Con Coco no puedo porque es como tu hermana, con Aroa no puedo porque es tu exnovia…, ¿me das permiso para mirar a Loren o…?

Me da la risa y le doy una palmada amistosa.

—Mírala cuanto quieras. No soy su novio y, aunque lo fuera, eso no implica propiedad.

—Algún día te dedicaré un poema sobre eso.

Miro hacia arriba. Aroa es de esas chicas que han nacido con un cuerpo muy como las revistas dicen (las revistas, ojo) que tiene que ser un cuerpo femenino. Es delgada, atlética, de piel canela, muy guapa y con un buen par de pechos naturales. Así que ahora que está saltando de la emoción porque ya les toca… Y en bikini… alegra la vista. Gus finge un ronroneo y le clavo el codo en las costillas.

—¿No decías que podía mirar?

—Pero no la cosifiques.

Miro de reojo y me da la sensación de que Gus, en realidad, no está mirando a Aroa. A su lado, Coco y Blanca se empujan y se intentan hacer cosquillas. Probablemente Coco ha dicho que se está haciendo pis…, dice que las piscinas le dan ganas de ir al baño.

Blanca lleva un bañador negro con lunares blancos, bastante escotado pero de corte retro. Es voluptuosa, con una cintura muy marcada y unas medidas muy proporcionadas. Es bonita, tal y como es, aunque se empeñe en repetir que necesita perder peso. En realidad… es preciosa, sobre todo porque emite algún tipo de energía que brilla mucho, pero no, nunca podría pensar en ella en otros términos.

A su lado, Coco se recoloca un bikini sin tirantes con dibujos de sandías. Cuando se lo compró, me dijo que era una paradoja.

—Tiene sandías, pero lo que me hace son dos melones…

En su día me reí, pero es verdad. Le resalta bastante las tetas. La braguita tiene una especie de volantito muy juguetón. Miro de reojo otra vez a Gus e intento averiguar si la está mirando a ella. No sabría decirlo. ¿Me preocupa? Me preocupa.

—¿Te traigo pan? —le digo—. Te estás relamiendo.

—No digas tonterías.

De pronto suena mucho más hostil que hace un momento. Ha debido darse la vuelta su humor: su luna estará pasando por Plutón o algo así.

—¿A quién miras, tío?

—A nadie. No miro a nadie.

Ya les toca. Nos apoyamos en un muro lleno de teselas, justo frente a los socorristas, y uno de ellos sostiene un móvil, como si fuera a hacer un vídeo.

—¿Desde aquí mojan al caer? —me pregunta Gus.

—Los de antes no han mojado.

—Pero van a bajar haciendo el gilipollas y seguro que provocan un tsunami.

—Y un ciclón en Filipinas. Anda, dandi, relájate.

Se sientan al principio del tobogán..., y en un segundo los perdemos de vista. Una explosión acuática los recibe al bajar. Han ido cogidos de la mano y dando voces, tirándose unos de otros para sacarse del carril. Estos no están bien de la cabeza. Me encantan.

Al salir, Loren es el primero en vernos. Grita un: «¡¡¡Hombre!!!», que evidencia que le han dado bien al vino. La segunda en localizarnos es Aroa, que corre hacia la escalera para venir a saludarnos. Después, Blanca. Coco aún no nos ha visto y... tiene un pezón fuera del bikini.

—¡Ey! —dice algo cortada Blanca, mientras se recoloca el bañador y se pasa la mano por debajo de la nariz, en la que le ha debido entrar agua al caer—. Ya estáis por aquí.

—Qué alegría te da vernos, hija... —se queja chulito Gus—. ¿Salís y nos ponéis un vino u os hacemos fotos?

—Ya nos están haciendo un vídeo, gracias.

Loren señala al socorrista que teníamos detrás y le da las gracias. Sale de la piscina con cierta torpeza, se seca la mano en la camiseta de Gus y coge su móvil.

—Yo también me alegro de verte —le dice este sacudiéndose la camiseta.

—No la líes.

Sé que Loren lo ha dicho con intención de que nadie más le escuche, pero... el alcohol ha debido mermar su capacidad de controlar los decibelios y todos nos volvemos hacia él. Todos menos Coco, que está en la parra.

—¡Sardina! —la llamo.

Se gira hacia mí con todo el pelo por la cara y el pezón endurecido saliéndose del bikini de melones..., digo, sandías.

—¿Ahora haces números eróticos? —le pregunto.

—Erótico-circenses. ¿Qué dices, mongolo? —Se ríe.

—El pezón. —Gus le señala la teta con gesto altivo—. Se te ve el pezón, cielo.

—Bah…, como si fuese la primera vez que me lo veis.

Pero noto el rubor en sus mejillas cuando se acomoda el bikini.

Me asomo un poco más, acercándome a ella y la llamo.

—Sardinilla…, te veo como pez en el agua.

—Así me quito un poco la sal.

Apoya los brazos en el borde de la piscina y me dedica, desde allí abajo, una sonrisa espléndida. De pronto me hincho de orgullo. Esa chica, esa que siempre sonríe, que ha organizado toda esta despedida para una de sus mejores amigas, que sobrelleva un amor no correspondido, que escribe mensajes a mi hermana durante sus vacaciones…, es mi mejor amiga. Y tengo la suerte de…

Noto dos tetas mojadas pegarse a mi camiseta blanca por detrás y sé al instante que pertenecen a Aroa. La polla me da una sacudida que no puedo controlar, así que cuando me rodea y se coloca frente a mí, mojada, de puntillas, con esas gotas recorriéndole los labios… es tarde para pensar en cosas feas y que se me baje lo gorda que se me está poniendo.

Se encarama a mí, me rodea el cuello con los brazos y me da un beso en la mejilla. Pega, no sé si consciente o inconscientemente, su pubis a mi paquete y levanta las cejas cuando me nota duro.

—Vaya —susurra mirándome los labios.

—Vaya…

Es lo único que acierto a decir.

Y de pronto me parece que el aire se podría cortar. ¿Somos o no somos bienvenidos?

14

Que fantástica, fantástica esta fiesta...

—¿Vais a dormir aquí? —pregunta Aroa.

Caminamos de vuelta envueltos en nuestras toallas hacia la parcela donde hemos dejado instalada la caravana. Blanca parece avergonzada; sé que no le gusta estar en traje de baño delante de la gente, pero me da la sensación de que es algo más. No deja de mirar hacia Aroa, que... adivina junto a quién anda. A mí me gustaría ir agarrada de Marín, o subida a su espalda, bromeando y charlando sobre el accidente de Noa, pero Aroa no le deja ni a sol ni a sombra y no me apetece ir a sostenerles la vela.

—No, qué va. Aquí no cabemos todos. Vamos a pillar un hostal en el pueblo. Y si no, esta noche dormimos en el coche.

—¿Y qué vais a hacer ahora? ¿Qué planes tenéis? —pregunta Loren, al que parece que se le ha ido el pedo del vino en diez minutos.

Me muevo un poco incómoda. ¿No debería dar por hecho que se van a quedar con nosotros? Nuestros planes son los suyos...

—Pues nosotros nos dejamos llevar. Fluyamos. Lo que a vosotros os apetezca. No queremos tampoco venir y... colonizar los planes.

La respuesta es, evidentemente, de Marín. Gus se ha limitado a encogerse de hombros y decir algo entre dientes sobre beber vino.

Nos duchamos por turnos, como siempre. Aroa pide ir la última, supongo que para quedarse hablando con Marín y yo no miro atrás cuando me marcho a los baños del camping, cargada con mi toalla, mi ropa y mi bolsa de aseo. Me concentro en el sonido de mis chanclas sobre la gravilla de las parcelas vacías (pocas) que voy cruzando para atajar. No quiero pensar de más y meterme en una de esas espirales de «¿Cómo me va a querer a mí si ella es su ex?» o «Métete en la cabeza que estás a punto de destrozar la mejor amistad que has tenido en tu vida». Puto amor, cómo lo mancha todo.

Blanca corre para alcanzarme y finge una sonrisa. Entramos en silencio en los baños y escogemos unos cubículos, una enfrente de la otra. Cerramos la puerta. La escucho desnudarse. Me desnudo yo. Abrimos el grifo a la vez. Mi gel de ducha tiene una nota en su aroma que me recuerda demasiado al perfume de Gus.

—Blanqui…, ¿estás bien? —me hago oír, levantando la voz por encima del agua corriente y el hilo musical.

—Sí, ¿por?

—No sé. Has puesto cara rara cuando los has visto llegar.

—Ya…, ¿se me ha notado mucho?

—Un poco.

—Bueno…, es que ya sabes cómo soy. Me había hecho a la idea de que íbamos a ser nosotros cuatro y me han descolocado un poco el plan mental. Pero cuantos más, mejor.

—Marín parecía muy contento de estar aquí.

—Sí, creo que sí.

Hay cierto toque juguetón en su tono y me da la sensación de que está dejando entender que quizá a Marín le han movido más las ganas de estar con Aroa que el plan de pasar unos días de vacaciones todos juntos. Esa es la sensación que me da, pero admito que llevo unos días más paranoica de lo normal. En realidad, estoy feliz, feliz, feliz, como cantaba Thalia en ese vídeo que se hizo viral. Marín es adictivo; cuando pasas con él mucho tiempo, dejas de encontrar sentido a no hacerlo. Pero mis expectativas (Marín llega, solo tiene ojos para mí, me abraza, me confiesa lo mucho que me ha echado de menos y de pronto es como si estuviéramos los dos solos en el mundo, pero mejor, porque están todos los demás y también los queremos) se han dado de bruces con la realidad. Yo soy especial solo porque soy Sardina. Y él, Anchoa. Un equipo. Los mejores amigos. Mis esperanzas cada vez tienen menos resquicios a los que agarrarse para no caer y terminar diluyéndose entre agua y jabón cuando me doy una ducha.

No puedo permitir que eso estropee la despedida de Blanca.

Nos cruzamos con Aroa cuando volvemos hacia la autocaravana, vestidas y con el pelo mojado. Vamos bromeando sobre poner a Gus a preparar la cena, pues es bastante inútil para todo lo que no sea escribir y socializar con chiquitas guapas armado con una copa de vino, porque está claro que se van a quedar a cenar. A partir de ahora, cualquier plan ya no es solo cosa nuestra, es del grupo.

—¿Están petadas las duchas, chicas? —Sonríe Aroa que está muy feliz de tener a Marín con nosotros.

—Qué va. Tranquilitas.

—¡Guay! Voy corriendo y os ayudo con la cena.

Loren ha debido adelantarse a Aroa para ir a darse una ducha, así que cuando llegamos, Marín y Gus son las únicas personas en nuestra parcela. Gus está sentado en una de las sillas de plástico de la terraza, con las piernas cruzadas: tobillo sobre rodilla. Siempre me han gustado sus tobillos. Los tiene finos pero masculinos, rematando unas piernas cubiertas de un vello color castaño oscuro. Al contrario que Marín, Gus luce con mucho orgullo su vello corporal. Tiene un pechamen peludo que hacía mis delicias cuando estábamos juntos. Marín no lo esconde…, es que prácticamente no tiene pelo en pecho.

Gus nos mira a las dos con una expresión bastante neutra, como cuando está un poco borracho; párpados a media asta, labios entre sus dientes, mano inquieta, dando golpecitos en su muslo.

Marín se asoma por la puerta al vernos llegar. Lleva una botella de vino frío en la mano y unos vasos de plástico.

—¡Qué rápidas! Oye, para vino, ¿usáis estos o los que son más grandes?

—Esos. —Señala con una sonrisa Blanca—. ¿Estás preparándonos el aperitivo?

—Claro. Encima que venimos con las manos vacías…

—Pero las bocas llenas —apunta Gus, que parece muy satisfecho con su frase y saca el móvil de su bolsillo. Veo cómo abre la aplicación de notas y la escribe.

—Tú… —Le doy una patadita a su silla—. ¿Vas a hacer algo o pretendes que te sirvamos como a un rey?

—Tú… —Me coge de la cintura, me da la vuelta y me sienta en sus rodillas. Aún sujeta el móvil en la mano—. Tú siempre me tratas como a un rey. Y yo a ti como a una reina. Mi reina.

—Ay, Gus…

Voy a levantarme, pero me sujeta.

—Morena… —ronronea cerca de mi cuerpo.

Me levanto como un resorte cuando cruzo la mirada con Marín. No. No quiero que crea que estoy a punto de volver con él…, no quiero que si hay alguna oportunidad, la mínima, desaparezca. No quiero que vuelva con Aroa, lo siento.

—Pareces Angelito…, qué manera de tocar. ¡Oye! —Me acuerdo de la fiesta del viernes y me vuelvo hacia Marín, que finge estar muy concentrado abriendo una botella de vino—. El otro día te vi muy distante con Ángel, ¿os ha pasado algo?

—¿No lo sabe? —Gus le pregunta a Marín con cierta expresión divertida, señalándome.

—No —contesta escueto Marín a la vez que saca el corcho y se entretiene con él.

—¿Qué tengo que saber?

—Ángel y Marín se han peleado, como en el patio del cole.

—¿Os habéis calzado tortas? —se interesa Blanca que, apoyada en la carrocería de nuestra Sunlight, se enciende un pitillo.

—No. La sangre no llegó al río —apunta Marín, algo incómodo.

—Cuenta, cuenta. —Blanca le sonríe, entusiasmada.

—No es nada. Es solo que… hizo un comentario que me sentó mal. Le pedí con educación que se disculpara, no quiso, me puse cabezón, él más y terminamos…

—A empujones —se burla Gus, llenando un vaso de plástico de vino blanco y pasándomelo—. Se pelearon por ti.

Me señala con las cejas y un movimiento de barbilla. El corazón se me acelera. Qué barbaridad, cómo nos tienen comido el coco los cuentos de princesas, el lenguaje patriarcal, la tradición…, por más que nos avergüence, sigue gustándonos que «nuestros hombres» se peleen por nosotras. Me gusta saberlo y quiero todos los detalles, pero no quiero admitirlo. Me siento en el escalón de entrada a la autocaravana sin preguntar, dejando espacio entre Gus y yo. Hostia…, como Aroa tenga razón y esté aquí para recuperarme…, a ver cómo explico yo que no quiero volver con él.

—¡¿Coco?! —exclama Blanca—. ¿No vas a preguntar?

—Pues es que no sé si quiero saberlo —confieso—. Me da un poco de vergüenza imaginarlos como dos gorilas, dándose empujones.

—No fue así. —Marín se apoya en la mesa y cruza las piernas a la altura de los tobillos—. Me sacó de quicio, se acercó como queriendo meterme miedo y lo aparté.

—Lo tiró por los aires. —Se ríe Gus.

—¿Y tú cómo lo sabes? —le pregunto.

—Porque fue en el entrenamiento. —Se encoge de hombros—. Después del partido.

—¿Por eso no has ido a jugar al fútbol esta semana? —le pregunto a Marín.

—No me des un sermón, por favor. —Marín mira al suelo—. No es que esté muy orgulloso de lo que pasó, pero tú no estabas allí para defenderte. Si hubieras estado, habrías sido tú la que le habría dado una patada en los cojones.

—No creo. No soy violenta.

Marín y Gus cruzan una mirada.

—¿Qué dijo? —cedo.

—Que fijo que gimes como una gata cuando te la meten por el culo —sentenció Gus con naturalidad.

Arrugo los ojos y una mueca secuestra mi boca. Pero ¿qué mierdas…?

—¿De qué cojones estabais hablando para que viniera a cuento un comentario como ese?

—Es que no vino a cuento —tercia Marín.

—Qué asco dais los tíos a veces —asegura Blanca con expresión mortificada antes de increparle a Gus—. ¿Me sirves vino, macaco? ¿O me lo pongo yo?

—Solo estábamos hablando de tías. De nuestras ex, de las ex de los demás, de si teníamos o no buen gusto con las mujeres…, ese rollo. —Gus parece acordarse de algo y se yergue en su silla—. Pero ¡sin cosificaros!

—¡El vino, Gus! —exclama Blanca.

Gus coge la botella y se la acerca a Blanca, sin servirle ni darle un vaso, despistado.

—Sacó los pies del tiesto —asegura Marín—. No era la primera vez que hacía comentarios de ese tipo, y… me tiene hasta los cojones. Siempre con esas mierdas.

—¿Gimes como una gata cuando te la meten por el culo?

La pregunta es, por supuesto, de Gus.

—¿Te voy a tener que pisar los cojones? —le pregunto muy seria.

Finge cerrarse la boca con una cremallera.

—¿Un año juntos y no sabes cómo gime cuando se la meten por el culo? —Blanca se descojona—. Loser.

—Blanca, por Dios, no le des cuerda. —Adivino una sonrisa en la boca de Marín cuando me vuelvo hacia él—. ¿Tú también te ríes?

Se frota el mentón y deja caer después los brazos, dejándome ver su sonrisa y sus dos hoyuelos. Por Dios…, ¿casarme con su barbilla y con sus hoyuelos se considerará poligamia?

—Me ha hecho gracia. Lo siento.

—Bah. Bobo.

Le doy una palmadita en la mejilla.

—¿Qué hay de cena? —pregunta Gus.

—Si sigues tan impertinente, igual para ti lo que tengas la suerte de comprarte por aquí.

Blanca le enseña su dedo corazón para apoyar su respuesta y él la imita, pero uniendo el dedo índice y haciendo un movimiento que se parece sospechosamente a algo que él sabe hacer muy bien con las manos…, me mira de reojo antes de levantarse.

—Voy a hacer la cena.

—Déjalo. Ya voy yo —le digo.

—Pues te ayudo.

No me pasa inadvertido el hecho de que las botellas de vino vuelan especialmente rápido esta noche y que, en gran parte, la culpa es de Blanca, que rellena su vaso sin parar. Y la entiendo, porque nunca ha tenido una gran relación con Gus y esta noche él está tocapelotas. No es que no sean amigos; todo el grupo lo somos, pero... si tuviera que escoger a quién salvar de un cataclismo nuclear, no sería Gus y él lo sabe. En condiciones normales tienen un sentido del humor bastante similar, pero nunca han intimado demasiado. Son... colegas. Excepto cuando él se pone tonto, como ahora. Creo que Blanca bebe para aliviar la sensación de que Loren está a punto de levantarse de la mesa, coger a Gus por la pechera y ahogarlo con sus manos. Si estuviera enamorada aún de él, lo estaría pasando mal, la verdad.

—Blanca, suelta el vino, que no te lo vamos a robar —le dice Gus poniendo su vaso al alcance de la novia—. Sí que te tomas a pecho descansar del trabajo.

—Es mi despedida de soltera, tendré que disfrutar.

—A este ritmo, vas a disfrutar de vomitar dentro de una bolsa.

—Oye, Marín, ¿entonces Noa se quedó hecha un cuadro? —cambia de tema Aroa, que, apoyada en la mesa, lo mira con ilusión.

—Quedó como un reloj de cuco, la pobre. No es que me alegre pero...

—Te alegras —le dice ella burlona—. Que nos conocemos, Marín...

—Me habría servido con que le diera una cagalera suelta de un mes de duración. Algo poco doloroso. Que perdiera el control de sus esfínteres hubiera estado bien.

Aroa lo reprende con la mirada. Antes siquiera de plantearme si esos dos se están mirando como dos agapornis, mi cuerpo, sin pedir permiso de la poca adultez que pueda tener, lanza una carcajada estridente que hace que toda la mesa me mire.

—¡¡Todo el escenario lleno de caca!!

Bien. Gracias, Coco. Tu intervención ha dejado más que claro que, lejos de ser una mujer adulta digna del amor del tío más maravilloso que has conocido jamás, tienes cinco años y te quedaste en la etapa anal.

Aparto el plato de plástico con los restos de la cena y me apoyo en la mesa, con la frente sobre las manos, muerta de vergüenza.

—Oye, morena, tú estás un poco nerviosita, ¿no? —me pregunta con un tono seductor Gus.

—Es el vino.

—A Coco le encantan las historias de caca. Son nuestras preferidas, ¿verdad?

Levanto la frente de la mesa y veo a Marín inclinado hacia mí, sonriente.

—Son las mejores.

—Y las de pedos —añade.

—Y aquella de cuando te estabas meando en el Arenal Sound y…

—Shhhh… —Me pone la mano sobre la boca y se la muerdo.

Lanzamos un par de manotazos por encima de la mesa y me muero de la risa, pero esta vez de manera natural.

—A ver, niños, centrémonos. Pásame la tortilla, anda —me pide Blanca.

—Blanquita, ¿vas a repetir? Que luego no te cabrá el vestido de novia y vendrán los llantos y el rechinar de dientes.

Todos miramos a Gus con la boca abierta.

—¿Qué? —nos dice.

—Menos mal que ese no es ni de lejos tu problema —añade Blanca, poniéndose con mucha más violencia de la necesaria un pincho de tortilla de patata sobre el plato—. Pero, oye, que si me tienes que llevar tú a caballito hasta el altar y sufres de hernia discal, ya es otra cosa.

—Tampoco es para tanto.

—Una broma de mierda. —Le doy una patadita por debajo, discreta, queriendo quitarle fuego.

—Esto os lo decís entre tías y no pasa nada —se indigna.

—No tiene importancia. Déjalo estar —pide Blanca.

—Claro que no tiene importancia. Es solo un puto comentario… —Gus insiste.

—… de mierda —añade Loren, con expresión amenazante.

—Pero vamos a ver…, ¿qué pasa? ¿Es una broma de género? ¿No puedo decirlo si no soy tía?

Loren, Aroa y yo hacemos amago de contestar, pero Blanca nos corta con bastante vehemencia.

—No. No es una broma de género. Es un comentario de follagordas. ¿Sabes lo que es un follagordas, Gus?

—¿Crees que te he llamado gorda? —Se señala el pecho.

Blanca corta un trozo de tortilla, lo pincha con el tenedor, se inclina en la mesa con él en la mano y sonríe:

—Gus…, cállate.

Acto seguido, se come la tortilla y pide la botella de vino.

Loren cambia de tema y el resto le sigue el rollo para distender el ambiente. Miro de nuevo a Marín y Aroa; parecen los de siempre…; cuando se miran, ¿no es esa la mirada que nunca he visto en sus ojos cuando está conmigo? El brillo, cómo muerde su labio inferior, el modo en que sonríe cuando le hace una broma. ¿Estoy viendo fantasmas? Inseguridad, miedo, anhelo; todo junto. Cuando Aroa posa la mano sobre la que él tiene encima de la mesa, aparto la mirada y me encuentro con la de Gus.

—Joder, macho —susurra—. Esta gente se lo toma todo demasiado en serio. Era solo un comentario.

—Desafortunado y de cuñado.

Bufa, se reclina en la mesa y mira hacia la oscuridad que ha empezado a cernirse sobre nosotros y que solamente rompe ahora una farola a dos parcelas de distancia y la luz exterior de nuestra caravana.

—¿Qué pasa? —le pregunto, porque lo conozco y algo le pasa.

Se revuelve el pelo con las dos manos y suspira.

—¿Nos vamos a dar una vuelta? —me pide.

—Claro. Déjame que recoja esto.

Cojo un par de platos, los amontono y él me los arrebata de entre las manos y los tira al cubo de basura que tenemos al lado, mientras se pone en pie.

—¿Dónde vais? —pregunta Loren con el ceño fruncido.

Gus se ha alejado ya unos pasos de la mesa y mira hacia ambas direcciones en la calle que separa las parcelas, como si no supiera que están preguntándome por qué nos vamos...

—Creo que ha bebido muy rápido —miento—. Le vendrá bien dar una vuelta. Seguro que cuando volvamos quiere pedirte disculpas —le digo a Blanca.

—Da igual.

Echamos a andar sin rumbo fijo. Me siento como paseando por un cementerio. Apenas son las diez de la noche, pero todo el mundo parece estar durmiendo ya, excepto nosotros y un par de campistas más, que no siguen el horario europeo y que están cenando.

Gus anda rápido. No es que tenga las piernas muy largas, pero siempre me ha costado mantener su ritmo de zancada. Corro un poco y lo alcanzo. Me mira. Lo miro. Hay algo en su mirada que me lleva de viaje a esa Malasaña que fue nuestra; a las puertas de garitos donde nos besábamos con lengua, a la plaza donde siempre nos sentábamos a comer algo antes de volver a casa y joder como animales. Hay algo aquí que me recuerda cómo me gustaba que me dejara la marca de sus dedos en las caderas..., magulladuras dolorosas, pero de mucho placer. Las dos caras de la misma moneda que era el sexo con él.

«¿Gus? ¿Tú también lo sientes?».

No tendría que haber accedido a dar una vuelta a solas con él.

—Me estaba agobiando ahí sentado —dice dibujando una sonrisa.

—Estás como... raro, ¿no?

—Te cuento algo, ¿vale? Pero me prometes que no vas a decírselo ni vas a creer que es un problema.

—Claro. ¿Qué pasa?

—Es que... Loren me pone nervioso, tía —lo dice con esa desgana suya tan particular—. Es como que mira con lupa todo lo que digo, lo que hago..., y siempre parece que le debo dinero.

Sonrío. Ay, Loren..., el papá del grupo. El protector. El amigo al que no le hace gracia que ni el viento sople sobre sus niños.

—Ni caso, Gus. Es que Loren siempre ha sido muy protector con nosotros.

—¿Y? ¿Es que yo os trato mal? Somos todos amigos.

—Ya, pero eres mi ex —apunto.

—¿Y? Marín es el ex de Aroa y no lo veo mirarlo así.

—Bueno, si Marín se ha follado a medio Madrid desde su ruptura, ha sido muy discreto.

Se para y me mira con el ceño fruncido.

—Morena...

—No me malinterpretes —lo corto—. A mí no..., a ver, yo lo entiendo. Quiero decir...

—Tranquila... —Sonríe de medio lado.

—Estoy tranquila, es que no es cómodo... —Hago una mueca—. No es como hablar de tu vida sexual, Gus.

—¿Celos? —Arquea las cejas.

—No. Pero creo que... —Allá va, que hable el vino por mí—. Siempre he creído que el sexo te vacía, Gus. Es tu manera de sentirte dueño de ti mismo, de sentir que tienes el control, pero al terminar de follar con una rubita muy mona que has conocido en un bar, en lugar de bien, te sientes una mierda.

—Eso no es verdad —niega.

—Quizá no. O quizá aún no te has permitido aceptar que, sorpresa, eres humano y necesitas ese cariño que a veces…

—Otra que tal… —Se frota la cara y sigue andando.

Lo sigo. No media palabra.

—Oye…

No me contesta.

—Eh…, Gus…

Tiro de su brazo y para. Me mira. Lo miro. Otra vez el recuerdo de sus dedos alrededor de mi cuello, con esa mirada que le cambia la cara por completo. La boca entreabierta, las caderas empujando entre mis muslos, con la polla bien clavada dentro de mí. Gruñendo. Recordándome lo mucho que me gusta sentir que me domina en la cama.

Regreso a la realidad y le suelto el brazo, aunque he podido notar el cosquilleo del vello suave de sus antebrazos bajo mis dedos.

—Tú y yo… —le digo todo lo firme que puedo—. Somos amigos, Gus. Muy amigos. Nuestro pasado es… nuestro, pero está pasado. Olvidado con mimo y con cariño.

—¿Qué me quieres decir con eso?

—Que estoy preocupada por ti, que me parece que estos últimos meses te pasa algo, que estoy harta de que, quizá por lo que fuimos, me escondas cosas, no te abras…

Una sonrisa prende fuego a la comisura de su boca y va expandiéndose a través de sus labios hasta hacerlos suyos por completo.

—¿Qué? —Levanto las cejas y me contagio de su sonrisa—. ¿Te ríes?

—Un poco.

—¿Por qué?

—Porque… hace años que nos conocemos y aún no has entendido que nunca fuiste tú. Fui yo. Y en este caso, cuando te dije «No eres tú, soy yo», era verdad.

Me coge la mano y me la besa. Yo le acaricio la mejilla rasposa después.

—Fuimos idiotas —me dice con una expresión entre nostálgica y divertida.

—¿Queriéndonos o dejándonos de querer?

Frunce el ceño y sonríe más.

—Nena…, ¿tú quererme? No. Eso no era amor. Amor es lo que sientes por el que está haciendo que te brillen los ojos así. Y no te quiero, no en ese sentido, pero admito que estoy celoso, morena. Porque eso —me señala los ojos—, eso no sé hacerlo. Con nadie. Aunque quiera.

—¿Tú? ¿Gus? ¿El poeta? Cariño… —me río—, tú enciendes Madrid con la mirada de todas las niñas que sueñan con que les recites al oído.

—La poesía no sirve siempre —añade.

—La tuya sí.

Me interroga con la mirada y yo asiento. Sí, Gus. Dilo. Usa las palabras. Pon de rodillas lo que sientes, subyúgalo a tu manera de contenerlo en vocales, consonantes. Corta la respiración de esa que te ha vuelto tan loco con unos puntos suspensivos… que terminen en su boca.

Y yo, que tampoco lo quiero, no en ese sentido, también estoy, de pronto, algo celosa.

15

Juntos y revueltos

Cuando volvemos, tengo la sensación de que Gus se siente mejor. Yo, de alguna manera, lo estoy. Estoy mejor. Quizá Marín y Aroa se miren como aves monógamas capaces de morir de pena sin el otro, pero no lo son. Y Aroa dijo que Marín no quiere seguir acostándose con ella porque considera que lo suyo no es posible. ¿No es eso una oportunidad? ¿No debería dejarme de mierdas y preocupaciones y disfrutar y aprovechar estos días que tenemos por delante? Marín está aquí. Marín. Quizá sea una señal.

—Morena… —dice Gus antes de llegar a nuestra autocaravana—. ¿Me dejas darte un consejo que no me has pedido?

—Claro.

—Nadie es mejor que tú.

Nadie es mejor que yo. ¿Nadie? ¿Aroa tampoco?

Las carcajadas de Blanca resuenan con estridencia. Loren intenta que no grite tanto. Todos, excepto Marín, tienen esa expresión cálida y sonrojada que deja el vino en la piel, pero Blanca está casi encendida.

—¡¡Hola!! —nos saluda—. ¿Qué tal el paseíto?

—De puta madre —responde Gus algo tosco—. ¿Y el vinito? Bien, ¿no?

—¿Quieres? —Le ofrece la botella.

La cojo yo y le doy un trago directamente del morro.

—¿Jugamos a algo?

—¡Sí! ¿A qué? —pregunta emocionada Aroa.

—Voy a por otra botella y un pitillo. ¿Alguien quiere algo de dentro? —pregunta Loren.

Nadie contesta, pero Aroa le acerca su propio móvil.

—Enchúfalo, se te está quedando sin batería. Lleva pitando un rato.

—Hostia…, el vídeo del tobogán. Ahora os lo reenvío para que lo veáis.

Aroa mira a Marín con una sonrisa espléndida.

—Me encanta que hayáis podido venir.

—Y a mí que hayamos podido, ¿verdad, tío?

Gus levanta la mirada y asiente.

—Ey… —Le doy un codazo.

Se levanta y se acerca a la ventana que da a la cocina de la autocaravana.

—Loren, tío, ¿me das un boli?

—La inspiración es una amante exigente —canturrea Blanca . Escríbete algo, Gustavo Adolfo…

Le doy una patada y la reprendo con un gesto. Nunca ha sido santo de su devoción, pero siempre creí que Blanca sentía a Gus como uno más del grupo…, no a alguien a quien hay que soportar porque es el ex de una de sus amigas.

—Bueno…, ¿jugamos a algo?

—¡¡¡Al palo!!! —grita de pronto Aroa, saltando de la silla en dirección al interior de la caravana, donde se choca con Loren.

—¿Has visto el vídeo? —le pregunto.

—Sí, pero no vale un duro. —Mira a Marín y a Gus—. Y solo se les escucha a estos dos hablar.

—¿Jugamos al palo? —Aroa se encarama sonriente a su pecho.

—Venga…

Caen dos botellas más de vino, pero dejamos de servir a Blanca pronto, que ni siquiera da una en el juego al que siempre nos da una paliza. Se ríe como una tonta, vuelca un par de vasos, trata de encenderse un cigarro al revés y farfulla más que habla. Dos partidas de palo y se le cierran los ojos en la mesa.

—Deberíamos acostarla —decimos Marín y yo a la vez.

—Tengo sueño —asegura con media lengua.

Aroa mira a Marín levantarse como quien ve una aparición. Lleva toda la noche sentada a su lado, ilusionada pero, aparte de esa mirada, no hay más. Conozco a Marín. Sé que la quiere, pero creo que ya ha hecho las paces con la idea de que lo suyo no es posible. Estoy segura de que el motivo de la ruptura es mucho más importante para él que un simple intercambio de opiniones que no sale como se esperaba. Entre estos dos pasó algo gordo.

—A ver, Blanqui…, vamos a la cama.

—Me tengo que desmaquillar.

—No te has maquillado, amor —le digo levantándome de la silla y acudiendo a ayudarlos.

Se levanta, trastabilla y le da una patada a la mesa, que vibra amenazando con volcar un par de vasos.

—Menudo pedo más tonto… —Se ríe.

—Menudo pedo, desde luego.

La puntillita de Gus sobra, pero da igual, porque nadie le presta atención y ella ya no escucha nada.

Marín le pasa el brazo por los hombros y la dirige hacia la puerta, pero cuando intenta subir el escalón, casi se va de bocas. La cojo del otro brazo y entre los dos la metemos como podemos en el estrecho espacio hiperaprovechado del interior de la autocaravana. Cae en una cama que no es la suya, pero menos da una piedra. Entra como una croqueta en la litera de abajo, donde anoche durmió Aroa. Marín se pone de cuclillas y le aparta el pelo de la cara con un gesto dulce.

—¿Estás bien?

—Mñi.

—¿Quieres una bolsa por si tienes ganas de vomitar?

—Arcoíris. Voy a vomitar arcoíris. —Se vuelve hacia nosotros de pronto y se ríe—. Voy a vomitar arcoíris, estornudar putos corazones y cagar purpurina porque ¡¡¡qué bonito es el amor, hostia puta!!!

Me agacho junto a Marín y le acaricio la cara.

—¿Estás bien? —repito.

Me da la sensación de que Blanca se aparta y sofoca un sollozo, pero se queda en un puchero.

—Dejadme. —Loren nos pide que le hagamos sitio—. El vino pone muy ñoño, Blanca. No pasa nada. Es este vino barato, que engaña. Tú te duermes ahora y ya está.

Marín coge una almohada y se la pone al lado, como para que la abrace.

—Cógete a ella, ¿vale?

—¿Y eso? —le pregunto.

—Por si vomita, que lo haga de lado. No queremos que la novia se ahogue con su propio vómito en su despedida de soltera. —Se pone de pie y cambia su expresión taciturna por una sonrisa tímida y un levantamiento de cejas—. ¿Qué? ¿Qué miras así? Soy experto. Cuidando de beodos desde mil novecientos noventa y…

Le doy un beso en la mejilla. No quiero que piense. No quiero que piense en eso. El amor es querer volver atrás y eliminar de un plumazo todo lo que pudo borrarle la niñez.

Volvemos a la mesa, cerrando la puerta y dejando como única luz la que ilumina el exterior de la caravana. Gus emite un sonido de protesta.

—¡Ey!

Entre las manos tiene un trozo de papel de cocina, del que usamos como servilleta, bayeta, pañuelo…, está escribiendo sobre él.

—Va a ser que la inspiración sí que es una amante exigente.

Espero que me mire cómplice, pero ni siquiera levanta la cabeza. Vuelve pronto a su quehacer. Siempre fue así…, lo primero, la poesía. Después, los humanos, empezando por él.

—Bueno, chicos…, creo que a estas alturas, sin hostal ni nada, está claro que os quedaréis a dormir, ¿no? —pregunta Aroa.

—Yo no he bebido. Podemos movernos ahora… —Marín baja la barbilla y mira la hora.

—Hay una cama más donde está el salón —le dice Loren—. La mesa se desmonta.

—Ahí no caben los dos. Son demasiado altos —contesta Aroa.

—Pues la más bajita eres tú. Quizá deberías dormir tú allí —sugiere Loren de nuevo.

—Yo duermo en la litera. Cabe alguien conmigo. No son muy anchas, pero son largas. Quizá allí uno de los dos esté más cómodo.

—En tu litera está durmiendo Blanca. Eres la más baja del grupo y la que menos encogida tendrá que estar.

—Bueno…, ¿por qué no lo echamos a suertes?

Lanza una mirada que podría destruirle el supertupé a Loren y los dos entendemos que quiere dormir con Marín. ¿Qué pretende? ¿Meterle mano al manubrio en una caravana llena de gente? ¡Por el amor de Dios! Un poco de decencia, mujer. Arrugo el labio al darme cuenta de que yo también lo haría.

—Aroa, mides uno sesenta. Marín casi llega al metro noventa. Gus mide uno setenta y siete, yo paso el metro setenta y Loren es un jabato de metro ochenta y cinco… —añado.

—A suertes —me dice con las muelas apretadas. Juro que es como cuando Bilbo Bolsón ve en el cuello de Frodo el anillo de poder y quiere poseerlo..., le cambia hasta la cara. ¿Dónde está la ninfa del bosque y cuándo la cambiaron por Gollum?—. Gus..., dame cinco papelitos.

—¿Qué?

—Cinco trocitos de papel. Que me los des.

—Toma. —Le lanza el rollo de papel y, con un suspiro de paciencia, los corta ella misma.

—Este chico tendría que hacerse mirar ese estado en el que entra cuando escribe —suelta la rubia malhumorada.

—Se llama concentración. Lo hace la gente cuando le gusta mucho lo que está haciendo —apunta Marín sin cruzar la mirada con ella.

—¿Ah, sí? Entonces supongo que no es que te aburrieran mis castings, es que te gusta mucho mirar la pantalla de tu móvil.

—Hostias... —Se me escapa.

—Joder... —Aroa se pasa la mano por el pelo—. Perdón. No me dejéis beber. Perdona, Marín, eso ha estado totalmente fuera de lugar. No sé por qué lo he dicho.

Yo sí. Las cosas no están saliendo como tenía planeado; frustración. No está familiarizada con tener que vérselas con ese sentimiento.

—Olvidado —sentencia Marín escueto.

Pero se mete las manos en los bolsillos en una actitud que yo sé que es bastante defensiva.

Loren ayuda a Aroa y escribe en dos de los papeles «litera», en otros dos «cama de arriba» y en uno «salón». Después los arruga, hace una bola con cada uno y los mete en sus manos, que bambolea como si llevara una maraca.

—A ver, mano inocente.

—¡Yo! —salta Aroa emocionada.

—¿Tú? Del coño. Mete la mano, Coco, que a inocente hija mía, no te gana nadie.

Cojo un papel y lo leo:

—Litera.

—Estupendo. A ver, ahora yo —dice decidido Loren.

—El borrico delante… —se queja Aroa.

—Cama de arriba —dice feliz.

Este tío es tonto. No soy adivina, pero la suerte es la más puta de las furcias. Puedo radiar la jugada…, le va a tocar dormir con Gus…, que es el único que tiene en la mano la palanca para hacerle perder la paciencia.

—Venga, Aroa…, ahora tú.

La rubia estudia las bolitas y duda antes de escoger. Abre la elegida con cara de ilusión, pero esta se desvanece enseguida.

—Salón —farfulla de mal humor.

Eso quiere decir que… o duermo con Marín o duermo con Gus. En una litera. Larga pero estrecha. De cuerpo y medio. Cuerpo con cuerpo…

—Venga, Gus, coge.

—Yo duermo en el coche y andando —refunfuña.

—No vaya a ser que te toque dormir conmigo —respondo puntillosa.

—O conmigo —añade Loren con las manos formando un cuenco y dos papeles arrugados entre ellas—. Vale, va. Coge el puto papel y deja de hablar como si fueras Snoop Dogg, por favor.

Marín y yo contenemos una carcajada. Cuando Gus se pone tontito, en lugar de hablar parece que rapea.

—¿Qué? ¿A quién se parece? —pregunta Aroa, queriendo formar parte de la complicidad.

Gus suspira, coge una bolita, la abre y la enseña. Estaba claro: «Cama de arriba». Loren se coge la frente mientras suspira.

—Arriba conmigo, Gus. Pero, por el amor de Dios…, como me recites, te doy la vuelta a un huevo.

—Joder, macho, qué hostilidad…

—Anchoa y Sardina…, litera de arriba.

—Ojito. —Marín me mira sonriendo e interpone el dedo índice entre los dos—. Como te tires un pedo, me lanzas fuera de la caravana de la onda expansiva.

—Como te pongas meloso y te note el glande, me hago una funda para el iPhone con tu prepucio.

Lanzamos un par de carcajadas y volvemos a sentarnos. Aún es pronto. Aún quedan botellas por vaciar. Aún quedan anécdotas que recordar. Y aunque vigilamos de vez en cuando a Blanca para asegurarnos de que duerme tranquilamente, no nos damos cuenta de que alguien más se siente mal…, Aroa se abraza a sí misma. Es posible que acabe de entender que Marín no volverá a hacer esfuerzos por ella; que nunca removerá el cielo para cumplir sus deseos; que para él, ella ya ha perdido lo que la hacía ser diferente a todos nosotros. Ahora, la única que es especial para él, soy yo. Y eso…, eso tiene que ser una señal.

16
El lío

Nunca había visto a Aroa tan apagada. Normalmente desprende algún tipo de luz que la hace irresistible; ya lo he comentado... es una de esas personas de las que uno quiere ser inmediatamente su amigo. Es una jodida ninfa del bosque, joder. Creo que sería capaz de brillar en la oscuridad como un Cullen bajo la luz del sol. Pero hoy cuando se acuesta, solo parece una chiquilla, guapa, pero triste. Es como si de pronto, el peso de la ruptura empezara a hacer mella en ella. Algo me dice que mañana no habrá yoga al amanecer.

Escucho a Loren y a Gus refunfuñar en la oscuridad. Uno considera que el otro está muy cerca. El otro que se mueve demasiado. La que nos espera...

—¿Vas a respirar tan fuerte toda la noche? —empieza Gus.

—Sí. Si no te gusta, prueba a no respirar tú y haz rimas con mis ronquidos hasta que te duermas... para siempre.

—¿Podemos dejar la poesía de lado ya, hostias?

—Poesía eres tú.

—Anda, tonto, ven aquí.

—Como me toques, Gus, te juro que me muero del asco y después vuelvo de entre los muertos para provocarte gatillazos el resto de tu vida.

Marín, de pie junto a la litera, donde aún queda un poco de luz, se ríe mientras se quita los pantalones y los dobla. Oh, sí, quítatelo todo.

—Vaya dos. Buenas noches, rubia —le dice a Aroa.

—Ven un segundo… —le contesta esta.

Se acerca, así, en bóxer, con la camiseta aún puesta, con sus largas piernas…, casi puedo sentir el roce de estas con las mías en esta litera estrecha…, ni siquiera me importa que esté tan cerca de Aroa ahora mismo.

Escucho que susurran. La luz no incide en ellos, así que lo único que entreveo es que él se agacha. Se escucha el chasquido de un beso, pero me juego la mano de ponerme el eyeliner que ha sido en la frente. O eso quiero creer.

Vuelve hacia la litera, pero no usa la escalera. Me pide que me haga a un lado y dándose impulso con las manos, sube. He tenido un orgasmo. ¿Es posible? Creo que he hecho *squirting*.

—¿Qué pasa, Sardina? —pregunta mientras se acomoda.

Todo piernas largas, pelo revuelto…

—Nada. —Me encojo de hombros.

—Ya…

Encuentra la postura y deja de moverse. Dios. Estamos muy juntos. Muy, muy, muy juntos. Puedo oler su perfume, los toques amaderados, el tañido como de tierra mojada…, su único exceso: un perfume caro de Hermès, que hace que cualquiera que lo lleve huela a Marín. Es suyo. Es su piel.

Cuando corre la cortina, juro que estoy a punto de tirarme un pedo de los nervios. Estamos aquí solos…, todo lo solos que podemos estar en una autocaravana llena de gente, se entiende. Pero ese gesto, esa lona que nos separa del «exterior», crea de pronto una (quizá falsa) atmósfera de intimidad. Muero ahogada entre las nubes de algodón de mis fantasías adolescentes. Lo estoy mirando, pero en realidad estoy viendo fotogramas de nuestra boda.

—¿Qué pasa? —vuelve a preguntarme con un susurro.

—¡¡Tío, tienes los pies helados!! —grita Gus—. ¡¡No me toques con los putos pies!!

—Se van a matar —me burlo.

—No cambies de tema —susurra muy bajo—. ¿Qué pasa? ¿Qué narices pasa con Gus?

—¿Con Gus? —me extraño.

—¿Y ese paseíto?

—Un paseo. —Me pongo de lado y lo miro con el ceño fruncido—. Solo un paseo.

En la oscuridad de la autocaravana se escucha un lloriqueo de Loren cuando la voz susurrante de Gus comienza con una de sus letanías. Probablemente le está preguntando por qué, qué ha hecho él, para que no le trate con cariño. Poeta sensible y enfurruñado. No se abre una mierda, pero ojo con no hacerle sentir querido…

—Coco… —Marín vuelve a llamar mi atención en un murmullo prácticamente inaudible.

Concentro mi atención en él. Joder. Qué guapo; no concibo cómo pude no caer de rodillas muerta de amor y lujuria cuando lo conocí aquella noche, hace cuatro años. La nariz de Marín es tan mona que quiero besársela. Quiero mordérsela. Quiero lamerle la frente, como si estuviera bautizándolo en el amor por mí. Quiero besarlo tanto, tanto…, creo que nunca había estado tan cerca de él.

—¿Qué? —contesto con voz trémula.

—¿Os habéis enrollado otra vez?

—No —le aseguro.

—Tú no me mentirías, ¿verdad?

Hostias. Sí. Marín, te mentiría, te miento todos los días. No sé no hacerlo porque… te quiero. Hasta las trancas. Y si lo supieras, creo que te irías por no hacerme más daño.

—No. Nunca te mentiría.

Me mira fijamente. Me da la sensación de que estudia, en la penumbra, mi cara. Mi expresión. Mis ojos. El ritmo de mis pestañeos. Este tío me conoce más que mi madre.

—Coco…, tú…, tú no sigues queriendo a Gus, ¿verdad?

—¿Cómo?

Bom, bom, bom, bom. El latido enloquecido de mi corazón me parece ensordecedor. Me está dando una lipotimia. O un infarto, no lo tengo claro.

—Él no cree que estés enamorada de él.

—¿Has hablado de eso con él? —Me tenso.

—No. Bueno, de pasada.

—Pero, Marín, joder…, ¿es demasiado pedir que no os metáis en mi vida?

A este ritmo mi secreto va a ser *trending topic* antes de volver a Madrid.

—No es eso…, es que…

—¿Y tú? —contraataco.

—Baja la voz —me pide en un susurro.

—¿Y Aroa y tú? Tío…, soy tu mejor amiga y nunca te he presionado para que me cuentes por qué coño rompisteis. Está loca por ti, quiere volver contigo…, ¿qué pasa ahí?

—Ahí no pasa nada. Son cosas de pareja. —Hace una pausa y añade—: Y de expareja.

—Es que ni siquiera sé en qué punto de la vida estás —me quejo—. Pero tú me estás echando en cara un paseo con mi ex.

Se pone boca arriba y se frota la cara.

—No es eso.

—Tu vida para ti; la mía para todos.

—No, Coco, de verdad —se disculpa—. Es que he tenido mucho curro…

—No. Te has refugiado en el curro, que no es lo mismo.

—Puede, pero…

—Cada vez que te mueves, parece que vas a hincar el morro de la autocaravana en el suelo y que nos hundimos, joder —se escucha quejarse a Gus.

—¡¡Dios mío!! ¡Eres un coñazo! —le reprende Loren.

En el momento perfecto, la extraña pareja distiende el ambiente. Si Blanca estuviera consciente, creo que lo grabaría todo con el móvil. Me entra la risa. Marín se remueve y se vuelve a colocar de lado, mirándome. Me zarandea con cariño y apoya la nariz, su perfecta nariz, en mi hombro.

—No te enfades conmigo, Coco. Hay veces que no sé decir las cosas.

—¿Y qué tienes que decir…?

—Pues no sé. Quizá es que no tenga nada que decir.

La mano con la que me ha estado zarandeando de broma, se queda en mi cintura, como rodeándome. Casi no puedo respirar.

—Me caigo de la cama —susurra con una sonrisa—. Amárrame de alguna manera, morena.

—No me llames «morena». —Aparto el saco porque vamos a morir de un sofoco y meto mi pierna entre las suyas, haciendo de ella un ancla—. Así es como me llamaba Gus.

—Pues te llamaré por tu nombre.

—Coco está bien, gracias.

—Coco te lo llama todo el mundo.

—Pues Sardina.

—Me flipa tu nombre —dice de pronto—. ¿Por qué nadie te llama…?

Le tapo la boca.

—Y a ti, ¿por qué nadie te llama…?

Le toca el turno a Marín de taparme la boca. Ambos nos reímos y dejamos caer las manos. Dios. Dios. Dios. ¿Esto no es un coqueteo…? ¡¡¡Tengo la pierna izquierda entre las suyas!!! ¡¡Llevo un pijama muy pequeñito!! ¡¡Él solo camiseta y ropa interior!!

Esto… ¡está a menos de tres escalas de poder considerarse sexo!

—¿Sabes lo que pasa, Coco? Que creo que me da miedo decir que estoy preparado para pasar página —tercia de pronto. Y las ideas de folleteo se autodestruyen en una sonora explosión dentro de mi cabeza.

—¿Te refieres a Aroa?

—Sí —asiente. Su mano agarra más fuerte mi cintura.

—¿Quieres…? Quiero decir…, ¿estás pensando en otra persona? ¿Hay alguien ya…?

—No, pero…, joder. Quiero seguir viviendo, conocer chicas, ir de flor en flor una temporada y después… enamorarme, quiero sentir como ese cabrón de tu exnovio vive las cosas. Quiero que me brillen los ojos como a ti cuando piensas en esa persona en la que piensas…, y que no es Gus. —Abro la boca para discutirle, pero niega con la cabeza—. No me lo digas, Coco. No quiero que me lo digas. Si me has mentido con esto, es por algo. Yo te respeto, ¿vale? Yo te creo, sea lo que sea que me digas. Te veo brillar y me alumbro contigo. No me iré porque no quieras contarme eso; nosotros también podemos tener secretos y no pasa nada.

—¿No te enfadas? —le pregunto.

—¿Contigo? —Se acerca, me besa la frente, me mira, sonríe. Me estoy muriendo—. Nunca. No puedo. No podría.

¿112? Un carro de paradas a la parcela 297, por favor.

17
Más (y mejores) líos

Me despierto. De golpe. Todas las ventanas están abiertas y la brisa cruza, suave, el interior de la autocaravana en un contoneo sensual. Estoy destapada, pero no tengo frío porque a mi lado, el cuerpo de Marín emite un calor que solo se puede definir con la palabra delicioso, a pesar de que estamos en agosto. A juzgar por la luz que se cuela por las claraboyas, deben de ser las seis de la mañana. El cielo ha empezado a clarear y se adivinan ciertos tonos rosados en él, que se deslizan sobre las superficies, casi goteando sobre ellas, como óleo y agua. Intento cambiar de postura, pero Marín no me lo permite. No sé si está despierto, en un estado de duermevela o completamente dormido, pero no cabe ni un ápice de oxígeno entre nosotros. Sus rodillas encajan detrás de las mías. Su respiración calienta mi nuca. Sus brazos están anclados, uno por debajo de mi cuello y el otro a mi cintura. Lo que queda, por tanto, a la altura de mi culo, debe ser su polla. Y… la noto.

No. Lo primero en lo que pienso no es en su polla, sino que esta es una postura de pareja, de dos cuerpos que se sienten cómodos tocándose, frotándose. Dos personas con una misma intimidad.

Después… sí, vale. Después he pensado en su polla.

Noto también mi respiración irregular. He fantaseado cientos de veces con una situación como esta y lo cierto es que no sé muy bien qué hacer, porque hacer..., quiero hacer algo. En mis cábalas, todas esas mañanas que he remoloneado en la cama escuchándolo empezar el día en nuestra casa, Marín abrazaba como lo está haciendo ahora. Y me siento aún más nerviosa de lo que jamás pensé que estaría al contacto con su piel; eso es porque nunca creí que esto fuera a pasar.

Su cuerpo. El mío. Muevo la cadera con suavidad. Sé que no está bien, pero necesito comprobar su reacción..., que no se hace esperar: respira profundo, algo ronco y su cadera se mueve también, frotándose un poco. No noto el tejido de su camiseta. En algún momento de la noche ha debido quitársela.

¿Está dormido? ¿Soñando con Aroa? ¿Está despierto? Bastaría con girarme para averiguarlo, pero no quiero romper el momento. Algo me dice que es de ese tipo de cosas que se rompe y desaparece si las piensas demasiado. Vuelvo a moverme, pegando mi culo a su polla y su mano derecha cambia de posición, de la cintura a la cadera. Está dormido. Tiene que estar dormido. Está soñando. ¿Puedo, debo, aprovecharme?

Quiero tocarle, pero no me atrevo. Me contento con frotarme de nuevo, de arriba abajo y esta vez alargo el movimiento. Escucho un gemido ronco agarrado a su garganta y mi sexo se aprieta sobre sí mismo. Mi cuerpo pide más. ¿Qué coño está pasando?

Esta vez es su mano la que mueve mi cadera. ¿Es posible que esté dormido? Me acerca y me aleja. Una y otra vez. Una y otra vez. Noto su polla dura detrás de mí, en mis nalgas. La frota, se acomoda, respira más rápido y más ronco. Por el amor de Dios... ¿no seré yo la que está dormida?

No, no lo estoy. Su mano vuelve a la cintura, pero para meterse por debajo de la parte de arriba del pijama y subir en busca de uno de mis pechos. Su-ma-no-en-mi-pe-cho. No puedo respirar. El pezón se endurece y me siento húmeda; tan fácil, tan rápido, tan Marín. Cuando sus dedos se clavan en mi teta, tengo que sofocar un gemido. Dios..., Coco, muévete.

169

Lo hago. Él también. Sus dedos me aprietan. Una embestida, contenida, tras la cortina de la litera que cruje con sordina. Otra. Casi tengo que morder la almohada; quiero gemir y quiero su otra mano dentro de mi ropa interior.

Tiene la boca entreabierta; lo sé porque sus labios están pegados a mi cuello ahora, por encima del pelo enmarañado. Cuando me arqueo hacia atrás de nuevo y él lo hace hacia delante, el calor de su aliento se condensa en un pedazo de piel de la nuca.

«Tócame. Desnúdame, joder. Quiero tu boca entre mis piernas mientras te agarro del pelo y tiro». Quiero decirle tantas cosas…, quiero decirle cosas que ni siquiera le dije a Gus. ¿Qué contestaría él si lo hiciera? ¿Qué expresión me recibiría en su cara?

«Marín, fóllame con los dedos, con la lengua, con tu polla. Hazme lo que quieras. Quiero que te corras muy dentro…».

Se me está yendo la olla.

—Marín… —susurro.

No responde. Está dormido. Necesito saber si está dormido. Me vuelve a restregar la polla contra el culo y meto la mano entre los dos. A la mierda todo. Bajo su ropa interior está caliente, duro. Le agarro por encima del algodón y sigo con los dedos la contundencia de su erección. Gruñe. Estoy tocándole la polla a Marín… y la tiene dura. Esto no está pasando. Como sea un sueño, me tiro de cabeza a un pozo en cuanto me despierte.

Aprieta mi pecho. Yo aprieto su polla. No recuerdo haber estado más cachonda en mi vida. Pero… ¿qué es esto?

—Marín… —repito.

Estoy a punto de girarme, besarlo, meter la lengua medio dormida en su boca y lamer la suya. La sola expectativa me humedece aún más. Voy a hacerlo. No puedo más…, estoy volviéndome hacia él, pero…

La mano que me agarra un pecho pierde fuerza, le noto más lejos. Hay espacio entre nosotros. Noto la madrugada refrescarme la piel. Se está girando hacia el lado contrario.

Suspira. Se acomoda.

Me cago en mi suerte. Este tío está dormido.

No puedo volver a dormirme. Me quedo un poco grogui durante una hora, pero no llego a profundizar en el sueño. Estoy demasiado nerviosa, excitada y un poco decepcionada como para hacerlo. Solo quiero que se haga de día y comprobar si hay algún cambio en su mirada. En el fondo me cuesta creer que un tío haga todo eso desde la más profunda inconsciencia. Si estaba un poco despierto, lo sabré en cuanto me mire…, ¿no?

Aprovecho, no obstante, esta oportunidad. Estoy tan cerca de él. Puedo oler su piel. Me he acomodado a su lado, con una pierna encima de él, encajada entre las suyas. Mi nariz está en contacto directo con su piel. Huele a él, al perfume que ya es parte de su olor. Huele un poco a mí también. Ojalá siempre oliéramos así…

A las nueve me levanto saltando por encima de su cuerpo con torpeza. No me he cansado del contacto, pero me está haciendo daño. Mi cabeza ha empezado a dar vueltas y, como suele pasar por la noche con las más nimias preocupaciones, ha convertido todo esto en un error brutal que terminará con nosotros. He empezado a pensar en absoluto, sin tener en cuenta nada más, sin relativizar. Y sé que si no encuentro las fuerzas para averiguar si Marín puede sentir algo más por mí, tengo que dejar el piso. Olvidarlo viviendo con él será imposible.

Voy al baño del camping, me lavo los dientes, la cara, hago pis. Me quedo unos minutos con la mirada perdida, recordando la sensación del gemido contenido de Marín en mi cuello. Sigo cachonda. Es mejor que me dé una ducha.

Me vuelvo a poner el pijama después de la ducha, sin ropa interior. Voy a la caravana, me meto dentro como un ratoncito de piernas largas y cojo el billete que dejé en el cajón de la cocina ayer, previendo que esto iba a pasar. Voy a ir al bar a comprar café para todos. Sí, en pijama. Soy lo más *glam* de por aquí.

En el fondo no puedo evitar estar de buen humor; la ducha ha disipado los miedos y ahora solo puedo pensar en Marín y yo, frotándonos. Esperanza. Esperanza hinchándose en mi pecho, desplazando a las vísceras, haciendo que ni siquiera necesite respirar. Podría alimentarme de ella.

Coloco los cafés como puedo. Pongo servilletas, platos, zumo en la mesa. Enciendo una vela para ahuyentar a los bichos y entro para abrir con sigilo las persianas y ventanas para airear. Blanca es la primera en despertarse y me lo demuestra acariciándome la pierna cuando paso al lado de su litera: casi me provoca una angina de pecho.

—Qué susto, Blanqui…

—Me quiero morir… —gime. Es como ver una escena de *Guerra mundial Z* en la que ella es el paciente cero.

Cojo de uno de los altillos mi botiquín, estratégicamente colocado y le paso un ibuprofeno y un vaso de agua.

—Dios, Coco, gracias. Pensaba que estaba muerta y que este era mi purgatorio. El ibuprofeno es mi religión.

—Prepara otro…, me duele todo.

Ese ha sido Marín, que me mira con los ojillos hinchados por el sueño, desde la litera de arriba. Dios. Qué guapo. Me chorrea el amor.

—Hola… —le digo con cara de boba.

—Hola, Sardina.

Esboza una sonrisa preciosa y cierra los ojos mientras se estira. ¿Sabes esa sensación que roza la rabia cuando sientes que no puedes querer más a alguien? Deberíamos ponerle nombre; debería haber uno ya para bautizar la sensación de querer sacarte el corazón y colocarlo chorreante y sanguinolento en sus manos, como muestra de amor. Quiero a este tío. Lo quiero hasta tener ganas de desmayarme.

—¡Oye! —exclama Blanca desde abajo—. ¿Cómo que te duele todo? ¿Bebiste anoche y me lo he perdido?

—No. Qué va. Es esta litera. No he querido moverme mucho por no lanzar a Coco fuera de la autocaravana y estoy entumecido.

—Pues venga, levántate —le animo.

—Ahora mismo no puedo. —Se ríe.

—¿Por qué?

—Porque la tengo dura. Y dame ese ibuprofeno, que me duelen hasta los huevos…

Lo raro sería que no te dolieran. Me cago en mi vida. Este tío estaba completamente dormido y no sabe, no es consciente, de que le he agarrado el rabo.

Poco a poco, el resto de los ocupantes se van levantando. Aroa lo hace casi sin mediar palabra. Recoge la cama del salón, coge sus cosas y se va al baño. Está molesta porque he dormido con Marín y aunque puedo entenderla…, ¿qué culpa tengo yo? Bueno, soy una de sus mejores amigas, él es su ex y llevo un año mintiendo, asegurando que quiero a Gus solo para que no me pillen con el carrito del helado. Sí, tengo culpa. Pero ojo. Hasta anoche, yo había respetado cualquier espacio, acercamiento y emoción entre ellos dos, pero Marín ha pasado página. Y yo lo quiero. No sé cómo es posible pelear contra esto; yo ya lo he intentado. Me he cansado de que la guerra se desarrolle siempre en mis fronteras; ahora les toca lidiar a otros con sus propias penas.

Loren aparece con el tupé convertido en un tornado, pero como un marajá. Se sienta en una silla, se queja de su maldita suerte en el sorteo de las camas y se abraza al café como si fuera Rose en la polémica escena de *Titanic*.

El último en aparecer es Gus. Está aún adormecido; aparece rascándose la pierna con una mano y apartándose el pelo de la frente con la otra. Solo lleva puestos unos calzoncillos negros y la tiene morcillona. Le importa menos que nada presentarse así en nuestra «terraza», delante de todos.

—Joder, Gus, que se te nota la polla —se queja Loren.

—Es que dormir contigo me ha puesto *to'* perro —bromea—. ¡Venga, hombre! Que esto nos ocurre a todos, no pasa nada.

Blanca está sentada frente a la mesa, con un moño y la tez pálida. No tiene buena cara. Gus baja y le pone la mano sobre el pelo.

—Blanqui…, qué careto.

—Gracias por la información.

—Yo te quiero igual.

—Vete a pastar.

El intercambio es mucho menos tenso que anoche, pero se nota en Blanca cierto malestar. No creo que le haga mucha gracia que esté aquí. Yo quiero que se lleven bien. Tendré que hacer algo.

Aroa vuelve y sonríe en una mueca que despierta más pavor que simpatía. Deja sus bártulos de aseo en silencio dentro de la autocaravana y sale para acurrucarse en la silla libre. Qué delgada es la línea en la que me muevo, que separa la amistad de lo que amo.

—¿Has dormido bien? —me pregunta Gus con las cejas arqueadas, devolviéndome a la realidad de la mesa.

Mierda. ¿Habrá escuchado algo?

—Pues así, así. Marín es más largo que un día sin pan. Estaba en todas partes.

En todas. Incluyendo debajo de mi pijama, pellizcando un pezón entre dos dedos. Lanzo una mirada disimulada hacia donde Marín está sentado y se ríe:

—Así soy. El elegido: omnipresente.

174

—Coco, ¿es posible que ayer me dejase el paquete de tabaco encima de la litera de arriba? —me pregunta Blanca—. Necesito un pitillo antes de morirme de resaca.

—Ostras…, pues el caso es que he estado notando algo como a los pies de la litera… —dice Marín—. Igual te los tienes que volver a liar todos…

—¿Le habéis dado mucho movimiento a la litera o qué? —espeta Aroa.

—Como en una canción de Carol G —se burla Loren.

Me levanto y voy en busca del paquete de tabaco de Blanca. Me siento incómoda con estas bromas porque… He estado a punto de violar a Marín pensando que estaba despierto. A lo mejor él estaba soñando con otra tía y yo ahí, manoseándole el manubrio.

Abro el saco y lo sacudo fuera de la litera. Caen a mis pies el paquete de tabaco, una servilleta arrugada en una bola y un mechero. Anda que… somos más guarros que la Charito.

Me agacho a cogerlo todo y cuando voy a tirar la servilleta, me doy cuenta de que está escrita. Tardo muy poco en reconocer la caligrafía de Gus. Es un poema. En mi saco de dormir…

Me cago en la puta.

Tú me hablaste de la luz,
y creí en ella.
No teníamos ni idea
de cuál era el motivo,
pero de pronto
queríamos la consecuencia.

Entre tus verdades
y mis mentiras
existe una trinchera de posibilidades.
Pero no sé qué hacer con ellas.

Empecé a enamorarme en palabras,
pequeña,
como unos dedos sobre el teclado,
bailando un tango;
distintos nombres,
diferentes sitios,
pero el mismo baile sucio que mi mano,
en viaje ascendente,
bajo aquel mantel blanco.
No se me olvida.

Y todo era divertido.
Y todo era nuevo,
aunque fuera como ha sido siempre,
para todo el mundo.
Piezas idénticas fabricadas en cadena.
Cambia los nombres,
para una única escena.
Beso en el baño,
frase al oído,
mensaje enviado.
Corten. Seguimos grabando.

Pero seguí enamorándome,
sin saber,
del «qué sé yo»,
del calor de las noches frías,
de lo patas arriba de tus risas,
de los martes por Madrid
y los domingos por mensaje.

Dejó de ser lo que sería,
nunca llegó a ser lo que debía.

Lo llenamos y vaciamos
en un viaje narcisista hacia quienes no éramos.
Había ilusión, había rabia.
Había preguntas sin respuesta
y respuestas que no interesaban.
Hubo cardenales,
silenciosas huellas de noches intensas,
miradas sin traductor,
emociones de usar y tirar después a la cara.
Hubo cosas, patrañas, triquiñuelas y mentiras,
porque nunca asumí que la verdad a medias
es la peor de las falacias.

Para lo que hay ahora
dejamos de necesitar palabras.
Tropiezo ahora sí, ahora también,
con las «as» y las «emes»,
con los «ven» y los «vete».
Murieron de pena
aquellas pequeñas palabras
con las que empecé a enamorarme.
De lo que queda,
ya sin nombre,
me quedo con el alivio de saber
que al menos creo que lo sabes.
Que me sabes.
Desde mi «a» hasta mi «zeta».
Me sabes.

No sé qué hacer con lo que acabo de leer. Me quedo con
las servilletas arrugadas en la mano y la boca abierta. Blanca
entra de golpe y yo escondo la servilleta en la goma del pantalón
de pijama.

—¿Estaba?

—¿Qué?

—Mi tabaco. ¿Estaba ahí?

—Ah, sí. Mira…, tu tabaco y tu mechero.

—Qué mierda me pillé ayer. Qué barbaridad.

—Bueno, es tu despedida…

Salgo de la caravana sin añadir nada más, como ida, con una sensación de mareo que hace que me deje caer en la silla con la mirada perdida. Cruzo la mirada con Gus, que me levanta las cejas con una sonrisa.

—Morena…, ¿has visto un fantasma?

El tuyo, cariño.

Pero este…, ¿qué cojones quiere de mí?

Aroa está taciturna. Casi no habla. Se está comiendo las uñas. Está preciosa con su top y sus mallas de yoga, pero se la ve apagada. Tengo un lío de cojones. Necesito enseñarle este poema. Necesito compartirlo con alguien que entienda la confusión que me produce esto, pero Loren odia estos momentos de sacar de una poesía partes de una realidad que quizá no se sostiene. Ella me entenderá. Esto es un lío porque, a pesar de todo, quiero recuperar a mi amiga, tenerla de nuevo todo lo cerca que la sentía antes de que empezase su relación con Marín y él pasase a ser el centro de su universo. Sin embargo, hay muchas cosas que me frenan: me siento una cínica queriendo revivir mi amistad con alguien a la que, de alguna manera, estoy traicionando queriendo a Marín. Pero ahora que sé que él quiere pasar página, no sé qué hacer. Ella debería saberlo. Yo debería decírselo, porque a pesar de que esté enamorada de él, debo proteger a mi amiga y no permitir que siga construyendo castillos en el aire… y egoístamente necesito que entienda que esa relación no parece dar más de sí. En el espacio que deje ella al alejarse podría en-

178

trar yo. Joder. Le he tocado el rabo a su exnovio y quería hacer muchas más cosas con él. Aún quiero. Tómame encima de la mesa de camping, Marín.

—Aroa, ¿me acompañas al baño? —me sale de pronto de entre los labios.

—¿Estás bien?

—Tengo un poco de ganas de potar.

—¿Y eso…? —Marín me mira con el ceño fruncido.

—Está preñada —se burla Gus.

—Sí, cielo, la has preñado tú con la visión de ese pechamen peludo. ¿Puedes taparte?

—Oye, Loren, ¿no será que te está poniendo a ti un poco nervioso?

Gus se acaricia el pecho, medio en broma, medio encantado de sí mismo. Dios. Sácame de aquí.

—¿Voy? —insiste Marín.

—No, no. Solo quiero pasear un poco y ver si se me va…, es resaca.

—Y mi testosterona; entiendo que es difícil de sobrellevar.

—¡Cállate, Gus! —exige Blanca con la cabeza entre las manos.

Aroa se levanta como un resorte y murmura algo sobre una casa de locos. Coge su vaso de poliespán lleno de café y me sigue por la gravilla de la parcela con cierta pereza. Cuando estamos más lejos, se acerca, se para y me pregunta:

—¿Qué pasa?

Le paso las servilletas arrugadas sin decir nada y le doy tiempo para que las lea. Joder. Se me hace eterno. Cuando levanta la mirada hacia mí, hay un gesto que no puedo descifrar. Ya no es la Aroa llena de ilusión que cree que el amor siempre triunfa.

—¿Qué es esto?

—Lo he encontrado en mi saco.

—¿Esto es de Gus?

—Claro.

Mira de nuevo el poema, como revisándolo y vuelve los ojos hacia mi cara.

—¿Y no te parece raro?

—Gus me parece siempre raro.

—Aparte de eso… —Me mira y hace una mueca— … Iba a pedirte que le dijeras que se recorte el pelo del pecho, esa colcha que lleva llega a ser hasta lasciva, pero mejor me ciño a esto.

—A mí me gustaba más cuando se lo recortaba, pero de un tiempo a esta parte…

—¿Será una nueva moda? —Aroa frunce el ceño—. ¿Se lo habrá visto a algún poeta parisino y ahora quiere…? Bah, da igual. El caso es… ¿este poema no te parece raro?

—No soy consumidora habitual del género, solo de sus poemas. Concreta.

—Coco…, no sé cómo decirte esto.

—Dilo sin más.

—Esto…, no sé si es para ti.

No sé por qué, siento que alguien me quita el suelo bajo los pies. No entiendo la decepción que se abre paso por mis venas.

—¿Qué?

—Que esto… no es para ti. Esos martes por Madrid. Esos domingos por mensaje. Este… «nunca llegó a ser lo que debía» no suena a vosotros. Este poema… no me dice nada de Coco.

—¿Y de quién te dice?

—De Gus. Sí suena a Gus, pero no a ti. No te encuentro aquí. Piénsalo. Igual…, igual tendrías que empezar a actuar. Quizá… se te está yendo.

Cojo las servilletas que me tiende y vuelvo a releerlas por encima. Yo sí me veo aquí, pero puede que sea solamente una cuestión de ego. No sé ni qué decir. «Con los "ven" y con los "vete"». ¿No somos nosotros? ¿Quién es? Hay alguien. Hay alguien más en su vida. Pero… ¿por qué cojones he encontrado este poema en mi saco?

—Nuestros poemas eran… —empiezo a decir.

—Gamberros. Salvajes. En los buenos, quiero decir, lo que leías era Madrid, la noche, los veintimuchos, mordiscos y sexo del bueno.

—Eras tú quien decía que sus últimos poemas hablaban de mí, que quería volver.

—Y lo pensaba pero… —Coge las servilletas de nuevo, como si necesitara tenerlas en la mano para enfatizar su mensaje—. Aquí se encuentra un Gus que no veo cuando está contigo.

—Ya… —¿Por qué cojones me molesta? Debería sentirme aliviada.

—Lo siento mucho, Coco, pero eres mi amiga, te quiero… No puedo mentirte. Siento no decirte lo que quieres escuchar pero… tienes que empezar a moverte. Recupera a Gus. Toma la iniciativa. Es el hombre de tu vida, lo sabes, ¿verdad?

¿Es el hombre de mi vida? No. No lo creo. Nunca lo he creído. Gus y yo… solo nos divertíamos, nunca fue intenso ni sólido. Pero ¿por qué me está diciendo esto? Es mi amiga, quiere lo mejor para mí. ¿Estoy siendo obtusa con lo de Marín? ¿Cabe la posibilidad de que esté mirando en la dirección equivocada? Qué agobio, por Dios…

La miro, mordiéndose el labio inferior, sosteniendo en sus manos las servilletas manuscritas y esperando una reacción por mi parte, quizá con reparo por estar siendo tan franca. Ella está haciendo lo que debe y yo soy una perra mala porque sé que su ilusión por volver con Marín no se sostiene, pero me lo callo. Y no debería. Debería hacer lo mismo que ella y decirle una verdad que duele, pero que con tiempo la liberará.

—Aroa, yo…

—Lo siento, Coco. De verdad que lo siento. Pero muévete ya. El amor no dura eternamente.

Cierro los ojos y la cojo del antebrazo para que deje de disculparse.

—No es eso. Déjame hablar…, yo sé algo que te va a hacer daño, pero que creo que debes saber.

—Dios… —Se pasa la mano por su pelo rubio y veo que sus ojos, automáticamente, brillan. Lágrimas agolpadas—. Marín…, ¿qué te ha dicho Marín?

—Yo…, lo siento, Aroa. —Me siento tan mal… En el fondo no es verdad, la perra mentirosa de Coco vuelve a la carga, pero es que su desilusión es mi esperanza—. Marín me dijo anoche que está preparado para pasar página. Ha dado por terminado lo vuestro. No vais a volver.

Tardamos quince o veinte minutos en volver. Lo hacemos porque Loren viene a buscarnos, preocupado. Aroa no llora. Aroa se hace un ovillo sobre uno de esos mojones que marcan el número de la calle y se pasa los dedos por el cuero cabelludo, como tranquilizándose.

—Lo sabía. Es culpa mía. Es todo culpa mía.

No dice nada más. Y yo ahora sí tengo ganas de vomitar.

Loren se queda de pie frente a nosotras, incómodo. No dice nada. Solo se pone de cuclillas delante de ella, le aparta las manos y la mira. Durante segundos, como si quisiera comunicarse con ella solo con esa mirada, no dice nada. Al final, tiene que añadir algo:

—Ya está. Aroa, ya está. Déjalo marchar. Empieza de nuevo. No te quedes ahí hecha un ovillo. Le vamos a estropear la despedida a Blanca con tantas mierdas. Y ella tiene las suyas. Olvídalo, quiérete. Tú en el fondo ya sabías que Marín se había marchado.

Veo a Gus caminar, por la calle paralela, hacia los baños; no nos ve. Quizá debería ir tras él, preguntarle sobre el poema, pero me da miedo. La última vez que fui detrás de él en dirección a un baño para pedirle explicaciones, me hizo un cunnilingus conmigo de pie.

Decidimos movernos. Aroa resopla, coge aire, dice entre dientes que lo hará bien, que Blanca no se dará cuenta de nada. Cuando llegamos a la parcela, tiene una expresión feliz, despreocupada… No sé por qué no encuentra más papeles. Es una gran actriz. A mí los mocos me llegarían al tobillo.

Blanca y Marín están hablando quedamente. Me da la sensación de que Marín le está intentando sonsacar qué le pasa. Buena suerte, tío. Esta tía no suelta prenda. A Blanca le pasa algo con su futuro marido y después de sus gritos de anoche sobre el amor, ya es más que evidente. Debería molestarme que no me lo cuente, sobre todo porque creo que Loren sí está al día, pero he estado tan centrada en lo mío con Marín que… creo que se me está olvidando cómo funciona la amistad.

—¿Qué pasa? —preguntamos al llegar. —¿De qué habláis?

—Nada. Me está dando consejos para la resaca. —Sonríe Blanca—. Aquí, el abstemio.

Marín se echa hacia atrás en su silla y sonríe.

—La madre que te parió, Blanca, eres de adamantio.

—Ay, por Dios —se queja esta—. Dejad de preocuparos tanto. Estamos de despedida.

Marín no parece conforme con la respuesta de Blanca y Loren se mueve nervioso. Me mira, mira a Aroa y me hace un movimiento con la cabeza. Creo que no quiere que Marín y Aroa estén muy juntos ahora mismo.

—Aroíta, ¿me ayudas a recoger? —le digo.

—Espera, que os ayudo —se ofrece Marín.

—No, no. No te preocupes. Ya lo hacemos nosotras. Vosotros os encargáis de la comida.

Los dejamos fuera en un silencio extraño y Aroa y yo nos concentramos en nuestra labor. Platos de plástico a la bolsa de basura, junto a las cucharitas del mismo material y los vasos para el zumo. Hay algunos cafés aún por terminar. Guardamos las sobras en la nevera y en los armarios. Diligentes. En silencio. Nos lo tomamos con calma y podría parecer que todo es relax, pero siento que el peso de este silencio podría caerme encima y asfixiarme. Marín y yo en la litera en plena madrugada. El poema de Gus. Los problemas de Blanca, de los que nadie parece saber nada, aunque sospecho que Loren sí. La decepción de Aroa por lo de Marín. La chulería de Gus.

—Aroa, háblame, por favor. Me siento una mierda por habértelo dicho.

—No, joder, Coco. —Me sonríe débilmente—. Tú has hecho lo que debías hacer. Has sido una buena amiga.

Sí. Buenísima. Tan buena amiga que me he estado restregando con tu ex, del que estoy locamente enamorada en secreto y le he cogido el rabo. Querida, me encanta el rabo del tío por el que estás mal.

Soy una mierda de tía.

—Venga, Coco. Es la despedida de Blanca. Vamos a pasárnoslo bien.

Al salir, no vemos a Loren, ni a Blanca ni a Marín. Gus debe de estar dándose una ducha. Escuchamos murmullos y al echar un vistazo alrededor, los descubrimos en la parcela vacía de enfrente. Ellos no nos ven. Loren y Blanca hablan. Aquí pasa algo. Marín se pasa las manos por el pelo, visiblemente agobiado.

—Pero… ¿qué pasa? ¿Marín le está contando a todos que ya no me quiere o qué? —pregunta Aroa con voz trémula.

—No, Aroa. No es él quien está contando algo…

Blanca asiente mirando al suelo. Loren habla pausado. Marín parece no dar crédito. ¿Qué narices está pasando aquí? Me va a estallar la cabeza.

Cuando nos ven paradas fuera de la autocaravana, vienen hacia nosotras fingiendo una expresión neutral.

—¿Qué pasa? —pregunto de nuevo, esta vez mucho más hosca.

—Nada —contesta Marín—. Estaba diciéndoles que nosotros mejor nos vamos a buscar un hostal para esta noche.

—Pero… mañana nos vamos de aquí —les digo—. ¿Vale la pena?

—La caravana es de seis —anuncia Aroa sin emoción en la voz.

—No, no. —Marín se revuelve el pelo sin poder evitar que se le note que está agobiado. Me mira. Lo miro.

Mi culo frotándose contra su polla. Los gemidos contenidos. Mi mano recorriendo arriba y abajo, por encima de la ropa, su erección. Marín me mira. Baja los ojos hacia mi boca y después recorren mi garganta. Es posible que hagan una parada en mis pechos, sin sujetador, bajo la camiseta del pijama.

—Nos vamos. Decidle a Gus que le espero en el coche. —Pasa la lengua por sus labios y me vuelve a mirar fijamente—. Con la experiencia de esta noche…, basta.

Estaba despierto.

18
¿Qué coño...?

Cuando Gus se sube al coche, lo hace con una de esas sonrisas suyas. De esas que, cuando no sabes nada de él, pueden parecer que está encantado de conocerse, de haber nacido, de estar viviendo en su piel. Bajo esta, hay muchas más cosas, claro. Todos tenemos nuestras luces y nuestras sombras, supongo. A pesar de lo bien que se le da esconderse, empiezo a conocerlo.

—¿A qué viene tanta prisa? —dice aparentemente relajado.

Tengo ganas de calzarle una colleja de las que me daba mi abuelo cuando me ponía tonto, pero me agarro al volante y respiro. No sé qué narices hace este tío con su vida, no sé a qué vino el paseíto de ayer con Coco, no entiendo nada de la vida de mi amigo Gus. Si al menos tuviera la confianza de preguntarle abiertamente: «Tú... ¿a qué coño aspiras?». Pero no es mi hermano, no estoy a su cargo, no soy nadie para poner en tela de juicio sus decisiones. Dicen que Dios, el cosmos o aquello en lo que quieras creer, tiene un plan para cada uno. El de Gus debe estar escrito sobre una hoja con borrones y por eso, de vez en cuando, es gilipollas.

—¡Oye! —me dice haciendo chasquear dos dedos delante de mi cara.

Agarro de manera inmediata su mano. Ni siquiera me he dado cuenta; la parte consciente de mi cerebro no ha captado las órdenes; han debido ir demasiado deprisa.

—A ver, niño —le digo con más rudeza de la que me gustaría—. Tenemos que buscar un hostal.

—¿Por qué? Yo no he dormido mal.

Gus sería capaz de dormirse en el escenario del ViñaRock, pero eso no lo disculpa. Loren también y se ha pasado el desayuno quejándose entre dientes de la noche que le ha dado este.

—Ahí no podemos meternos los seis el resto de la semana.

—¿Por qué? —Se encoge de hombros—. Estoy tiradísimo de pasta.

¿Por qué? Bueno..., para él debe ser todo muchísimo más cómodo porque es un ser superior o, todo lo contrario, uno involucionado, pero yo he dormido a escasos dos metros de mi exnovia, a la que ya no sé cómo explicarle que no podemos volver. Si tenía alguna duda, se ha disipado. Nuestras diferencias siguen estando ahí y no son algo que se pueda arreglar con unos meses de distancia y una conversación amable. Si alguien te quiere de verdad, no...

Da igual.

—Un hostal nos va a costar, ahora en temporada alta...

—Lo que nos cueste —le corto.

A mí tampoco me sobra, pero hay que ser consecuente. Y en esa caravana no podemos estar por muchos motivos. Por ejemplo, porque Aroa va a terminar provocando el Armagedón y no quiero que Coco esté cerca cuando estalle; podría hacerle daño. O porque todo ahí dentro es muy raro, huele demasiado a cosas por decir. Y porque... me he pasado cinco pueblos esta madrugada y ahora mismo estoy muy avergonzado.

Lo he intentado. He aprendido algunos trucos de Aroa para fingir bien ciertas cosas y durante el desayuno incluso he llegado a creer que iba a salir de rositas y bien, pero no. La conversación con Blanca y con Loren no ha hecho más que reafirmarme: esto es raro. Todo es muy raro. Todos estamos haciendo con nuestras vidas unas gilipolleces como pianos.

Toda la información se agolpa en mi cabeza de manera desordenada y al arrancar el coche se va dando golpes con las paredes de

187

mi cráneo. Le pido a Gus que esté atento por si ve algún cartel de «hostal» y me encierro en mis pensamientos.

Aroa debe estar ya al tanto de que he pasado página. Se lo he intentado decir muchas veces y de muchas formas diferentes, pero supongo que hasta que no la vi ayer aquí, no lo tuve tan claro. Ahora ya sé que no puede ser. Y ella debe saberlo también. Si no ha hablado con Coco, habrá hablado con Loren.

Coco...

... qué cagada.

Tengo ganas de soltar el volante y taparme la cara o, mejor, darme cabezazos contra este hasta que salte el *airbag*. Coco. Si llego a confesarle a Loren lo de Coco, me da una hostia... Ahora mismo estarían recogiendo mis trocitos con aspiradora.

Hostia, Coco. No sé qué me ha pasado. Meses de no acostarme con nadie, supongo. Una piel suave y caliente pegada a mi cuerpo. Su ronroneo al arquearse pegada a mi polla. Admito que lo primero que he pensado es que estaba dormida, pero al final... uno es incapaz de hacer esas cosas completamente fuera de juego. Qué cagada. Me he restregado como un perro contra el culo de Coco. Le he puesto la polla dura contra las nalgas, me he frotado, la he embestido a pesar de la ropa, he pedido más, acercándola a mí. Tenía ganas de morderle el hombro, de meter la mano entre sus piernas y colar dos dedos dentro de ella, hasta hacerla estallar. Creo que ni siquiera estaba pensando, que no me he dado cuenta de que era ella. ELLA. La ELLA más importante de mi vida y con la que he puesto en riesgo todo lo que tengo por un momento de erección matutina. Dos. Bueno, el primero es culpa mía, el segundo ha sido más bien fisiología. Me despierto empalmado, ¿qué le vamos a hacer? La diferencia está en montarla como un adolescente con ropa de por medio o decirle un escueto «No me puedo levantar ahora mismo porque la tengo dura».

Dios..., le he tocado una teta por debajo de la ropa. Me ha agarrado el rabo. Quiero morirme momentáneamente y resucitar a tiempo de saltar del coche en marcha.

—Hostal —dice con tono aburrido Gus, que juguetea con su móvil.

—¿Qué?

—Ahí... —Señala un edificio de unos tres pisos—. Hay un hostal.

—Me sorprende que lo hayas visto, estás tan enfrascado en tu móvil.

—Hay que atender los mensajes. Esto de las redes no es solo acumular likes.

Lo dice serio, lo suficiente como para saber que en realidad estaba haciendo otra cosa. Veo por el rabillo del ojo que cierra la aplicación de WhatsApp. No debería meterme, pero lo de esta mañana me ha volado el coco.

—Oye, tío... —Me aclaro la voz—. Esos poemas que escribes últimamente... ¿son para alguien?

—Estáis obsesionados con buscarle un nombre a algo que sale, sin más. Pasado, presente, futuro, otras personas, imaginación, una canción..., cualquier cosa puede ser el punto de partida.

Me humedezco los labios.

—Son muy... buenos.

—Gracias. —Parece sorprendido—. No sabía que te gustara la poesía.

—No soy consumidor asiduo pero, bueno, te sigo a ti y... hay un salto de un tiempo a esta parte.

—Sí... —Se vuelve hacia la ventanilla y se queda absorto en la rotonda en la que entramos, de camino al hostal que hemos visto—. Estoy inspirado, supongo.

—¿Y no hay nadie?

—Hay muchas.

—Vale, déjate al gallito de pelea fuera del coche. Ya sabes a lo que me refiero.

—No. No lo sé.

—Vaya, de repente eres tonto.

Gus se vuelve hacia mí y me lanza una mirada entre el reproche y la sorpresa.

—¿A ti qué narices te pasa esta mañana?

No contesto. Refunfuño.

—Te fuiste de paseo con Coco —insiste después de unos segundos de silencio—. ¿Algo que contar?

—¿Eres su padre? ¿O eres su novio? No me aclaro con el papel.

—Soy su mejor amigo. Y su compañero de piso.

—Da igual dónde me vaya con Coco. Aunque nos hubiéramos puesto a follar detrás de unos arbustos, ambos sabemos lo que hay.

—¿Y qué es lo que hay?

—Ahí hay un sitio.

Justo a dos metros, un coche acaba de dejar un lugar libre para aparcar. Tendré que esperar a aplicarle el tercer grado en otro momento. Juro que normalmente Gus y yo nos llevamos muy bien, pero hoy me está sacando de mis casillas. Dormir poco me sienta mal. Comer mal me sienta mal. Hacer *petting* con mi mejor amiga me sienta mal.

El hostal mete miedo. En serio. Gus me mira un par de veces con ojos de cachorrito abandonado, pero aunque yo también volvería a la autocaravana de mil amores, no podemos. Ninguno de los dos. Si yo estoy metido en un lío de narices, él lleva un año en la rotonda, dando vueltas sin parar y sin coche.

—Podemos mirar si hay otro hostal en el pueblo. O comprar una tienda de campaña. Vamos a comprar una tienda de campaña de esas que se montan solas, tirándolas al aire. —El tono de Gus es suplicante y aunque podríamos salir en busca de otro hostal, no lo hacemos, básicamente porque estoy encabronado y no quiero darle la razón.

—¿En qué puedo ayudaros? —El señor de recepción lleva una camiseta blanca interior de tirantes, un cordón de oro en el pecho y un palillo en la comisura de los labios.

Tanto Gus como yo nos quedamos noqueados al mirarlo. Me recuerda a alguien.

—Una habitación —logro decir.

—Una o dos camas.

—Dos —se precipita a decir Gus.

—Tranquilito... —le digo—. A ver si te crees que después de la noche que le has dado a Loren me quedan a mí ganas de probar.

El señor nos mira con desgana.

—Lo dice por un amigo, yo no..., no entiendo, ya sabe usted... —le explica Gus, apoyándose en el mostrador.

—Que no entiende..., ¿qué?

—¿Qué estás haciendo justificándote? —le pregunto molesto.

—Que yo ando con mujeres, no con hombres. —Pero él sigue con su explicación.

—Ya decía yo. Un chaval tan guapo..., tú tienes que tener locas a las niñas.

La frase me parece recién llegada del siglo pasado a través de un bucle espacio-temporal que quizá tenga su origen en la mancha inclasificable de su camiseta. Gus sonríe y yo paso mi DNI por encima del mostrador para que se dé prisa con los trámites. Quiero darme una ducha, aunque viendo la recepción, igual del desagüe me aparece el kraken.

El señor hace unas fotocopias torcidas de nuestros documentos de identidad en una fotocopiadora mastodóntica que ruge en un rincón mientras los dos lo estudiamos.

—El caso es que me recuerda a alguien —susurra Gus.

En cuanto se vuelve a girar hacia nosotros, sonrío. Dios mío. Tengo que contenerme para no soltar una carcajada. Gus se endereza. Creo que los dos hemos llegado a la vez a la misma conclusión: este tío es el fantasma del futuro de Gus; una imagen de aquello en lo que puede convertirse este dandi que tengo al lado. Con menos pelo en la cabeza, más en el pecho, hombros, brazos y a saber dónde, con una panza prominente y una camiseta con manchas de sudor... El futuro de Gus nos pasa un pesado llavero de madera con el número de la habitación grabado en rojo.

—La seis.

—Gracias.

—No arméis mucho lío, ¿vale? —nos advierte mientras se sienta en un sillón en el que no habíamos deparado al entrar—. Yo también fui joven y sé que esto está lleno de chiquitas guapas, pero... no arméis lío. En silencio se pueden hacer muchas cosas.

—Vale —decimos los dos.

—Yo de joven era también así. —Señala en nuestra dirección—. La verdad es que, chaval, yo te daba un aire.

Juro que a Gus le cambia hasta el color de cara.

—¿No tendría usted una novia en Madrid allá a finales de los ochenta?

La patada de Gus me acierta en la espinilla, pero la queja es sorda. Me lo merezco.

—Tío..., ese viejo se parecía a mi abuelo —dice al llegar a la habitación.

Está tan consternado que no se da cuenta del tipo de antro en el que nos acabamos de meter. Las sábanas están descoloridas, hay un sillón como circular en un rincón, yo diría que de terciopelo y al que le cuelgan borlas que antaño querrían ser doradas. Las cortinas son como de ganchillo y los cubrecamas doblados a los pies de cada uno de los estrechos camastros de un granate sangre que deja ver la cantidad de polvo que acumulan.

Me asomo al baño asustado. Bueno. Está limpio. En peores plazas hemos toreado.

—Ayúdame a quitar el cubre —le pido.

—¿Por qué? ¿No te combina con la ropa?

—Porque está comido de mierda. Ayúdame.

—Joder...

Él tira el suyo a los pies de la cama, en un rincón. Yo doblo el mío y lo guardo dentro del armario de madera, no por orden, sino para que el polvo se quede ahí dentro. Normalmente no soy tan melindres, que conste, pero es que hay tres capas de polvo y desde que leí que el polvo es, en mayor porcentaje, piel humana muerta…, llamadme marqués, pero me da asco.

—Me he quedado rayadísimo —dice Gus sentándose en la que ya ha decidido que será su cama, junto al baño—. A ver si mi abuelo tiene un hermano gemelo malvado.

—O dos. Ese tío se parece a ti.

—¿A mí? ¡Ja! ¡Los cojones!

—Los cojones… dile que te los enseñe. Será como viajar en el tiempo y ver cómo te ha quedado el bajo de tanto usarlo.

Lo bueno de Gus es que tiene mucho sentido del humor, así que contesta con una sonora carcajada. Se tumba en la cama, se quita las zapatillas de una patada y se queda mirando el techo.

—Voy a darme una ducha —le informo.

—Luego voy yo. Lo de ponerme la misma ropa de ayer después de darme una ducha en el camping no ha salido como esperaba. Me siento sucio. ¿Hemos quedado a alguna hora con estos?

—No. —Niego con la cabeza. Con el batiburrillo de información que llevo encima, ni siquiera había pensado en ello.

—Pues deberíamos, ¿no? Voy a escribirles. Llevaremos un pollo asado o algo así.

—¿A quien vas a escribir? —me intereso.

—Pues… a… Coco, por ejemplo.

¿Por ejemplo? Desde que sé lo que sé, tengo muy claro que Gus no hace las cosas por azar; no da puntada sin hilo. Si escribe a Coco es porque quiere que eso ejerza de efecto dominó. Si al menos me pareciera correcto lo que está haciendo y con quién lo está haciendo… No digo que uno no tenga que luchar por lo que quiere, pero debería ser siempre de manera clara. Sincera. Aunque…, bueno, ¿quién soy yo para juzgar? Trago saliva. Dios, qué lío. Menos mal que nadie está en mi pecho ahora mismo, porque no entendería nada y podría malinterpretar lo que siento.

—Voy a darme una ducha —repito.

Me desnudo delante del espejo, que no llega a empañarse porque regulo la temperatura del agua hasta que sale templada…, tirando a fría. Me miro fijamente en el reflejo y al parpadear, casi puedo verme a mí mismo y mi expresión de placer al sentir los dedos de Coco envolviendo mi polla. Me da un respingo y al bajar la vista veo que está empezando a concentrar sangre. Se va irguiendo como por arte de magia.

—No, por Dios.

Hacerme una paja ahora tampoco sería pecado, vamos a ver. El caso es… hacerme ESTA paja. Pensando en… ¿Coco? He debido volverme loco. Han sido meses locos, he estado sometido a mucho estrés, de alguna manera aún tengo el susto de la caída de la idiota de Noa/Pilar metido en el cuerpo y supongo que en el fondo sigo esperando que mi jefe me llame para decirme que el uno de septiembre puedo pasarme a recoger las mierdas que dejé encima de mi escritorio y a devolver la tarjeta de empleado. Es el estrés, que hace que se me vaya la cabeza. No puede ser otra cosa.

Me miro en el espejo. Estoy ojeroso, necesito un corte de pelo. Ni siquiera me ha dado un poco el sol y aún tengo ese color de primavera…, a medio camino entre el pálido del invierno y el tostado del verano. Bajo el fluorescente de este baño soy amarillo. Estoy a medio camino de todo…, es una buena definición. A medio camino de superar mi ruptura con Aroa, a medio camino de asumir que necesito echar un polvo sin tener que enamorarme ni prometer llamar al día siguiente, a medio camino de entender qué mueve a las personas a guardar sus secretos…, a contar sus mentiras. Estoy a medio camino de entender de verdad la base sobre la que se cimenta mi relación con el mundo. Y con Coco. Con Coco que es medio mundo para mí.

Bajo la mirada. Mi polla sigue tontorrona, pero hemos controlado el conato de lujuria con un chorrazo de marrones mentales.

El agua me cae encima agradable, enfriándome la piel, que se me pone inmediatamente de gallina; los pezones se me endurecen y al pasar la mano sobre ellos para repartir el jabón…, flash. Me voy a la litera, me voy a la piel de Coco, me voy a sus pechos redondos y a su pezón entre mis dedos. Una vez la vi en bragas, sin querer, pero nunca pensé que el tacto de sus tetas sería así. Tan... suave. Sus tetas son extremas, pero no por su tamaño. Son suaves, perfectas dentro de mi mano y están coronadas por un pezón que me imagino oscuro, a consonancia con su piel morena, tan duro.

Me la hubiera follado, siendo sincero. En aquel momento, si hubiéramos estado solos, no hubiera fingido estar dormido. Ella iba a besarme, estoy seguro. Coco siempre dice que el sexo sin buenos besos es como el cine sin palomitas. Iba a meter su lengua en mi boca y yo... me iba a descontrolar. A bajarle el pantalón de pijama y las bragas, a hacer lo mismo con mi ropa interior y a metérsela de un empujón en el coño húmedo, sin pensar: es Coco. MI Coco.

Hubiera sido un error. Hubiera sido el fin. Un polvo así, sin venir a cuento, con mi mejor amiga. Un error recurrente para otros que yo me prometí que no cometería.

Pero lo primero es asumir la verdad, al menos de cara a uno mismo: me la hubiera follado. A lo loco. Conmigo encima. Embistiendo y aspirando el olor de su cuello y el del sexo. ¿Conmigo encima? Espera...

Gus me contó una vez, borracho, que lo que más echaba de menos de Coco era la manera en la que se lo follaba.

—Me follaba ella a mí. Me comía. Se me subía encima y le gustaba fingir que era yo quien mandaba. Quería que la cogiera fuerte, que la zarandeara, pero era ella, tío. Era ella la que me follaba y yo el sumiso que solo empujaba. Era un espectáculo tenerla encima.

Pongo el agua un poco más fría.

En su momento me pareció incómodo tener esa información. Blanca suele decirme que Loren y yo compartimos un defecto: tenemos cara de «ven y cuéntame todas tus mierdas». Si los dos habláramos, no sé adónde iría a parar este grupo. Las mentiras de la gente suelen establecer un intrincado laberinto de hilos que los unen y separan de aquellos a los que más quieren.

Cuando el cuerpo se me ha acostumbrado a la temperatura, giro de nuevo, en busca de mayor choque térmico. Quiero que la sangre deje de bombear hacia mi pene, joder. Quiero que se me quede tan pequeña que tenga que cogerla con cuidado entre el pulgar y el índice. No quiero tener polla cuando estoy pensando en Coco.

Es... asqueroso. ¿No?

Bueno, asqueroso no. Es una chica, yo un chico. No nos une ningún lazo de sangre. Siempre he pensado que es guapísima. Quiero decir... es guapa, tiene estilo, es divertida y caótica. Es de ese tipo de chicas que siempre anda a lo loco, que no necesita cumplir las normas para ser buena, que no necesita romperlas para ser mala. Ella es..., es supertierna. De las que entran en tu vida como un puto huracán para no irse nunca. Cualquier tío querría estar con alguien así. Incluso Gus debería darse con un canto en los dientes.

—Lo dejamos porque yo soy basura y ella una reina —me dijo aquel día, borracho, entre confesiones—. Y a veces yo soy el rey y ella no es más que una niña que siempre me pareció que no aspiraba a ser consorte, sino a la corona.

Es difícil saber qué quiere decir Gus cuando habla de ese modo. Una semana después, publicó en Instagram un poema que se titulaba: «Reina sin corona». Se despedía de Coco y no había duda. Era un poema tirando a malo, pero fue el último. De alguna manera, para él, Coco era la antimusa, creo que porque nada de lo que escribiese podía hablar de ella. Tiene demasiados matices y eso frustraba a Gus. Después pasó unos meses escribiendo a lo loco sobre beber y follar, porque creo que fue lo que hizo una vez «superada» esa ruptura que no pareció, en un primer momento, afectarles en exceso a ninguno de los dos. Luego empezó a escribir sobre otra cosa y Coco a llorar por las noches. Siempre pensé que una cosa era consecuencia de la otra. Ahora ya no tengo nada claro.

—¿Estás duchándote o haciéndote una paja tántrica? —Gus golpea la puerta del baño y me saca del ensimismamiento. Tengo el pelo lleno de espuma, pero no he sido consciente ni de enjabonarme.

—Estaba tocándome pensando en ti. Y en tu hermana.

—Si sacamos el tema de las hermanas, terminamos a hostias en la plaza.

Me da la risa.

—Ahora salgo, pelmazo.

La toalla parece una lija, pero aun así me seco rápido. El pelo gotea creando sobre mis hombros un mosaico de pequeñas teselas de agua. Gus entra a toda prisa en el baño en cuanto yo salgo y me dice una de sus barbaridades que no tienen nada que ver con la poesía, más bien con las necesidades fisiológicas. Que diga misa; la excusa del «Me cago como las abubillas» no cuela. Tiene prisa. Quiere darse otra ducha, perfumarse hasta las cejas, ponerse una camisa floreada y que volvamos al camping.

Ahora, por fin, empiezo a entender. A él no me lo explico, que conste; creo que lo está complicando todo. No tengo ni idea de qué va, qué intenta, qué está haciendo ni por qué, pero al menos ahora ya sé que todos, absolutamente todos, guardamos un secreto en este viaje. El de Loren, me temo, es saberlos todos. Los míos… se acumulan, el de Blanca me ha dejado loco y, de alguna manera, todos tienen en el centro cuatro letras: Coco.

19
A tope

¿Hacemos un resumen?

A Blanca le pasa algo. Urge averiguar qué le agobia y por qué no me lo ha contado.

Aroa está triste. Parece que empieza a asumir que sus esperanzas con Marín no se sustentan en nada real.

Marín está un poco raro.

Gus es tonto del culo. Pero tiene un culazo, eso es verdad.

Me restregué como una gata en celo con Marín anoche y creo que estaba despierto.

Estoy entre el nueve y el diez en la escala de amiga zorra, guarra, mala persona.

Problemis.

Diría que Blanca me evita, pero me da la sensación de que esa afirmación sería muy egocéntrica y un poco paranoica. No me evita, sino que está intentando estar zen y para eso… evita a todo el mundo. Cuando Gus y Marín se han ido, se ha puesto el bañador, ha recogido sus cosas y se ha instalado bajo una de las sombrillas que hay junto a la piscina. No quiere tirarse por los toboganes. Dice que con la resaca que tiene es muy posible que vomite en surtidor.

—Loren… —susurro aprovechando que Aroa ha ido a la caravana a por unas cervezas—. ¿Qué le pasa a Blanca?

—Que tiene resaca —contesta antes de un sonoro bostezo.

—No. Es algo más. ¿Qué le estabais diciendo a Marín antes? Estabais haciendo escuchitas. A Blanca le pasa algo.

—No te rayes.

—¿Qué hablabais con Marín?

Loren bufa y se apoya en el borde de la piscina para dejar flotar las piernas.

—Blanca le ha pedido a Marín que se vayan a un hostal, por Aroa. Es evidente que no quiere volver con ella y este no es un buen sitio para aclarar la situación, estando bajo el mismo techo los seis.

Me quedo mirándolo un poco aturdida. Soy una loca egocéntrica y egoísta. Creía que era otra cosa, que me estaban escondiendo algo. ¿O me lo esconden y mienten mucho y bien?

—Pero ¿con Rubén está bien?

—Sí —asiente seguro—. Mírala. Estará hablando con él por teléfono.

En su hamaca, parapetada detrás de sus enormes gafas de sol de Saint Laurent, Blanca juguetea con los flecos de la toalla mientras habla por teléfono. Me relajo. Parece mucho menos agobiada que esta mañana. Cuando Aroa pasa por su lado y le deja una cerveza en la hamaca, le responde con una sonrisa. Relájate, Coco. Estás volviéndote paranoica. Mírala…, Blanca es la viva imagen del éxito. Es una gran abogada que, bueno sí, está superputeada en el curro, pero está peleando por el futuro laboral que quiere. Cobra un muy buen sueldo. Tiene un piso precioso en la Plaza de Olavide. Va a casarse con Rubén, que no es que sea el mejor de nuestros amigos, porque nunca ha terminado de implicarse del todo en la vida social de Blanca y es mucho más tranquilo que nosotros, pero con el que hace un gran equipo. Tiene estilo. Es feliz…

¿Se puede ser feliz?

Vale. Estoy paranoica.

—¿Sabes qué te ayudaría? —me dice Loren mientras mete todo el cuerpo, hasta el cuello, en el agua.

—¿Qué?

—Contarle a Blanca que no estás enamorada de Gus.

Abro mucho los ojos.

—¿Ahora?

—Ahora. ¿Por qué no? No entiendo por qué se lo has ocultado.

—Porque no quiero darle más dolores de cabeza. —Loren me mira con las cejas arqueadas y chasqueo la lengua—. Vale, sí. Y porque al final me va a preguntar por qué he mentido y entonces... tendré que admitir que estoy enamorada de Marín y...

Vigilo a mi alrededor. Aroa se ha quedado sentada en el borde de la piscina, a los pies de la hamaca donde Blanca está echada.

—¿Y qué? Es tu mejor amiga. ¿Te da vergüenza?

—¿Le dirías a tu mejor amiga que en realidad eres una mierda de amiga? —le respondo un poco airada—. Joder, Loren, que le quiero levantar el ex a Aroa. No es tan fácil.

—Es más fácil de lo que crees.

Bufo y apoyo la frente en el borde de la piscina.

—Te tengo que contar una cosa. —Pero no lo miro al decirlo.

—Dime, por favor, que anoche no te follaste a Gus detrás de unos matorrales.

Me yergo y le lanzo una mirada.

—Pero... ¿cómo voy a follarme a Gus en unos matorrales?

—Es Gus. Una vez te lo follaste en un armario.

—No era un armario, era... el trastero del trabajo. —aclaro de mala gana.

—Matices.

—Da igual. No es eso.

—No sé si quiero saberlo —refunfuña.

—Pues necesito contártelo.

Loren bufa y asiente, pero cuando voy a empezar a hablar, interpone el dedo índice entre nosotros.

—Yo te escucho pero, a cambio, tienes que decirle a Blanca que no estás enamorada de Gus.

—Pero ¡¿por qué tanta insistencia?!

—Porque es tu mejor amiga, cree que estás enamorada de tu ex y tu ex es el tío que más ha mojado la polla este año, según la revista *Forbes*. Está pasándolo mal por ti.

Ay, joder. Si es que, ahí donde mire, son todo marrones.

—Vale —asiento—. Pero lo haré cuando yo estime oportuno.

—Dale..., ¿qué me quieres contar?

—Esta madrugada... Marín y yo nos hemos... frotado.

La expresión de Loren es lo más parecido a un cuadro hiperrealista de horror y destrucción.

—¿Perdona?

—Ya, sí. Ya lo sé. —Una sonrisita pequeña se me escapa por los labios—. ¿Puedo decir que ha sido genial?

—¿Lo ha sido?

—Mucho. Pero breve. —Lanzo un gritito sordo—. Loreeeeeeeeen, que se la he tocado.

—Pero, espera, vamos a ver..., ¿os habéis despertado y de pronto habéis decidido que, después de cuatro años viviendo juntos, de trataros como si fueseis primos, era buena idea tocarse los bajos?

—No. No exactamente.

—Explícate. Y, por favor, intenta que esa explicación quepa en un tuit.

—Eres capaz de tuitearlo.

—¿Quién sigue teniendo Twitter? —Se extraña.

No voy a entrar a discutir ahora mismo qué redes sociales son *cool* y cuáles no, porque además estoy segura de que jamás nos pondríamos de acuerdo, así que prosigo mi narración:

—Me he despertado y estábamos abrazados; entonces… se me ha ocurrido mover el culo porque…, no sé, debía ir aún un poco tocada de vino o algo así y me ha parecido una buena idea y…

—Coco…, al grano, por favor. Vamos a levantar sospechas, aquí hablando en susurritos.

—Pues que he movido el culo como una gata en celo y él me ha respondido de mil amores. Hemos estado ahí frotándonos un ratito. —Le enseño un espacio casi invisible entre mis dedos pulgar e índice y añado—: Pero cuando me iba a girar para besarlo…, se ha dado la vuelta, haciéndose el dormido.

—¿Y cómo sabes que no estaba dormido?

—Porque luego, cuando se iban, ha dicho algo y…

—O sea, cábalas.

—Un poco —asiento—. Ay, Dios, Loren…, ¿la voy a armar parda? ¿O ya la estoy liando?

—La vais a armar parda. Entre todos la mataron y ella solita se murió.

No quiero sonreír, pero es que me hace mucha gracia cuando de pronto Loren parece tener ochenta años y un conocimiento suprahumano del refranero popular. Después, tengo un latigazo de conciencia y lloriqueo.

—Soy mala amiga…

—Deja lo de la mala amiga. ¿Es Aroa perfecta o qué? No estás haciendo esto por capricho. Llevas, joder…, ¿cuánto llevas enamorada de Marín? —susurra—. ¿Un año?

—Un poco más.

—¿Intentaste que rompieran? No. ¿Los has presionado para tu propio beneficio? No. ¿Has tratado de mantenerte al margen y ser solo su amiga? Sí. ¿Se te ha pasado? No. A estas alturas, coño, Coco, que cada perro se lama su cipote.

Hago una mueca y él pide perdón por la expresión mientras se atusa el tupé con la mano mojada.

—Mira, Coco, voy a ser muy sincero. Me estáis dando el viaje. —Pongo cara de horror, pero él se apresura a aclararlo—. No tú. Todos. Tú tienes tus mentiras y otros tienen sus secretos y, no sé por qué, todos termináis contándomelo todo a mí. Y entiendo que lo haces, tú en concreto, porque confías en mí y porque buscas consejo, ¿no?

—Sí —digo con la boquita pequeña.

—Pues mi consejo es este: si la mentira te agobia, empieza a hacerla más pequeña. No la alimentes.

—Puede que tengas razón.

—Puede no…, la tengo. Pero vaya, eso no es novedad.

Una sonrisa se asoma a su boca y me da un codazo.

—Vamos a pasarlo bien, por favor.

Y esa súplica sale de su boca, pero bien podría haber salido de la mía.

Cuando Marín y Gus aparecen, me da la sensación de que el aire es un cable de acero muy tenso, de esos que sujetan puentes y que, en las películas de acción, hacen un ruido muy siniestro al romperse.

Loren tiene razón. Tengo que empezar a hacer lo que esté en mi mano para mejorar esto y mentir a mi mejor amiga porque me da vergüenza contar ciertas cosas… no está bien.

Gus lleva una camisa de manga corta para la que no estoy preparada, no porque me encante, sino porque estoy a punto de sufrir un ataque epiléptico. Jamás pensé que la industria textil pudiera meter tantos colores en una sola prenda. Además, le faltan botones…, no porque los haya perdido; le faltan de fábrica. Lleva el pechazo al aire y, Aroa tiene razón, es un poco obsceno. Como un escote demasiado evidente en una mujer o un pantalón muy apretado en la entrepierna. Una camisa blanca con un botón insinuante es una cosa, pero esto…

—Traigo pollo.

—¿Has dicho pollo o polla? —le pregunta Loren muy en serio, mientras se seca con su toalla.

—En la bolsa llevo el pollo —puntualiza levantando las cejas—. Si quieres buscar lo otro…

—¿Tú me ves interesado?

—No sé, dímelo tú. Nunca he probado con un tío; igual ha llegado el momento.

—Vete a tomar por el…

—Igual te mando yo.

Gus está de coña, pero sobra, la verdad. Estar siempre a la gresca con la palabra «polla» en la mano, empieza a cansar. Soy de esas personas que prefieren que la palabra salga lo menos posible del dormitorio. Marín debe de pensar lo mismo porque su mano cae sobre el hombro de Gus un poco más fuerte de lo que cabría esperar de un manotazo amistoso.

—Vamos a dejar el festival del humor aquí y a preparar la mesa. Quiero llamar a mi jefe y a la artista anteriormente llamada Noa. Me preocupa que se le hayan caído los dientes.

—¿Lleváis bañador? —pregunto aún dentro del agua.

—Sep.

Contestan los dos al unísono mientras se alejan en dirección a nuestra parcela. Miro a Aroa, que les sonríe con educación. Miro a Blanca, que se ha bajado un poco las gafas y les saluda con la mano. Miro a Loren, que me indica con la cabeza que ha llegado el momento de salir de la piscina.

—Aroa, ¿me acompañas al súper? —le consulta este.

—¿Mmm? —responde ella distraída.

—Que si me acompañas al súper que hay al lado de recepción. Hay que comprar hielo y más vasos de plástico.

—Los vasos de plástico son malos para el medioambiente —tercia—. Pero sí. Ya iré concienciándoos poco a poco.

—Conciencia, conciencia…

Cuando nos quedamos solas, me acerco a Blanca y me siento, enrollada en la toalla, en la hamaca de al lado.

—Blanqui...

—¿Qué tal? —pregunta.

—El agua está muy buena. —Le acaricio el pelo—. ¿No quieres darte un chapuzón? Sin toboganes, te lo prometo.

—No, qué va. Además, ya han venido estos y tengo hambre.

—Sí. Yo también. —Dios, qué conversación de besugas—. ¿Estás bien?

—Tengo un dolor de cabeza... —Se toca las sienes—. Aroa me ha traído una cerveza y casi vomito al verla. Te juro que no vuelvo a beber en mi vida.

—O hasta esta noche.

—Eso también es posible. —Esboza una sonrisa y me palmea la pierna—. Coco...

—¿Qué?

—¿Cómo estás?

—Bien. —Sonrío.

—No, en serio..., ¿cómo estás?

Trago.

—Es tu despedida, Blanca y estamos aquí con tantas mierdas... Te la estamos amargando, ¿verdad?

—¿Qué? ¡No! —Se quita las gafas de sol y las deja a un lado—. ¿Vosotros?

—Sí. Aroa con su obsesión con volver con Marín, yo con mi... mierda...

—¿Qué dices? —Se ríe—. Es justo lo que necesitaba para salir mentalmente del trabajo. ¡¡Me encantan nuestras mierdas!! Esta despedida no podía ser todo alcohol y risa. Sin dramitas no funciono, ya lo sabes.

—¿De verdad?

—¡Palabra! —Me enseña la mano derecha.

—¡Ay, Dios, qué alivio! Pensaba que me evitabas.

—¡Estaba evitando a todo el mundo! ¡Pensaba que os la estaba amargando yo!

—¿Tú? ¿Por qué?

—Pues porque… estoy como ida. No sé. —Se muerde el labio—. Y ayer me cogí esa borrachera tan ridícula…

—¿Qué ridícula ni que nada? Ridícula fue aquella vez que Aroa quiso beberse un chupito en plan sexi y se partió un diente.

Blanca se ríe, pero aparta pronto la mirada. Está agobiada.

—Este viaje es para ti, para que descanses, disfrutes… —insisto.

—No quiero parecer una desagradecida.

—Solo estás un poco agobiada, venga. No es para tanto. Nosotros no ayudamos, precisamente. En unos días, volverás a obligarnos a robar un carro de supermercado. Dime, ¿qué pasa? ¿Son nervios por el curro…, por la boda…?

—Es que no quiero que te preocupes.

—Soy tu mejor amiga. —Una punzada de remordimientos me atraviesa el costado.

—Rubén y yo no andamos muy bien últimamente.

¡Lo sabía!

—¿Y eso?

—No sé. —Se frota los ojos y después abraza sus piernas—. Mucho trabajo quizá. Nos vemos a todas horas, pero no nos vemos nunca. Quizá el problema sea yo, ¿sabes? Cuando estoy con él… me aburro. Me siento… como si estuviera desapareciendo en mi propia vida. No lo sé. Como si no tuviera control sobre nada.

—Si alguien sabe qué está haciendo con su vida, esa eres tú, Blanca. —Me siento en su hamaca, a su lado, y le paso un brazo alrededor del hombro.

—¿Sabes esa sensación de no estar haciendo nada bien? Mediocre en casa, mediocre como mujer, mediocre como amiga…

—No sigas por ahí. Eso no es así.

—¿Y si no soy buena amiga? —Me mira, muy seria—. ¿Y si no lo soy, Coco?

Eso, Coco. ¿Y si tú tampoco lo eres?

—Tengo que contarte algo —suelto de repente—. Pero tengo miedo de que te enfades.

—No me voy a enfadar. Creo que me lo imagino. Loren dice que son paranoias, pero…

Arqueo una ceja.

—¿Qué imaginas? —le pregunto.

—Lo de Gus.

—¿Lo sabes?

—Joder, Coco…, es un poco evidente. —Su expresión cambia y se vuelve un poco más dura—. No es que os esforcéis demasiado en disimularlo. Y que conste que no voy a darte ningún sermón. Te lo dije hace unos días…, si lo quieres, ve a por todas. Pero sé consciente de que esto también puede ser una recaída y que él…, bueno, Coco, tú ya lo imaginarás, pero Gus ha estado en muchas más camas de las que…

Sonrío y la paro.

—Blanca… —musito—. Vas despistada.

—¿Cómo que voy despistada?

—Te he contado una mentira. Te la llevo contando muchos meses. No estoy enamorada de Gus.

Es automático: sus hombros se destensan, sus ojos se abren, sus labios también; le brillan los ojos, la respiración se le agita. Me va a caer la del pulpo.

El manotazo me llega tan rápido que ni lo veo venir. Me pica el brazo, pero ella asesta otro golpe.

—¡¡¿Qué?!!

—Shhhh. Que no estoy enamorada de Gus, joder. Pero no me pegues. Creí que te alegrarías.

—Pero… vamos a ver…

Se encoge un poco más, se frota la cara, se aparta el pelo, me da otra leche y se coloca las gafas de sol en la cabeza.

—Tú no eres más tonta porque no te entrenas. ¡¡Llevas un año mintiéndome!!

—Sí —asiento.

—¡¡¿Por qué?!! ¡Lo he pasado fatal… por ti!

—Pues porque…, porque… estoy enamorada de otra persona y no quería que nadie lo averiguara.

—Pero Loren sí lo sabe.

Me siento en la hamaca de al lado otra vez y asiento.

—Sí. Loren sí lo sabe.

—¿Por qué?

—Pues porque… ¡no lo sé! Es esa cara que tiene, que da como confianza. He estado a punto de decírtelo un par de veces, pero siempre termino pensando que te voy a condicionar y que si se rompe el grupo será por mi culpa y… me da vergüenza admitir que soy una amiga de mierda. Fue más fácil asentir cuando me preguntasteis si estaba mal por mi ruptura que confesar la verdad.

—¿Y cuál es la verdad? Y no me digas, por favor, que en realidad estás enamorada de Loren porque entonces sí que me subo al tobogán, pero para tirarme de cabeza al cemento.

—¿En serio? —Arqueo la ceja—. ¿En serio no caes de quién estoy colgada en realidad?

Esta vez su expresión va cambiando despacio, en un silencio que se hace eterno. No tarda en cerrar los ojos y bufar. No hace falta ser especialista en lenguaje no verbal para saber que acaba de decirme: «Menuda liada».

—Marín… —susurra.

—Marín.

—Joder.

Estira el brazo hacia mí y me aparto porque creo que va a volver a pegarme, pero tira de mí y me acerca. Me abraza. Me besa la sien. De pronto aprieta mucho y tengo que apartarme con una sonrisa.

—Estás intentando matarme de amor ¿o qué? —me defiendo.

—¿Desde cuándo estás enamorada de Marín?

—Desde…, buff. Aún estaba con Aroa. Al poco de dejarlo con Gus me di cuenta de que… ya estaba enamorada hasta la médula. Es como si…, como si me lo hubieran inyectado; cuando quise quitármelo de la cabeza, lo tenía en la sangre.

—¿Has tenido que vivir con él mientras aún estaba con Aroa…, queriéndolo?

—Sí —asiento.

—Pero nunca te pronunciaste sobre la ruptura, estuviste al lado de Aroa… ¿No intentaste nada? ¿No hablaste con Marín? ¿No…?

—No.

—Pero ¡¿por qué?! ¿No estás enamorada de él?

—Sí, pero siempre he creído que volverían. Bueno…, lo creía.

—¿Por qué ahora ya no lo crees?

—Porque Marín ha pasado página.

Se queda mirándome preocupada y asiente.

—Sí. Supongo que sí.

—Tía… —Hago un gesto de congoja—. Lo siento. Siento habértelo escondido. Pero es que es una liada.

—Ya, Coco, pero ¿pasarte un año jurando que sigues colgada de Gus?

—Lo sé. Está fatal. Comprendería que estuvieras muy enfadada… Esto no se hace. Sé que no se hace. No con tus amigos. Si tú me dijeras que llevas un año mintiéndome sobre algo así…, joder, me costaría perdonarte. Las mentiras están ahí para…, para no hacer daño a los demás, pero nunca sale bien. Nunca. Al final siempre sale alguien herido.

Blanca se humedece los labios y respira hondo.

—Mira, Coco…, todos mentimos. Todos. Es normal que no quieras hablar abiertamente de lo que sientes por Marín porque, además, probablemente estés también asustada. Pasa cuando te enamoras y sobre todo cuando te enamoras de verdad. Pero… todos mentimos. Todos guardamos secretos. Todos escondemos la mierda debajo de la alfombra y creemos que nunca se descubrirá.

—Pero siempre sale —le digo.

—No siempre. A veces sale y otras… te pudre. ¿Lo sabe Gus?

—No. Bueno, ayer me dijo Marín que habían estado hablando y que Gus le había dicho que estaba seguro de que yo no estaba enamorada de él. A mí también me lo dejó caer en el paseo que dimos anoche, como de soslayo.

—¿Y Marín lo sabe?

—De pronto todo el mundo parece tener claro que miento, pero no…, no sabe que estoy enamorada de él. Y…, anoche…, bueno, en realidad esta mañana… ha pasado algo.

—¿Qué algo?

—Que… ha habido refriegue en la litera.

—¿En la de arriba? ¿Conmigo abajo? —Hace una mueca de asco—. Estás de coña.

—No ha ido a mayores.

—¿Os habéis enrollado? —Levanta las cejas.

—No. No ha llegado a eso. Ha sido solo… como cuando estás cachonda perdida y quieres despertar a tu chico moviendo el culo…, ya sabes.

—Oh, Dios…, ¿y habéis hablado de ello? —No —niego con pánico—. Se hizo el dormido, así que…

—¿Y?

—Que no quiero estropearlo. Quizá es mejor hacer como si no hubiera pasado.

—Pero es que ha ocurrido y para ti, además, significa algo. Así que…

—Pero…

—Créeme…, callar nunca, jamás, es buena opción. Es como no prestarle atención al elefante rosa sentado en la habitación: sigue estando ahí.

—Marín, Aroa, Gus… Qué lío, Blanca. Qué puto lío.

—No entiendo nada. —Niega con la cabeza y se aparta el pelo.

Arqueo la ceja.

—¿Por?

Blanca está mirando a la nada aunque conociéndola, en su retina debe de estar reproduciéndose algo…, un recuerdo, todas las posibilidades a tener en cuenta si hace o dice algo más, un miedo…

De pronto me encuentra allí, como si no me esperase, pero sonríe.

—Coco…, qué complicado es querer…

20
Dancing in the moonlight

Lo bueno de esta despedida es que no es una despedida al uso. Lo primero, por este grupo mixto que a ratos da unos pocos problemas. Lo segundo, porque tenemos mucho más tiempo y en este tiempo caben las juergas, las comidas pausadas, las siestas tranquilas, ensimismarse, pegar cuatro gritos, las horas de sueño, los paisajes que recorreremos, café y tostadas de pan con aceite y tomate para desayunar, los ratos de piscina, las fotos de posado y las de «te he pillado». Pero, como todas las cosas de este mundo, una cosa tan maravillosa como tener tiempo por fin de disfrutar de aquellos a los que quieres también tiene su cara oculta: no es lo mismo sostener el peso de tus secretos y mentiras durante un rato que mantenerlo a pulso sobre tus hombros todo lo que dure este viaje. A muchos se nos empiezan a cansar los brazos.

Gus, a pesar de lo que pueda parecer por sus bromas de gigoló, su sonrisa sin enseñar los dientes y sus aires de poeta torturado, tiene un encanto especial. Es algo que le hace brillar, aunque a veces corre tanto y tan rápido de un lado a otro, que es difícil verlo como algo más que una estela de luz que tan pronto aparece…, se va. Pero yo, que pude conocerlo más o menos bien (todo lo que se deja) durante nuestra relación, sé que tiene parajes soleados junto a los oscuros. Cuando le brilla el sol dentro, cuando tiene un momento en el que todo cuadra, es encantador. Y eso está siendo ahora: un encanto. Y eso ayuda a rebajar la tensión que se respira. Mi refrote con Marín, su ruptura irreversible con Aroa, los poemas sin dueña de Gus, lo que hace que Blanca parezca tan melancólica, la información que acumula Loren y con la que, me juego la mano, no puede más. Un viaje entre amigos, ¿eh?

Después de la comida, Gus entabló conversación con el matrimonio de ingleses de mediana edad que ocupan la parcela de al lado. Ellos no saben mucho español y Gus no sabe mucho inglés, pero se entienden perfectamente. Entre bromas, se burlan de la diferencia de horarios de unos vecinos tan cercanos como España e Inglaterra y charlan sobre las costumbres: que si la paella, la siesta, el café... Al rato, Gus aparece en el linde de su parcela con dos vasos de poliespán que Loren y Aroa compraron hace un rato para que los de plástico no se deshagan con el calor del café (Aroa ha escuchado que eso es malísimo) y les ofrece a nuestros vecinos ingleses, mientras nosotros damos buena cuenta de los nuestros.

Nos preguntan cuándo nos vamos. «Mañana», les decimos con cara de pena. Nuestro próximo destino depende un poco de lo que veamos al llegar al punto en el que tenemos pensado parar a comer. Les entusiasma nuestra aventura, que estemos celebrando todos la boda de nuestra amiga y que seamos tan poco ruidosos..., eso también les encanta. Al parecer, no estamos montando tanta gresca como pensábamos.

—Vaya hamaca más chula... *This... is cool.* —Gus señala una hamaca de cuerda que cuelga entre dos de los árboles de la otra parte de la parcela vecina.

—Compramos nosotros, *this, in* México —dicen emocionados.

—A ver si convenzo a estos siesos... *They are boring people. I want to...* Nuestro próximo viaje, *next travel...* más lejos. *Far away.* A México, tal vez. *Maybe.*

—¿Tú has… probado? —Indican con la cabeza la hamaca.

—No. —Niega con la cabeza—. Pero soy capaz de traerme una cuando vaya, para ponérmela en el salón.

Creemos que no le han entendido, pero a los quince minutos, la hamaca está instalada junto a nuestra caravana, al lado de la mesa donde hacemos todas las comidas.

—Mañana vosotros…, adiós. *Enjoy it today.*

Nos hemos ido turnando para probarla, pero el que, por supuesto, se queda dormido en ella es Gus, que parece, de pronto, un niño de comunión. Blanca, Marín y yo, sentados en el escalón de la caravana y en unas sillas, lo miramos con una sonrisa en los labios, mientras Loren y Aroa duermen la siesta cada uno en su litera.

Blanca fuma despacio y el humo de su cigarrillo dibuja unas volutas blanquecinas preciosas, que desaparecen casi al instante.

—Míralo… —murmura Marín—. Viéndolo así de quietecito, cualquiera diría que es buen chico y todo.

—Es buen chico —tercia Blanca—. Pero…

—Pero no sabe estar callado —añado yo.

—No creo que ese sea el problema —responde ella—. Creo que el problema es que, como calla cuando no debe, habla cuando no le corresponde. Y por eso arma esos líos.

—Es una buena definición —dice Marín—. El tío del hostal es su viva imagen dentro de cuarenta años.

—¿En serio? —Las dos lo miramos con una sonrisa.

—Sí. Pero en plan mal. Es como el fantasma de los veranos futuros: si sigues con esta vida de excesos, vas a terminar como yo.

—¿Este? —Blanca lo señala de soslayo mientras levanta las cejas—. Este va a terminar mejor que nadie. Es muy espabilado. Un superviviente. El día menos pensado anuncia su compromiso con una marquesa; ha nacido para dandi. Cuidarse, leer y beber buen vino.

Le echo un vistazo. Puede ser. Es un vividor, un enamorado de la vida, un odiador del mundo y a ratos de sí mismo, pero lo conozco y… Gus está en uno de esos puntos de su ciclo en el que la poesía sí tiene nombre para él. No sé si no lo asume o si no quiere que nadie lo sepa, pero… hay algo diferente en este ligue que está rondándole la cabeza.

—Está con alguien —digo en voz baja.

—¿Tú crees? —pregunta Marín—. Yo le he preguntado esta mañana y me ha dicho que…

—Que la poesía está en el aire y no pertenece a nadie y bla, bla, bla…, ¿no? Estuve casi un año con él. Sé perfectamente cuando Gus está encoñado porque…, en realidad, no lo ha estado nunca. ¿Me explico?

—Malamente —se burla Blanca.

—Ahora que ya puedo hablar claro, que ya sabéis que no estoy enamorada de Gus, puedo explayarme. Ni Gus ni yo estuvimos enamorados. Nunca lo he visto ilusionado de verdad con ninguno de los ligues que pasea por Madrid. Es la primera vez que está así…, y lo siente en serio porque le está haciendo ver la vida desde el otro lado: melancolía, nostalgia, hostilidad… Este Gus no es el Gus *bon vivant* de siempre. Este es el que está enamorado. Mirad…

Entro en la caravana andando despacito para no molestar a los demás y rebusco en uno de los altillos hasta dar con unas servilletas arrugadas. Vuelvo con el mismo sigilo y me siento en la escalera de la caravana después de tendérselas.

—Aroa dice que su poesía es para mí… y casi consiguió hacérmelo creer. A todos nos gusta pensar que alguien nos dedica tanta atención, aunque no estemos enamorados de él. Una cuestión de ego, supongo. El caso es que… encontré estas servilletas arrugadas en mi saco. Lo he estado pensando y probablemente las quiso tirar a la basura, pero con el vino y lo oscuro que estaba, no acertó y cayeron en la litera. Esta poesía… no es para mí. Y todos lo sabemos.

Marín y Blanca comparten los pedazos de papel mientras leen. Blanca tiene que esperar a que Marín termine para darle la vuelta y seguir leyendo. Cuando lo han hecho, se lanzan una mirada entre ellos y después a mí.

—Pues… vaya —susurra Marín—, yo diría que Gus está enamorado.

—Mucho —sentencio yo.

Mucho. Como yo de Marín. Por eso sé reconocerlo, porque los dos estamos sufriendo por amor.

Como cualquier animal nocturno, normalmente hay que esperar a que anochezca para que Gus espabile. Durante nuestra relación, hasta las siete de la tarde, no solía despertar de su letargo. Trabajaba, por aquel entonces, en un curro que no le pegaba nada, pero que dejó más contento que unas castañuelas cuando lo de la poesía dio muestras de poder darle de comer. Y se alquiló una habitación triste y oscura donde escribir cosas tristes y oscuras, y empezó a vivir de noche y morir cada mañana. Pero hoy no, claro. Hoy, después de una cabezada, despierta con hambre de vida. Y ahora quiere ir a la playa. Y Blanca, Aroa y yo se lo agradecemos porque queremos ver el mar, pero a Loren siempre le da pereza.

Marín camina a mi lado con una de esas medias sonrisas que dibujan un hoyuelo precioso en una de sus mejillas y yo no puedo dejar de mirarlo. Me pregunto si debería hablar con él sobre lo de esta madrugada, pero su expresión me aletarga. No quiero enfrentarme a ese momento de tensión y menos ahora.

Aroa intenta disimular, pero nos vigila. Bueno, en este caso creo es más bien «lo vigila». Con Aroa tengo el corazón partido. Por un lado, entiendo que debe de ser horrible ver cómo todas tus esperanzas de volver con la persona a la que quieres se desmoronan. Y me siento mal, porque entre los cascotes de lo que tuvieron, paseo yo, tratando de averiguar si el solar es habitable, si podré levantar algo aquí por mi cuenta. Es mi amiga, lo sé. Pero él puede ser el amor de mi vida. ¿Qué hago? Siempre fui de esas niñas, de esas adolescentes, de esas jóvenes, que miraban con malos ojos a aquellas que cambiarían a cualquiera de sus amigas por un hombre. ¿Qué estoy haciendo?

Bueno, es que no es un hombre, es Marín.

Sin embargo, por otro lado, hay que admitir que él ha sido bastante firme, sobre todo desde hace unos meses. Ella misma lo dijo; ni siquiera quiso dejar abierta la posibilidad de que pudieran acostarse de vez en cuando. El motivo por el que rompieron sigue estando ahí y para él es importante. ¿Qué será? Gema…, quizá es ella.

—¿Has hablado con Gema? —le pregunto, aprovechando que su nombre se ha cruzado por mi cabeza para salir del mutismo.

—Sí —asiente y me mira con una sonrisa—. Aunque al parecer tú también.

—Hace días ya. ¿Qué se cuenta?

—Poca cosa. En cuanto vuelva a Madrid, voy a recogerla. Vamos a hacer un viaje de hermanos.

—Me parece un planazo —asiento, volviendo la mirada hacia el frente y cruzándome con la de Aroa, que la desvía al instante—. Mis hermanos nunca me llevaron de viaje.

—¿Nunca?

—¿Cuenta encerrarme en un armario con todo el equipo de esquí en una salida familiar a Andorra?

—Puntúa para que vayan al infierno, eso seguro. ¿Quieres venir?

—¿Al infierno? No, pero ya deben de tenerme preparada la pulserita del todo incluido en la puerta. Satán está limándose las uñas mientras me espera. Seguro que en mi habitación suena todo el rato «es que este amor es azul como el mar, azuuuul».

—El infierno está reservado para gente como Gus —se burla señalando hacia él con un movimiento de cabeza—. Escritores, pintores, modelos, djs…

—Menudas fiestas, tío. Creo que ahora quiero ir al infierno.

—Me refería al viaje, Sardina. —Me da un codazo—. Que si quieres venir a nuestra escapadita. Seguro que a Gema le gusta tenerte con nosotros.

Un estallido en mi estómago forma la típica palmera dorada de fuegos artificiales y juraría que una chispa se escapa de mi nariz cuando intento respirar hondo. Bueeeeeno. Ninguno de los dos va a hablar de que le he tocado el pene y que él me ha manoseado un pezón, pero por lo visto, podemos seguir siendo Sardina y Anchoa. Y hacer planes. Planes… chulos. Íntimos. Como de… ¿novios?

—No —contesto más tontorrona de lo que me gustaría—. Es un viaje de hermanos. No quiero molestar.

—Bueno…, ya que los tuyos son unos cabrones, Gema y yo podemos ejercer de hermanos postizos. Total…, ya casi es como si fuéramos hermanos.

Un oso pardo de dos metros dándome un sopapo me habría hecho menos daño que Marín dándome a entender que soy como una hermana para él. Mi sonrisa de colegiala se convierte en la misma carita que pondría un caballo enseñando los dientes y después aprieto los labios para parecer despreocupada.

—Pero ¿qué cara de ojete pones? —me grita Loren muerto de risa—. ¡He visto culos de perro más monos!

No puedo ni contestarle. Estoy sufriendo una embolia. ¿Hermanos? ¡¡Que te he tocado el pene!!

Blanca aparece de la nada y me coge del brazo, separándome de Marín.

—¡¡Churri!! Ven aquí, que tengo una duda sobre copas menstruales. —Se inventa.

Yo sigo con los labios pegados el uno al otro y arrugados, efectivamente, como un ojete.

—Pero ¿qué cara pones? —susurra tratando de contener la risa.

—Me ha dicho que…, total, ya somos como hermanos. Como hermanos. Co-mo-her-ma-nos —musito con los dientes apretados.

—Ay, Dios… —Echa un vistazo hacia atrás, donde Marín y Gus se han juntado.

—¿Tú crees que irás al infierno, Gus? —le escucho decir.

—¿Al infierno? A ver, a ver, pongamos que creo en el infierno, ¿por qué tendría que ir?

—Por tu promiscuidad —grita Loren—. Y por tardar cuatro horas en correrte. Lo mal que dejas al resto de hombres sobre la faz de la tierra, te condena a las llamas eternas.

Escucho a Gus contestar una barbaridad y quiero interceder para pedirle que deje de ser tan fantasma, pero sigo en shock.

—¿Me escuchas? —dice Blanca, que no me suelta y que aprieta el paso para que los adelantemos a todos.

—No. Estaba escuchando al subnormal de mi ex decir que tener el rabo que tiene sí que es pecado mortal.

—Pues escúchame porque esto es serio: ese comentario… pinta cuanto menos extraño.

—Lo sé. No la tiene tan grande, te lo aseguro. La tiene gorda, eso sí, pero tampoco es que digas: «Oh, Dios mío, el heredero de Rocco Siffredi ha venido a empotrarme».

—Coco… —me pide—. No ganamos nada con que desvíes la atención. Marín te ha dicho que sois prácticamente hermanos.

—Ya lo sé. No hagas leña del árbol caído, por favor.

—Mira que eres boba…, ¡parece que naciste ayer! Cuando un tío te está diciendo eso…, después de que le agarres del rabo, es que quiere reafirmarse.

—Lo capto. Sigues destrozando mis sueños, por cierto, por si no te has dado cuenta.

—Lee entre líneas, Coco. Con lo buena que eres para interpretar pinturas simbolistas, leche. Si necesita reafirmarse es porque… ¡no lo tiene claro! —exclama en voz bajita.

Me aparto un poco de ella y esbozo una sonrisa.

—Tú estás chalada, ¿lo sabes?

—Hazme caso. Soy abogada.

—¿Y qué tendrá que ver el tocino con la velocidad?

—Pues que si comes mucho tocino, dejas de ser veloz. Los abogados somos muy retorcidos, pero no solemos equivocarnos, créeme. Lo de esta madrugada lo ha puesto en jaque…, está inseguro. Este… —echa un vistazo hacia atrás—, este se ha estado tocando el prepucio pensando en ti.

Una carcajada estalla en nuestras bocas y apretamos el brazo por el que vamos cogidas.

—Dios…, menos mal que te lo he contado —le digo—. Necesitaba esto.

—¿Loren no lo hacía?

—¿Loren?

—Ya, vaya pregunta. Ya lo estoy escuchando: «Coco —pone la voz grave, para imitarlo— olvida eso ya o serás responsable de todo lo malo que pase en el cosmos de aquí a quinientos años».

—Tantas risitas, ¿a qué vienen?

Loren y Aroa nos adelantan y él nos mira, en realidad, divertido. Sabe que lo estamos criticando sin malicia.

—Estamos diciendo que siempre eres supercomprensivo y que pase lo que pase estás del lado del amor.

—El amor da vergüenza ajena. Ya lo entenderéis. Trato de haceros un favor, pero tenéis la cabeza para sujetaros el pelo.

El amor da vergüenza ajena, es probable…, pero cuando no eres uno de los implicados.

No nos veo desde fuera, más que nada porque es físicamente imposible que lo haga si no tengo un viaje astral. No nos veo desde fuera, pero creo que estamos muy cerca de ser un anuncio veraniego de cerveza.

Nos damos un baño en un mar precioso, claro, turquesa y agitado (el Mediterráneo no es siempre una balsa, ya lo sabes, ve con cuidado), y se suceden las típicas aguadillas y algún intento de pelea de caballitos que termina con Gus quejándose porque Aroa le ha ganado gracias a la fuerza sobrehumana del pueblo de las ninfas del que procede, aunque se hace un lío y luego dice que ha sido vencido por el poder élfico de su estirpe.

—¡Así no se puede! —dice mientras se coge el hombro, con el que explica que ha aterrizado en la arena del fondo—. ¡¡Es como si yo fuera el Capitán América!!

Lo absurdo del tema trae cola y un rato después estamos corriendo por la arena, levantando una nube de polvo, luchando unos con otros mientras gritamos cosas como «por el poder de Hitman» o «Soy Wonder Woman». Sin gota de alcohol, ojito. Ríete de las clases de *spinning*, de zumba y del maratón de Chicago. Jadeamos, sudamos, nos damos chapuzones, nos tiramos los unos a los otros al agua, haciendo «la sillita de la reina». El único que siempre sale victorioso es Marín, que es demasiado largo para que podamos con él y que siempre termina embistiendo contra mí como un toro, cargándome en su hombro y lanzándome al agua bien lejos. En las milésimas de segundo que tardo en aterrizar dentro del mar, me repito cien veces que lo quiero, pero ni siquiera soy consciente de ello. Es que lo quiero demasiado. Demasiado. Seguro que Aroa estaría de acuerdo. Pero… ¿y él?

La puesta de sol nos descubre sentados en la arena, con las toallas sepultadas por las dunas que hemos ido levantando con tanta carrera. Estamos todos hombro con hombro, en línea. A mi derecha, Blanca; a mi izquierda, Marín. A su lado, Loren, que me tira del moño que me he hecho, por detrás.

—Esto. Esto es la vida —murmuro.

Marín me mira de reojo mientras me echo hacia atrás y riéndome atizo a Loren para que me deje en paz.

—Esto…, Coco. —Vuelvo a mirarlo y sus ojos, joder…, sus ojos tan claros, se tiñen con el naranja del día que cede, de la noche que avanza. Me tiraría de cabeza. A su boca, a la vida y hasta al mar.

—¿Esto? —pregunto, porque este silencio, mientras nos miramos, me inquieta con tanto público.

—Esto y vosotros. Esa es la vida.

Cuando coloca su mano sobre la mía, en la arena, tengo que contener la emoción como si fueran unas riendas que me llevan a mí misma. Hay… ¿posibilidades?

Quizá. Y quizá este grupo pueda, al final, con los pesos que carga.

21
Espectáculo

Cuando hemos decidido que no queríamos hacer la cena y que iríamos a la terraza del bar del camping para celebrar nuestra última noche aquí, no sabíamos que la velada incluía espectáculo.

Sobre unas mesas de plástico se extienden bandejas llenas de patatas fritas embadurnadas de kétchup y mayonesa y cada uno carga con una hamburguesa en la mano, que chorrea salsa por todas partes. No hay suficientes servilletas en el mundo para que nos sintamos limpios, sobre todo porque con la risa (de ternura, que nadie nos malinterprete) que nos entra con lo en serio que los niños del camping se toman sus actuaciones musicales, es imposible no terminar perdido.

Ahora mismo unas niñas, que han debido de pasar la última semana ensayando, están dándolo todo en el escenario con un *playback* de «Sin piyama». No damos crédito. Tengo veintiocho años y aún no he aprendido a mover las caderas como ellas.

—Eso es bailar, reinas —dice Aroa con una sonrisa.

—Lo nuestro se parece más al vídeo ese del perro que baila salsa —apunta Blanca.

—Yo os he visto perrear y me habéis puesto bruto.

—Poesía —tercia Loren contestando a Gus—. Lo tuyo es poesía… y no la de…

—A ver, ¿la de quién? Aquí, el erudito —se burla el implicado—. Lo máximo que has leído tú de poesía iba en un sobrecito de azúcar.

—Eres idiota. Neruda, Whitman, Baudelaire, Rimbau…

Todos se quedan mirando a Loren con la boca abierta.

—¡¡Sin piyama, sin piyama!! —salto yo, soltando la hamburguesa y dando palmas al ritmo de la música, como las jubiladas de la mesa de al lado.

Loren ni comenta. No tiene palabras.

—Si salen a cantar las de la mesa de al lado, sujetad a Coco, que se va detrás —se burla Gus.

—A lo mejor sales tú a recitar —le respondo.

—Madre mía…, esta noche la poesía está maldita en esta mesa. Pues… ¿qué se gana? Si me seduce igual salgo y os dedico unas palabras.

—Oda a la estupidez —añade Aroa con media sonrisilla.

—Lo que se gana no lo sé, pero si subes, dignidad es lo que vas a perder.

Le doy otro bocado a la hamburguesa y me limpio los dedos y la boca con una servilleta usada. Desastre. Todos me miran y estallan en carcajadas.

—Mejor que salga Coco, que igual hasta nos dan paguita del Estado por traerla a nuestro viaje.

—Anda, ven aquí…

Marín coge la servilleta limpia que tiene bajo su plato y me limpia la cara. Estoy a punto de poner los ojos en blanco de placer extrasensorial, pero lanzo una miradita hacia Aroa, que nos mira sin ningún disimulo.

—¿Soléis hacer esto en casa? —pregunta. El buen rollo de la playa se ha debido de quedar allí, en la playa. Su voz suena amable pero tensa.

—No suele hacer falta. Allí tenemos baberos —responde Marín con guasa—. Dios, llevas mayonesa hasta en el cielo de la boca. Estás para meterte en la ducha directamente.

—Suena a proposición indecente —apostilla Gus.

Gus, tío, tú eres tonto.

—Más bien a hermano mayor, ¿verdad, Marín?

Me parece que la mirada que me echa es de disgusto, pero solo me lo parece. Asiente y sonríe.

—Voy a tener que pedir tu tutela al Estado, además de la paguita.

—El piso nos saldría barato.

—Para lo que os queda allí, ¿no?

Miro a Aroa confusa.

—¿Y eso? —pregunto, pero sin acritud.

—No sé…, ¿no se os terminaba el contrato o algo así, Marín?

Marín deja la servilleta sobre la mesa y se acomoda en la silla.

—No. Tenemos contrato hasta finales del año que viene, pero el casero está encantado con nosotros y seguro que nos lo renueva. Pagamos religiosamente, no hemos tenido problemas con ningún vecino, no hemos roto nada…, somos inquilinos ejemplares. Pero, oye, ¿lo dices por algo?

Hay un reto en el aire, que Aroa no recoge. Ni siquiera contesta, pero es fácil ver que aquí hay algo, una piedra. Marín tiene la mirada fija en ella, aunque le haya dado la espalda para fingir que sigue el espectáculo; parece molesto, incluso decepcionado. Paso la mano derecha, que tengo bastante más limpia, por debajo de la mesa y le aprieto la rodilla. Quiero decirle con ese gesto que le apoyo, pero que tiene que estar tranquilo. No es momento para discutir con su exnovia. Me queda claro que parte del problema de estos dos surge porque a Aroa, a la que todo parecía siempre parecerle bien, le molestaba un poquito que viviera conmigo y no con ella.

—Bueno…, ¿nos tomamos una copa?

Es la primera vez en todo el viaje que todos los integrantes de la mesa miramos con agradecimiento a Gus, que levanta las cejas con ganas de terminar con la tensión que ha eliminado el oxígeno de nuestro rinconcito.

—Yo invito.

—Si invitas, me la tomo hasta yo. —Le sonríe Marín.

—¿Me estás llamando rata? —Gus finge estar muy ofendido mientras se señala el pecho con el dedo índice, justo entre los dos pectorales, sobre la camiseta. Pronto, abre la mano y se toca el pecho—. Madre mía, qué bueno estoy.

Soltamos una carcajada general y él se levanta.

—¿Cinco birras?

—Madre mía, cómo te estiras —se queja Blanca—. Yo quiero un gin-tonic.

—Yo, un ron cola —le digo con una sonrisa.

—Por Dios…, pide un caramelo de licor, ya si eso. Qué empalago —se queja Gus—. ¿Y vosotros?

—Yo no quiero nada.

Aroa parece arrepentida y un poco avergonzada. Le doy una patadita debajo de la mesa y cuando me mira, intento enviarle por ondas cerebrales el mensaje de «Anímate, venga». No sé, o soy anormal o es que directamente soy una falsa o mala persona. A lo mejor tengo un desorden de personalidad múltiple.

—Yo, un Larios doce con cola zero —responde Loren.

—Guay. A ver… —Gus se mete la mano en el bolsillo y saca veinte euros—. ¿Me llegará?

Si viviéramos en el París de 1850, Gus moriría de tuberculosis en una buhardilla cochambrosa, esquelético pero alcohólico. Y probablemente con sífilis, esto también.

Son las dos de la mañana. No sabemos muy bien cómo ha pasado esto porque todos teníamos la idea de retirarnos pronto, por eso de que mañana hay que desmontar todo el tinglado y marcharnos con la música a otra parte, pero después de los números musicales, nos hemos venido arriba. Las jubiladas, finalmente, también han actuado y nosotros a puntito hemos estado de innovar y hacer algo. Hasta Aroa se ha animado un poco…, creo. Es tan buena actriz que nunca se sabe si se ha puesto la careta o es ella. Ahora, con tres rones, me pregunto si esa duda puede hacerse extensible al resto de nuestra vida. Me pregunto si la conozco lo suficiente. Todos guardamos secretos, de eso estoy segura. Todos mentimos.

Vamos de camino a la parcela muertos de risa. Queremos «tomar la última» en la autocaravana sin montarla, porque no nos gustaría molestar a nuestros vecinos ingleses ahora que sabemos que son tan majos, pero a medio camino nos encontramos con la piscina. Y la tentación es fuerte.

La zona de la piscina está delimitada por una valla alta que por la noche se cierra, pero así, mirándola desde abajo, siendo tantos, no nos parece tan difícil saltarla y darnos un bañito silencioso. Loren incluso lo intenta, pero claramente con ganas de que veamos que no es pan comido y desistamos. Cuando baja del muro que sostiene la valla y anuncia que es imposible, Marín encuentra más atractiva la idea.

—Patas largas… —le advierte muerto de la risa Loren—. Como nos echen del camping la última noche, te mato.

—¿Y cuál es el problema? —pregunta divertido—. De todas maneras tendrás que dormir en una caravana.

—Autocaravana —puntualiza Blanca con una sonrisa.

—Lo que sea.

—Del resto me lo explico porque el alcohol es muy malo, pero tú… ¡siempre estás sobrio!

—La sobriedad no es sinónimo de aburrimiento, cosita.

Mira alrededor. Ni un alma por el camino. Todo el mundo se ha ido retirando con dignidad mientras nosotros suplicábamos que nos sirvieran la última en el bar. Se escucha el soniquete veraniego de los grillos y el mar, allá de fondo. Muy de fondo.

—Si viene alguien, me avisáis. Sardina, ayúdame.

—Claro, Sardina y Anchoa necesitan meterse en el agua, ¡son seres marinos! —Se ríe Gus—. ¿Os hago un poema?

—Oh, Sardina, Sardina, aguántame el móvil, que voy a saltar —recita pomposo Marín, antes de vaciarse los bolsillos en mis manos y pasarme los dos móviles, el del trabajo (da igual que esté de vacaciones... es parte de su cuerpo ya) y el personal, la cartera y las llaves del hostal, que pesan como una silla de estilo castellano.

Es un visto y no visto. Se coge a la valla, sube el muro y una vez allí, pone un pie a medio camino y..., pum..., está dentro. Todos lo miramos como si hubiera hecho magia.

—¡¡Yo también quiero!!

—Shhhh —me riñen todos a la vez.

Les dejo todas las cosas de Marín e intento imitarlo, pero tengo las piernas mucho más cortas que él. Necesito que alguien me dé impulso desde abajo. Blanca me coge de un pie, Gus aguanta el otro y Loren empuja hacia arriba. Me veo volar y, durante una milésima de segundo, creo que voy a morir empalada por la valla de una piscina en La Marina, Alicante. Pero no, la sobrepaso y el tortazo es inminente. Un brazo me para y aterrizo en el pecho de Marín, dándome una hostia tremenda con su hombro en la ceja, pero viva al fin y al cabo.

Todos se ríen y el relámpago de un par de flashes me deslumbra al girarme triunfal. Están haciendo fotos.

—¡Ahora vosotros! —pido emocionada.

—Ni de coña. —Se ríe Blanca.

—Yo os espero en la caravana —tercia malhumorada Aroa.

—¡Aroa, que tú esto lo saltas con el poder de la mente! —la animo.

—Tu sangre élfica te protege. —Se ríe Gus.

—Os espero allí.

La vemos alejarse despacio, como si quisiera que fuera Marín quien insistiera, pero él no lo hace y ella gira la esquina. Miramos a los demás, que niegan con la cabeza.

—Ale, daos un baño. Os esperamos allí —sentencia Loren, dándonos su bendición.

Marín y yo nos miramos.

—¿Qué hacemos? ¿Nos damos un baño?

—No seáis ahora cagados —escuchamos a Blanca, mientras se aleja—. ¿Gus?

—Estoy pensando si quiero bañarme.

—Tú no quieres bañarte —anuncia Loren, advirtiéndole—. De estos me fío. Si te metes tú en la piscina, a los quince minutos estamos todos esposados y en un coche patrulla.

Le escuchamos refunfuñar hasta que lo perdemos de vista. Cuando me vuelvo en busca de Marín, se está internando en la oscuridad, de camino hacia la zona más discreta de la piscina. Al llegar, se quita la camiseta y se concentra en desabrocharse el pantalón. Gracias, patrón de las idiotas, por este regalo.

Me quito el jersey desbocado, desabrocho como puedo el *short* vaquero y lanzo las Converse blancas roñosas con tanta fuerza que casi terminan en el agua. Marín me mira divertido, con el pantalón abierto, descalzo, sin camiseta.

Así sí, vida. Así sí.

Dejamos la ropa en la misma hamaca y mientras él se mete silenciosamente en el agua solo con los calzoncillos grises, me pregunto si Gus y Aroa estarán sospechando de nosotros. Bueno, de mí. ¿Estará mi secreto a punto de ser *vox populi?*

—Venga, ven. —Marín me tiende la mano con una sonrisa—. No sabes qué gusto.

El que te daba yo, comiéndotela hasta que pusieras los ojos en blanco. Te chupaba la vida como un dementor.

—¡Venga! —Se ríe—. Cuando bebes te quedas como pasmada.

No. Pasmada no. Es que cuando bebo un poco, me cuesta más sujetar a la Coco que se muere por besarlo. ¿Voy a complicarme la vida? Bueno, de todas maneras, ¿no la tengo ya hecha un desastre? Este coqueteo extraño, este «¿Qué pasa aquí?» tiene que ir hacia algún sitio y solo hay dos caminos: o descubrimos que es mutuo y que viva el amor o me tengo que buscar otro piso. Total…, ya estaba en esas. No pierdo nada.

El agua tiene la temperatura perfecta y mi piel la recibe con gusto. No es que haga un calor insoportable, pero la poca brisa que corre es bastante húmeda y te deja la sensación de estar pegajosa. Así que ahora, cuando el agua sobrepasa mi pecho, cubierto por el sujetador, me siento en la gloria.

Miro a Marín, que me devuelve una sonrisa espléndida. Está contento de hacer esto y de hacerlo conmigo. Lo sé. Me acerco y los dos nadamos hacia un lateral en silencio, al resguardo de la sombra de uno de los toboganes.

—¿Y ahora qué? —le digo con las cejas arqueadas.

—¿Nos tiramos por el tobogán?

—¡Estás loco! ¡Nos van a escuchar!

—Ya lo sé, Sardina, era broma. —Se ríe—. Me hace gracia lo fácil que sería meterte en líos. ¿En el instituto eras igual?

—Igualita —me burlo—. Lo que no sé es cómo no fumo, no me drogo y no…

—No tienes cinco hijos.

Me entra la risa y me meto debajo del agua para que no se escuchen mis carcajadas. Un burbujeo sube hasta la superficie y él me saca de un tironcillo.

—Sardina, que no tienes branquias.

—Molaría —le digo, tontona.

—¿Molaría? ¿Quieres ser aún más rara?

—¿Soy rara?

—No te ofendas —me pide conteniendo su sonrisa—. Pero rara eres un rato.

—No me ofende. ¿Por qué soy rara según tu criterio, señor Marín?

—Todas tus canciones preferidas tienen más de veinte años; la mayoría son de antes de que nacieras.

—Me gustan los clásicos.

—Sueñas con hacer viajes en el tiempo y estás convencida de que de haber sido una estudiante universitaria en el Mayo del 68, habrías muerto.

—De sobredosis de ácido —asiento, burlona—. Habría creído poder volar. Olvida la sobredosis. Me habría atropellado un tráiler después de haber saltado de un puente.

—Te encantan tus Converse roñosas, pero todos los días, cuando sales de casa para ir a trabajar, pareces Nati Abascal…, todo elegancia. Si un día me dices que guardas los papeles de un marquesado en el bolso ese horroroso que te pones para salir, me lo creería.

—¿Mi bolso es horroroso?

—Horroroso. —Se ríe.

—Estás hablando del de las cremalleras, ¿verdad?

—¿De qué otro podría hablar?

—¿Qué más? —Quiero cambiar de tema porque, es verdad, mi bolso hecho de cremalleras es lo más horripilante que una mujer con cierto gusto puede echarse a la cara, pero le tengo cariño y tiene el tamaño perfecto.

—Abres botellines de cerveza con la boca. Eso es raro. Y tienes la misma puta ropa interior en doscientos colores diferentes.

—¡Anda! Y tú también. —Llevo hacia delante la barbilla, dando a entender que los calzoncillos que lleva forman parte de su repertorio—. Blanco, negro y gris, negro, gris y blanco…

—No he terminado. Respeta a los mayores. —Pone el índice delante de mi cara, pidiéndome atención—. Comerías sopa tooooodos los días, incluso en verano. Coco, eso es raro. Además…, ¡te llamas Coco! ¡Como un teleñeco!

—Nada de lo que dices me parece raro, querido. A lo mejor el raro eres tú.

—Eres rara. No tienes cosquillas en los pies.

—Los pies son mi punto erógeno —miento.

—Creía que eran las orejas. —Levanta una ceja.

Oy, oy, oy.

—¿Tienes más pruebas irrefutables de que soy rara? Porque la oreja es un punto erógeno para todo el mundo. Si me dijeras, no sé, el codo…, pues aún.

—¿Te pone que te chupen el codo?

—No sé. ¿Probamos?

Marín se apoya en el borde y estalla en carcajadas que resuenan rebotando en todas las superficies de la noche. Me lanzo encima de él y le tapo la boca con la palma empapada de la mano.

—Shhh…

—Shhh… —Me imita apartando la mano.

Vale. Estoy muy cerca. Estoy sentada en sus rodillas, que mantiene flexionadas dentro del agua.

—Nos van a echar —le digo, tratando de no darme cuenta de dónde estoy sentada—. Aquí, a la rara, no le gustaría que la echasen, ¿sabes?

No contesta. Me mira. Me mira con una expresión indescifrable, como una sonrisa… inquietante, que ni es seria ni es divertida. Es como esas esculturas griegas de la época arcaica, los kuroi y las korés, en las que el pelo se representaba con unas cuantas líneas casi geométricas, con unas ondulaciones vetustas y las sonrisas que lucían eran… distantes. Marín, ahora mismo, domina la situación. Esto ha dejado de ser una batalla entre iguales y no sé cuándo he perdido el mando de mi ejército.

—¿Qué? —le pregunto, sin moverme, fingiendo que no me impone ese cambio de actitud.

Creo que no conozco a este Marín.

—Nada. —Se encoge de hombros—. ¿Qué?

Contente, Coco. Contente. No lo beses. Es importante que no lo beses. Solo te has tomado tres copitas poco cargadas. Eso solo te suelta la lengua, no te hace ser una loca impulsiva que no piensa las consecuencias de sus actos. Esa cantidad de alcohol solo te pone parlanchina. ¿Sí? Sí. Pues hablemos.

—¿No vamos a hablar de ello? —le digo.

—¿De qué?

¿De que está a punto de salírseme un chorretón de vísceras por la nariz, por ejemplo?

—De lo de anoche.

El «cri-cri» de los grillos me parece ahora ensordecedor. Eso y el chapoteo suave que nuestros cuerpos provocan en el agua.

—¿Quieres hablar de ello? —me pregunta—. Estaba evitando el asunto porque...

—Porque estás muerto de vergüenza —respondo con seguridad.

—... porque no te he notado incómoda. Si podíamos hacer como si nada, ¿por qué hablarlo, no?

—Para aclararme si estabas dormido o no, por ejemplo.

—Ah... —Levanta las cejas—. ¿Es una queja? ¿No he estado lo suficientemente participativo?

—Oh, oh.

Doy una brazada suave para alejarme, pero me sujeta del tobillo y vuelve a colocarme donde estaba. Dios. Que no me toque mucho...

—¿Estás cabreado? —le pregunto.

—No. Pero has sacado tú el tema, ¿no? Pues habla.

—Esta madrugada... nos hemos..., ya sabes. Es raro, ¿no? Quiero decir. Eso sí es raro. Eso que hemos hecho y que..., no sé. Sin antecedentes ni nada. Así, a lo salvaje. Nosotros no somos así. Nosotros no hacemos las cosas sin pensarlas... Al menos no ese tipo de cosas. ¿Sabes a lo que me refiero, no?

—Sí. A que me has tocado la polla.

Lo dice mirándome fijamente. Ojalá estuviera más borracha. Ojalá él hubiera bebido algo.

—Y tú… —Doy nuevamente la brazada y me alejo. No hay que forzar. Siento estar andando sobre una capa muy fina de hielo, con unos zapatos calentados al fuego—… Me agarraste un pecho.

—Dilo con propiedad. Si lo hablamos, lo hablamos.

Madre mía. ¿Quién es este? Porque aún me pone más que Marín…

—Pues mira. —Me yergo un poco y mi sujetador asoma por encima del agua—. Me metiste la mano por debajo de la camiseta del pijama, me agarraste esta teta —me la señalo—, colocaste el pezón entre dos de tus dedos y apretaste. Mucho.

—¿Te dolió?

Lo miro con una sonrisa en los labios que se entiende como un «¿En serio quieres que sigamos por ahí?». Hostias, Coco, para estar tan enamorada de él estás siendo un poco pardilla. No, no es eso. Es que no quiero pasarme de lista.

—Dime, dime. ¿Te dolió?

—Me puso bastante perra, la verdad. Pero eso ya lo sabes.

—Sí —asiente—. Igual que tú sabes lo dura que la tenía.

—Mucho. Contra mis nalgas, por cierto.

—Entre tus nalgas —puntualiza—. Arriba y abajo.

Me cago en mi sangre ancestral. ¿Qué es esto?

—Arriba, abajo y un poco al centro —repito metiéndome de nuevo en el agua hasta el cuello.

—Sardina… —me riñe, pero como si quisiera que reprenderme fuera parte de un juego. Yo, la alumna mala. Él, el profesor que intenta contenerse frente a la tentación.

—Anchoa…

—Eres tú quien ha querido hablarlo, así que… adelante. —Coloca los brazos en el borde de la piscina y me mira—. Contestaré a todo lo que quieras.

—No tengo preguntas, señoría. Solo quería asegurarme de que… —«De que quieres repetir. No. No puedes decir eso, Coco»—… no supone un problema para nosotros. ¿Me entiendes?

—No supone un problema. Al menos para mí. ¿Y para ti?

—No —miento, miento otra vez, pero ahora por puntualización. «No es un problema siempre que repitas y me termines. Y yo te termine a ti. No sé si con la boca o…».

—¿Y por qué me parece que sí es un problema para ti? —asegura en tono de pregunta.

—Porque te miro y pienso… —me voy acercando, así, como quien no quiere la cosa, pero sin abusar— que he tenido tu polla en la mano, ¿sabes? Y que hemos estado ahí, restregándonos como perros. Eres mi compañero de piso… —Evito decir mejor amigo, por no mentar la *friend zone*.

—Pues menos mal que no se va a repetir —puntualiza—. Porque quiero seguir siéndolo.

—Pues sí, menos mal —añado.

—Sería superviolento.

—Mucho. —Que me den un óscar ya, por favor.

Nos quedamos callados. Ambos. Un silencio incómodo nos cruza la cara a los dos y desviamos la mirada. Me alejo de nuevo.

—Será mejor que salgamos de la piscina —musito.

Su mano alcanza mi muñeca y me desliza silenciosamente hacia él. Lo miro sorprendida cuando sigue acercándome hasta que su boca queda a la altura de mi oído. Ambos contenemos la respiración. Quiero pasar las manos por detrás de su espalda, por encima de los hombros y acariciarle el cuello y el nacimiento del pelo, pero me quedo ahí, quieta, esperando a que hable. Cuando lo hace, la piel se me pone de gallina de una manera que es imposible disimular.

—Odio haber hecho algo que te violente, pero aún odio más los silencios llenos de cosas por decir. Si has sacado el tema, al menos que sea para dejarlo todo claro: menos mal que no va a volver a pasar, menos mal que no fue a más, porque no creo que pudiera pararlo. Tenía ganas de meter la mano dentro de tus bragas, de follarte con los dedos, de subirme encima de ti y montarte hasta que se cayeran las putas paredes de la caravana y te chorrearan los muslos. Pero menos mal que nos hicimos los dormidos, porque ahora podemos tener un subidón de hormonas y ponernos un poco tontos, pero esto tiene solución, Coco. Lo otro, supone el fin de «tú y yo» como nos conocemos.

Me suelta y me aparto un poco para mirarle la cara. Estamos muy pegados. Puedo percibir el olor de su perfume mezclado con el cloro del agua.

—Ahora sí. Por mi parte todo dicho —añade—. ¿Quieres decir algo tú?

Asiento despacio, mirándole los labios, las gotas de agua que se condensan en su perfecto mentón, el pelo desordenado y húmedo, su nariz increíble.

—Menos mal —musito—. Porque la que habría desmontado la caravana de tanto follarte habría sido yo. Y de eso…, no se sale.

Ya me estoy alejando, de espaldas a él, jadeando por el esfuerzo de contenerme, cuando escucho la voz de Gus susurrante.

—Chicos…, ey…, Marín. Vámonos al hostal, tío. Ahí todos se han acostado ya y si espero veinte minutos más, me encuentras dormido en la hamaca y devorado por insectos.

—Pues suelen ir primero a por las partes blandas —le digo con retintín.

Salgo por el borde de la piscina que está junto a la parte de la valla donde se encuentra él. Me repasa con los ojos y levanta las cejas.

—Coño, Coco. Aquí estás, recién salida de mis recuerdos guarros.

—Cállate —finjo reírme.

Evito la mirada de Marín cuando cogemos la ropa. Él se viste como puede, aún empapado. Yo me pongo las Converse. Saltamos la valla de nuevo, dirección salida. Estoy como ida. Todo me pasa en un fogonazo. Cada acto es como los faros de un coche que conduce de noche, en dirección opuesta a la mía, que me ciega y hace que pierda de vista mi camino.

—¿Has cogido mis cosas? —le pregunta Marín.

Nuestro amigo responde enseñándole la cartera, los móviles y la llave de la habitación, que lleva en la mano.

Gus me da un beso en la mejilla. Me despido llevando mis dedos a la frente, en una especie de saludo militar, no sé por qué. Creo que ya estoy escapando cuando Marín se acerca, me da un beso en la sien, me abraza, aunque esté mojada y en ropa interior y me dice al oído:

—Contigo no, que si te vas, me muero.

Supongo que ha querido zanjarlo, pienso mientras oigo la gravilla crujir bajo mis pies, llegando ya a la caravana. Supongo que es su manera de delimitar un «prohibido el paso» por el bien de los dos. Pero… creo que Blanca tiene razón. Creo que no lo tiene claro. Al menos su cuerpo no lo tiene claro. No quiero ser un calentón que lo joda todo, pero estoy enamorada, tengo que intentarlo y lo único a lo que puedo agarrarme es a esta pequeña certeza: no lo tiene del todo claro. Dice que no, pero…

Cuando voy a enfilar la entrada a la autocaravana, Blanca me sale al paso, con el paquete de tabaco en la mano, dándome un susto de muerte.

—Joder, la puta que te parió —jadeo.

Ella se ríe.

—¡Ey! ¿Qué ha pasado?

—Pensaba que estabas ya acostada.

—Estaba acostada, pero no me podía dormir. Iba a fumarme un pitillo aquí sentada, por si llegabas. Cuéntame, ¿qué ha pasado?

No tengo ni idea de por dónde empezar. Estoy cansada, algo frustrada, confusa, asustada. No ordeno ahora mismo cuál es el sentimiento predominante, cuál el que más importa. Cojo aire y lo suelto poco a poco. Blanca arquea las cejas, pero antes de que empiece la narración me para:

—¿Sabes qué? Me espero a mañana. Repósalo. Seguro que encontramos un momento a solas para hablarlo. Ahora, sécate un poco antes de meterte en la cama o te mato.

Volvemos a compartir cama. Sonrío y la abrazo.

—Gracias, Blanqui.

—¿Por qué?

—Por ser tan buena.

—Ay... —Me besa la sien y sus brazos me aprietan un poco más—. Nadie es bueno, Coco. Ni malo. No dejes que la vida te lo enseñe a tortas. Grábatelo a fuego. Ayuda mucho con las personas a las que quieres.

Tengo una tortilla mental de cojones, pero una vez (más o menos) seca y con el pijama puesto, cojo el teléfono móvil. He escuchado a Blanca apagar el cigarrillo y alejarse, imagino que de camino al baño a lavarse los dientes y hacer pis.

Entro en Instagram, más por inercia que por interés y, cómo no, ahí está. Lo primero con lo que me topo es con una publicación de Gus. La foto que la ilustra es del mar. La ha debido de hacer esta tarde. Me llama la atención, al bajar un poco con el dedo en la aplicación, que no sea un poema. Es un texto. Gus no suele hacer eso...

Iba a toda prisa y tropecé contigo. Ahora estás en todas partes y no hay manera de salir de ti. Hablas en más canciones de las que podría imaginar y no siempre dices lo que me gusta escuchar.

Vives acurrucada, quizá en el cajón de tu ropa interior, entre recuerdos y ganas, acariciando mis prendas preferidas, como si aún pudieras hacerme creer que te importa que lo sean.

Te encuentro en cada centímetro de piel que acariciaron tus manos. Y son muchos. Todos. No dejaste territorio sin explorar y conquistar. En cada beso clavabas la bandera de lo libre que siempre fue querernos.

Estás aquí, allá, más adentro y muy lejos. Estás allí donde ponga los ojos, allá donde piense, en cada lugar que imagine.

Vives de pie en algunas letras y arrodillada en otras, dibujando un baile sutil de incoherencia entre el querer y el huir cada vez que escribes tu nombre. O el mío. O un puñado de palabras que vienen a decir lo mismo.

Esperas agazapada para darme un mordisco en el cuello, por si te olvido. Recorres cabeza, labios, pecho y manos cada vez que te pienso y me deslizo; cada vez que lo lamento y te añoro al mismo tiempo.

La puerta de la caravana se cierra y escucho a Blanca meterse despacio, escabulléndose hasta la cama. Sube un par de peldaños de la escalera y su cabecita asoma en la cama; me sonríe.

—Deja el móvil y a dormir.

—¿Has visto el poema de Gus? —le pregunto.

—Buff… —Le veo poner los ojos en blanco cuando se tumba a mi lado y aparta el saco de dormir extendido que usamos como colcha, que dobla metódicamente a nuestros pies por si en la madrugada lo echamos de menos—. ¿A estas horas poemita?

—En realidad es algo así como un texto.

Blanca se vuelve hacia mí y me mira.

—¿Qué te preocupa de ese texto?

Lo pienso un poco. ¿Qué me preocupa?

—En realidad nada.

—¿Sabes lo que yo creo? —dice en un susurro—. Que te preocupa que ya no te preocupe.

Lo pienso un segundo y asiento.

—Ale, buenas noches —tercia—. Mañana será otro día y lo verás todo más claro. Mañana, hablamos. No pienses. Duerme.

—Buenas noches.

Ella se acomoda y cierra los ojos al momento, pero a mí aún me quedan muchos minutos de mirar al techo, tratando de descifrar quién es ella, esa chica que ha conseguido que Gus diga «te echo de menos».

22
Manos llenas de problemas

—¿Es esta calle? —le pregunto a Gus, que tiene la cabeza apoyada en la ventanilla.

—No. Es la siguiente, creo.

Sé perfectamente que donde tengo que girar es en la próxima calle, pero necesitaba romper nuestra mudez de alguna manera. Gus está muy callado. Se ha sumido en uno de esos silencios espesos, supongo que nadando mentalmente en pelotas entre musas de labios carnosos.

Quizá..., solo digo que quizá..., necesito romper esta falsa calma porque yo también me siento raro. Aún me noto la ropa interior mojada bajo el vaquero negro. Hostias. ¿Qué estoy haciendo con Coco? ¿Qué ha sido eso? ¿Por qué me he comportado con ella como lo haría con una chica en un bar? Con una chica con la que me gustaría acostarme, para ser más concreto.

Es de locos.

Miro de reojo a Gus, que sigue con la cabeza apoyada en el cristal, mirando hacia la calle que está sumida en una tranquilidad inusual en verano.

—¿Estás cansado? —le pregunto.

—No.

—Pues estás muy callado.

—Y tú. —Me mira de soslayo y, por primera vez desde que hemos subido al coche, me dedica una sonrisa de medio lado.

—¿Qué te pasa? ¿Estás bien?

—Los tíos no hablamos en estos términos. —Su sonrisa se ensancha.

—Somos amigos, ¿no? Es normal que un amigo te pregunte si te ocurre algo.

—¿Vamos a hablar de sentimientos ahora? —se burla—. Prepárame un chocolate caliente con nubes y me abriré como una flor mientras hacemos peleas de almohadas.

Resoplo.

—Me jode bastante esta idea de la masculinidad mal entendida —le confieso—. ¿Qué creemos ganar con esto? ¿Hombría?

—No sé. —Se encoge de hombros, como si en realidad no le interesara en absoluto averiguarlo.

—Tío..., eres poeta.

—Pues a lo mejor es que soy incapaz de conjugar sentimientos si no es en el papel.

—Vaya gilipollez.

—Bueno..., pues empieza tú. —Me reta con la mirada.

Paso de largo el hostal y Gus abre la boca para protestar, pero se calla cuando atisba el luminoso al final de la calle: «Pub». Por la pinta que tiene no me extrañaría que fuera un prostíbulo disimulado, pero me da igual. No quiero subir a la habitación aún. Me acostaré en la cama, empezaré a darle vueltas a la cabeza y...

Aparco y lo miro.

—¿Te molo? —me pregunta—. ¿Quieres probar la carne, por si te has aburrido del pescado?

—Bájate del coche. Te invito a una copa.

—Eso, bribón, tú emborráchame antes.

El local está casi vacío. Junto a la barra están sentados dos parroquianos que parecen clientes fieles, pero que no hablan entre sí. Los dos fuman, sí, dentro del local, y dan buena cuenta de sus copas en vaso de tubo, con la mirada perdida en las botellas que cogen polvo al fondo de la barra.

Una pareja se come a besos junto al futbolín. Hay una máquina de dardos en la pared y una tragaperras en un rincón. Los sofás son de polipiel y están llenos de quemaduras de cigarrillos. Es el lugar más desolador de la tierra, pero nosotros hacemos nuestro uno de sus rincones; antes, voy al cuarto de baño y me quito la ropa interior mojada. Como no sé qué hacer con ella, la tiro a la basura.

Una camarera que me recuerda amargamente a mi madre (mirada agotada, una edad indefinida pero mal llevada por el abuso del alcohol, pelo rubio teñido, quemado, que deja ver unas raíces negras salpicadas de canas...) nos pone un cenicero de cristal en la mesa y nos toma nota. Gus pide un whisky. Yo, hoy más que nunca, me ciño a mi abstemia y pido una botella de agua fría. Me gano una mirada de incredulidad de Gus, pero cuando la obvio me dice:

—Tú dirás.

Gus se acomoda en su asiento, con un tobillo sobre la rodilla y los brazos extendidos en el respaldo del sofá. Tiene esa mirada algo somnolienta de preocupación.

—¿No me vas a decir qué te pasa?

—No me pasa nada. —Esboza una sonrisa, la comercial, la que regala a diestro y siniestro cuando firma libros.

—No me lo creo.

—¿Y si empiezas tú? Porque me vas a perdonar, pero aquí el que parece jodido eres tú.

—No llevo ropa interior, ¿cómo quieres que esté?

Arquea la ceja y se ríe. Aprovecha que la camarera llega a servirnos para añadir:

—A ver que me entere..., no llevas calzoncillos debajo de ese vaquero tan estrecho.

—Eres idiota. —Me río viendo cómo la señora se marcha hacia la barra, no sin antes echar un vistazo a mis pantalones..., a la zona de la bragueta.

Él sonríe y le da un trago a su bebida que, a juzgar por el gesto que hace después, no es que sea un whisky escocés de quince años.

—Salfumán —sentencia—. Venga, Marín...

—Venga, ¿qué?

—Aclárame una cosa: ¿te da corte decírmelo porque soy su ex o porque es tu compañera de piso?

Arqueo una ceja. No puedo evitar que el corazón me bombee más rápido de lo deseado. ¿Nos ha visto? ¿Qué ha podido ver? ¿Hemos hecho algo...?

—No te entiendo —respondo.

—Estás loco por Coco. —Me señala y se recuesta en el sofá—. Está clarísimo.

Apoyo los codos en las rodillas y lo miro confuso.

—¿Perdona?

—Que estás loco por Coco. Perdóname, Marín, pero es más que evidente. Salta a la vista. ¿Ella lo sabe? ¿Estáis..., ya sabes, acostándoos? Es por eso por lo que no quieres volver con Aroa, me imagino.

No doy crédito. Tardo más segundos de lo normal en ordenar mis pensamientos y poder responderle sin parecer alterado.

—No estoy loco por Coco, Gus. Coco y yo solo somos amigos. Los mejores amigos. Es... como mi hermana. —Un latigazo de aprensión me cierra el estómago y necesito aclarar eso—. No como mi hermana. Es raro. Es... como si fuese una prima.

—Cuánto más primo, más me arrimo. No lo digo yo, lo dice el refranero español.

—En serio, Gus. No es eso.

—Cuando estábamos juntos, me mirabas fatal.

—Porque eras un cabrón. —Me río.

—¡No es verdad! Lo que pasa es que tenemos diferentes puntos de vista sobre las relaciones. Además..., ¿has visto cómo la miras?

—Es mi mejor amiga. La miro bonito porque la quiero, cojones.

—¡Ves! —se burla—. ¡La quieres!

—Quererla no significa que me quiera casar con ella, Gus.

—¿Quién ha hablado de matrimonio? Tú lo que quieres es triscártela.

Abro la boca, pero me quedo así, como pasmado, hasta que una oleada de mala hostia se abre paso.

—Pero ¿¡tú estás chalado!? ¡¡Que es mi compañera de piso, mi mejor amiga, mi puta mano derecha…!!

—Mira, la derecha. Tú eras diestro, ¿no? ¿Las pajillas te las haces entonces con Coco?

Cojo el posavasos y se lo tiro encima con tanta puntería que le da en la frente y rebota. Se queja con sordina y yo refunfuño. Suena una canción machacona de un grupo de los noventa, pero solo me escucho a mí mismo decir: «Qué va, qué va, qué va…».

—Estas cosas tienen sus fases —me dice frotándose entre las cejas, donde el posavasos le ha dejado una marca roja—. Estás en la de negación.

—Gus, de verdad. Coco no me gusta. Es mi mejor amiga.

Pone los ojos en blanco y se echa hacia atrás de nuevo, vaso en mano. Me hace un ademán para que siga hablando.

—Lo que pasa…, justo lo que me está reventando la cabeza, es que llevo dos días poniéndome como tonto y… no quiero.

—¿Tonto con… Coco?

—Tonto en general y me pilla con Coco al lado. Y no veo. Te juro que no mido y me voy ahí, con todo arriba, como un perro en celo.

—Espera, espera, espera… ¿Os habéis enrollado? —Y esboza una sonrisa.

—No —niego con seguridad—. Pero me pongo tonto, tío. Y ¿sabes lo peor? Que tenías razón, que esto no pasaría si hubiera echado un puto polvo.

—Es que siempre tengo razón. —Se mira las uñas, orgulloso—. Soy muy sabio, pero me tenéis de monito de feria.

—¡Anda ya! —me quejo.

—¿Y por qué no lo echas con Aroa?

Lo miro como si no le entendiese.

—¿Con Aroa?

—Con Aroa —repite—. Está buenísima, está por la labor y... es tu ex. ¿Quién no se ha acostado con su ex así, en plan...?

—En plan nada. Aroa y yo ya no somos Aroa y yo en ningún término.

—Pero ¿por qué?

—Pues porque lo nuestro está terminado y...

Mi móvil empieza a vibrar en el bolsillo del vaquero y, puesto que no llevo ropa interior, el movimiento me parece demasiado peligroso como para dejarlo ahí, en funcionamiento. Diez segundos más y podría tenerla dura toda la noche.

Cuando lo saco, levanto las cejas sorprendido. Ni siquiera he pensado lo tarde que es y quién podría estar llamando; estoy tan metido en mis mierdas que ni siquiera me he preocupado por si a Gema le ha pasado algo. Pero no. Es Aroa.

—Al final va a ser verdad que proviene de una familia élfica y tiene poderes —rumio—. Es Aroa. Salgo un segundo.

Gus brinda en el aire con su vaso de whisky malo mientras canturrea que me la folle. Ojalá la vida fuera tan fácil. Ojalá pudiera echar un polvo sin tener que preocuparme por las doscientas mil implicaciones que invento al segundo que eso podría tener. Este jodido poeta..., si ni siquiera le gusta el whisky...

—¿Pasa algo? —respondo.

—¿Estabas dormido?

—No. Gus y yo hemos parado a tomar la última.

—Es imposible que tomes la última cuando nunca has tomado la primera.

—¿Llamas a estas horas para puntualizar mis expresiones? —le pregunto un poco molesto, sin ni siquiera saber por qué lo estoy.

—No. ¿Puedes venir?

—¿Pasa algo?

—No, pero ¿puedes venir?

—Son las dos de la mañana, Aroa. ¿Qué quieres?

—Hablar.

—¿No podemos hablar mañana? Hemos quedado a las doce y media en la puerta del camping.

—Con todos los demás. Quiero hablar contigo…, a solas.

Chasqueo la lengua y me aparto el pelo con la mano izquierda. Pero… ¿qué cojones…?

—Es importante —insiste.

—¿No podemos hablarlo por teléfono?

—¿Tanto te cuesta coger el puto coche y venir? —se queja, tirante, tirana, imponiéndome sus apetencias, exigente.

Dudo mucho que nadie del grupo, ni siquiera Coco que era su amiga antes de que nosotros empezáramos a salir juntos, conozca esta faceta de ella. Esta la deja para nosotros dos. Para aquellos con los que se dejó ver.

—Mira, Aroa, ya hemos hablado de esto. —Me pongo firme—. No voy a acatar tus deseos siempre que te apetezca, como si fueras una princesa. ¿Me entiendes? Ya era molesto que hicieras esto cuando estábamos juntos; imagínate ahora, cuando lo único que nos une es una relación cordial más por los que nos rodean que por nosotros.

—Me parece que no me has entendido. Quiero hablar contigo YA, pero si prefieres que lo hagamos mañana con todos a nuestro alrededor, estoy segura de que muchas de las cosas que quiero decirte le van a resultar muy interesantes a Coco.

Me callo de inmediato.

—No moralices tanto, Marín, que aquí todos metemos la pata hasta el fondo.

—No he metido la pata… —me defiendo—. No saques de contexto…

—En diez minutos en la puerta —me interrumpe—. Te espero en el banco que hay en la puerta del bar.

Entro en el bar bufando. Le doy un billete a Gus y la llave de la habitación.

—Tengo que ir un segundo al camping.

—¿Pasa algo?

—Que mi ex es una puta tirana tarada. Eso pasa. ¿Crees que estarás despierto cuando vuelva? Solo tenemos una llave.

—Soy nocturno, tío. —Se lleva el vaso a los labios y se los moja—. Estaré leyendo.

—Voy a rezar un par de padres nuestros para no dormir en el pasillo. —Me doy la vuelta, pero antes de marcharme lo miro de nuevo—. Deja de fingir que te gusta esa mierda, Gus, por favor. Estás bebiendo gasolina.

Debo de estar en lo cierto porque deja el vaso en la mesa sin refunfuñar.

Aroa lleva un vestido corto…, o eso creo porque cuando me acerco me doy cuenta de que se ha puesto una de mis camisas viejas, arremangada y ajustada a la cintura con un cinturón marrón. Lleva el pelo suelto y tiene los ojos un poco hinchados, como siempre que duerme poco. En cuanto me ve, se levanta y anda hacia mí hasta pasarme de largo; se dirige directa hacia mi coche, que abro con el mando cuando veo que llega hasta él.

Me vuelvo a meter dentro y la miro mientras se aparta el pelo hacia un lado.

—¿Qué pasa? —le pregunto tirante.

—Eso mismo me pregunto yo.

Me froto la cara, desesperado. Por el amor de Dios.

—¿Cuántas veces vamos a hablar de esto, Aroa? No vamos a volver. Está roto.

—Las cosas rotas se arreglan. Habla con propiedad: no te da la gana arreglarlo.

—Pues no —asiento—. No me da la gana. No quiero. No quiero hacerlo. Ya no te quiero.

Trago saliva con tanta dificultad que me parece que todo el camping me ha escuchado hacerlo.

—No te lo crees ni tú. —Se ríe con amargura—. No te ayuda en nada esta cabezonería, ¿sabes?

—Mira, voy a ser sincero, ¿vale? Te he querido mucho. Te he querido durante tres años, pero se estropeó. Ni siquiera creo que fuera aquella discusión. Fue perdiéndose poco a poco. Y claro que te quiero aún. Uno no deja de querer de la noche a la mañana, pero ya ni quiero quererte ni te quiero igual. Está acabado. He pasado página.

—Ya —asiente malhumorada—. Pues bien. Has pasado página, vale. Escúchame: o pones distancia con Coco…

—¡¿Qué dices?! —Levanto la voz—. ¿Es que te has vuelto completamente loca?

—¿Loca? ¡Loca estaría si no lo viera! ¡¡Vosotros dos estáis tonteando!!

—Paranoia. Fenomenal. Lo que te faltaba.

—Mira, listo, Coco está hecha un puto lío con todo esto de Gus…

—Lío que le has metido tú en la cabeza, por cierto… —Obvio el hecho de que Coco no está en realidad enamorada de él porque si no se lo ha dicho a Aroa, por algo será.

Aroa se me acerca tanto que casi respiro el aire que exhala. La huelo. Casi la siento y la saboreo. Está jadeando, como siempre que se permite dejar salir el humo que va condensando dentro cuando finge ser feliz.

—Si te vuelvo a ver pegadito a Coco, le cuento lo de Gema. Es lo último que voy a decir.

Se aparta y abre la puerta, pero la agarro del brazo con cuidado. Quiero decirle algo más, no hacerle daño. Ella me mira sorprendida y casi me da la sensación de que cree que voy a besarla.

—Ten clara una cosa, Aroa. Con Coco o sin ella, lo nuestro está muerto. Asúmelo. Déjame vivir. Quítate esta obsesión y sé libre. Cuando te conocí eras increíble y ahora… lo único increíble aquí es lo obsesionada que estás y lo tóxico que es esto en lo que nos hemos convertido. Sal del coche.

—Pero ¿qué es lo que te pasa? —me grita—. ¡Es Coco! ¿Qué haces? ¿Qué estás haciendo con ella?

—¿Ahora me vas a hacer creer que lo haces porque te importa que le pueda hacer daño? ¡Es Coco, por el amor de Dios! Estamos como siempre y vamos a seguir estándolo porque la única que ve aquí algo malo en ello eres tú. ¿Me oyes? ¡¡Tú!!

Aroa me mira, incrédula.

—Marín... —susurra—, yo estaré obsesionada, pero tú estás ciego. ¿Baños en la piscina de madrugada los dos solos? ¿Susurritos en la litera con las luces apagadas? ¿Desde cuándo eso ha cabido en vuestra relación? Si quieres mentirte a ti mismo, me parece estupendo, pero a mí no me quieras hacer creer que un burro vuela. Yo era muy consciente de que esto estaba pasando. Yo he sido consciente de ello desde la primera vez que la miraste diferente. Y, ¿sabes qué? Que mientras yo esté delante, eso no va a ocurrir.

—Estás paranoica, ¿lo sabes?

—Mira, Marín. Creía que íbamos a solucionarlo..., creía que lo haríamos bien, que serías dulce, que veríamos que esa discusión y sus motivos eran en realidad un grano de arena para nosotros. Creía, de verdad, que te habías dado cuenta de lo tonto que fue romper..., pero ahora veo claro que te cogiste a un clavo ardiendo porque esto...

—No funcionaba —termino por ella—. No funcionaba, Aroa.

—Claro que no. Tú ya llevas un tiempo con la cabeza en otro sitio.

El portazo hace vibrar las ventanillas del coche. La veo alejarse a grandes zancadas hasta que desaparece en la oscuridad, convertida en un punto blanco cada vez más borroso.

Tardo un buen rato en poner en marcha el motor. Esto es increíble. ¿Es que se han vuelto todos locos? Yo no siento nada por Coco. Yo no estoy enamorado de Coco. Coco es... Coco. Mi Coco.

Gus tarda diez minutos en abrirme la puerta. Se ha quedado dormido. Cuando por fin me deja pasar, vuelve a meterse en su cama al instante, bocabajo, sin mediar palabra. Y lo agradezco. Si alguien volviera a mencionarme la posibilidad de que esté loco por Coco..., gritaría.

23
Esta tonta tensión

Blanca y yo estamos de acuerdo. Marín está raro. Desde que ha llegado, desde que nos hemos visto en la puerta del camping después de hacer el *check out*, está raro. Evita mirarme, está más callado de lo habitual. Me está evitando. Estoy segura.

—Quizá está dándole vueltas a lo de anoche —me dice en un susurro Blanca, cigarro en mano, mientras esperamos que los demás cojan un carro en el Mercadona en el que hemos parado, de camino a nuestro siguiente destino: una playa con parking para caravanas en Villaricos.

La idea es comer allí e ir viendo.

—¿Está rayado por lo de anoche? —le pregunto en tono de voz cómplice, bajo, casi inaudible.

—Le dijo a su mejor amiga que se la hubiera follado el otro día. Es un poco *hardcore*. Vamos a dejarle unas horas para habituarse. A lo mejor solo se ha levantado raro.

Como Aroa. Aroa también se ha levantado rara. Otra que parece evitarme. Me ha gruñido en el desayuno cuando le he preguntado si anoche salió de la caravana cuando llevábamos un rato acostados.

—Pues sí —ha dicho—. No sabía que había que pedirte permiso para ir al baño.

Pues nada. Todo muy bien.

Metemos en el carro nueve botellas más de vino blanco. Queremos que nos duren al menos hasta el sábado, así que Gus vuelve, mientras compramos lo necesario para la comida y la cena de hoy, y coge cinco más. Catorce botellas en total para cinco personas y tres noches. Quizá sea una locura. Quizá beber no nos siente demasiado bien. Lo último que necesita este grupo es desinhibirse, viendo lo visto.

Sin embargo, mientras hacemos la compra, somos un grupo de amigos, pacíficos, algo callados, sin más, aunque a ratos nos sobrevuele un silencio que parece, en palabras de Marín, cargado de cosas por decir.

Una vez guardada la compra dentro de la autocaravana, Gus dice que quiere venir con nosotros.

—¿Ya no me ajuntas? —bromea Marín.

—Es que nunca he ido en un bicho de estos.

—Dormiste en este bicho —apunta Loren.

—Bueno, pero no íbamos en marcha. Quiero... probar. ¿No puedo ir de copiloto?

—¿Vas a estar tranquilito?

—Te lo prometo.

—Ay, no —me quejo—. No me obliguéis a ir detrás —pido—. Que me mareo como si estuviera en la atracción esa..., la paella.

—¿Te acuerdas cuando te obligamos a subir?

—¿Cuándo? ¿Cuando vomité el algodón de azúcar en la taquilla?

Fue una de las peores experiencias de mi vida. Aún tengo el regusto amargo en la garganta.

—Pues ve tú en el coche con Marín —tercia Blanca, como si nada. Qué *jodía* la tía..., qué bien miente.

—No.

Todos nos quedamos mirando a Aroa, sorprendidos.

—¿Cómo? —pregunta Marín con el ceño fruncido.

—Que vaya Gus detrás. Ya voy yo con Marín.

La escena es lo suficientemente violenta como para que nadie se queje del apaño. Ni siquiera Marín, que la mira pasar por su lado de camino al coche como si le hubiera salido otra cabeza del cuello. Estos dos están en un punto extraño que podría saldarse con un beso apasionado en la playa o con una discusión de la que no pudieran volver jamás. Trago saliva. Yo quería ir en el coche con Marín; era una buena manera de saber si en realidad está rayado por lo de anoche. Pero nada. Me jodo. Que vaya Aroa, que arreglen esto que parece que está tenso aquí desde la cena de anoche. Será lo mejor para el grupo.

Gus se abrocha el cinturón junto a Blanca, emocionado. Bueno…, decir que se lo abrocha es ser muy optimista con sus habilidades. Con lo bien que se le da usar las manos para algunas cosas, hay que ver lo torpe que es para otras. Al final es Blanca la que tiene que hacerlo y a Loren y a mí nos da la risa en la parte de delante, porque por un momento parece que Blanqui ha tenido un hijo con barba y le está ajustando en la sillita del coche.

—¿Preparados? —anuncia Loren quitando el freno de mano.

—¡¡Tío, esto es superguay!!

Es una de las cosas que hacen de Gus alguien a quien querer. A veces, cuando se relaja, no hay público y no tiene que representar ningún papel y está cómodo, es él, sin más, sin el poeta torturado tirando de su manga para que se vaya a un rincón a mirar melancólicamente al infinito, sin el chulo que hace bromas subidas de tono, que intenta seducir a la camarera o se toca el pecho, encantado de sí mismo. Y él, el Gus que guarda dentro es con mucha diferencia el mejor. Normalmente el ser humano hace lo contrario: esconde la parte más oscura de su personalidad; sus obsesiones, sus inseguridades, sus odios viscerales y hasta esas malas intenciones que en ocasiones no podemos más que acallar, pero que ahí están. Todo eso está a la vista en Gus, pero lo escondido es un niño ilusionado, que pide consejo, que se siente pequeño, al que el mundo le parece apasionante. Esa pasión es su motor, pero él prefiere que los demás pensemos que funciona por desdén al mundo.

Blanca le sonríe. Él le devuelve la sonrisa. Los veo por el retrovisor, comentando algo y riéndose, de guasa, y respiro un poco más tranquila. Un poco, porque ahora mismo Aroa y Marín están en el coche que llevamos detrás y no tengo manera de ver ni atisbar qué hacen, si hablan, si discuten o si se miran como me pareció ver que se miraban la otra noche. Loren percibe mi suspiro y me echa una mirada. Pone música; suena «Safe», de Daya, y levanta las cejas, como preguntándome que qué me pasa.

—Marín y Aroa en un coche —digo en un susurro.

—No va a pasar nada ahí dentro. A lo sumo, aclararán un poco la situación; será bueno para todos.

—¿Tú crees?

—Claro. —Me sonríe—. Coco, Marín ya no está enamorado de ella. Un tío enamorado no se comporta así con su ex.

—Pero el otro día… —susurro, vigilando que Gus no me oiga.

Lo veo ponerse de pie, ¡se ha quitado el cinturón, después de lo que ha costado ponérselo! Puto culo inquieto. Se cambia de asiento y se concentra en hacer una foto por la ventanilla. Blanca está apoyada en la mesa, con el cinturón puesto, mirando el móvil, seguramente revisando el *mail* de trabajo.

—Blanquiiiii —llamo su atención.

Levanta la mano sin mirarme, con la barbilla apoyada en la otra.

—¡Ya paro!

—¡Desconexión! —reclamo.

—Pero si es agosto, Blanca, por Dios —insiste Loren.

—Siempre hay cosas que hacer —refunfuña—. Los clientes no dejan de necesitarnos por más que sea verano. Un *mail* más y paro.

Miro a Loren y los dos sonreímos. Ella es feliz así. Su trabajo la lleva de cabeza, pero no sabe vivir de otra manera. Le gusta tener responsabilidad, le gustan sus noches de trabajo, sus mañanas locas bebiendo café, cambiándose la blusa a toda prisa en el despacho después de una noche de dar solamente un par de cabezadas sobre su mesa, le gusta notar el avance brutal de su ambición laboral lamiendo sus venas. Creo que hasta se pone cachonda con el trabajo.

—El otro día, ¿qué? —Loren me trae de vuelta y pestañeo.

—Es que, la otra noche, ¿no viste cómo se miraban Marín y Aroa? Parecían dos animalitos Disney enamorados.

Loren se ríe por lo bajo y niega con la cabeza.

—No creo, Coco.

—¿No crees?

—¿No te has preguntado nunca por qué lo dejaron?

—Claro.

—Algo tan gordo como para no poder hablarlo con el resto del grupo y para que rompieran cuando, aparentemente al menos, todo les iba bien… ¿No crees que es de alguna manera irreversible?

—¿Qué quieres decir?

—Que es posible que se quisieran mucho, pero de la decepción uno no vuelve.

Las palabras de Loren resuenan en mi cabeza incluso cuando llegamos a Villaricos y aparcamos la caravana. Marín y Aroa bajan del coche como lo hubieran hecho cuando eran pareja, con la diferencia de que él no la agarra por encima del hombro, como siempre que quedábamos y los veíamos aparecer. Son solo dos personas que han viajado juntas; no se respira pasión, pero tampoco drama. Quizá hayan hablado. Quizá todo mejore. Quizá entre nosotros la cosa funcione igual.

Durante unos minutos no somos capaces de articular más que un par de exclamaciones porque el sitio está lleno, somos al menos veinte autocaravanas, caravanas y furgonetas las que estamos aparcadas, pero hemos debido llegar a buena hora y aún estamos en primera línea de playa. El aparcamiento está tan pegado a ella, que parte de su arena empieza a conquistar el asfalto, como si reptase para hacer suyo lo que un día fue una extensión de sí misma. El mar parece tan nuestro que nos roba el habla. Es, de pronto, la solución para todos nuestros quebraderos de cabeza, el ruido blanco que ensordece los gritos de unos obstáculos que, seamos sinceros, no son más que problemas del primer mundo. Ahí está el mar, desde siempre. Estaba cuando nacimos y estará cuando muramos; lo que vivamos a sus orillas, pienso mientras lo miro, sirve para alimentarlo. Y es precioso.

No sé en qué momento encadené mi vida al mar. Los recuerdos, los deseos y hasta todo aquello que no viví pero quiero. Todo queda con los pies enterrados en la arena, junto al mar. Quizá fueron las vacaciones estivales con mi familia, siempre en algún apartamento de muchas habitaciones que convertíamos en un hervidero de ruido. Quizá es algo que aún está por llegar. No creo que no haber nacido junto a él sea el motivo del anhelo que me produce. Llevo en la piel el mecer del agua a pesar de haber conocido el mar cuando ya tenía edad de manejar los recuerdos.

Alguien me coge del brazo y cuando me vuelvo a mirar, no me sorprende que sea Blanca. La miro con una sonrisa, un poco desde arriba por nuestros centímetros de diferencia y me devuelve el gesto.

—¿Estás contenta? —le pregunto.

—Creo que esta noche será una de las más mágicas de mi vida.

No tardamos en entablar conversación con los «vecinos»; nos cuentan que debido a una reciente normativa, no está permitido acampar allí, lo que significa que no podemos extender el toldo ni instalar las sillas y la mesa bajo él, pero que sí podemos «pernoctar».

—Pero hecha la ley, hecha la trampa —nos dice el padre de familia, sin quitar ojo a sus hijos, que corretean alrededor—. Nosotros cuando venimos plantamos aquí el campamento y, si viene la policía, dices que no lo sabías, que lo sientes mucho y te vas... No suelen multar. Lo importante para nosotros es ser limpios, no encender fuegos...

Nos reunimos en el chiringuito Las brisas, que queda junto a nosotros, para discutir qué vamos a hacer. Algunos piensan que es arriesgado pasarse la normativa municipal por el forro de los cojones y otros que tampoco es un pecado lo que vamos a hacer. Le preguntamos al dueño del chiringuito, un señor muy amable que no deja de cantar canciones de Manolo García y que, en cuanto puede, nos dice que está impaciente por que llegue octubre.

—Tengo entradas para verlo actuar en Murcia.

Además de esa información, nos dice que la policía no suele pasarse y que mientras seamos civilizados, no hay problema en que pasemos allí la noche, pongamos unas sillas o saquemos el toldo.

—De todas formas, ahora en verano, esto se anima cuando atardece. Ya veréis.

Decidimos pasar un rato allí e ir viendo; total, si no sacamos todos los bártulos, tampoco pasa nada. Nos tomamos unas cañas y una ración de calamares que están increíbles y que, en lugar de satisfacernos, nos abren el estómago, así que nos animamos y repetimos, además de añadir una ración de pescadito frito y unas tortillitas de camarones. Cuando nos sirven el café, estamos encantados, somnolientos y felices.

—Creo que nunca había estado tan relajada —digo alargando las piernas por debajo de la mesa.

Choco con las piernas de Marín. Suele pasar; los dos somos los más «patas largas» del grupo, pero normalmente él caza una de mis piernas y la coloca sobre sus rodillas o hace una broma sobre si soy medio mantis religiosa medio humana. Hoy solo:

—Perdón... —le digo.

—Nada.

Miro de reojo a Blanca, pero no se ha dado cuenta de que la respuesta de Marín me ha parecido demasiado fría. Está mirando hacia el mar, con un cigarrillo entre los dedos. Qué cosas..., le confesé ayer a mi mejor amiga que llevo mintiéndole un año y, aunque me he sentido reconfortada, sigo mintiendo, como si fuera una muletilla a la que mi lengua se ha acostumbrado. El sitio es genial, el mar se ve precioso, estamos todos juntos, todo parece en calma, pero no estoy relajada. No sé por qué lo he dicho. Miro a Marín, que desvía la mirada.

—Voy a abrir un melón del que no se ha hablado —dice Loren muy serio—. Aquí no tenemos baño como en el camping y yo sigo firme en mi propósito de que nadie haga uso del baño del «alcohol milenario». Prefiero que no se generen «aguas negras», queridos.

—Y yo —tercia Aroa.

—Pues entonces iremos al bar. —Se encoge de hombros Gus.

—¿Y vosotros dónde vais a dormir? —vuelve a preguntar Loren.

—Pues en el «alcohol milenario» —se anima a proponer Gus.

—En el coche —le corrige Marín, bastante serio—. Echamos hacia atrás los asientos y punto. No será la primera vez.

—No —le dice Blanca con cariño—. No vais a dormir así lo que queda de viaje, Marín. Es un coñazo. No pasa nada. Dormid en la autocaravana. Nos iremos turnando las camas para que Aroa no tenga que dormir siempre en la del salón.

—A mí no me importa —tercia la rubia—. Además, prefiero dormir sola en el salón.

—Y así, amiguitos, es como se descubre que los elfos y las ninfas también pueden ser seres asociales —bromea Gus.

—Nos turnaremos —insiste Blanca—. Es mi despedida y mando yo.

Loren, Blanca, Gus y yo lanzamos una carcajada. Aroa y Marín miran hacia otro lado. Bueno, quizá la conversación que deben de haber tenido en el coche no ha solucionado todas las asignaturas pendientes entre ellos dos. ¿Cuál será el problema?

—Aroa está celosa.

La afirmación de Blanca me pilla por sorpresa. Somos las primeras en extender nuestra toalla en la playa y sentarnos sobre ella. No hay mucha gente bañándose ahora mismo y mientras Gus y Loren alargan el café, Marín habla por teléfono de nuevo con la madre de Noa y manda un par de *mails* a sus superiores. Aroa ha tardado una exageración en prepararse para la playa para terminar diciendo:

—Adelantaos vosotras; ahora iré yo.

Miro a Blanca sorprendida.

—¿Celosa? ¿De qué?

—De ti. —Levanta las cejas.

—¿De mí? ¿De mí de qué? ¿Por vivir con Marín?

—Supongo que tiene caldo de cultivo de donde tirar, pero ahora mismo lo que le molesta es veros tan cerca el uno del otro.

—Vamos…, hermanos siameses —bufo—. Está más raro que un perro verde.

—Eso es porque ella ha debido decirle algo.

—¿Cómo va a ser? —Y sueno entre incrédula y enfadada por la posibilidad de que eso sea cierto.

—Lo es. Ayer yo también la escuché salir de la autocaravana y tardó demasiado como para haber ido solo al baño. Esta llamó a Marín y le montó un pollo.

—¿Aroa montando pollos? No creo. Es un ser de luz.

—Ojo, con el agua mansa…, que de la brava ya se encarga Dios.

—¿Qué quieres decir con eso?

—No sé. —Se encoge de hombros y mira hacia el mar, mientras coge otro cigarrillo de su bolsa de playa—. Desde ayer no dejo de darle vueltas al motivo de su ruptura. Nunca la hemos presionado para que nos lo contara; en mi caso, no lo hice porque…, bueno, no sé por qué. Quizá porque creía que lo que ocultaba dejaba en mal lugar a Marín y prefería no saberlo. Ya sabes; en pareja somos diferentes a como somos con nuestros amigos. No quería que algo que hubiese sucedido entre ellos dos afectara a la relación que tengo con Marín. Admito que lo dejé pasar.

—¿Y ahora?

—Ahora me da la sensación de que parte del motivo de la ruptura eres tú.

Le lanzo una mirada curiosa.

—¿Yo? ¿La misma «yo» que vive en una perpetua *friend zone* con Marín?

—Eso está cambiando. Hay algo en el aire… algo entre Marín y tú. No te lo digo porque sea lo que quieres escuchar. Es que lo veo. Lo veo tenso. Lo veo…, muy hombre contigo. No amigo.

—A ver, Blanca. Aunque eso sea verdad, cosa que quiero creer fervientemente —me coloco la mano en el pecho—, es Aroa. Hace yoga al amanecer, está buenísima, sabe que lo volvió loco en cuanto la vio, es preciosa y...

—... y todas, independientemente de cómo seamos, nos flagelamos por lo que no somos.

—¿Qué quieres decir? —Arrugo el ceño.

—Mira, eres guapísima, alta, tienes ese tipo de estilo que se lleva ya en la piel y que hace que cualquier trapito parezca de firma, eres divertida, valiente, inteligente... ¡Sacaste matrícula de honor en el máster y fuiste a un pijísimo colegio bilingüe, pero abres cervezas con los dientes!

—Me estoy sintiendo un poco incómoda. —Me río.

—Es a lo que voy. Cuando te miro, pienso que tienes cientos de virtudes que querría para mí, pero cuando tú te miras en el espejo, ves otra cosa. Te ves desgarbada, te sientes intimidada por Aroa porque es rubia y guapa y parece una puta ninfa de cera, pero ella... no se ve igual. Todas tenemos inseguridades, independientemente de cómo seamos. ¿Crees que las chicas que desfilan para Victoria's Secret no tienen complejos? ¡Claro que los tienen! Y los míos, con mis muslos que se rozan al andar y mis estrías en la tripa, no son más importantes que los suyos. Solo son... los míos. Y Aroa, querida, está celosa de ti.

—¿Me he canteado demasiado? ¿Se me nota? —me asusto.

—No. No es eso. Aunque debo admitir que se respira que no estáis como siempre... Algo ha cambiado, pero no tiene por qué ser malo. Está celosa de lo cerca que siempre has estado de Marín, de que solo te escuche a ti cuando hablamos, de que te ponga como ejemplo para todo, de que hagáis tantos planes y de que su hermana te adore.

—Si Gema no la adora —es un hecho, no un secreto— es porque ella tampoco se ha esforzado demasiado. No es una crítica, que conste. Hay a quien no se le da bien relacionarse con adolescentes e intentan...

—Coco, Aroa está obsesionada con Marín. Piénsalo un segundo. No habla de otra cosa, no piensa en otra cosa. ¿Cuánto hace que no nos cuenta qué tal van sus castings? ¿Sabes algo de sus hermanos?, porque yo hace siglos que no la escucho hablar de ellos. Ni siquiera cuenta anécdotas de la guiri con la que vive. Ya no nos llama para salir, no nos pregunta qué tal nuestra vida y si te aventuras a contarle lo que sea, siempre sale con algo de Marín. Ya no le importamos, Coco..., hemos pasado a interesarle.

Blanca se calla de sopetón e interpreto que Aroa está acercándose a nosotras. No dice nada. Deja la toalla, nos sonríe tensa y se va hacia el mar, donde se mete sin preguntarnos si nos apetece un baño. Cruzo una mirada significativa con Blanca. Es verdad. Hace tantísimo que no nos cuenta nada que no sea sobre Marín..., y la entiendo, que conste. Cuando estás colgada por alguien, su nombre está siempre en la punta de tu lengua. Todo tiene relación con él/ella. Todo es un buen tema para sacarle a colación. Pero... hace meses que Aroa no habla de sus libros de poesía o de *coaching*, de sus castings, de las situaciones dignas de *sitcom* americana que su compañera noruega provoca en el piso que comparten. No tiene planes que no sean Marín. No parece haber vida más allá de Marín.

¿Debo aplicarme el cuento?

La tarde es tranquila. Baños, arena y algunas fotos bonitas que Loren dispara cuando nadie mira. Hoy no hay carcajadas ni carreras. No jugamos. Cada uno parece zarpar hacia su mundo.

Cuando estamos haciendo cola en la ducha de la playa, me doy cuenta de que a pesar de lo incómodo que es enjabonarse aquí con el traje de baño puesto, este será de esos recuerdos que después nos provocarán nostalgia. La cabeza es así; convierte en extraordinarios detalles que quizá no lo fueron, pero que condensan lo que durante unos días fue rutina. Una rutina feliz. Este momento no es solo una anécdota, un: «Preferimos darnos una ducha en la playa por no ensuciar el baño de la autocaravana»; significa que estamos lejos de Madrid, de nuestras vidas habituales, de lo mecánico del despertar, arreglarse, irse a trabajar. Eso me recuerda a la letra de una canción de Izal, «Bill Murray» y tampoco sé muy bien por qué. Quizá porque esa canción sonó durante muchos domingos en el salón de nuestra casa y para mí tiene ya un poco de Marín. Con canciones o no, con música o no, hasta la falta de comodidades hace de esto algo mágico. Le añadiremos poesía, rememoraremos el color del mar, el del cielo, los sonidos, los olores. Y todo será mucho más especial de lo que lo estamos viviendo ahora mismo porque ya no lo tendremos al alcance de la mano.

Pero aquí estamos. Los que esperamos sujetamos las toallas de ducha para que no se mojen ni se llenen de arena, mientras, por turnos, los otros se reparten espuma por todo el cuerpo y la cabeza.

Aroa lo hace la primera, de espaldas a nosotros, moviéndose como puede para que no la veamos y dejando en el aire una estela del aroma dulzón de su gel de ducha. Y Loren pide que no miremos mientras se enjabona bajo el bañador con ahínco y nosotros nos partimos de risa.

El olor a mar se mezcla con los jabones y el sol cae, cansado, como una mujer harta de sus tacones que empieza a despedirse en una fiesta, prometiendo que volverá mañana.

—Te toca —me dice Marín, señalando la ducha.

—¿No quieres ir tu primero?

—No tengo prisa. —Mira al suelo y luego al chiringuito.

—Vale. Pero… te espero luego a que termines tú, ¿vale? Así te sujeto la toalla.

Me mira, asiente, sonríe. Qué cortado está. Me urge saber si es por nuestra conversación de ayer en la piscina o si Aroa le ha dado un toque de atención.

Ella y Loren se alejan hacia donde hemos aparcado, evitando el camino de arena para mantenerse limpios y no subir más polvo a la caravana, y Blanca y yo les tomamos el relevo en la ducha, enjabonándonos mientras hablamos sobre su champú, que huele muy bien y que al parecer fortalece el pelo. Apoyados en un murete, cargados de toallas, Gus y Marín nos miran con media sonrisa.

—¿Podéis mirar hacia el mar, que está precioso? —pide Blanca con una sonrisa—. Queremos darnos… —se señala debajo del ombligo— una enjabonadita.

Marín se aparta enseguida y Gus, antes de volverse, nos hace un par de gestos y propuestas lascivas que, seamos realistas, no parece tener ganas de cumplir. Nos sonreímos las dos, poniéndonos cara a cara, para que el cuerpo de la otra nos proteja de miradas de extraños.

—Si necesitáis ayuda, decidme, que soy muy limpio —insiste Gus de espaldas.

—Te estás arrastrando, Gus, por el amor de Dios —me burlo.

—Ahora miramos nosotras. —Y Blanca levanta las cejas como una pervertida antes de que estallemos en carcajadas.

Es Gus quien sujeta la toalla a mi alrededor, mirando hacia otra parte, mientras me quito el bikini mojado; mi amiga estaba ocupada intentando hacer lo mismo ella sola y me ha dado un palo brutal pedírselo a Marín. Total, Gus ya sabe lo que hay debajo.

—Gracias, Gus. Sola le hubiera enseñado el culo a toda la playa.

—Para servirle, morena.

No sé por qué es tan boca buzón; creo que lo es para disimular que en realidad es un buen tío.

Blanca y yo nos apoyamos en el murete desnudas, pero envueltas en unas esponjosas toallas, escurriendo el traje de baño con la excusa de sujetarles las toallas, que llevamos al hombro y mirando, como quien no quiere la cosa las vistas..., y no me refiero al paisaje marítimo.

Por el pecho de Marín caen pronto volutas de jabón. Se aparta el pelo de la cara, baja las manos sobre su rostro y después deja que se deslicen por su pecho. Me cago en mi vida. Quiero ser esas manos, quiero notar la superficie de su piel salpicada de vello, quiero clavar las uñas en sus pectorales mientras le monto como una salvaje. Trago saliva.

—Amiga... —susurra divertida Blanca, dándome un codazo.

—Te juro que tengo los pezones tan duros que la toalla se sujetaría sola —le respondo.

—Qué contenta tiene que estar la que te dio clase de protocolo en el cole...

Marín no es uno de esos chicos que se machacan en el gimnasio, pero creo que eso me gusta más. No tiene abdominales como para lavar ropa sobre ellos, pero tiene un vientre perfecto, plano, con un ombliguito monísimo bajo el que se dibuja una línea de vello que me encantaría seguir con la yema de mis dedos también por debajo de la cinturilla del bañador negro. Y esos músculos tan masculinos que dibujan una uve en la parte inferior, hacia su...

Miro al mar un segundo, pero vuelvo a fijarme en él, como si mis ojos tuvieran sus propios planes y mi cerebro no pudiera mandar sobre ellos.

Juega al fútbol los sábados por la mañana y entrena con sus amigos entre semana, por lo que su cuerpo está moldeado por el deporte. El pecho es... perfecto. Una cantidad de vello comedida se concentra sobre sus pectorales y entre ellos.

—¿Crees que estaría muy fuera de lugar que me ofreciera a secarle yo misma con la toalla? —musito.

A Blanca se le escapa una pedorreta cuando intenta contener la risa, y Gus y Marín se vuelven hacia nosotras. Gus tiene la mano debajo del bañador y frota.

—Tú…, no te recrees —le dice Blanca con una sonrisa.

—Me gusta bien limpita. Dejad de mirar o vais a mojar la cama, pervertidas.

Mojar la cama no sé, pero soñar con esto… durante meses.

Marín se acerca quitándose el agua que se acumula sobre su piel con las manos. Le tiendo la toalla y me sonríe.

—Gracias.

—¿Te seco? —me ofrezco.

Se ríe y me da con su dedo índice entre las cejas.

—Idiota.

Y es posible que Aroa le haya dicho algo, que esté tenso, que se sienta incómodo…, pero en el fondo me tranquiliza que sigamos siendo nosotros bajo nuestra piel.

El dueño del chiringuito tenía razón. Esto se anima al atardecer. Las familias que habían ocupado parte del aparcamiento se van en goteo, dejando tras de sí las caravanas y furgonetas de los que vamos a pasar aquí la noche. Se escucha música que sale de unas y de otras y conversaciones por todas partes. Nuestros vecinos más próximos, ahora que la familia se ha marchado, son una pandilla de amigos que tienen pinta de estar también de despedida de soltero. Han pasado la tarde pescando en la parte de la playa que queda a nuestra derecha y ahora beben unas cervezas bajo la luz de un candil, sentados en sus sillas de playa, todos con la misma camiseta negra con unas letras rojas que no alcanzamos a leer.

Sacamos un par de bolsas de patatas, pero ir pasándonoslas es un coñazo, por lo que terminamos sacando la mesa, las sillas, una botella de vino, mejillones, pepinillos… No éramos conscientes de haber comprado tantas cosas. Cuando ya estamos sentados, mirando hacia el mar que empieza a teñirse del naranja del anochecer, nos damos cuenta de que Marín no tiene ni un refresco para brindar con nosotros y sostiene un vaso de agua en la mano.

—¿Quieres una Coca Cola? —le ofrezco.

Sueno lamentablemente servicial. Es lo que me pasa cuando siento que alguien me evita…, intento acercarme de cualquier manera y trato de ser lo más amable posible.

—Ah…, pues… sí. Dime dónde están, voy yo.

Los dos nos ponemos en pie.

—¿Coca Cola? No hay. —Blanca me acaricia la muñeca, llamando mi atención—. Id al chiringuito a comprar unas cuantas latas antes de que cierren.

—Ya voy yo.

Marín se palmea los bolsillos del vaquero roído que se ha puesto después de la ducha, comprobando que lleva dinero.

—Te acompaño —le digo.

—No hace falta, creo que puede con un par de latas de Coca Cola —sentencia Aroa—. ¿Te sirvo vino, Coco?

—Sí. Ve sirviéndome un poco de vino mientras voy a acompañar a Marín.

No soporto que los demás me digan lo que debo hacer, lo siento, y más si es resultado de una pataleta interna. Me pasé muchos años teniendo que ser buena chica en el colegio privado en el que mis hermanos y yo fuimos matriculados, y cuando empecé la universidad me prometí que, con lo aprendido, sería siempre yo y tomaría mis propias decisiones. Si mis padres siempre aplaudieron esta forma de ser, no entiendo que una amiga me mangonee. No me pasa desapercibida la mirada de orgullo de Marín, que esconde su sonrisa bajando la mirada al suelo y emprendiendo el camino hacia el chiringuito.

—¿Alguien quiere algo más?

—¿Me pillas un paquete de tabaco? —pide Loren.

—¡Y a mí! —se suma Blanca.

—Claro.

—Llevo dinero —escucho decir a Marín.

Caminamos en paralelo, callados. No es raro vernos sumidos en el silencio. A veces en casa no mediamos palabra durante horas, mientras él escucha música y yo leo o ambos trabajamos con el portátil en el regazo, sentados en el sofá. Pero este no es uno de esos silencios cómodos que dos personas que comparten intimidad disfrutan. Este es de los que no le gustan nada a Marín, los que pesan, cargados de palabras por decir.

Saco dos paquetes de tabaco de la máquina mientras él pide las Coca Colas. Cuando ya lo tenemos todo, en lugar de ir hacia la salida que nos lleva al camino más corto, me hace un gesto con la cabeza para que vayamos hacia la playa, hacia la plataforma de madera que crea una pasarela hasta la zona donde tenemos aparcada la autocaravana.

—Por ahí es más corto —le digo, porque soy gilipollas.

—¿Tienes prisa?

Niego con la cabeza mientras sonrío.

Nos quedamos de pie junto a la salida que da a la playa. El sol se está fundiendo con la franja de mar que queda a lo lejos, partiendo en dos el horizonte. Es precioso, independientemente de con quién compartiera este momento, pero no es cualquiera, es él, lo que lo hace más mágico. Cuando va a retomar el paso, le paro.

—¿Tienes prisa? —le pregunto yo esta vez.

—No, pero…

—Pero Aroa se sentirá incómoda si no volvemos enseguida, ¿no?

Coge aire y mira hacia otro lado.

—No pasa nada, Marín, pero… déjame que te pregunte algo. No quiero que pienses que te estoy presionando. Solo…

¿te importa más que ella patalee que no ser nosotros cuando estamos juntos?

—No. —Niega con la cabeza—. En absoluto. Pero no quiero empeorar las cosas.

—¿Con ella?

—En el grupo. —Hace un gesto, como si no encontrase las palabras—. Contigo. No sé. Este viaje está siendo muy raro, Coco.

—No, si no lo piensas.

—Pero ya lo dijiste tú ayer: nosotros no somos de esos que hacen las cosas sin pensar. Nosotros somos…

—Nosotros somos Marín y Coco. Coco y Marín. Y si a Coco y a Marín les apetece quedarse como dos pasmarotes viendo cómo se pone el sol, lo hacen.

—La ventaja que suelen tener Coco y Marín es que no suelen tener público, por lo que no tienen que dar explicaciones a nadie.

—Ni con público tampoco. ¿Qué pasa, Marín?

—Nada. —Me mira.

—Voy a volver a intentarlo, ¿qué nos pasa, Marín?

—Nada. —Sonríe—. Nada…, nada malo. Quizá el problema soy yo. Quizá…, quizá esté en unos de esos momentos de…

—Marín… —Me acerco y le cojo por la cintura. No se aparta, pero parece sorprendido con la cercanía—. ¿Estás bien? Es lo único que me importa.

Coge los paquetes de tabaco que llevo en la mano y los mete en la bolsa con los refrescos antes de dejarla en el suelo. Después me coge de la cintura también y sonríe. Sus hoyuelos se dibujan junto a su boca.

—Estoy bien. Estoy aquí. Estoy contigo. Hasta cuando estoy mal, eso es garantía de algo. Perdona si estoy… tonto. Y raro. Pero me reconforta que no me dejes estar nunca distante.

—Es tu elección; no puedo obligarte a no estarlo.

269

—Contigo no existe esa posibilidad. Somos Anchoa y Sardina. —Esboza una sonrisa.

—Y siempre somos muy salados —me burlo.

Sus manos me agarran la cara y me besa la frente; aprovecho para rodearlo y apoyar mi mejilla en su pecho, sobre la camiseta negra, y respiro hondo.

—No quiero fastidiar a Aroa —musito con un hilo de voz—, pero no te alejes.

—No. Ya lo sé. Perdona.

—Ella no te importa más que yo —me envalentono.

—No. Nunca lo ha hecho.

Trago saliva y cierro los ojos, rezando porque siga hablando. Ante mi silencio, lo hace mientras me rodea también con sus brazos.

—Quizá el problema siempre fue que ella lo sabía y no pude hacerle entender que quererte no me impedía quererla. Pero si nunca quiso comprenderlo, es que no era para mí, porque tú estás en mi vida y seguirás estándolo. Lo supe desde el primer día.

—¿Fue porque sé abrir botellines de cerveza con los dientes?

—Fue porque fue. ¿Sabes ese poema de Gus que se llama «Aplastante certeza»?

—Sí. —Me aprieto contra su pecho.

—Pues esos somos tú y yo, Coco. Una aplastante certeza.

—Pero…

—Pero no dormiremos juntos hoy, ¿vale?

Me aparta con cuidado para mirarme la cara y levanta las cejas. No sé si nota el temblor de mis labios. No sé si puede sentir mis latidos acelerados. Pero asiento. Y él también.

—Las certezas tan aplastantes como nosotros asumen que hay quien aún no entiende. Ella no lo entiende. No la hagamos sufrir de más.

No quiero decirle que yo tampoco entiendo qué esta pasándonos, cuál es esa certeza. Recuerdo a trazos el poema al que ha hecho referencia, pero solo la sensación de comodidad que me dejó al escucharlo. Es uno de los poemas que Gus incluyó en su libro y uno de los que le escuché recitar aquella primera noche, cuando nos conocimos. Cuando le pregunté para quién lo había escrito, me dijo que nunca lo supo, que creía haberlo escrito para la propia certeza de que un día alguien merecería esas palabras. Es un poema cálido, hogareño…, pero ¿tan aséptico en lo que se refiere al amor como para que Marín diga que cabemos en él?

La confusión se disipa poco a poco con el calor de la seguridad de sentirle más mío de lo que lo sentía hace un rato. Supongo que el amor es así de tonto. Te asfixian las dudas y un solo paso sirve para saber que, bueno, quizá nada se haya solucionado, pero la rueda sigue girando. La nuestra, la de ser más amigos, esconder lo que siento por él, la de una casa en la que parecemos vivir el sueño de lo que un día quise para mí, la de la amiga que esconde estar enamorada, pero que no pierde la fe porque quizá…, quizá.

En cuanto volvemos a la mesa, la conversación animada, las carcajadas de Loren y las anécdotas de Blanca, que rememora aquella vez que tuvimos que convencer a Gus para que no recitara desnudo, caldean el ambiente. Y, seré sincera, más molesta que dolida, lo que a Aroa le pique, no me parece mi problema. Voy a disfrutar de la noche, voy a vivir esta despedida. Y mañana, ahora que la noche se cierra sobre nuestras cabezas con una oscuridad que no conocía, será otro día. Pero…

—Gus… —aprovecho un momento en el que estamos solos, mientras sacamos la empanada y unas cuantas cosas más para la cena.

—Dime, morena.

—¿No tendrás por ahí ese poema tuyo… el de «Aplastante certeza»?

—¿El de mi libro?

—Sí.

—Siempre llevo un ejemplar. Está en el coche. ¿Vienes o te lo traigo?

—No, no. Dime dónde está y yo lo busco.

Gus arquea una ceja, pero entra en la autocaravana, abre el cajón donde ha visto a Marín guardar las llaves del coche y me las pasa.

—Mi bolsa está en el maletero. Ya sabes cuál es…, la de piel marrón que llevé a nuestro viaje a París. Dentro está el libro. Si no me equivoco, página veinticinco.

No es la página veinticinco, pero falla por poco. La veintisiete. Aquí está.

Aplastante certeza
la tuya y la mía.
La de tus ojos sobre mi boca,
la de mi boca sobre tus letras.

El credo en tus labios,
el saber de tus dudas,
el domingo de tu semana,
el hueco que hice en mi vida
sin saber ni siquiera que vendrías.

Aplastante certeza,
la de saberte más tuya que mía,
la de asumir que sabrás cuánto sienta, piense y duela;
la de comprender que convertí mi pecho en tu casa,
y mi casa en la tuya.

Y quererte tan dentro
nunca supuso un problema,
porque ni siquiera yo entiendo
esta aplastante certeza.

Cuando guardo el libro en su sitio y antes de volver con todo el mundo, respiro hondo, controlo mi respiración y cierro los ojos. Que Gus lo titule como quiera…, para mí ese poema se llama «esperanza».

24

La noche es hippy

Han volado cuatro botellas de vino. Gus está abriendo la quinta con una habilidad que no le conocía, de pie junto a la mesa. A su lado, Marín se parte de risa porque Gus está rememorando uno de sus recitales en Madrid, al que fuimos todos a verlo y se puso tan nervioso que se le olvidó subirse la bragueta después de ir al baño. Hasta Aroa ha dejado un poco atrás su mutismo para reírse con nosotros. Loren no para de carcajearse y Blanca se tapa la cara con una servilleta, porque se le saltan hasta las lágrimas.

—Yo allí, declamando con toda mi pasión, con un trozo de tela del calzoncillo saliéndoseme de la bragueta. ¡Cabrones!

—¡A cuadros! ¡Unos calzoncillos a cuadros! —exclamo muerta de risa.

—¡Intentábamos hacerte señas! —se defiende Marín—. Pero tú seguías a lo tuyo.

—Hombre, porque estaba superconfuso. Que vengan tus amigos a verte a un recital y que cada vez que cruces la mirada con ellos se toquen los bajos como unos descosidos... ¡Pensaba que estabais burlándoos de mí!

No hace tanto de eso, pero de pronto me da por pensar que todos estamos muy diferentes. Aquel día llovía a mares, como ya venía siendo costumbre esa primavera. Era viernes y algunos quedamos un poco antes para brindar con él y desearle suerte. Blanca llegó empapada; venía directamente del trabajo, vestida de traje y con los zapatos de tacón perdidos de agua sucia y salpicaduras, pero pareció darle igual. Gus y ella siempre han tenido discusiones absurdas sobre los temas más nimios, pero aquel día todos estábamos muy orgullosos de él, todos queríamos apoyarlo. Incluso nos dedicó uno de sus poemas.

Loren trajo a Damián; habían tenido una discusión tonta escogiendo el sofá para su piso nuevo y estaban un poco tirantes. Siempre creímos que su relación se desenvolvería entre discusiones explosivas hasta el día del Juicio Final, pero en Semana Santa, poco después del recital, todo pareció cambiar: decidieron romper... durante doce horas. Ahora su relación es otra cosa: hasta Loren, a quien los mimos no le gustan (ni siquiera recibirlos) es cariñoso. Nada como creer que lo pierdes para darte cuenta de cuánto lo necesitas.

Por aquel entonces, Marín y Aroa ya no estaban juntos, pero no había tanta tensión. Ella no dejaba de repetir que solo era un bache, que volverían el día menos pensado; yo sospechaba que seguían acostándose porque era fácil pillarlos en algún guiño o mirada cómplice. Yo también creía que volverían y que lo harían con más fuerza. Recuerdo que ni siquiera quería pensar en ello, que evitaba cualquier reflexión sobre el tema, porque temía que con su reconciliación yo me fuera al garete y nuestro piso, la familia que de alguna manera siempre he sentido que éramos, se rompería. Ahora, con estas copas de vino, en mitad de esta noche tranquila y tan oscura, estoy segura de que Aroa lo pensaba, pero le daba igual. Me pregunto si Aroa ha sufrido alguna vez por mi papel en esta historia, si se ha preguntado qué sería de mí cuando sus planes se cumplieran y se marcharan a vivir juntos. ¿Creía que seríamos tres felices compañeros de piso? No vive tan en las nubes.

—¿Cómo se llamaba aquel poema tan bonito que recitaste al final?

La pregunta de Blanca me devuelve al aquí y ahora. La mesa, ya despejada de restos de comida, solo luce gallarda y altanera los vasos de plástico llenos de vino, una lata de refresco vacía, otra llena y un cenicero colmado de colillas que Blanca y Loren han llenado sin necesitar ayuda. Es la noche más negra que he visto jamás. No hay luna, no hay farolas y desde que el chiringuito ha cerrado, no hay más eco lumínico que el de los candiles, linternas y luces interiores de las autocaravanas. Marín está recostado en su silla, con las piernas extendidas y los codos en el respaldo. Le hace falta un corte de pelo y el pantalón vaquero que lleva puesto ha vivido tiempos mejores, pero está increíble. Tengo que esforzarme por despegar la mirada de él y posarla sobre Gus, que está sacando el móvil del bolsillo de su pantalón corto.

—Creo que te refieres a «Ahora que todo está perdido» —responde.

Frunzo al ceño al escucharle tan tremendamente triste de pronto.

Hay un cruce de miradas en la mesa. Intento cazar la de Gus, pero se enreda en la que Loren y Marín se han dedicado. Blanca mira a Marín también. Aquí ha pasado algo.

Vuelvo a mirar a Gus, que se sienta en las escaleras de la autocaravana, se frota la boca y empieza a recitar:

Hoy es la última noche que busco en mi interior
desesperadamente
para no encontrar nada.
Hoy las migajas con las que te engañé
han dejado de ser suficiente.
Hoy, que todo está dicho,
no hay lugar donde esconderse.

He estado capeando la pena con soltura,
con excusas, ilusiones, miedos y palabrería.

He estado reconstruyendo la ciudad bajo tus pies,
con la sospecha de que destruías cuanto pisabas,
sin darme cuenta de que quien lo rompía era yo.

Los recuerdos,
amontonados en la habitación del fondo de mi pecho,
caen, chorrean, deslizan y ruedan,
hasta que no hay presente que valga,
hasta que el pasado es lo único que tiene sentido,
hasta que me convenzo de que te robé el futuro.

Lo peor son las ganas,
que no se marchan.
Dicen que un día me reiré de todo esto,
pero dime, ¿qué haré con las ganas?
Esas que me piden tu perfume,
creer en ti a ciegas,
henchirme de orgullo por la mujer que eres,
pelearme contigo y por ti,
suplicar, pedir, llorar.
Las ganas de todo lo que me diste,
me negaste,
quise,
no pedí,
no me darás.

Ahora que todo está perdido,
ahora que no queda ni soñar,
pienso en la noche que pueda dormir sin pensarte,
en el día que te vea y no me duelas,
en que no me queden ganas
ni de odiar los recuerdos
que se quedaron contigo.

Un silencio sobrevuela la mesa. Escuchamos el mar romper contra la orilla, una charla lejana y una canción, también a lo lejos, que parece «Turnedo», de Iván Ferreiro. Todos miramos a Gus, que mira su móvil, quieto, humedeciendo sus labios, pestañeando lentamente.

Ella. Ella le está rondando. Ella ha entrado en su cabeza y amenaza con quedarse. Ella. Esa que ha convertido a Gus en el poeta que no estoy segura de si alguna vez ha querido ser; uno de los que sangra cuando escribe y que no olvida cuando bebe porque, seamos sinceros, el corazón no se emborracha nunca.

Un soniquete parte en dos esta escena, que bien podría pertenecer a cualquier película dramática, a ese momento antes del clímax feliz, cuando el protagonista se debate entre salir a buscar a la chica o quedarse al refugio de sus miedos. Se rompe todo, no solo el silencio. Es el móvil de Blanca.

—Dime, Rubén —contesta mientras se peina una ceja—. ¿En serio? ¿Y tengo que mirarlo ahora? Bueno… mañana lo reviso. —Hace una pausa, se levanta y pone los ojos en blanco. Supongo que no esperaba una llamada de trabajo de su casi marido a estas horas—. Le mandé toda la documentación por *mail*, pero si no puede rebotártela, creo que tengo un archivo en Drive y…

Su voz se va volviendo más lejana conforme se va apartando de nosotros y se confunde con la negrura de la noche.

Cuando vuelve, todo parece estar igual que antes del poema. Aroa sigue callada, pero fingiendo que está bien, que no vigila a Marín constantemente. Los demás, hablamos animados, pero… no es una noche de esas. No es una velada de recuerdos y carcajadas. Quizá es la noche, la tranquilidad, la poca luz que invita a meterse hacia dentro. Quizá el motivo sea distinto, personal e intransferible, no lo sé; de lo que estoy segura es de que hoy es un día de recogimiento. Es posible que todos estemos preocupados por sujetar lo que no queremos que salga corriendo del centro de nuestro pecho. Ya es evidente que todos guardamos un perro rabioso dentro, gruñendo, encadenado.

Los chicos se han alejado hacia el baño. Son las doce y Aroa ha empezado a bostezar. Quiere que hagamos el sorteo de las camas, porque no tardará en retirarse, dice. Antes dijo que no le importaba dormir sola en la cama del salón, pero me da la sensación de que ha cambiado de idea. Me gustaría preguntarle si quiere dormir con Marín, pero me retengo. ¿Por qué cojones me importa más su pataleta que lo incómoda que me sentiría si eso pasase? Blanca ataja el problema.

—No hace falta el sorteo. Que Marín y Gus duerman en la cama de matrimonio, Loren en una de las literas, tú en la otra y Coco y yo compartimos la del salón.

—Ahí no cabéis las dos —dice escueta, pero no se ofrece a dormir ella en esa.

—¿Qué pasa? —pregunta Loren, que es el primero en aparecer bajo la luz exterior de la autocaravana.

—Estamos repartiendo las camas. Le decía a Aroa que tú y ella en las literas, Coco y yo en el salón y Marín y Gus en la de matrimonio.

—No hace falta. Yo duermo en el coche —anuncia Marín.

—No mordemos, ¿eh? —le reta Aroa.

—Pues propón tú una solución.

Marín se cruza los brazos sobre el pecho; irradia una hostilidad recalentada a fuego lento. Lo conozco; está a punto de saltar. No lo hace a menudo, tiene la paciencia suficiente como para templarse, pero son demasiadas horas juntos, sin posibilidad de encontrar la calma de la soledad. Marín está muy tenso. Hasta Gus, que aparece subiéndose la bragueta, da un respingo al encontrárselo así.

—¿Qué pasa?

—Nada. Aroa está repartiendo las camas.

—Bueno, pues… —ella no se corta y mientras se levanta con calma de la silla, organiza— Loren y Marín en la cama de arriba. Blanca en la del salón. Coco en la litera de arriba y Gus y yo en la de abajo.

Estaba completamente segura de que, de darse esta situación, Gus no solo se mostraría encantado, sino que querría irse a la cama cuanto antes. Pero no es la sensación que da por la cara que se le ha quedado. Me mira fijamente, después a los demás, en un repaso lento antes de meter las manos en los bolsillos y apoyarse serio en la carrocería del «alcohol milenario».

—Esas literas son muy estrechas, rubia. No sé si tenemos tanta confianza.

—Estoy segura de que sí. ¿Son tan estrechas, Marín? ¿Pudisteis dormir bien Coco y tú la otra noche?

—No voy a contestar a nada de lo que digas en ese tono pasivo agresivo.

—Vamos a calmarnos un poco —intento mediar.

—¡Uy! —Se hace la sorprendida llevándose una mano al pecho—. Pero ¡si solo estoy tratando de ayudar con lo de las camas y que nadie tenga que dormir en el coche!

Vaya tela…

—Si quiere dormir en el coche, que duerma en el coche —tercia Loren.

—Pero vamos a ver…, ¿qué problema hay en que duerma con Gus?

—Vamos, que duermo yo en el coche —sentencia el aludido.

—¿Por qué? ¿Tengo lepra y no me he enterado?

—Aroíta, no te tenía yo por una tocacojones.

—Gus… —Blanca intercede—. No vamos a ponernos a discutir por esta chorrada. Vamos a hacer una cosa, Aroa, ¿por qué no escoges tú la cama donde quieres dormir y cuando nosotros queramos acostarnos, nos organizamos? Esta conversación es una tontería.

—Pues hecho. —Aroa se recoge el pelo con una goma del pelo que tenía alrededor de la muñeca—. La tonta se va a dormir. Ya os apañaréis.

—Pero Aroa... —intento terciar.

—Déjala. —Marín se vuelve a sentar con expresión hastiada—. Cuando se pone así...

Ella se gira hacia él cuando ya casi estaba a punto de subir a la caravana.

—Cuando me pongo así, ¿qué? Termina la frase.

Marín coge aire, sin mirarla, en un suspiro ahogado que deja entender que está mucho más que habituado a estas cosas.

—¿Tú no te ibas a dormir? —responde, acercando su lata a medio beber—. No estaba hablando contigo.

Si fuera posible que a un ser humano le saliera humo por la nariz, Aroa sería una chimenea industrial. El portazo resuena en toda la playa y todos nos quedamos quietos, sin saber qué hacer. Marín, sin embargo, se levanta como un resorte; todos nos ponemos en tensión, como si tuviera intención de seguirla y nosotros quisiéramos detenerlo, pero acerca su silla a la mesa con calma, con la lata de Coca Cola en la mano y nos mira sorprendido.

—¿Qué?

—Nada —alcanza a decir Gus, enseñando la palma de sus manos.

—Vamos a la playa, ¿no?

Y la proposición de Marín suena muy bien en mis oídos.

¿Habéis estado alguna vez sentados en la arena fría de una playa, en mitad de la noche? En una en la que no hay un alma, donde solo reina el mar, sin luces, sin estar resguardados por el trasiego del paseo marítimo y quienes paseen por él. No hacen falta palabras, el silencio basta, porque susurra que estás donde quieres estar. No se necesita más. Aun así, Marín susurra si puede poner música.

—Cómo no, melómano —responde Gus, levantándose de la toalla con rumbo incierto.

Marín busca en sus listas de Spotify hasta dar con lo que parece estar buscando. Suena una melodía algo eléctrica y la voz de una mujer, algo áspera, pero dulce, como una embestida de mar cargada de arena. «Azúcar morena es tu piel; tus besos me saben a pura miel», canta.

Loren se ha adelantado un poco y está sentado con las manos hundidas en la arena, jugando con ella. Sonrío mirándolo desde atrás; sabes que Loren te quiere cuando comparte sus silencios contigo, porque es en ese momento, en secreto, cuando es más él mismo, cuando baja la guardia.

A mi izquierda, Marín, con los antebrazos apoyados en sus rodillas y la vista fija en el mar que empieza a adivinarse en nuestros ojos acostumbrados a la oscuridad. Me acerco un poco, hasta dejar mi cabeza en su hombro; cómodo, me envuelve en su brazo y besa mi pelo.

A mi derecha, Blanca rodea con los brazos sus piernas, envueltas en la falda de su vestido vaporoso negro, bordado en colores vivos sobre el pecho. Está descalza y los dedos de sus pies se hunden en la playa. Gus aparece de entre la oscuridad para sentarse junto a ella, en su toalla. Se miran, no dicen nada y él abre la palma de su puño, donde me parece ver unas conchas y un par de pequeños cantos rodados.

—Hacen las paces. —Levanto la cabeza hacia Marín para comprobar si ha escuchado mi susurro.

—El ser humano es peculiar en sus formas de relacionarse. —Baja su mirada y me sonríe.

—Me gusta esta canción.

Alargo la mano y deslizo la yema de mis dedos sobre el vello del antebrazo izquierdo, que aún tiene apoyado en sus rodillas. Marín mira el recorrido sin decir nada sobre ello.

—Es Carla Morrison —susurra.

—¿Te molesta?

Me mira con las cejas arqueadas.

—¿Qué tendría que molestarme?

—A veces soy como el velcro —me burlo.

Quiero quitarle fuego a la proximidad de nuestros cuerpos aunque estemos habituados en cierto modo a ella, porque ahora la siento diferente. No es como cuando vemos una película en el sofá de casa ni cuando nos contamos cosas tirados sobre su cama. ¿Es todo diferente o mi cabeza lo está deformando para hacerlo caber en el molde de lo que deseo?

Marín vuelve la cabeza hacia mí de nuevo y su sonrisa es tan sincera…

—Me gusta que te pegues a mí.

—¿Hasta cuando hace calor?

—No te pases.

Me echo a reír y los ojos de Marín se quedan clavados en mi boca, en mi sonrisa; la suya también dibuja una que se ha quedado congelada. Lo quiero.

Ni siquiera intuyo el movimiento hasta que no lo tengo pegado a mí, por eso doy un pequeño respingo que ensancha su sonrisa. Su nariz pegada en mi frente se desliza de un lado a otro. La boca queda ahí, en tierra de nadie; solo con levantar un poco mi barbilla, podría tenerla pegada a la mía. Me asusta la certeza de que si no estuvieran aquí los demás, lo haría. Lo haría. No puedo más. No sostengo más el peso de lo que siento por él.

El calor de sus labios se posa en mi nariz y cuando vuelve a su postura, mirando al frente, me hago un ovillo en su pecho.

—¿Has dormido alguna vez en la playa? —me pregunta.

—No. Nunca. ¿Y tú?

—No. ¿Lo hacemos?

Un poco de arena cae sobre mi brazo y me vuelvo para ver a Gus y a Blanca levantándose.

—Me estoy sobando —se disculpa Gus—. Me dais de beber y no me ponéis ni reggaetón ni nada. Así no se puede.

—Reggaetón dice, el indie —murmura Loren tirándose en la toalla.

—Voy a ver… —añade Blanca, indicando con un gesto de cabeza la autocaravana.

—No te esfuerces —aconseja Marín—. No vale la pena. No atiende a razones.

—¿Os quedáis? —pregunta Gus.

—Sí —decimos al unísono.

—Yo no. Me estoy quedando pollito con la brisita. —Loren se levanta con esfuerzo, rodando como una croqueta y haciéndonos reír a los cuatro—. Cabrones.

—Blanqui… —Marín y yo seguimos acurrucados y al llamarla, apenas se mueve—. ¿Puedes sacar el saco de dormir de Coco? Así no entramos a molestar.

—Claro. ¿Y para ti?

—Lo compartimos.

Los ojos deben brillarme tanto que podría servir de faro para toda la costa andaluza. Me aprieto contra su costado con ilusión a la vez que me oigo preguntar:

—¿Seguro?

—Seguro.

Es Gus quien nos acerca el saco de dormir con una sonrisa. Juraría que he visto esta sonrisa alguna vez…, una mezcla canalla entre complicidad y burla.

—No os congeléis, matrimonio —murmura.

—Ni que fuera invierno —respondo, obviando lo de «matrimonio»—. Esta brisita es la leche.

—¿Os acordáis cuando uno sabía qué esperar de las estaciones? —Se ríe—. Os vais a congelar. Eso u os aplasta la máquina de limpiar la arena.

—Escríbenos un epitafio si morimos aplastados por esa máquina.

—Buenas noches, pareja.

Ese «pareja»… ¿ha tenido alguna intención?

Abrimos el saco de dormir, extendemos bien tres toallas sobre la arena y nos tumbamos sobre ellas, vestidos como vamos, para después tirarnos por encima el saco a modo de colcha. La brisa no molesta, pero se está bien debajo de su abrigo, por ahora.

—Tendremos que sacudirlo bien o parecerás un filete empanado cuando te acuestes mañana.

—Si me viera mi madre…, con lo señoritinga que dice que soy. Y mírame…

—«Sin tu almohada de plumas».

—Esa almohada es la leche, no te burles.

—Prueba esta a ver. —Se palmea el pecho.

¿Eso que se oye son aplausos? Ah, no, son mis ganas locas, coreando mi nombre para que me empodere.

Me apoyo en su pecho y vuelve a envolverme con su brazo. Debería contenerme, pero aprovecho para olerle cuando respiro profundo. Huele a una mezcla entre ese perfume de Hermés, Terre, el gel de ducha de Blanca que usó hace unas horas en la playa y el aroma que desprende mi pelo: mar, champú, acondicionador…

—¿Me hueles? —pregunta divertido.

—Luego yo soy la pija…, ¿te has puesto perfume?

—No. Es la camiseta. Debo confirmar tus sospechas y decir que es su segunda puesta.

—Hueles muy bien.

—Tú también, Sardina.

Coloco con cuidado la pierna derecha entre sus dos piernas y enredo el pie bajo una de ellas. Lejos de quejarse, se acomoda, pero tira un poco de nuestro cobijo para apartarlo. Aquí, tan pegados…, empieza a hacer calor.

—El sábado son las Perseidas —murmura—. Gema me ha enviado un mensaje para informarme de que un chico la ha invitado a ir a verlas a las eras. Le he dicho que me parecía muy bien mientras sofocaba un conato de infarto. Me estoy reponiendo aún.

—Por eso estás de tan mala leche, ¿eh? El hermano mayor…

—Entre todos la matamos y ella solita se murió. ¿No es eso lo que dice Loren? Pues entre Gema y Aroa…

—Dale tiempo…

—¿A quién?

—A Aroa. Con Gema manga ancha, Marín, que es la niña más responsable y madura que conozco.

—Sí, será una madre adolescente de la leche —murmura.

—¡Marín! —le riño riéndome—. No seas así. Está en la edad de los primeros besos. Tú ya diste los tuyos.

Se vuelve y me mira.

—¿Qué? —le pregunto.

—¿Ya di los míos? ¿Ya no me quedan primeros besos que dar?

—No seas manipulador. No he dicho eso. Te quedan…

—Espero que solo uno, para mí. Suspiro—. Te quedan.

—Díselo a Aroa, a ver qué opina.

—Pues lo que opine aquí Aroa, me vas a perdonar, pero da un poco igual.

—Dios…, qué tirana es.

—No es verdad —trato de justificarla—. Solo tiene que habituarse a la nueva situación.

—Ja.

—¿Qué quieres decir con ese «ja»?

—Quiero decir lo obvio, Sardina. Que he pasado tres años con ella. Y no quiero ahora demonizarla, decir que es lo peor…, no. No es eso. Es que nosotros…, tú y yo, los demás…, nos conocemos como amigos. Como pareja…, como pareja es otro rollo.

—Bueno… —Froto mi nariz contra su camiseta—. No te agobies. No estamos aquí para eso.

—¿Y para qué estamos aquí?

Vuelve la cabeza hacia mí y sonríe. Tengo ganas de decirle que estamos aquí para empezar, para sacar la verdad de todas esas mentiras que nos contamos, pero no lo hago, claro. Solo me acomodo y susurro:

—Para disfrutar.

Su móvil sigue emitiendo música desde debajo de la colcha. Lo alcanzo y lo dejo sobre su pecho.

—¿Qué canción suena?

—«Heavenly day», de Patty Griffin.

—Me gusta.

—Encaja.

La mano que he dejado junto al móvil, encima de él, siente un cosquilleo. No tengo que mirar para ver que son sus dedos acariciando los míos. Tengo miedo de que sienta el eco de mi corazón retumbando contra su costado, pero no me aparto; los entrelazamos y jugamos con ellos. Mira nuestras manos.

—Dijimos que no íbamos a dormir juntos —murmuro.

—¿Sabes? Para lo que seguro que no estamos aquí es para cumplir promesas por otros. Cumplamos las nuestras…, con esas ya tenemos suficiente.

No sé qué añadir, más que la promesa sorda de que, pase lo que pase, esta noche se quedará prendida en mi pecho como broche a este viaje al que aún le quedan días…, algo me dice que los más importantes.

25
Alcanzarlo

Cómodo no ha sido, siendo sincera, pero el dolor de espalda se compensa cuando nos despiertan los primeros rayos de sol y, sin tener que decir nada, nos sentamos sobre nuestra improvisada cama hecha de toallas. El saco de dormir descansa a un lado, de tantas vueltas que hemos dado. Una mujer que pasea un perro por la orilla nos mira enternecida. Sé lo que debemos parecer. Desearía ser lo que parecemos, desde luego.

Nos sacudimos la arena lo que podemos y vamos en busca de nuestro calzado, que encontramos a los pies de la autocaravana, junto al de los demás; me coloco las sandalias, él anuda sus Vans negras y vamos al baño. Son las seis de la mañana y quiero seguir durmiendo, pero la playa no es una opción. Somos sigilosos; a estas horas hay poco que decir.

Al salir del baño nos quedamos mirándonos, sin saber muy bien qué hacer. Tengo arena por todas partes y si me meto en la litera con alguno de estos en estas condiciones, entendería que me abandonaran a mi suerte en la próxima gasolinera en la que hagamos parada; esto solo lo soluciona una ducha. ¿Por qué no?

—¿Me aguantas la ropa? —le digo a Marín.

—¿Qué?

Tiene los ojos hinchados, el pelo revuelto y una sonrisa somnolienta de las que hacen que quieras estar con alguien toda la vida.

—Calla y sujeta.

Me quito el vestido rojo con florecitas que después de toda la noche está arrugado hasta el infinito y se lo doy. Llevo un sujetador de triángulo de color granate y unas bragas cullote negras que no pegan ni con cola, pero fue lo primero que encontré ayer después de la ducha en mi maleta revuelta. Encontrar algo en ese maremágnum es un milagro. Marín me mira levantando las cejas.

—Y ya está, ¿no? —Sus labios pronuncian las palabras despacio antes de esbozar otra sonrisa.

—Pues sí.

—¿Sin toalla?

—Al aire, Marín, al aire. En esta vida hay que ser un poco insensato de vez en cuando.

Acciono la ducha de la playa y me meto debajo intentando no mojarme demasiado el pelo. Noto bajo la palma de mis manos cómo el agua se va llevando consigo los restos de arena.

—¿Está fría?

—No mucho.

Pero los pezones se me marcan bajo el sujetador. Lo miro por encima del hombro…, ha dejado mi vestido sobre el murito en el que nos apoyamos ayer y se está quitando la camiseta.

—¿Ahora me copias?

El pantalón y las zapatillas son un visto y no visto y me sorprende lanzándose a la misma ducha en la que estoy. Me agarra por la cintura cuando doy un grito y trastabillo. Mi ropa interior empapada. Sus calzoncillos negros. Agua. Es demasiado pronto para estar tan cachonda.

—¡Hay otra ducha!

—No me arriesgo a que el agua me salga más fría que a ti.

—¿Más?

Se gira; tiene la espalda salpicada de arena y, en un acto reflejo, le ayudo a quitársela. Me estoy mojando demasiado el pelo, pero me da igual. Cuando está limpio, apoyo la frente en su piel refrescada. Estoy en el cielo. Al final va a ser que sí que nos aplastó la máquina esa y san Pedro me ha regalado un bucle precioso para mi propio paraíso personal.

Le rodeo la cintura con mis brazos y hundo la nariz en su piel; se me está yendo la olla. ¿Puede estar una borracha de amor?

—Coco…

—¿Qué? —murmuro contra su piel.

—Que me acabo de levantar.

—¿Y? —no le entiendo.

—Que te estoy notando las tetas en la espalda.

Se vuelve a mí con un mechón de pelo mojado pegado a la frente, avergonzado. Trato de mirar hacia abajo, pero me abraza muerto de risa. Intento fallido, campeón. No te estoy viendo la erección, pero la noto justo donde me gustaría que estuviera.

—Mucho mejor, dónde va a parar —me burlo.

—Es una reacción natural e incontrolable.

—Nada, nada. Hay confianza —digo con ironía.

—Pobrecito de mí.

—Pobrecito, sí, debes tener ahí concentrado el acumulado de la bonoloto.

—Por tu culpa —susurra, entretenido en quitarme arena de la espalda, pegado a mí.

—¿Por mi culpa?

—Por tu culpa, yegua copuladora.

Lanzo una carcajada y nos abrazamos. Creo que ya estamos limpios, pero cuando se termina el agua, vuelvo a activar el botón de un manotazo.

—Esto ya es vicio —me dice.

—De algo hay que morir.

Se separa lo suficiente como para mirarme. Tengo el pelo empapado y pegado a la cabeza. Él también. Se lo aparto. Hace lo mismo conmigo. Pego mi ombligo a su cuerpo y compruebo su reacción: contiene la respiración un momento para terminar dejando escapar el aire en un jadeo. La tiene muy dura.

—La tienes MUY dura —murmuro.

De perdidos al río, amiguitos.

—Coco… —Cierra los ojos cuando me froto un poco.

—¿Paro?

—Deberías, sí. —Traga saliva.

Lanzo los brazos alrededor de su cuello y apoyo la frente en su clavícula.

—Joder… —gime.

—He parado.

—Joder… —repite.

—¿Qué?

Titubea. No sabe qué hacer. Se debate entre lo que le apetece y lo que debe. Vence el apetito a juzgar por cómo su mano derecha baja de la cintura hasta mi culo. No, no es una ilusión sensorial…, me está tocando el culo. Y me lo está tocando como Dios manda, con la mano bien abierta que se cierra en mi carne y clava las yemas de los dedos con un gruñido que me pega de nuevo a él. Creo que gimo. Creo, porque estoy de viaje astral y no respondo de lo que haga mi cuerpo.

Se nos escapan de entre los labios unos jadeos secos cuando su mano izquierda se coloca entre los dos y agarra mi pecho. Lo amasa. Bajo la barbilla para ver sus dedos hundirse en mi carne a la vez que adelanto las caderas para frotarme contra su erección.

El agua de la ducha se termina de nuevo, pero esta vez es él quién se mueve y no para accionarla de nuevo. Da tres pasos, firmes, hacia la pared de madera de la caseta donde están los baños y apoya mi espalda contra ella. Tiene la boca entreabierta y respira con dificultad. Le acaricio el pecho; él también a mí, con ambas manos. Bajo una hacia su estómago; alterna la mirada entre esta y mi cara. No digo nada, pero de alguna manera le

291

estoy pidiendo permiso para seguir más abajo. Se muerde el labio y asiente.

Meto la mano por debajo de la cinturilla empapada de su ropa interior y le agarro la polla con fuerza. Gruñe y yo gimo; quiero más. Más. Muevo la mano a lo largo de la carne prieta y dura y él apoya la barbilla en mi cabeza y vuelve a lanzar al aire un gemido que me empapa. Agito la mano con la polla encerrada entre los dedos y nos miramos; bocas entreabiertas, expresión de placer, fuego.

—Tócame —suplico antes de morder con suavidad el pedazo de piel de su pecho que queda al alcance de mi boca.

Su mano derecha se cuela debajo de las braguitas y el dedo corazón va directo hacia mi clítoris. Aprieto su piel con mis dientes y gimo, sin dejar de masturbarlo. Me mete un dedo. Dos. Los arquea dentro. Los saca. Vuelven a entrar. Jadeo rápido, gimo, me muerdo los labios por dentro.

—Estás empapada. —Y las palabras se van derritiendo en mi oído como un líquido caliente.

Seguimos moviendo las manos con desesperación, dejando que los gemidos escapen de las bocas. Con la mano que tengo libre le agarro la muñeca y sigo su movimiento hundiéndolo más en mí. Me está volviendo loca mientras arquea los dedos y acaricia con el pulgar mi clítoris. Joder. Joder. Joder. Quiero que me bese. Quiero su lengua dentro de mi boca y saber si besa despacio, como imagino, con fuerza pero con languidez o si…

—¡Para!

Me quedo pegada a la pared con la mano en el aire cuando se separa de mi cuerpo, jadeando, sin entender por qué de pronto estoy tan vacía, tan… fría. No pienso. Me quedo congelada. Casi ni respiro.

—No. —Niega con la cabeza, sin mirarme—. De esto no se vuelve, Coco. De esto no…

Tiro de él hacia mí, agarrando su muñeca. Se resiste. Vuelve a decir que no, pero cede. Nuestros cuerpos vuelven a buscarse, solos. Él susurra «no», tan suave y tan bajo que es imposible creerle.

—Coco… —gime cuando su polla encuentra el calor de mi sexo, aun con la ropa interior empapada entre nosotros.

—Sí se vuelve —gimo también moviendo la cadera.

—No. —Pone una mano en mi vientre y se separa de cintura hacia abajo—. No se vuelve, Coco. Y si tengo que elegir, prefiero tenerte siempre, aunque sea de otra forma.

Casi no tengo tiempo de asumir lo que acaba de decirme. Cuando quiero darme cuenta está recogiendo su ropa y caminando a grandes zancadas hacia la caravana. Tardo al menos cinco minutos en poder moverme; dar tres pasos hasta la ducha de nuevo me resulta un periplo; estoy ida.

El agua sale mucho más fría ahora pero lo agradezco; necesito refrescarme la piel, las ideas, el sexo. Siento unas tremendas ganas de llorar cuando una mezcla de decepción y frustración me hacen sentir humillada. Pero… ¿qué coño…?

Me arrastro empapada hacia nuestro rinconcito en el aparcamiento. No lo veo alrededor, ni en el coche, aunque hubiera jurado que lo encontraría allí dentro, con la cabeza entre las manos preguntándose por qué acaba de hacer eso conmigo, que solo soy Coco, su amiga. Agarro una toalla, que a saber de quién de nosotros es y me seco como puedo con ella.

La oscuridad de la caravana se ve violada por el haz de luz que entra del exterior cuando abro la puerta. Me quito las sandalias mojadas, las dejo caer fuera y cierro de nuevo. En el baño dejé una camiseta larga que el otro día cogí para ir a la piscina, así que entro, me deshago de la ropa interior mojada y me la pongo por encima. Como braguitas, la parte de abajo seca de un bikini que usé ayer.

Al cerrar la puerta del estrecho baño de nuevo, me sorprendo al ver a Marín sentado en la cama del salón. Alcanzo a ver a Blanca y Loren en la litera de abajo; Gus está en la de arriba. Aroa debe de estar en la de matrimonio. Qué cabrona…, se fue a acostar en la que más molestaba, no me jodas.

Chasqueo la lengua contra el paladar y me tapo la cara porque estoy muerta de vergüenza. Noto un nudo en la garganta y rezo en silencio para no echarme a llorar aquí, delante de él. Sus manos me acercan, cogiéndome de las caderas hasta que estoy entre sus piernas y él puede apoyar la mejilla en mi vientre.

—Coco…

—Calla… —susurro—. Por favor, no digas nada más.

—Lo siento.

—No. —Me aparto.

Él se echa a un lado en la cama y me llama a su lado. Voy, porque soy tonta, claro. Me siento en el borde y él tira de mí hasta que me echo junto a él. Me mira; parece tan arrepentido.

—Lo siento —repite.

—Ya está. No lo digas más.

—Lo diré cien veces si hace falta, Coco. Lo siento.

—Ya, ya lo sé. Ya sé que…

—Shhhh… —me pide que baje la voz.

—Ya sé que te arrepientes, que es un error, que…

—Coco… —Coge mi barbilla y me obliga a mirarlo—. me he dejado llevar, ¿vale? No he pensado. No sé qué…, no sé qué me está pasando en este viaje. Me estoy volviendo loco. No quería faltarte al respeto, no quería…

—¿Al respeto? —Me sale una risa sorda de entre los labios mientras me coloco sobre mi espalda, mirando al techo—. Esto es increíble. ¡Soy adulta, Marín, y responsable de mi sexo y de mis ganas! No han sido tus ganas las que han mandado sobre las mías. Tenía ganas, quería hacer lo que estaba haciendo… quería más y…

Siento que se incorpora y lo veo inclinarse hacia mí, con el ceño fruncido.

—Ya lo sé —me corta—. Y yo. Pero tú tienes a alguien en la cabeza y yo solo estoy confuso.

Arqueo las cejas.

—¿Estás confuso?

—De la hostia —admite—. Y cachondo. No, no me mires así, que estoy siendo muy sincero.

—¿Y cuánto porcentaje de responsabilidad tengo yo en eso?

—Ninguno. Es culpa mía.

—No me has entendido…, ¿cuánta de esa confusión, cuánto de ese estar cachondo, tiene que ver conmigo?

Marín se muerde el labio y me mira. Me mira la boca, los ojos, la boca de nuevo.

—Ni siquiera te puedo contestar a eso, pero honestamente, tienes mucho que ver. No digo que sea por tu culpa ni que lo hayas buscado tú ni…

—Marín… —Le tapo la boca—. Tienes que aprender algo…, a veces, cuando intentas aclarar mucho una situación, la cagas. Hay algunas que se aclaran por sí solas, ¿vale?

Retiro la mano cuando asiente y a continuación me acaricia el pelo húmedo.

—No sé explicarte lo que siento porque…, porque, joder, no tengo ni idea de lo que siento.

—Vale.

—Pero si he parado es porque…, seas lo que seas, nunca serás para mí una paja, un aquí te pillo aquí te mato contra una pared.

Sonrío, no sé por qué, porque me siento como una mierda.

—Perdóname —repite.

—Pero ¿por qué me pides perdón exactamente?

—Pues… —Se deja caer a mi lado—. Por muchas cosas. Por no pensar, por ir con la polla por delante contigo…, piénsalo, Coco, ni siquiera te he besado.

—¿Me pides perdón por no besarme? —No me veo, pero debo tener una expresión imposible de definir por otra palabra que no sea «perpleja».

—Por tratarte así. Por no hacerlo bien. Por no…, no sé. No sé. Estoy superconfuso.

Se tapa la cara con las dos manos.

—Perdóname. —Cuando voy a quejarme por su insistencia, añade—: Por dejarte con las putas ganas.

Lo miro sorprendida.

—Eso no se hace —me atrevo a decir.

—No. No se hace.

Quita las manos y me mira. Una sonrisa se va dibujando en nuestras bocas; la mía me jode a rabiar, pero tiene esa capacidad. Ni siquiera en esta situación puedo enfadarme con él.

—¿Me perdonas?

—Si no vuelves a dejarme con las ganas, sí.

—Gilipollas. —Se ríe.

Tira de mí y me abraza. Se suceden, eternos, unos minutos de silencio.

—Debería odiarte —farfullo al final.

—Lo sé.

—Pero ahora, encima, me siento mal por ti.

—¿Por mi dolor de cojones?

—No, idiota. Siento que estés confuso.

—Ah, ya. Es una putada —secunda.

—Pues sí.

—Una mierda —añade.

—Una faena.

—Una puta jugarreta del destino. —Y se le nota que está a punto de partirse de risa, pero le sigo el juego.

—Una auténtica bribonada de la vida.

Contiene las carcajadas y yo también.

—Qué asco me das…, siempre cayéndome bien, joder —me quejo.

—Y tú…, qué asco me das tú.

—¿Yo? ¡Encima!

—Pues sí. —Me sonríe.

—¿Por qué?

—Te lo digo, pero si me prometes que no replicarás después, que cerrarás los ojos y te dormirás.

—Suena mal.

—Promételo…

—Prometido —digo en tono hastiado mientras me vuelvo en la cama, poniéndome de espaldas a él—. ¿Por qué te doy asco? Sorpréndeme.

Marín se acerca, encaja su cuerpo con el mío, abraza mi cintura y acerca su boca a mi oído antes de empezar a decir:

—¿Cómo no me lo vas a dar? Ahí, metida en mi cabeza, colonizando mi vida, haciéndolo todo mejor. Coco, seamos sinceros: has puesto el listón tan alto que es imposible que nunca, jamás, ninguna sea la adecuada. Si te comparo con cualquiera, siempre salen perdiendo. Y, hostia…, sé que no debería hacerlo, que está mal pero lo hago a menudo. Demasiado. ¿Cómo no voy a estar confuso?

Me giro. Lo miro con las cejas tan arqueadas que creo que se van a juntar con el nacimiento de mi pelo… en la nuca. Voy a hablar, pero lo único que puedo hacer es emitir un ruido lamentable que hace que me tiemble la barbilla.

—Marín… —consigo articular.

Me tapa los labios con el dedo pulgar y niega con la cabeza.

—Lo prometiste. Y esta promesa sí es para nosotros. Cúmplela, por favor. Ayúdame.

Durante unos segundos no sé qué hacer. Debería decírselo. Es el momento. Joder. Es el puto momento que he esperado durante el último año. «Marín, siento lo mismo. Joder, Marín; tú también has puesto el listón tan alto que los demás ni siquiera existen. Vamos a hacerlo, vamos a intentarlo, vamos a convertir nuestra casa en el puto hogar que deseamos y a nosotros en la pareja que llevamos años ensayando ser».

Pero me mira… y lo sé. Sé que no es el momento. Sé que debo callarme. Sé que necesita masticarlo, asumirlo, entenderlo. Necesita llegar solo a la conclusión de que está enamorado de mí. Pero ahora lo sé. Marín está enamorado de mí. Solo falta que lo entienda... porque lo entenderá, ¿verdad?

Le doy un beso en la nariz, me doy la vuelta y cierro los ojos. No podré dormir, pero en la medida de lo posible, voy a cumplir mi promesa.

26
Con ella. Solo con ella

Vale. Tengo un lío en la cabeza de la leche. Ni siquiera he podido tragarme el café, no he dejado de darle vueltas... a la cucharilla y a la cabeza. Debería estar muerto de vergüenza, debería evitar la mirada de Coco, debería estar poniéndome firme con esta tontería que me ha entrado. Pero no. Porque no puedo dejar de pensar en ella. Eso no sería novedad sin los condicionantes. Pienso mucho en Coco; es mi mejor amiga, mi compañera de piso, mi... compañera de todo, joder. El problema es que no estoy pensando en ella como suelo hacerlo habitualmente. No hay ni rastro del «tengo que contarle esto a Coco, que se va a morir de risa» o del «si Coco se entera de esto, flipa». Ahora todo lo que tengo en la cabeza es una sucesión de imágenes que se alimentan de los recuerdos, pero que no han sucedido; fantasías. Imágenes en las que me recreo más de lo que debería: sus labios húmedos, mi lengua encima de sus pezones duros, mi polla entrando en ella y el alivio de su calor corriéndome como una mecha hasta explotar en mi espina dorsal. Correrme. Quiero correrme con Coco, encima de Coco, dentro de Coco. Quiero hacer que Coco se corra, hostias.

Mátame.

Hemos cruzado un par de sonrisitas desde que nos hemos levantado. Estoy sonrojado como un crío, porque... ¿qué coño tengo en la tripa? No me jodas, macho. Lo que tengo en la tripa son mariposas.

Estoy a punto de joderla pero bien. Con Coco no, joder. Tengo la vida hecha un desastre, estoy confuso y no estoy preparado para empezar otra relación. Sé que debo airearme un tiempo; sé que debo conocer chicas, no tomármelo tan en serio, divertirme sin más pretensión durante unos meses. No puedo echarme de cabeza a una relación ahora y con Coco..., con Coco jamás tendría un rollo.

El problema de Coco es que acojona. El problema de Coco es que sabes que no es una chica de paso, es la definitiva.

No me jodas.

Lo hablaría con Loren o con Blanca, pero no quiero avergonzarla contándoles algo que la incumbe y que a lo mejor ella prefiere mantener en silencio. Lo hablaría con Gus, pero tiene la boca como un buzón y tardaría aproximadamente tres nanosegundos en hacer en voz alta una broma sobre hacerse pajas en la ducha.

Coco cabalgándome. Coco debajo de mi cuerpo, recibiendo con las piernas abiertas mis embestidas y mi dedo pulgar en la boca, con la lengua muy húmeda, gimiendo, pidiéndome más, poniéndose muy cerda...

Me cago en todo.

—Pero ¿qué te pasa?

Le echo un vistazo a Gus, que me mira con el ceño fruncido. Vamos en el coche, siguiendo a la autocaravana de camino a nuestro siguiente destino. Mojácar. A mí siempre me ha encantado su playa, Coco nunca ha estado y hemos encontrado hueco en un camping y en un hotel junto a este.

Hotel sí. No tiento más a la suerte.

—¡Tío!

—¿¡Qué!? —grito.

—¡Que te estoy hablando!

—No será tan interesante cuando no me estoy enterando de nada.

—Que te jodan. —Pero se ríe.

—¿Qué me decías?

—Que ahora mismo me comía un kebab.

Me tengo que reír por obligación.

—¿En serio?

—Claro que en serio. Tengo un hambre que flipas.

—¿En serio es eso tan importante?

—Ni que hubiera interrumpido tu ascensión al Nirvana, macho.

—Pues parecido.

Coco chupándomela, mirándome, sacando la lengua y...

—¡¡Cuéntame algo!! —le grito desesperado.

Gus me mira con una expresión mezcla de confusión, sorpresa y diversión.

—Estás como una puta cabra. A ti te ha dado un mal viento esta noche. En fin..., pues no sé. —Se encoge de hombros y mira por la ventanilla—. No me apetece que se acabe el viaje. Me lo estoy pasando muy bien.

—Bueno, aún quedan dos noches.

—Estas quieren salir hoy. Al Mandala ese. No sé yo si me pega mucho ese sitio.

—Es un sitio para bailar, tío. Ni te pega ni te deja de pegar. No hace falta que te combine con los ojos. ¿Blanca quiere?

—Blanca quiere.

—Pues ella manda, que es su despedida.

—Tío..., ¿tú no la notas muy rara con Rubén?

—¿Rara con Rubén? No sé. ¿Por? —Por si no estaba lo suficientemente incómodo, gracias, Gus.

—Está como mazo distante.

—A ver, explícame eso. E intenta no parecer mi hermana hablando.

—Que está rara, no sé. Me da a mí mal fario esto.

—¿En qué sentido?

—Te estoy diciendo que no lo sé. —Se exaspera—. Es solo un pálpito. Una corazonada. Como la de que te estás encoñando de Coco..., como esa.

Pues si no supiera lo que sé, tendría que estar atento de Blanca, porque este tío está que lo peta con las predicciones. Finjo no darle crédito, claro.

—Estará nerviosa por la boda.

—Menudo numerito lo de la boda. Si alguna vez me caso, te juro que no se entera ni Dios. Qué coño…, yo no me caso. ¿Para qué hay que montar todo ese tinglado?

—A ver… supongo que hay gente que cree en la institución del matrimonio.

—¿Tú crees en la institución del matrimonio? —me pregunta muy formal.

—Ni mucho ni poco. Nunca me lo había planteado.

Tarde noche. El sol poniéndose. Coco con el pelo suelto y uno de esos adornos dorados, como de flores y libélulas que se pone de vez en cuando. Muchas pequeñas lucecitas sobre nuestra cabeza. Los amigos. Solo los de verdad. «Te voy a querer siempre».

El frenazo que pego nos lanza a Gus y a mí hacia delante; bendito cinturón de seguridad.

—Pero ¿¡qué haces!? —me grita Gus, asustado.

Eso mismo digo yo. Pero ¿qué haces, Marín?

La única habitación que les queda en el Hotel Marazul, la que reservamos a toda prisa por Booking antes de salir de Villaricos, tiene cama de matrimonio. La cara de horror que se nos dibuja a los dos deja claro que no, no somos pareja.

—Por Dios, qué horror —se queja Gus, apoyándose en el mostrador—. ¿Y no podría ponerme una cama supletoria?

—Oye, tío, que no tengo sarna.

La recepcionista nos mira alucinada. Luce una sonrisa comercial, pero tiene pinta de llevar muchas horas aquí, y… nosotros somos un grano en el culo, seamos sinceros.

—No se preocupe —le digo—. Nos viene bien.

Cuando entramos en la habitación, su decoración marinera nos hace reír un poquito. Gus se asoma a la ventana, levanta un pie y me dice:

—Me encanta, cariño. Gracias por traerme.

—Anda, vamos, tontorrón, que aún te hago hombre.

Las chicas están instalando el toldo de la autocaravana cuando encontramos la parcela que les han dado. El camping El cantal de Mojácar tiene un encanto especial... Recuerda y mucho a esos campamentos de verano a los que me enviaban de pequeño. Guardo buen recuerdo de aquellos años, aunque ahora que lo pienso, creo que era el único mes tranquilo del año: no tener a mi madre borracha como una cuba tirada en el sofá o trayendo a ese novio impresentable a casa, era lujo asiático. En uno de esos campamentos, organizados por la parroquia del barrio donde sigue viviendo mi tía, me dieron mi primer beso. Mucho campamento religioso, pero allí quien no corría, volaba. Unos años después, en uno de ellos me hicieron también mi primera paja.

La gravilla cruje bajo nuestros pies, anunciando la llegada. Aroa está dando voces, porque dice que le dejan todo el peso del toldo a ella.

—¡Joder, tías! Que soy la más pequeña de todas. Que se ponga aquí Blanca que es la más grande. Que sirva de algo tener buenos brazos.

—Valiente hija de puta está hecha tu ex —murmura Gus levantando las cejas.

Estamos lo suficientemente lejos como para que les resulte ofensivo que vayamos corriendo a socorrerlas. Conozco a Blanca y a Coco..., me gritarían que pueden solas. Son extremadamente independientes, quieren hacerlo todo solas. Y me encantan.

Blanca deja lo que está haciendo, aparta a Aroa de un empujón y se coloca debajo del toldo para sujetarlo conforme van sacándolo.

—Ale, ya se ha puesto Hulk. Ya no tienes excusa. Haz algo.

Eso va a terminar mal.

—Aroa, venga, no te cabrees. Dale tú a la manivela —ofrece Coco.

Ella se coloca en la otra punta del toldo para ir fijando una pata. Está de espaldas a mí, pero no puedo despegar los ojos de ella. Lleva una camisa un poco ancha blanca arremangada y un *short* vaquero deshilachado. A los pies, sus Converse blancas. Quiero acercarme y decirle al oído que tengo una camisa en mi armario con la que ojalá la viera pasearse en casa. Ni siquiera pienso en las veces que Aroa se puso mis camisas (incluso conserva alguna); bueno, sí que lo pienso, pero porque ojalá hubiera sido Coco.

—Morenas... —saluda Gus a Blanca y a Coco con un gesto, quitándose ceremonialmente el sombrero imaginario—. Oye, rubia, ¿te traigo un Almax?

—¿Un Almax? —pregunta confusa Aroa.

—Sí, para el reflujo ese de mala hostia que tienes.

—Tengamos la fiesta en paz —salta Coco de mal humor, pero sonríe al verme. —¿Qué tal el hotel?

—Bien. Muy romántico. Tienes que venir a verlo.

No sé por qué cojones he dicho eso.

—Tenemos cama de matrimonio —añade Gus—. Nos lo vamos a pasar genial.

—Igual este caballero te enseña el cabecero de frente esta noche —se burla Blanca, moviéndose y terminando de colocar la otra pata del toldo—. Ea. Ya está. Somos unas campistas de pro.

—¿Y Loren? —pregunta Gus.

—En el excusado.

—Llevaba sin cagar desde La Marina —puntualiza Coco.

—Eres idiota.

El aludido aparece, elegante, caminando como si acabara de llegar al *front row* de una pasarela. Todos le sonreímos.

—¿Te has quedado a gusto? —insiste Gus.

—¿Y tu madre al parirte? ¿Qué tal se quedó?

—Pues muy a gusto. Mira qué pedazo de macho.

Tira del cuello de su camiseta y enseña el pecho peludo. Ya estamos...

Comemos unas hamburguesas calcinadas y una ensalada desastrosa que Gus y yo, con buena voluntad, hemos intentado preparar en el interior de el «alcohol milenario». Coco rasca la parte negra de su trozo de carne picada con una sonrisa, mientras mueve la cabeza con ternura y desaprobación.

—Os juro que en casa hasta hace pan —trata de limpiar mi imagen—. De Gus me lo esperaba, pero...

—¡Oye! Que yo te hacía unos desayunos increíbles y te los llevaba a la cama —se queja este.

Una punzada de celos me atraviesa entero. Pero... ¿qué está pasando? Yo ya sabía que estos dos se pasaron su relación por entero chingando como posesos. ¿Por qué eso ahora me incomoda?

—Compraste dos porras y me las trajiste a la cama con un vaso de agua. UNA VEZ.

—Te llevaba porra a la cama muchas mañanas, morena.

Toda la mesa se descojona y Coco pone los ojos en blanco.

—Ay, hijo —se queja.

—Yo te llevé gachas a la cama el día de tu cumpleaños.

Me he escuchado decirlo sin ni siquiera esperármelo. Estoy sobrecogido.

Coco levanta la mirada del plato y me sonríe. Le brillan los ojos. Coño. Le brillan los ojos. Me toco nervioso el pelo, en ese gesto que es más muletilla que otra cosa y después me muerdo el labio. Si sabe leerme, que creo que sabe, estará más que al día de lo nervioso que estoy ahora mismo. ¿Y si el tío por el que Coco está gaga soy yo?

—Me trajiste gachas con canela y un café en esa bandeja preciosa que compramos en El Rastro, ¿te acuerdas?

—Mira, ya sabes cuál de tus dos novios es el mejor.

El comentario de Aroa se nos atraganta a todos. Se rompe el clima, la mirada, el brillo, la esperanza y hasta las mariposas explotan en un estallido que se convierte en ira. Bajo la mirada al plato y rasco lo negro de mi hamburguesa.

—Qué mona eres, Aroa —rezongo—. Siempre preocupada por los demás y creando buen rollo en el grupo.

—Tendrás queja.

—¿Te hago una lista?

—Yeaaaaaah —exclama Gus.

—Tengamos la fiesta en paz.

—Es que no lo aguanto.

Aroa deja dramáticamente los cubiertos sobre la mesa y se marcha hacia el edificio donde me imagino que se encuentran los baños. Nadie hace ademán de seguirla.

—Loren, ve tú —le pide Blanca.

—¿No voy a poder ni comer en paz?

—Eres el único que no le tiene miedo, me parece. —La puntilla es de Gus.

—Miedo no es la palabra. Igual es el único que no quiere dejarla abandonada en una gasolinera —contesta Blanca.

—Lo he pensado, pero era una movida hacerla bajar. Está imposible, la tía.

Todos nos reímos y Loren coge su plato de plástico antes de irse andando tranquilamente hacia el baño.

—¡Comer en el váter es una guarrada! —le grito—. ¡Y no de las que molan!

Una guarrada. Como cogerle a Coco el pelo entre los dedos mientras le hundo la polla en la garganta.

Pero ¡¡qué coño!!

—Oye, después de comer me piro al hotel a echar una cabezada —murmuro.

Necesito relajarme, estar conmigo mismo, un poco de intimidad... tocarme. Tocarme mucho. Esa es la verdad.

—Guay, me voy contigo —dice Gus—. Así esta noche estamos a tope. Esto de dormir tan poco...

—Has dormido once horas —se queja de soslayo Blanca, que siempre suele ser la primera en levantarse.

—Soy como las modelos, necesito mucha agua y mucho sueño para estar tan guapa. —Se toca la barba a contrapelo con una mirada seductora.

—¿Y no te puedes echar la siesta aquí? —le pregunto.

—¿Ahora te molesto? —se hace el ofendido.

—No me acuerdo de los últimos diez minutos que pasé solo.

—¡Ahhhh! —Sonríe—. Ya sé lo que pasa.

—¿Qué pasa? —pregunta Coco con la boca llena.

—Que necesita amor.

—¿Qué dices? —me quejo malhumorado—. ¡Cállate!

—¿Amor? —vuelve a preguntar Coco mirando a Gus.

—Querida..., Marín necesita hacerse una paja. Probablemente en la ducha.

La mirada que cruzamos Coco y yo dura más segundos de los previstos y concentra los ojos de Gus y Blanca sobre nosotros.

—Madre mía... —susurra de soslayo Blanca—. Piel de gallina.

Le enseña el brazo a Gus, que saca la lengua y se lo chupa.

La discusión que se genera después relaja un poco el ambiente. No hay preguntas. No parece haber sospechas. Pero sí, necesito irme al hotel a tocarme, descargar y ver si todo esto es fruto de mi imaginación sobreexcitada. Quizá aún haya esperanzas para mí.

No. No las hay.

Lo sé cuando dejo la cabeza en la almohada, exhausto, con el tercer orgasmo en la mano y siento ese cosquilleo. Ese, el que apunta que por más que me toque, por más que imagine, por más que me esfuerce..., así no se me va a pasar.

La primera vez solo he tenido que pensar en Coco y en mí en la ducha. En terminar lo que habíamos empezado. Allí, contra la pared, a estocadas, empellones duros, con sus talones golpeando rítmicamente mis nalgas. Me he corrido mordiéndome el labio hasta hacerme daño, deseando hacerlo por entero dentro de ella. Aroa nunca quería que lo hiciera; decía que no le gustaba, que le resultaba un poco desagradable después. Y a mí nunca me importó demasiado. O lo dejaba todo dentro de un condón o salía en el último momento de dentro de ella y lanzaba mi semen sobre su estómago. Ahora con Coco quiero hacerlo de todas las maneras posibles.

Así que, claro, me he quedado pensando en ello y no he tenido más remedio que volver a empezar. Mi erección no ha bajado ni después de pasar por el baño ni por el agua fría. Esta vez la cabeza ha compuesto una imagen en la que lo recibía en su boca, entreabierta, con la mirada fija en mí, como si me retara a sostenérsela mientras me corría.

Y me he puesto a cien.

En la tercera ocasión casi ni me he corrido…, físicamente, quiero decir. Me he retorcido de gusto como un cabrón, pensando en salpicarle las tetas redondas, el vientre de piel morena, el pubis que ahora sé, porque mis dedos lo han recorrido, que es suave, liso, sin vello…

Me meto en la ducha entero y pongo el agua tan fría que me duele al caer, como alfileres. No me tranquiliza. Bueno, me baja la erección y me quita las ganas de seguir tocándome como un mono, pero no me tranquiliza, porque en plena mente despejada campa a sus anchas la pregunta de qué cojones me está pasando con Coco.

Con Coco uno no fantasea. A Coco la llevas por bandera, con la frente alta, con respeto, como la oración en la que cree el más católico. Coco es una canción de Serrat, aunque no se llame Lucía; una de Sabina, aunque sea menos canalla; un reggaetón de los que da gusto bailar despacio aunque su risa sea tan rápida y certera; un himno de Love of Lesbian, aunque no sea fan de John Boy. Coco es…

Me cago en la puta. ¿Me he enamorado de Coco?

Suena el teléfono y doy un respingo en la cama. En un primer momento me asusto porque he debido sumirme en un estado de duermevela y me da la sensación de que el que suena es el de trabajo, pero no. Es el personal y es… Coco.

—¿Estabas durmiendo? —me pregunta cuando contesto con voz espesa.

—Creía que no, pero me da que estaba en ello. ¿Pasa algo?

—Nada. Me he ido al baño a fregar algunas cosas por no ensuciar la autocaravana y al volver están todas las literas ocupadas. Hay gente durmiendo por todas partes. Han caído todos, general. Espero órdenes.

—¿Están durmiendo?

—A ver… —Escucho sus pasos sobre la gravilla—. Me imagino que Aroa está despierta odiándonos a todos. Ahora dice que no quiere salir esta noche.

—Quiere que le insistamos.

—¿Le digo…?

—Ni de coña. No estamos aquí para alimentar deseos; esto es lo que pasa cuando crías a alguien haciéndole creer que es el mejor o que es una princesa.

—No sé, Marín; no la había visto nunca así.

—Porque nunca la habías contrariado.

—¿La he contrariado?

—No creo que sea algo personal —le miento—. ¿Y los demás?

—Loren y Blanca estaban hablando tumbados en la cama de matrimonio, pero ahora el único sonido que sale de ahí dentro son respiraciones en plan siesta profunda. Hay alguien en la otra litera con la cortina corrida y…, a no ser que un psicópata haya entrado a echarse una siesta, yo diría que es Gus. Y ronca. Ronca como Loren, a decir verdad.

—¿Y tú tienes sueño?

—Un poco. Pero si monto la cama del salón los voy a despertar a todos. Aunque, no sé, igual si empujo un poco a Gus hacia el fondo, cabemos los dos.

¿Metida con Gus en esa litera? Ni de coña.

—¿Quieres venir?

—Pensaba que no me lo ibas a ofrecer.

Lleva la misma blusa holgada de color blanco y los *shorts* vaqueros. Se quita las zapatillas nada más entrar en la habitación y se acerca a la ventana a ver las vistas, hablando sin parar sobre la decoración marinera.

—Está ahí-ahí entre lo acogedor y lo hortera, ¿no te parece?

Lo único que me parece es que es preciosa, que me encanta su nuca despejada cuando se coloca un moño y lo morenita que está.

—¿Quieres dormir? —le pregunto torpe, casi interrumpiéndola.

—A lo mejor te molesto aquí.

—No va a ser la primera siesta que durmamos juntos —le aclaro.

Nos hemos quedado cientos de veces fritos en el sofá e incluso en mi cama, viendo una película. Siempre bromeamos con que nosotros somos la confirmación de que eso de «Ven a mi cuarto a ver una peli» es siempre mentira: en otros esconde intenciones sexuales y para nosotros... una siesta de dos horas. Al menos hasta el momento.

Coco se apoya en la cómoda y arquea una ceja con una sonrisa de suficiencia.

—Bueno, perdona mi reticencia..., pero estarás de acuerdo conmigo en que hay ciertas cosas que han cambiado desde la última siesta que nos echamos juntos.

—¿Lo dices por —«Cuidado, Marín»— las ganas que nos tenemos?

Una nube de rubor le cubre las mejillas. Dios, nunca me había dado cuenta de lo increíblemente guapa que está cuando se sonroja. Me asusto. Lo admito. Tengo un instante de pánico, porque ni siquiera la he besado jamás y tengo un puto te quiero agarrado a la punta de mi lengua.

—Nos tenemos ganas, sí — asiente—. Pero esto va a ser solo una siesta.

—Por supuesto. Por favor, acuéstese.

Lanza una carcajada y murmura algo sobre jugar a médicos. Voy a responderle cuando se desabrocha el *short* y lo deja sobre la misma cómoda en la que estaba apoyada hace un segundo. Lleva unas braguitas transparentes, negras, con unos bordados en forma de puntitos también negros y un poco de encaje en el borde... que queda algo hundido en su piel, detrás, en las nalgas. Quiero ser esas bragas.

Carraspeo. Esto es raro. Muy raro. Hasta la luz que entra por la ventana lo es.

—¿Vienes?

Llevo un pantalón corto de algodón y nada más. Ella, solo la blusa y esas braguitas. Intuyo un sujetador blanco debajo de la tela fina de esta, y ella sigue mi mirada hasta allí.

—Es imposible combinar la ropa interior en esa caravana. Tengo la ropa más revuelta que...

—Que mis ganas de besarte...

Alza las cejas con sorpresa. No, yo tampoco me esperaba decir eso. Me humedezco los labios.

—La estamos cagando —le digo mientras me acerco a la cama.

—¿Vas a besarme?

—¿Quieres que lo haga?

Me siento en la cama a su lado y meto un par de dedos entre su pelo aunque lo lleve recogido. Es uno de esos moños sueltos con los que las chicas me vuelven loco. Me mira la boca. Yo a ella la suya. Asiente.

—¿Crees que debería hacerlo?

Se arquea. Se arquea y es suficiente respuesta aunque ese gesto no tenga palabras. Me inclino hacia ella. La huelo. Dios. Huele a casa. Es casa. ¿Qué coño me está pasando?

Mis manos no piden permiso para agarrarla de la cintura y arquearla más. Meto una por debajo de la blusa y le acaricio el vientre. Jadea. Creo que yo también, pero no estoy seguro porque es todo como un puto viaje astral.

Me subo a la cama de rodillas y me coloco entre sus piernas, que se acomodan en mis muslos, abiertas justo a mi medida. Vuelvo a colocar las manos en su cintura y las deslizo hasta las caderas, para encajarla a mí.

—Solo nos falta el beso —parece suplicar.

—¿Solo? Nos falta mucho por hacer.

—¿Como qué?

—Besarnos. Mordernos. Lamer la piel que... —paro cuando dirijo sus caderas arriba y abajo para frotarlas un poco conmigo y después la suelto para acomodarme encima de ella, sujetándome con los brazos—, la piel que se humedece cuando hacemos esto. Nos queda también desnudarnos, encajar, sentir cómo gimes cuando me cuelo dentro y estallar cuando...

Me empuja hacia ella, cogiéndome de la nuca y quedo a dos milímetros escasos de su boca.

—No me puedo creer que esto esté pasando —me dice.

—Yo tampoco. Quiero alargar el momento y...

La embestida de sus labios es dulce y la saliva perfecta. Gimo dentro de su boca y...

Toc, toc, toc...

... ¿Qué es eso?

Toc, toc, toc...

... Se repite.

Toc, toc, toc, toc, toc...

... Insiste, se alarga.

Abro los ojos. El techo. Estoy confuso, embotado.

Toc, toc, toc...

... Es la puerta. Me he debido quedar dormido. Estaba soñando.

Lleva la misma blusa holgada de color blanco y los *shorts* vaqueros. Se quita las zapatillas nada más entrar en la habitación. Me mira con una sonrisa y se ríe.

—Te has sobado.

—Totalmente. —Me rasco la nuca.

—No he debido tardar más de diez minutos en llegar.

—Bah, cállate.

La cojo por la cintura, la abrazo, hundo mi nariz en su cuello y la llevo hasta la cama. Esta cercanía es diferente a la que teníamos hace apenas cinco días. Ninguno de los dos ha cambiado, pero lo que hay entre los dos se ha transformado por completo. Nunca pensé que me sentiría tan lleno con los labios en el arco de su cuello.

—Dormir... —susurra a modo de advertencia

—Durmamos.

No sé por qué, entiendo que quiero alargar este juego, el primer beso, las ganas. Creo que ha sido ese sueño tan raro. Hasta en los sueños somos ella y yo. Coco y Marín. Sardina y Anchoa. Esta chica es para mí, parece decirme el pálpito que se ensancha en mi pecho y que me hace sentir inquieto.

Nos acomodamos en la cama y se queja de que se le clava el *short*, pero abrazándola por detrás le pido que no se lo quite.

—¿Por qué?

—Porque seguro que debajo llevas esas braguitas negras transparentes que me van a volver loco.

—Llevo unas grises con el dibujo de un pato delante. Son lo menos sexi del mundo, te lo aseguro. Me las compró mi madre. —Se ríe—. No tengo braguitas negras transparentes.

—Pues si las ves en una tienda, no las compres. Lo digo en serio. Mi cordura está en juego.

Apoyo mis labios en su nuca y noto cómo se ríe. Estoy asustado y contento. Estoy lleno y a la vez haciendo espacio para todo lo que sé que puede darme, sacando lo que sobra por la ventana, como un loco. Estoy enamorándome de Coco, empiezo a estar seguro.

Enredamos las piernas, apretamos el abrazo. Cierro los ojos con placidez. Es como si siempre hubiéramos sido dos piezas compatibles mirando divertidas los fracasos por encajar con otros. Pero aquí estamos..., ¿creo en el destino? A ratos, supongo, como todos. ¿Es Coco mi destino? La encontré en un bar una noche que ni siquiera iba a salir. No bebo, ¿qué hacía yo en La vía láctea un miércoles a las dos de la mañana? ¿Qué hacía ella? Coco no es de salir entre semana, ni siquiera entonces que teníamos menos años y menos responsabilidades. ¿Cómo congeniamos tan rápido? ¿Por qué no intenté besarla si me pareció increíble? No la vi de ese modo. Me parecía..., joder, me parecía la puta Wonder Woman.

Aún la veo acercarse a aquellos desconocidos que estaban agobiando a dos chicas en la barra. Me pidió que le sujetase la cerveza y allá fue:

—Oye, chatos, mis amigas os han dicho que no una docena de veces. Hasta un simio lo hubiera entendido ya. ¿Cuál es vuestro problema?

La llamaron de todo, pero a ella le dio igual. Incluso cuando nos echaron del local por armar revuelo. Recuerdo haberme despedido de ella pensando:

—Qué suerte tienen algunos.

Siempre, siempre, di por hecho que no era para mí. Pero... ¿lo es? ¿Y...? ¿Y ese chico por el que está colgada? Ese que ocultó fingiendo que aún moría por Gus.

La abrazo un poco más y asumo que estoy asustado, nervioso, celoso y agobiado antes de preguntarle algo que no me dejará dormir si me callo:

—Quizá no sea el momento, Coco, pero... empiezo a preguntarme quién es ese que te hace brillar los ojos y si...

—Qué obtuso eres —me corta y sé que lo hace con una sonrisa—. ¿Quién va a ser? Siempre has sido tú, idiota.

Como en esa canción de Luis Brea, pero con menos melancolía, con menos historia rota antes de empezar, con menos podredumbre de amor de usar y tirar..., con menos de lo costumbrista y más de lo onírico..., «me encanta esta parte».

27
Mil razones...

Marín se despierta antes que yo. Cuando me incorporo en la cama, lo veo junto a la ventana hablando por teléfono. Echo un vistazo a mi móvil, donde encuentro un mensaje de mi madre pidiéndome que me lo pase bien pero que tenga sensatez suficiente al menos como para los días que me quedan, pero ni siquiera las advertencias maternales me distraen de Marín. Por el tono, sé que es trabajo. Está serio, pero calmado. Sigue llevando esos pantalones cortos de algodón que usa para dormir y que sé que no se pone con nada debajo. La espalda dibuja una hendidura en el centro, perfecta y unos hoyuelos abajo; es una espalda delgada pero sexi.

¿Querrá besarme? ¿Tendrá tantas ganas de hacerlo como yo de que lo haga? Bien.

—Muchas gracias. Me quedo mucho más tranquilo. No quería molestar pero quería interesarme por el estado de salud de Pilar. No le diga que he estado llamando porque, bueno, ahora tiene que recuperarse y no pensar en la gira ni nada por el estilo. Ella solo que…, que descanse.

Se vuelve y me mira. Sonríe.

—Estupendo. Que se mejore. Para cualquier cosa, podéis llamarme a este número. Es el teléfono de trabajo, pero lo tengo siempre operativo. —Hace una pausa y asiente mientras se acerca a la cama—. Un abrazo.

Deja el móvil en la mesita de noche, se sienta y me aparta un mechón de la frente. Es un gesto que siempre me ha parecido más especial que muchos besos; es casi involuntario. Es un acercar los dedos a algo que brilla y que no quieres empañar pero que... te llama.

—Has roncado —me dice.

Lanzo una carcajada y él otra. Solo nosotros sabemos destensar el ambiente de este modo tan feroz.

—Eso es mentira.

—Qué va. Roncabas como una puerquita. Muy mono todo. En tu línea.

—¿Qué hora es?

—Son las siete y media. Deberías ir a prepararte.

—¿Prepararme?

—Sí. Aroa se va a desquiciar cuando sepa que has dormido aquí la siesta y seguro que busca una excusa para intentar que no salgamos esta noche. Apoya a muerte a Blanca, anda. Si quiere salir, salimos. Es la única que manda.

No creo que Aroa vaya a montar un pollo, Marín. No es su estilo y ya lleva unos cuantos.

—¿No es su estilo? Bueno; no creo que nadie de tu galería crea que las zapatillas cochambrosas que llevaste al concierto de Izal son tu bien más preciado —se burla.

—Porque ellos no saben que a ese concierto fui contigo.

—Y con quince personas más. —Me sonríe—. En serio; sé que es un marrón, pero vamos a ver si no le amarga lo que queda de noche a Blanca. Podéis venir a vestiros aquí si queréis.

Voy a rebatirle pero Marín me tapa la boca con una mano y besa sobre ella. Nuestro primer beso, pero por diferido.

—¿Quedamos a las nueve en la parcela? Dile a Gus que venga para acá. Es capaz de empalmar la siesta con mañana. Nosotros nos encargamos de la cena.

—Si tengo que volver a comer algo churrascado, no me hago responsable de mis actos.

—Mujer de poca fe…, os compensaremos.

—Nunca me han dado un masaje a cuatro manos —ronroneo—. Igual es una buena compensación. Con final feliz.

—No me toques los cojones. —Me sonríe mientras vuelve a acercarse a mi boca—. No soy celoso, pero no me gusta compartir algunas cosas.

—Vas a tener que aclarar esa confusión que dices que tienes si quieres que eso signifique algo para mí. ¡Ah! Y… lo primero, Anchoa, no soy una cosa. Lo segundo: la que decide compartirse o no… ¿no debería ser yo?

Sonríe. Sonríe ampliamente y asiente mientras me mira a los ojos. No sé mucho del amor, nunca me ha funcionado una historia más allá del año y medio. Me canso, me agobio, les canso, les agobio; no encuentro el molde del que salió mi manera de concebir la pareja y puede que Marín tenga razón y sea mucho más rara de lo que creo, pero… sí sé una cosa: quédate con aquel que ame tu independencia y sepa ver lo valiosa que es para ti. Ama a quien no tema a la mujer fuerte que eres.

Vuelvo a la parcela flotando. Le he confesado a Marín que él es quien me quita el sueño. Lo he hecho. Y no ha salido corriendo en dirección opuesta a mí, no me ha echado un discurso de veinte minutos sobre lo importante que es, por encima de todas las demás cosas, nuestra amistad. Tampoco se ha lanzado a mis brazos y me ha suplicado que lo bese cada día de mi vida, pero bueno, esto no es una novela de amor. Esto es… ¿qué es?

Me cruzo con Gus saliendo del camping. Tiene una cara de dormido digna de la siesta de varias horas que se ha debido cascar. Cuando me ve, guarda el móvil en el bolsillo, me besa la sien y sigue andando sin darme oportunidad de decirle nada.

—Marín te está esperando —acierto a decir.

—No puede vivir sin mí —responde sin volverse, cazando de nuevo su teléfono.

Parece melancólicamente feliz, como quien sabe que el motivo de tantas sonrisas va a esfumarse pronto. Debo confesar que es uno de los viajes más increíbles de mi vida. Ojalá para Blanca también lo esté siendo.

Aroa está sentada en las escaleras de la caravana y Blanca y Loren parecen estar hablando con ella muy seriamente. Los tres comen pipas y beben unos refrescos *light*; podría parecer una escena cotidiana cualquiera, sin más, pero se respira cierto aire de severidad. Huele a «charlita» desde donde estoy y en cuanto me ven, un silencio extraño se asienta en nuestra parcela.

—Ey…

—¿Qué tal la siesta? —les pregunto.

—De lujo asiático —dice Blanca—. Aunque creo que voy a necesitar un examen médico riguroso para confirmar que no estoy muerta. No me podía despertar.

¿De qué hablabais? —Me siento en una de las sillas bajo el toldo y cojo un puñado de pipas.

—Nos preguntábamos dónde estabas… —dice Aroa.

No me pasa inadvertida la mirada de Loren, que no parece muy contento con su pregunta.

—Pues estaba dando una vuelta por la playa. —Les enseño los pies que he tenido la picardía de ir a manchar de arena antes de enfilar la vuelta al camping.

No quiero hacer sentir peor a Aroa, no porque tenga miedo a sus reacciones, como cree Marín, sino porque no hace falta que se percate de todo lo que está pasando entre nosotros. Habrá que decírselo en algún momento, pero… ¿no tengo derecho a vivir esto con magia, como todo el mundo? Independientemente de quién sea su ex. O el mío. Esto no es un capricho…, es amor.

Veo que Aroa se relaja y cojo su refresco para darle un trago, pidiéndole permiso con un gesto. Asiente. Parece arrepentida.

—Oye, Coco…, perdona si he estado un poco loca los últimos dos días. Me he dado de bruces con la realidad del punto en el que estamos Marín y yo y me ha costado un poco asumirlo.

—No te preocupes. —Trago un poco de mi preocupación y finjo una sonrisa—. Estoy convencida de que, aunque no lo creas, tú estás también pasando página ya mismo.

—En realidad… —cruza los brazos sobre las rodillas y apoya la barbilla en ellos—, en realidad creo que es lo mejor. De alguna manera siento que Marín nunca podría haberme hecho feliz. Nunca va a poner a nadie por delante de su hermana. Nunca, ¿sabes, Coco? A nadie.

La quiero, pero… valiente hija de puta está hecha.

—Bueno…, será cuestión de ir preparándose para esta noche, ¿no?

Me veo en la obligación de sacar la maleta sobre la gravilla de la parcela y abrirla del todo para encontrar algo…, por ejemplo, ropa interior del mismo color. Todo está arrugado y hecho un trapo, pero consigo que lo único para «salir» que he traído parezca decente con paciencia y poniendo el secador de pelo a tope de *power* en el cuarto de baño.

Aroa se ha marchado ya hacia el «alcohol milenario» con una camiseta gigantesca de los Smiths a modo de vestido y sus botines deshechos, porque ella siempre se arregla en un visto y no visto. Es lo que pasa si eres una preciosidad, supongo. Aunque en cuanto lo pienso, me viene a la cabeza la conversación que tuve con Blanca sobre los complejos; ella también tendrá los suyos, imagino. Al final, no sé cómo consiguen sorbernos el coco para que todas pasemos la vida deseando ser diferentes.

Me pongo un mono corto de media manga, negro, con un cinturón del mismo color. A los pies, unas sandalias con tacón que Loren me aconsejó meter en el equipaje «por si acaso». Blanca me deja su pintalabios rojo y me pinta con paciencia el eyeliner porque a mí, debe ser por los nervios (y la falta de práctica), me sale como si fuera una faraona egipcia. Y no mola; Amy Winehouse solo había una.

Con la humedad el pelo se me queda entre ondulado y liso, pero nada que no pueda arreglar con la plancha y... las manos de mi amiga, que siempre ha sido más coqueta que yo y se sabe más trucos. El resultado, en ondas deshechas, me gusta y se lo hago notar abrazándola muy fuerte.

Blanca lleva un vestido tipo kimono en color crema y estampado en verdes oscuros y rosas empolvados; el pelo recogido en una coleta baja y un maquillaje muy suave que favorece sus grandes ojos castaños. Parece contenta.

—Tenías ganas de salir a bailar, ¿eh?

—Lo que no arregle el reggaetón... —se burla.

—Oye... —Miro alrededor para asegurarme de que, a excepción de las dos señoras inglesas y la pandilla de alemanas que comparten bancada en el baño comunitario con nosotras, no hay nadie más—. ¿Qué hablabais con Aroa?

—Pues imagínatelo. Parece que ha entrado un poco en razón.

—Bueno, dejando ahí la cuñita de que Marín nunca va a priorizar a nadie por delante de su hermana.

—En cierta forma es un poco verdad, ¿no?

—Sí, pero no veo en ello nada malo.

—Quizá como pareja se ve de diferente manera.

Chasqueo la lengua.

—No seas tú también sor Angustias.

—No, no es eso. Es que creo que es mejor... —Mira su móvil—. Dicen que ya vienen. Corre, rápido..., ¿qué ha pasado? Porque lo de la playa se lo creerá quien no te conozca, chata.

Sonrío y doy un gritito que hace que todas las ocupantes del baño me miren de reojo.

—Blanqui…, que esto va. Que ya sabe que es él quien me trae de cabeza y que…, que esto va para adelante, ¿sabes?

Se apoya en la pared y sonríe.

—Ay, Coco…, si es que era cuestión de tiempo.

—¿Cuestión de tiempo?

—Cuestión de tiempo, sí. Siempre he pensado que Marín ya estaba enamorado de ti cuando empezó con Aroa, pero… —se encoge de hombros— era lo más fácil.

—¿Y me lo dices ahora? —digo en un tono agudo insoportable.

—No creo que él lo sepa, también es verdad. Ahora, empieza a encajar. Pero… despacio.

—Despacio —repito.

—Sí, despacio. Los tíos… se asustan. Se asustan —coge aire— mucho y rápido. Y no veas lo rápidos que llegan a ser cuando la cosa va de huir.

Cuando llegamos a la parcela, acaban de llegar. Gus, vestido con una camiseta verde militar y unos vaqueros negros, ha traído una botella de ginebra y está persiguiendo a Loren con ella, usándola de maraca. Aroa mira a Marín sentada, desmadejada con ese aire de muñeca rota, mientras él coloca sobre la mesa un par de cajas de pizza que huelen increíblemente bien. Y él está… tan guapo. Camisa negra algo holgada y pitillos del mismo color. Ha debido de peinarse (no más que con los dedos, que lo conozco) y lleva el pelo apartado de la cara, aunque le hace falta un buen corte.

Se vuelve hacia mí cuando me acerco y no disimula cuando me da un repaso; mide el gesto y lo concentra en una sonrisa que esconde pasando la mano por la barbilla.

—Tacones y todo, ¿eh? Qué despliegue. —Señala las sandalias que por ahora llevo en la mano.

—Camisa y todo, ¿eh?

Aroa se mueve en la silla haciendo que se desplace ruidosamente sobre las piedrecitas; me vuelvo hacia ella, incómoda.

—Aroa, ¿un vino?

—Claro.

—No vaya a ser que te muevas o algo, ¿eh? —la increpa Loren que con su camiseta negra y sus vaqueros preferidos, ya está sacando la botella fría de vino blanco.

—Da igual, si nosotros estamos de pie. ¿Hace falta algo más? —se ofrece Marín.

—Servilletas y platos de plástico.

Blanca baja con el abridor y los vasos pero cuando está a punto de dar la vuelta hacia el interior, Marín entra a por ello.

—¿Dónde teníais las servilletas? —pregunta.

—Espera, ya voy. Irás al mar y no encontrarás agua.

Bendita excusa para mirarnos sin que nos vean los demás.

—Están aquí. —Me agacho para alcanzar el armario que hay bajo la pila.

Él también se agacha. Nos miramos en cuclillas los dos.

—Los labios… —murmura.

—¿Qué?

—Los labios. —Me los señala mientras alcanza un puñado de servilletas de dentro del paquete abierto—. Rojos. Hacía mucho que no te los pintabas.

—Ya.

—¿Por qué hoy?

—No sé.

—Sí lo sabes. —Se levanta y me tiende una mano para ponerme de pie—. Estás engalanando el primer beso.

Me cuesta tragar, pero sonrío.

—Ah…, ¿voy a dar hoy un primer beso? No tenía ni idea.

Mira hacia fuera y dibuja una mueca divertida.

—Lo que no sé es por qué nunca nos lo dimos.

—Éramos amigos.

—¿Éramos? —Me lanza una mirada de reojo—. ¿Y ahora qué somos?

—Marín y Coco.

Me indica la puerta, pero antes de que salga, en un ángulo muerto desde fuera, me atrapa de nuevo. Su boca está tan cerca de la mía...

—Con ese pintalabios lo sabrá todo el mundo —susurra muy bajo.

—Es permanente. —Le sonrío.

—No lo suficiente, te lo aseguro —me contesta a la sonrisa, pero antes de dejarme ir, me pide—: Seamos discretos.

—Estás dando muchas cosas por hecho.

—¿Las servilletas bien o las estáis fabricando? —pregunta Gus, en el vano de la puerta—. Oy, oy, oy...

El último sonido lo emite al ver que estamos tan cerca, susurrándonos. Tiro de él, le doy una colleja y le riño a gritos para disimular, mientras Marín le pide con gestos que no diga nada.

—¡Eres una almorrana! ¿No decías que querías hielo? ¡Lo estaba sacando de la cubitera! —Se la planto en la mano y Marín y yo lo miramos con expresión grave.

—Vale, vale, parejita... —susurra—. ¡Ay! ¡Sí! —grita exagerado—. ¡¡El hielo que siempre me tomo con el vino!!

—Gus, cállate. —Se escucha desde fuera.

Esa es, por supuesto, Blanca.

Si las miradas pudieran traducirse en palabras, trascribir esta cena daba para un libro de quinientas páginas. Marín mira mi boca, yo la suya; nos sonrojamos. El triángulo de piel que el cuello de su camisa deja a la vista me está poniendo nerviosa.

No dejo de verme a mí misma dejando un rastro de pintalabios rojo y saliva sobre él y ya no sé cómo sentarme porque algo me dice que esta noche es la noche. Creo que nunca he tenido tantas ganas de acostarme con alguien aunque es comprensible si piensas que llevamos una semana de preliminares. Hacerlo con Marín…, ¿haremos el amor? ¿Follaremos como bestias? ¿Cómo cojones folla Marín? Nunca quise atender a la información que Aroa brindaba siempre ufana y ahora me vendría fenomenal.

Blanca mira a ratos hacia la negrura de la noche, a ratos su móvil, donde me da la sensación de que está hablando con Rubén. Quizá estos días separados les estén viniendo bien para situar las cosas, verlo todo más claro. En otras ocasiones, sin embargo, Blanca lanza miradas a Loren, que las sostiene en una especie de conversación silenciosa de la que me gustaría formar parte, pero… que no termino de entender. No me preocupa. Supongo que están tensos por Aroa, que no nos quita el ojo de encima a Marín y a mí.

Gus, por su parte, parece estar muy concentrado en los *likes* que acumula su última publicación en Instagram. Para entretenerme y dejar de lanzar miraditas a Marín, tiro de su móvil y me lo acerco.

—Déjame leerlo. Hoy no he estado muy atenta al móvil.

—Estarías a otras cosas —responde de soslayo con una sonrisa.

—Cállate, imbécil.

Ha hecho una foto muy bonita al mar, seguramente cuando me lo he cruzado de vuelta. Sobre la foto ha escrito con tipografía de máquina de escribir «Silencio» y el texto que acompaña la foto dice:

Tengo un espacio en el pecho para nuestro abrazo,
uno donde no dejo entrar a nadie;
uno donde ni siquiera quiero que entre el sol.

Tengo el estómago lleno de caricias en tu pelo,
la boca empapada de canciones confusas,
los ojos ciegos de dormirme pensando
que ya superé esta historia.

Así que, callémonos,
confesemos así lo imposible,
sin palabras que le den forma,
sin nada que pueda romperse, borrarse, dejar de existir.

Seamos,
como eso que nadie logra explicar,
como el cosquilleo de lo que nadie presagia,
como somos cuando no decimos nada.

¿No podríamos ser siempre esos?
Esos, pequeña,
que lo hacen fácil o difícil,
pero en silencio.

Le llega un wasap en el momento en el que le estoy devolviendo el móvil y se tensa. Logro ver que es de una tal «Malasaña». La madre que lo parió. Probablemente ni siquiera se acuerda de su nombre y la tiene así memorizada, como el lugar donde la conoció.

—Anda que…

No me responde. Lo lee lo más pegado al pecho que puede, donde nadie pueda alcanzar a ver nada. Quizá Malasaña no sea un nombre puesto por dejadez, quizá es un código entre los dos, un guiño, un recuerdo, la promesa de que pisar las calles empedradas o recorrer la calle Pez en busca de un garito que aún sirva una copa, no será nunca nuevo, siempre será seguir un camino en su busca. Quizá Malasaña es ELLA.

Aprovecho el momento, ya que Loren le está preguntando a Aroa cómo tiene el calendario de bolos en verano. Es curioso, la rubia es de esas personas que revive un poco, se sienta como se sienta, si la atención está puesta en ella. Nunca me había percatado. Pero lo importante no es eso, lo importante es que quiero preguntarle a Gus…

—¿Estás bien?

—¿Yo? Claro, ¿por?

—No sé. —Le sonrío—. No sueltas prenda, pero estoy segura de que hay alguien especial.

—Qué va. Estoy quedando con una chica, pero sin más. —Se encoge de hombros, así como es él, medio lánguido—. Nada especial.

—Bueno, ya es especial que estés quedando solo con una, ¿no?

Dibuja una sonrisa de medio lado y niega despacio con la cabeza.

—Qué va, morena. Lo dices de manera que parece lo que no es. Tengo muchas amigas y salgo bastante; a veces surge algo más que una conversación y unos vinos; otras no. Yo no engaño nunca a nadie.

—¿Pero?

—No hay pero. —Se extraña.

Palmeo su rodilla debajo de la mesa y lo miro con complicidad.

—Gus, estás dejando tantas cosas por contarme…

—Será porque no quiero hacerlo.

La contestación parece dura, pero habla con una sonrisa canalla en los labios a la que respondo:

—Ya querrás.

Cojo otro trozo de pizza y una mano me pasa una servilleta. La mía, completamente grasienta, está hecha una bola junto a mi plato de plástico. Sigo la mano hacia su dueño, que me sonríe. Es Marín, claro.

—Toma, puerquita.

—La verdad es que cerda soy un rato.

Veo su nuez viajar arriba y abajo y casi puedo leerle el pensamiento: «No me hagas esto ahora».

—Ah, sí. Es cierto. Lo secundo. —Gus coge otro trozo de pizza también y una servilleta.

—Soy muy de mancharme —añado con una sonrisa de medio lado.

—Es que lo de los cubiertos no va contigo. Se te da bien usar las manos.

—Y la boca.

—¿De qué estáis hablando? —pregunta Aroa, que ha cazado un par de palabras.

—De que Coco es muy cerda. —Sonríe Gus.

Les enseño la servilleta llena de grasa y sonrío, pero no logro disimular que el tono era otro.

—¿No habrás bebido mucho vino? —pregunta Marín de soslayo.

—Qué va. Es que como tú no bebes nada, cualquier cosa te parece mucho. ¿Otra copita?

—Gracias. —Pongo el vaso a su alcance para que Gus sirva más vino—. Esta noche quiero darlo todo.

Cuando ya estoy servida, lanzo una miradita disimulada a Marín por encima del vaso y lo veo comedir una sonrisa a la vez que mi pie se apoya en su silla, entre sus piernas. Levanta las cejas, se muerde el labio.

—Esto pinta bien.

Supongo que nadie más que nosotros entiende a santo de qué viene esa afirmación.

Mandala parece ser la discoteca de moda; llegamos pronto y aun así tenemos que esperar a que nos atiendan para comprar la entrada porque hay algo de cola. Y cabe decir que la primera impresión no es buena: es uno de esos garitos en los que las chicas entran con dos consumiciones por el precio de la entrada y los chicos... una. No sé para cuál de los dos géneros es más discriminatorio. Cómo no, no me puedo callar.

—Vaya anacronismo, chato. ¿Qué pincháis dentro? ¿Los Bravos?

—Si no te gusta, te vas a otro lado.

—Trrrrrraaaaanquiloooooo —respondo mientras Loren me arrastra hacia dentro.

—¿Te tienes que pelear siempre con los puertas?

—Si son idiotas, sí.

Y si me acompaña el poder inconmensurable del vino blanco de Mercadona, también.

Suena «Taboo», de Don Omar, a todo volumen y me sorprende que casi nadie baile. Muchos grupos hablando, mucha gente ligando y los camareros sin dar abasto en las barras, plagadas de gente pidiendo. Hay más gente que en la guerra. A decir verdad, esto parece la guerra.

Encontramos un rincón en el jardín donde hacernos fuertes; hay un par de integrantes del grupo con cara de querer desertar, pero no hemos pagado quince euros por cabeza para hacer un visto y no visto. A Loren y a Blanca se los ve encantados con la selección musical; Blanquita es una todoterreno: goza igual la noche en el Ocho y medio que en una de estas terrazas donde solo pinchan pachanga. Yo me engorilo hasta con Camilo Sesto y Marín dice que toda música es respetable y tiene su punto, de modo que tampoco damos problemas. Aroa y Gus sí...

—¡Si ponen el Despacito os juro que me tiro a la piscina esa! —grita él.

—Tú lo que quieres es que te saquen las tetonas que hay alrededor —contesta Blanca de soslayo, pero lo suficientemente alto como para que este la oiga.

—Ni las había visto, payasa.

—Igual el payaso eres tú.

—¡Oye! ¡Haya paz! —grito yo—. A ver… dividámonos. Vosotros —señalo a Blanca, Aroa y Gus—, quedaos y defended el fuerte. Nosotros vamos a por víveres.

—Yo no bebo —dice Marín en mi oído.

—¿Tienes dos manos? —Me vuelvo a mirarlo con una sonrisa—. Ah, pues sí. Puedes venir.

—¿Sabes dónde quiero ponértelas, no? —Y vuelve a inclinarse para decírmelo al oído.

Madre mía, madre mía, madre mía. Que Marín te quiere meter mano, chatunga. Menos mal que esta noche me he puesto las braguitas monas.

Loren nos pega un pellizco disimuladamente y acto seguido tira de nosotros hacia la barra.

—Disimulad un poquito —me pide Loren con expresión grave—. Aroa está que trina.

—No estamos haciendo nada malo.

—No, nada malo no, pero resulta que os estáis enamorando en las narices de su ex.

—¿Qué? —grita Marín intentando hacerse oír por encima del estruendo.

—¿Tú quieres una botella de agua? —le responde a gritos Loren.

—No, que luego parece que voy de pastillas.

No puedo evitar reírme mientras me apoyo en la barra.

—Es tan mono…

—Oye… ¿Esta noche cómo lo hacemos?

—¿El qué? —Veo a Marín tratando de llamar la atención del camarero un poco alejado de nosotros, justo donde termina la barra.

—Mira…, dadle a Gus las llaves del coche y veinte euros por su silencio y os vais vosotros al hotel. Ya me inventaré algo con Aroa.

Me quedo mirándolo sorprendida. Es como si supiera más sobre lo que va a pasar que nosotros.

—Te ha puesto al día Blanca, me imagino.

—No. Pero es que no hace falta. Me están saliendo tetas de la cantidad de hormonas que desprendéis. Si no podéis aguantar a llegar a Madrid, vale, pero no le toquemos más las narices a Aroa.

—No sé por qué tenemos que tenerle tanto miedo —me quejo.

—¿De qué habláis? —Marín consigue hacerse un hueco junto a nosotros cuando el tío con pinta de tronista de Mujeres y hombres y viceversa que teníamos al lado recoge su consumición y se va.

—De Aroa. —Y la mirada de Loren es certera y un poco afilada cuando se vuelve hacia él—. Le estaba diciendo a Coco que si revienta, la mierda nos va a llegar a todos hasta el cuello.

La mirada que ambos cruzan parece contener mucha más información de la que tengo yo en este momento. Marín parece súbitamente preocupado y yo me angustio al segundo.

—¿Qué pasa? —le cojo del brazo.

—Nada. —Me sonríe de pronto—. Pero no queremos que Aroa vomite fuego, ¿no?

—No. No queremos. Ni que al reventar nos llene de mierda a todos hasta al cuello. ¿Verdad, Marín?

Estoy enamorada, pero no soy tonta. Me he perdido un capítulo. Estoy segura.

28
Capítulo pendiente

Me vuelvo al camarero decidida y pido la ronda y un par de chupitos.

—¿Todo bien? —me pregunta Loren.

Me ha debido cambiar la cara en cuanto he percibido la mirada que han cruzado.

—Sí. Fenomenal.

El vino, las miradas que no entiendo, los celos, el miedo, lo que queda por atar y que está aún suelto… Todo me da latigazos en la espalda sin parar. En cuanto el vaso de chupito toca la barra, dejo caer su contenido garganta abajo. Escucho como los dos me piden calma entre risas, pero yo sonrío todo lo que puedo y me bebo el que he pedido en realidad para Loren. Me da un conato de arcada, pero lo aplaco con un trago de mi ron con cola.

—¡A bailar! —anuncio más falsa que un euro de madera.

No espero a ver sus miradas de advertencia. Si me estoy perdiendo algo, si me falta información de la historia que protagonizaron Marín y Aroa… ¿Estaré haciendo el idiota? ¿Cambia eso mi situación con él? ¿Se me va a joder la noche si me entero?

Llevo en la mano mi copa y la de Blanca, que casi vierto por completo por encima de Gus cuando me lo encuentro de sopetón delante.

—¡¡Joder, Coco!! —me grita al sentir parte del líquido por encima de su pecho—. Jugar con unos cubitos de hielo es una cosa y esto… otra.

—Perdón.

—Nada. —Se concentra en su camiseta, alisándola con su mano, como si eso pudiera secarla.

—Perdona —repito.

Levanta la mirada, divertido y arquea una ceja.

—¡Buen mondongo llevas, morena!

—¡Qué va! —le quito importancia—. Me he tomado dos chupitos.

—Ve y pótalos. Si ahora vas así, cuando te suban…, va a ser una fiesta.

Agarra la bebida que le tiendo y se la da a Blanca.

—Toma, Blanqui. Gin-tonic. Si te preguntas dónde está el que falta, puedes lamerme la camiseta. O el pecho.

—Si te lamo el pecho, fijo que escupo bolas de pelo, como los gatos.

—No me tires de la lengua que diré una barbaridad y encima te enfadarás.

Me apoyo en la pared para seguir la batalla de ping pong dialéctica entre estos dos. Agradezco que esto esté al aire libre y que la música se escuche un poco más baja que dentro. Estaba empezando a agobiarme.

—¿Hemos tardado mucho o me lo parece? —le pregunto a Aroa.

—Mogollón —contesta—. Y hueles igualito que un minibar.

Qué bien. A Marín, que no bebe más que una cerveza en bodas, bautizos y ascensos, le va a encantar mi aliento etílico.

—¿Tienes un chicle?

—¿Piensas besar a alguien? —responde ella mientras rebusca en su bolso.

—No sé. Esto está lleno de chicos guapos, ¿no?

Ella me da un chicle y en ese mismo momento Marín me pasa una botella de agua ya abierta y por la mitad y me guiña el ojo.

—El truco está en hidratarse mucho, Sardina —me dice cuando le pregunto si es para mí—. Bebe un poco, que el melocotón que te vas a pillar si sigues con el ron a ese ritmo va a ser majo.

—Melocotón suena mejor que mondongo —le digo.

—¿Quién te ha dicho que llevas un «mondongo»? ¿Aroa? —señala divertido.

Ella niega con la cabeza incapaz de no esbozar una breve sonrisa. El poder de Marín, supongo.

—Ha sido Gus.

—Ah, claro. El poeta.

Nos echamos a reír los tres.

—… un imán para las tías —escuchamos decir a Gus.

—Ya hacía rato que no sacabas a colación tu eterna lista de conquistas.

—Pues no será que no soy discreto.

—¿Os queréis callar ya? Estáis siempre igual —les digo desde donde estoy.

—¡Beoda! —se burla Gus.

—¡Peludo!

—¿Sabes lo que no tengo peludo? Las pelotas. Suavitas, suavitas. ¿Quieres una?

—Sí, pinchada en un palo y a modo de chupa chup. —Me descojono—. ¡¡A bailar!! —Y doy una palmada, como si fuera una institutriz.

—¡A ver si te piensas que soy una cabra amaestrada!

Doy un trago a mi copa y luego me termino la botella de agua que me ha dado Marín. Se las paso para que las deje en el poyete de la pared y me lanzo a sacar a Blanca a bailar fuera de nuestro grupito.

Suena el final de «Desconocidos», de Mau y Ricky con Manuel Turizo, que se mezcla con suavidad con el comienzo de

«Jaque mate», de Maikel Delacalle. Me vuelvo como un resorte hacia Marín: los dos lanzamos un grito. Hace ya unos años, Marín llegó a casa entusiasmado, con el móvil en la mano, para enseñarme lo que había escuchado en YouTube.

—Es un chico de Canarias. Escúchalo. Te va a encantar. Ahora suena en todas las discotecas.

Tiro de su muñeca y Loren nos silba cuando nos lanzamos a bailar.

—¡¡Con todos ustedes…, Anchoa y Sardina!!

—¡¡Bien salados!!

El alcohol ha eliminado de mi organismo cualquier atisbo de vergüenza, así que me muevo como lo haría en mi habitación cuando nadie mira. Tengo un brazo levantado y el dedo índice enganchado al suyo, que me dirige, acercándome y alejándome al compás de la música.

No necesita moverse mucho para ser terriblemente sexi, el muy cabronazo. Marca el ritmo con todo el cuerpo, suave, sin estridencias, elegante, deslizándose a mi alrededor. Para Marín bailar es tan fácil como respirar; no tiene que intentarlo ni plantcárselo, solo hacerlo, como tantas otras cosas en la vida. Cómo follará, por Dios…

Pongo las manos sobre su pecho y nos miramos con una sonrisa; muerdo mi labio en una especie de promesa de vete tú a saber qué…, y me entra la risa porque yo no sé ser sexi.

Me abraza cuando nos carcajeamos:

—Voy a tener que comerte entera —susurra en mi oído.

—Suena bien.

—¡¡Sosa!! —grita Blanca enarbolando su copa—. Enséñale cómo se mueve una puta sardina.

Me acerco más. El estómago contra el suyo. Marín lanza otra risotada hacia el cielo y me agarro a su cintura para bajar un poco y volver a subir.

—¡Como peces en el agua! —Y después Gus se pone a silbar.

Una de sus manos se apoya en mi cintura y la otra en mi cuello; creo que quiere alejarme un poco, pero antes siquiera de que parpadee me ha dado la vuelta, me ha colocado de espaldas a él y me ha inclinado hacia delante. No es que sepa perrear, la verdad, pero algo sé hacer con mis caderas. Loren y Blanca se unen a Gus y los tres nos silban.

Agarro una de sus muñecas y me vuelve hacia él. Solemos hacer este tipo de giros en la cocina de casa, cuando pone música para cocinar... aunque no se respira lo que sé que hay ahora.

La canción se acaba, fundiéndose con una de Shakira y Maluma que, además, se llama «Clandestino». Estallamos en carcajadas mientras, cogidos de una mano, hacemos una reverencia a nuestro entregado público... entre el que no está Aroa.

—¿Y la rubia?

—Se ha ido al baño. —Y al decirlo Gus levanta las cejas.

Nos quedamos un poco cortados cuando Loren lanza una mirada cargada de significado a Marín. Recupero la copa y le doy un buen trago que baja fresco, aliviando el calor de mis mejillas.

—Solo estábamos bailando —dice Marín—. Es una puta discoteca, por Dios.

—Yo no he dicho nada. —Loren levanta las manos.

—A ver si ahora no se puede estornudar a su lado, joder —me quejo, rabiosa por el corte de rollo, el bajón repentino y resultado, seguro, del alcohol.

—Voy a...

—Yo voy —se ofrece Gus cortando a Marín—. Yo soy Suiza. Y estoy que me rompo, como el chocolate.

Le da un buen trago a su gin-tonic y nos guiña el ojo antes de dejar la copa y desaparecer entre la gente.

—Qué corte de rollo —me quejo.

—Va. Ni caso —me dice Blanca—. Clan, clan, clandestino.

La miro y cuando pone cara de pilla, sonrío otra vez.

—Creo que he bebido muy rápido.

—Voy a por tabaco. —Señala la máquina que veo desde donde estamos—. ¿Nos damos una puti-vuelta cuando vuelva? Y nos aireamos.

—Guay.

Loren y Marín están hablando de Aroa. No hay nada escondido en esa conversación. Uno pide calma, el otro dice que se está cansando de las chiquillerías.

—Siempre he sido claro, tío. Siempre —se defiende Marín.

—Ya, pero está celosa, y… vamos a entenderla también. Vino ilusionada, pensando que volveríais y ahora…

—Loren, yo nunca le he dado esperanzas de que eso fuera a pasar.

—Si ya lo sé, pero…

—Que la entiendo, ojo. —Marín se aparta el pelo de la frente—. Pero es la despedida de Blanca. La única expectativa que deberíamos haber traído todos con nosotros era ganas de hacer que ella disfrutara, ¿no?

—Ya, tío, pero es más complicado. Somos humanos. Tú el primero y…

Me desconecto de la conversación. Me aburre ya el tema. Me aburre y me hastía. Cojo mi copa y le doy el último trago. No debería beber más. Miro el reloj. Es superpronto para empezar ya con las bajonas.

Aroa aparece de pronto. Está un poco acelerada, pero no enfadada.

—Ey… —le dice Marín, cogiéndola por la muñeca.

—¿Eh? ¿Qué? —pregunta.

—Nada. Ehm…, ¿todo bien?

—Sí, sí. Pero no me encuentro muy bien. ¿Os importa si me voy?

—¿Te vas? —pregunta Loren, confuso—. Pero ¿te encuentras mal…?

Aroa coge el bolso que dejó en un rincón, se lo cruza en el pecho y se frota la cara.

—Es que estos sitios no me gustan, me estoy agobiando con tanta gente y...

—Pero es la despedida de Blanca, Aroa —le pide Marín con amabilidad.

—Ya, ya. Pero es que voy a estar a disgusto, lo va a notar y al final va a ser peor. ¿Dónde está?

—Ha ido a por tabaco —respondo yo—. ¿Has visto a Gus? Ha ido a por ti.

—Sí, sí. Me lo he cruzado. Se ha..., se ha quedado en el baño.

¿Qué le pasa a Aroa? ¿Esto es por mi baile con Marín? No creo. Aroa está rarísima. Me acerco.

—¿Estás bien?

—¿Eh? Sí, sí. Estoy bien. Solo quiero acostarme. No os importa, ¿verdad?

—Espera. —Marín se palpa los bolsillos—. Te acompaño y vuelvo. No me quedo tranquilo si vuelves sola.

—Estamos en la acera de enfrente, Marín —se queja ella—. Son como mucho doscientos metros.

—Da igual. Hay mucho cafre borracho por aquí. Que no es porque crea que no sabes defenderte, que conste. Es por mi propia tranquilidad.

Los miro fijamente. Mira cómo son las cosas. La que ahora está muerta de celos soy yo.

—Voy y vengo, ¿vale? —me dice Marín, alejándose un poco de ella—. ¿Llevas el móvil a mano? Por si no os encuentro luego.

—En el bolso.

—Póntelo en vibración, por favor. —Se agacha un poco a mirarme y sonríe tímido—. Solo quiero hablar con ella un momento, ¿vale? En diez minutos estoy de vuelta.

—Sí, sí —asiento.

—Coco…

Su mano busca la mía, disimuladamente, por debajo, sin aspavientos. Miramos nuestros dedos cuando se rozan.

—Lo único que me apetece es pasar la noche contigo, lo sabes, ¿verdad?

Sonrío.

—No, pero tengo la mala costumbre de creerte siempre.

Arquea las cejas.

—¿Por qué…, por qué dices eso?

—Nada, nada. Voy pedo. Solo… voy pedo.

—A la vuelta te traigo agua. ¿Quieres?

—Vale.

Se da la vuelta. Aroa lo espera ya en el límite que separa la terraza del interior del local. Veo cómo se abren paso entre la gente hacia la salida y pronto desaparecen entre otros cuerpos, otras caras. Un puñado de desconocidos se los tragan.

—Hay que joderse… —Loren no contesta—. ¿Loren?

¿Loren? Loren no está aquí. Estoy… sola.

Miro a mi alrededor. Blanca llevaba su bolso con ella. Marín y Aroa se han marchado. Gus no ha vuelto del baño. ¿Dónde coño está Loren? Cojo mi bolso y lo cruzo sobre el pecho, como ha hecho minutos antes Aroa y me pongo de puntillas, intentando adivinar el tupé de Loren entre la gente, pero es imposible. El peinado de Loren debe estar de moda…, hay muchos tupés.

Mi parte lógica me pide que me quede quieta donde estoy, pero el pedo de los chupitos que tragué a toda prisa en la barra se está abriendo paso por mi cuerpo a pasos agigantados y empiezo a agobiarme. Doy un par de zancadas y me choco con unas chicas.

—Perdón, perdón.

Decido ir hacia la máquina de tabaco. Seguro que encuentro a Blanca, me digo.

Me da la impresión de que aún hay más gente que cuando entramos y me cuesta un mundo atravesar la marea de personas que habla, ríe, baila y bebe en grupos. No veo más que coronillas y ninguna pertenece a mis amigos.

Hace mucho calor aquí dentro. No tardo en notar cómo la tela de la parte de arriba del mono se pega a mi espalda. Tendría que salir. No quiero estar empapada cuando Marín vuelva. Porque… va a volver, ¿verdad? ¿Qué será lo que Loren y él callan delante de mí? ¿El motivo por el que rompieron? ¿Y si el culpable siempre ha sido Marín? ¿Y si la engañó? ¿Y si le hizo algo que va a cambiar mi manera de…?

Espabilo cuando, a mi izquierda, en la otra parte de la barra y de un amasijo de gente veo a Loren y a Blanca. Me parece que Blanca está muy alterada; Loren le agarra las manos, pero ella lo aparta, se aparta el pelo, se frota la cara…, ¿está llorando?

Quiero acercarme, pero la gente no se aparta. Me estoy agobiando. Me estoy agobiando mucho. ¿Y si salgo un poco más y desde allí trato de dar la vuelta?

Los «disculpa» que voy pronunciando a mi paso no surten el mínimo efecto, así que empiezo a usar el codo para hacerme espacio entre la gente. Estoy vislumbrando la salida, ya se nota más aire. ¿Qué le pasa a Blanca? ¿Qué ha podido…? Pero si solo ha ido a por tabaco. ¿La habrá llamado Rubén? ¿Habrán discutido?

Me tropiezo con una chica y doy un par de traspiés hacia fuera. Me agarro a la pared cuando estoy a punto de caerme al suelo… por los pelos.

Por los pelos.

Por los pelos.

Por los pelos.

Es lo único que se repite en mi cabeza cuando, al levantar la mirada los veo. Mi mente se ha quedado ahí, atrapada, en lo último que pensé antes de verlos. A los dos. Abrazados. Agarrados. Juntos. Mirándose. Apartados. Escondidos. Ella le toca el pelo. Él apoya su frente en la barbilla de ella. Intimidad. Complicidad. Años. El interrogante. Si eres observador, es fácil saber cuándo dos personas guardan un secreto a medias; me he pasado medio viaje mirando solamente hacia donde yo quería, pero ya no. Están ahí. Abrazados. Agarrados. Juntos. Mirándose. Apartados. Escondidos. ¿De quién?

De mí.

Son Marín y Aroa.

Adivino un movimiento y mi cabeza, que sigue atrapada en el bucle del «por los pelos», reacciona evitándome ver el beso, si es que lo hay. Seré sincera, no me importa que no lo haya; he visto suficiente. Empujo a un par de personas en dirección opuesta, y salgo corriendo. Quiero salir de aquí. Quiero marcharme lo antes posible, que me dé el aire, que se me olvide, que se me pase el pedo, que la lucidez venga a decirme que no, que no he visto nada íntimo ni cómplice; que entre los dos no había ningún puente construido con los años, que no comparten ningún secreto..., que yo soy el único secreto que guarda Marín y que probablemente estaban...

Alguien me coge del brazo de pronto y me para. Es Gus. Está sudado, parece nervioso. Quizá atontado o borracho. ¿Cuándo ha pasado esto?

—No encuentro a nadie —me dice.

—Me quiero ir —balbuceo.

—Yo también.

—Llévame fuera.

—¿Adónde? —pregunta confuso.

—Gus..., sácame de aquí.

29
Errores garrafales

El pedo va subiéndome más y más conforme me alejo de la discoteca. Aún no hemos sobrepasado el camping cuando la imagen que he visto de Marín y Aroa empieza a deformarse hasta ser otra cosa. Dos personas más abrazadas, más cómplices, más...

—Espera aquí un segundo.

Gus me deja sentada en una especie de jardinera de piedra que hay en la acera en la que andamos y cruza corriendo hacia la otra parte. Se pierde en el interior de un garito para volver, después de un tiempo indefinido, con dos cervezas en la mano. Me sonríe.

—No hay reunión que valga sin tomar la última.

—Yo no quiero —y lo digo tropezándome con las palabras.

—Ya lo sé. Son las dos para mí. Tenemos agua en la habitación.

Pasa un brazo por mi cintura y me ayuda a levantarme. Me apoyo en su hombro y se lo agradezco.

—Gracias, Gus.

—No las merece.

—Claro que sí. Soy peso muerto.

—No. Aún te funcionan las piernas. —Me sonríe—. Ya verás cuando te meta en la ducha vestida, qué a gusto.

A través de la neblina del alcohol me doy cuenta de que Gus sonríe triste.

—¿Dónde estabas?

—En el baño —contesta—. Y después no os encontraba.

—¿No has visto a nadie?

—No. ¿Por?

—He visto a Blanca y a Loren. Estaban en la otra parte de la barra. —Y barra suena tremendamente mal en mi lengua. Me avergüenzo—. Joder, ¿cómo he podido cogerme este pedo? Yo no soy así.

—No, no eres así. Eres más de cogerte pedetes simpáticos y reírte de todo. ¿Qué te ha pasado?

—¿Y a ti?

Nos miramos fijamente justo en el momento en el que estamos cruzando el umbral del hotel. Chasquea la lengua, como pidiéndome que lo dejemos ahora y seguimos andando hasta su habitación. El camino se me hace eterno, no voy a mentir.

Ya conozco este cuarto. He dormido aquí la siesta. Con Marín, que casi me besa, que estaba cariñoso, que se acercaba, que parecía feliz de estar conmigo y...

Gus me apoya en la pared y se coloca enfrente, muy cerca. Al principio me asusto un poco, pero luego me doy cuenta de que tiene la pierna entre las mías para sujetarme y que no me caiga.

—No voy tan mal —le digo con media sonrisa.

—No me fío —se burla—. ¿Aguantas de pie?

—Sí, pesado.

Deja las cervezas en la mesita de noche y después se agacha frente a mí. No entiendo lo que está haciendo hasta que siento alivio inmediato en los pies. Me ha quitado las sandalias de tacón.

—Ya está bien, hombre, que con esos zapatos pareces más alta que yo.

Lanzo una risita, paso por su lado y me dejo caer en la cama. Él se sienta a mi lado y abre una cerveza.

—Agua… —le pido.

—Te la he dejado ahí al lado, melón.

Palmeo a mi lado y cazo un botellín frío de agua. Me incorporo, lo abro como si fuera el último en el desierto y me lo bebo. Tengo suerte de que caiga dentro de la boca, porque estoy agilipollada.

—Qué pedo más tonto, joder —me quejo, tirando la botella vacía hacia un cubo que hay frente a la cama y en el que, por supuesto, no encesto.

—Has bebido muy rápido. —Le da otro trago a la cerveza, saca su móvil del bolsillo, lo consulta y después pone una lista de Spotify en la que suena LA CANCIÓN.

«Lost on you», de LP. A Marín le encanta esta canción.

—¿Qué te pasa, amigo? —Palmeo su muslo, enfundado en el vaquero.

—¿Y a ti?

—Deja de tirar la pelota a otro tejado. Te conozco y a ti te pasa algo.

—Me estaba agobiando mazo. —Se frota las cejas con el pulgar y el índice de la mano que no sostiene la cerveza—. Odio esos sitios, ya lo sabes.

—Te he visto darlo todo bailando pachanga mil veces.

—Tengo que estar muy motivado.

—¿Has hablado con Aroa en el baño?

—¿Qué? —Me mira confuso y parece caer en la cuenta de lo que le estoy diciendo—. No, qué va. No la he encontrado. Eh…, ¿ella no dijo que…?

—¿Qué te ha pasado? —insiste—. Venga…, hasta donde recuerdo, confesar pecados también se nos daba bien.

—¿Te estás poniendo nostálgico, Gus?

—Soy nostálgico. No cambies de tema. ¿Qué ha pasado?

344

—La vi con Marín.

—¿A Aroa? —Frunce el ceño.

—Sí. Estaban abrazados. Muy abrazados.

—Estarían…, no sé, hablando de lo suyo. Cerrando capítulos.

—Llevan cerrando capítulos…, ¿cuánto? ¿Nueve meses? Mierda, Gus, no puedo más.

—O sea que sí, ¿no? Es él.

—¿Tenías alguna duda?

—Alguna. De vez en cuando juraría que aún me miras con ojitos.

Lanzo una carcajada y vuelvo a tumbarme en la cama. El techo se mueve un poco. Se me revuelve el estómago.

—A lo mejor devuelvo la pizza en tu cama.

—Nuestra cama. Aquí duermo con tu campeón. Trata de mantener la pizza en tu estómago, por favor.

Me giro y está sentado, echado hacia atrás, mirando al frente y con los codos apoyados en la cama. Su expresión… no engaña.

—Estás hecho una puta mierda.

—No es verdad —contesta.

—Claro que sí. Nunca lo dices.

—Cuando estoy hecho mierda lo digo. Ahora no lo estoy.

—Creo que nunca has estado tan destrozado.

—Gracias, Coco. —Suspira—. Eres de gran ayuda.

—Claro que lo soy. Como tú. Tú siempre estás… —Ruedo un poco…, Dios, qué mareo…, y me froto la mejilla en su brazo. Eso le hace sonreír—. Siempre estás, Gus.

—Te dije que estaría siempre, ¿no? Cumplo mis promesas.

—Será la única.

—¡No jodas! —Se ríe—. Tú no, por Dios. Contigo me porté bien. Creo que eres la única que puede decirlo. Te fui fiel, solo coqueteé por Instagram con unas chiquitas y nada más, me dejé querer… ¡No me mires así! ¡Te llevaba por la vida como una reina!

—Y yo a ti como a un rey.

—Yo no me he quejado.

Es verdad, nunca se ha quejado. Los dos nos tratamos bien, nos cuidamos, nos preocupamos por el otro…, lo lógico. Aun sin querernos. Ninguno se desvivió por el otro, cabe apuntar, pero es que lo nuestro era así.

Me estoy mareando. Estar tumbada no es buena idea.

—¿Sabes tu problema, Gus? —le digo mientras me incorporo con dificultad.

—Sorpréndeme —suspira.

—Que te lo tragas todo y eso al final, eso provoca que no veas más allá de tu ombligo y de la maraña de sentimientos que debes tener ahí abajo. —Le señalo el pecho—. La mitad deben estar pasados de fecha, fermentándose.

—Coño, Coco… —Asiente—. Pues no suenas tan beoda.

—Es que estoy mejor. Cuando me des una ducha, ya será… ¡fetén!

—¿Quieres que te dé una ducha?

Juraría que esa idea le ha gustado demasiado.

—Si me dices qué te ha pasado, te dejo que me des una ducha.

—Eso se parece sospechosamente a prostituirse por información.

—¿Quién ha hablado de sexo?

—Bah. —Le da otro trago a la cerveza—. No me pasa nada en especial. Me ha dado bajona, tienes razón, pero bajona sin más.

—Ya…

—Que sí…, oye, mira, lo de Marín… es una tontería. Seguro que…

—Me iba a llamar al volver —recuerdo de pronto.

—¿Ves?

—No. Escúchame. Me iba a llamar al volver de dejar a Aroa. Iban a ser diez minutos.

Gus acerca su móvil, donde empieza a sonar una canción de Miss Cafeína que se apresura a pasar. La siguiente es «Será mejor», de Full.

—¿Y si le llamas tú?

No contesto. Me hago un ovillo, mirando a la pared, como estaba él hace unos minutos. La voz de Javi Valencia, el cantante de Full, está haciéndome preguntas: «¿Para qué…, para qué salvar mentiras? Hacer coincidir cada tramo de rutina. ¿Para qué…, para qué pedimos tanto si cuesta distinguir la hierba del asfalto (…)?».

Me vuelvo hacia Gus.

—Me ocultan algo, ¿sabes? Me ocultan algo y es por lo que se han ido juntos. Está jugando conmigo, Gus. ¿Y si está jugando conmigo?

—Marín no es como yo —dice con un hilo de voz.

—Tú no jugaste conmigo.

—Contigo no. Debiste ser la única.

—Está jugando conmigo, Gus. Quizá no lo sabe, quizá no se ha dado cuenta pero…

—¿Todo esto es porque los has visto abrazados? —Suspira—. Venga, Coco…

—Era un abrazo sin más, era solo una mala reacción de borracha hasta que he visto la hora. —Miro el reloj—. Ha debido pasar una hora, Gus.

—No tanto.

—¿Qué hacen tanto tiempo?

—¿Crees que están follando?

La pregunta de Gus me pilla de improviso, aunque era la respuesta más lógica a la mía. La saliva se me arremolina en la garganta, espesa. Necesito más agua. Me levanto, pero él adivina lo que quiero, apoya una mano en mi hombro para que vuelva a sentarme y se acerca él hasta la pequeña nevera.

Estoy mirando hacia él cuando tira hacia mí el botellín, pero este cae en mi regazo sin que haga amago de alcanzarlo con las manos; no ha sido falta de coordinación resultado del alcohol…, es que los estoy imaginando. Los estoy viendo, aunque no estén aquí. Tal y como les escuché mil veces. «Ahí, Marín, sigue…, justo ahí, no dejes de hacer eso». Y los gemidos de Marín que no se oían, solo vibraban… en la pared, en los cuadros de la casa, hasta en mi pecho.

—Eh. —Gus chasquea los dedos delante de mí—. ¿Estás bien?

Me levanto con mucha fuerza y me choco con él, que me sostiene. Tengo ganas de llorar, de dormir, de que se acabe ya este pedo de mierda y hasta el viaje.

—Y ahora… ¿qué?

Gus no me entiende. ¿Cómo va a entenderme? He dicho en voz alta lo que estoy pensando, sin contextualizar. Y ahora ¿qué? Ahora que creía que ya sabía, que ya entendía, que Marín y yo no éramos más que una realidad.

—No están follando, Coco, tranquilízate.

Cojo mi teléfono y se lo enseño. Gus me mira con el ceño fruncido.

—Voy a llamarle —le digo.

—Me parece bien.

—¿Estás triste, Gus?

—Estás superrara, Coco —se queja—. No es que no hayas sido siempre un poco rara pero…

—Gus… —Lo agarro de los hombros, lo abrazo, me siento tan vacía, tan sola…—. Solo contéstame. ¿Estás triste? Dímelo. Dímelo a mí…

Me mira. Me mira con sus ojos marrones sin brillo. ¿Que si está triste? Solo hay que mirarlo. Triste, deshabitado, abandonado.

—Lo estás —le digo.

—Vacío —musita.

Los tonos de llamada empiezan a sonar, con el teléfono en altavoz. Gus me mira.

—Odio que te sientas vacío; no lo estás —le digo.

—Lo estoy porque me obligo a vaciarme, Coco.

—¿Por qué?

—¿Por qué va a ser? Me aterroriza vivir de verdad. Soy un pozo inagotable de decepción para los demás.

—Eso no es verdad. Deja de pensar así. —Me cabreo. Marín no responde, Gus no se quiere lo que debería quererse, yo soy imbécil. Estoy enfadada y le doy un golpe en el brazo—. Vales más que toda esa mierda que te dices. Dime, ¿qué puedo hacer para que me creas? ¿Qué puedo hacer para que te sientas mejor?

—Antes sabíamos hacernos sentir bien —musita. —¿Te acuerdas?

—Sí. Sabíamos.

—No curaba pero...

Gus era cálido. Recuerdo el calor que emanaba su cuerpo después de follar. Era agradable. Cuando me sentaba desnuda encima de él, con los muslos aún un poco húmedos y le hacía reír mientras acariciaba el vello de su pecho. Gus siempre me hacía sentir bien. A golpe de polla, a versos y mordiscos, en cada brindis. Nunca me mintió, nunca me prometió nada que no pudiera cumplir, nunca... Marín, ¿quién eres? ¿Dónde estás? ¿Me quieres?

—Si no lo coge, voy a hacer una tontería, Gus. Así que si no quieres participar, vas a tener que ser muy firme.

Me conoce. Me conoce bien. Pasan por su rostro recuerdos, besos, versos, tristezas y sentimientos y me asusta pensar que no todos los conozco. Este chico, este chico que está a punto de ser un hombre, ha vivido sin mí. Y han sido, sin mí, las emociones más intensas que ha vivido.

El quinto tono me duele. El sexto me parece una bofetada. El séptimo es, directamente, lamentable. Pero insisto. Quiero que lo coja y que me diga que no me encuentra, que viene a buscarme, que se invente algo…, no sé.

—Cuelga —me pide Gus.

Lo de después, es culpa de los dos, aunque esta vez más mía que suya.

Es él quien se quita la camiseta. Yo desabotono mi mono tan rápido como puedo, pero prefiero ocuparme de su pantalón y que él lo haga de mi ropa. Está menos borracho y siempre fue más hábil.

Mi ropa cae al suelo dibujando una mueca negra en el suelo y saco los pies de ella justo a tiempo, cuando él me levanta y me coloca en su cadera.

Se me clava su cinturón desabrochado en el muslo, pero no digo nada; en cuanto nos echamos en la cama, lo aparto.

—Quítate esto… —Tiro de sus pantalones, ayudándome de los pies.

Se incorpora, se los quita y vuelve a tumbarse encima de mí. Le toco. No está duro del todo, pero reacciona a mis caricias; mientras tanto, besa mi cuello… Sabe que me encanta. Yo no beso el suyo… Sé que no le gusta.

Me quita el sujetador y sus dientes se me clavan en los pezones; me arqueo con un gemido que es más pena que gusto. Él responde a lametazos y con la mano derecha dentro de mis bragas; parece no encontrar el punto que tan bien conocía cuando salíamos juntos. Claro…, han sido muchos puertos… Cada uno tiene su propio faro.

—Ahí… —le indico—. Es ahí…

—¿Tienes condones?

—No. ¿Tú tampoco?

—Creo que tengo uno en la cartera.

Pues menos mal porque, querido, contigo no lo hago sin condón. No quiero saber qué has estado haciendo este año que llevamos sin estar juntos… ni con quién, ni cómo, ni dónde.

La cartera está en sus pantalones. Efectivamente, guarda un condón. Ninguno de los dos se preocupa por buscar la fecha de caducidad; conociéndolo no debe llevar demasiado tiempo ahí.

—Coco… —me dice antes de abrirlo.

—Ni se te ocurra preguntarme si de verdad quiero hacerlo.

—No iba a decirte eso. Iba a pedirte que quede entre nosotros. Yo…, yo también la estoy cagando, ¿vale?

—Pero… ¿quieres hacerlo de verdad?

—¿Ahora eres tú quien lo pregunta? —Arquea las cejas sorprendido.

Gus se baja los calzoncillos sin protocolo y, de pie junto a la cama, a la altura de mis piernas abiertas, se concentra en abrir el condón; me voy quitando las bragas. Creo que nunca he tenido sexo más mecánico. Tengo el corazón acelerado y me pregunto si vale la pena meter a mi amigo en esto, que no es más que rabia mal digerida.

—Gus, no quiero traerte problemas.

—Vamos a corrernos, Coco. Después ya se verá.

Gus lame su mano, se toca con ella, coloca el preservativo en la punta, pero… hace una mueca al desenrollarlo. Se mira, frunce más aún el ceño. No sale del tirón; vuelve a intentar colocarlo hasta arriba. Al mirarlo, el problema es evidente: no la tiene dura del todo.

Me incorporo y la acaricio apretando los dedos a su alrededor, duro, como le gusta. Sé que se siente mal, que tiene el orgullo herido, pero no dejo de hacerlo, mirándolo, acercando mi boca a su pecho y mordiéndolo.

—¿Quieres que te la chupe?

—No. Con el condón no me gusta. —Se mira, hace otra mueca—. Solo tenemos este. Tú túmbate…

Lo hago. Él lo hace encima de mí. Es como si alguien nos hubiera ordenado que tengamos sexo. Creo que ninguno de los dos quiere en realidad hacerlo.

—Esto es una cagada… —gimo cuando lo siento entrando en mí.

—De las gordas. Ah…

Se aprieta a mí, entre mis muslos. Entra, pero entra… rara. Empuja otra vez. Gimo. Él también. Siento placer pero…

Empuja de nuevo y se tuerce un poco…, sigue sin estar dura. Diría que cada vez lo está un poco menos. Le agarro de las nalgas y le clavo los dedos; eso le gustaba. Le aguanto la mirada mientras me embiste cada vez con menos fuerza. Esto no funciona.

—Joder… —La saca. Se toca con violencia—. ¿Ahora esto?

—¿Hago algo…?

—No, no. Coco…, dame un segundo.

Vuelve a intentarlo. Entra; mete la punta y después unos centímetros…, el látex parece agarrarse a mis paredes con uñas y dientes: no estoy cachonda, no estoy húmeda… esto no ayuda. Roza de una manera de todo menos suave. Me penetra de nuevo. Atrás y delante. No entra bien. Voy a decirle que pare, pero da un par de empellones más. Nada.

—Gus…

—¡Joder…!

Se desmorona. Lo sé. Y sé por qué. Sé cuál es el mecanismo de defensa que cae junto al condón arrugado a la mesita de noche. Es su sexo, es su orgullo, es la herramienta que ha usado siempre para que todas creyéramos que era un poco nuestro: el sexo. Él se desnudaba, nos follaba, nos hacía gritar, arañarle la espalda, gemir, hasta llorar… Él se desnudaba y nos follaba, pero no se daba nada. Nos daba placer, se lo daba él, pero todo lo demás quedaba preservado, como la piel a una y otra parte del condón. Él estaba seguro. Siempre seguro. Pero ya no. ¿Solo por un gatillazo? No, claro que no. El gatillazo no es la razón por la que está así, es la consecuencia. Gus dejó que alguien le tocase como nunca lo habían hecho, y… eso le ha cambiado.

Quiero abrazarlo, quiero acunarlo, quiero que me cuente qué ha pasado, pero no puedo. Nunca me he sentido lo suficientemente cerca de él como para hacerlo; no era solo él, también fui yo. A mí nunca me interesó rascar, esa es la verdad. No como con Marín. No como cuando es amor.

Gus no se pone la ropa interior; solo se tumba sobre las sábanas desordenadas de la cama, que no hemos llegado a abrir y se tapa los ojos. Resopla.

—En la puta cama que comparto con él, joder.

—Ya lo sé —le digo—. No…, no ha llegado a pasar, ¿vale? No tiene que saberlo nadie.

—¿Estamos pirados o qué nos pasa? —Parece tan enfadado…

—Gus.

Acerco una mano a él, pero la aparta de un manotazo. Nunca había reaccionado así conmigo y me quedo sin saber qué hacer.

—Dios…, Coco…, joder. ¿Pero qué pretendíamos?

Me aparto cuando se acerca. No es que le tenga miedo. Solo quiero ponerme las bragas. Él lo entiende al momento, se pone su ropa interior y espera paciente a que lo haga, después me pide que me acerque. Hay un abrazo de intimidad real por primera vez entre nosotros, uno que deja en ridículo todo lo que hicimos juntos cuando éramos pareja: sexo, caricias, confidencias…, todo. Esta es la verdadera intimidad que nos profesamos. Somos dos amigos, dos compañeros, independientemente de que nos desnudemos e intentemos ser otra cosa. La verdad es que ya nunca seremos nada más.

—Lo siento —me dice, apartándose, incómodo de pronto con el tacto de mis pechos desnudos sobre su pecho.

—No pasa nada. Es normal, es que… con todo lo que te he dicho de Marín, en la cama que compartís…

—No. No es eso, Coco. —Se sienta en el borde de la cama, se frota la frente y deja caer los brazos, derrotado—. Hubiera podido hacerlo.

—Ya…, si no digo que no…, yo solo…

No quiero herir su orgullo de macho, Dios me libre, que es Gus, no se me olvida.

—Coco… —Me mira, serio—. Es una polla, no tiene tantos secretos. Hubiera podido hacerlo, se hubiera levantado, sé cómo hacerlo. Pero no he querido. Yo… no he querido. Y solo tendría que…, que haber pensado en… cosas.

—¿Qué cosas?

—En ella…

—¿Ella?

—Ella, Coco. Todo es por ella.

Me pongo su camiseta y me acerco. Deslizo las yemas de mis dedos sobre su espalda.

—Hay una ella —afirmo.

—Claro que la hay. Lo has sabido siempre.

—¿Desde cuándo? Quiero decir…, ¿estaba ya cuando tú y yo…?

—No, no —niega con vehemencia—. Contigo fui honrado, Coco. Ella…, ella apareció hace cosa de…, no sé, nueve meses.

—Pero…

—No voy a decirte su nombre, Coco. No preguntes. No hagas que la nombre ahora después de… bueno… lo que he estado a punto de hacer contigo.

—Vale —asiento—. Pero ¿no estáis…?

—No. No sé si hemos estado, si no…, no sé qué hemos estado haciendo. Al principio…, al principio solo era un entretenimiento. Para los dos, de verdad…, yo fui sincero. Ella, también. Solo queríamos divertirnos, pasar el rato, hacer algo loco. No fue algo premeditado…, surgió.

—Pero ¿se convirtió en otra cosa?

—No lo sé. —Se encoge de hombros y frota su frente—. No tengo ni idea de lo que es. Pero estoy…, estoy amargado, Coco. Escribo demasiado sobre ello, lo llevo a todas partes conmigo; unos días le echo la culpa, otros solo de menos; hay noches que quiero hacerle daño con los poemas, otras pedirle perdón… En ocasiones solo molestarla, que piense en mí, que no se olvide tan rápido.

—Gus… —le digo con ternura—. ¿Tan rápido? Esa chica debe de estar queriendo arrancarte de dentro sin poder hacerlo.

—Ya lo sé. Me lo ha dicho.

—¿Te lo ha… dicho?

—Sí. Me lo dijo todo. Me dijo que necesitaba que se terminara, que me conocía bien y no podía más, que lo pasaba mal, que no sabía qué quería, pero que lo quería conmigo. Pero yo no.

—¿Tú no? Pero si acabas de decir que solo escribes sobre ella.

—Yo no quiero. No la quiero. No quiero quererla. La quiero mal.

—Joder…

Me inclino hacia él, lo abrazo. Le pregunto si está bien, si yo puedo hacer algo, si la conozco, si…, miles de palabras, hipótesis, ideas se agolpan en mi cabeza y mi boca las va disparando sin orden ni concierto pero él… no. No quiere hablar más.

—Coco, no te sientas mal, pero… ¿puedes dejarme solo?

Ni siquiera contesto. Estoy triste. Está sonando una canción de Vetusta Morla. Suspira compungido y… afino el oído. Es «Copenhague».

Tengo un nudo en la garganta porque sospecho quién es ella. No puede ser pero… encajaría. Todo encajaría. Los problemas, las caras largas, el tiempo que dice que llevan viéndose, la complicación, su miedo… ¿Aroa?

Tengo que irme.

—Me voy, Gus, pero… puedes contar conmigo, lo sabes, ¿verdad?

—Lo sé. Pero no creas, tú tampoco estarás contenta conmigo cuando lo sepas. En cagarla soy un maestro. He salpicado de mierda a todo el mundo.

«Si Aroa revienta, la mierda nos va a llegar a todos hasta el cuello». ¿No ha dicho eso Loren…?

Sí. Tengo que irme.

No escucho los pasos acercarse; no hay aviso. Aún no he alcanzado mi mono cuando la puerta de la habitación se abre. Claro…, esto es un hotel. Tienen dos llaves. Ni siquiera pensé en ello.

Llevo la ropa en la mano y Gus solo tiene puesta la ropa interior. La cama está desordenada. Hay un condón, que parece más usado de lo que está, en la mesita de noche. Habría que estar ciego para pensar otra cosa que no sea que lo que hemos hecho está muy hecho.

Podría decir que la mirada que nos devuelve es peor que un grito, un insulto, un golpe…, pero es de imaginar. En realidad, es como si nosotros le hubiéramos golpeado a él. Marín da un paso hacia atrás, sin dejar de mirarnos.

—Marín… —pido con un hilo de voz.

—No es lo que parece, ¿no? —Se ríe seco y se frota la frente—. De puta madre.

Nada más. De puta madre. Rabia líquida empapando su boca. Ira caliente en su garganta. El sonido de un portazo. El silencio de dos personas que no tienen ni puta idea de qué están haciendo con su vida.

Miedo. Ah, es verdad. Este silencio es el miedo. Así suena.

30
Todo mal

Hago el camino de vuelta al camping prácticamente con los ojos cerrados. Es la única manera que tengo de contener la rabia. Tengo el corazón desbocado, jadeo, sin darme cuenta aprieto los puños y... estoy corriendo. Ando tan rápido que en cinco zancadas estoy cruzando la verja del recinto. No pienso. Si pensase un poco, contendría esto, me iría a dar una vuelta, me perdería, cogería el coche y me largaría. Pero estoy volviendo adonde están todos..., necesito calor. Un calor que no sea resultado de la rabia.

Pero... ¿por qué?

Veo la luz exterior de la caravana y me acerco con paso rápido. Loren y Blanca están fumando sentados en sillas. Ella tiene las mejillas manchadas de rímel, dibujando ríos ya secos; los ojos perdidos, el cigarro que sostiene entre sus dedos se va consumiendo sin que ella le dé ni una calada. Loren, a su lado, no hace más que frotarle la espalda. Cuando me ven aparecer, ella tira el cigarrillo y se coge la cabeza entre las dos manos.

—Creo que voy a tener que dormir aquí —digo.

Me sorprende el tono derrotado con el que hablo. Esto no puede ser. Es solo..., solo un malentendido.

Blanca solloza.

—Blanca, por favor, no puedes ponerte así —pide Loren—. Para bien o para mal, ya estás habituada a estos desplantes, a estas mierdas. Lo que tienes que...

—No me digas lo que tengo que hacer, por favor —gime esta—. Hago lo que puedo. No puedo esforzarme más.

—Ya lo sé. No quiero decirte lo que tienes que hacer. Solo ha sido una forma de hablar. Una desafortunada. Pero cuídate. Cierra tu vida a quienes te hacen daño.

—Somos amigos. Todos somos amigos. ¿Qué hago? ¿Me quedo sola?

Me pongo en cuclillas delante de ella y aparta las manos para mirarme.

—No puedes seguir así, Blanca. Esto es tóxico y lo sabes.

Asiente, aguantándose las lágrimas.

—No quiero saber nada. —Cierra los ojos—. Nada, por favor.

Me dejo caer en la silla de enfrente y me froto la cara.

—¿Y Aroa?

—Durmiendo —contesta Loren—. A Aroa todo se la sopla. Se la soplamos todos.

Quiero decirle que a Aroa siempre se la ha soplado un mundo cualquier cosa que no fueran sus deseos, pero tardé tres años en descubrirlo, ¿qué derecho tengo yo ahora de hacerme el listo? Y no quiero meter más mierda.

A lo lejos, unos pasos rápidos que se acercan rompen el silencio en el que nos sumimos. Cierro los ojos. Mierda. Ellos también los escuchan; está claro quién es la persona que vuelve corriendo y sé lo que dirá al llegar. Esta conversación, a pesar de todo, es solo de dos. Nosotros dos.

—Vámonos dentro —pide Blanca, limpiándose las lágrimas y los mocos con el dorso del brazo.

—Qué fina es mi niña —se burla Loren.

—Que te jodan.

Ambos se levantan.

—Buenas noches —les deseo.

—Marín... —Blanca se demora, agarrada al vano de la puerta, dubitativa.

—¿Qué?

—No seas muy duro. Se va a sentir fatal cuando lo sepa todo.

La escucho jadear, entre cansancio y miedo. Se va acercando.

—Blanca..., yo no le voy a contar nada; vas a tener que hablar con ella —le digo antes de que desaparezca en el interior de la autocaravana.

—Mañana.

No la contradigo. Mañana será otro día. Lo que no sé es si yo estaré por aquí mañana. Mañana..., le prometí a mi hermana que vería las Perseidas con Coco.

—Y pedís un deseo para mí. Y otro para vosotros, que falta os hace.

Ahora mismo el único deseo que tengo yo es desaparecer. Me quiero ir.

La puerta se cierra en el mismo momento en que aparece, despeinada, con los zapatos en la mano y jadeando. Me mira entre horrorizada y aliviada por encontrarme aquí. Me levanto y voy hacia ella... aunque la rebaso.

—Vamos a apartarnos de la caravana —digo en tono duro—. Todos están durmiendo.

Tira los zapatos ahí mismo y me sigue sin decir nada. Nos sentamos en el muro que separa una de las parcelas más alejadas, una que está vacía. Sobre nuestras cabezas, los pinos (creo que son pinos) se agitan creando música entre sus agujas; es como si tocaran una canción llamada verano. Un perro ladra a lo lejos. Unas voces animadas cruzan la calle, al otro lado.

La miro. Me mira. Coco siempre llora en silencio. Creo que se acostumbró a tener que hacerlo así en una casa llena de hermanos que siempre encontraban motivos para reírse a su costa. La imagino una niña orgullosa, de esas que no lloran en público si se caen y se hacen daño, pero que buscan un sitio solitario para hacerlo. Como ahora, que derrama unas lágrimas gordas y brillantes sin emitir ningún sonido. No es que yo no sea nadie, es que siempre hemos sido casa, y en casa, en lo más profundo de donde te sientes protegido, está permitido llorar.

—Marín...

—No entiendo nada —le confieso.

—Ni yo —me recrimina.

Frunzo el ceño.

—Me dijiste que me llamarías. —Y las palabras salen entrecortadas de entre sus labios—. Me dijiste que era cosa de diez minutos. Y te fuiste con ella.

—No me jodas, Coco...

—¿Que no te joda? ¡Os vi! Os vi abrazados, escondidos... y luego no llamaste y...

—¿Sabes que lo de que la mejor defensa es un buen ataque es una mierda? Te lo pregunto antes de que termines de cagarla y no haya vuelta atrás.

—Me escondes cosas —me dice en un susurro—. Esto no es un ataque, Marín. Te lo estoy explicando. Te estoy explicando por qué he terminado con Gus en vuestra habitación. Ojalá pudiera decirte otra cosa, ¿vale? Pero es que el ser humano es así.

—¿Así? ¿Cómo es «así»?

—Injusto y rastrero.

—Lo has dicho tú —puntualizo.

—No juegues a esto conmigo, Marín. Si estás cabreado demuéstralo, no te pongas la careta de indiferencia.

—¿Que si estoy cabreado? —La miro sorprendido—. ¿Cómo quieres que esté? Estoy cabreado, estoy muerto de rabia, no entiendo nada, me siento una mierda y además me atacas..., ¿qué te parece?

—Me parece que no me has entendido, Marín. Estaba convencida de que Aroa y tú...

—¿Y por eso te has follado a Gus? —le pregunto, alucinado.

—No me he follado a Gus. —Se limpia las lágrimas con dignidad y un borrón de rímel se esparce por su mejilla—. Tenía intención de hacerlo, pero no lo hemos hecho. No del todo, no te voy a mentir.

—¿Iba demasiado borracho como para que se le empalmara?

Me lanza una mirada de desprecio que no merezco, pero que entiendo. No estoy discutiendo con ella en igualdad de condiciones. Está borracha, disgustada, confusa. Aun así, siento muy poca empatía por ella en este momento, también debo confesarlo. Que lo hubiera pensado antes. Estoy harto; me he pasado media vida disculpando a gente por sus condicionantes; con Coco no. Nunca había estado tan decepcionado.

—Te has ido con ella. Me he quedado sola. Me he agobiado. No encontraba a nadie y cuando lo he hecho Blanca estaba llorando, Loren la consolaba; Aroa y tú parecía que ibais a besaros y...

Levanto las cejas y trago.

—Eso no ha significado nada —aclaro.

Me mira de soslayo.

—Ah, o sea, que sí, ¿no? Que os habéis besado.

—Me ha besado ella. Me ha..., no sé..., yo solo quería..., es que...

—Ya —dice con calma—. Las tornas cambian, ¿eh? ¿Qué pasa? ¿Creías que ojos que no ven...?

—No es eso —contesto—. Pero pensaba que no lo habías visto y no iba a darle importancia a algo que para mí no la tiene.

—Tu ex, la que quiere volver contigo desesperadamente, te besa en un rincón y yo os veo escondidos, tan... íntimos. ¿Qué quieres que piense?

—¿Qué has pensado?

—Te he llamado —me dice—. Pensé que estabas jugando, que estabas pasando el rato conmigo mientras decidías si querías volver con Aroa, que era eso lo que me escondes..., me he sentido una mierda y... he intentado convencerme de que todo era la típica paranoia de una borracha. Por eso te he llamado. Una hora después de que me dijeras que volverías en diez minutos.

—Pensaba que iba a ser cosa de diez minutos —me defiendo.

—Te he llamado hasta que me he sentido una arrastrada. Estaba segura de que estaríais juntos, ¿qué otra explicación le encuentras tú?

—La realidad.

—¿Y cuál es la realidad, Marín, y por qué tendría yo que saberla?

Cogí de la mano a Aroa para no perderla entre la gente. Después vi algo. Algo que no quería que ella viera, así que tiré de su mano hasta un rincón.

Entonces me dijo: «No hace falta que me escondas. Ya lo he visto».

Y aprovechó. Siempre lo hace.

Me abrazó. Me preguntó que por qué le escondíamos cosas. Me confesó que se sentía sola, que le daba la sensación de que desde que rompimos, ella sobraba en el grupo, que de los dos yo era quien importaba. Intentaba convencerla de que eso no era verdad cuando me besó.

¿Puedo contarle esto a Coco sin desvelar secretos que no son míos?

—No tienes por qué saberla —le digo al fin—. No estabas allí y entiendo que lo que has visto te ha llevado a un equívoco, pero... irte con Gus y acostarte con él..., ¿qué tipo de solución es esa?

—Ninguna. No buscaba una solución. ¿Es solución emborracharse cuando estás mal? ¿Comerte un donut? ¿Fumarte un porro? ¿Es solución «salir a divertirse» cuando te han dejado? ¿O darse un baño? ¿Unas vacaciones?

—Vale. —La interrumpo de mal humor—. Lo he pillado. Solo querías...

—Olvidarte.

La miro. Lo ha dicho con rabia... Una rabia que creo que no merezco.

—¿Qué he hecho yo para que quieras olvidarme? ¡Consolar a mi ex y no cogerte el teléfono!

—No te estoy diciendo que tenga lógica, Marín. Te estoy diciendo lo que se me ha pasado por la cabeza. Estábamos allí los dos solos, tristes..., no ha sido premeditado. Solo... una mala idea.

Coloco los pulgares bajo mis cejas, junto el lagrimal y aprieto. Empieza a dolerme la cabeza. Me pasa siempre que me cabreo. No sirvo para esto.

—Lo siento, Coco, pero esto no lo esperaba. No esperaba de ti nada así. De Aroa... —Me encojo de hombros y dejo caer las manos a los lados—. De Aroa me lo hubiera esperado.

—Entonces entiendo que a Aroa se lo hubieras tolerado pero a mí no, ¿no es eso?

—No. No es eso. Esto no es una competición. Ni siquiera sé lo que siento. Solo quería pasar la noche contigo... Quería dejar a Aroa aquí, aclararle las cosas y después volver y besarte. Y me daba igual que nos vieran los demás. Solo necesitaba dejar cerrada del todo esa puerta, que lo entendiera.

—¿Y lo ha entendido?

La miro.

—Claro que lo ha entendido, Coco, pero no quiere cerrarla.

—¿Y es ese mi problema?

—¿Es mi problema que tú creas que estaba con mi ex echando un polvo y te hayas ido a echar otro con el tuyo?

—No lo he hecho —me dice arrastrando las letras. Vuelve a llorar—. Me siento una mierda, Marín. No me hables así.

—¿Cómo? ¿Con franqueza?

—Me siento una mierda —repite despacio, conteniendo los sollozos.

—Normal. —Me pongo en pie—. Me encantaría decirte otra cosa, Coco, pero es normal que te sientas una mierda porque estábamos ilusionados como críos y lo has...

—¿Lo he..., qué?

—Estropeado. Lo has estropeado.

Me doy la vuelta, pero no puedo irme. En el fondo siento todo lo que estoy diciendo. Siento ser tan duro, siento no poder decirle que se me pasará, que no quiero irme, que no estoy incómodo con ella por primera vez en mi vida. Pero no sirven las mentiras cuando se trata de Coco.

Me aparto el pelo de la frente, sintiéndome ridículo. No puedo quedarme, no puedo irme.

—¿Ya está entonces? —me pregunta—. ¿Todo roto?

—No lo sé. Me voy a ir. No quiero…, no quiero estar aquí.

Ahora sí que me vuelvo con intención de irme. Es más, empiezo a hacerlo. Las piedrecitas que cubren las parcelas crujen bajo mis zapatillas y me molesta un sonido que, hasta ahora, solo traía a mi cabeza cosas buenas. Recuerdos.

Sus dedos me agarran de la muñeca y tira de mí. La oigo gemir, pero quiero irme.

—Deja que me vaya, Coco. Esta noche no vamos a arreglar nada.

Tira de mí con más fuerza y me da la vuelta. Me abraza. Noto las lágrimas calientes que me mojan la camisa, pero no le devuelvo el abrazo. Me siento… traicionado. Ella no. Con ella las cosas nunca son así.

—No quiero hacerte daño, Coco. No es eso. Es que me siento herido. Es que…

No me deja terminar. Antes de que pueda darme cuenta tengo sus labios sobre los míos. Y solo es…, solo es un beso. Unos labios que se aprietan a los míos, tal y como lo han hecho los de Aroa esta noche. Cuando ella lo hizo no sentí nada…, nada. No sentí nada cuando me dijo que nadie podía compararse a nosotros cuando estábamos juntos, cuando me pidió que recordara lo bien que iba todo antes. Nada. A pesar de recordarlo. Como si mi boca hubiera dejado de sentir, como si ya no fuera capaz de convertir ese acto en una emoción. Como si los recuerdos fueran de otro.

¿Qué diferencia ese acto de este? Nada. Físicamente es el mismo. Los labios de una mujer que se estampan contra los míos e intentan que nada deshaga ese abrazo. Pero entonces… ¿por qué es todo diferente?

Todo.

El cosquilleo vuelve. Siento toda la piel que me cubre, siento la brisa caliente acariciarme el vello de los brazos, siento su respiración agitada pegada a mi pecho. Hace calor. Es una noche calurosa, húmeda, pero Coco está temblando. No puedo evitar, sin apartarme, envolverla; siento mío su suspiro de alivio y lo aspiro cuando mis labios se entreabren. No, no mando sobre esto.

Atrapo su boca con la mía al tiempo que sus manos recorren mi espalda; Coco sabe a lágrimas y a alcohol pero me gusta. Me gusta mucho. Cierro los ojos, como ella, y dejo que su lengua, tímida, acaricie la mía.

«Es ella. Es ella. Es ella».

Meto la mano izquierda en su pelo, a la altura de la nuca mientras la derecha sujeta su cintura. Coco se agarra a mí con fuerza y el beso continúa haciéndose grande hasta que las bocas no dan más de sí.

Es ella, joder. Pero así no.

La aparto. Aún tiene los ojos cerrados cuando lo hago; mis manos siguen en el mismo sitio y la miro. Con las pestañas negras deshaciéndose en pegotes húmedos de rímel sobre sus mejillas, con la boca, hinchada de llorar y besarme, entreabierta. Temblando. Suplica entre dientes:

—Por favor.

—Así no —digo soltándola despacio—. Así no, Coco.

Me alejo un paso. Abre los ojos y doy otro, mirándola. Se abraza a sí misma y me alejo un poco más.

—Marín… —dice.

—¿Qué?

—Da igual dónde vayas… Tú y yo siempre, siempre, seremos nosotros.

Y lo sé. Pero esta noche no puedo hacer más que irme. Lejos. Un poco más lejos. Y más y más… A algún sitio donde no haya estado con ella, que no huela a ella, que no me la recuerde. Un sitio donde pueda pensar y saber por qué a pesar de estar tan cabreado seguiría besándola hasta que se me olvidara mi puto nombre.

31
La claridad

Cuando me hago un ovillo en la litera de abajo, me molesta saber que Aroa está durmiendo en la de arriba. Ahora mismo empezaría a dar patadas hasta que se levantara y después la arrastraría del pelo para sacarla de la autocaravana y no volver a dejarla entrar. Estoy muy cabreada... con ella y conmigo.

Estoy embotada. Cansada. No entiendo muchas cosas de las que han pasado esta noche. Estoy confusa pero lo único que me preocupa de verdad es Marín. ¿Qué he hecho?

Cojo el móvil y cometo un error de principiante. Le escribo un wasap. Uno muy arrastrado:

> Por favor..., no te vayas. No te vayas aún. Deja que lo
> hablemos. Deja que..., no sé. No puedo justificarme,
> pero necesitamos hablarlo, Marín. No te vayas sin que
> lo hagamos. No te vayas sin mí.

Paso un buen rato mirando nuestro chat pero los dos tics no cambian de color: se mantienen grises. No se ha conectado. No creo que lo haga esta noche. Al final, dejo el teléfono bajo la almohada y me acurruco. Si estuviera aquí, me obligaría a sacar el móvil de la litera. Odia que duerma tan pegada a él.

—Eso no puede ser bueno, Coco. Una mañana te vas a levantar tarumba.

Mira. En eso tenía razón. Ya lo estoy un poco.

Cierro los ojos, pero no puedo dormir. Vuelvo a coger el móvil. No se ha conectado. Entro en el chat de Gus y le escribo sin pensarlo dos veces.

Coco:
Siento muchísimo haberte empujado a cagarla así.

Se conecta al instante. Escribiendo.

Gus:
Hemos sido los dos.
A estas alturas ya se habrá enterado
todo el mundo, me imagino.

Coco:
Cuando he llegado, solo estaba Marín.

Gus:
Mañana échame la culpa a mí. No creo
que haya nadie que no vaya a creerte.

Resoplo. Estaba hecho una mierda y ahora está hecho dos mierdas.

Coco:
No te martirices. Se arreglará.

Gus:
Si solo fuera esto te daría la razón, pero llevo muchas
amarillas acumuladas. Esta ya es tarjeta roja, te lo adelanto.

Coco:

¿Ahora usas metáforas futbolísticas?

Gus:

Hago lo que puedo. ¿Tú qué?

Coco:

Lamentable. He llorado, he atacado, culpado,
suplicado y, por último…, he besado a Marín.

Gus:

Muy en tu línea.

Coco:

¿Está ahí?

Gus:

Sí, aquí a mi lado, abrazado a mi pecho y
balbuceando en sueños lo mucho que me aprecia.
Qué va…, ha entrado, ha cogido las llaves del coche y
cuando he querido disculparme me ha pedido que
no dijera nada. Portazo como despedida. Fin.

«Joder».

Gus:

Oye, Coco. Deja de darle vueltas.
Ahora mismo no tiene solución y por la noche
las cosas siempre parecen peor de lo que son.

Coco:

¿Por eso vives más de noche que de día?

¿Eso no es una canción de La fuga? Anda. Hazme caso
por una vez. Duérmete. Nos sobra tiempo en la
vida para sentirnos miserables. Buenas noches.

Dejo el móvil bajo la almohada otra vez, pero no me duermo. Chupo techo durante al menos hora y media. Marín no contesta. Debe de estar de camino a casa.

La sensación al despertarme ya es incómoda. Hace muchísimo calor aquí dentro. Estábamos teniendo mucha suerte hasta ahora con días de calor suave, pero eso parece que está cambiando. Ya queda poco, por otra parte. Una nostalgia dura y vergonzosa se extiende por mi pecho. Despierto por el calor, pero en cuanto recobro la consciencia no es eso lo que me martiriza, sino el recuerdo de la noche de ayer. Es hora de salir de la cama.

Encuentro una nota manuscrita sobre la coqueta encimera. Es de Aroa. Dice que se va sola a la playa y que no sabe cuándo volverá, que hagamos planes sin ella. Me alivia a la vez que me parece lo puto peor. Cobarde y niñata. Vale. Lo poco que he dormido no ha servido para calmar esto.

Salgo de la caravana sosteniendo el papel en la mano. La última vez que miré el reloj del móvil eran las siete de la mañana… Ahora son las doce y el sol no tiene piedad; cae a plomo y no hay ni una brizna de brisa que suavice este calor empalagoso y húmedo.

Por cierto…, Marín sigue sin contestar. No sé si sentirme molesta o si preocuparme y empezar a llamar a los hospitales.

Encontrarme a Blanca sentada en la terraza, sosteniendo un vaso de poliestireno que rebosa café humeante casi me mata. Está soplándolo, pero no creo que eso haga que se enfríe mucho en las próximas horas…, con este calor. Café. Mataría por un café, pero ya estoy a punto de morir del susto.

—Joder… —Me llevo la mano al pecho—. Perdona, Blanca. Me he asustado.

—Te compré un café. Aún quema, ten cuidado.

Me siento frente a ella. Tiene mala cara: los ojos hinchados y rojos, dos ojeras enormes de color amoratado y la tez blanquecina. Acerco el café y dos sobrecitos de azúcar y le doy las gracias.

—¿Estás bien? No tienes buena cara.

—He pasado mala noche.

—Ha hecho mucho calor. —No la quiero presionar.

—Sí, bueno. —Sonríe triste—. Entre otras cosas.

Echo el azúcar en el café y entro un segundo, sigilosa en busca de dos cubitos de hielo. Al salir, le ofrezco uno a Blanca, que arrima su café.

—¿Me lo quieres contar?

Tiene el papel con la nota de Aroa enfrente y lo señala con un movimiento ligero. Sonríe de medio lado.

—La princesa está de morros —me dice, cambiando de tema.

—Pues ya somos dos. Ayer besó a Marín.

—Y tú te acostaste con Gus.

Su respuesta no es dura ni malintencionada, pero se nota en ella desaprobación. ¿Qué esperaba? Los amigos no están para sobarle a una el lomo cuando hace las cosas mal.

—No exactamente. —Doy vueltas al cubito dentro del café con el dedo, cuidadosa de no derramarlo—. Era mi intención, sí, pero no salió.

—¿No?

—No. A veces el cosmos confabula a favor de que las cosas no empeoren.

—¿No os acostasteis?

—No. Estaba dispuesta a ello y empezamos, pero… Gus está enamorado de alguien, aunque diga que no y hable de ello como lo haría de un problema. Para él ya no sirve cualquiera. No entró en detalles, pero… creo que ha vivido lo que es querer de verdad y…

—¿En serio? —Arquea las cejas—. ¿Puede Gus querer a alguien?

—¿Sabes lo que pasa con Gus? —Me recuesto en la silla y estiro las piernas por debajo de la mesa. Estoy empezando a sudar—. Él se escuda con el sexo, Blanqui, pero a este chico alguien le ha tocado de verdad, por debajo de la piel y no le queda ya ni esa salvaguardia. Ya no tiene dónde esconderse.

Blanca suspira, como si no le interesara lo más mínimo entrar en debates sobre la vida amorosa de Gus.

—Blanca…, ¿tú crees que es posible que Gus…, que la chica con la que ha estado Gus… sea Aroa?

Está dando un sorbo al café cuando hago la pregunta y como respuesta, al principio, solo recibo un alzamiento de cejas.

—No. ¿Qué sentido tendría eso?

—Encajaría… Hace nueve meses que empezaron… Más o menos el tiempo que hace que Marín y Aroa rompieron.

—Eso es solo una casualidad, Coco. —Deja el café en la mesa. Tiene realmente mala cara—. Hace mucho calor, ¿verdad?

—Sí. Oye, ¿estás bien?

—Sí. Sí.

Bebo un sorbo de café y me doy cuenta, avergonzada, de que la hipótesis de que Aroa fuera esa chica por la que Gus está como está solo responde a una explicación: me he estado mirando demasiado el ombligo. Hasta en algo tan ajeno a mí como que mi ex se haya enamorado, busqué implicaciones que tuvieran que ver con lo que yo estoy viviendo. Ahora todo lo que pensé me parece estúpido.

—Blanca, ¿por qué…? Bueno, anoche te vi en Mandala, antes de irme. Estabas llorando.

—Sí —suspira.

—¿Por qué llorabas?

—Hay algo que no te he contado, Coco.

—Me lo imagino.

—Sé que te vas a enfadar conmigo.

—No creo.

—No creas tan rápido. —Se frota la cara.

Loren se asoma con los ojos hinchados por el sueño.

—¿Sois vosotras las que estáis hablando como unas cacatúas desde hace horas?

—No, hijo —respondo—. Deben ser las de la parcela de al lado. O en tus sueños.

—Pesadillas. Qué mal he dormido. ¿Ese café es para mí?

Blanca no contesta. Tiene la mirada fija en la nada.

—Blanqui…, ¿estás bien?

—No me… —Mueve suavemente el cuello—. No me encuentro bien.

—¿Qué tienes?

—Ha dormido mal —dice Loren acercándose a ella y poniéndole la mano en la frente—. Hostia, Blanca…, estás empapada.

—Es que aquí hace mucho calor —se queja.

—Pero estás empapada en sudor frío.

—¿Quieres que te acompañe a la ducha? —me ofrezco nerviosa.

—Mejor túmbate.

—Toma algo de azúcar.

—Queda un poco de zumo de naranja en la nevera.

La voz de Loren se superpone a la mía, pero ninguno de los dos se calla. Nunca había visto a Blanca tan pálida; supongo que estamos asustados.

—Loren…, trae agua —le digo cuando la veo intentar levantarse.

—No, no. Solo necesito mojarme un poco el cuello. Es…, es… este calor.

—Blanca, no te levantes —le pide Loren.

Hace caso omiso. Nos mira.

—Solo estoy agobiada…

La última «a» se alarga un poco en su garganta y da un par de pasos. Respira rápido, como después de una carrera. Estoy pensando en decirle que lo haga a fondo, tranquila o se hiperventilará, pero cuando la silla se cae y ella ni siquiera parece escuchar el golpe en el suelo de grava, es tarde para el aviso.

No nos da tiempo a sortear la mesa y las sillas antes de que caiga al suelo, aunque da la sensación de que lo hace casi a cámara lenta. Los ojos se le ponen en blanco, con los párpados caídos, las rodillas le fallan y su cuerpo se vence dando una curiosa vuelta sobre sí misma. Loren consigue agarrarla de la muñeca y minimizar la caída, pero ni siquiera ha debido notarla.

—¡¡Blanca!! ¡¡Blanca!! —grito, dándole palmaditas en la mejilla—. ¡¡Loren!! ¡Trae agua!

Uno de nuestros vecinos de parcela, un alemán grande como un coche, se acerca a nosotros y nos pregunta en un español torpe qué ha pasado.

—Se ha desmayado —dice Loren, entrando a por la botella de agua mientras yo le sostengo las piernas en alto.

Nos movemos rápido, pero no sabemos muy bien qué estamos haciendo.

Empieza a aproximarse gente. Blanca parpadea muy rápido, pero no responde. El pecho se le hincha con celeridad porque a pesar de estar inconsciente, sigue respirando rápido y fuerte. Llegan más vecinos de las parcelas de alrededor y todo el mundo, con muy buena voluntad, da consejos.

—Sentadla en una silla.

—No, seguid levantándole las piernas.

—Llamad a una ambulancia.

—Mojadle la cabeza.

—Y las muñecas.

Loren vacía parte de la botella de agua, con cuidado, poniendo su mano como filtro, en la cabeza de Blanca y después en sus manos. Parece que tiembla un poco. Sigue parpadeando.

—Blanca…, Blanca, por favor…

Casi no me sale ni la voz. Quiero decirle a Loren que llame a una ambulancia o a un médico o yo qué sé, pero no me sale. Hay mucha gente alrededor. Demasiada.

Alguien aparece entre los curiosos, dando empujones. Viene hasta nosotros tan rápido que ni siquiera le veo la cara.

—Pero ¿qué ha pasado? ¡¡¿Qué ha pasado?!! —grita al arrodillarse junto a Blanca—. Blanca, ¿me oyes? ¡Que se aparte toda esta gente, joder! ¡Venga! ¡Hacia atrás!

Es Gus.

—Loren, cógele las piernas. Más alto. Cuarenta y cinco grados más o menos. Blanca…

Le acerca la oreja a la boca y después arranca de la cuerda que usamos como tendedero una toalla y se la pone debajo de la cabeza antes de ladeársela.

Se mueve muy rápido.

—Blanca… —susurra—. No pasa nada, ¿vale? No pasa nada. ¿Me oyes? Estoy aquí. Estoy aquí. Contigo.

Me levanto del suelo y me retiro un poco. Hay algo dentro de mi cuerpo que está atrapando mi estómago en un puño imaginario y no es solo el susto. Hay algo que…

Blanca abre los ojos y balbucea.

—No pasa nada. Te has desmayado, ¿vale?

Ella intenta incorporarse, pero él la obliga a mantenerse tumbada sujetando con suavidad su hombro.

—No hay prisa. Esta gente ya se va. Coco…, que se vayan todos. Está todo bien.

—Gus… —balbucea Blanca.

—Estoy aquí, pequeña. Estoy aquí. Ya está. ¿Ves? Ya está.

Blanca tiembla. Tiembla mogollón y estoy asustada, pero... no puedo despegar los ojos de ella, de Gus. De cómo se miran. «Estoy aquí», «ya está», «contigo», «pequeña». La voz..., la voz de Gus, tan acostumbrada a recitar delante de gente, de arrastrar las palabras que harán temblar de ganas a sus fans, las que quieren que sus gargantas escupan un quejido de placer debajo de su cuerpo... Esa voz que de pronto es tierna, es dulce, no parece suya. Porque no lo es. No es tuya, Gus; alguien entró en tu pecho y te la robó. Los dedos de Gus acarician las sienes de Blanca y sigue susurrando: «Está bien, estoy aquí, pequeña». Pequeña. Pequeña. ¿Pequeña?

La sonrisa embotada de ella que solo despertó al escucharle a él. Sus manos, joder, sus manos agarradas a la altura del estómago. Están estrechándolas tan fuerte que sus nudillos están blanquecinos.

—Coco, que se vayan, por favor —me vuelve a pedir Gus.

Doy un par de pasos hacia atrás y me giro hacia la gente.

—Está todo bien.

—¿Llamamos a un médico? —ofrecen, solícitos.

—No. No. Nosotros nos ocupamos —digo aturdida.

Todos me piden que les llamemos si necesitamos algo, pero solo puedo asentir y dar las gracias con torpeza. Sus pasos crujen de vuelta a sus parcelas y el rumor de sus conversaciones se aleja.

Loren sigue sosteniendo las piernas de Blanca, pero empiezan a temblarle los brazos. Acerco una silla y se las apoyamos allí ahora que se encuentra un poco mejor. Está atontada, pero responde.

—¿Qué día es hoy? —le pregunta Gus.

—Sábado.

—¿Cómo te llamas?

—Estoy bien —se queja ella intentando incorporarse.

—No te levantes aún.

—De verdad..., me quiero sentar.

—¿Cuál es la mejor canción de la historia?

—«Qué bien», de Izal.

—Dios, estás peor de lo que pensaba. Voy a tener que certificar tu muerte.

Comparten una risa, en el caso de Blanca débil.

La risa. La mirada. Sus manos aún agarradas. El tiempo se convierte en una especie de espiral que me traga. Todo a mi alrededor se desdibuja y con una náusea en el estómago, soy escupida por la consciencia a tiempo de darme cuenta de cada pequeño detalle. Las miradas. Todas las miradas. Las que se evitan también hablan; como aquella tarde, en El circo de las tapas en la que ni siquiera cruzaron palabra. Se evitaban, no se odiaban. Las frases que empezaba uno y terminaba el otro en un partido de tenis que jamás finalizaba porque siempre parecían tener algo de lo que quejarse… Buenas excusas para hablar, ¿no? Porque a veces, como en el cole, no sabemos cómo acercarnos a esa persona si no es con una broma en ocasiones ofensiva. Y las bromas, claro, las bromas que nadie reía más que ellos porque no las entendíamos. «Tenéis el mismo puto sentido del humor raro y perverso, joder», me quejaba yo a veces entre risas, «no hay quién os entienda». Ellos. Ellos se entendían porque eran viejos chistes entre dos confidentes.

Los móviles, siempre en la mano, a la vez, manteniendo conversaciones paralelas. Las servilletas arrugadas con versos escritos de su puño y letra… que no eran para mí ni quiso tirar a la basura… probablemente las dejó donde pudo cuando creyó que alguno de nosotros podía pillarle. Ella. Malasaña. Nueve meses. «Rubén y yo no andamos muy bien últimamente». Los poemas, todos, con sus "pequeña", sus paseos por Madrid, su arrepentimiento. Las discusiones. Las lágrimas de anoche, el aturdimiento de Gus. Es ella. Es ELLA, joder. Mi mejor amiga es ELLA.

No, Coco. No eran dos personas que no se caían especialmente bien. Eran amantes. Y tú eras la única que no lo sabía.

32
Se acabó imaginar

Blanca no consiente ir al hospital. Ni siquiera a la caseta de la Cruz Roja que hay en la playa.

—Ha sido un golpe de calor. Estaba agobiada. Ya está.

Sí, hacía calor. Y… ¿estabas agobiada? Déjame adivinar. ¿Es posible que estuvieras a punto de confesarle a tu mejor amiga que llevas nueve meses acostándote con su ex? A tres meses de tu boda, por cierto. Un ex del que creías que estaba enamorada. Pero claro, eso no te frenó

De puta madre todo.

Cuando me he asegurado de que se encontraba mejor, me he marchado a darme una ducha. Necesitaba alejarme un momento, ponerme ropa interior limpia, cambiarme el pijama por otro que aún oliera a suavizante. Pequeños gestos que alejaran de mi piel la sensación de calor y me hicieran sentir un poco más limpia.

Al volver, la encuentro sentada a la sombra, con una botella de agua fría en la mano.

—¿Estás mejor? —le pregunto un poco más seca de lo que pretendía.

—Sí, sí.

Mira a nuestro alrededor, donde Gus y Loren parecen estar muy ocupados yendo y viniendo del interior de la autocaravana.

Yo, sin embargo, no puedo apartar la mirada de Blanca. ELLA, fo-
llándose a mi ex. Él, teniendo una aventura con una chica casi
casada. Ellos, a espaldas de todos. ¿O solo a mis espaldas?

—Oye, Coco… —dice incómoda al darse cuenta de que
la miro fijamente—. Eh…, yo…, me gustaría retomar la conversación que estábamos teniendo antes de que me cayera
como doña Rogelia. Quizá podíamos acercarnos a comprar
algo para comer y…

—No te preocupes. —Sonrío tensa—. Ahora mismo lo
que menos necesitas es un paseo —«Conmigo», pienso— con
este calor.

Y sonrío tirante.

—Coco… —Gus pellizca con suavidad mi codo por detrás, llamando mi atención—. Estamos en confi, ¿no?

—Sí. ¿Por? ¿Vas a desvelar algún secreto de estado?

Ayer la mirada que intercambian me habría pasado inadvertida. Hoy no, claro.

—Iba a preguntarte si sabes algo de Marín —puntualiza.

¿Sabes esa sensación de desasosiego inmediato, como si se
te hundieran los pies en el suelo y cayeras a través de kilómetros
y kilómetros hasta las propias tripas de la tierra para morir cal-
cinada en el núcleo de magma? ¿No? Pues es exactamente como
me siento ahora mismo.

—No. —Trago saliva—. No sé nada de él. No me ha…
—Cojo aire—. No contestó el mensaje que le envié anoche. ¿No
ha pasado por el hotel?

—No. Desde anoche.

—Joder.

¿Y si le ha pasado algo?

Me levanto y cojo el móvil. Tengo su contacto en marcación rápida, así que en menos de nada, el teléfono está dando
tono.

—¿Qué haces? — pregunta Loren.

—Comerme el orgullo y llamar a Marín.

—Ya lo he intentado yo —dice Gus, lanzando una mirada de reojo hacia Blanca, supongo que midiendo su reacción.

Si Marín está molesto porque nos encontró en la cama, Blanca…

… Espera… ¿Blanca? ¿Cómo ha podido sonreírme cuando la he visto? ¿Quién compra café para la persona que cree que se ha follado a su amante? A no ser… que lo haya envenenado.

Comido la tentación de ir a oler los restos del café, por si huele a algo. ¿A qué huele la cicuta? ¿Y el arsénico?

—Joder… —se me escapa en voz alta.

—¿Lo coge? —pregunta Blanca—. Gracias.

Loren acaba de acercarle una Coca Cola fría y un bol de patatas fritas.

—No lo coge.

—¿Lo intento yo? —se ofrece ella.

—No. —Me alejo unos pasos cuando salta el contestador y cierro los ojos al escuchar el mensaje.

—«Eh…, hola, deja tu mensaje. Si te cantas algo, igual hasta te devuelvo la llamada».

—Marín…, soy yo. Supongo que sigues enfadado conmigo y es bastante posible que te hayas largado lejos, pero solo necesito saber que estás bien. Aunque estés cruzando la frontera gala. Por favor…, da señales de vida. Estoy preocupada.

Cuelgo y vuelvo a la mesa. Blanca me mira con el ceño fruncido.

—¿Nada?

—No. Le he dejado un mensaje en el buzón de voz, pero… con lo enfadado que debe de estar conmigo, este se ha largado.

—¿Hablasteis algo anoche?

—Algo. Pero el tema estaba muy… candente.

—¿Quieres que vayamos a buscarlo? Y… hablamos.

—Se ha ido. —Apoyo los codos en la mesa y meto los dedos en mi pelo—. Se ha ido para alejarse del problema y dejar que se enfríe… Un clásico en Marín.

—No es que se aleje, es que a Marín no le gusta discutir.

—Quizá yo también debería irme —musito.

—Si se ha ido, no creo que tenga ganas de que le sigas —responde Gus, que come también del plato de patatas.

—Oye, ¿tú no tienes nada mejor que hacer que opinar sobre mi vida sentimental? —respondo molesta.

—¿Marín es tu vida sentimental? —Arquea las cejas—. Sí que vais vosotros rápido. De compañeros de piso pasáis ya a agapornis. ¿Qué ha sido de los follamigos? ¿Es que nadie piensa en los follamigos?

—Gus…, cállate.

Algo debo admitir… Blanca es la única capaz de hacerle callar.

No dejo de dar vueltas al móvil entre mis manos. Se ha ido. Se ha ido a Madrid, de vuelta, a recoger a su hermana y a olvidarse de todo esto. Qué cagada, Coco. Qué puta cagada.

Miro a Blanca, que me devuelve la mirada preocupada. No sé ni cómo sentirme… con lo de Marín, con lo de Blanca y Gus, con lo de Gus. ¿Cómo puede Gus estar tan tranquilo? ¿Habrán hablado? Tendrán que hablar. ¿Siguen liados? ¿Será que «rompieron»? ¿Qué me contó exactamente ayer sobre «ella»? Dios…, tengo la noche de ayer inmersa en una niebla alcohólica que no termina de disiparse.

No puedo concentrarme en ello ahora. Marín. ¿Dónde está Marín?

Me levanto de la silla como un resorte.

—Gus, ¿me das tu llave de la habitación?

—¿Cómo? —pregunta con la boca llena de patatas.

—La llave de la habitación de hotel. ¿Me la das?

—¿Vas a ir al hotel? ¿A qué?

—No sé. A ver si ha pasado por allí, por si están sus cosas…, no lo sé.

—Tía, he dejado la habitación que parece una leonera.

—Me la sopla, dame la llave.

—¿Quieres que te acompañe? —se ofrece Blanca.

—Eh…, no. No. Mejor voy sola.

Gus desliza la tarjeta sobre la mesa y la agarro antes de salir corriendo. No quiero darme tiempo de pensarlo dos veces, de sentirme ridícula o una arrastrada. Necesito, aquí y ahora, moverme para al menos intentar solucionarlo.

Los cuatrocientos metros que separan el camping de la puerta del hotel se me hacen eternos, primero, porque cae un sol insoportable y en la calle no hay ni dos centímetros cuadrados de sombra y, segundo, porque voy pensando demasiado: ¿soy mala amiga por dejar a Blanca sola ahora? ¿No debería haberlo aclarado todo con ella antes? ¿Estoy enfadada porque me haya escondido lo de Gus? Y porque sea con Gus, además. Con todos los tíos que hay en el mundo. Espera…, ¿no es lo que podría pensar de mí Aroa?

Necesito solucionar una cosa detrás de otra. Primero, Marín.

Tengo intención de preguntar en recepción si han visto a Marín, pero solo de imaginarme a mí misma describiéndolo («Es el chico más guapo que jamás haya visto, así con unos ojos maravillosos y una sonrisa que hace que se ponga el sol en alguna parte del mundo, ¿me entiende usted?») me da pereza, así que enfilo el camino directo a la habitación.

Al abrir me sorprende de pronto una sensación de calma. Debe de ser por los colores de las paredes, blancas y azules, y por la ventana que Gus ha dejado abierta y que hace que el mar se asome al interior del dormitorio. La cama está hecha y alguien, probablemente el servicio de habitaciones, ha dejado algunas prendas de Gus dobladas sobre la mesa. Lo conozco…, él no ha sido. Su bolsa de piel marrón está abierta sobre una silla y se vislumbra un caos majestuoso dentro en el que sobresale un ejemplar de su libro. El ejemplar… se lo firmó a sí mismo, no digo más. En serio… ¿qué hacía yo con alguien como él? No pegamos ni con cola. Bueno…, tampoco le pega demasiado a alguien tan práctico como Blanca.

Cesa un sonido. Me cuesta unos segundos entender que es el ruido del agua cayendo… Se me acelera el corazón antes incluso de preguntarme si no será que las paredes son muy finas y se cuela el sonido de la habitación de al lado. Pero no. Alguien se mueve en el cuarto de baño.

No lo pienso, me dirijo allí como las locas y abro la puerta. El susto que le meto a Marín es de película.

—¡¡Me cago en la puta!! —Con una mano se agarra el pecho y con otro la toalla que lleva a la altura de la cintura—. ¡¡Joder!! Pero ¡¿qué haces?!

Boqueo. No sé qué decirle. ¿Perdón? ¿O mejor un «No te has ido» con ojos ilusionados de manga japonés? Él se apoya en el lavamanos, farfullando blasfemias.

—No te has ido —consigo decir.

—No —niega—. Joder, voy a escupir el corazón. Dame un segundo.

—¿Salgo?

No contesta. Mira al techo y veo su nuez moverse arriba y abajo cuando traga.

—Mierda, Coco, no vuelvas a hacerme esto en tu vida.

—¿El susto o…?

—Vamos a ir por partes, ¿vale?

—Estaba…, estaba asustada. Pensaba que te habías ido.

—Me había ido —dice frotándose la barbilla, donde empieza a salir un poco de barba—. Pero aquí estoy.

—¿Y qué te ha hecho volver?

Se humedece los labios. Me mira.

—Ayer me hiciste mucho daño —suelta de pronto.

—Lo sé.

—Explícame por qué. Necesito saberlo. Pero, por favor, no me digas que estabas borracha...

—Lo estaba.

—No es una buena defensa... Inténtalo de nuevo.

—Me haces sentir insegura.

—¿Yo? —Parece sorprendido—. ¿Yo te hago sentir insegura? Coco, yo soy casa. Búscate otra excusa.

Es casa. Mi casa. Me apoyo en las baldosas empañadas del baño y resoplo.

—Aroa es... perfecta. Es increíble. Ya he aprendido que..., bueno, que puede llegar a ser un poco tirana pero os vi tantas veces bien..., y de pronto no estabais juntos. Lo máximo que conseguí sonsacarte de esa ruptura fue que era lo mejor, que no buscabais lo mismo. Nada más. Y ayer os vi... juntos. Me dio la sensación de que desprendíais..., no sé. Intimidad.

—¿Intimidad? —Arquea una ceja—. ¿Intimidad, Aroa y yo? Coco, parece mentira.

—¿Y si no sé lo que es la intimidad, Marín? ¿Y si no la he tenido con nadie y por eso la confundo con otra cosa?

—¿No la has tenido con nadie? Y una mierda, Coco. Intimidad es lo que tenemos tú y yo.

—Tú y yo hemos pasado de hablar de pedos en casa a tocarnos como si estuviéramos en un vis a vis de la cárcel. No sé si a eso se le puede llamar intimidad o una amistad malentendida.

—¿Te estoy hablando de sexo? No te entiendo. —Respira hondo—. Te juro que no entiendo nada.

—Y eso..., también está eso. No dejas de repetir que estás confuso, que no entiendes nada, que no sabes qué sientes... Te vi con ella y luego no me cogías el teléfono. Me inventé un monstruo, vale, pero es que me lo creí.

—Y decidiste que acostarte con Gus era la mejor opción.

—Acostarme con Gus era lo conocido, Marín, lo que acostumbraba a hacer cuando me dolía estar contigo, pero no entendía que estaba enamorada de ti hasta las putas orejas. Era como volver a la puta zona de confort, a la de mierda…, la mediocre. La que no eres tú.

Eso parece noquearle. No responde.

—No te voy a decir que actuara bien, Marín, es imposible. No lo hice. Ni siquiera puedo asegurarte que lo hiciera por causas justificables o entendibles. Lo hice porque… me sentí sola y abandonada y… porque cuando estoy tan enamorada como lo estoy de ti, mierda, Marín, me vuelvo gilipollas. ¿Sabes el tiempo que llevo esperando esto? ¿Entiendes lo mucho que me gustas, lo difícil que ha sido sujetar todo eso y meterlo dentro del molde de lo que se supone que yo debía sentir por ti?

Baja la mirada al suelo.

—Estás decepcionado —sigo hablando— y lo entiendo. Yo también lo estoy en cierta manera porque nada es como lo he imaginado y lo he imaginado tantas veces que pensaba que había cubierto todas las posibilidades. Todo estaba sucediendo y…

—Para —me pide.

—No, joder. ¿Sabes las mañanas que me he quedado en la cama, escuchando cómo te movías por casa y pensando en todas las cosas que me gustaría decirte, hacerte…? —Me estoy liando. Coco, para, te estás metiendo en un jardín—. Llevo un año pensando en alguien que quería a otra persona, otra persona que, por cierto, yo le presenté. No podía hacer nada más que imaginar y me monté mi historia perfecta. Nuestras primeras confidencias perfectas, nuestros primeros momentos de magia perfectos, nuestro primer beso perfecto, nuestra puta historia perfecta que no iba a pasar jamás, pero que era perfecta.

Marín vuelve a mirarme.

—¿Y qué más?

—¿Y qué más? ¡Joder, Marín! —grito.

—Te lo estoy preguntando de verdad. ¿Y qué más? ¿Qué más habías imaginado?

—Mira, tío, eres mi mejor amigo y estoy enamorada hasta las trancas de ti, pero si te pasas me cuesta menos que nada darte una patada en los cojones.

La expresión indescifrable que sostiene en su cara se convierte en una sonrisa prudente.

—¿Boda? ¿Hijos? —sigue.

—Te juro que te la doy, Marín. Aprendí muy pronto a responder a las humillaciones de mis hermanos con violencia hacia sus genitales.

—No te estoy humillando. Quiero datos. Eres…

—¿Idiota?

—No. —Niega con la cabeza—. El otro día iba conduciendo y de pronto me dije a mí mismo que si un día nos casábamos seguro que llevarías una de esas diademas doradas que tanto te gustan, con libélulas y… bichos.

—¿Qué dices? —Arrugo el ceño y me oigo a mí misma tan chillona…

—Lo que te digo, Coco, es que todos fantaseamos; podemos imaginar cuánto queramos y está claro que en la imaginación será todo perfecto, pero somos adultos y sabemos que la vida no es así.

—Claro que no es así. La vida puede ser una puta mierda miserable.

—Tampoco te pases.

—Casi follo con Gus, Marín. Casi follo con mi ex intentando olvidar que pensaba que estabas con Aroa.

—No me lo recuerdes. —Su boca dibuja una mueca—. No hay nada perfecto.

—Pues es una putada porque no sabes lo bonita que era nuestra historia en mi cabeza. —Bufo y me tapo la cara—. Nunca pensé que fuera tan complicado hablar contigo —sentencio.

—No lo es —añade—. Mírame.

Dejo caer las manos y lo miro con expresión hastiada.

—¿La he cagado para siempre? Solo necesito saberlo. —pregunto.

—La has cagado, pero no para siempre. Yo también tengo que aprender mucho de esto.

—¿De lo decepcionante que soy en realidad? —Hago un mohín.

—No, que intentar contentar a todo el mundo excepto a ti mismo, siempre sale mal.

—¿Y ahora qué? ¿Cómo se soluciona esto?

—Con un ejercicio de empatía, me imagino.

—Pero la he cagado.

—¿Qué les dijiste a estos?

—¿A quiénes? —pregunto confusa.

—A estos. A los demás. ¿Qué les dijiste? ¿Dónde creen que estás?

—Aquí. Les dije que venía a buscarte. Estaba preocupada. Bueno, Aroa se largó sola a la playa esta mañana y dijo que hiciéramos planes sin ella y…

—¿Llevas el móvil? —me corta.

—Sí. Claro.

—Pues mándales un mensaje. Diles que estoy aquí, que te quedas y… apaga el teléfono.

—¿Por qué…?

—Preguntas cómo se soluciona esto, ¿no? Pues vamos a solucionarlo. Se acabó imaginar.

Marín alarga la mano hacia mí, dejando la palma hacia arriba en una invitación silenciosa para que me acerque.

Quizá sí…, quizá se terminó eso de imaginar.

33
No hay nada perfecto

Su pecho está húmedo cuando me apoyo en él, cerca. Muy cerca. Huele a gel de ducha y algunas gotas de agua se condensan aún en su cuello y en su pelo. Quiero recogerlas todas con la punta de la lengua e ir bebiendo de ellas. De él.

—¿Qué más imaginabas? —No sonríe, pero en su rostro vuelve a adivinarse algo amable para mí.

—¿Ya no estás enfadado?

—Estoy enfadado de la hostia —murmura. —Pero seguir pensando en lo de anoche no me va a ayudar y ya he decidido que quiero olvidarlo.

—Ah…

—Cuéntamelo, ¿cómo imaginabas nuestro primer beso?

—¿Esto es un castigo por lo de ayer, no? Me estás torturando a tu manera.

—No. La tortura igual viene después.

Pues… hablará de tortura, pero suena tremendamente bien.

—¿Cómo era ese beso?

—Era un beso… —Le miro la boca. Dios…, qué boca tan preciosa, joder—. Casi por sorpresa. En casa. Un día cualquiera, un momento cualquiera y de pronto…, tus ojos en mi boca, los míos en la tuya, tus manos en mi cintura y…

—¿Y te besaba?

—En realidad es superheteropatriarcal, pero sí. Me besabas tú.

—¿Y te decía algo antes? —Coloca las manos en mi cintura y me mira la boca.

—Que llevas enamorado de mí desde que me viste en aquel bar, pero que lo que sientes es tan intenso que nunca pensaste que fuera amor…, que el amor para ti siempre fue otra cosa.

—Y que por eso sé que es de verdad. ¿No?

—Deja de reírte de mí. No tiene gracia, estés o no enfadado.

—Coco… —susurra mientras sus manos me envuelven las caderas y me aprietan más a él—, llevo enamorado de ti desde que te vi en aquel bar, pero siempre ha sido tan perfecto, tan intenso que… pensé que no era amor. El amor para mí era otra cosa…, más decepcionante. Pero… solo lo es con la persona equivocada. Sé que esto es de verdad.

Vale, san Pedro, no tiene gracia. Si me he muerto y esto es el Más Allá, prefiero saberlo. Casi no puedo ni tragar saliva.

—No vale —gimo.

—He tenido ayuda, es verdad. Pero ahora déjame darte el beso perfecto a mi manera.

—Lo imaginaba muy perfecto, ¿eh?

—Cállate.

Entreabre la boca antes incluso de pegarla a la mía. Su lengua entra voraz en busca de mi lengua y cuando se juntan, exploto. Explotan la tensión, las ganas, los nervios, las esperanzas y todo lo que alguna vez imaginé… y los transformo en el movimiento con el que mis manos trepan por sus hombros y se enredan en su pelo mojado.

Marín besa hondo, lento, contundente, pero los besos son cortos. Uno detrás de otro, claro. Y todos húmedos, calientes, con lengua, saliva y dientes. Cuando los desliza con suavidad sobre mi labio inferior, gimo.

—Shhh… —me dice—. Manda ese mensaje. Y apaga el teléfono.

Cojo el móvil del bolsillo de los pantalones de pijama. Espera…, ¿he venido en pijama? Me cago en mi vida. Llevo un puto pijama de dos piezas, abotonado, de color negro. En el bolsillo del pantalón corto, el móvil.

—Dios, estoy como una puta regadera. Llevo puesto el pijama.

—Vas como las locas —susurra.

—Creo que lo correcto sería decir que me vuelves loca.

Marín me vuelve de espaldas a él y mientras manipulo el teléfono besa mi cuello. Al principio son leves caricias, su nariz rozando el lóbulo de mi oreja y la respiración sosegada sobre mi piel pero poco a poco el espacio entre nuestros cuerpos desaparece y la respiración se altera. El cambio es casi imperceptible, pero estoy muy atenta. Mi espalda sobre su pecho, mi culo justo a la altura de su polla y sus manos… que empiezan a buscarme. Su boca no tarda en besar mi cuello…, pero lo besa de verdad. Nada de besitos suaves de los que dan cosquillas. No. Boca abierta, dientes que dejan una leve marca en la piel, lengua que repara el dolor momentáneo y labios que acarician después. ¿Es posible que me haya corrido ya? ¿Esto está pasando?

—Sigo enfadado —me aclara—. Te lo recuerdo por si mi comportamiento te confunde.

—Un poco, la verdad. —No atino ni a abrir la conversación de WhatsApp con Blanca para escribirle.

—Me mata que acudieras a Gus para intentar… No sé ni lo que intentabas.

—Olvidarte —termino diciendo—. Y hacerte daño porque me sentía fatal.

—No vuelvas a hacerme esto, por favor —susurra serio en mi oído—. Esa no eres tú.

—Voy a arriesgarme a cabrearte más y a pedirte que tú tampoco vuelvas a poner a Aroa y a sus pataletas por delante de mí.

—¿Por delante de ti? Me pondría de mala hostia que no comprendas que la prioridad has sido siempre tú, si no fuera porque la perspectiva del sexo me pone de mejor humor.

—¿Perspectiva de sexo? No sé de qué me hablas. —Noto su polla clavarse en mis nalgas. Dura. La puta toalla podría desaparecer ya, ¿no?—. Oye, ¿no será que no estás tan enfadado? A lo mejor se te está pasando ya.

—¿En tu imaginación la primera vez que nos acostamos… es «extrasensorial» o follamos?

—Dios… —gimo. Su mano aprieta mi pecho y su boca ha vuelto a dedicar todas las atenciones del mundo a mi cuello—. Las dos cosas.

—Las dos cosas no pueden ser a la vez. Tienes que elegir. La realidad no es tan perfecta.

—¿Qué tendría más lógica?

—Escribe.

> Blanca, Marín estaba en el hotel. Me quedo aquí.
> Tenemos que hablar. Nosotras también tenemos que hablar,
> pero primero tengo que solucionar esto. Apago el teléfono.
> No os preocupéis.

Le doy a enviar en el mismo momento en el que su mano se mete dentro del pantalón de mi pijama.

—Si no dices nada voy a elegir por ti.

—Y vas a elegir follar —le digo.

Saca inmediatamente la mano de dentro del pantalón y me vuelve hacia él. Sonríe de una manera que no había visto nunca en su boca. Quería que me mirase como miraba a Aroa y no me di cuenta de que la forma en la que me miraba ya era mejor. Ahora… brilla más.

—No.

—¿Qué? —He perdido oficialmente el hilo de la conversación cuando he dicho la palabra follar en voz alta, refiriéndonos a nosotros dos.

—Que no voy a elegir follar. ¿Sabes qué es lo que más me cabrea?

—¿Que me intentase tirar a mi ex en la cama en la que tú dormías?

—Hija de puta. —Se ríe y apoya la frente en mi boca—. No. —Se yergue y me mira—. Lo que más me jode es que ni siquiera puedo cabrearme contigo.

—Un poco sí que puedes cabrearte. —Arqueo las cejas.

—Sí, pero… me da por pensar que si nada es perfecto, nosotros tampoco tenemos por qué serlo. Aprendamos de ello. De hecho…, creo que eso solo se arregla haciéndote el amor bonito, Coco.

—Vale, pero… quiero velas y pétalos de rosa por todas partes. Y un cuarteto de cuerda tocando versiones de Post Malone.

Marín levanta las cejas.

—¿Post Malone? Dios, eres la jodida mujer de mi vida.

Besar a Marín es genial. Es mucho mejor de lo que imaginé. Sus labios son increíblemente suaves y la forma en la que arrastra despacio los dientes sobre los míos es como una lanzadera que me manda fuera de mi cuerpo. Ni siquiera soy demasiado consciente de andar hacia la zona del dormitorio. Sé que gimo en su boca, que chocamos con la pared de enfrente del baño y allí nos demoramos un poco a mordiscos. Dios…, Marín es de los que se toman su tiempo. A estas alturas con otros yo ya no llevaría bragas.

La toalla se cae cuando aún no hemos llegado, pero voy tan pegada a él que no veo nada…, hasta que siento el borde de la cama detrás de mis rodillas y me dejo caer hacia atrás. Y ahí está. Desnudo. La hostia puta.

Antes quería casarme con su barbilla por la iglesia. Ahora no lo tengo claro. Me acabo de enamorar de su polla y creo que yo también le gusto.

Acaricio su pecho y sigo hacia abajo sin dejar de mirarle a la cara; él sigue mi mano con la mirada sin decir nada hasta que le agarro con fuerza; entonces entreabre los labios y deja escapar un jadeo. Echa los hombros ligeramente hacia atrás mientras deslizo la mano arriba y debajo de su polla; se yergue, da una sacudida y la punta se empapa.

—Desnúdate, Coco. Quiero verte.

Su cara se convierte en una pintura hiperrealista cargada de sexo y ganas, con la boca entreabierta que exhala trabajosamente y sus ojos que levantan los párpados con pereza.

Me quito la parte de arriba del pijama y despés el pantalón, echándome en la misma cama en la que estuve ayer con Gus. Me sorprende pensar en ello porque esta habitación ahora ni siquiera parece el mismo país. Con Marín todo es diferente; supongo que es eso.

Llevo unas braguitas negras de algodón que no son nada especial, pero él parece hacerles una reverencia cuando, recostándose sobre mí, baja hacia ellas, besando y acariciando con la punta de su nariz la piel que se va encontrando a su paso. Me abre las piernas y sus labios dan pequeños mordiscos sobre la tela de mi ropa interior… Siento su nariz hundirse levemente en mí y me arqueo pidiendo más. Me avergüenza que pueda notar lo húmeda que estoy ya.

Se deshace despacio de la prenda al tiempo que busca el lugar perfecto para inclinarse y meter la lengua entre mis labios. No tira las braguitas junto al resto de la ropa, sino que las guarda dentro de su puño y sigue lamiendo tan despacio que creo que me voy a volver loca.

Marín. Marín está lamiéndome. Es él quien está recorriendo con su lengua el interior empapado de mi sexo, buscando a lametazos mi clítoris, soplando… Le agarro el pelo entre los dedos y le pido que me mire. Es lo primero que digo desde que empezamos a besarnos y mi voz me suena rara…, tan suplicante y necesitada. Pero me mira. Me mira mientras lame y lo excitada que estoy le moja la boca.

—Quiero tenerte dentro —gimo.

—¿Ya?

—Sí —le pido.

—Quería seguir un rato… —Pega la boca del todo a mi sexo y su lengua se dedica por entero al clítoris.

Tiro un poco de su pelo y gimo. Me retuerzo.

—Ayer… —dice mientras su dedo pulgar sustituye a su lengua y el calor de su aliento calienta mi piel sensible—, antes de que vinieras a dormir la siesta, me masturbé tres veces pensando en ti.

—¿En hacer esto?

—No. —Sonríe de lado y vuelve a hundirse entre mis piernas con boca, lengua y dedos. Creo que se me ponen los ojos en blanco.

No sé decir cuánto tiempo pasa hasta que para de nuevo… Solo sé que el suficiente como para terminar de derribar las últimas barreras del pudor y provocar que mis caderas se mezan al ritmo de su lengua. Estoy a punto de correrme cuando se incorpora y se coloca entre mis piernas. Se agarra la polla y comienza a tocarse despacio en una especie de exhibición de sexualidad que no esperaba…, y es que es la persona a la que más a fondo conozco en el mundo, pero en este territorio aún andamos a oscuras. Se humedece los labios y la acerca a mi sexo para tocarme con ella. Estamos mojados, unidos, a punto. Un empujón y estará dentro.

—¿En qué pensaste? —insisto cuando lo veo agarrarse la polla y tocarse despacio.

—Deja que hablemos de eso cuando follemos como perros. Soy más sucio de lo que esperas y ahora quiero hacer el amor.

La coloca justo en mi entrada y se tumba sobre mí, sujetándose con los brazos. Mueve la cadera hacia delante y noto presión; es gruesa y tira de la carne para hacerse espacio en mi interior… Cierro los ojos, gimo…, quiero más. Más dentro de mí.

—Más… —gimo.

Empuja hasta que no queda espacio ni para respirar; me llena por entero. Casi la siento palpitar. Y se queda ahí, dentro de mí, quieto, durante unos segundos que se hacen eternos.

—Ah… —gime al moverse un poco.

—Sigue.

—Dios… ah… —Sale y vuelve a entrar—. Coco, no sé lo despacio que voy a poder ir…

Me encaramo hasta rodear sus hombros y acercar su oído a mi boca; la suya queda justo junto al mío. Cierro los ojos y susurro:

—Solo quiero sentirte cerca…, más cerca. No me importa nada más.

—Dentro —contesta—. Tan cerca que estoy dentro.

Las palabras, las que tantas veces no hicieron falta entre nosotros, ocupan cada vacío que pueda quedar sobre nuestra piel; nos visten, nos protegen, son el hogar que el placer está creando entre los dos. Porque… ¿cuál es la diferencia entre follar y hacer el amor? Quizá son las palabras, las que se dicen, las que flotan, las que se sorben de los labios del otro justo antes de que broten. Las palabras están bordando sobre el momento lo que lo hará especial para siempre. El resto son dos cuerpos que aprendieron a darse placer con personas con las que solo era sexo, por más que buscáramos algo más. Ahora lo sé.

—Eres tú —le digo—. Lo has sido siempre.

No contesta. Pega su frente a mis labios y sus gemidos y jadeos caldean mi garganta, condensando humedad sobre mi piel; puedo oler su pelo…, lo acaricio, lo meso, enredo mis dedos en él, suave, agradecido, tan revuelto.

Entra, sale…, una, dos, veinte, cincuenta veces… Pierdo la cuenta de las acometidas y cierro los ojos. Tan dentro. Tan suave. Tan húmedo que escuchamos la fricción de nuestros sexos, el vacío, la entrada…

En el centenar de veces que fantaseé con que esto sucediera, jamás pude superponer una imagen a lo que imaginaba que sentiría, pero ahora… verlo sostenerse sobre sus brazos, encima de mí, alternar la mirada entre mi boca, mis pechos, mis ojos… Es casi tan erótico como clavar los dedos en la carne de sus nalgas y sentir la piel suave bajo mis yemas.

Su polla, joder…, su polla que encuentra siempre el camino para volver a lo más hondo, haciéndose espacio, invadiendo una intimidad que ahora mismo me parece más suya que de nadie.

No hablamos. Me gusta el silencio de las bocas suplantado por la sinfonía de sonidos que las pieles emiten. El golpeteo, mis caderas, sus gemidos, mis quejidos de placer. Es extraño tenerlo aquí, que esto se haya cumplido…, ¿se cumplirán también todas aquellas cosas que venían adheridas al deseo? Los abrazos que imaginaba después, la sonrisa somnolienta, los te quiero… Lo quiero todo de él. Todo. Tanto. Soy tan codiciosa que quizá tenga que admitir que de tanto querer, de tanto pensar, de tanto desear, quizá no tenga la cabeza puesta en el sexo y no pueda correrme en esta ocasión.

Ah. Uhm. Saliva compartida entre dos lenguas. Jadeos cansados en el cuello del otro. El sonido de sus dedos en mi pelo. El gruñido cuando se acelera. Y se acelera… sus caderas se balancean entre mis muslos cada vez más rápido y fuerte.

—Coco…, no estamos usando condón. —Me mira por fin, sin parar de moverse—. Tú tomas… ¿algo?

Asiento. Bendito anillo vaginal.

Acaricio su pelo, sonríe, cierra los ojos, se deja llevar. Acaricio su espalda.

—Dime que estás cerca… —susurra.

—No sé si voy a correrme.

Se muerde el labio. Está conteniéndose. Arquea las cejas.

—¿Estoy haciendo algo mal?

—Gustarme demasiado. Estoy muy nerviosa.

—Soy yo… —Sonríe—. Soy yo, Coco. Y esto estaba escrito.

Tengo un te quiero en la punta de la lengua y lo aguanto y relamo tanto como puedo; al final lo vierto en su boca dentro de un beso, sin palabras, mientras sus movimientos se apresuran.

—Por favor… —gime—, necesito sentir que lo haces conmigo. Acaríciate, déjame sentirlo.

Llevo mi mano derecha entre los dos y me froto con mimo con el dedo corazón; Marín me mira retorcerme y me anima con sus gemidos, que cada vez son más altos, más claros, más anchos, más llenos. Sus gemidos se van comiendo el oxígeno, dejándonos nadando en una burbuja en la que ni siquiera se percibe el tacto de las sábanas.

—Un poco más. Necesito que te toques un poco más.

No aguanta y yo aún no siento el cosquilleo; ¿debería fingirlo? No. Se acabaron las mentiras, Coco. Después de esto, cuando te llene con su semen, cuando te apoyes en su pecho, cuando tengas ganas de llorar de tanto que lo quieres, díselo, dile todo lo que crees que aún no sabe. El placer…, el placer llegará. Llegará el orgasmo, quizá no ahora, quizá no así, pero llegará.

Marín para y sale de mi cuerpo, jadeando. Me mira.

—Me corro, Coco.

—Hazlo, no importa. —Le toco el pelo y sonrío.

Su expresión se burla de mí con una sonrisa preciosa.

—No, mi niña, aquí no importa más mi orgasmo. Aquí llegamos los dos o no llegamos.

Se tumba a mi lado y me hace girar hasta colocarme encima; entra tan fácil, tan limpio, tan húmedo…, que los pezones se me endurecen.

—Házmelo tú. Hazlo a tu manera —me pide.

El pelo se mece con el movimiento de mis caderas, aunque algunos mechones empiezan a quedarse pegados en el sudor de mi espalda y mi cuello. Me inclino, busco mi punto de fricción y dejo que la cintura se mueva por intuición animal; encuentro el ángulo en el que queda más dentro, que da «ahí», en ese lugar, ya se sabe; me deshago y, entonces, me toco. Marín acaricia mis muslos, agarra mis caderas, me mira, sonríe, me dice que «sí», que «así sí». Y yo le sonrío también.

Describir un orgasmo es tan difícil que no sabría poner en palabras lo que siento. Un cosquilleo, una amenaza de caer hacia un lugar oscuro en el que todo está bien y del que no sabes si volverás entera. Es mi piel, como un órgano vivo, sintiendo que respira, que bombea, que llega a todos sus rincones la confirmación de que esto es bueno. Sé que un gemido se queda agarrado a mis cuerdas vocales, suspendido en el aire, a medio camino de un «ah», de un «mmm», de un «te quiero», «no pares», «no te vayas jamás». Y su respuesta es un torrente caliente que me llena en dos, tres, cuatro espasmos. Y mientras su orgasmo y el mío colisionan dentro del cuerpo, Marín exhala un gemido largo, desmedido, mitad gruñido mitad súplica que se agota dentro de mi boca cuando nos besamos hambrientos. Lengua, saliva, dientes, suspiros. Mi sexo está lleno de él, mi boca también, mis manos tratan de atrapar algo que no existe más que de forma invisible y todo, todo, es Marín en mi cuerpo. Y en el suyo, yo.

Una vez Blanca, en una confesión que ahora comprendo mucho mejor, me dijo que hacer el amor no es exactamente lo que se nos vende; es sentirse débil.

—Estamos acostumbrados a follar con cariño, Coco, pero las personas solo hacemos el amor un puñado de veces en la vida. No tiene nada que ver con hacerlo despacio o darse muchos besos…, no. Hacer el amor es romperse, es sentirse débil y dejar que el otro entre, con todo lo que significa. Le dejas entrar, él entra en ti y en ese momento entendéis que nunca más volveréis a no sentiros solos dentro de vuestro cuerpo… sin el otro. Hacer el amor es buscar que valga la pena morirse.

Y quizá soy una tonta, una ingenua, una niñata enamorada, pero de pronto me digo que, joder, después de esto morirse, que la vida sea finita, vale la pena porque al menos sé lo que es hacer el amor y todo se esfuma. ¿Qué sentiríamos si para siempre fuera de verdad para siempre?

No, no volveré a mentirle nunca, me prometo… Así que tengo que decirlo, aunque se asuste, aunque no deba, aunque sea a todas luces demasiado pronto o demasiado tarde, pero no el momento.

—Te quiero. Y lo sé, Marín…, sé que eres el único.

34
Miedo

Estoy acojonado. Completa y absolutamente acojonado. No sé lo que he hecho. No sé qué ha pasado en esta habitación. Y yo que pensaba que sabía qué podía hacer con mi cuerpo... ¿Qué pasa cuando te sales de él?

La certeza de que Coco no es otra cosa que la definitiva se agrava cuando se acurruca en mi pecho, después del sexo. Normalmente, siento la necesidad de pasar por el baño después de hacerlo; todo me huele a follado y después de correrme esa sensación me hace sentir incomodo. Pero ella se ha acurrucado aquí, en mi pecho, y..., olemos a sexo, a saliva, a semen..., y me da igual.

Estoy muerto de miedo y creo que ella lo sabe. Llevamos demasiados minutos en silencio, repartiendo besos lentos, dulces, pero raros. No me gustan los silencios que pesan porque cargan con cosas por decir, pero a veces hay que buscar la manera de que estas palabras no suenen demasiado contundentes.

—Sé lo de Gus y Blanca —suelta de pronto, como si quisiera disipar del aire los ecos de su «te quiero», al que solo he podido responder con un beso.

—¿Cómo? —Me acomodo sobre la almohada, coloco un brazo bajo el cuello y la miro—. ¿Lo sabes? ¿Desde cuándo?

—Esta mañana. Blanca se desmayó... No te asustes, está bien. Pero bueno, se desmayó y apareció Gus. Bastó mirar para darse cuenta de que están enamorados.

—No lo están —le corrijo, jugando a enrollar en uno de mis dedos un mechón de su pelo—. No están enamorados. Bueno..., ella sí. Ella sí lo está. Él no.

—Créeme, lo está.

—¿Sabes, Coco? Lo que llevamos en el pecho importa, pero aún importa más qué hagamos con ello. Si esa es la manera de querer de Gus..., es mejor que no la quiera.

—¿Qué quieres decir?

—Ha tenido mil oportunidades para decirle: «Oye, Blanca, yo no te quiero» o simplemente «Estoy hecho un puto lío», pero siempre ha recurrido a lo mismo: no decir que sí, no decir que no, bloquear la puerta para que no pueda abrirse del todo ni cerrársele en la cara.

—Pero Blanca se va a casar —me dice.

—Coco..., no juzguemos a la gente por cómo decide vivir su vida. Todo es demasiado complicado como para concentrarlo en un juicio.

Apoya la mejilla en mi pecho y acaricia con dedos ágiles el poco vello que hay sobre mi piel.

—¿Desde cuándo lo sabes? —me pregunta.

—Nada, un par de días. Me lo dijeron aquella mañana, en La Marina.

—¿Lo has hablado con Gus?

—Lo he intentado, pero no..., no quiere. Y si no quiere...

Coco se sume en un silencio espeso, tanto, que creo que se ha dormido. No sé en qué está pensando y ni siquiera un ejercicio de empatía me puede ayudar a averiguarlo, porque lo único que manda ahora mismo es mi cabeza. No puedo dejar de pensar, de dar vueltas a lo que acaba de pasar entre nosotros. No solo me he acostado con mi mejor amiga... Lo que me obsesiona es la seguridad de que nunca había hecho lo que nosotros acabamos de hacer. Y eso me pone un poco nervioso.

Seré sincero... Creí que este tema estaba más que dominado; el sexo es sexo aquí y en el Amazonas. Solo teníamos que desvelar ese secreto; no conocer a Coco en este sentido se solucionaba con un «trámite». Que no se me malinterprete. No un trámite como el que haces para domiciliar la nómina. Para conocer a Coco en la cama, solo teníamos que hacerlo. No sabía cómo sería, pero sabía que me gustaría... Lo que no esperaba es que el puto cosmos se doblaría sobre sí mismo y todo, todo, pasaría a brillar y valer la pena.

Me siento extraño porque cuando me he corrido dentro de ella lo único en lo que podía pensar es que toda mi vida de mierda ha tenido un fin último desde el principio, que era ella. La infancia de pena, la adolescencia dura, el tener que ver cómo otros crían a mi hermana, no ser, siempre, ni lo suficientemente joven como para que no me importe ni lo suficientemente adulto como para poder hacer algo. Todo lo que he vivido, lo he vivido para que el camino me lleve adonde estoy ahora: sobre una cama con sábanas húmedas de sudor y amor. Con Coco.

¿Cuánto hace que rompí con Aroa? ¿Siete meses? No lo sé. Estoy confuso. Pero hasta yo sé que es demasiado pronto para sellar para siempre. No puedo lanzarme de lleno a esto... No con todo el equipo. Vivimos juntos. Eso lo precipita todo.

—Coco... —musito—. ¿Cómo vamos a hacerlo?

—No entiendo la forma en la que la gente se quiere —me contesta.

La miro y con los ojos muy abiertos trata de explicarse.

—No lo entiendo —se reafirma—. Querer... ¿es eso?

—¿Te refieres a lo de Blanca y Gus?

—Sí. O a Aroa y tú. O a Gus y a mí. ¿Es así como se quiere?

—¿Es así como me quieres?

Arquea las cejas y dibuja una sonrisa algo irónica.

—Pensé que estabas evitando el tema de mi confesión de amor desesperada.

—No la evito. Yo voy a otro ritmo con las palabras. A Aroa le decía te quiero cada vez que colgaba el teléfono y no significaba nada. Un te quiero ahora no tiene nada que ver con lo que siento de verdad.

—¿Y qué sientes?

—Miedo, ilusión, la piel…, la piel me la siento mucho desde que… hemos terminado.

—Eso es porque te la he despertado.

Coco sube encima de mí, a horcajadas, con una sonrisa de ilusión en los labios y no sé cómo decirle esto sin que le duela.

—No quiero ir deprisa —susurro.

—¿Qué quieres decir?

—Que vivimos juntos, yo acabo de terminar con Aroa y esto… me ha pillado un poco de improviso. Hay cosas que…, no sé, tengo que pensar en cómo quiero hacerlas.

—Vale —asiente—. ¿Y qué propones?

—El viaje con mi hermana. Es un buen momento para ordenarme. No te importa, ¿verdad?

—No. —Niega con media sonrisa—. Solo estoy un poco asustada. No quiero que esto signifique…, bueno, no sé. Siento que no tiene marcha atrás. Que o va hacia delante o no va.

Es justo lo que siento yo. Le acaricio el pelo.

—Tú estás mucho más preparada. Confieso que hasta este viaje jamás había imaginado ni fantaseado con que tú y yo…

—Que tú y yo…, ¿qué?

—Que… —Me remuevo bajo ella, juguetón, aliviado de poder llevar la conversación hacia otra parte menos tensa—. Te lamería, que me correría dentro de ti, que fliparía con ver cómo te corres tú encima de mí…

—Para. —Sonríe—. No prometas lo que no puedes cumplir.

—No estoy prometiendo nada.

—Solo te digo que yo vuelvo a estar cachonda y tú ahora mismo no vas a funcionar. No queremos una decepción…, al menos entre las diez primeras veces.

—Vale. Pues calculando *grosso modo* las ganas que tengo de ti y el tiempo que tenemos… Creo que mañana ya podremos permitirnos que algo salga mal. En el mañanero; si quieres lo hacemos en la ducha, me vengo arriba y te pido algo que te horrorice y que te corte el rollo.

—Eres idiota. —Me besa y su pelo me hace cosquillas en todas partes... hasta en el pecho, por dentro, diría yo—. He dormido un par de horas y mal..., ¿qué tal si pones el aire acondicionado y nos dormimos?

—Tengo hambre —le confieso.

—Pues puedes ir pidiendo algo para comer mientras yo duermo. Pon el aire.

Eso. Esa capacidad de que nadie pueda hacerla cambiar de opinión cuando siente que necesita algo. Eso es probablemente lo primero que me atrapó en Coco y el germen de esto. Tendría que haber sabido que iba a enamorarme de ella cuando la vi entrar con sus cosas en casa y me dijo:

—Bienvenido al primer día del resto de tu vida... conmigo.

Se duerme. Se duerme como dicen que nos dormimos los hombres después del sexo. Como un conejo que se desmaya. Salgo de la cama, doblo su ropa, me lavo la cara y pillo por una aplicación algo para comer que nos puedan traer al hotel. Cuando llega la comida, tengo la sensación de que tenía más ganas de que viniese por tener una excusa para despertarla que para comer.

Me acerco a la cama, en pantalón corto de pijama, y me tumbo detrás de ella. Acaricio su pelo, sus hombros, su brazo y busco un hueco, un poco de piel de su cuello para besarla. Huele a ella, a mí, a sexo, a ser feliz. Qué puto miedo.

—Coco... —susurro.

Se ha echado la fina sábana por encima del cuerpo desnudo, pero no se ha tapado minuciosamente, por lo que veo su pecho izquierdo. Siento el irrefrenable deseo de metérmelo en la boca. ¿Por qué cojones no le he comido las tetas antes? Tiene unas tetas perfectas... o me lo parecen porque me gustan mucho. Pero no..., me centro...

—Coco... —insisto—. Ha llegado la comida.

—Mmm.

—Te he pedido una hamburguesa de pollo.

—Guay —rezonga.

—Y patatas.

—Gazpacho —dice, más allá que acá.

—Venga, levántate.

—Tengo sueño —se queja.

Bien. Más excusas para hacer lo que me apetece.

Pego los labios en su oreja y digo:

—Si no te despiertas, no comes. Si no comes, no repones fuerzas. Y si no repones fuerzas, no puedo follarte como un puto perro en celo hasta que me pidas que pare porque te quieres morir.

Vuelve despacio la cabeza hacia mí, con un ojo cerrado.

—¿Perdona?

—¿Qué?

—Me apuesto lo que quieras a que no repites eso mirándome a la cara.

Sonrío de medio lado, aparto la sábana y me subo encima de ella.

—Quiero meterte la polla en la boca y que me la chupes hasta que se me pongan los ojos en blanco. Quiero follarte el coño con los dedos. Y después con la polla. Y quiero correrme en tu boca, en tus tetas…, quiero follarte fuerte mientras te agarro del cuello y a lo mejor hasta te doy una bofetada cuando estés a punto de correrte, si te va el rollo.

—Vale…, lo cojo.

—Ah, no, no, qué va. Aún no he empezado.

—Me hago una idea, gracias.

—A ti, por venir. Ahora levántate a comer.

Voy a salir de la cama, pero me coge del brazo y tira de mí.

—¿Qué? ¿Alguna duda más? —pregunto.

—Sí. Si quieres hacerme todo eso después de comer, tienes que recordar que soy de las que vomitan si hacen ejercicio sin hacer la digestión. No sé si ese rollo te va a ti.

—Eres insufrible. —Sonrío—. ¿Qué quieres? No voy a poder esperar dos horas a que hagas la digestión.

—Una, dos o las que necesite. —Me devuelve la sonrisa con malicia—. Tendrás la boca muy sucia pero aquí, de follar como una perra, la reina soy yo. Dame mi hamburguesa.

No tarda ni media hora después de comer en volver a desnudarse. No pide permiso. Estoy tumbado en la cama, a su lado, haciendo como que vemos algo en la tele cuando ella se incorpora, se quita la ropa, me baja el pantalón y se me sube encima. Me mira..., me mira como si me retara a decirle que no. Como si pudiera.

—¿Alguna petición? —dice con una ceja arqueada.

—Quiero verte muy guarra.

Y manda ella, pero cumple mis deseos con una dignidad que me empalma. Cuando noto su lengua recorriendo mi polla, siento la tentación de cerrar los ojos, acariciarle el pelo y abandonarme, pero tengo que mirarla. Dios..., qué puta maravilla. Sus pestañas aletean mientras succiona, se llena la boca, gime y la vibración me pone la piel de gallina. Pasea la lengua por la punta, por el tronco..., me tengo que agarrar a las sábanas cuando lame mis huevos mientras me pajea.

—¿Así de guarra para empezar va bien?

—Joder, sí.

—¿Preparado para subir de nivel?

Me pide que la ahogue con mi polla, que le folle la boca, que la trate duro. Y, lo dicho, yo cumplo. He nacido para cumplir lo que esta tía de piernas largas, pestañas negras espesas y boca de bizcocho me pida, por muy loco que sea. Yo por esta me caso, tengo seis hijos, dejo la música y me mudo a un puto adosado a las afueras. Si ella quiere, me reinvento, joder. Y lo más jodido es que, incluso cachondo como un perro, sé que esto no es por el sexo, por bueno que sea.

—Venga... —me ronronea—. Déjame sin aire.

Empujo su cabeza hacia abajo cuando se la vuelve a meter en la boca. La obligo a quedarse ahí, con la polla en su garganta hasta que hincha el pecho, buscando aire. Su saliva se desliza por mi piel y la usa como lubricante para pajearme más rápido, más fuerte. Estoy a punto de correrme unas doscientas veces. Tengo que ponerme a multiplicar números largos con decimales para no irme.

Se la meto desde atrás, mirando su espalda. Me pide al oído que lo haga, que la monte, «sin cuidado, cariño, como animales», ronronea. Y agarro su pelo en mi puño, envuelvo la coleta en mi muñeca y tiro cuando entro sin pedir permiso. La llamo guarra y le pregunto si le gusta. Gime tan denso y caliente que no puedo remediarlo.

—Quiero que me demuestres lo puta que eres, mi niña. Hazme tuyo de por vida.

—No vas a poder pensar en otra cosa en lo que te queda de vida —me promete.

Lo hacemos tan fuerte que temo que llamen de recepción para pedirnos que dejemos de gritar y de mover muebles. La cama se ha desplazado unos veinte centímetros de su lugar original y ella no deja de pedirme más.

—Más fuerte. Más fuerte, joder.

Me duele la piel que estalla contra la suya cada vez que la penetro, pero sería capaz de arrancármela si me lo pidiera. Ahora mismo soy más suyo que mío.

Ella encima. Yo encima. De lado. A cuatro patas. Boca abajo. En veinte minutos lo hemos hecho en todas las posturas.

Se me corre en los dedos la primera vez. Se corre lo más húmedo que he visto en mi vida correrse a una mujer, gritando, arqueada y loca. Y si me gusta mimosa los domingos, si la adoro tratando de averiguar cómo narices se graba un programa en la TDT, si me muero de orgullo cuando me cuenta que ha ayudado a valorar un Juan Gris…, loca la quiero de por vida.

Le pregunto si aún quiere más. Asiente, sin aliento y le meto en la boca los dedos que he usado para hacer que se corriera. Estoy a punto de correrme en su pierna cuando los lame.

Me la como de nuevo, pero esta vez hasta que estalla. Sé que está a punto cuando se le entrecorta la respiración mientras dice que quiere que la use, que me la folle como si me importara una mierda. Se corre en mi puta boca y..., joder, siento que nunca tendría suficiente de esta mierda. ¿Qué he hecho enamorándome de ella? ¿Me he condenado de por vida o he esperado demasiado para hacerlo?

No he follado con muchas tías, pero tampoco con pocas. He pasado alguna noche loca en el baño de un garito con una desconocida con la que no había inhibición ninguna. Una vez una chica que acababa de conocer en una sala de conciertos me dijo al oído que quería que se la metiera por todas partes antes de que se hiciera de día. Y yo cumplí. Le tuve que preguntar el nombre cuando me estaba vistiendo, porque no estaba seguro de que nos hubiéramos ni presentado. Con Aroa hice todo cuanto nos apeteció..., pero nunca, ni con ella ni con la desconocida ni con ninguna de las otras sentí esto. Estoy frenético. Se me acumulan en la lengua todas las guarradas que le quiero hacer, decir, prometer, pero no me sale ninguna. Solo puedo susurrarle al oído que la quiero muy guarra.

Me corro a lo bestia. No entiendo cómo mi cuerpo puede seguir generando tanto semen. Le cubro el pecho y le salpico hasta la boca. Y no voy a poder olvidarme de la forma con la que se ha limpiado con el dorso de la mano antes de decirme:

—Tú y yo vamos a reventar de tanto follar, ¿lo sabes?

Y lo sé.

Cuando Gus abre la puerta de la habitación, el espectáculo debe de ser para alucinar. La tengo encima y está haciéndomelo por tercera vez. No puedo más, pero no voy a pedir clemencia.

Lo primero que pienso es que quiero a Gus fuera de la habitación, del hotel, de Andalucía y a poder ser del país. No quiero que la mire, que la vea aquí encima, moviendo sus caderas con las tetas perfectas a la vista. Luego me acuerdo de que esas tetas perfectas estuvieron muchas veces a su alcance, antes que al mío.

—¡Joder, Gus, puedes salir! —se queja ella, tapándose.

—¡¡La puta!! —grita este horrorizado, poniéndose cara a la pared—. Pero ¡¡¿qué hacéis?!!

¿Que qué hacemos? Por favor...

—Sal —le digo.

—¡¡Estáis follando!!

—Sal —repito con tono tenso como el acero.

Él está de espaldas y ella me guiña un ojo, moviéndose aún conmigo dentro con suavidad. Sonrío y niego con la cabeza. Esta jodida loca no quiere parar ni siquiera con Gus en la habitación.

—¿Qué quieres? —Y disimulo un gemido con una tos.

—Las llaves del coche.

—Tú no sabes conducir. —Coco se muerde el labio y se queja cuando la paro y me la quito de encima con suavidad.

—Es solo un segundo —susurro.

—Eso no se va a bajar aunque te recite, lo sabes, ¿verdad?

—¡¡Os estáis recreando, hostias!! —se queja Gus.

Me levanto de la cama y alcanzo el pantalón de pijama. Me la coloco como puedo para que la erección no cante demasiado que..., efectivamente, no está bajando.

—Si respiro hondo me preño, cabrones. ¿Tenéis idea de cómo huele aquí dentro?

—Llevamos tres horas follando, ¿a qué quieres que huela? —añade ella, envuelta en la sábana.

—Las llaves, por favor. No quiero saber más.

Me planto delante de él y me quedo mirándolo.

—¿Para qué cojones quiere las llaves de un coche alguien sin carnet?

—Necesito ir a un sitio... Conduce otra persona —carraspea.

—¿Otra persona?

—Dale las llaves —me pide Coco—. Dile a Blanca que vaya con cuidado.

Gus suspira.

—No es lo que parece, ¿vale?

—Claro. Y nosotros estábamos haciendo yoga —responde ella con desdén.

—Te lo he querido decir mil veces, pero Blanca dijo que...

Me acerco a la cómoda, cojo las llaves y se las lanzo. Está mirándola a ella y no me molesta tanto que la vea allí, violando una intimidad tan nueva y nuestra, como el encono que emana de la actitud de Coco. No debería estar tan dolida, ¿no? Ya no siente nada por él. Esto está muerto. Por mucho que anoche...

Para, Marín. Te va a dar algo.

—Mañana vuelvo —me dice muy serio.

—¿Cómo que mañana?

—Nos vamos a..., bueno, igual volvemos esta noche pero...

—Vale, no quiero saber nada, pero intentad que quede claro hoy. A Blanca la vas a matar, Gus. La vas a matar.

—No sabía que estaba todo el mundo al día —se queja este.

—Será porque sois muy discretos.

—Como vosotros dos, ¿no?

—Sal —le repito.

—Y tú menos humos... —me pide Gus.

—Aún te voy a dar un puñetazo.

—Eh, eh, eh..., pero ¿qué es esto? —se queja ella.

Esto es un arranque de celos que no me pega nada.

—¿Te vas? —insisto a Gus.

—Oye..., no tendrás un..., ¿un condón?

No lo puedo remediar. Abro la puerta, lo cojo por la camiseta y lo echo. No le da tiempo a decir ni una palabra antes de que el portazo resuene en el pasillo.

—Ven... —Ella palmea la cama donde ha quedado cruzada.

—No puedo más —confieso—. Ni con estos rollos que llevamos en el grupo ni físicamente.

—Pues es lo que hay. Pero no te preocupes, que te lo voy a hacer despacito, mi rey.

Hay mil canciones que me vienen a la cabeza en este momento. Canciones que fui acumulando en mi memoria por una frase, una melodía, una palabra..., piezas que componen el mosaico de lo que entiendo por amor.

Dicen que los niños aprenden, en los primeros años, por imitación. Qué peligro..., cuánta responsabilidad en manos, en ocasiones, de personas que no se merecen la confianza. En mi casa, cuando yo era pequeño, no se respiraba precisamente amor. De mi padre no me acuerdo, como Gema tampoco recuerda al suyo. Mamá tuvo, en ambos casos, el mismo «buen» gusto para elegir compañero; al menos dicen que el mío me dejó en herencia este raro color verde en los ojos. Del amor materno-filial tampoco hablamos. Mi madre es una enferma y entender eso me ha salvado de odiarla, pero he necesitado para ello años y ayuda externa. Mis tíos son una pareja maravillosa que está criando a Gema como se merece, pero yo no los tuve tan cerca.

A lo que voy es que estoy seguro de que mi obsesión por la música viene de entonces... De cuando descubrí que en las canciones la gente se quería como yo quería querer a mamá. Como veía en la televisión que se querían las personas. Como, a juzgar por todo lo que tenía a mi alrededor pero no era mío, era lo normal.

La copla que escuchaba mi abuela en aquel viejo transistor mientras se quejaba a media voz de que mi madre no me hubiera dado de comer en casa; las baladas que ama mi tía y que bailábamos, yo subido a su cama de adolescente y ella de pie; el pop con el que crecí y con el que soñé ser una gran estrella; los clásicos de los vinilos que me regaló el hermano pequeño de mi madre... Todas esas canciones y las que me interesé por ir conociendo después por cuenta propia han dibujado para mí el amor. Una investigación sonora en la que cabe cualquier género, porque lo que manda es el mensaje.

De todas mis relaciones hasta el momento, pensé que la de Aroa era la que más se parecía a todas aquellas promesas melódicas de amor eterno. Sabíamos que no nació para ser para siempre, pero funcionaba y podríamos hacerlo durar. Lo que faltaba allí y sí vivía en las canciones de amor eran…, pues eso, licencias, glorificaciones, ensalzamientos poco realistas de una emoción que era más idealización que realidad.

O eso pensaba. Porque a todas las canciones de amor que me vienen a la cabeza les falta algo para compararse a lo que siento ahora mismo. «Your song», de Elton John; «Because the night», de Patti Smith; «Stand by me» (en la gloriosa versión de Tracy Chapman); «I'm yours», de Alessia Cara; «Wicked Game», de Chris Isaak; «La chispa adecuada», de Héroes del Silencio; «Mi ninfómana más bella», de El Chivi; «Lovesong», de The Cure…, no lo sé. A todas las falta algo…, les falta Coco. Y lo entiendo ahora que la tengo sentada en las rodillas, ambos en el balcón de la habitación, agarrados, abrazados, vestidos con las sábanas de la cama enrolladas como podemos y la piel del otro rozándonos. Lo entiendo ahora que ya es de noche, que le regalamos el día a joder y querernos y que estamos borrachos de lo sentido y de la sorpresa de ser capaces de sentirlo.

Tiene los pies apoyados en la barandilla y ninguno de los dos habla; yo llevo un rato distraído, acariciando su cuello con los labios, oliéndola. Pensando. La cabeza me va de aquí para allá, del concepto del amor al miedo a perderlo. Y a tenerlo. ¿Y si no nacimos para ser protagonistas de un amor de los perfectos? De los que arriba o abajo te remueven los propios cimientos de la vida. Siempre creí que yo quería en bajito, que era mi forma de vivir el amor y por eso mis relaciones serían… bonitas pero pequeñas. Entiende pequeñas como lo contrario de las grandilocuentes historias de amor que alimentan el cine. Yo quería relaciones que no me dieran problemas y llegar a esa conclusión, mientras la acaricio a ella, a la que sé que querré hasta que me duela no haberla querido antes, me consterna de alguna manera. Me acabo de dar cuenta de que soy mediocre emocionalmente. Y… no sé si estaré a la altura.

—¿Estás seguro de que hoy son las Perseidas?

—Sí. —Beso su hombro—. Llevan días con el tema en las noticias y en las redes sociales.

—Pues... no veo nada.

Coco se vuelve a mirarme y sonríe.

—¿Por qué estás tan callado? ¿No será por lo de tu hermana?

El corazón me salta en el pecho.

—¿Cómo? —alcanzo a preguntar.

—Por la cita de tu hermana.

Ah, por Dios, qué susto me ha dado.

—No. Bueno..., me preocupa que le metan mano. En realidad me preocupa que le metan mano, no le apetezca y no sepa pararlo.

—¿Gema? Estás flipando. Tiene clarísimo que no tiene por qué hacer nada que no quiera.

—Como tomarse las putas pastillas para el hierro —me burlo.

—Exacto.

Coco se mueve en mi regazo hasta dejar las piernas colgando de uno de los lados.

—¿Todo bien de verdad?

—Sí —asiento—. Estoy asumiendo que acabo de pasarme el día follando con mi mejor amiga.

Sonríe y asiente.

—Dentro de un rato es posible que...

—Oh, por Dios. —Finjo que pongo los ojos en blanco—. Vas a matarme.

—Tenemos que pedir un deseo por Gema —me recuerda, obviando mis quejas y acariciando mi cara.

—Lo sé. Y otro por nosotros.

—¿Sí? ¿Otro por nosotros? —Y por su expresión diría que le hace muchísima ilusión.

—Nosotros también merecemos nuestros deseos, ¿no? Yo quiero que no me despidan y..., a poder ser, que me cambien a la sección internacional.

—Ah... —Sonríe, pero como decepcionada—. Pues no sé lo que pedir...

Se vuelve a mirar hacia el cielo y comprendo. Ella quería un deseo para nosotros, como unidad. No un «tú» y por el otro lado un «yo». Un solo nosotros, un solo deseo. Coco está muy enamorada de mí y no tengo ni idea de cuándo ha pasado esto.

—Estate atenta. Necesitamos cuatro estrellas fugaces —le digo, abrazándola.

—¿Cuatro? ¿También quieres pedir por el casero?

—Uno para Gema…, que se convierta en una mujer feliz, por ejemplo. Otro para ti…, que se jubile tu jefe, por decir algo.

—O que me toque el Euromillón en plan a saco. Una salvajada de millones. Eso molaría. El primer millón me lo gasto en una piscina de chuches.

—Muy maduro.

—¿Y los otros dos para ti? —me pregunta con las cejas arqueadas.

—Uno para mí y otro para nosotros. Para los dos… como uno. Aquí está. Di en el blanco.

—¿Y qué podemos pedir? —pregunta.

—Que esto no nos venga grande.

Me arrepiento de decirlo en cuanto lo suelto, pero me convenzo de que ignorar esa posibilidad sería muy irresponsable. Sin embargo, la beso. La beso en los labios de esa forma que no es casta pero tampoco es sexo. Como besa un hombre que se acaba de convertir en el marido de la mujer de su vida.

—Esto es nuevo. No me lo esperaba —le aclaro—. Solo dame tiempo de que lo encaje en la vida que tenía y le encuentre el lugar que merece.

—Claro. Yo partía con ventaja… Te quiero desde hace mucho.

Es, probablemente, lo más bonito que me han dicho nunca y no sé si lo merezco.

—¿Cuándo te diste cuenta de que me querías?

—Cuando dejé de tener celos de Aroa porque al menos ella te hacía feliz. Pero la culpa es tuya, Marín…, porque siempre me trataste como a la única mujer sobre la faz de la tierra. Es lo que pasa cuando haces sentir especial de verdad a alguien…, que quiere serlo a toda costa.

Sentirse amado es una moneda de dos caras; una de ellas nos sonríe y viene a dar sentido a esa necesidad de buscar a alguien con quien acurrucarse. La otra enseña los dientes, porque te hace ser consciente de tu propia imperfección. ¿Lograré quererla como se merece? ¿Podré hacerla feliz? ¿Le valdrá mi manera de querer? ¿Estoy enamorándome de verdad de ella o estropearemos la mejor relación de la historia por intentar ser también amantes? ¿Puede ella curar esta manera tan rota de creer en el amor? ¿Es justo que cargue con esa responsabilidad?

—Te quiero —le digo.

Coño. ¿Qué ha sido eso? No lo esperaba. Ni siquiera sabía que lo sentía con la rotundidad con la que lo he dicho, pero ella parece saber, como siempre, mucho más de mí que yo mismo y sonríe.

—Lo sé. Y yo también te quiero.

Apoyo la barbilla sobre su cabeza y al mirar al cielo…, zasss. Ahí está. La primera.

—¿¡La has visto!? —decimos los dos, con el entusiasmo de un niño.

—Corre, pide un deseo y no me lo digas —añade.

Tú, Coco. Tú siempre y yo a la altura. Tú y no este miedo. Tú sin dejar espacio para lo que me ahoga en el pecho. Tú entendiendo, cuando te enteres, de por qué no te dije antes lo de Gema. Porque enterarte, te vas a enterar, de eso estoy seguro. Solo espero ser yo quien te lo diga.

35
No más mentiras

No conocemos a nuestra gente. Es mejor que lo asumamos. No la conocemos como creemos que lo hacemos, para bien y para mal.

Lo pienso ahora que Marín y yo estamos enredados entre las sábanas, besándonos. Me desperté agarrada a su brazo, como si temiera que al despertarme se hubiera esfumado…, lo de ayer, los deseos, él. Siempre me pareció demasiado bueno para ser real; a veces aún me pregunto si es posible que lo haya imaginado. Pero no. Es él. Es ÉL y ÉL es siempre demasiado bueno para ser verdad, aunque lo sea.

Son las ocho y media de la mañana y los dos tenemos el teléfono apagado desde ayer. El mundo ha dejado de existir y, lo siento, nada me importa, aunque me importen muchos de los que han quedado ahí encerrados, en un teléfono apagado. Quizá Gema haya dado ya su primer beso; a lo mejor Blanca ha pasado la peor noche de su vida despidiéndose de alguien a quien no sé si quiere… No entiendo nada. Es posible que hayamos dejado a Loren más tirado que una puta colilla, cada uno con sus mierdas. Y luego está Aroa.

Pero ¿qué más da?

No hemos dicho nada desde que ha abierto los ojos y me ha encontrado mirándolo. Nunca había tenido la oportunidad de ver cómo se despierta. La manera en la que vibran sus pestañas casi doradas y sus pupilas se encogen, dejando que el mar de unos ojos que no se parecen a nada que conozca lo arroye todo. Esa sonrisa somnolienta. Esas cejas arqueadas, que parecen decir: «¿Por qué me miras y no me estás besando?». Los hoyuelos. Mierda, los hoyuelos y su barbilla. Ahí han empezado los besos. En su barbilla. En sus mejillas, que seguro que quiere afeitar pronto. En sus párpados hinchados. En su boca, que me ha recibido con el mejor beso de mi vida. Recién levantado y sabe bien…, mejor que bien. Es demasiado bueno para ser real.

Y nos besamos, nos besamos sin intención de que llegue más allá. Nos miramos también, como preguntándonos cómo es posible. Hace cuatro días, yo era importante para él, pero no tenía sexo. Y ahora no es que lo tenga, es que lo ha hecho suyo.

Y pienso que no lo conozco; no tanto como pensé que lo conocía. Nunca creí que despertaría así o que tendría tanto miedo. Estos besos son bocados al miedo. Él quiere disimularlo y yo tragármelo y digerirlo por él. Ojalá pudiera, al menos, entender qué es lo que le asusta tanto.

Acaricia mi mejilla y sonríe. Sonrisa asustada, aunque él no lo sepa. Le respondo de la misma manera.

—Ha sido el mejor día de mi vida, pero… —Mi corazón bombea rápido cuando le escucho susurrar— tenemos que volver a la realidad.

—¿Y eso qué quiere decir?

—Que deberíamos encender el teléfono y… pasar por el camping.

—¿Y qué le decimos a Aroa?

—¿Desde cuándo tenemos que darle explicaciones a nadie? Si ni siquiera sabemos qué decirnos a nosotros mismos, Coco, ¿cómo vamos a dar respuestas a otros?

Él. Él es el único que no sabe qué decirse. Yo sé perfectamente que lo quiero, que es él, que es para mí y yo para él.

—Algo habrá que decir.

—Dormiste aquí. Ya está.

—Estoy harta de mentiras —le digo.

—Eso no es mentira. —Se coloca boca arriba en la cama y se aparta el pelo de la cara mientras traga—. No contar algo hasta que se está preparado, no es mentir, Coco. Es… hacer las cosas más fáciles para todos.

No. No conocemos a nadie. Siempre creí que Marín quería sin miedo. Conmigo nunca lo tuvo. Le dio igual que sus amigos lo tomaran por loco cuando me mudé con él sin apenas conocernos. «Puede ser una loca del coño», «¿Y si te roba?», «Quizá solo quiere matarte y hacer sacrificios humanos a Satán con tu sangre». No escuchó a nadie. Me dio una copia de las llaves de su casa, una habitación en la que instalarme y me abrió su vida de par en par. ¿Qué es lo que teme ahora? Lo difícil fue aquello; separarnos de la masa de desconocidos que viven, respiran y hacen girar el mundo y convertirnos en hogar. Esto, quererse así, solo es la consecuencia de habernos conocido. Éramos, sin más; éramos nosotros y nos encontramos y lo que antes no tenía sentido, las rarezas, las virtudes desaprovechadas, los defectos incomprendidos… Todo encajó. Quizá haya un puñado más de personas que encajen con nosotros ahí fuera, pero… ¿y la suerte de haber nacido tan cerca?

Me invita a desayunar en la playa. La intimidad de los besos del despertar se ha ido perdiendo y ahora ambos estamos callados, cortados. Es normal, supongo, después de un día frenético. Si lo pienso, estoy un poco avergonzada también: casi lo devoré ayer. Le pedí que me metiera la polla tan fuerte que me doliera. Le supliqué que me pegara y me corrí con el primer bofetón del cuarto polvo. Se ha corrido dentro de mí, sobre mí, en mi boca. Y es Marín. Es raro.

417

—Es raro —le digo, dando vueltas al café para que se disuelva el azúcar.

—Un poco —admite—. Pero es un raro agradable.

—Pareces un poco distante.

—Es que estoy dándole vueltas a la cabeza. Hoy volvemos a Madrid y… han pasado un montón de cosas.

—Lo sé.

—Blanca y Gus han estado liados durante casi un año. —Me mira con una mueca—. ¿Cómo te hace sentir eso?

—Ya no estábamos juntos cuando empezaron.

—Bueno, pero es tu ex. Y ella tu mejor amiga.

—¿Debería preguntarle lo mismo a Aroa?

—Es diferente. Aroa nunca ha sido tu mejor amiga. Ella siempre ha ido así…, por libre.

—No. —Niego con la cabeza—. En realidad no es diferente. Me enamoré de ti sin buscarlo. Imagino que a Blanca le pasó lo mismo.

Marín parece no estar de acuerdo, pero no dice más. Solo asiente, con la mirada perdida en el mar. Aún no hace mucho calor. Aún no hemos encendido los teléfonos.

—Deberíamos ir —le digo—. Quiero hablar con ella. Si anoche terminaron con… lo que sea que tienen, estará hecha polvo.

—¿Y tú tienes ganas de consolarla?

—Tengo ganas de entenderlo todo y estoy segura de que ella querrá explicármelo también.

—Espera a cuando estéis volviendo.

—¿Lo sabe Aroa?

Aprieta los labios y se pasa la mano por debajo de la nariz.

—Pensaba que no, pero la otra noche en Mandala… cuando íbamos hacia la salida, vi a Blanca y a Gus en un rincón. No supe interpretar muy bien la escena, pero no se explicaba con un «son amigos». Discutían, ella lo zarandeaba y parecía muy molesta, pero cuando él quería marcharse, lo agarraba y parecía…, parecía suplicar. Aparté a Aroa en aquel rincón en el que nos encontraste para que no los viera, pero me dijo que ya lo sabía.

—¿Se lo diría Blanca?

—No. Blanca solo me lo contó a mí. Loren lo sabe porque… los pilló.

—¿Los pilló?

—Los pilló por la calle… saliendo de un hotel.

Parpadeo. Joder. Amantes; qué sórdido suena. Me siento incómoda.

—¿Por qué rompisteis Aroa y tú? —me decido a preguntar.

—¿No es demasiada información para tan pocos días? Quizá podamos hablarlo con calma un poco más tarde. —Se frota la frente—. Me duele un poco la cabeza.

—Estás muy raro.

Ojalá mi voz no sonara así ahora mismo, como un gemido. Siempre me tuve por una mujer fuerte pero esta mañana, en lugar de quien creí que era, me he levantado en la piel de una niña asustada porque su primer amor sabe más de la vida que ella.

—Lo siento —me dice—. Lo estoy.

—¿Es por mí? ¿He hecho algo que…?

—No. —Frunce el ceño y me sonríe—. Coco…, lo que nos ha pasado estos días es… increíble. Yo nunca…, bueno, nunca había vivido… esto. Y es contigo. —Asiente para sí mismo—. Yo sé que es cosa tuya, que lo cambias todo cuando lo tocas. Y… ¿sabes cuál es la peor mentira que podemos decirnos a nosotros mismos? Que el amor no nos cambia. Lo hace. Para siempre. Déjame conocer a este tío que casi vomita el corazón cuando te ha visto esta mañana, ¿vale? Es solo eso. Y… piezas.

—¿Piezas?

—Piezas. Tienen que encajar. Y tienes que…, bueno, no tienes que hacer nada, pero me gustaría que entendieras que había cosas sin solucionar incluso antes de esto…, y no sé si lo estamos facilitando o haciéndolo aún más difícil.

—No te entiendo.

Coge su café y le da un trago. Saca unas monedas del bolsillo.

—Me entenderás. ¿Vamos?

No. No conocemos a la gente. No la conocemos como creemos. Nuestros padres, por ejemplo, fueron alguien que durante años no tuvo nada que ver con nosotros. Tenían sus propios sueños, su vida, sus ilusiones, sus manías y nosotros llegamos a convertirnos en el centro de todo y a engullir, como monstruos tragones, todo cuanto les quedaba por soñar. Probablemente fuimos lo mejor de sus vidas, pero aceptemos que también la gran nada que lo consumió todo a su paso.

Y si ellos, nuestros padres, pueden guardar para sí una cara muy lejos de la que nosotros conocemos, ¿cómo va a ser diferente con nuestros amigos?

Me sorprende ver a Aroa sentada en la terraza cuando nos acercamos. Apenas son las diez de la mañana y aunque el camping está cobrando ya la habitual vida diaria, en nuestra parcela todo es calma. Excepto por Aroa que emite una energía que dista mucho de ser la paz que decía sentir cuando terminaba de hacer yoga al amanecer. Yo no sé si es que no conocí nunca de verdad a mi amiga o es que nos vendió algo que no era.

No se levanta al vernos aparecer, pero parece mortificadamente satisfecha, como si le diera placer el dolor que le provoca ver que no se equivocaba. Cuando estamos lo suficientemente cerca, vemos que tiene su bolsa y su saco de dormir al lado. Ella ya ha recogido y me imagino por qué es. Si quedaban dudas, las despeja muy pronto.

—Eres una amiga de mierda.

Parpadeo. Me imaginaba hostilidad y que tendría que defenderme, pero no así, más que nada porque Aroa no es así. Al menos no lo ha demostrado nunca delante de mí.

—Lo primero, te tranquilizas —le exige Marín—. Ella no está habituada a tus ataques de histeria.

—¿Ataque de histeria? Ahora me querréis hacer pensar que estoy chalada, ¿no? ¿De dónde venís vosotros dos a estas horas? Porque aquí no habéis dormido.

—No es, ni de lejos, cosa tuya —vuelve a responder él.

—¿Y si dejas que mi AMIGA —escupe— conteste? ¿O es que de tanto follar se le ha comido la lengua el gato?

—Esto no es lo que parece.

¿Puede haber frase peor para empezar? Muy bien, Coco. De puta madre. No hay nada que después de «Esto no es lo que parece» remonte. Me acerco a ella, intento crear algún vínculo, que no me mire de esa manera... No soy su enemigo, pero me aparta. Y lo hace con bastante más violencia de la que me imaginaba. Bueno, puedo entenderla, me digo. Puedo porque de alguna manera también tengo que lidiar con unos celos irracionales por lo de Blanca y Gus. Puedo entenderla... Solo tengo que comportarme como me gustaría que se comportaran conmigo.

—Aroa..., escúchame. Solo escúchame un segundo.

—Ni se te ocurra tocarme, falsa de mierda. No sé cómo no me lo imaginé... Sois las peores, las que vais disfrazadas de mojigatas.

—Yo no soy ninguna mojigata, Aroa. Vamos a hablarlo con tranquilidad. Nunca quise hacerte daño.

—«Nunca quise hacerte daño» —me imita—. Claro, pero hacerme la cama para que mi relación con Marín se fuera a la mierda sí. ¿Cuántas veces le hablaste mal de tu amiga Aroa? ¿Cuántas veces le dijiste que...?

—Nunca —decimos los dos.

—¿Te estoy hablando a ti? —le pregunta Aroa a Marín.

—Me estás tocando los cojones —musita él tan serio...

—Te lo dije, Marín. Te dije que si seguíais con esta mierda me iba a cansar de guardarte los secretos.

—Aroa, cállate.

—¡No me da la gana!

La puerta de la autocaravana se abre y aparece Loren, despeinado y alucinado.

—Pero ¿qué es este griterío?

—Venga, ¿lo hacemos tipo tertulia de Telecinco? Total, es lo que te va, ¿no?

Loren frunce el ceño.

—Perdona, ¿me estás hablando a mí?

—Ya ha llegado la portera —mascula—. Coco…, tu amigo Loren, tu gran confidente Loren, lo sabía TODO desde el principio. Acuérdate cuando empiece a salir la mierda.

—¿Qué quiere decir? —Miro a Marín y después a Loren—. ¿Qué mierda?

—Coco, no le hagas caso. Va a sacar de contexto algo y a hacerte creer que es un problema. Pero no lo es —asegura Loren.

—Todo tiene sentido, Coco —dice Marín—. Yo no te conté algo, pero porque…, bueno, al principio consideré que era demasiado pronto como para preocuparte y todo estaba en el aire, y… luego se convirtió en la razón por la que Aroa y yo rompimos.

—¿Rompimos? Qué elegante, Marín. Me dejaste. Me dejaste TÚ porque nunca, nadie, va a importarte más que tu hermana.

—Pues no —asegura él—. Nunca, NADIE y menos tú. ¿Y sabes por qué no lo entiendes? Porque eres una psicótica narcisista y egocéntrica.

—Pero… ¿qué pasa? —Me vuelvo hacia Marín.

—Ey… —Gus llama nuestra atención desde la puerta de la caravana. Lleva puesta una camiseta arrugada y los calzoncillos negros—. ¿Qué pasa?

—Ven, Gus —dice Aroa fingiendo estar entusiasmada—. Ven, que ya puestos, que nos salpique a todos.

—Mira, Aroa… —empieza a decir Gus con un tono que nunca le había escuchado usar con ella… Es el tono de «estoy harto de esto».

—Aroa, la estás cagando… —Loren parece muy cabreado—. No es a Marín a quien vas a dejar en evidencia. Es a ti.

—¿A mí?

—Sí, a ti —dice muy seguro.

—Chicos…, ¿qué pasa?

Blanca aparece por detrás de Gus en camisón, recogiéndose el pelo.

—¿Y tú? ¿De dónde sales? ¿De la litera de Loren o de la de Gus?

—De la que me dé la puta gana, que para algo es mi vida, no la tuya.

Guau. Pestañeo. ¿Por qué me da la sensación de que soy la única que se ha perdido muchos capítulos de esta historia?

—Se nos está yendo la olla —musito—. Esto no es una guerra, Aroa. Me enamoré de Marín. Ya está. No significa que yo…, que quisiera hacerte daño. Jamás malmetí entre vosotros; jamás intenté nada.

—Ya lo veo. ¿Lo de anoche entonces cayó como el maná? Déjalo ya, ¿vale? Déjalo ya, la careta de mosquita muerta ya no se te sujeta.

—Él ya no te quiere —digo duramente—. ¿Qué esperas? ¿Que pase toda la vida esperando a que a ti se te pase el capricho?

—¿Capricho? Mira, Coco…, no tienes ni idea de la persona con la que vives. ¿Te has enamorado de él? Tú te has enamorado del Marín que tienes en la cabeza.

—No es verdad, Aroa, pero desde luego de lo que no tenía ni idea era de que mi amiga —la señalo— era así.

—Marín es frío, es incapaz de comprometerse ni de confiar en nadie de verdad; se retrae a la mínima, se esconde y huye. ¿Es ese el Marín del que te has enamorado?

—Ya vale, Aroa. Estás haciendo el ridículo —le dice Marín con dureza.

—Quiere que Gema se mude a vuestro piso. Quiere que viva con él, en lugar de estar con sus tíos.

—¿Y? —le pregunto—. ¿Dónde está el problema? Es su hermano.

—Tú eres tonta del culo, Coco —dice exasperada—. Claro que es su hermano y claro que encima te parece ideal, un cuento con final feliz…, pero ¿has pensado dónde estás tú en esos planes? Porque, que yo sepa, el piso tiene dos habitaciones. ¿Qué crees, que estaba esperando a enamorarse de ti para mudaros juntos a su habitación y que Gema se instalase en la tuya?

Miro a Marín de reojo.

—¿Marín?

—El año que viene —me dice—. Todos estos planes son para el año que viene. Para cuando tenga que empezar bachillerato. Pensaba que encontraría una solución antes.

—¿Una solución?

—Cómo largarte del piso y que siguieras pensando que Marín es Dios, básicamente.

—Eso no es verdad —me dice—. Una solución para que tú no tuvieras que mudarte. Y fue precisamente eso lo que te cabreó, ¿no, Aroa? Por eso me dijiste que tenía que escoger entre Coco y tú.

—La elección la tenías hecha desde hacía tiempo, me temo.

—La elección la tomé en el momento en el que me hiciste elegir porque, mira, no tenía ni idea de que sentía nada por ella, pero sí sabía que Coco hubiese sido incapaz de hacerme escoger.

—¿Hiciste eso? —le pregunto—. ¿Le dijiste que tenía que elegir entre las dos? Pero tú y yo éramos… amigas.

—Tan amigas que querías follarte a mi novio.

Miro a todos sin saber muy bien qué hacer. Me duele que Marín me mantuviera al margen de esos planes, pero no es para tanto. Me lo repito varias veces. Que mi amiga no tuviera ningún reparo en decirle a Marín que debía escoger entre nosotras, esperando que me echase de sus vidas… sí me lo parece.

—Nos mudaremos —le digo a Marín—. Ya está.

—Suerte…, ya ha empezado con el papeleo del instituto… El que os pilla al lado de casa.

—Eso es una chorrada —me dice Marín.

—Nos mudaremos —repito—. No es un problema.

—Tú eres tonta, tía —rebufa Aroa.

—Hubiera agradecido que me lo contase antes, pero eso no es ningún drama. Lo hablaremos. Y si no quieres que… —miro a Marín—, que nos mudemos, es tan fácil como dejar mi habitación…

—… ya lo hablaremos —me corta muy serio.

—Oh, sorpresa —apunta Aroa—. Bienvenida a la verdadera cara de Marín.

—Hablad de eso cuando estéis solos —sugiere Blanca—. No le incumbe a nadie excepto a vosotros, y menos a ella.

—Oye, ¿y vosotros dos en qué punto estáis? —les pregunta Aroa a ella y a Gus—. Porque ya hace días que no hay poemita lastimero.

—Hostia, Aroa, qué hija de la grandísima puta eres. —Todos miramos a Gus sorprendidos—. ¿Por qué no nos haces un favor a todos y te largas ya? Has intentado que discutan y no lo has conseguido. Ya está. Corta de una vez.

—Yo que tú no hablaría tanto —le lanza—. Que del que más mierda tengo es de ti.

Gus y Blanca se miran de reojo.

—Aquí la que más mierda esconde eres tú, Aroa. ¿Desde cuándo sabías lo de Blanca y Gus? —le pregunto.

—Creo que eras la única que no se había dado cuenta de que iban follando por todo Madrid, cielo.

—Entonces... ¿por qué me decías que los poemas de Gus eran para mí?

—Si le tienes que robar el novio a alguien, que sea a la infiel, ¿no?

—¿Tú te oyes hablar? —salta Marín—. ¡¡Tú no te das cuenta de que estás como una puta cabra!?

—Ahora juega la cartita de la ex loca, claro. Tú y yo íbamos a volver, Marín.

—¿Qué? —La mira, alucinado—. ¿Qué no entendiste, Aroa?

—Íbamos a arreglarlo.

—Viniste a la salida del trabajo, al entrenamiento, al partido de los sábados, te hiciste la encontradiza con mis amigos, me esperaste en casa... y todas las veces te dije lo mismo: que estaba terminado.

—¿Y la última vez que follamos?

—De eso hace meses.

—¿Meses, Marín? —Arquea una ceja.

Los miro y ellos me miran a mí. Él con una expresión preocupada, ella con una sonrisa.

—Me da igual —les digo—. No lo consigues ni con esas, Aroa.

—¿Sabes lo que te pasa? —le responde Marín—. Que estás obsesionada. Por eso tienes celos de mi hermana, de Coco, de cuando salía con mis amigos, de mis compañeras de la discográfica, de la gente con la que tenía que relacionarme por trabajo.

A todas partes tenía que ir contigo, la actriz. ¿Sabes la puta vergüenza que me daba que te presentaras siempre como «Aroa, su novia, actriz»?

—No todas vendemos cuadros… —musita.

—Lo peor es que ni siquiera tiene que ver conmigo o con lo que tuvimos. Estás obsesionada contigo, con tu carrera, con que pudiera presentarte a alguien importante y ahora con que no te escogiera a ti. A ti, Aroa, la perfecta, ¿cómo me atrevo? La que todo lo hace bien, la que todo el mundo envidia y adora…

—Mira quién vino a hablar, Marín el magnífico. Puto cobarde de mierda. Coco, ve buscándote piso, porque…

—Porque… ¿qué? —le reta él—. ¿Por qué no puedes dejarla fuera de esta conversación? El problema lo tienes conmigo, no con ella.

—El problema lo tengo con todo este grupo de falsos de mierda…

—Mira…, el problema es recíproco —responde Gus.

—Vete a casa, Aroa —añade Marín—. Hazte un favor.

—No vaya a dejarte con el culo al aire y tu novia entienda que estás cagado de miedo, agobiado y solo tienes ganas de alejarte de aquí, irte con tu hermana y buscar una excusa para pasar de ella…, pero seguir siendo un buen chico.

—No tienes ni idea —salto.

—De lo que sentís, ¿verdad? Qué bonito…

—Estoy alucinando… —mascullo entre dientes.

—Deja de meterte en cosas que no son de tu incumbencia. —insiste Marín.

—Cosas de pareja, ¿no? —ironiza con una sonrisa—. Coco…, no va a pasar.

Marín se mueve incómodo. Le mantiene la mirada.

—¿Qué? —responde una Aroa cada vez más desconocida—. ¿Sabe lo que decías de ella?

—No hagas eso —le pide Loren.

—Tú también lo has oído, no voy a decir ninguna mentira. ¿O es mentira que Marín consideraba que Coco se arrastraba por Gus? Que no tenía dignidad.

Lo miro a él.

—No es así —me dice.

—Claro. ¿Tampoco has dicho nunca que a ver si Coco se buscaba un novio porque te tenía muy agobiado, siempre pegada a ti?

—Cállate, Aroa.

—Que eras rara, Coco. Decía que eras RARA —insiste—. Y me lo decía después de follar conmigo en su cama. Seguramente tú estabas en la habitación de al lado soñando con vuestros hijos y vuestra boda, pero él estaba desnudo y empalmado aún, acostado a mi lado, diciendo que eras rara cuando yo le preguntaba si nos habrías escuchado. «Es rara, Aroa, a lo mejor hasta le gusta escucharnos». ¿Y lo de que eres una niña pija jugando a vivir en Malasaña por tu cuenta? ¿Eso te lo ha llegado a decir alguna vez a la cara o solo me lo decía a mí?

Me muerdo el labio.

—Eres mala persona, Aroa —insisto.

Nadie añade nada más. Ella nos mira a todos, quizá esperando que alguien diga algo, cualquier cosa, que mejore esto, que la defienda o que..., no sé. O que lo empeore.

—Sois todos unos putos cobardes cargados de mentiras y de culpa. Coco, has elegido mal. Nunca se escoge al tío por encima de las amigas. Te va a dejar tirada como una colilla, como hizo conmigo y... ¿a quién irás a llorarle? ¿A ella? —señala a Blanca—. ¿A la que se estuvo follando a tu ex sin decirte nada aun creyendo que estabas enamorada de él? Si vas a disculparla pensando que uno no puede luchar contra el amor, ten claro que si estos dos sienten algo, cosa que dudo, es posterior a que ella se la chupara por todo Madrid como una puta gata en celo.

—Cállate, Aroa —le pide Loren—. Cállate ya.

—¿No elegiste tú al chico antes que a la amiga cuando le obligaste a escoger? —le pregunto.

—Hostia, tía, tú escuchas lo que te da la gana. Fenomenal. Ahí os quedáis.

Se levanta de la silla y coge sus cosas.

—En tu puta vida vas a parecerte a mí, Coco, por más que lo intentes. Y a él no le llena cualquiera. En el fondo necesita tener a su lado a una mujer que le haga sentir alguien. ¿Lo eres tú?

—Lo mejor que le ha pasado a Marín en la vida es romper contigo —escupe Blanca con rabia—. Y, ¿sabes una cosa? Cuando pensábamos que lo hacías todo bien, teníamos razón. Hasta haciendo que los demás se sientan mal eres una crack.

—Una pena, Blanca…, y mira si es una pena que antes de irme te regalo un consejo. No sé de qué te habrá convencido esta vez. —Señala a Gus—. De que es la última vez, que ya no habrá más, que va a dejarte en paz, que esta vez te respetará y será tu amigo…, pero no te fíes de él. Si es capaz de follarse a una amiga tuya mientras estabais con lo vuestro…

—Qué mala hostia tienes, rubia —le responde—. Coco y Gus no se acostaron.

—¿Y quién habla de Coco? Ale, Gus, explícaselo. Marín…, ni punto de comparación contigo, pero no me arrepiento de haberlo hecho. Ahora sí que estamos al día con la verdad.

Un silencio recorre la parcela. Aroa recoge sus bolsas del suelo mientras yo la miro atando cabos. Marín parece una estatua de cera. Ni se mueve… Solo mira a Gus. Como Blanca, como Loren.

Como si fuera una coreografía ensayada, todo el movimiento se precipita en cuanto Aroa está fuera de nuestro campo de visión. Y tenemos que ser rápidos para separarlos porque en lo que dura un parpadeo a Marín le ha dado tiempo a mandar a Gus al suelo de un guantazo.

36

La verdad no es un bálsamo

—¡¡Hijo de puta!! —grita, me aparta, no ve ni a Blanca sujetarle los brazos ni a mí intentando que enfoque la mirada en algo que no sea Gus. Nunca lo había visto así. Nunca.

—¿Yo soy un hijo de puta, Marín? ¿Por qué? ¿Por tirarme a tu ex cuando estabais juntos o por tirarme a Coco cuando aún no estabais juntos? O estoy confuso o tú eres un puto cínico.

—¿Un cínico? ¡Soltadme, hostia! —grita—. ¡Soltadme! ¡Te las follaste a las tres, como si no valieran una mierda, hijo de puta!

—Marín…, Marín… —Le agarro la cara—. Mírame. A mí. Mírame.

—Blanca…, te juro que… —empieza a decir Gus.

—¿Qué vas a jurarme esta vez? ¿¡Qué!?

Marín aprovecha el momento de debilidad de Blanca para soltarse. Y esto…, señores, sí que es una hostia. El golpe deja tan grogui a Gus que le cuesta notar que sangra por la nariz. Loren, que lo estaba sujetando, lo suelta para apartar a Marín a empujones.

—¡Ya basta, joder! Pero ¡¡¿qué es este espectáculo?!!

—Cínica tu puta madre, enfermo. Estás enfermo. Tú sigue follando, campeón; llena el tiempo para no tener que mirarte por dentro. Estás vacío —le escupe Marín—. Eres un hijo de puta vacío.

—Blanca… —balbucea Gus, dejándose caer sentado en un escalón de la autocaravana.

—Adiós, Gus. Suerte —gime ella—, suerte para soportar tanta mierda.

—Nunca quise… esto.

—Una lástima que tu polla no te entendiera.

Gus echa la cabeza hacia atrás. La sangre de su nariz llega a su camiseta. La visión sería cómica si no fuera el final de quienes fuimos y de quienes pudimos ser.

Tiro de Marín con fuerza para sacarlo de allí. Blanca se desmorona y llora amargamente. La escucho sollozar que se ha jodido la vida por nada, que se siente sucia.

—Me has usado… —llora. —Me has usado para hacerte sentir bien. Me hiciste creer que era especial.

Gus ni siquiera levanta la cabeza. Loren le pide que se largue.

—¡¡Lárgate!! —grita Marín—. ¡Lárgate ya, aquí no te quiere nadie! ¡Puto niñato vacío! ¡¡Qué solo estás!! ¡¡Te vas a morir solo!!

Tiro de nuevo de él con fuerza y consigo hacer que arranque a andar en la dirección contraria. Miro hacia atrás. Restos. Restos. No hay más.

Espero a que Marín salga de la ducha sentada a los pies de la cama, mirando hacia la nada. Me ha dado tiempo a recoger todas las cosas de Gus que he encontrado por aquí, meterlas en su bolsa y enviarle un escueto mensaje diciéndole que la dejaré en recepción.

> Búscate otra forma de volver a Madrid. Con el coche de Marín no cuentes.

Me ha contestado casi al momento:

Tengo que hablarlo con él, Coco. Déjame que hable con él un minuto.

Mi respuesta no ha dejado margen de duda:

Aquí se acaba, Gus. Hay caminos que no tienen vuelta atrás. Echaré de menos la persona que en el fondo eres, pero que te empeñas en esconder. No llames. No escribas. Desaparece de nuestras vidas, por favor.

Si yo recibiera ese mensaje, me moriría; por eso he tardado más de la cuenta en mandarlo. Pero es lo que hay.

Cuando Marín aparece de nuevo en la habitación, sigue desencajado. No me parece buena idea haberlo dejado allí dentro solo, pensando de más, pero yo también necesitaba unos minutos para ordenar qué es lo que más me preocupa de todo esto.

—¿Mejor? —le pregunto.

—No.

La respuesta es seca y ni siquiera me mira cuando la espeta. Se mira el puño derecho, que tiene amoratado e hinchado.

—Marín, no es buena idea que le des vueltas. Se va y no volverá. Ninguno de los dos lo hará.

—No puedo creérmelo. —Se sienta vestido solamente con unos vaqueros, descalzo y con el pelo mojado—. No puedo creérmelo. Con Gus...

—No tiene sentido seguir pensando en ello. Ni siquiera sabemos cuándo pasó. Ya es agua pasada.

No contesta. Está muy concentrado mirando un punto fijo y mesándose el pelo, a kilómetros de aquí.

—¿Te dejo solo?

Me mira volviéndose despacio hacia mí, con la lengua en sus muelas.

—¿Y ahora a qué viene eso?

—No sé. Parece que molesto.

—No es momento, Coco. —Se frota los ojos.

—¿Puedo preguntarte una cosa?

—Pues según qué cosa, la verdad.

—¿Qué es lo que más te molesta? ¿Que Aroa te engañara o todas las mentiras que…?

—Déjalo, Coco. Es demasiado complicado.

Masco las dudas y me las trago. Si seguimos por aquí, terminaremos discutiendo y no quiero darle ese gusto a Aroa.

—Me voy a ir, ¿vale? Quiero…, quiero hablar con Blanca y tendremos que recogerlo todo para marcharnos.

—Vale —asiente.

Me acerco y le toco el pelo. No me mira.

—Ya hablaremos.

Marín levanta la cabeza.

—Sí —asiente—. Hay mucho de lo que hablar.

—¿Te veo en casa?

—Sí. —Cuando mi mano se posa en su hombro, coloca la suya encima—. Perdona, es que es todo tan…

—Ya lo sé.

—¿Lo sabes?

Tengo su mirada clavada en la cabeza cuando vuelvo al camping. No dejo de repetírmelo, ¿lo sé? Lo que sé es que el beso de despedida ha significado menos que nada. Marín no estaba allí.

Blanca no llora…, aúlla. Y el sonido de su pena se te agarra en el pecho con uñas y dientes. Conforme voy acercándome, el aire pesa más y más. Pesan las mentiras que todos nos dijimos y lo que Aroa ha repartido aún repta sobre la gravilla. Quiero irme de aquí, pronto, lejos. Quiero volver a mi casa, donde jamás imaginé que Marín pudiera...

Loren no sabe qué decir. Solo está sentado a su lado, en el interior de la autocaravana mientras ella solloza y se agarra la tela del camisón a la altura del pecho. Cuando entro, la mirada de Loren podría traducirse en un «aleluya» en cualquier idioma del mundo.

—Coco..., por favor.

—Vale..., deja que lo intente.

Cuando Blanca me ve, me agarra. Y me agarra de una forma tan necesitada que me asusta. Se hace un ovillo en mi regazo en cuanto consigue que me siente a su lado. Balbucea tantas veces «lo siento» que esas dos palabras dejan de tener sentido pronto. Le acaricio el pelo.

—Deja esas disculpas para después, Blanca. Ahora necesito que me lo cuentes todo.

Blanca y Gus coincidieron un día en el metro. Los dos habían tenido un día de mierda. Ella salía de los juzgados frustrada y cabreada con el mundo y la justicia, que no siempre son..., bueno, no siempre son justos. Él estaba aburrido. Volvía de casa de una chica con la que había pasado la noche y todo el día y eso podría sonar muy bien si no fuera porque, a pesar de que ligársela había supuesto un triunfo para él, se había aburrido. Todo se repetía sin cesar. Sin sentido.

No se contaron las miserias porque no había tanta confianza... aún. Él propuso que se bajaran en Tribunal o en Bilbao, se tomaran un vino en Malasaña y brindaran por la rutina. Y ella accedió, pero no fue una copa, sino una botella. Y resultó divertido. Hacía mucho tiempo que no se reían tanto ni se sentían tan cómodos y, entonces, pensaron que a veces las personas con las

434

que más afinidad estás destinado a tener se disfrazan de indiferencia al principio.

Días después, él le mandó un mensaje. Algo tonto. Ella respondió simpática, agradecida por el detalle de que la recordara al ver un anuncio del que estuvieron bromeando. Empezaron a hablar. «¿Qué haces?». «Aquí, trabajando, aburrida». Se les hizo de madrugada chateando, sin más. Todo era muy… natural, inofensivo.

«Al final va a ser que me cae hasta bien», pensó Blanca.

Una quedada para ver una exposición. Nada del otro mundo. Pero a espaldas de todos porque «no entenderán que vayamos solos». Un leve coqueteo. Una conversación algo subida de tono en el vino de después.

—A veces echo de menos la pasión del principio —dijo ella.

—Por eso yo no paso de ahí.

—Pues te envidio. Te ahorras un montón de mierdas.

—Y un montón de cosas buenas.

—Pero te quedas con lo mejor.

—¿Tú crees? —Gus le miró la boca—. Y si piensas así, ¿por qué no haces nada para remediarlo? Muchos tíos se partirían los dientes por tener una aventura con una chica como tú.

Ella no quiso tenerlo en cuenta. Ni la conversación ni las miradas de después; ni el abrazo de despedida. Habían bebido un par de vinos; se sentían solos. Era fácil verlo.

A aquello le siguió una charla por WhatsApp que Blanca solo podría definir como rara…, muy íntima, algo caliente, en el límite entre la amistad y algo más sucio.

—No hablábamos de nosotros —me dice limpiándose las lágrimas—. Aún no hablábamos de nosotros. Solo… compartíamos nuestras experiencias. Aunque estaba mal. Ya estaba mal. Lo estuvo desde el principio.

Gus fue a verla al trabajo un día; le dijo que había pensado que debería salir a comer: «Pasas demasiadas horas aquí».

Qué casualidad…, justo el día que sabía que Rubén no estaría por allí.

Hubo más coqueteo, las miradas ardían…, joder, cómo ardían. Cuando quiso darse cuenta, Blanca estaba contestando de madrugada a un mensaje en el que le preguntaba si su chico la hacía sentir «llena». Una conversación ambigua que desembocó en la pregunta… «Del uno al diez… ¿cuántas ganas tienes de masturbarte conmigo, Blanca?». Y a esas alturas, ya eran diez.

No pasó del móvil durante las primeras semanas; ella sabía que aquella locura se le terminaría olvidando si no pasaba de ahí y se repetía sin parar que lo único que le interesaba a Gus de ella era que estaba a punto de casarse. «Soy un reto». Y él… ¿qué era él? Un entretenimiento.

Pero se vieron; cualquier excusa les valió. Y el primer beso fue brutal, todo lengua, tirones de pelo, mordiscos y gemidos. En su primer beso, casi follaron.

—Sé que estaba mal. Por Rubén, por ti, porque no tenía sentido, pero… me sentía viva…, más viva que nunca. Me convencí de que se quedaría en una aventura que no haría daño a nadie porque…, porque nadie se iba a enterar.

Pero cuando hizo que se corriera por primera vez, con la espalda apoyada en la puerta del baño de aquel garito, una noche de viernes cualquiera en la que ella había dicho que estaría trabajando hasta tarde en el despacho, bajó la guardia. Y Gus entró.

Cuándo fue Blanca la que entró en Gus para complicarlo todo, es algo que todos ignoran porque si lo conoces un poco sabes que jamás te dirá la verdad sobre el tema.

—Creo que fue la primera vez que nos acostamos. —Llora Blanca—. Me sentía mal, pero me sentía tan bien… Lo abracé. Lo abracé, besé su pecho, le acaricié el pelo y le pregunté si me consideraba mala persona. Me miró a los ojos y dijo que no. Y ya no volvió a mirarme de la misma forma jamás.

Entonces empezaron los poemas. Ya no eran notas de voz con un par de versos calientes ni canciones en las que parecía dejar claro que la naturaleza de lo suyo era sórdida y volátil. Ahora parecía... confuso. El primer poema que ella consideró peligroso hizo que intentara apartarse.

—Le dije que debíamos dejar de vernos. Y soy sincera, Coco. Lo decidí por mi bien, por no encoñarme, por no pasarlo mal. No pensé en él. Ni en ti.

Y dio comienzo a la parte menos bonita, claro; la que ya no era emocionante, solo frustrante, tóxica, manipuladora y malévola: justo la que creo que más los enganchó. Asumámoslo, es lo peor de nosotros mismos lo que más cuesta arrancar de dentro. Cuando se enreda en otra persona..., no hay nada más adictivo ni que haga más daño.

Aún quedaban por delante un par de meses de desempeñar cada uno su papel en un concurso por alejarse, dejarse claro lo poco que se importaban y fingir que esos meses no los habían unido. A pesar de todo lo que compartieron y que no tenía nada que ver con el sexo. Y cuando quisieron parar, la corriente de la inercia ya era demasiado fuerte y lo suyo ya no podía ser otra cosa que tóxica.

—No me quiere —me asegura—, pero no me quiere fuera de su vida. Quiere que me case, pero odia que vaya a hacerlo. Está con todas excepto conmigo, pero en realidad no está con ninguna más de lo que estuvo conmigo. Yo no sé..., Coco. No lo sé. Esto hace mucho tiempo que se me fue de las manos y...

—¿Lo quieres? —le pregunto.

Como respuesta, un puñado de sollozos que son mucho más vehementes que una declaración de amor. No lloras así por alguien que no se ha metido en tu vida hasta crecer entretejido a tus propias vísceras; no lloras así por alguien que no te ha tocado la piel desde dentro. No lloras así por alguien con quien quieres terminar.

—Lo siento muchísimo, Coco. Nunca quise traicionarte. No sé cómo me metí en esto. Hacía tanto que no… vivía… así.

—Sobre cómo me siento con todo esto ya hablaremos más adelante. No es por mí si te digo que… tiene que terminar.

—Lo sé.

—Pero de verdad. No puede estar de ninguna forma. Ni como amigo ni como colega ni como… nada. Gus tiene que marcharse de nuestra vida porque no sabe cómo no hacernos daño.

—¿He sido yo? —me pregunta—. ¿Ha sido esto lo que le ha dejado sin amigos?

—No. Ha sido él.

Loren ha recogido la terraza. Le ayudo en silencio con el resto y dejo a Blanca limpiar con calma el interior de la caravana. Quiero irme de aquí y, a la vez, querría que esta semana volviera a empezar y quedarnos anclados en un bucle espaciotemporal antes de que esto sucediera. Antes de que a Gus se le cayera encima la responsabilidad de todos sus actos, antes de que Aroa priorizara su obsesión a nosotros, antes de saber lo que sé sobre el Marín que no conozco…

Cuando marchamos, Blanca juguetea con un puñado de piedrecitas y conchas. Caigo en la cuenta de que son las que Gus le dio en Villaricos. Entiendo ahora aquella sonrisa que se regalaron el uno al otro, recreo en mi estómago la sensación de calidez que debieron sentir, el momento de conexión, el descanso de sentir que el peso de lo que arrastraban se volvía nimio y siento rabia, no sé si por ella, por él, por Marín, por Aroa o por mí. No sé ni siquiera cómo sentirme, pero al menos ya he entendido lo que las mentiras pueden hacer por nosotros: nada bueno.

438

Marín y yo estamos unos kilómetros más lejos de lo que estábamos antes de embarcarnos en este viaje, a pesar de todo lo que pasó ayer. Loren está harto y no le hace falta verbalizarlo para saber que solo tiene ganas de bajarse de esta autocaravana y perdernos de vista durante unos días. Aroa está sola, como Gus; la diferencia entre ellos es que ella deja atrás una obsesión insana y él a alguien que podría llenar todos esos vacíos que cree tener en su interior... si él quisiera. Y Blanca..., ¿qué hará?

—¿Estás bien? —le pregunto a Blanca.

—Sí. Lo estaré.

Me sorprende ver cómo abre la ventanilla de la autocaravana y después de dejar que el viento le desordene el pelo con los ojos cerrados, me sonríe con timidez y con las mejillas empapadas tira, una a una, todas las piedrecitas y las conchas, que se pierden en la carretera que vamos dejando atrás.

Sí. Lo estará.

37
Se acabó

Dejamos a Blanca lo más cerca que podemos de su casa, pero, en lugar de marcharnos enseguida, nos quedamos como embobados, mirándola marchar. Tengo una sensación vacía en el pecho, como si pudiera ahorrarle un mal trago pero a la vez no quisiera hacerlo. No es la verdad, porque por más que le propusiera venir a mi casa en lugar de a la suya, solo estaría alargando la espera y el problema le seguiría allí donde fuera. Además, necesito estar sola... sola pero con Marín. Y estoy un poco dolida con Blanca; es imposible no pensar en que hizo todo lo que hizo con Gus creyendo que yo seguía enamorada de él. Enamorarse de alguien es una cosa, embarcarse en una sórdida aventura sexual que se va de las manos, otra.

Los kilómetros en silencio han sido duros. Loren y yo aún hemos intercambiado unos cuantos comentarios, pero Blanca no ha soltado ni una; la he visto llorar en varias ocasiones, en silencio, pero después de que me explicara lo suyo con Gus, me siento lejos de ella. Me gustaría ayudarla, pero... siento que ella misma me ha apartado al no contarme todo eso durante meses.

—Me mata verla así —digo a media voz.

—Y a mí. Pero es lo que toca. Esa herida se le va a curar. Ahora sí.

—¿Cómo no me lo contó?

—¿Cómo no le contaste a nadie lo que sentías por Marín?

—Te lo conté a ti. —Le sonrío tímida.

—Vaya putada.

Nos reímos sin ganas.

—No sabes cuánto lo siento.

—Sois un coñazo —suspira—, pero sois mi coñazo.

—Te hemos dado el viaje.

—Pues un poco, pero… no sé cómo explicarte esto sin parecer mal tío. Es como que…, que me siento un poco liberado. Guardaba demasiada información y estar con mis amigos se había convertido en dar un paseo por un campo de minas.

—¿Sabías lo de Aroa y Gus?

—No. —Niega con la cabeza—. Si lo hubiera sabido no me hubiera podido callar. Sabía lo de Blanca porque los pillé con la lengua en la boca del otro. Fue muy desagradable…, no me podía creer que ella fuera tan tonta… por el qué, por el cómo y por el quién.

—¿Y sabías lo de Marín?

—Eso sí me lo contó él…, me lo contó antes de decírselo a Aroa. Me dijo que quería plantearte lo de que su hermana se mudara con vosotros, pero que teníais un problema de espacio y no quería que tú sintieras que te estaba echando. Le di mi opinión de que para mí el problema iba a ser Aroa, no tú… No me la mencionó en ningún momento y juraría que, hasta que no lo hice yo, ni siquiera había pensado en ello.

—Aún no me puedo creer lo de Aroa… —musito—. Ha jodido el grupo.

—Qué va. Ya estábamos jodidos, Coco. Que no se vea lo podrido no lo convierte en sano.

—Pero ha sido tan… mala.

—No voy a justificarla, Coco, pero… los animales acorralados, enseñan los dientes.

—Tú lo has dicho…, los animales.

—Lo que no sé es cómo no te diste cuenta de la tirria que te tenía. —Sonríe.

—¿Marín dijo de mí todas esas cosas? Lo que ha dicho Aroa, ¿es verdad? Quiero decir…, es que…

—La mayor parte no son más que exageraciones. No hay nada peor que una verdad a medias. Habla con Marín. Con calma. Y no te precipites.

Loren pone el motor en marcha, pero en lugar de enfilar hacia la autopista que nos llevará hasta el parking de Caravaning K2, donde tenemos que devolver la autocaravana, se encamina hacia Plaza España.

—¿Dónde vas? —le pregunto con el ceño fruncido.

—Ella necesitaba pasear y pensar antes de llegar a casa. Tú necesitas estar cuanto antes en casa y hablar con Marín.

—¿Por qué cuanto antes?

—Conoces a Marín. Va a poner un poco de espacio de por medio, pero recuérdale antes de que se vaya por qué se ha metido en este follón y por qué vale la pena.

No entiendo cómo, después del viaje que le hemos dado, a Loren le queda sabiduría para repartir.

En cuanto llegamos, bajamos mi equipaje y ejecutamos una despedida parca en palabras. Lo abrazo y él me lo devuelve con un gruñido; no le gustan los mimitos, pero sabe cuándo necesitamos los suyos.

—Gracias —le digo—. Aunque seas un puto espía infiltrado que lo sabe todo.

—No sabes lo que le habrá jodido a Aroa que no te picaras conmigo por eso.

—¿Picarme? Te compadezco.

Deshacemos el abrazo y me alejo un par de pasos. Loren me promete que me llamará en breve, pero que necesita unos días de desconexión con Damián y le entiendo. Lo que necesita, y no quiere decirlo por no herirme, es un periodo de desintoxicación. Hemos podido con sus nervios y necesita vacaciones de sus vacaciones. Así que lo único que me queda a mí por prometerle es que esperaré a que me escriba o me llame. Que no le atosigaré.

—Llámame si lo necesitas —dice a través de la ventanilla abierta—. Pero, por favor…, solo en caso de extrema necesidad —bromea—. Rollo: «Loren, una movida, ven a pagar mi fianza a la cárcel» o casos similares.

—Cuenta con ello, gilipollas.

Doy la espalda a la autocaravana con una sonrisa que se va desvaneciendo conforme me alejo. A pesar de todo…, volvería a repetir este viaje. Siento… nostalgia.

Cuando llego a casa, estoy empapada en sudor y son las malditas siete de la tarde. Tengo ganas de dejar la maleta tirada en el portal y precipitarme escaleras arriba, pero espero pacientemente a que la abuelita que vive en el segundo entre renqueando. Lleva en las manos una cajita de galletas y me da una ternura que me quiero morir.

—¿Dónde va sin el bastón, señora María? —la reprendo.

—Bonita, no se lo digas a mis hijos. Es que no me apaño con el bastón.

—A ver si va a tropezar.

—¡Si ha sido un paseo corto! Solo quería unas galletitas. —Me sonríe—. Oye, ¿dónde vais tan cargados arriba y abajo?

—¿Cómo?

Señala mi maleta cuando le ofrezco el brazo para que se apoye hasta llegar al ascensor.

—Vuelvo de viaje —le aclaro—. Me fui con mis amigas.

La garganta me sabe agria después de esa afirmación.

443

—¡Ah! Como vi a Marín bajar cargado con bolsas…

—¿Bajar? ¿No querrá decir «subir»?

—No, no. Bajamos juntos en el ascensor. Iba con prisa, me dijo. Vaya nombre raro le habéis puesto… ¿Cómo se llamará de verdad? Con lo guapo que es tiene que tener nombre de galán. Rodolfo, por ejemplo. Qué nombre tan bonito, Rodolfo, como el Valentino.

No quiero creerla (no solo por lo de Rodolfo). Me digo cien veces que ha debido confundirse, pero el interior de nuestra casa en la semipenumbra de la tarde me recibe con un silencio sepulcral. Le llamo en voz alta, pero nadie responde. No hay nadie. Solo la carcasa vacía de quienes fuimos; después de todo lo que ha pasado entre nosotros estos días, no sé cómo sentirme aquí dentro.

Dejo mis cosas en mi habitación y recorro el salón, la cocina, su dormitorio y hasta el baño en busca de al menos una nota que explique por qué se ha ido ya, sin hablar conmigo, con tanta prisa. Nada. En última instancia, miro el móvil y ahí está…, tan 3.0…, hubiera preferido una nota, lo confieso:

> Si no estoy ahora mismo en casa no es por ti, es porque me siento un poco desbordado y necesito ver a Gema. Esta vez no acudo a ti, a tu abrazo, porque… hay cosas de las que ya no puedes curarme; le dimos la vuelta a la moneda y en esta cara no cabe que yo me refugie en ti. Te quiero, Coco, pero necesito ordenarme. Son solo unos días. Hablamos, ¿vale?

Sí. Hubiera preferido una nota; sostener un pedazo de papel antes de leerlo doce veces y guardarlo bajo mi almohada es más romántico que hacerlo con un puto wasap. Quiero responderle que esto merecía al menos una llamada, pero decido que responderé mañana. Y que hoy me moriré. Un rato por lo menos.

La opereta de melodrama que monto en mi cabeza es sustituida pronto por una pesadez muy real en el pecho. En cuanto deshago la maleta, pongo una lavadora y coloco mis cosas en su sitio me siento en el sofá y… estoy sola. Pero sola de verdad. Marín no está y, por más prosa poética que haya en su mensaje, no está porque se ha ido huyendo de mí, de lo nuestro, de lo de esta mañana…

No puedo llamar a Loren. No puedo llamar a Blanca. No puedo llamar a Gus. No puedo llamar a Aroa. Algunos necesitan espacio, otros tiempo y otros no volverán jamás. Nunca me he sentido más sola. Marín, esto no se hace.

Cojo el móvil por inercia, por eso que hacemos tantas veces a lo largo del día. Acercarlo, desbloquearlo y pasear por nuestras redes sociales como haríamos melancólicos bajo la lluvia. Me prohíbo a mí misma publicar nada lánguido y afligido, pero pronto descubro que alguien no ha seguido el mismo criterio hoy en las suyas.

La publicación de Gus me da en la frente como un talegazo. No lo esperaba. No sé qué esperaba, desde luego, pero no a él, tan pronto y tan de golpe.

Normalmente sus fotos no suelen decir mucho por sí mismas; sus seguidores saben ir pronto al texto, donde está siempre el meollo de la cuestión. Solía decirle que tenía que sacarse más en el perfil pero él defendía que su cara no vendía.

—Es mejor que me imaginen, morena —decía antes de guiñarme el ojo.

Hoy, sin embargo, la imagen que acompaña al texto dice casi tanto o más que el poema que lo acompaña, pero solo unos pocos sabremos interpretarlo. Es la palma de su mano abierta, en blanco y negro, sosteniendo unas cuantas piedrecitas y conchas.

Hay canciones,
pequeña,

que abren la crisálida de quienes fuimos,
para descubrir el desolador paisaje
de lo que no conseguimos ser.
Aquí nadie ha levantado el vuelo,
aquí todos seguimos siendo insectos;
de las mariposas solo queda
la pesada broma de haberlas sentido.

Hay canciones,
pequeña,
que son un himno al desamor,
al tuyo y al mío,
que carecen de sentido
si no es para decirnos al oído
cuánto hemos perdido.
Susurros de lo bonito que supimos hacerlo
durante un minuto
o dos.
Qué putada,
pequeña.
Qué putada perderte tanto y para siempre.

Hay canciones,
pequeña,
detestables,
cánticos de llanto y suplicio,
letras tóxicas en las que escondernos
por no escupirte a la cara
con un amor que no mereces,
por no darme un guantazo
con todo lo que pierdo.
Una lástima,
un minuto de silencio,

por aquellas canciones que adoraba
y que hoy no puedo soportar,
porque siempre sonarán a ti.

Hay canciones,
pequeña,
hay recuerdos,
hay agallas
y cojones;
hay miedo
y rechazo.
Hay historias
y nosotros,
que por no hilar
ya no hilamos
ni un verso con otro.
Ni tu nombre con el mío.

Bloquéame,
pequeña.
Necesito llorarte
y no mereces leerlo.

En otra ocasión hubiera pasado a la siguiente publicación, que seguramente sería La vecina rubia, Noah Centineo o City Confidential pero esta vez no. Esta vez cargo con el peso de muchas cosas a mis espaldas y sé que la sinceridad, la verdad, no vale siempre y en cualquier formato, a pesar de lo que he aprendido sobre las mentiras. Porque si quieres, lo dices; si estás harto, no lo arrastras, y si mientes, lo haces para no hacer daño, no para protegerte. Esta publicación me parece una guarrada, una canallada, una confesión a destiempo disfrazada de otra cosa…, de vete tú a saber qué. Esta publicación es una justificación con la que quedarse tranquilo e intentar encadenar a Blanca a ese rebuscar entre los versos algo para ella. Y no, no lo merece.

Por primera vez en mucho tiempo, abro comentario en su publicación y escribo:

Si necesitas llorarla y no merece leerlo, hazlo
en tu puta intimidad, payaso.

Me arrepiento al rato. Por supuesto. Yo no sirvo para mantener estos arranques de dignidad con la frente alta. No sirvo y, además, hoy todo me escuece un montón. El sonido de la casa vacía, los rincones llenos de color, el título de los libros que hemos leído Marín y yo juntos y hasta los putos cactus que no sabemos cómo cojones se mantienen con vida. Y cuando me echo a llorar, ni siquiera sé por qué lo hago, si porque me siento decepcionada o porque soñé demasiado. Hay que soñar alto y bonito, dice mi madre, pero poquito, para que luego la realidad no nos quite las ganas y queramos seguir soñando. Nunca he estado de acuerdo con ella pero quizá si no hubiera soñado tanto, entendería mejor a Marín, a Gus, a Blanca y hasta a Aroa. No me entiendo ni a mí.

Y esta casa..., esta casa huele como siempre, su parqué antiguo reluce orgulloso desde que volvimos a acuchillarlo; los cuadros siguen en el mismo sitio y sonaría la misma música si encendiera el tocadiscos, porque Marín tiene la manía de dejar siempre un vinilo preparado. Pero... no es la misma casa. No lo es. Quizá porque nos quisimos por fin fuera de sus cuatro paredes; quizá porque no fue escenario de nuestros primeros pasos... pero puede serlo de los últimos.

Cuando entro en Instagram para borrar mi comentario, Gus ya le ha dado «me gusta», ha respondido *«touché»* y me ha escrito un privado con una única palabra: «Perdóname». Lo único que puedo hacer es dejar de seguirlo y bloquearlo. Es para lo único para lo que da mi valentía hoy. Lo único.

38

Miércoles

Marín no ha vuelto. A decir verdad, está un poco más lejos… en todos los sentidos. Ayer me escribió un mensaje. Decía que su hermana y él han decidido coger prestado el coche de su abuelo y hacer una escapada. No me decía ni adónde ni por cuánto tiempo. Al parecer, al darle la vuelta a nuestra relación hay información que ya tampoco puedo manejar. ¿Tendrá miedo de que vaya a buscarle?

Contesté todo lo parca en palabras que pude. Desde que el lunes le respondiera a su vergonzoso mensaje de despedida, no sabía nada de él, así que, por supuesto, estaba decepcionada y frustrada. Sigo estándolo, pero todo se mezcla de tal manera que a veces estoy enfadada, al minuto siguiente triste y unas horas más tarde me digo a mí misma que no vale la pena y que yo valgo más…, para después volver a la fase de melancolía profunda y odiar cada segundo desde que todo el endeble equilibrio del grupo se fue al garete. Como resultado, recibió por mi parte una respuesta demasiado aséptica para tratarse de nosotros:

> Pasadlo bien; dale muchos besos a Gema de mi parte e id con cuidado con el coche.

Borré «cabrón de mierda» al final del mensaje antes de darle a enviar. Bueno… y «te quiero». Eso también lo borré. Si

Aroa tenía razón al decir que Marín consideró que me arrastré por Gus…, no tengo ganas de cruzar ninguna línea. Y que conste en acta, la que no quiero sentirme una arrastrada soy yo. Llegados a este punto, empiezo a preguntarme si lo que opinen los demás es verdaderamente importante.

Quiero decirle que me parece una cabronada que haya desaparecido y también que lo quiero, pero va a tener que volver para que se lo diga, eso también lo tengo claro.

Es miércoles y estoy aburrida. El lunes lo dediqué a hacer limpieza general, pero me recordó demasiado a él. Estas cosas siempre las hacemos juntos: nos ponemos un pañuelo en la cabeza, nos hacemos una foto para Instagram anunciando que tenemos zafarrancho de combate en casa, ponemos un disco chulo y limpiamos. No fue buena idea. Terminé repasando todas nuestras fotos juntos y recreando el momento en el que me dijo «te quiero» y yo pensé toda ufana: «Si es que ya lo sabía yo».

Ayer, martes, decidí salir a dar una vuelta sola, pero pasear por Malasaña en agosto es un coñazo así que me tomé algo en uno de mis garitos preferidos. Qué decepción, no sé si fue porque fui mucho más pronto de lo habitual o porque lo hice sola, pero me pareció un tugurio carente de interés. Solo un local de paredes sucias, luces rojas y mesas desparejadas donde se sirve mal vino y se escucha, a veces, buena música. Volví a casa con las manos en los bolsillos y nada bueno que decirme a mí misma. Y eso es lo peor. Esa es la peor sensación y la que más arraigada tengo desde que volvimos: no tengo nada bueno que decirme a mí misma.

Blanca me decepcionó. Yo decepcioné a Aroa. Aroa me defraudó aún más. Gus le rompió el corazón a Blanca. Loren está hasta el higo de nuestros problemas. Marín ha huido. Me ha dejado sola. Se ha ido a pensar. ¿Se ha ido a pensar cómo decirme que en realidad ha confundido la amistad con algo más? Quizá todo fue un error. Parecía muy (demasiado) dolido al enterarse de que Aroa le engañó con Gus. ¿Cuándo pensaba decirme lo de su hermana? ¿Por qué fue tan seco y cortante en la despedida?

Es miércoles, estoy aburrida, de vacaciones y sola: esos son los condicionantes que me llevan a tomar la loca decisión de guarecerme en casa de mis padres.

Me abre Flor, que ayuda con la casa desde hace unos años. «Ayuda» en este caso es un eufemismo. Sin esta mujer, mis padres no encontrarían ni su ropa interior. Antes que Flor, trabajó aquí una vecina suya, doña Loles, que me cuidó de pequeña y a la que quiero como si fuera mi abuelita. Vamos, puedo decir que a doña Loles la quiero lo que no quiero a mi abuela real, que es una rancia estirada que duerme en formol.

Flor siempre está cocinando algo rico en casa, así que me alegro mucho cuando veo que no se ha ido de vacaciones, aunque siento que mi familia es una explotadora.

¿No te dan vacaciones los viejos?

—Calla, calla, que les hice un apaño. Me quiero ir de crucero con mis hermanas en septiembre, que nos sale más barato.

—Ah, guay.

—Estoy haciendo empanadillas de pisto.

Mira, ya tengo algo bueno que decirme a mí misma: te vas a poner hasta el culo de empanadillas recién hechas.

Mamá está en su estudio. Fue profesora de arte en una escuela privada durante muchos años y ahora, ya jubilada, se dedica a manchar lienzos mientras experimenta con las vanguardias artísticas. Cuando abro la puerta del estudio, ella sostiene un pincel en su elegante mano y yo la tercera empanadilla. Al final mis hermanos van a tener razón: soy adoptada.

—¡Coquito! —me saluda con una sonrisa—. ¿Qué comes?

—Empanadillas. Flor está cocinando.

—Si no fuera por Flor… Filete de pollo a la plancha comeríamos todos los días.

—Y tortilla francesa. —Sonrío.

—¿Qué haces por aquí?

—Me aburría.

—¿Quieres una copa?

Mamá siempre te ofrece una copa. Bueno, siempre no; tienes que cumplir algunos requisitos: ser mayor de dieciséis años, edad a la que ella considera que si aún no eres adulto, deberías serlo; no tener que conducir al menos en las próximas veinticuatro horas y caerle bien. Normalmente siempre le digo que no. Marín y yo hemos bromeado mucho durante años sobre qué pasaría si un día le dijera que sí. Quizá ese día ha llegado.

—Ponme un vino.

Mi madre suelta el pincel y me mira.

—Ve a la cocina. Voy a lavarme las manos.

Aparece con un cigarrito Vogue entre los dientes. Siempre me ha dado un repelús que no puedo soportar imaginar el tacto del filtro entre los míos; me da dentera. Me recorre un escalofrío y aparto la mirada mientras se lo enciende. Después lo apoya en sus labios y se sienta conmigo en la isla de la inmensa cocina de su casa de El Viso.

—La copa, mamá —le recuerdo.

—Espera, voy a calibrar la envergadura del problema antes de decidir qué tipo de alcohol necesitamos. ¿Qué pasa?

—No pasa nada.

—Si no pasa nada, te pongo un agua con gas. —Arquea una ceja—. Si estás malita, te hago un Cola Cao. Si te has enfadado con una amiga, abrimos un vinito blanco. Si la cosa va de hombres, igual saco la coctelera —me guiña un ojo—, pero si ha pasado algo con Marín, creo que tu padre guarda un escocés de veinticinco años por ahí.

—Pues te diré que necesito barra libre…

No. Mi madre no es mi mejor amiga, pero siempre me he sentido muy libre de hablar con ella. Da buenos consejos, nunca me ha juzgado y siempre tiene claro cuál es el problema. Cuando Gus y yo rompimos, se encogió de hombros y me dijo que tenía pinta de ser un chico «mucho sexo y poco mimo» y yo, que podré sentirme muy libre con ella pero jamás hablo de lo que hago o dejo de hacer en la cama, solo pude contestar con una mueca. No voy a contarle lo de Marín y yo partiendo la cama del hotel Marazul ni lo de la ducha... ni siquiera lo de la litera. ¿Qué cojones quiero contarle?

—El grupo se ha ido a la mierda —le digo cuando me pasa un Martini con una aceituna.

—Estás exagerando; no tienes la culpa, lo has heredado de mí.

—No, mamá, de verdad. Se ha ido a la mierda. Guardábamos un montón de secretos y nos han estallado en la cara.

Le da un trago a su Martini con el ceño fruncido y me anima a seguir hablando mientras da una calada a su pitillo, pero no sé qué decir.

—¿Cuál era el tuyo? —me interroga.

—Lo sabes de sobra —rezongo.

—Lo de que Marín es el líder de una secta y tú te has convertido a su religión.

—Si cambias líder de una secta por el puto tío perfecto y convertirse a su religión por estar enamorada de él hasta las trancas, me imagino que hablamos de lo mismo.

—¿Y los demás?

—Aroa y Marín lo dejaron porque ella le obligó a escoger entre ella y yo y él no quiso. Marín no me contó que quiere que su hermana se mude con él el año que viene. Gus y Blanca... han tenido una aventura. ¡Una aventura, mamá! Y Gus, además, se acostó con Aroa cuando aún estaba con Marín y él ya andaba con Blanca.

—Y Loren lo sabía todo y el muy pirata se lo calló.

—Sí, pero ¿quién puede culparle? Yo creo que habría hecho lo mismo.

—Tú hubieras pedido un traslado en tu empresa a Helsinki —se burla.

—Mamá…, estaba viviendo el sueño de mi vida, pero ahora todo está fatal.

—Los *millennials* sois la leche, no hay quién os entienda. —Deja la copa en la barra y me mira—. Si vienes buscando un consejo, vas a tener que explicarme un poco más de esa historia.

Respiro hondo y… empiezo por el principio, por cómo deseaba que Marín me mirase diferente, el golpe de suerte de esa gira que se va al garete, el acercamiento, los poemas de Gus, la insistencia de Aroa de que son para mí, las miradas que no entiendo entre todo el grupo, el comportamiento de Blanca, el de Gus, el de Loren, el de Aroa y… Marín y yo allí en medio, como dos islas que nunca llegan a tocarse pero que casi se comunican cuando baja la marea. Los días, la ilusión, los detalles y algunas de las risas… Mamá se ríe también, me dice que añora tener mi edad, que envidia la fuerza con la que se viven las cosas.

—Pero sigue, sigue…

Y le digo que nos vamos acercando sin contarle que me moría de ganas de terminar desnuda, jadeando en su oído, empapada de sudor. Pero sí le explico que notaba que me miraba distinto y que Aroa cada vez era menos Aroa. Y la noche en la playa, durmiendo juntos, las pequeñas confesiones de amor y, de pronto…, la noche del viernes y aquel lío tremendo: el llanto de Blanca, Aroa que besa a Marín, Loren que reconforta a Blanca y yo… que me voy al hotel con mi ex, que «mira, mamá, qué cabrón, si hubiera sabido lo de Blanca lo mato». No le confieso que usamos el condón de su cartera para cuatro empujones mal dados, pero intento explicarle que Marín vio algo que no le gustó.

Mamá se come la aceituna, nerviosa, cuando le cuento que corrí tras él, nuestra discusión, lo duro que fue conmigo y el beso. «Qué noche más mala, mami, soy idiota». Y la mañana, con el desmayo de Blanca, Gus a punto de morir del susto y esas miradas entre ellos… y Marín y yo, haciendo las paces.

—¿Solo las paces? —Arquea una ceja—. Ay, Coco, por Dios, dime que te cuidas.

Paso de decirle que con Marín no me cuidé, que lo di todo por hecho. Solo continúo con mi historia y le cuento la reacción de Aroa, los gritos de Blanca, cómo lo encajó Marín y que no sé cómo sentirme, que me encuentro sola y que…

—Creo que ya no tengo amigos.

Mi madre le da el último trago a su copa y suspira.

—Lo de Blanca se te pasará y a Loren solo le durará la indigestión emocional unos cuantos días. En cuanto a Aroa…, Coco, esa chica no está bien de la cabeza.

—Ya lo sé.

—Y Gus…, Gus me da un poco de pena. Tengo la sensación de que necesita hacer examen de conciencia, pero lo evita porque el día que lo haga se le cae el mito de sí mismo que ha ido construyendo a base de chicas y de…, no sé. De amor propio mal entendido. Ay, Coco, con este te cuidaste, ¿no?

—¡Mamá! —me quejo.

—Vale, vale. —Levanta las manos y después las deja caer sobre la bancada.

Escucho el tic tac pesado del reloj de pared de mi padre, al que da cuerda religiosamente. Veo el relucir de la manicura de mi madre, siempre perfecta a pesar de haber pasado la mañana entre pinturas y diluyentes. La boca me sabe al trago de Martini y a la aceituna. El aire acondicionado refresca mi piel. Todo está bien ahí fuera, pero me devora la ausencia del único nombre que me preocupa del todo… porque Aroa tomó sus decisiones, Gus no volverá, Blanca y yo encontraremos el camino y Loren solo necesita airearse unos días. Pero… ¿y Marín?

—¿Y Marín, mamá?

Suspira.

—Tengo ahora mismo el corazón partido y no sé cuál de los dos consejos darte, el de madre o el de mujer.

—¿No hay manera de aunarlos?

—Creo que no.

—Pues dame los dos.

—Debería saber cuál darte, Coco —parece decepcionada—, pero si eres madre algún día es posible que sientas, como yo, que lo importante en tu vida es que tomes todas tus decisiones convencida de ellas. Si te equivocas, es parte del camino, pero no culpa de nadie. Pero ojalá supiera decirte cuál es la opción correcta.

—Mamá, por favor…

Ella se encoge de hombros y suspira.

—Como madre te diré que la vida es demasiado corta como para andar detrás de cobardes que no valoren lo que significa querer y que los quieran. Si tiene miedo, que trague saliva y le eche narices, que nada que valga la pena en este mundo llega regalado.

—¿Y como mujer?

—Como mujer te digo que… trates de ponerte en su lugar. Si eso funciona, será tu compañero de vida y tendrás que esforzarte por entenderlo en más de una ocasión, como él a ti. Así que, haz un ejercicio de empatía, intenta meterte en su piel y… dale el tiempo que considerarías lógico que te diera él. Haz lo que te gustaría que él hiciera de darse el caso contrario. Si aun así no funciona… Coco, mi vida, no hay vergüenza en retirarse de una guerra en la que, batalla tras batalla, siempre empatas. Una emoción siempre tiene que ganar a la otra; mantenerse en la fina línea que las separa no es vida. A veces la paz es, simplemente, tirar la toalla. Duele, pero se olvida.

No mentiré. Ninguna de las dos opciones terminan de convencerme porque la verdad es que me gustaría ahorrarme todo este papelón, despertarme mañana con Marín en casa y que todo volviera, al menos, a ser como antes. Sí. Sería capaz de renunciar a lo que pasó entre nosotros con tal de tener la seguridad de tenerlo al cien por cien al menos de algún modo. Pero sé que tampoco es la respuesta. Ahora ¿qué tengo? Nada. El recuerdo de un sexo magnífico, de la conexión, la promesa de algo que se esfuma cada día que pasa sin que él esté aquí conmigo.

Hago caso al consejo de mujer que me da mamá porque me da menos miedo que el de madre. Una vez mi padre me dijo que si dudaba entre dos caminos, que escogiese siempre el que me diese más miedo porque sería, con total seguridad, el que me haría crecer, pero creo que con los sentimientos a veces no es aplicable. Así que hago de tripas corazón y al llegar a casa, me pongo ese vinilo del LP de Silvana Estrada que enloquece a Marín y pienso. Marco una línea temporal entre sus necesidades y las mías y lo hago con el pecho abierto en dos, con la empatía por encima de mi ego. Después cojo el teléfono y escribo:

> Sé que necesitas tiempo y espacio para asumir lo que ha pasado entre nosotros; sé que ha cambiado quiénes éramos y la vida que teníamos, pero en mi caso pesa más la ilusión por descubrir lo que nos espera que el miedo. Si en tu caso no es así, no esperes a que acabe agosto para decírmelo. Ambos necesitaremos empezar de nuevo.

Cuando le doy a enviar siento que, irremediablemente, he puesto en funcionamiento una suerte de cuenta atrás que… no parará hasta llegar al cero. La pregunta es… ¿con qué resultado? No lo sé pero, como canta Silvana Estrada…, «sabré olvidar».

39

La pierdo

No sé qué contestar. Miro la pantalla del móvil sin saber ni siquiera si debería haber abierto el mensaje, pero... ¿cómo no voy a hacerlo? Es Coco. Es Coco, joder.

—¿Qué te pasa? —me pregunta Gema, que sostiene un trozo de pizza grasienta entre las manos.

—Te alimento fatal —le digo.

—Sí, pero no es eso. ¿Qué te pasa? Has mirado el teléfono y has puesto cara de haberte pillado los huevos con la cremallera.

Sonrío y guardo el móvil sin contestar.

—No me pasa nada. A ver, sigue contándome eso de que quieres estudiar en Japón.

—Me caen bien los japoneses. Se les ve buena gente. Pero no cambies de tema. ¿Quién te ha escrito? Por fi..., dime que no era Aroa.

—No era Aroa.

—Aroa está como una puta cabra. Eso las mujeres lo vemos. Nos miramos a la cara y lo sabemos, tate. Y de mujer a tonto del culo te digo que esa tía está pirada.

—¿Tú eres una mujer? —Arqueo las cejas divertido.

—Por supuesto. Pi-ra-da. Pero como es rubita, delgada y...

—Eh, eh, eh —la paro—. Me estás llamando superficial.

—Ah, no, es que te enamoró por su discurso sobre la igualdad de género en las Naciones Unidas.

—¿De dónde te he sacado, pedazo de friki? —me burlo, tirándole una servilleta.

—¿Vas a volver con Aroa? No me gusta, tate, te lo digo de verdad. Te mira como si fueras suyo nada más.

—La relación con Aroa está... muerta no, lo siguiente.

—Eviscerada y momificada.

—Sí. Eso —asiento y cojo mi trozo de pizza—. Pero debo admitir que me da miedo lo que os enseñan en el colegio ahora.

—¿Entonces?

—Entonces, ¿qué?. —Mastico con desgana.

—¿Quién te ha escrito?

—El banco. Tengo un descubierto —le miento con soltura.

—Oye, ¿estás enfadado con Coco?

—¿Yo? ¿Por qué dices eso?

—No sé. —Se encoge de hombros y en ese gesto parece la niña que aún es, por más que hable como una vieja—. Es raro que no os hayáis llamado.

—Hemos hablado por WhatsApp. No tienes que estar al tanto de todas las conversaciones que tengo con Coco, lo sabes, ¿no?

—¿Ha pasado algo?

Dejo el trozo de pizza sobre el plato y me limpio las manos.

—Oye, Gema..., ¿a ti te gustaría vivir conmigo?

Sé que no debería sacarle el tema aún, que todavía queda un año para que pueda llevármela a casa y que mi tía prefiere que no lo sepa antes de que todo esté cerrado, pero necesito desviar la atención de la conversación sobre Coco, necesito solucionar esto y..., de alguna forma, que ella me ayude a hacerlo.

—¿Contigo? —Sus cejas dibujan una expresión entre anhelante y temerosa. Y me veo ahí, en ella, en su cara, pero a diferencia de Gema a mí nadie me lo ofreció y me quedé esperando hasta que pude vivir solo.

—Conmigo, sí. —Doy otro bocado a la pizza, intentando sonar despreocupado.

—¿En tu casa?

—Claro. Tendrías que cambiar de instituto, eso sí. Pero podríamos estar juntos todos los días.

Me mira y sé que quiere. Sé que tiene ganas de llorar y que no contesta porque no quiere derramar una lágrima y ponerse tierna. Lo sé, porque si no rompo este silencio es porque me siento igual. Nos sostenemos las miradas y tragamos saliva; cuando por fin habla, su respuesta es lo último que esperaba escuchar:

—¿Y Coco? En esa casa no cabemos los tres. Solo tiene dos habitaciones.

—Podríamos convertir el salón en un dormitorio —le digo—. Sería supergrande y podría ser el tuyo si tú quieres.

—¿Y ella qué dice?

—¿Por qué es tan importante lo que opine Coco?

Hay un balbuceo confuso en su boca antes de contener una especie de gemido que se me agarra a las tripas. Me limpio las manos con una servilleta con premura porque sé lo que viene después de ese sonido..., el llanto. Es mi hermana pequeña, pero me siento casi su padre. Sé cuándo va a llorar.

—Pero, Gema... —hay cierto reproche en mi voz y lo siento mucho, pero no puedo eliminarlo—, ¿por qué lloras ahora?

No responde, solo solloza y se tapa la cara.

—Enana... —insisto y me cambio de silla para sentarme a su lado. Agradezco que la pizzería de este pueblo esté medio vacía para que no se sienta más avergonzada. El llanto en la adolescencia es común y extraño, como el propio cuerpo que cambia cada día—. ¿Por qué lloras? Dímelo. ¿No quieres venir a vivir conmigo? ¿Es por lo de cambiarte de instituto? Si no quieres dejar a tus amigos, yo lo entiendo, de verdad...

—¡Eres idiota! —Me aparta—. No es eso.

—¿Entonces?

—Es Coco. —Llora desconsolada.

—¿No quieres vivir con Coco? —Estoy superconfuso.

—Eres tú…, te ha pasado algo. Con ella. Y yo no quiero que te pelees con Coco, tate. Con ella no.

La abrazo y trago saliva. Con ella no. Cuánta verdad. Gema me clava el codo en las costillas, pero no me aparto.

—Vale. Deja de llorar un segundo. Vamos a hablar de esto.

—No, porque me vas a tratar como a una cría y yo ya entiendo las cosas y sé que me estás ocultando que…

—Gema…, llorar no está mal, pero las pataletas no las tolero —le digo muy serio—. Si me demuestras tus sentimientos sin rabia, te trato como una adulta y te lo cuento.

Se limpia las lágrimas y los mocos con mi camiseta y…, bueno, me lo tengo merecido. Después me mira, como esperando que le dé las explicaciones pertinentes. Qué enana más exigente, joder.

—Ha pasado algo, tienes razón. —Trago saliva. Cómo hablo de esto sin mencionar el sexo—. Estos días, hemos rebasado algunas líneas que no sé si tienen vuelta atrás y ahora estoy confuso.

—No te entiendo.

—Es que son cosas de mayores y no sé cómo explicártelas, Gema. Pero no tienes de qué preocuparte…

—Claro que me preocupo. —Hace un puchero—. Porque eres medio idiota, como todos los tíos, joder. Y yo ya no soy ninguna niñata, ¿sabes?

—Lo de los tacos vamos a tener que hablarlo.

—Le dijo la sartén al cazo.

—Gema, no te pongas así. Es normal que las relaciones muy estrechas a veces se enrarezcan.

—No es eso.

—Sí, sí que es eso. Atiende… Coco y yo nos queremos mucho, pero… —¿Por qué me siento como si quisiera decirle a mi hija que su madre y yo vamos a separarnos?

—¿Es que no te das cuenta? —Y noto lo nerviosa que está cuando no controla su voz y suelta un gallo—. ¿Qué ha pasado en la despedida? ¿Os habéis besado? ¿Te has enterado ya de que te quie-re? ¡¡Joder, tate!!

El porqué vuelve a ponerse a llorar es un misterio para el que no tengo respuesta y que me temo que no podré resolver.

—Gema, es más complicado.

—Lo habéis hecho, vale. —Da por sentado—. ¿Y ahora te da vergüenza o qué? ¡Tienes treinta años! Pero es Coco. ¡Es Coco! No haberlo hecho si no estabas seguro.

—Pero es que yo estaba seguro, Gema… —le confieso—. En aquel momento yo estaba seguro.

—¿Entonces?

—Entonces… no sé si vas a entenderme, enana, pero no sé si estoy a la altura de lo que ella merece, no sé si estoy preparado para Coco porque ella es o para siempre o ni lo intentas, y yo…, joder, Gema, yo tengo pedazos rotos dentro que no tienen mucha solución y soy raro y ella…, me quiere. Me quiere más de lo que…, no sé. No sé explicarlo.

—Tate… —Gema se limpia las lágrimas y me mira hipando—. Te vas a arrepentir un montón.

—No te arrepientes del todo cuando evitas males mayores, ¿no?

—Pero tú la quieres. —Solloza.

—Sí —asiento—. Mucho. Muchísimo. Tanto…, tanto que me da un miedo horrible.

—¿Y es así como esperas que yo me enfrente a las cosas cuan-do tenga miedo?

Touché.

—No. Pero es que espero que tú seas mejor que yo. —Ella se tapa la cara con las manos, pero la obligo a mirarme—. Gema, te pro-meto que voy a intentarlo, ¿vale?

—Pero por mí no —se queja.

—No, por ella.

—¿Por ella? ¡No, gilipollas! ¡Por ti!

462

Aún resuena en mi cabeza ese «¡por ti!» cuando Gema ya se ha dormido y me tiro sobre mi cama con un libro en la mano. Llevo paseando este libro desde el domingo sin haber leído ni una palabra, aunque paso páginas y fijo en él la mirada, como si lo hiciera. Este libro simboliza un espacio en el que, cuando entro, puedo pensar, puedo recrear, puedo imaginar, puedo ser. Pero esta noche, ni siquiera me apetece abrirlo. Echo un vistazo a Gema, que está durmiendo en la cama de al lado; va a dejar las sábanas perdidas con los rastros de ese maquillaje que jura no llevar, pero... ¿a quién le importa realmente? ¿Qué importa?

Después miro el móvil. Lo agarro, releo el mensaje.

> Sé que necesitas tiempo y espacio para asumir lo que ha pasado entre nosotros; sé que ha cambiado quiénes éramos y la vida que teníamos, pero en mi caso pesa más la ilusión por descubrir lo que nos espera que el miedo. Si en tu caso no es así, no esperes a que acabe agosto para decírmelo. Ambos necesitaremos empezar de nuevo.

Bien, Marín. Tienes que responder. Esconderte no hace desaparecer los monstruos. Empiezo a teclear sin darme demasiado tiempo a pensar; necesito dejarlo salir, tal cual. Ojalá después me atreva a darle a enviar sin más, sin corrección, sin hacer de este mensaje algo solo políticamente correcto.

Escribo. Borro. Escribo más. Y más. Cambio una palabra. Añado dos más. Lo releo:

> Te he traído dentro de mi equipaje, en los dedos, entre los dientes. Estás en todas partes, lo asuma o no. Hay hechos que no se pueden cambiar, aunque no estemos preparados. Hay noches que transforman quienes somos y la vida que tenemos, es cierto, pero ojalá volviéramos a aquel hotel ahora mismo, Coco. Ojalá. Allí no pensé tanto; actué sin más. Pero sabes

que no soy así. En lo definitivo no soy así y lo que estoy pensando ahora me asusta. Necesito pensar.

Lo envío. Cuando lo vuelvo a releer, una vez enviado, siento la tentación de eliminarlo, pero Coco se conecta y ya es demasiado tarde. Controlo mi necesidad de salir del chat y espero su respuesta. Cuál es mi sorpresa cuando... no llega. Simplemente, cierra WhatsApp y su «en línea» desaparece.

Vuelvo a escribir, presa del pánico de pronto:

Coco, por favor, no me odies.

Probablemente es un error de principiante, pero no puedo evitarlo. El corazón me bombea a toda prisa cuando vuelve a conectarse y veo el clásico «escribiendo» que nunca antes me había puesto tan nervioso.

No te odio, Marín. Ojalá estos días de reflexión nos lleven al mismo punto. A mí también me está dando tiempo para pensar y a veces el silencio dice más que las palabras. Buenas noches. Dile a Gema que la quiero.

Le doy las buenas noches cuando ya se ha desconectado y dudo si escribir que yo también la quiero a ella porque sé, porque la conozco, que nuestra conversación se termina aquí; al menos por hoy. Recuerdo ahora un poema de Gus de hace tiempo, uno que escribió cuando rompieron y que me pareció una bonita despedida; fue la primera vez que reconocí a Coco..., mi Coco, en alguno de sus poemas.

Decía:

Echaré de menos tu piel,
el olor que me empapa si te quedas a dormir.
Mis sábanas se vestirán de duelo;

el suelo de mi dormitorio,
hastiado de no recibir tus prendas,
volverá a estar helado.
El café de las mañanas
ya no se calentará con tu voz,
y tendré que decirme yo solo
que dormir de día
es morir más rápido.

Echaré de menos,
morena,
tu pelo entre mis dedos
y esa forma de decirnos
que en la cama sí se come
si tú estás en el menú.
Las carreras por tus piernas,
las patadas a mis miedos,
los sábados de recital
y las semanas en vino;
tu risa de cascabel,
el terciopelo de tus pestañeos,
todo lo que eras,
que ahora es solo tuyo.

Te echaré de menos, morena,
pero al final,
lo sabemos…
no nos quisimos tanto.

No sé muy bien por qué recuerdo ese poema ahora mismo, pero cuando apago la luz y me quedo buscando el techo entre el espesor de lo oscuro, pienso si no estaré intentando prepararme para la despedida. Yo no soy poeta y ni siquiera estoy demasiado seguro de que esos versos que Gus le dedicó cuando rompieron sean realmente buenos, pero sí sé que la última estrofa no sería válida para nosotros.

No hay ninguna señal sonora y esta vez no necesito luminosos para saber que estoy malgastando el tiempo de una cuenta atrás... en la que no sé si sabré reaccionar.

La pierdo.

40

Devolver las cosas a su lugar

Las piedras de colores me calman. Meter la mano en las cajas de plástico rotuladas con los nombres y propiedades de cada una y juguetear con ellas, tan brillantes, pulidas, sonoras. No me importa que la dueña de la tienda me mire raro o que crea que voy a robar. Solo quiero seguir tocándolas…, un poco más.

—¿Te puedo ayudar?

La miro un poco confusa, pero antes de que pueda contestarle que solo estoy echando un vistazo, me suena el móvil.

Sé que no es él, por eso le sonrío a la dependienta y cojo la llamada con pereza, sin mirar siquiera quién es.

—¿Sí?

—¿Te acuerdas de aquellas vacaciones que me obligaste a coger cuando me dio por arrancarme las pestañas?

Es Blanca.

—Sí. Fuimos a Zarautz.

—Y nos nevó en la playa.

—Sí. —Suspiro—. Aunque bebimos tanto txakoli que ya dudo que fuera real.

—Era real. Lo era y mucho.

Me quedo callada y me vuelvo hacia la parte interior del escaparate.

—¿Cómo estás? —me pregunta.

—Hecha una puta mierda —respondo—. ¿Y tú?

—Me sumo a esa definición. Oye, Coco…, sé que no tengo derecho a pedirte esto, pero… ¿tienes planes hoy?

—¿Sentirme una puta mierda es un plan?

—El telón de fondo, me imagino.

—Pues tengo un telón de fondo.

—¿Te importaría si nos sentimos una puta mierda juntas? No sé en qué punto de tu decepción hacia mí estás, por eso te digo que no tengo derecho a pedirte esto, pero… esta noche voy a hacer algo importante y me gustaría estar contigo hoy. Prometo que no te calentaré la cabeza.

Chasqueo la lengua. Cojo aire.

—Mierda, Blanca, qué mierda.

—Ya lo sé —contesta con un hilo de voz.

—En media hora en El café de Alejandría, ¿vale?

—Gracias.

—De gracias, nada. Me vas a invitar a comer y tengo hambre.

Nos despedimos con una mezcla airada de humor y hartazgo. Creo que ambas estamos un poco hasta el moño de tanto drama.

—Oiga… —le digo a la dependienta—. ¿Puede ayudarme?

—Claro. ¿Qué buscabas?

—La verdad. ¿Tiene alguna piedra para eso?

El café de Alejandría está lleno a pesar de ser agosto. Nunca cierra; Marín suele llamarlo «la funeraria» porque siempre está abierto para consolar el alma. Tras la barra, Sofía, su camarera, con los labios pintados de rojo mira sonriente a Héctor, y… no me extraña. Siempre ha sido uno de nuestros amores platónicos. Loren intentó incluso dejar de venir porque decía que se ponía muy nervioso.

—Me gusta tanto que lo odio —nos confesó un día.

Blanca está en una de las mesas del fondo, mirando por el ventanal. Lleva un vestido blanco con unas rayas rojas y unas sandalias del mismo color. Está bonita, aunque algo demacrada. Han pasado cinco días desde que nos despedimos, pero juraría que ha perdido un poco de peso.

—Héctor está cada día más bueno —digo para romper el hielo al sentarme.

—¿Quién? —pregunta un poco despistada.

—Héctor.

—Ah, sí, sí —asiente—. ¿Has pedido?

—¿Qué os pongo?

De pie, junto a nosotras, Sofía sonríe con una libretita en la mano.

—Dos tés fríos de esos que preparas con lima —le pido. Recuerdo que a Blanca le encantan—. Y para comer yo quiero un sándwich, Sofi, con mogollón de cosas.

—¿Cosas a cholón?

—Exacto.

Miro a Blanca, pero no quiere nada más. El amor a veces abre el estómago, otras lo cierra y en ocasiones hasta lo apuñala.

Cuando Sofía se aleja de vuelta hacia la barra, Blanca me mira y me pregunta por Marín.

—De viaje con su hermana, evitándome, asesinando lentamente a la persona que pensaba que era y... relajándose, supongo.

—Ya..., ¿no ha querido hablar del tema?

—Ni del tema ni de nada. Cuando llegué a casa el domingo, ya no estaba. Si eso no es huir como una rata, ya me dirás qué es.

—Marín siempre necesita tiempo y espacio para asumir las cosas; para decidir.

—Ya..., ¿sabes qué pasa? Que a mí el discurso de que el amor complicado es el más romántico nunca me ha convencido.

Sé que no todo puede salir a la primera, pero que a alguien le suponga un problema quererme…, no me va.

—¿Cómo le va a suponer un problema, Coco, si vosotros os queréis desde hace mucho tiempo?

—Sí, claro, pero así no. Se ha cagado, Blanqui…, le ha entrado el agobio y no sé si es porque la mierda que soltó Aroa sigue flotando en el ambiente, porque vivimos juntos y siente que meterse en una relación conmigo será ir demasiado deprisa o porque se arrepiente. No lo sé, pero no esperaba de él ninguna de las opciones.

—Ya… —Blanca me sonríe y me coge de la muñeca, donde juguetea con una pulsera—. Pero él no es responsable de tus expectativas. —Abro la boca para contestar airada, pero ella me calma y se apresura a explicarse—. Lo que quiero decir…, antes de que me mates, es que Aroa tenía un poco de razón cuando dijo que tú te has enamorado de un Marín idealizado. Es humano, Coco, lo que no significa que sea justificable que huya de ti; antes que amante has sido su mejor amiga.

—Odio la palabra amante. —Me aprieto el puente de la nariz.

—Bueno, tú me entiendes. Es una cobardía imperdonable por su parte.

—Tanto como imperdonable…

—¿Has pensado qué tendría que hacer para que lo perdonaras? ¿Dónde está tu marca de decepción ahora mismo?

—Sube y baja según el momento, pero me parece condición *sine qua non* que vuelva, se siente conmigo y me diga lo que me tenga que decir a la cara. ¡Es que ni siquiera me ha llamado! Nos comunicamos por mensajitos… ¡¡Anda ya, hombre!!

—Suena lógico, la verdad. Marín volverá, eso seguro. No puede quedarse para siempre dando vueltas por España con su hermana de copiloto.

—Eso ya lo sé. El qué importa…, que vuelva. Pero el cuándo…, el cuándo empieza a tener más valor para mí. Cada día que pasa estoy más lejos de querer lo que me ofrece su silencio.

Asiente y de pronto me siento completa y absolutamente comprendida. Mamá da buenos consejos, pero Blanca, como Marín, siempre ha sido mi lugar seguro. No sé por qué no le conté antes que estaba enamorada de él.

—Siento no haberte dicho lo de Marín antes.

—No me pidas perdón por eso y menos dos veces. Yo estuve unos diez meses con tu ex a tus espaldas viviendo una tórrida aventura tóxica y sexual.

Hago una mueca. No me hace gracia escucharlo pero, seré sincera, doler no duele. Me molesta, pero no me duele; esa es la mejor definición.

—¿Cómo estás? —le pregunto.

—Pues… —sonríe— fatal, la verdad. No puedo dormir bien, tengo el estómago cerrado y desde que volvimos ni siquiera he podido llorar, así que tengo un saco de asco y odio en el estómago que va a terminar por romperse y envenenarme.

—Suena divertido. —Arqueo las cejas.

—He visto que ya no le sigues —me dice.

—Le dejé de seguir y le bloqueé.

—Después del poema aquel al que respondiste, ¿no?

—Sí. Deberías hacer lo mismo. Es liberador.

—Lo sé. Es… mi próximo reto.

—¿Qué está haciendo?

—Va por fases. —Suspira y mira por la ventana de nuevo—. De pronto suena melancólico y en la siguiente publicación el tono es rabioso. Después triste, o encendido o ruin… Ha despedazado los recuerdos y los ha convertido en cosas que no siempre son bonitas, pero… era de esperar.

—No deberías leerlo.

—Lo sé. Y me digo a mí misma que bueno, que lo tengo que hacer poco a poco, pero la verdad es que así me cuesta más. Es una desintoxicación. Si esta vez va en serio, y tiene que ir en serio, tengo que dejar de seguirlo. Estoy esperando superar la fase de la tristeza.

—¿Qué es lo que más te ha dolido?

—Es difícil de explicar. —Y aprovechando que Sofía llega con nuestra comanda, Blanca coge su móvil, lo desbloquea, entra en Instagram y busca el perfil de Gus. Una vez en pantalla, gira el aparato y me lo tiende—. A lo mejor puedo responderte así. Ve a diciembre…, a mediados. Cada publicación es un capítulo… Una novela corta sobre quiénes hemos sido. No hay pérdida.

Diciembre. Sorpresa. Coincidencia. Conexión. Enero. Morbo, un calentón, lo prohibido. Poemas sobre mujeres muy mujeres que se preguntan a qué sabe la piel. Textos encendidos que van haciéndose más explícitos a medida que se acerca febrero.

Febrero. Hay un conato de despedida al que le siguen un punto de chulería, una pizca de alarde y pronto… la promesa de sexo. Gus le habla, en muchas de esas publicaciones, a una mujer a la que le promete darle un nuevo sentido a su piel.

Marzo es el mes donde todo cambia irremediablemente. Es la primera vez que habla de piel…, de piel como vínculo, de piel como portal, de piel como billete para un viaje que tiene que ver con mucho más que el cuerpo.

Abril se vuelve confuso. Da bandazos. Habla de muchas mujeres, de una vida saltando de cama en cama. Se dibuja a sí mismo canalla y vividor de manera irresistible para después hablar sobre el vacío, la decepción.

Mayo es demoledor. Muy tóxico. Un día un mimo, el siguiente una bofetada. Se alternan «Yo ya te dije que esto era lo que era» con «Tendré que asumir que me dejas solo». Pero de vez en cuando se saborea el encuentro, la esperanza, alguna bronca pero con besos de reconciliación.

Junio y julio son duros. Lo son para mí, que aunque ya leí todos estos poemas antes, ahora por fin tienen sentido. Faltaba algo para entenderlos… como en un jeroglífico en el que no identifiqué que ELLA siempre era Blanca. Esta historia se convierte en junio y julio en una historia de amor que no es ni bella ni tortuosa…, es mala. Malévola. Enfermiza. Necesitada. Manipuladora. Boca seca que al besar no disfruta. Manos agrietadas que duelen al acariciar. Lo demás ya lo sé.

Le devuelvo el móvil con un nudo en la garganta.

—Lo siento, Blanca.

—¿Por qué? —me pregunta con una sonrisa.

—Porque quererse mucho no sirve cuando se quiere mal. Y lo siento; no lo mereces.

—Bueno, a todos nos toca un amor tóxico en la vida. Tengo suerte de que no sea yo misma. Al menos no me he perdido el respeto, he aprendido a perdonarme y estoy… pues eso, aprendiendo.

—¿Y qué vas a hacer?

—Primero preguntarte si crees que podremos volver a ser nosotras alguna vez sin tener el culo apretado; no aspiro a que lo olvides pero…

—Pasará —le aseguro—. Pero no te enamores de Marín, por favor.

—Es adorable, pero es como un hermano. Para mí no tiene pene.

—Lo tiene —le aseguro—. Y es más gordo que el de Gus, aunque ahora ese dato pueda parecerte mentira.

Blanca acerca su té helado y se ríe.

—En serio, ¿qué vas a hacer? —le pregunto.

—Esta noche se lo cuento a Rubén.

—¿Estás segura de que quieres decírselo? ¿Eres consciente de que quizá sea el final?

—¿Consciente? Eso está más que asumido, Coco. Pero se acabaron las mentiras. Hay que despedazarlas, sacar la verdad que tienen dentro y después…, cagarse en ellas. Es para lo único que sirven.

—¿Y qué vas a hacer con Rubén? Quiero decir…, creía que os iba bien y…

—Es evidente que no iba todo lo bien que todos creíamos. Lo dicho…, hay que sacar verdad de la mentira.

—Ah, hablando de mentiras y verdades. —Rebusco en el bolso y le tiendo una cajita rosa superhortera—. Te he comprado esto.

—¿A mí? —Retira la tapita de cartón y el anillo de plata y cuarzo rosa le hace esbozar una sonrisa—. Tontorrona, esperaba que hincaras la rodilla en el suelo para pedirme la mano.

—Es cuarzo rosa. —Señalo la piedra—. Y me ha dicho la tía de la tienda que es bueno para atraer el equilibrio y una energía amorosa.

Lo saca de la caja y se lo pone en el dedo anular de su mano para después extenderla y mirarlo.

—Me encanta…, pues todo dicho. Me caso conmigo misma.

—Vale. Pues sellémoslo como merece. Dame el móvil un segundo.

No hace falta que ejerza de mano ejecutora; es ella misma la que busca de nuevo el contacto de Gus en Instagram, deja de seguirlo y lo bloquea. Luego, lo bloquea en WhatsApp y borra su contacto. Me mira con una sonrisa después… y se limpia con el dorso de la mano las lágrimas.

—No dejes que ningún tío te haga creer que le necesitas para ser feliz, Coco. Eliges a alguien para compartir tu felicidad. Sé celosa con ella. Se vende muy cara.

Vuelvo a casa dando un paseo después de unas horas más de conversación. He escuchado muchas cosas sobre su no relación con

Gus durante este rato y no puedo dejar de pensar en lo diferentes que somos las personas dependiendo del contexto en el que nos movamos. Y de quiénes estén con nosotros. Gus conmigo siempre fue… el poeta. No vi otra faceta de él. No lo vi sin la armadura, la verdad, por más que tuvimos confianza y compartimos momentos; cada persona decide qué rostro mostrar con cada cual.

Y pienso, claro, en Marín…, en el Marín compañero de piso y mejor amigo al que lo único que podría reprocharle sería las pocas veces que olvida apagar las luces. Pero hay muchas más personas dentro de él: el hermano abnegado, el *product manager* cuadriculado, el hijo dolido, el amante voraz, el amigo comprensivo, el conocido magnético, el desconocido sexi que se sienta delante de ti en el metro, el ciudadano amable, el vecino perfecto, la pesadilla de los de Atención al cliente de su operadora de telefonía móvil y… el exnovio. Y a casi todos los conozco, sí, pero de pasada. He de admitir que conocer como la palma de mi mano al Marín compañero y amigo está muy lejos de ser suficiente.

Quizá muchas chicas considerarían que lo que voy a hacer es flaquear, pero en cuanto llego a casa, necesito escribirle de nuevo. En realidad, mataría por escuchar su voz, pero poco a poco.

Coco:
He estado con Blanca toda la tarde. Estamos
arreglándolo. Sé que estás como de retiro espiritual,
pero pensé que te alegraría saberlo.

Se conecta enseguida y mi estómago da un vuelco
adolescente que me hace sonreír.

Marín:
Claro que me alegra. Gracias por contármelo.
¿Qué tal todo lo demás?

Coco:

Bien. Tranquilo. La casa está demasiado
vacía sin ti. No me acostumbro. No parece
la misma, en serio. Me paso el día recorriéndola,
en plan melancólico.

Marín:

Bueno, es un piso de dos habitaciones.
No tienes mucho que recorrer.

No sé si ha querido ser una broma, pero… suena raro.

Coco:

¿Todo bien? Te noto raro.

Marín:

Sí, sí. Es que estoy a punto de coger el coche.

Coco:

Ah, no te molesto.
Pero… ¿aprovecho para preguntarte
cuándo vuelves, ya que estoy.

Marín:

Ah, sí. Eso. Ehm…

Escribiendo. Para. Escribiendo. Para. Escribiendo. Escribiendo.

He pensado que si quiero vivir con Gema el año que viene,
tengo que empezar por pasar las vacaciones con ella.

Oh, oh…

Coco:

¿Todas?

Marín:

Sí. Ya estuve una semana fuera, con vosotros y..., no sé.
A mi tía también le ha parecido buena idea.

Coco:

Pero... ¿te llevaste suficiente ropa?

Marín:

Sí, sí. No te preocupes.

Me quedo con el móvil en la mano y los ojos puestos en la pantalla, esperando que añada algo más. Algo como «¿Por qué no vienes unos días a vernos?» o «Te echo de menos». Algo. Pero no hay nada más que una sensación de abandono en la boca de mi estómago. Otra chica se despediría educadamente, fingiendo que no pasa nada, pero yo no puedo. Cierro el chat y presiono la tecla de marcación rápida para llamarle. Coge al tercer tono, aunque sé que tiene el teléfono en la mano.

—¿Me estás evitando? —pregunto a bocajarro.

—No, Coco, no te estoy evitando. Estoy pasando tiempo con mi hermana.

—Ya. Pues... estás muy raro.

—No estoy raro —se defiende.

—Claro que lo estás. Estás rarísimo. En una situación normal, nos habríamos llamado todas las noches y...

—Bueno, es que no es una situación normal, Coco, y también habría que preguntarse si lo que hacíamos antes era «normal», como tú dices.

—¿Por qué dices eso? —pregunto empezando a alterarme.

477

—Pues porque... hemos ido asentando algunas rutinas que no sé si se ajustaban a quienes éramos.

—¿Qué me estás queriendo decir, Marín? Porque no te entiendo.

Suspira.

—¿La verdad? No tengo ni idea de lo que quiero decir. No me he atrevido a llamarte, ya está.

—Pues me parece preocupante.

—Supongo que lo es.

—¿Y cuándo vas a volver? —vuelvo a insistir.

—Pues... el veintiocho o veintinueve.

Abro los ojos de par en par, aunque no me vea.

—Pero ¡si apenas estamos a diez!

—Siempre dices que nunca desconecto del trabajo..., es una buena oportunidad.

Me froto la cara en silencio mientras pienso qué contestar. Es una batalla perdida de antemano porque en el momento en el que abro la boca, sale algo nada meditado.

—Es una buena oportunidad para alejarte del problema, para evitar hablar conmigo y para...

—No es eso.

—Claro que lo es.

—Un poco sí, pero no es solo por eso —aclara.

—Marín, no te tenía por tan cobarde.

—No es cobardía, es que antes de tener esa conversación que quieres tener, debo averiguar qué respuestas darte porque ahora mismo para mí ninguna es obvia.

—Tú me quieres —suelto.

—Me alegra que al menos uno de los dos lo tenga claro.

Un puñetazo en la cara me hubiera dolido menos.

—Eso ha sido una cabronada.

—Siento no ser capaz de decirte otra cosa —responde frío.

—Vaya, este es el Marín que comentaba Aroa.

—Y eso es una cabronada por tu parte también.

—Dime al menos qué es lo que te agobia —contraataco, pero me recibe el silencio—. Marín…, dime al menos qué es lo que tanto te agobia.

—Coño, Coco…, pues no sé. Te repito que no es una cuestión de agobio es que… quiero alejarme un poco, verlo en perspectiva. Hace una semana eras mi mejor amiga y ahora hemos follado, nos planteamos vivir juntos y…

—¡Ya vivíamos juntos! —grito.

—Ya me entiendes.

—No. En absoluto. Este Marín cobarde y asustado es desconocido para mí; perdóname si aún tengo que acostumbrarme a él.

—Solo necesito espacio para pensar —dice con tono tenso—. No estoy pidiendo tanto.

—Es que… Marín, esto deberíamos hablarlo en persona. Lo sabes, ¿verdad?

—Sí, pero cuando esté preparado. No puedes obligar a nadie a estar preparado cuando tú quieres, Coco. Cada persona sigue sus propios procesos y me da miedo cagarla, hacerte daño, romperte, que esto salga fatal y…

—¿Y por eso prefieres no intentarlo?

—Acabo de terminar una relación, acabo de conocerte como mujer; es pronto hasta para plantearse intentarlo. Por favor, Coco, entiéndeme…

—Claro. —Me siento en el brazo del sofá y asiento para mí—. Pero… ¿tú me entiendes a mí?

—Creo que sí.

—Da la sensación de que estoy presionándote para dar grandes pasos. ¡Solo quiero que lo hablemos, que lo aclaremos! Dices que no puedo obligar a nadie a estar preparado cuando yo lo necesite y tienes razón pero, Marín…, que cuando esa persona esté preparada quizá sea demasiado tarde es un hecho.

—Son dos semanas —y suena tan tenso que no es él—. Dos semanas, Coco.

—Dos semanas para que se enrarezca más, para que se enfríe y para que nos parezca que estamos hablando de una puta marcianada. Tienes que volver antes.

—Vale; ahora sí que me estoy agobiando.

—Pues lo siento mucho, pero paso de tener esto pendiente entre nosotros. Somos tú y yo, Marín. Con otro tío no me tomaría la más mínima molestia, pero eres tú y no me da la gana que lo hagamos tan mal. Necesito saber. No todo gira a tu alrededor. En esto hay otra persona implicada, que soy yo.

—Vale, Coco.

Y lo dice tan condescendiente...

—Te lo digo de verdad, no te reconozco.

—Ni yo a ti. Pensaba que eras la persona que más me comprendía en el mundo — espeta—. Pero ya veo que es hasta que se cruza con tus propias...

—Con mis propias, ¿qué? Eso ha sido un golpe muy bajo.

—Vamos a dejarlo aquí, Coco. No quiero discutir.

—No. Nunca quieres discutir. Mejor vamos a colgar el teléfono y a esperar a que este marrón, mágicamente, se solucione solo.

—Te estás pasando —anuncia.

—¿Me estoy pasando? ¡¡Estoy haciéndote partícipe de mis miedos, Marín!!

—Respeta el espacio que te estoy pidiendo. No puedo decirte otra cosa —contesta frío.

—¿Y qué hago mientras tú piensas?

—Pensar.

—¡Yo ya lo tengo todo pensado, joder!

—Pues esperas, Coco. ¿Qué quieres que te diga?

—Necesito que vuelvas antes del veintinueve, Marín —le digo—. Necesito que tengas los huevos de sentarte delante de mí y decirme a la cara que estás cagado de miedo, que esto te acojona y que no sabes qué hacer. Lo necesito. Si me quieres…

—Oh, por Dios —se queja—. ¿Si me quieres? ¿Ahora nos chantajeamos?

—¿Chantaje? No es un chantaje, pero me parece que el broche de oro para esta conversación es un ultimátum: si el día veinte no has vuelto, entenderé que no quieres lo mismo que yo.

—¿Y eso qué quiere decir? ¿Me ignorarás cuando vuelva? ¿Me retirarás el saludo? ¿O es que pretendes hacer como si nada? De pronto no hemos follado, no nos hemos dicho te quiero, no hemos corrido como monos enloquecidos prometiéndonoslas muy felices…

—Quiere decir que si no quieres lo mismo que yo, no puedo seguir esperando que un día te enamores de mí como merezco que me quieran, así que… a tu vuelta tendrás mi habitación vacía y disponible para Gema o para quien quieras.

—¿En serio me amenazas? —pregunta.

—No es una amenaza. Es una promesa y me la hago a mí misma, Marín. Yo quiero que la persona que camine a mi lado esté orgullosa de lo que siente y que quererme no le suponga un problema. Relaciones de mierda ya he tenido demasiadas. Dale una pensada.

—Coco…

—No, Marín. Dale una pensada. El día veinte, si no estás aquí, me voy. Entenderé que el silencio dice lo que no tienes narices de decirme tú. Buenas noches. Dile a Gema que la quiero. Ella sí sabrá apreciarlo.

Cuando cuelgo el teléfono, estoy temblando como una hoja. Quiero llorar. Tengo miedo. Me he marcado un farol de la leche y…

Mi primera relación fue con alguien que nunca quiso llamarlo relación. Después tuve rollos efímeros que se esfumaban antes de ser nada, dejando en el aire una leve estela de ilusión espolvoreada y brillante. Mi segunda relación ni siquiera lo fue…, era un rollo más con alguien que quiso convencerse de que era el momento de sentar un poquito la cabeza…, pero un poquito. Gus y yo éramos novios porque nos pusimos ese nombre, pero… ¿qué había ahí de noviazgo en realidad? Tiempo y sexo, supongo.

No. Ya no quiero sentirme más así. No quiero seguir preguntándome cuándo seré lo suficientemente buena para alguien porque ya lo soy para mí. Así que… espera, Coco, no te asustes tan rápido. No. No ha sido un farol. Solo… la voz de lo que mereces.

Me echo a llorar cuando se evidencia que no va a volver a llamarme. Y lloro por todos los Marín, los que conozco y los que me quedarán por conocer… porque francamente esto pinta mal.

41
No me sirve

La imagen que me devuelve el espejo es terrible. Tengo los labios hinchados, los ojos como pelotas de golf, el pelo revuelto, la tez apagada. Soy la viva imagen de una plañidera. Me he pasado la noche llorando.

Me seco bien con la toalla y me coloco la ropa que he traído al baño. Unos vaqueros *boyfriend* desgastadísimos y una camiseta blanca con un dibujo a la espalda. Voy a casa de mis padres a comer. Aún son las once pero, dado mi nefasto estado de ánimo hoy, he pensado que una visita a esa librería que hay cerca de Ópera me sentará bien.

Estoy saliendo de mi dormitorio, calzada, mínimamente maquillada y con el bolso en la mano cuando escucho la puerta cerrarse y el característico sonido de las llaves en las manos de Marín. Me quedo de piedra, donde estoy. Casi no puedo ni pestañear. Es él quien, dando dos pasos lentos, sale a mi encuentro. Serio, llaves en mano, despeinado, con necesidad de un urgente corte de pelo, guapo hasta hacer que tenga náuseas. No lo esperaba. Si Marín dice que no, es no. No sé si el hecho de que esté aquí son buenas o malas noticias para nosotros.

Deja las llaves en el pequeño mueble de la entrada que, por cierto, rescatamos de la basura cuando los hijos de la viuda de abajo se la llevaron a vivir con ellos y vaciaron el piso.

Recuerdos de tiempos mejores, como cada rincón de este piso.

No dice nada, solo me mira, se frota la barbilla y la boca y se apoya en el marco de la puerta de la cocina. Lleva un pantalón vaquero y una camiseta blanca. Los ojos le brillan tanto…

Dejo el bolso con un suspiro y controlo las ganas de llorar. Este silencio es mucho más vehemente que muchas palabras, pero no sé explicar qué es lo que me dice. Ha llenado la casa de una sensación funesta. Él da un paso. Yo otro. Nos miramos. Me pregunto durante unos segundos si quiero besarlo primero y hablar después o si lo contrario será mejor para nosotros, pero él parece haberlo decidido ya.

Su brazo derecho me rodea la cintura y termina de acercarme a él. Cierra los ojos y yo lo miro…, miro sus párpados, sábana con la que tapa esos ojos tan vivos…; su nariz recta, tan elegante; sus labios. Apoya su frente en mi hombro y noto cómo hincha su pecho al respirar profundo. Quiero decirle muchas cosas pero no entiendo ninguna. Ambos nos erguimos buscando los ojos del otro y así, en silencio, parecemos interrogarnos sobre qué significa esto. Pero por ahora solo puede traducirse en un beso.

Nos besamos.

Es un beso dulce, inocente, boca sobre boca, casi infantil. Besarlo aún me resulta raro; es una sensación extrañamente familiar, como la que sientes en esas ciudades que pisas por primera vez pero viste cientos de veces en el cine. Supongo que lo he imaginado durante demasiado tiempo.

Acaricio sus mejillas y él me envuelve en sus brazos. Nos miramos de nuevo y suspiramos, casi labio contra labio. Nos envenenamos con el dióxido que exhalan los pulmones del otro y volvemos a besarnos, esta vez un poco más húmedo, pellizcando y saboreando, con la lengua tímida, que no termina de saber si está fuera de lugar o es bienvenida.

484

Mi espalda se apoya en la pared y Marín pega su cuerpo al mío. Los recuerdos de una casa en la que hemos sido muy felices, nos empujan contra el otro, buscando rincones que aún no estén llenos. Nos olemos, nos abrazamos, las manos se deslizan sobre la ropa y volvemos a besarnos. Ya no hay miedos, ya no hay barreras y este beso es tan intenso que se convierte en un ejercicio de contención.

—Espera… —Se aparta un poco y acaricia con la punta de su nariz una de mis mejillas—. No venía a hacer esto.

—Ya lo sé. Paremos.

—Vale.

Pero nos besamos otra vez y nos falta más aire. Pruebo su saliva, que recubre mi boca por dentro; saboreo el aire que respira. Quiero que me apriete más y pego a él mis caderas, mis pechos, mi ombligo… Todo, porque no quiero un resquicio de él sin mi cuerpo.

—Joder… —jadea contra mi boca entreabierta.

—Para… —le pido.

Lame mis labios, coge mi cintura y sube con sus manos por debajo de la camiseta, hasta llegar a mis pechos.

—Párame, por Dios —me pide.

Pero no tengo fuerzas cuando amasa mis tetas y jadea en mi cuello. Las manos de Marín hincando sus dedos contra mi carne aún me paralizan. Le he deseado durante demasiado tiempo.

—No he venido a esto —repite.

—Ya lo sé.

—Vamos a mi habitación.

—No —le digo.

—¿Por qué?

—Porque no quiero el polvo de despedida.

—¿Y quién ha dicho que sea el de despedida?

Sonrío sin ganas.

—Tú, aunque no hayas abierto la boca.

—Coco…, necesito decirte cosas, pero hazlo primero…, hagámoslo. Por favor.

Recorremos la casa a mordiscos, abrimos su dormitorio, pasamos de largo el mueble, junto a la cama, lleno de aparatos de música, portadas de vinilos enmarcadas y algún póster de un concierto de los sesenta que le compré en Londres. Caemos sobre el colchón conmigo encima y sus sábanas a rayas nos reciben frías. Me quita la camiseta y su boca recorre mi vientre, mis costados… Sin hambre pero con ganas; somos dos contorsionistas que evitan aún las palabras por no mentirse. Le desabrocho el pantalón, hago lo mismo con el mío y giramos hasta que él puede tirar de mis vaqueros y mi ropa interior hacia abajo. No nos quitamos nada más. Aún llevo el sujetador y él está completamente vestido, pero maniobramos a través de su bragueta para que esté pronto dentro de mí. Le recibo húmeda, pero no empapada. Esto está yendo rápido.

Marín empuja entre mis muslos con la cabeza hundida en mi cuello; le escucho resollar y respirar profundo. Susurra de vez en cuando alguna palabra, despacio y suave, bajo. Y mientras el cuerpo hace lo que sabe, lo que aprendió del animal que fue, mi cabeza viaja. Pienso que lo echaré de menos…, a él, al piso, a los recuerdos. Sus trastos de música obsoletos que colecciona con tanto mimo, las canciones que descubrimos juntos, las cenas sentados en el suelo, él y yo, como si no hubiera nadie más en el mundo. No sé por qué pienso en ello mientras estamos haciendo esto… Esto, que no sé lo que es porque no es follar, pero tampoco hacer el amor. Marín está encima de mí, su polla entra y sale de mi coño con ritmo, siento placer, pero… ¿qué tipo de sexo es este? No es sexo, supongo, es una forma física de intentar sentirnos más cerca antes de alejarnos.

Introduzco los dedos en la mata de su pelo desordenado y siento alivio. Alivio físico; hay algo narcótico en ese gesto que me hace sentir vinculada a él porque sé que le encanta que lo haga. A ninguno de los dos le gustan en exceso las caricias; somos personas criadas con menos mimo que otros niños (en mi caso quizá por propia elección, porque siempre quise parecer muy valiente frente a mis cuatro hermanos mayores) y por eso, al crecer, lo convertimos en dogma de fe. Excepto entre nosotros… donde siempre hubo un código especial; hasta cuando era otra quien recibía sus embestidas, yo era la única que conocía el lenguaje con el que Marín comunicaba sus verdades. Aunque… ¿vale eso de algo?

—¿Dónde estás? —me pregunta, quieto dentro de mí, mirándome con las cejas arqueadas.

—En nosotros —musito.

—En nosotros…, ¿cuándo?

—Sigue… —le pido.

Se mueve y yo acomodo mis caderas para una acometida más. Voy a correrme…, tengo que hacerlo. Así que me toco, me acaricio despacio mientras lo miro y escucho cómo me pide perdón por no desnudarse.

—Lo necesitaba. —Suspira—. Pero no lo sabía.

—Sigue…, sigue…

Una de mis manos se clava en su trasero, por debajo del pantalón desabrochado y la ropa interior, mientras la otra se acelera, deslizando el dedo corazón sobre mi clítoris. No voy a tardar mucho; me retuerzo, olvido que será la última vez que lo hagamos y le animo con mi cuerpo a que se deje llevar también.

El orgasmo es bueno, pero no dice nada de nosotros; me da la sensación de que opina lo mismo cuando se le acelera la respiración, se muerde el labio inferior y con el ceño fruncido se deja ir. Noto el calor del semen llenándome y Marín abre la boca para exhalar un gemido suave que se queda agarrado a su garganta. Sale, vuelve a entrar, como si sintiera frío y buscara refugio. No es placer, ahora lo tengo más claro; es cuestión de soledad. Hasta con la persona a la que amas, el sexo puede ser mediocre alguna vez.

Nos quedamos tumbados en la cama, mirando el techo. No quiero moverme ni siquiera para recuperar la ropa interior, pero tengo que hacerlo, así que no hay momento de calma y cariño poscoital, solo un respiro al que le sigue el sonido de la ropa al volver a su lugar.

—¿Vamos al salón? —le pregunto.

—No. —Niega con la cabeza mientras se abrocha el pantalón—. Hablemos aquí.

Él está de pie, apoyado en la puerta cerrada. Yo sentada en su escritorio después de un breve paso por el cuarto de baño. Ha puesto música y se ha demorado más tiempo del que he considerado adecuado mientras escogía. Suena un disco de Vetusta Morla, en concreto, *Cuarteles de invierno*.

Después de un silencio largo, Marín se aclara la garganta y empieza a hablar:

—Siento que he ganado un premio —me dice—. Pero también creo que he hecho trampas, que me lo han dado sin participar. Nunca he hecho nada para, no sé, seducirte…, pero soy consciente de que te coloqué desde el principio en primera posición en mi vida, sin saber por qué. Supongo que hay cosas que nos vienen grandes, Coco, para entender y para tener. —Hace una pausa y me mira, cruzando los brazos sobre el pecho—. Interrúmpeme cuando quieras.

—Lo haré cuando tenga algo que decir.

—Eres mi mundo, Coco; lo has sido casi desde que te mudaste al piso. He vinculado a ti todo lo que me importa: mi familia, mi casa, mis amigos, mi trabajo… De alguna manera, todo me devuelve a ti. Y eso puede sonar muy bien pero no es sano.

—¿No somos sanos, Marín?

—Sí, sí lo somos, pero lanzarme en brazos de esto ahora, no lo sería. Yo… prefiero que sigamos siendo amigos, Coco, al menos por el momento.

—Vale —asiento y desvío la mirada hacia el suelo—. Me lo esperaba.

—Te quiero, no te mentí al decírtelo, pero… quizá nuestra relación siempre ha sido lo suficientemente estrecha como para que confundamos las cosas. Sé, tengo claro que no eres una de esas chicas con las que «se puede probar a ver si funciona». Contigo o se va a muerte o no se va. Tú eres definitiva, Coco, y yo no sé qué hacer con eso.

—Te asusta.

—Sí. No voy a estar a la altura.

Me humedezco los labios y cojo aire antes de mirar el reloj.

—No tendría que haber pasado eso… —Cierra los ojos, se frota la cara con ambas manos y después señala con ellas la cama—. Ha sido un momento de flaqueza.

—Para ambos.

—Yo… prefiero tenerte siempre, Coco. Si tengo que elegir, prefiero como estábamos, porque de otra forma no sabré responder a lo que esperas de mí.

—Ya. Está bien. —Trago saliva.

Su rostro se transforma en una máscara confusa.

—¿Está bien?

—Claro.

—¿Lo dices por complacencia o porque has llegado a la misma conclusión que yo?

—No. —Sonrío sin ganas—. Por nada de eso. Es porque si tú no me has tenido en cuenta en tu decisión, yo debo pensar solo en mí al tomar la mía.

—¿Qué quieres decir? Si yo no quiero arriesgar esto es por ti.

—No. Es por ti —le aseguro muy seria—. Si fuera por mí, te habrías preguntado cómo vamos a seguir viviendo bajo el mismo techo con todo lo que sabes que siento por ti. Has elegido y, bueno, no puedo hacer más, pero no digas que es por mí. Es por ti, porque no quieres salir de tu zona de confort y te doy miedo.

No contesta. Mira al suelo.

—No sé si esperabas que llorara o que suplicara, Marín. Quizá pensabas que sería yo la que me empañase en sacar esto adelante, así, si salía mal, la culpa sería de los dos, porque quizá tú no supiste ser mi pareja, pero yo insistí cuando me lo advertiste. Sea como sea, he aprendido que idealizamos a las personas y tendemos a menospreciarnos a nosotros mismos: nunca esperé que prefirieras las medias tintas conmigo de la misma manera que jamás creí que me cuidaría como voy a hacerlo.

Doy un par de pasos hacia la puerta.

—Coco... —suplica—. No sé hacerlo mejor.

—Claro que sabes, pero no te apetece arriesgarte. ¿Sabes que arriesgarse no es la única manera de perder? A veces con no hacer nada, es suficiente. Vuelve con tu hermana. Cuando regreses, la habitación estará vacía.

—No hagas eso...

—Claro que sí —asiento—. Y si me quieres, me entenderás. —Cojo aire—. Me despediría ahora, te daría las gracias por los años vividos, pero estoy segura de que me romperé y prefiero hacerlo cuando esté sola.

—No sabré vivir sin ti. No hagas esto.

—Sabrás, aunque vamos a echarnos mucho de menos, Marín. Lo bueno es que de esto vamos a aprender mucho: tú, que la vida no siempre encaja en el plan que tienes. Que sea bajo tus normas o no sea..., no siempre funciona. Yo, mira, al final no te quería más que a mí misma. Suerte, Marín. Dile a Gema que la quiero. Y a ti. A ti también. Pero a mí más.

Cojo el bolso del mueble donde lo dejé apoyado hace un rato y salgo de casa sin mirar atrás. Lo sé. En el fondo sé que muero porque corra detrás de mí, que me retenga, que me diga que está equivocado, que ahora lo ve claro, que el futuro simplemente no existe si no estamos juntos, pero los deseos…, deseos son. Nadie me sigue. Nadie corre. Nadie dice.

Y yo ando.

Aguanto estoicamente un ratito aparentemente tranquila en el metro, pero a punto de llegar a Nuevos Ministerios, a tres paradas de donde tengo que hacer trasbordo, estallo en un llanto desesperado e histérico que, aunque intento retener entre mis manos, llama la atención de los otros viajeros. Me avergonzaría si me importase algo ahora mismo; solo siento vacío, un dolor que es como un foso de paredes arenosas que va desmoronándose dentro de mi pecho, dejándome aún más vacía.

Una chica desconocida se sienta a mi lado y me da un pañuelo de papel y un apretón en el hombro.

—Lo que no mata, hace más fuerte —dice.

En los ojos lleva una historia, la suya propia, que no conozco... pero sé que no la mató. Sonreiría, pero solo puedo llorar.

Si eso es verdad, si lo que no nos mata nos hace más fuertes, esto me hará inmortal.

42
Adiós

Querido Marín:

Qué raros son los encabezamientos de las cartas, ¿verdad? O quizá los raros somos nosotros, que perdimos la costumbre de escribirlos. Sea como sea, «querido Marín» es mucho más que una fórmula porque, bueno, eres Marín y te quiero. Mucho. Siempre. Aunque supongo que eso ya lo sabes.

Me di cuenta de que estaba enamorada de ti bebiendo una Coca Cola en el piso, junto a la ventana. No sabes lo bonito que te sienta el atardecer, Marín. Por poco no me morí de amor y de pena. Tú dices que yo soy de las definitivas y te diré que tú eres de los que se tatúan en las tripas. Nadie te verá, pero yo siempre te llevaré dentro, aunque supongo que dejarás espacio para poder querer en el futuro a alguien como te quiero hoy a ti. Hasta en eso eres grande, Marín. Dimensionas lo que significa el amor; eres el tope, la marca, el récord en esto de querer. Eres el diez de una escala que al menos sé que tiene diez.

Voy a dejar de escribir estas cosas. No quiero que la despedida me deje como una puta chalada.

Como verás, he dejado la habitación completamente vacía, excepto por esos libros que hay en la estantería. Son para Gema. Siempre está pidiéndome que le recomiende lecturas y como durante un tiempo no estaré preparada para verla, he dejado aquí los suficientes como para que lea cosas que le gusten por lo menos seis meses. No le digas esto. No hace falta que se lo cuentes todo. Es muy madura, pero aún es muy joven y no queremos que sepa ya que el amor a veces es un asco, hace daño y puede ser muy cobarde.

Gracias, a pesar de todo. Gracias, por aquella noche de noviembre en la que nos conocimos, por estar tan abierto al mundo, por ser tan receptivo, por engancharme con una sola mirada en la barra de La vía láctea. Me has jodido un poco la vida porque me encanta ese sitio y ya no podré volver jamás sin recordarte. En realidad..., puto Marín, me has dibujado un mapa de Madrid al completo en el que cada rincón es un recuerdo. Me va a costar volver a hacer mía esta ciudad para que deje de ser nuestra. Plaza España y aquella vez que te di una concha de playa que llevaba en el bolsillo. Atocha, donde durante un tiempo siempre parecía que terminaban los paseos. Cada maldito adoquín de Malasaña, que es un paso, un salto, tus botas, las mías, un charco lleno de nuestros brindis y mis lágrimas ahora que tengo que decirle adiós a todo eso. No hasta luego. Adiós.

Gracias por esta casa. Por los cactus, por «the wall of fame», por las zanahorias peladas que dejabas en bolsitas dentro de la nevera, para que comiera algo con vitaminas. Gracias por esos domingos en los que el frío no conseguía entrar, por los rayos de sol casi rosa de los atardeceres de verano y los ecos grises de los amaneceres en invierno. Gracias por tus pasos descalzos sobre el parqué y por las promesas que el sonido del agua de la ducha me traía a la cama cada mañana. Probablemente no me entenderás, pero a estas alturas creo que es más que evidente que esta nota es más para mí que para ti.

Me he despedido de toda la casa ya, así que no tendré que volver. Nunca. El duelo será largo, estoy segura. Me encanta este piso, pero, mientras lo recorría hace unos minutos, me he dado cuenta de que me gustaría casi cualquier sitio en el que estuvieras tú. No lo hizo más hogar el sofá nuevo, el papel pintado de la entrada (que por cierto, no nos quedó tan bien si lo miras a contraluz, nunca me atreví a decírtelo porque parecías muy ilusionado), los libros de recetas sobre los fogones, esa planta mustia en la ventana de la cocina o las cortinas lisas y de un color contundente que defendías que le darían personalidad al salón. Tampoco fueron los muebles viejos que el tiempo convirtió en modernos ni los libros ni las lámparas ni esa lámina tan rara con el mapa fisiológico de un gato que encontraste en casa de tus abuelos y que cuelga en el salón, maldito friki. El hogar lo hicimos nosotros; así que, mira qué mala persona soy, me reconforta pensar que no dejo aquí mi casa. Mi casa, en parte, soy yo. A ti te pasará lo mismo. Te quedas con parte de tu casa, pero la mitad del hogar se va conmigo.

Me alegro, pero me hace sentir horriblemente mal, te lo prometo.

Voy a echarte de menos. Ya te echo de menos como nunca me había planteado que podía añorarse, la verdad. Y llevo días pensando en lo difícil que es definir lo que te duele cuando te duele la distancia. El vacío en el pecho; el peso en el estómago; la piel gruesa a la que no le llegan ni las caricias; el continuo respirar difícil porque no te huelo. ¿Qué coño estoy haciendo? Intentar olvidarte. A sabiendas de que no podré porque no quiero. Aún no quiero, pero lo haré.

Me voy, Marín. No voy a pedirte que no vengas a buscarme o a hacerte jurar que no me escribirás, pero sí que no lo hagas en vano. Si me echas de menos, pero todo sigue igual, no lo hagas porque será egoísta e injusto y tú no eres así. Ven si decides que esto es la mayor tontería que hemos hecho en nuestra vida, que lo de «seguir siendo solo amigos» solo era el «bu» de un susto tonto que ya no tiene gracia y que, qué coño, si yo soy de esas que son definitivas, seré la única en tu vida. Ven solo si los motivos por los que me voy ya no existen, porque tienes que entender que como amigo me dueles horrores y más desde que te sentí muy mío. Mío no es la palabra. No es propiedad ni pertenencia de lo que hablo. Es piel. Y de piel tú y yo entendimos antes incluso de tocárnosla.

No vuelvas a por tu amiga Coco porque ya no existe, pero ven si tu vida deja de tener el sentido que siempre quisiste darle porque yo no estoy. Ven con un proyecto o no vengas, pero si vienes, no tardes, porque la vida es lo que estoy viviendo ya sin ti.

Te quiero,
Coco.

Pd: dejé regados los cactus. No los vuelvas a regar hasta el mes que viene o los ahogarás.

Pd2: no dejes de llamar a Blanca y a Loren. Sabremos no coincidir. Esto no tiene por qué dejarnos a todos sin amigos.

43
En blanco

Septiembre en blanco.
No tengo nada que decir.
No hay capítulo.
No hay palabras.
Silencio.
Ruido blanco.

44

La boda de Blanca

Es curioso el modo en el que el otoño ha caído sobre la ciudad en cosa de dos días. La semana pasada iba a trabajar aún con manga corta y una chaqueta liviana por si acaso, pero ya he tenido que rescatar todas mis bufandas. Estoy encantada. No soy mujer de verano y menos después de este. Creo que el frío ha llegado a aliviar la piel de lo que nos trajo el calor.

La calle está preciosa. Siempre me ha parecido que Madrid, en otoño, está especialmente bonito. Se me antoja como una chica de cabello rojizo, vestida en tonos cálidos, con los labios pintados de un rojo que solo deja ver en el atardecer.

Hoy brilla el sol. Blanca siempre tuvo miedo de que hoy, veinte de octubre, día de su boda, lloviera, pero no; un sol templado ha barrido las sombras de las aceras, perseguido a los coches y coronado a cada persona que ha salido a la calle este sábado.

La estampa es preciosa. Los colores, la calidez de ese sol que ya ha empezado a bostezar más allá de la M30, la gente que se arremolina ilusionada a la salida de la iglesia. Vestidos verdes, rojos, azules, rosas. Zapatos brillantes. Sonrisas deslumbrantes. Hoy es día de boda y solo sonarán canciones felices hasta que las chicas paseen descalzas por el salón y los novios se miren embelesados compartiendo un último baile. Hoy es día de boda.

Loren está muy guapo. Ha domado su tupé con un poco de polvos fijadores y lleva una camisa preciosa. Blanca, a mi lado, sonríe y se mira los zapatos, contenta. Dice que los encontró esta semana en un escaparate y le silbaron insinuantes antes de seducirla por completo con malas artes. Entre tanto color y sonrisa, me siento un poco gris. Un poco más de lo habitual, quiero decir. Últimamente, todo es gris dentro de mi pecho.

—Entonces lo de volver a vivir con tus padres..., ¿no es tan horrible?

—No. Ya conocéis a mi madre. Va a su rollo. No sé cómo hemos sobrevivido los cinco.

—Os han hecho fuertes —bromea Blanca—. Es una madre dragón.

—¿Madre dragón?

—Es una corriente de educación durísima que siguen muchas madres en China. No te digo más porque seguro que la cago con algún dato, pero búscalo en internet —insiste—. Superinteresante.

—Gracias. —Le palmeo la rodilla, sobre su vestido—. Hoy estás realmente bonita, Blanca.

—Resplandeciente —asegura Loren.

—Muchas gracias. El día lo merecía.

Miramos al frente. La gente parece tener ganas de empezar a organizarse para ir hacia el convite; aquí o hay mucha hambre o hay muchas ganas de brindar. Quizá las dos cosas.

—Me da miedo preguntar esto —dice Loren mirando al frente—. Pero supongo que es el día. ¿Sabes algo de Gus?

—No. —Blanca nos mira a los dos con una sonrisa triste—. Dejé de seguirlo en redes, pero... he estado «stalkeando» un poco. Al parecer, al poco de bloquearlo, decidió que iba a tomarse un descanso en Instagram y Facebook; está escribiendo el nuevo libro, dijo. Necesitaba desintoxicarse.

—Sí, de sí mismo —mascullo.

—¿Sabéis? Por un lado hubiera preferido que siguiera haciendo lo mismo de siempre: los poemas, los mensajes, las llamadas por cualquier excusa...

—Mujer, claro. Uno no se quita los vicios de un día para el otro —suspira Loren—. Mira yo con el tabaco. Ahora mismo me fumaba diez mil.

—No es por eso. Es porque... de alguna manera retorcida creo que esta ha sido la primera vez que ha demostrado que me quiere y que le importo de verdad. Y aún me cuesta asumir que todo esto haya salido tan mal.

—No pensemos en esto hoy —les pido.

Volvemos a fijar la mirada en la gente; una mujer con una canastilla de mimbre se está dedicando a repartir saquitos de arroz a todos los asistentes.

—¿Deberíamos acercarnos?

—Aún no. —Se ríe Blanca—. Dadme un respiro.

—Aroa sigue desaparecida en combate, ¿verdad? ¿No os ha dado señales de vida? —pregunta Loren.

—El otro día me saltó una invitación en Facebook para ir a una fiesta en la que pincha, pero creo que se la mandaría a todos los contactos sin darse cuenta de que aún me tiene ahí —comenta Blanca.

—Mira, a mí sí que me ha borrado —apunto con una sonrisa—. Y bloqueado.

—La tía... —Loren lanza un par de carcajadas—. Os juro que cuando lanzó la bomba de que se había acostado también con Gus creí que me moría. Pensé: «Ya está, mañana, salimos en las noticias».

—Ya —asiente Blanca—. Os juro que me vi matándola. En el fondo creo que en vez de sujetar a Marín, tendría que haber aprovechado la confusión para empalarla con una silla de playa.

—Qué falsa..., cómo nos la clavó.

—Oye, chicos…, hablando de todo un poco... ¿y habéis visto a… Marín?

Es como si hubiera mentado a la muerte. Los dos cruzan una mirada fugaz y después suspiran.

—Yo lo vi ayer —anuncia Blanca—. Me dijo que…, bueno, que no iba a venir hoy por… no crear tensión. Además, tampoco termina de entender esto, aunque me desea todo lo mejor.

—¿Cómo está?

—Delgado. Y ojeroso. —Loren hace una mueca—. Apagado.

—Como una mierda. —Blanca me mira—. Creo que es la mejor definición.

—Ya, bueno. Otro que está cumpliendo con lo que se le pidió. —Cojo aire y lo dejo escapar de entre mis labios.

Un silencio se instala en el banco.

—¿Qué nos esperará? —pregunta Blanca con un hilo de voz—. Porque después de haber «sobrevivido» —dibuja las comillas en el aire— a la despedida de soltera más singular de la historia, creo que lo siguiente es que nos capte la CIA para ejercer de agentes secretos y nos ponga nombres clave ridículos tipo «Trapillo», «Cucharilla» y «Orinal».

—Preferiría que nos tocase la lotería. —Sonrío.

—No, en serio…, ¿y ahora qué?

—¿Ahora? —La miro—. A pelear por ser felices, muchachada, que no se regala.

—¿No lo somos ya? —responde Loren—. Ser feliz es un puñado de momentos y nosotros, de vez en cuando, rozamos la gloria.

Los tres sonreímos. Supongo que tiene razón. Aunque las cosas aún estén tan extrañas entre nosotros, aunque hablemos un poco menos que antes y nos esté costando retomar las viejas costumbres y un poco de esfuerzo la nueva norma inquebrantable de no mentir jamás, seguimos siendo afortunados. No todo el mundo sale fortalecido de algo como ese viaje en caravana…

¿Y yo? ¿Soy afortunada? A grandes rasgos, por supuesto. Soy libre. Estoy sana. Mi vida no corre peligro. Puedo perseguir mis sueños sin que nadie fije mis límites por mí. He nacido en el seno de una familia un poco excéntrica pero nada que sea grave. Tengo trabajo. Tengo amigos. Así que, sí, todos los días, cuando me levanto, se me acumulan los motivos para agradecer la vida que tengo, aunque se me olviden, claro, porque aunque nuestros pequeños dramas no son más que problemillas del primer mundo, son nuestros dramas. Es lo que pasa cuando tienes las necesidades básicas cubiertas…, los problemas cambian de camisa y se ponen un disfraz frívolo, lleno de plumas y lentejuelas.

Los míos me esperan todos los días, disfrazados de ridícula reina del carnaval, maquillados en exceso y con tacones que no pueden soportar, sentados a los pies de mi cama. Y a veces juro que hasta me da la risa, porque para que la soledad me dé menos miedo me la imagino así, como una anciana que no asume su edad, polioperada, con los morros como un flotador y maquillada con dudoso gusto, que me pide que la ayude a quitarse el disfraz de conejita Playboy.

Me encuentro peligrosamente cerca de los treinta años y acabo de volver a mudarme a casa de mis padres, a mi habitación de adolescente. Dentro del armario aún tenía un póster de los Jonas Brothers, de cuando el pequeño aún no estaba bueno, ahí lo dejo. Podría pagarme un piso para mí, pero ahora mismo no me siento preparada para vivir sola; volver a compartir casa es algo que ni siquiera me planteo. Por no mencionar lo peor: que me falta Marín. Joder, si me falta. Todos los días. A todas horas. Aún sigue siendo la primera persona de la que me acuerdo si me pasa algo, la primera en la que pienso al levantarme, mi primer deseo si se me cae una pestaña y… la primera imagen que me viene a la cabeza cuando cierro los ojos con intención de dormirme. Dicen que irá desgastándose con el tiempo y que llegará un día que sonreiré cuando me acuerde de todo esto…, pero no es que no les crea, es que aún estoy lejos de ese punto. Sigo queriendo a Marín como prueba irrefutable de que lo quise de verdad.

Pero si no ha vuelto..., es porque nada ha cambiado. Porque él no me quiere lo suficiente como para comerse sus miedos. Y eso... no es algo que me vaya a hacer feliz.

Así que... ¿soy afortunada? Sí. Pero aún tengo la vida en construcción porque se me cayó una viga maestra, un muro sobre el que había edificado parte de mis sueños y aspiraciones. Pero, mira, he aprendido algo muy valioso: nunca construyas nada propio en brazos de un tercero porque, de una forma u otra, siempre se van.

—Venga... —nos apremia Blanca—. Creo que ya es el momento.

Los tres nos levantamos del banco en el que estamos sentados y nos dirigimos hacia la puerta de la iglesia. Alguien nos da un saquito de arroz a cada uno y nos sonreímos con complicidad.

Un estallido de vítores y gritos de alegría acompaña a los novios en su salida de la iglesia. Los tres, muertos de risa, infiltrados entre los invitados, tiramos puñados de arroz para que a la pareja no le falte jamás nada en esa andadura que comienzan hoy. No, no sabemos quiénes son, pero les deseamos lo mejor. Estos, la feliz pareja que aprovechó la fecha que la anulación de la boda de Blanca dejó en el aire, son un símbolo para nosotros, algo que señala que, quizá por justicia poética, quizá por eso que llaman karma, la pena de unos acaba siendo la alegría de otros. Y nunca se sabe en qué bando se estará.

Nos escabullimos antes de que alguno de los invitados se dé cuenta de que somos unos farsantes infiltrados. Total, en las bodas siempre hay tanta gente que vete tú a saber de parte de quién vienen unos y otros, pero no nos queremos arriesgar. Cuando nos marchamos caminando rápido por la acera, nos reímos y planeamos la noche. Unos vinos en Lavapiés y después una cena improvisada donde sea. Vamos viendo. Lo importante es que hay más Madrid que la Malasaña que tantos recuerdos alberga y que aún no estamos preparados para sustituir.

—Oye… —dice Loren, frunciendo el ceño—. ¿No os habéis planteado cómo les habrá dado tiempo a estos a organizar una boda en tan poco tiempo? Apenas hace dos meses que cancelaste la tuya…

Blanca se ríe.

—Una buena *wedding planner*.

—No seáis así —me quejo—. Es una historia de amor y, gracias al cosmos, hay cosas que siguen sin tener explicación.

¿Verdad?

45
Eco

Tengo eco dentro. Todos los sonidos de mi cuerpo acaban produciéndolo y lo siento a todas horas, en todas partes, reverberando en mi interior, dejándome claro que estoy vacío. Porque... solo hay eco en lugares vacíos y desde que ella no está, yo lo soy. Soy un espacio vacío. Sin más.

Hace un par de días quedé con Blanca; me invitó al paripé ese de ir a ver casarse a la pareja que aprovechó la fecha de la boda que anuló, pero sé que lo hizo solo por educación. Sabía que yo declinaría la invitación; no estamos preparados para vernos, por supuesto. Solo ha pasado un mes.

—Estás hecho un asco, ¿lo sabes? —me preguntó.

—¿Qué te esperabas? ¿Un manojo de cascabeles? Intentando no perder a mi mejor amiga, me he quedado solo.

—No tratabas de no perder a tu mejor amiga, Marín. No hagas como él..., no eres Gus. Tú eres perfectamente consciente de que estabas cagado de miedo y te agarraste a la primera excusa que te sonó convincente.

—No estaba preparado. No lo estoy.

Soy consciente de que tenía razón y que mi respuesta, ese «No estaba preparado. No lo estoy» es mi mantra. No es que me lo repita para convencerme de que es real; lo hago para creerme que es una excusa que exonera mi culpa. Pero no.

Sé, por Blanca y por Loren, que le va bien. En casa de sus padres estará subiéndose por las paredes, pero Coco es de esas personas que siempre encuentran una zona de confort allá donde van. Como mi pecho. Mi pecho fue su zona de confort durante una noche. Si lo pienso, la mano palpa la superficie de manera inconsciente, como si quisiera asegurarme de que sigo teniendo vísceras, huesos, músculos y piel. Las terminaciones nerviosas se las llevó ella.

La casa está tan vacía que he decidido que solo pasaré entre sus cuatro paredes el tiempo exclusivamente necesario: sueño y ducha. El resto vivo en el trabajo. He pedido más proyectos con la excusa de que el accidente de Noa, Pilar o como quiera Dios que se llame esa niña, me dejó con mal sabor de boca. No quiero tener ni un minuto para pensar que en el fondo de mi cajón del trabajo descansa una taza con la cara de Coco y una foto en la que salimos Gema, ella y yo. Una puta familia... ¿En qué estaba pensando? ¿Soy idiota? Sí. Ahora solo falta que decida cuándo lo fui, si cuando me acosté con ella o cuando abandoné lo que podría haber sido.

No dejo de pensar en lo que podría haber sido.

El otro día quedé con una chica. Me da asco pensarlo, pero lo hice. Me instalé una de esas aplicaciones para conocer gente y aproveché el primer «match» con alguien para quedar. Era sábado, la oficina estaba cerrada, todo el mundo tenía plan y mi hermana no me habla y si me habla, me contesta con monosílabos o con un discurso sobre los veinte mil motivos por los que piensa que soy un inútil y le he jodido la vida. A ella. Bendita adolescencia, donde solo nos vemos el ombligo.

La chica era muy guapa. Me gustó cuando la vi entrar en el bar en el que quedamos. Me saludó con dos besos y cuando le pregunté, sin paños calientes, si le gustaba lo que veía o prefería pasar, pidió una copa de vino y se sentó a mi lado. Habíamos pactado no perder tiempo si no nos gustábamos y también..., también que no era una cita. Era un encuentro entre dos personas que no tenían plan y a las que les apetecía pasar un buen rato sin ganas ni pretensiones de seguir conociéndose.

Me hizo una mamada en mi portal. Una buena mamada, debo admitir. La subí a casa y no pude ni meterla en mi habitación. Follamos en una silla. En una puta silla. Con ella encima. Ni le hice sexo oral ni me corrí. Le dije que solía pasarme con desconocidas, pero fue la primera vez que me pasaba y... la última, porque juro que no voy a volver a follar con nadie en mi puta vida. Llevo desde entonces con ganas de vomitarme a mí mismo. Qué asco me doy. ¿Se puede saber qué pretendía?

Sí. Claro que he pensado en llamarla. Y en esperarla en el portal de casa de sus padres si no coge el teléfono. Hasta en mandarle flores, por el amor de Dios... Unas flores que sé que terminarían en la cocina después de que su madre las rescatara de la basura. ¿Dónde voy yo mandando flores? No hay ni fauna ni flora suficiente en el mundo como para que sirva de algo. Bueno..., si consiguiera mandarle una nutria..., siempre le han parecido adorables.

Vale, me estoy volviendo loco. Entonces, ¿por qué no lo atajo, la llamo, le digo, no sé, que venga a enseñarme a usar el secador de pelo o cómo doblaba ella las sábanas bajeras? Cualquier excusa, joder. Pues porque tengo tatuada a fuego su petición. A decir verdad, he leído tantas veces esa carta, que me la sé de memoria.

Ven solo si los motivos por los que me voy ya no existen, porque tienes que entender que como amigo me dueles horrores y más desde que te sentí muy mío.

Sigo teniendo miedo. Sigo dudando de si sería capaz de darle lo que quiere. Sigo sin saber si es la única mujer a la que querré en mi puta vida o solo la mejor amiga que podré tener. ¿Por qué nadie nos enseña a discernir emociones? ¿Por qué nadie nos educa de piel hacia dentro?

A ver, Marín..., si fuera solo tu mejor amiga, si no sintieras nada... ¿por qué tendrías que sentir asco hacia ti mismo por acostarte con alguien? Bueno..., puede que porque me quedé muy tocado con su confesión de amor y me siento culpable. ¿Culpable? Déjate de mierdas.

En la aplicación del tiempo del móvil dice que hoy va a refrescar, así que antes de salir de casa cojo la chaqueta vaquera negra y me la coloco encima del jersey negro en el que caben dos como yo. «Total black», me diría Coco si yo no hubiera sido gilipollas y estuviera saliendo ahora de su dormitorio para meterse en el baño. Nunca me había apetecido tanto vestir de negro..., quiero desaparecer. Del todo.

Bajo las escaleras con cuidado; los escalones de madera están tan pulidos por el paso de los años y el uso, que se pueden convertir en un tobogán y, a juzgar por las gotas repartidas en los rellanos, diría que ha empezado a llover. Fenomenal. Ni siquiera sé dónde están guardados los paraguas en casa porque la que me obligaba a usarlos era Coco. Sin Coco pero con pulmonía. Guay, buen pronóstico.

En el portal, al otro lado de la puerta, hay alguien sentado. Lleva una capucha puesta y, por las horas, diría que es algún borracho que se ha quedado traspuesto. Me tocará despertarlo y decirle amablemente que en este edificio viven más de dos octogenarias que si lo ven, igual tienen que duplicar la dosis de Sintrón de hoy.

Abro la puerta.

—Ey, amigo..., son las siete y media. Hora de pillar la cama.

—Ya me gustaría a mí poder dormir.

Se levanta de un movimiento ágil y se quita la capucha al volverse hacia mí.

—Joder..., ni de coña.

Es lo primero que me sale de la boca, pero si me diera tiempo a pensar, el resultado no sería mucho mejor.

—No tengo ganas, Gus —le aseguro—. Vete a tu casa y muérete.

—¿Todo esto es por lo de Aroa o porque soy el fantasma de las Navidades futuras, Marín?

—¿Qué dices?

—Digo que me dejes invitarte a un café.

—No quiero tomarme un café contigo —aclaro—. Ni ahora ni mañana ni pasado ni en 2035.

—Pues es una lástima porque no vengo a pedirte perdón para quedarme con la conciencia tranquila, como debes de estar pensando. Vengo a hablar contigo por ti. De ti y de Coco. De eso. El consejo es gratis y te lo regalo incluso después del puñetazo que me diste.

Me apoyo en la pared y lo miro de arriba abajo. Está hecho un puto moco.

—Metes miedo, ¿lo sabes?

—No estoy en mi mejor momento. —Se atusa la sudadera y se vuelve a colocar la capucha—. He estado mejor.

—¿Y eso?

—¿Y eso? Mira, tío, si no quieres hablar conmigo, me piro por donde he venido, pero tampoco te pongas ahora a partirte los cojones de risa porque me he quedado sin amigos, sin chica y sin vergüenza.

—Vergüenza no has tenido nunca.

—Vale.

Da media vuelta y empieza a andar. Le silbo.

—¿Qué? —contesta de malas maneras sin volverse.

—Lo único que está abierto por aquí a estas horas es Starbucks. ¿Te vale?

—No pensaba gastarme cinco pavos por un café, pero no voy a discutir ahora por eso.

El Starbucks que hay junto a lo que antes era el Mercado de Fuencarral no tiene mesas y es enano, pero tampoco hemos venido a charlar durante horas y ponernos al día. Aún quiero hundirle la nariz con el puño. Así que, con el café para llevar en la mano, nos apoyamos en una pared, en silencio. Parece estar esperando a que deje de teclear en mi móvil el mensaje a mi jefe diciéndole que me ha surgido un imprevisto y que hoy entraré un poco más tarde. Con la de horas extra que estoy echando, creo que mi jefe va a aplaudir.

—Tú dirás —le digo guardando el teléfono en mi bolsillo y dándole un trago al café a continuación.

—¿Cómo está?

—¿Quién?

—¿Quién va a ser? Ella.

—¿Tu ella o mi ella?

—¿Tienes una ella, Marín? —pregunta con ironía.

—Mira, este no era el trato. Decías que ibas a decirme algo sobre Coco.

—No te jode. —Se ríe sin ganas—. ¿Y tú a mí me vas a negar hasta saber si...?

—Está bien. ¿Qué quieres que te diga? Está de puta madre sin ti. Juraría que hasta se la ve más guapa desde que has desaparecido.

—¿Se ha... casado?

—No —respondo, como si fuese una obviedad—. Pero eso era tan fácil como...

—¿... como ir a la puerta de la iglesia para comprobarlo? Claro..., y si la veo ahí vestida de blanco, ¿qué hago con el vómito? ¿Me lo vuelvo a tragar?

—Si la hubieras querido, no hubieras hecho nada de lo que hiciste.

—Es que no la quiero. Bueno..., no como ella me quería a mí Es... —se frota la barba de un par de días—, es complicado y no vas a entenderlo.

—Claro —me burlo—. Hostia, tío, ya no tienes nada que perder, ¿sigues diciéndote que no la querías?

—Era especial —me dice—. Siempre lo fue. Nunca fue un ligue más, nunca la traté como a las demás, más que nada porque me demostró pronto que no iba a pasar por ese aro. Con ella era... distinto. Era íntimo. Pero no era amor.

—Nada, lo dicho, vas a seguir negándotelo.

—Mira, Marín, eso es problema mío, ¿vale? ¿Qué más da el nombre que le ponga, cómo quiera llamarlo? Está todo perdido. Me cagué y no supe decírselo ni pedirle ayuda y nos fuimos a la mierda.

—Os fuisteis a la mierda porque entiendes las relaciones desde un punto muy tóxico, Gus. —Y juro que no lo digo para hacerle daño.

Solo... quiero que lo sepa, que haga algo—. Quiérete un poco más, tío, no busques la reafirmación donde lo haces porque en el mejor de los casos, vas a terminar solo. En el peor, solo y con alguna venérea que te mate.

—¿Sí? —Arquea las cejas—. ¿Y tú, Marín? ¿Qué tal tu relación con Coco?

—¿Y la tuya? —contraataco.

—Ah, esto me lo conozco. Esto lo hago mucho, Marín, lo de echar balones fuera, culpar a los otros, defenderme con un ataque..., a mí con esas no. ¿Qué quieres? ¿Quieres ser como yo? ¿Es eso? Porque vas por un camino estupendo. En dos días me quitas el trono de imbécil del año.

—Ahora eres tú quien no lo entiende, Gus. No sé si serías capaz de hacerlo nunca.

—Explícamelo. —Cruza los brazos sobre el pecho. —Inténtalo al menos.

—Violé la intimidad y la confianza que teníamos y... me muero de vergüenza porque lo hice mal, no tiene arreglo y... tú la conoces. Es para siempre, tío. Es para siempre y merece que la quieran de la hostia..., ¿voy a poder?

—Mira, Marín..., salí con ella durante un año, la conozco bien. La he visto reírse a pulmón, llorar con rabia, soñar en voz alta, sufrir, correrse...

—Vale —le corto—. Te capto.

—También la conozco en la intimidad, pero... nunca pensé que fuera para siempre, que fuera definitiva. Se merece que la quieran de la hostia, tienes razón, pero yo nunca me cargué con la responsabilidad que te has autoimpuesto tú.

—Porque eres un puto irresponsable —le respondo.

—Guay. ¿Y tú qué eres? Porque a mí lo único que se me ocurre es que pienses que es para siempre porque para ti lo es. No tiene que ver con ella. Coco no lleva una etiqueta que la defina, no nació marcada para ser «de las que o son para siempre o no son». Es que... no lo ha sido para ningún otro tío. ¿No te das cuenta? Esa idea tiene que ver contigo, con cómo la ves tú, no con su naturaleza o con su…, yo qué sé, con su puto ADN. Estás chalado de amor, cabrón, y se te va.

—¿Y a ti qué más te da?

—Déjame hacer una buena acción al menos este año, ¿no?

—Tú quieres ganar puntos con Blanca, ¿no? Si se me escapa delante de ella lo amable que has sido viniendo a ayudarme…

—No. —Gus se pone muy serio, diría que hasta nervioso—. Eso me lo tienes que prometer, Marín, por tu hermana. Ella no va a saber que nos hemos visto, que hemos hablado, que nada…, ¿me entiendes? Ella no va a escucharte hablar de mí.

Frunzo el ceño. Esto sí que me ha despistado.

—¿Por qué?

—Porque se le olvidará. —Sonríe triste—. Lo que le he hecho, lo que le duele…, se le olvidará si no me nombra, si no me escucha, si no me ve. Y quiero dárselo. Se lo debo.

—Te follaste a Aroa estando con ella —le digo—. Y mientras Aroa estaba conmigo.

—Sí y lo siento, pero Blanca y yo no estábamos juntos. No lo estábamos… en el sentido estricto, vale. Lo de Aroa fue una ida de olla y lo supe incluso mientras lo hacía, pero si te sirve creo que los dos necesitábamos demostrarnos a nosotros mismos que podíamos hacerlo. Aroa siempre… —se aprieta el puente de la nariz—, siempre ha estado muy celosa de Coco, tú lo sabes mejor que nadie. Es triste, tío, pero ni siquiera tenía que ver contigo o conmigo. Su lucha fue siempre ser mejor que Coco, tener todo lo que ella quería o había tenido.

—¿Qué excusa tienes tú? Te tiraste a la novia de un amigo.

—Mi excusa es que soy gilipollas, no sé si te vale.

—Sí —asiento y cojo aire—. Me vale.

—Marín…, la historia es esta: somos una puta moraleja con piernas. La vida nos ha demostrado de un guantazo que el miedo puede destrozar todo cuanto queramos, pero… aquí hay dos finales. Por un lado el tuyo y por otro… el mío. Yo me quedé en la palabrería; me colgué de lo imposible, me quedé con lo romántico que era el daño que nos estábamos haciendo y… lo rompí. No se puede arreglar y hasta yo soy consciente de que se acabó. Pero… tú aún no la has jodido del todo.

—Es tarde —le digo, muy seguro.

—Pues no lo vas a saber nunca si no intentas verla.

—No puedo verla de la misma manera que tú no puedes ni decir el nombre de Blanca.

—Porque se me queda en los labios, Marín. Si lo digo, se me queda…

Joder. Me revuelvo el pelo.

—Dile que eres un gilipollas, Marín. Asúmelo, lo eres, como todos lo somos en algún momento.

—Eso no lo soluciona.

—¿Sabes una cosa curiosa de ti, Marín? Eres una puta pantalla de cine en la que se proyecta lo que quieres, de lo que tienes verdadera hambre, pero tú estás de espaldas y solo ves la luz que rebota. Date la vuelta, empápate de la película y cuéntasela. Coco no va a poder decir que no a eso.

—¿A qué eso?

—A la familia —me dice muy seguro, con cierta petulancia—. Mueres por una familia. Has estado construyéndola durante años sin ponerle nombre a las cosas, proyectando tus deseos en esa casa. Solo tienes que decirle eso…, qué era lo que querías y cómo lo querías con ella.

No contesto. Estoy bastante consternado, pero no quiero admitirlo en voz alta. Solo quiero que se vaya, la verdad.

—¿Eso es todo? —Le lanzo una mirada evasiva.

—No. Lo último: deja que ella te cuente qué era lo que imaginaba también y encuéntrate un hueco, que su vida no gira a tu alrededor.

—No te jode —farfullo—, a los indios hemos ido a echarle flechas.

—¿Qué dices? —espeta.

—Que no soy como tú, tío. Que no soy como tú. Que lo que yo quería, deseaba o imaginaba, me importa una mierda. Que lo que me preocupa es no estar a la altura de lo que ella quería de mí.

—Ahí lo tienes entonces. —Se endereza, le da un trago a su café con leche corto de café y arruga el labio—. Dios, qué asco. Me voy.

—Estupendo.

—Probablemente no vuelvas a verme en la vida.

—Déjame dudarlo. —Suspiro.

—Acuérdate…, para ella esto no ha pasado. Y si ya…, si ya puedes evitar que se compre mi próximo libro, te lo agradeceré.

—¿Otro poemario lleno de dardos?

—¿Cuándo la poesía no es un dardo? —Sonríe ufano—. Por cierto…, dices que no eres como yo, ¿no? Pues demuéstralo.

Cuando lo veo alejarse en dirección a la calle Hortaleza, vuelve a llevar puesta la capucha. Lo último que adivino antes de que se pierda entre la gente es el movimiento que hace para tirar su café a la basura. No sé por qué siento pena. En el fondo yo quería a ese cabrón; lo apreciaba, lo admiraba. Pero no hay vuelta atrás.

Me siento como si acabara de tener una experiencia extrasensorial, un expediente UFO, una visión, una visita espectral. Hijo de la gran puta…, tiene razón. Ha sido como hablar con el fantasma del Marín que no mueve un dedo por evitar esta puta nada que, como en *La historia interminable*, se va comiendo lo que habita en mi pecho.

Y no…, no soy como Gus.

46

NO

Mis tacones repiquetean sobre el mármol con el que están dibujadas las elegantes cenefas del suelo de la galería. Tengo una cita importante con una mujer interesada en invertir en un buen cuadro una cantidad de seis cifras y tengo localizadas algunas piezas que podrían interesarle. No es la típica venta segura; esta mujer sabe lo que quiere, lo que no y lo que debe leer e investigar antes de comprar. Joven, guapa, exitosa... Un espejo en el que querer mirarse, por supuesto, pero sobre todo una clienta que conviene tener satisfecha.

Me miro de pasada en el reflejo del cristal protector de una pieza especialmente valiosa que tenemos ahora mismo en exposición. Llevo el pelo peinado en ondas sueltas, con la raya en medio, un vestido con corte de americana cruzada y unos Jimmy Choo de mamá, negros y sobrios. No llevo medias, pero hoy ya he pasado frío de camino del metro a la galería.

—Estás muy guapa hoy —me dice un compañero.

Me vuelvo hacia él, extrañada.

—¿Cómo?

—Perdón —se disculpa. Tiene edad de ser mi padre y está cerca de jubilarse, pero ahora mismo parece un chiquillo avergonzado—. No quería incomodarte. No era un comentario con mala intención. Solo es que…, volviste de vacaciones como muy afectada y ya...

—Antonio —le corto. No quiero hablar de mi vida personal con él y no necesito sus halagos—. Tengo cita con una clienta importante y quiero impresionarla. ¿Crees que los labios pintados proyectan una imagen más segura?

—Sí —asiente—. Sin duda.

—Si no te importa… Voy un segundo al despacho.

El sonido de mis tacones vuelve a acompañarme hasta donde tengo guardado el bolso, en el que encuentro un pintalabios rojo, potente, fijo… Algo me da un pellizco en las tripas al darme cuenta de que es el que llevé este verano, cuando Marín y yo…

—Coco. —Mi jefa se asoma al despacho.

—¿Ha llegado ya? —pregunto extrañada.

—No sabía que estabas esperando visita —me dice—. Pero sí. Ha llegado. ¿Estabas ocupada…?

—Pintándome los labios. —Le sonrío—. Quiero parecer una mujer fuerte y segura de mí misma para encalomarle una venta de muchos ceros.

—¿De muchos ceros? —Hace una mueca—. Pues no tiene pinta de tener muchos ceros a la derecha de la cuenta bancaria.

No pregunto más. Me paso la lengua por los dientes, por si me manché de carmín y salgo con paso decidido.

En un primer momento no veo a nadie; la galería parece tan tranquila, silenciosa y solitaria como siempre. Me percato de que fuera ha empezado a llover con fuerza y que los compañeros de seguridad esperan dentro, mirando cómo arrecia.

Unas pisadas mojadas sobre el antes impecable suelo hacen que me dirija hacia uno de los rincones, donde tenemos una reproducción de una obra de Juan Gris que yo misma valoré y compré a un coleccionista privado para vendérselo después a otro. Frente a ella, con expresión ceñuda, alguien a quien no esperaba encontrarme admirando obras vanguardistas un miércoles a las nueve y media de la mañana.

No sé si salir corriendo hacia delante o hacia atrás, así que freno. El sonido de mis zapatos hace que se vuelva. Me vale, como la primera vez que nos vimos en aquel bar de Malasaña, una única mirada para que me enganche, para que no pueda salir andando en dirección contraria. Son sus ojos, me digo, que tienen algo especial, que no se encuentra en otra mirada. No sé si es un puñado de verdad o una constelación de posibles vidas de mentira. Trago saliva. Él también y se vuelve del todo hacia mí, metiéndose las manos en los bolsillos del pantalón.

—Guitarra, frutero y garrafa —le digo notando los latidos del corazón en la garganta y en el estómago.

—¿Cómo?

—El cuadro. —Lo señalo—. Se titula *Guitarra, frutero y garrafa*. Es de Juan Gris, una de las figuras más importantes del cubismo. Era madrileño.

Una pequeña sonrisa prende en sus labios.

—¿Sí, Sardina?

—Sí. Tiene un retrato de… —Doy unos pocos pasos hacia él y añado—:… de Pablo Picasso que guardan en un museo en Chicago y es una de las primeras obras cubistas pintadas por un artista que no fuera Picasso o Braque.

—¿Te gusta el cubismo?

—No. —Sonrío—. Lo aprecio como vanguardia, pero si me preguntas si me gustaría una pintura cubista colgada en el salón, te diré que no.

—No. A ti te gusta el simbolismo.

—¿Qué le voy a hacer? Me encanta George Lacombe.

—También…, ¿cómo se llamaba ese que a mí me daba como yuyu?

—Morea. Siempre pensé que entrabas en una especie de estado suspendido de conciencia cuando te contaba estas cosas.

—Si rasco, igual recuerdo algo más.

—No hará falta. No es un examen.

—No..., te equivocas. Hoy me examino en última convocatoria. —Suspira—. ¿Cuándo tienes un rato para hablar?

Miro el reloj.

—Tengo una visita en media hora y quiero preparar algunas cosas.

—¿Podemos comer juntos?

—Ehm... —No me sale ni la voz—. No sé, Marín.

—¿Qué no sabes?

—Si esta visita cumple o no los requisitos de los términos que ya estaban... establecidos entre tú y yo.

—Necesito hablar contigo —me dice.

—Sí, vale, pero...

—Mira..., te esperaré en la terraza de Ramsés, ¿vale? Pediré una copa de vino para ti..., ¿a eso de las dos?

—A la una y media mejor —le pido—. Hoy tengo el día...

—Claro. Pues a la una y media. ¿Te veo allí?

Asiento y me muerdo el carrillo.

—¿No trabajas hoy? —pregunto antes de que se aleje hacia la puerta.

—No. Me he cogido el día libre.

Cuando abre la puerta y desaparece bajo la cortina de lluvia, intento no pensar en toda esa ropa que cuelga de sus hombros pegándose a su piel aunque no sé a quién quiero engañar..., él siempre es piel. Para mí lo fue incluso antes de que pudiera recorrerla con la yema de mis dedos.

—¿Y ese qué quería? —pregunta mi jefa, que acaba de materializarse a mi lado como una aparición.

—Coño, Nati, un día de estos me vas a matar de un susto. —Apoyo la mano sobre mi pecho.

—No me gusta para ti. —Arruga el labio—. Parece un..., no sé, un roquerillo trasnochado.

—No. No es un roquerillo trasnochado. Es la nueva promesa de la industria musical, pero por ahora solo lo sé yo —digo medio en trance.

Ha dejado de llover pero la plaza de la Independencia está cubierta por una fina capa brillante que la hace parecer un gigantesco cetáceo de cemento y asfalto. Si dijera que no estoy nerviosa, mentiría. Son unos nervios tontos contra los que me llevo peleando buena parte de la mañana. Tengo dos fuerzas contrapuestas en el pecho: la que dice que ha llegado a tiempo y la que grita que hay demasiado daño. Está claro quién quiero que gane, pero… a juzgar por cómo se han desarrollado las cosas en los últimos meses, al parecer tengo dentro un empuje interior que pelea por mi orgullo como una loba recién parida: a dentelladas. ¿De qué otra manera iba a encontrar yo la solidez para tomar la decisión de alejarme de Marín?

Siento la tentación de llamar a Loren o a Blanca para contárselo pero, no sé por qué, tengo reparos. Creo que no quiero meterlos hasta que sepa si esto está o no solucionado. De modo que… marco el teléfono de mi madre.

—¿Lo vendiste? —me pregunta nada más descolgar.

—Sí —aseguro—. La obra que te dije que teníamos en catálogo. Se ha ido muy contenta. Me ha dicho que va a iluminar su ático en la Castellana. Mamá…, esa chica debe tener mi edad y un ático en la Castellana.

—Bueno, tú tienes un póster de los Jonathan Brothers en el armario de tu habitación.

—Eres idiota. —Me río—. Son los Jonas Brothers y ya he tirado el póster. ¿Tienes un momento rápido para hablar?

—Sí. Claro. Me estaba tomando un Tom Collins.

No puedo hacer otra cosa que reírme.

—Ha vuelto —me oigo decir de pronto mucho más seria.

—¿Ha vuelto? ¿Marín?

—Sí. Se ha presentado esta mañana en la galería. Me está esperando en un restaurante... Estoy de camino.

—¿Y...? ¿Te ha dicho algo?

—No, pero... supongo que... habrá venido para...

—Coco..., las expectativas. Contrólalas. Son como caballos desbocados. A lo mejor solo quiere decirte que..., no sé, algo de su hermana.

—Hubiera llamado, ¿no?

—Bueno, vamos a dejar de elucubrar. ¿Tú qué quieres? ¿Qué es lo que quieres tú de él? ¿Qué necesitas de él para poder compartir tu felicidad?

—Mi felicidad ahora es una hoja de lechuga que alguien ha metido en el microondas sin querer. ¿Me explico?

—¿Me explico yo? ¡Que pienses en ti, Coco! Son tus necesidades lo que deben preocuparte. Nada más. Si no las cubres, no serás solo tú quien sufrirá. La frustración es muy buena amiga de futuras exparejas. ¿Sabes a lo que me refiero?

—Ay, mamá... Lanzo una suerte de lloriqueo.

—Ale, va. Habla con él. Pero si lo que quiere es fundar una secta y quiere que te unas y que ejerzas de su mano derecha..., di que no.

En fin.

Tal y como dijo, sobre la mesa hay una copa de vino blanco para mí, que acompaña a su sencillo vaso de agua. Yo lo veo, pero él no a mí. Está absorto en la lectura de un libro viejo y manoseado que lleva doblado y cuyas hojas dejaron de ser blancas hace muchas décadas. Y me azota con fuerza algo que hace que me pare. Es un recuerdo..., un recuerdo falso, algo que jamás sucedió, algo que quizá nunca pueda llegar a pasar. Somos nosotros, nosotros dos, junto al mar. Él lleva una camiseta blanca, las gafas de sol puestas y lee un libro viejo, como este… Esos libros que compra en esa librería de viejo que hay en la calle Arenal. Acaricia el mantel blanco impoluto que cubre la mesa en ese recuerdo de algo que no ha pasado y me hace gracia pensar que siempre tuvo los dedos tan largos que hasta sin tocarme a mí, lo sentía.

Levanta la mirada y la imagen superpuesta de ese falso recuerdo se resquebraja y cae al suelo en forma de cristales imaginarios. Me ha visto. Sonríe y se endereza mientras deja el libro a un lado. No hay beso ni abrazo antes de que me siente frente a él en la mesa.

Nos miramos. Ninguno dice nada. Solo un hola sordo se asoma a nuestros labios. Cojo la copa de vino y le doy un trago tímido, por hacer algo. Debemos parecer dos desconocidos pasando un mal rato, pero dentro de la burbuja que siempre se dibuja a nuestro alrededor, es diferente, incluso agradable. Solo tengo que mirarlo para saber qué ha venido a decir, pero necesito saber qué palabras usará para decirlo. Casi espero que lo haga con una canción, que deslice sus auriculares sobre la mesa y me pida que escuche algo, pero ambos sabemos que eso ya no sería suficiente. Lo hubiera sido hace meses. Hace meses me hubiera bastado. Ahora no.

—Coco… —susurra.

—Difícil, ¿eh? —Le sonrío.

—Joder. —Se pasa la mano por el pelo—. Me estoy dando cuenta de que, de los dos, tú eres la valiente.

—Pero tú el guapo.

Lanza una carcajada y susurra que soy idiota.

—Sé lo que vienes a decir —murmuro, apartando la mirada—. Pero necesito que lo digas.

—No creas que quiero escaquearme. Yo también necesito decirlo. He estado a punto de escoger un par de canciones que lo digan por mí, pero… —Me río y él se contagia con una sonrisa—. ¿De qué te ríes?

—Cómo te conozco…

—Coco…

—¿Qué?

—Lo siento. Perdóname.

—¿Por qué me pides perdón, Marín?

—Por el tiempo, por lo que nos faltó, por acomodarme en la barrera que separaba lo que éramos y lo que queríamos ser. Por no saber hacer las cosas más bonitas.

—Siempre he creído que cargamos a las palabras de mucha responsabilidad. Pueden ser bonitas, pero… mira los poemas de Gus; ¿qué son además de bonitos? Nada.

—No, sí son algo, pero en su caso no eran suficientes. A él le sobraban palabras y a mí me faltaban. No sé cómo decirte esto.

—Dilo.

Se apoya en la mesa y respira hondo.

—Desde que te has ido, me pierdo por casa. Todo tiene eco. Yo tengo eco. Quiero desaparecer.

—Echar de menos es humano —respondo, terca.

—Lo sé, pero no es eso. Es que…, a ver, Coco…

—A ver, Marín.

Pasa los dedos por su pelo de nuevo, que queda despeinado. Quiero domarlo con mis manos, pero ahora mismo no puedo tocarlo. Tiene que seguir.

—¿Sabes esos cuentos que nos leen de pequeños? Esos sobre los que Disney levanta luego un imperio. Creo que construimos el amor a su imagen y semejanza para después ir desmontando el mito, haciéndolo más sórdido a veces y más práctico otras con la experiencia y las ganas. Con la edad. Pues… yo me pasé. Lo desnudé del todo y de lo que debe ser el amor, dejé un esqueleto mínimo que apenas se mantenía en pie. Por eso mis relaciones siempre han sido… mediocres. Sin magia. Sin… poesía. Buscaba alguien con quien estar cómodo, a quien besar con ganas, con quien me apeteciera acostarme y no me molestase…, no me malinterpretes, que no estorbara en mi carrera.

—Suena mal —musito.

—Lo que quiero decir, Coco, es que construí un modo de entender el amor que no pudiera hacerme daño. Cuanto más sientes, más arriesgas de ti mismo, más te abres, más das y cuando eso se acaba…, nadie te lo devuelve. No quería que nada pudiera decepcionarme, por eso no entendí.

—¿Qué no entendiste?

—Que me enamoré. —Se encoge de hombros—. Perdidamente, como un gilipollas, a la primera de cambio, un puto flechazo certero que casi me partió por la mitad cuando me miraste en aquel bar. Podría describirte, hilo a hilo, lo que llevabas puesto aquella noche, la forma en la que los mechones de tu pelo se ondulaban y creo que hasta conté las arrugas de tus labios, Coco…

Arqueo las cejas, pero le dejo continuar, aunque tenga el corazón en un puño.

—Sonaba «Crystals», de Of Mosters and Men, y no he podido volver a escucharla desde entonces, porque la luz roja del local se fundía con el pintalabios que se te empezaba a correr a fuerza de llevarte vasos a la boca. Y te reías y decías que todo el mundo era gilipollas de vez en cuando, que era un derecho y yo quería ser gilipollas para que me lo dijeras. No lo identifiqué como amor, perdóname, pero me pregunto qué hubiera pasado si te hubiera dicho en aquel preciso momento que eras la mujer de mi vida y que si no era contigo no me veía capaz de hacerlo con nadie. Me hubieras tomado por loco, estoy seguro, no te hubieras mudado a la habitación vacía una semana más tarde y nunca hubiéramos hecho aquel viaje a Londres. ¿Cómo pude no darme cuenta de que era amor, Coco? Me dije que eras la suerte de mi vida…, ¡coño! Una mejor amiga preciosa, divertida, que dormía con patucos de lana en invierno y desnuda en verano, que me aconsejaba sobre mi vida, sobre mujeres, sobre mi hermana... ¿Qué podía salir mal? —Levanta las cejas, desesperado, como si no encontrara las palabras—. ¡Todo! ¡Todo salió mal, siempre, aunque lo disfrazáramos de otra cosa! No sabes cuánto sufrí con tu ruptura con Gus. No sabes cuánto sufrí con tu relación con Gus, que parecía hacerte brillar y bailar y volar y yo allí, sosteniendo la mano de la chica que todos mis amigos decían que era perfecta y sin sentir nada. Pensaba que te envidiaba por saber vivir las cosas de esa manera, pero estaba celoso por no ser yo quien conseguía hacértelas sentir. Tenemos que admitir que nunca funcionamos como amigos, Coco...

—Claro que funcionamos —respondo.

—¡No! —La pareja de mediana edad de la mesa de al lado nos mira y él baja la cabeza y el tono—. No, Coco. Nosotros llevamos cuatro años siendo la puta pareja más feliz del mundo, sin besos, sin carne, pero con todo lo demás. Tú y yo ya lo hemos intentado y ha salido bien... ¿Me asusta ponerle un nombre, cerrar la casa a todo lo demás y que solo seamos tú y yo? Sí. Claro que me asusta. Tengo miedo del vacío que pueda dejar si se rompe... Pero... ¿sabes?, aun sin ponerle nombre, esta distancia casi me come y no quiero vivir así. Quiero vivir contigo, siempre, de por vida, hasta que me muera. —Marín mira la mesa, no a mí y respira hondo—. Quiero vivir en ti, quiero que vivas en mí. Quiero que seas mi familia, el germen de lo que nunca he tenido y que crecerá en ti; quiero que me entierren a tus pies..., joder, Coco, no puedo quererte más, pero si tú quieres, puedo quererte mejor.

Trago. Me cago en la puta. No puedo decir nada. Nada que no sea que sí, pero me siento ridícula claudicando a la primera, así que decido algo que quizá sea una estupidez: levantarme. Se levanta a la vez, asustado, y su expresión se ensombrece.

—Coco...

—No es que... yo... —No acierto a decir nada. Solo puedo decir sí, sí, sí, sí, pero me resisto—. Me quiero ir.

—Vale…, te he agobiado. Lo entiendo. Eh…, piénsalo. Solo piénsalo.

Cojo el bolso, me ato el cinturón de la chaqueta y atolondrada trato de ir esquivando, con suerte relativa, el resto de mesas de esta terraza.

—Coco… —me llama, de pie desde nuestra mesa—. Te esperaré en casa, ¿vale?

En casa. Hay mucho en esas dos palabras. En casa, sin un pronombre posesivo que aclare de quién es esa casa supone un hogar, un nosotros pero en mi cabeza, ese nosotros que propone ya no existe. Está hablando de un pasado que fue feliz porque yo aprendí a masticar el amor y tragarlo, en lugar de repartirlo entre besos, bocados y carcajadas, como debe ser. Querer en silencio es un asco, joder. Querer en silencio lo encapsula en el tiempo, en el espacio, lo convierte en la momia de un amor sin vísceras. Quiero decirle que espere donde quiera, pero que esa casa ya no es nuestra, no me representa más que conjugándome en pasado. Me fui de ese piso, me mudé de vuelta con mis padres; si hubiera sido de verdad nuestro hogar, eso no hubiera sucedido nunca.

—Coco…

—No —me sale de pronto.

—¿No?

—¡¡No!! —Todos los sí que tengo guardados se suman hasta convertirse en una negación—. Esa ya no es mi casa.

—Pues elegiremos otra.

—Pero te encanta esa casa.

—Pero me encantas más tú. —Levanta las manos y después las deja caer a ambos lados de su cuerpo—. Lo haremos como tú quieras, Coco, con tus condiciones, es tu vida. Solo… tratemos de encajarla con la mía. Por favor…

Soy levemente consciente de que toda la atención de los comensales de la terraza de Ramsés está puesta en nosotros, pero me da igual. Estoy plantada en la acera, ha empezado a llover otra vez y me estoy mojando; él sigue de pie y cuando nos miramos, no hay camareros ni mesas ni restaurante ni Madrid parece una gran ballena varada en mitad de la nada. Y recuerdo de pronto una canción de Rosalía, una que siempre me pareció más especial que el resto. Casi puedo ver en sus ojos la ilusión con la que me contó lo que suponía el fenómeno Rosalía en el panorama musical español, en la discográfica, en nuestro momento social. Y sin darle más vueltas, escupo en forma de una sola palabra lo que el recuerdo de esa canción que escuché por primera vez con él.

—Dímelo —le pido.

—Te quiero.

—No. Di mi nombre. Como en la canción de Rosalía. Di mi nombre. No quiero ser más Coco para ti. Coco era tu mejor amiga, era tu compañera de piso. Coco te presentó a tu ex. Coco se moría por ti y tú no la veías. No volveré a ser Coco, Marín, al menos para ti.

Sonríe.

—Vale, pero ven.

—No. —Niego con la cabeza. Qué conste que me siento ridícula, una cría, una loca, pero necesito que el sí sea rotundo. Necesito mis condiciones, mis necesidades cubiertas, mis promesas, mis palabras, mi Marín—. Dímelo.

—Te estás mojando.

—Pues vienes y te mojas también.

Sonríe, se rasca la nariz y camina sin chocarse con ninguna mesa; cuando está frente a mí, unos goterones gordos y fríos le empapan pronto el pelo.

—Vamos a coger una pulmonía. —Sonríe.

—No quiero esa casa. No quiero ser Coco. No quiero…

Sus brazos me envuelven y acerca su cara a la mía. El agua resbala por nuestras narices y mejillas.

—María, solo dime qué quieres y lo haremos. Lo haremos.

—La lista es larga. —Sonrío.

—Tenemos tiempo.

Sus labios me rozan, pero me aparto un segundo para mirarlo bien. Esta persona ya no es Marín, ni siquiera es el tío del que estaba tan enamorada porque aquel era un personaje plano, el bueno buenísimo de una película donde el prota consigue vencer a los malos y salvar a la chica y…, quiero ser sincera, yo no necesito que nadie me salve. Lo que quiero es un compañero con el que empezar de nuevo, y él y sus sombras, él y sus vacíos, él y sus miedos, sus cobardías, su torpeza… encajan con mi propia humanidad. No quiero un hombre perfecto, como era Marín en mi cabeza, quiero al tipo que hay detrás.

—Nunca más Coco y Marín, Carlos…

—Nunca más, María…

Cuando nos besamos, tal y como pasa en el cine, no notamos la lluvia, la brisa fría, la incomodidad de la ropa mojada que empieza a pesar, solo los labios y la lengua del otro, pero… nos despierta el aplauso de las cuatro mesas que han seguido con interés nuestra discusión y… como esto no es una película, nos morimos de vergüenza.

—Joder… —farfulla muerto de risa, apoyando la frente en mi hombro—. Dame diez pavos para pagar rápido y que podamos irnos. Solo llevo tarjeta.

Y este, este hombre capaz de joder la imagen más romántica del mundo al pedirme diez pavos, es el hombre de mi vida y no hay nada más que objetar.

47
Lo nuestro

En la calle Castelar, justo cuando choca con Cardenal Belluga, hay un edificio de dos plantas muy raro. Haciendo esquina, lo remata una especie de torreta redonda que empieza con la puerta de entrada y se remata arriba, en la terraza, con una barandilla pobre y pasada de moda; y es preciosa, aunque no hay materiales nobles en ella. Blanca dice que es de inspiración neomozárabe y yo que por fin hemos encontrado una casa en la que querremos vivir siempre. Por fin, después de dos años de «ir probando» en pisos a los que siempre les faltaba algo. Ha sido cara pero perfecta.

El edificio fue en origen una sola vivienda convertida hoy en cuatro pisos amplios: dos bajos algo oscuros y dos áticos con acceso a una buena terraza. En uno de ellos, el de la izquierda, vivimos nosotros.

Tuvimos que pedir una hipoteca que le quitó el sueño a Carlos durante una buena temporada; no era raro despertarse por la noche y descubrirlo sentado en la cama, con los auriculares y el iPad en la mano, fingiendo trabajar mientras hacía cálculos. Hasta que el año pasado no lo trasladaron a «Internacional» en la discográfica, su sueldo no daba para hacer milagros, pero, por suerte, a mí me va bien.

Así que hace unos meses reformamos la cocina, intentando mantener todo lo que pudimos. El suelo sigue siendo el original, hidráulico y precioso. Sobre él, los pasos descalzos de Carlos suenan diferentes a como sonaban los de Marín en el parqué de nuestro primer piso, pero me gustan más.

Nuestro dormitorio es mi habitación preferida de la casa, donde pasaría el cien por cien del tiempo en el que estoy aquí, aunque no puedo, claro. Me enamoró la chimenea ornamentada que, aunque no funciona, es preciosa. Hemos tapado parte del suelo con una alfombra bonita, alisado y pintado de blanco las paredes. La cama tiene un cabecero de hierro forjado, antiguo, que me recuerda a la de la película *La bruja novata*. En un rincón, tenemos una cómoda con cajones sobre la que siempre descansa algún libro, un frasco de perfume y un cactus. En la otra parte, mi tocador: una mesa de madera con un espejo redondo encima y algunos cajones. En la pared que queda frente a la cama, otro gran espejo, esta vez rectangular, que fue de mis abuelos y que mandamos arreglar el año pasado. Lo pusimos ahí, apoyado sin más, porque dijimos a todo el mundo que así es más cómodo… y no mentimos: es más cómodo moverlo cuando nos apetece jugar a ver cómo hacemos el amor.

Esta habitación es como el útero del que nació todo lo que tenemos de verdad: aquí hablamos, decidimos, compartimos, tenemos sexo y reímos…, pero todo en susurros, porque entre la habitación de Gema y la nuestra, solo hay un cuarto de baño.

Vivir con una adolescente no es fácil y menos con ella, que es más lista que el hambre y nos manipula con soltura. Hemos aprendido a ir pasándonos la pelota del poli malo rápidamente, con intención de despistarla y poder ganar alguna batalla. Por lo general, no suele haber problemas, sobre todo ahora que ya sabe qué quiere estudiar, se siente en casa y ha sentado un poco la cabeza. Pero los dieciséis años son intensos…

El salón tiene una luz preciosa, blanca, que incide en la librería que ocupa toda la pared colindante a la gran ventana. Alfombras, pufs de piel, el sofá, la mesa baja, la mesa redonda que usamos para comer los fines de semana... El salón está lleno de superficies sobre las que acomodarse y pasar tiempo juntos. Es una de las normas de la casa: una noche a la semana hay cena y peli, y el domingo, la comida es sagrada, hayas trasnochado o no. Es una costumbre que nos reconforta a los tres. Tenemos una familia. Una propia.

Esta casa, en la esquina de la calle Castelar con Cardenal Belluga, es nuestro hogar, el de María y Carlos, donde Coco y Marín están prohibidos incluso cuando Loren y Blanca vienen a cenar o a pasar el rato. Aquí somos María y Carlos.

Carlos entra en la cocina, donde estoy tomándome un té y leyendo por enésima vez *Las flores del mal*, de Baudelaire, arrebujada en un jersey gris de punto grueso y cuello chimenea y enfundada en unos pantalones pitillo; me encantan los viernes por la tarde, cuando ambos terminamos pronto de trabajar y tenemos por delante todo el fin de semana. Hoy no brilla el sol, amaneció nublado, pero... la casa se ve tan bonita con esta luz gris...

Lleva bajo el brazo una carpeta, el iPad y colgando del hombro la mochila de Loewe que le regalé para celebrar su ascenso. El pelo es un desastre porque le hace falta un corte, pero me encanta cómo mete los dedos entre su espesor, hasta que se pierden. Él también lleva un jersey grueso, pero el suyo es de cuello redondo y de color negro, combinado con sus ya clásicos pantalones pitillo del mismo color. Los botines marrones desgastados le dan ese punto... Ay, mamá.

—Qué guapo.

—Lo mismo digo. —Se inclina y me da un beso en la frente—. ¿Gema ha llegado?

—No. Me ha mandado un mensaje diciendo que se quedaba un rato en la biblioteca.

Es mentira. Me ha escrito para decirme que estaba en casa de su chico, pero Carlos no sabe que Gema tiene chico. Hace unas semanas los pillé en ropa interior encima de su cama, dándolo todo. Casi me morí del susto, pero la culpa es mía por entrar sin llamar. Desde entonces, hemos decidido que es nuestro secreto, al menos hasta que se atreva a decirle a su hermano que está saliendo con alguien; para recompensar mi silencio, ha prometido no llegar hasta el final aún… y ser muy responsable si un día decide que ya está preparada. Carlos va a querer morirse durante un rato cuando lo sepa, pero bueno…, tiene que asumir que su hermanita crece y está a punto de ser una mujer fascinante.

—Pero viene a cenar, ¿no? —pregunta con el ceño fruncido.

—Sí, sí. Sobre las nueve, me ha dicho. ¿Tienes que trabajar?

—No. —Aparta una silla de la mesa de la cocina y se sienta a mi lado—. ¿Tienes mala cara?

—Me encuentro fatal, la verdad.

Asiente y se muerde el labio superior.

—¿Lo hacemos? —me pregunta.

—¿Ahora?

—No está en casa. No nos puede pillar.

—No quiero.

—Pues yo sí.

—Pero es que yo no quiero —repito.

—No seas así. Venga.

Tamborileo los dedos sobre la mesa mientras nos miramos. Asiente, como diciéndome que es el momento y se levanta; tiene que tirar de mí para que le siga.

Nuestro cuarto de baño es de todo menos moderno, pero nos gusta así. Tiene encanto, como las flores secas que siempre hay sobre el lavamanos, que es justo donde ambos tenemos clavados los ojos, sentados en el borde de la bañera de patas con la que me encapriché.

—¿Ya? —me pregunta.

—No. Espera un poco. No estoy preparada.

No dice nada. Se muerde el carrillo y mira el reloj que mi padre le regaló cuando nos casamos. Sí. Nos casamos. Blanca y Loren creo que aún piensan que en realidad no sucedió, que los drogamos o que fue algo así como un paripé de coña. Pero no. Nos casamos, de verdad, con vestido de novia, adornos en el pelo en forma de libélulas, ramo de lilas y mini gerberas y otras flores con aspecto salvaje. No fue en la playa, como se esperaba todo el mundo, sino en la casa que mis padres tienen en un pueblo de León. Hacía un frío horrible y en todas las fotos salimos con la nariz roja, pero tan felices que damos risa. Yo, toda plumeti, flores en el fajín, gasa con caída, y él, tan traje negro y camisa blanca.

¿Que por qué nos casamos? Por la fiesta, seamos sinceros. Y valió la pena el dinero y el estrés solo por ese momento, cuando todos se habían marchado ya a dormir, empezaba a amanecer y los dos, abrigados y solos, borrachos de felicidad, nos alternamos en el columpio de madera que mi padre colgó del haya de hoja roja que queda al fondo del jardín y que también engalanaron para la boda.

—María…, ya. —me dice muy serio, como cuando está a punto de vomitar de nervios.

—¿Y si…?

—Y si nada. Dámelo, yo lo miro.

Se levanta del borde de la bañera y yo lo hago al mismo tiempo. Hay una refriega junto al lavamanos anticuado que nos hace reír.

—Dámelo.

—¡Que no, Carlos! ¡¡Dámelo a mí!!

—Vas a tirarlo por la ventana, que te conozco.

—¡¿Cómo voy a tirarlo por la ventana?! ¡¡Venga, por favor, dámelo!!

Tengo que clavarle un poco las uñas en la mano para que lo suelte y me permita cogerlo; después, efectivamente, abro la ventana lo más rápido que puedo y lo lanzo.

Pone los brazos en jarras y me mira sin saber si reírse o reñirme.

—Vale, ¿ahora qué? —musita.

—Si ya sabemos lo que pone.

—Necesitaremos confirmación, digo yo —responde.

—Cuando cumpla dieciocho años.

Mi comentario hace que la balanza se equilibre hacia la risa.

—María… —suplica—. Llevamos así una semana.

—¡Ya lo sé! Pero es que no…, no estoy preparada.

Chasquea la lengua contra el paladar y asiente.

—Vale. Anda, ve al salón y siéntate. Voy a encender la calefacción y a por una manta.

—Gracias. Qué bueno eres. Qué maravilla. Eres la hostia —le peloteo muy rápido.

—Sí, sí. Y tú un dolor.

Me acomodo en el sofá, en mi rincón preferido y enciendo la tele. Quizá podemos esperar a Gema viendo una película que nos distraiga un poco, pero lo primero que aparece en el menú de Netflix son las novedades y, entre ellas, la película de Aroa… con la que ganó la Concha de plata del Festival de cine de San Sebastián y que la ha convertido en la nueva cara del cine español. No, si buena actriz era…

Escucho a Carlos acercarse y empiezo a hablar:

—Ya están anunciando otra vez la maldita película. Al final tendremos que verla. Pero es que sale en tetas, ¿sabes? Y no me apetece que le vuelvas a ver las tetas a tu ex, aunque sea en la pantalla.

Se sienta a mi lado, con esa elegancia que, joder, de dónde coño la habrá sacado. Me quedo un poco embelesada viendo cómo me mira, con media sonrisa.

—Mi vida… —susurra—. Tomamos esta decisión juntos. A mí también me da miedo pero…

—No quiero saberlo.

—Pero es que ya lo sabemos. —Sonríe—. Vomitas por las mañanas, tienes dos faltas y los sujetadores empiezan a quedarte pequeños. Llevamos tres meses haciéndolo como locos y hace cuatro que no llevas el anillo vaginal.

—Ya. —Trago saliva—. Pero tú…, tú dame unos días para que me mentalice.

—¿Te da miedo?

—Un miedo horroroso. ¿Y si soy una madre de mierda? No esperaba quedarme tan pronto —me quejo—. ¿Qué tienes ahí? ¿Misiles antiaéreos o qué?

Sonríe y sus hoyuelos me dejan fuera de combate.

—¿Y yo? —Se señala el pecho—. Yo ni siquiera tengo un ejemplo que seguir. ¿Y si soy un padre de mierda? ¿Y si me olvido al niño sentado en el carro del supermercado? ¿Y si no sé inculcarle nada bueno? ¿Y si nace con mi nariz?

—Si nace con tu nariz me parece bien, pero por el amor de Dios, que no herede tus orejas. No me gusta la forma de tus lóbulos.

—Eres idiota.

Frota su nariz en mi cuello y me besa.

—Lo haremos lo mejor que podamos, como con esto. Con la casa, la familia, Gema. Lo haremos, María. No tengo duda, aunque esté acojonado. Esta vez estoy dispuesto a ser yo quien finja que no tiene miedo, ¿vale? Para que tú puedas sentirte reconfortada.

Chasqueo la lengua y lloriqueo.

—He ido fuera a recoger el cacharro —susurra.

—Ya me lo imaginaba.

—¿Quieres saberlo?

—¿Puedo decir que no? —Le sonrío.

—Estamos de más de seis semanas.

Su mano se interna bajo mi jersey. Está caliente y siento mariposas, las jodidas mariposas, volar muy fuerte.

—Tenemos amor de sobra, mi vida —dice, mirándome—. Tenemos que repartirlo.

Nos acomodamos en el sofá, con la televisión así, en *stand by*, emitiendo una luz un poco oscura y fría que rivaliza con el pobre pero cálido brillo de las lámparas de pie del salón. No, no hace falta película en la pantalla, porque ya tenemos en la cabeza el próximo estreno. La familia. El proyecto. La promesa. La música. Pasos descalzos por la casa. Risas. Llantos. Noches sin dormir. Dolor. Preocupación. La alegría de alguien que se cuela en la cama cada domingo por la mañana. Conversaciones absurdas. Pañales. Miradas. Ilusión. Vida. ¿No es ese el sentido que tiene todo? La vida. La que vivimos, la que creamos si queremos crearla, la que soñamos.

Nosotros, al menos, podemos quedarnos tranquilos sabiendo que lo intentamos…, lo intentamos siempre, todos los días, salga o no, porque al miedo no podemos regalarle más fuerza.

No decimos nada en un buen rato, solo nos abrazamos y nos olemos. Supongo que estamos pensando también en cómo y cuándo contárselo a la familia, lo que incluye a Blanca y Loren, que no saben ni siquiera que estábamos intentándolo. Pero no decimos nada, quizá porque la verdad que esconden las mentiras suele ser que lo que callamos es lo que más nos importa. Al menos…, esa es toda la verdad de mis mentiras.

Epílogo

Escucho a Carlos antes de verlo. Podría reconocer el soniquete del carro entre diez mil… aunque ayuda la cantinela que
suele acompañarlos. Hoy tararean «All you need is love», tó-
cate un pie. Casi no saben decir bien mamá, pero ya cantan en
inglés.

—¡Mirad! ¡Mamá!

—¡¡Torreznillos!!

Los dos se retuercen contentos en el carro doble. Cabrones, ¿no se supone que los partos múltiples tienen como resultado bebés más pequeños? Estos dos nos van a comer por los
pies un día de estos.

A Lucas le doy un beso en la mejilla, y a Emma, en la frente. A Carlos, en la boca.

—¿No ha salido aún? —pregunta.

—No. Es que has llegado pronto.

—Hoy no he tenido que drogarlos para poder terminar
de vestirlos.

—Calla, animal. A ver si te escucha alguien y se cree que
drogamos a nuestros hijos.

Carlos me rodea por el hombro y me besa la sien mientras dice que tengo que relajarme y tomarme la vida menos en
serio.

—¡¡Chicos!! —Blanca sale, como siempre, al trote, con la chaqueta a medio poner, el bolso colgando lacio y con cara de estrés—. Perdón, perdón, perdón. Me he alargado un poco.

—No te preocupes. Acabamos de llegar. Es más… —Carlos mira el reloj—, sales pronto, creo.

Hemos venido a recoger a Blanca a la asociación de mujeres con la que colabora los viernes por la tarde, dándoles orientación jurídica a todas las que la necesiten. Y si hemos venido hasta aquí es porque está al lado de una tasca de tapas con estrella Michelín que nos encanta. Loren y Damián deben estar ya allí, pero a nosotros nos venía de paso: a mí de la galería, a Carlos de la boca del metro. Normalmente vendríamos juntos, pero me he liado en el trabajo y como él iba a recoger a los enanos a la guarde…

Blanca está de cuclillas, dando besos a los niños y hablándonos a la vez. Acelerada, como siempre; un día le va a dar algo.

—Es que hoy tenía que darme prisa. Las chicas tienen una charla literaria ahora. Viene no sé quién a leerles unos fragmentos de algo que…, mira, chica, no me he enterado. El caso es que como tenían que preparar la sala y…

No sé cómo lo nota. Nosotros no hemos emitido ni un sonido, aunque ambos, tanto Carlos como yo, lo hemos visto acercarse. Él también nos ha visto a nosotros. Está cambiado. Lleva la barba arreglada, el pelo peinado, va vestido diferente, más formal. Blanca estaba de espaldas, hablando, distraída…, ¿cómo lo ha notado, joder? Hay algo, seamos sinceros, hay algo que se nos escapa en el amor, algo invisible, como un hilo de pescar que tira de la parte intangible de nuestra respiración y nos la corta cuando toca. Debe de ser eso.

No dice nada, solo deja la frase a medias y se levanta. Se vuelve con cautela; él casi ha llegado a su lado, y nosotros… Nosotros ya no existimos.

—Es imposible —susurra él con una sonrisa tímida—. Imposible.

Blanca no responde. Traga. Sonríe tímida y sé que debe de estar diciéndose lo mismo. Gus y ella llevan evitándose sin problema más de tres años. Tres. ¿Por qué ahora?

—¿Qué tal?

—Bien. ¿Qué tal tú?

—Ay, Dios… —Carlos se mira los botines, avergonzado. Es la conversación más estúpida y tensa del mundo. Ojalá pudiéramos salir corriendo, carro en mano, en dirección opuesta.

—No ayudas —le reprocho.

—¿Qué tal, Gus? —le dice, lanzando la mano para estrechársela—. Enhorabuena por el premio.

—Gracias, Marín. Y a ti por la chavalada. —Se agacha un poco, hacia el carro—. Qué maravilla, chicos. ¿Qué tienen, veinte meses? ¿Cómo se llaman?

—Dieciocho meses hicieron ayer —digo sorprendida; qué ojo—. Se llaman Torrezno y Torreznillo.

—No jodas, Coco.

—María… —me riñe Carlos—. Se llaman Emma y Lucas.

—Madre mía, Marín…, tienen tus orejas —dice con una sonrisa.

—¿Lo ves? Castigo divino —murmuro, pero Carlos me ignora.

—¿Tú…, tienes críos?

Blanca está a punto de desmayarse, creo.

—¿Yo? No, no. Aún no. Bueno, quiero decir… —Mira a Blanqui de reojo—. No tengo ni pareja, así que…, pero me encantan. Y… ¿qué hacéis aquí?

—Blanca. —La señalo y ella levanta la mano, como si quisiera decir «presente»—. Colabora en la asociación y hemos venido a recogerla para ir a tomar algo.

—¿Aquí? ¡Qué casualidad! Vengo a leer unos poemas.

Hace casi cuatro años que no hablamos con Gus y cada día ha ido construyendo una muralla, pero no sé cuánto tiempo seguirá en pie porque me estoy dando cuenta de que muchas cosas no cambian y sé, conozco perfectamente, cuál es el tono de mentira de Gus. Y es mentira. Esto no es ninguna casualidad. Él ha buscado este encuentro.

—Oye, chicos…, tengo que ir entrando, pero… me encantaría…, no sé, que nos pusiéramos al día.

Nos miramos los tres. Blanca respira hondo y recobra el habla.

—Hemos quedado con Loren en La orilla. Está aquí al lado y seguro que seguimos allí cuando termines. ¿Por qué no te pasas?

—Ah, pues…, ¿sí? ¿Os parece bien? —Nos mira a todos, aunque yo sepa que la única opinión que le interesa es la de Blanca—. Pues genial. Nos vemos después.

—Genial. Hasta ahora.

—Verás qué contento se pone Loren —me burlo entre dientes.

Nos despedimos con la mano, como imbéciles y seguimos andando por la acera. Los niños siguen tarareando «All you need is love» cuando escuchamos el exabrupto salir de entre los labios de Blanca.

—Mierda.

Mierda. No hace falta más. El amor, querida, es mucho más complicado de lo que parece y, en ocasiones, el tiempo solo viene a darle la razón.

Agradecimientos

Aquí estamos de nuevo con el proyecto terminado, con los protagonistas saliendo al mundo, despidiéndome de todo cuanto supusieron. Esta parte, la de dar las gracias a todas las personas que lo hicieron posible, siempre me resulta la más complicada. No solo no quisiera dejar ningún nombre por el camino; el problema es que siempre siento que las palabras no alcanzan para agradcccr tantísimo.

Empezaré por todos aquellos que participaron en el germen de esta historia, que nació en una despedida de soltera en una autocaravana. A diferencia de los personajes, nosotros volvimos más unidos, más nuestros... Los problemas se quedaron nadando en la piscina de un camping de La Marina. A Jose, con quien organicé cada paso; a Chu, la novia, que se divirtió e hizo yoga en la gravilla; a María, que casi arrancó el toldo de la autocaravana (y me llevaría conmigo al fin del mundo); a Rocío, que nos aguanta, disfruta, enseña y que forma parte de Jacinta Evergreen —ese proyecto paralelo en el que invertimos tantísimas ganas e ilusión—; a Esther, que siempre tiene una sonrisa en los labios, incluso cuando llora. Nunca habría podido imaginar a nadie mejor para emprender la aventura de localizar y dar vida a la novela. GRACIAS infinitas.

Ellos no son los personajes, esta no es una historia real, pero jugaron a interpretar sus papeles y la novela se escribió prácticamente sola.

A Penguin Random House, como casa y equipo, por dar alas a mis sueños para que no solo se materialicen, sino que consigan volar hasta las manos de cada lector. Gracias por ser una familia, un hogar, la razón por la que me siento tan honrada y orgullosa. Gonzalo, David, Mónica, Nuria, Marta, María, Iñaki, Cristina, Leticia, Laura, Mar, María, Carlos, Dani, Paco, Juan, Miriam, Paco, Moncho, Nuria, Patxi, Rita, Ana, Eva, Marta… trabajemos o no codo con codo habitualmente. Es nuestro trabajo, pero lo hemos convertido en mucho más que eso. Por ello, GRACIAS.

A Ana en especial, por supuesto, que después de cinco años sigue manteniendo viva la ilusión en cada nuevo trabajo. Por las charlas, los vinos, la confianza, el cariño y ser mucho más que mi editora.

A mi familia. GRACIAS por el amor incondicional, los abrazos, los buenos consejos, las sobremesas, las llamadas de treinta segundos y las de una hora. GRACIAS por enseñarme siempre que lo único que de verdad importa es querer bien, ser honrado, intentar ser la mejor versión de uno mismo y el esfuerzo. Mamá, en cuyo regazo vuelvo a ser niña y siempre estoy a salvo. Papá, que consigue cuando me mira que me sienta siempre mejor conmigo misma. Lorena, mi hermana mayor, maestra y ejemplo, guía y hombro en el que llorar. A mis sobrinos, luz de mi vida. GRACIAS.

A mis amigos. A los de verdad. A la familia que hemos creado en Madrid, a los que me acompañan desde que llegué a esta ciudad, a los que siguen a mi lado desde Valencia, a quienes solo tienen que sonreírme para mejorar un día. Tengo tantísima suerte de teneros… GRACIAS por el amor incondicional, el abrazo, las charlas, los domingos, las carcajadas y la inspiración. Los Sinfils, las Cañis, las Rebofritas, el Equipo Aumente, mi Tone y mi Javixu (y por supuesto a Nando, que se va a cansar de mis besos cuando sea mayor), Cristina y su humor siempre inteligente y despierto, las niñas de la Eliana (las enfurecías), mi pequeña Laurita (pies de bebé), la increíble Aurora (mi ñuñi), mi hermana pequeña, María. Laura, todopoderosa, siempre dispuesta, siempre al otro lado del teléfono y de la «chapa». Geraldine, porque contigo Madrid es nuevo a cada paso que damos y dibujaremos un mapa bajo nuestros pies. A Holden y Cristina, a los que les debo un vinilo de Harry Styles para su colección. A Juan y Vega, increíbles siempre, en el Twenty, Tentaciones o en esa plaza de Murcia donde sirven las croquetas más buenas del mundo mundial. A Sara, por los colores que añade con solo escuchar al día más gris, por las conversaciones de tres horas arreglando el mundo y los pitillos mentales fumados juntas; por leerme, entenderme y tender siempre la mano hacia mí, sin importar los kilómetros. A Cristina, Rosi y Jose, que siento casa en una ciudad que no es la mía. Sois maravillosos.

A Óscar, el amor de mi vida, al que conocí cuando aún no tenía ni idea de lo que era el amor y con el que sigo aprendiendo a dimensionarlo cada día. Por no cansarnos nunca de levantarnos al tropezar, por los domingos en el sofá, las vacaciones a lomos de una motillo, remolcados por las olas, bebiendo cerveza en la playa o brindando con vino hacia la puesta de sol. Por entenderme o al menos hacer el esfuerzo de intentarlo. Por ser tan diferente a mí que le da sentido a la familia que somos. Por hacer que mi reflejo en sus ojos siempre haya esperanza. GRACIAS por permitirme conocer, saborear y sentir lo que es en realidad el amor. Te quiero.

Y por supuesto, a ti, que confiaste en este libro lo más preciado de la vida: tu tiempo. Ojalá sea capaz de devolverte el favor en forma de carcajadas, suspiros y ganas de seguir pisando el mundo con fuerza, dispuest@ a dejar tu huella. A la familia Coqueta, que da sentido a cada palabra, voz a cada personaje y piel a cada escena. Sin vosotras, no hay libros. Sin vosotras, no hay sueños. GRACIAS por la magia.